第二十七届

上海新闻奖

获奖作品选

上海新闻奖评委会办公室◎编

上海三联书店

目　录

CONTENTS

特别奖（2件）

一等奖（20件）

新闻名专栏（相当于一等奖）（5 件）

二等奖（40 件）

三等奖（62 件）

上海新闻奖获奖作品选

第二十七届·2017年度作品

特别奖(2件)

“习近平在上海”系列报道

作者：高　渊　张　奕　樊丽萍　徐　蒙　徐　敏　潘高峰
编辑：杨　健　张　陌

代表作一：

“上海是党的诞生地，要牢记历史使命”

十年，弹指一挥间；往事，则历久弥新。

2007 年 3 月 30 日下午，习近平和上海市领导班子成员一起，来到兴业路 76 号，瞻仰中共“一大”会址。这是他 3 月 24 日担任上海市委书记后，第一次公开活动。

在细细观看了珍贵的历史资料后，他深情地说：“中国共产党诞生在上海，这是上海的骄傲，我们有幸在上海工作，既感到十分光荣，更倍感责任重大。”

7 个月后，习近平告别上海，前往中央工作。临行前，他特意到市委各部门告别。在市委组织部，他走进每一个处室，和大家一一握手。走到大门口，他一只脚已经踩上了车的踏板，又回转身，对组织部的干部们说：“上海的党建要成为中央的一个点。”

在习近平心中，坚定的理想信念是战胜一切艰难险阻的强大精神支柱和力量源泉。他在上海工作的 7 个月零 4 天，时时念兹在兹的一件大事，是如何把党的光荣传统发扬好、继承好，将党的建设新的伟大工程建设好、推进好。他多次与上海的干部说，这是一项光荣而神圣的使命。

要充分认识抓好上海党的建设的特殊重要性

优秀文化传统和革命精神，是历史赐予我们的宝贵财富，也是我们开拓未来的丰富资源和不竭动力。

——2007年7月12日，习近平在虹口区调研时的讲话

2007年3月30日下午，习近平带领上海市四套班子领导，不仅到卢湾区瞻仰了党的“一大”会址，还前往静安区瞻仰了“二大”会址。

在“一大”会址，习近平仔细参观了“中国共产党创建历史文物陈列”展览，详细询问当时的一些细节。当看到董必武同志的题词“作始也简，将毕也钜”，他驻足思考良久。

参观结束，习近平对在场的市领导说，通过翔实的历史资料，看到了我们党从无到有、从小到大的发展过程。从最初的13个代表、53个党员发展到现在，这个伟大的征程使我们更加坚定地认识到我们党的使命光荣和责任重大。

在“二大”会址，习近平悉心听取介绍，对展厅内的各种史料看得非常认真。“二大”会址纪念馆的同志向习近平汇报，1999年，为了保留好“二大”会址，延安路高架在设计这一路段时特意避开了这里。习近平点头表示赞赏。

习近平说，瞻仰中共“一大”和“二大”会址，目的是接受革命传统教育，重温党的光辉历程，缅怀党的丰功伟绩，学习革命先辈的崇高精神，进一步激发为党和人民的事业不懈奋斗的豪情和斗志，把上海建设得更美好。

三个月后的7月12日，习近平到虹口区调研，特意来到中共“四大”史料陈列馆，仔细观看一件件珍贵文物和一张张历史照片。之后，他郑重地对大家说，我党建国前的前五次代表大会都在国内召开，六大在莫斯科召开，我们一定要把党的历史完整地记载下来，教育下一代，这也包括要把“四大”纪念馆建造好，把史料征集好，要重视党史研究工作。

时任虹口区区委书记孙卫国说，听了习书记的话，我们在场的同志都深受教育，更深感责任重大。很快，区委成立了党的“四大”纪念馆筹建领导小组，紧锣密鼓地展开筹建工作。经过两年多的努力，党的“四大”纪念馆终于建成对外开放，完成了习书记嘱托的任务。

习近平在上海工作7个多月，先后三次前往瞻仰“一大”会址。2007年8月

28日，习近平在调研卢湾区后，又告诫大家，要坚持党要管党、从严治党，不断加强党的建设。时任卢湾区区委书记沙海林对习近平当时的一段话印象深刻：卢湾区是中共“一大”会址所在地，从精神象征的意义来讲，卢湾也应该成为党建的先进所在地，这样才能不辱门楣。习近平专门提到了队伍建设和作风建设，说卢湾区地处繁华之地，领导干部在这里都要经受各种考验，必须切实加强领导干部的作风建设，以更加昂扬向上、奋发有为的精神状态，不断开创各项工作的新局面。

在上海党员干部的印象中，习近平非常注重党的红色传统传承。他曾感慨地说，我在很多革命根据地工作过，陕西有延安，河北有西柏坡，福建有苏区，浙江有南湖，上海有“一大”会址，还是“二大”“四大”召开地，革命传统是我们一笔宝贵的精神财富，是凝聚人心、激励向上的一种精神动力。

2007年3月30日那天，作为上海市委副书记、市长，韩正随同习近平瞻仰了“一大”和“二大”会址。十年后，韩正感慨地回忆说，习近平同志在上海工作时间不长，始终高度重视党的建设，进一步强调了上海在党的历史上的地位。他多次指出，要充分认识抓好上海党的建设的特殊重要性，因为上海是党的诞生地。上海正处在改革发展的关键时期，机遇前所未有，挑战也前所未有，只有不断加强和改进党的建设，不断加强和改善党的领导，才能不辱使命。这些年来，我们在上海工作的同志始终牢记，中国共产党诞生在上海，第一部党章也诞生在上海，这是我们这座城市的光荣与骄傲，也意味着我们特殊的责任与使命。我们始终牢记习近平总书记的嘱托，正在深入实施“党的诞生地发掘宣传工程”，深入发掘红色资源，生动讲述建党故事，大力弘扬建党精神，让红色基因融入城市血脉、根植市民心中，凝聚起强大精神力量，传承好共产党人的光荣与梦想。

加快推进“四个率先”，加快建设“四个中心”和社会主义现代化国际大都市，关键在于加强党的建设。要始终坚持党要管党、从严治党的方针，切实肩负起集中精力抓党的建设的重大责任。

——2007年5月24日，习近平在上海市第九次党代会上的报告

2007年5月24日，上海市第九次党代会开幕，809名代表和特邀代表参会，这是在上海发展关键时期召开的一次重要会议。此时，习近平到上海工作，刚满

两个月。开好党代会，既是中央交给的首要任务，也是上海干部群众的期待。

习近平到上海工作后，十分重视市第九次党代会报告的起草工作，接连开了好几个座谈会，分别征求大口党委书记、区县党委书记、老干部、民主党派和工商联及无党派代表人士等的意见和建议。当时市委办公厅的同志建议，距离党代会召开的时间很紧了，是不是减少一两个座谈会？但习近平说还是要开，要多多听取大家的意见，集中大家的智慧把报告写好。

习近平对党代会报告的初稿框架作了调整，明确要求，起草党代会报告、谋划上海未来发展，必须着眼“四个放在”：放在中央对上海发展的战略定位上，放在经济全球化的大趋势下，放在全国发展的大格局中，放在国家对长江三角洲区域发展的总体部署中思考和谋划。

在报告修改过程中，习近平特别强调讲政治和加强党的领导，要求将政治建设部分单列，对加强党建用了很大的篇幅，大大加重了分量。他从六个方面对加强和改进党的建设，提出了一系列有针对性的要求和措施，即，加强党的思想建设，用马克思主义中国化的最新成果武装头脑、指导实践、推动工作；加强民主集中制建设，增强党的团结和活力；加强领导班子和干部队伍建设，把各级领导班子建设成为善于领导科学发展的坚强集体；加强基层党的建设，充分发挥基层党组织凝聚人心、推动发展、促进和谐的重要作用；加强党风廉政建设和反腐败斗争，以反腐倡廉的实际成效取信于民；加强党的作风建设，努力形成团结奋进干事业的良好局面。

市委研究室同志回忆说，起草组拿出初稿后，习书记多次召开座谈会，听取方方面面的意见，每次都汇总大家的意见，对起草组修改报告提出明确要求，工作特别细致深入，让我们起草组都很受教益，也很感动。

在第九次党代会期间，习近平参加了好几个代表团小组讨论，对每一位代表的发言都听得很认真。有代表讲到基层党员干部的心态问题，习近平插话说，上海党员干部的精气神总体是好的，我们要开好党代会，使广大干部群众的精神为之一振。此后，他多次要求，上海的党员干部要有蓬勃朝气、昂扬锐气、浩然正气。

在一次区县代表团的讨论中，等大家都讲完了，习近平开始发言。时任青浦区委常委、组织部部长的李子骏当时坐得离习近平很近，看到习书记没有讲稿，带了一个小本子，他语调平稳、思路清晰，“习书记要求各级党委必须充分发挥党的领导核心作用，以改革精神、创新思路、扎实举措，切实加强党的建设，不断提高党的执政能力”。

党代会后，习近平又主持起草了新一届市委常委会议事决策规则和加强自身建设意见，后来还起草了新一届市委工作规则。时任上海市委办公厅秘书处处长周蔚中说，一般来讲，市委换届后，都要制订常委会议事决策规则和市委工作规则，但当时习书记特别提出要制订加强自身建设意见，这在以往并不多见。加强自身建设的意见提出了“八个坚持”，即坚持把思想理论建设放在首位、坚持党总揽全局协调各方、坚持党的民主集中制、坚持党管干部原则、坚持党的纪律、坚持党的群众路线、坚持加强作风建设、坚持廉洁自律等。

对于这些规则、意见的制订，习近平高度重视，提出了很多具体的要求。在坚持党总揽全局协调各方方面，他专门提出，市委常委会除了听取审议人大常委会党组、政府党组、政协党组工作汇报外，还要每年听取审议法院党组、检察院党组工作汇报。当时市委办公厅同志问他，常委会议事决策规则中已经提到要听取审议政法委工作汇报，是否还需要听取审议“两院”工作汇报？习近平明确地说：“这不是一回事，都要听取审议。”

君子检身，常若有过，干部作风建设是发展根本保证

对一名党的领导干部来说，首先自己要行得端、坐得正，处处模范带头。但是，仅仅洁身自好、独善其身是远远不够的，还必须抓大政方针、抓保障、抓队伍。

——2007 年 5 月 13 日，习近平在上海市委八届十二次全会上的讲话

2007 年 3 月下旬的一天，上海市委派人到杭州，迎接习近平调任上海。习近平曾说，离开浙江，留恋之情难以言表。那天，上海同志看到的果然是这样。“一大早，省委大院里已经有很多人等着，有干部，也有普通职工，他们都是来跟习书记告别的。那种真心惜别的场面，非常质朴，非常感人。7 个多月后，习书记离开上海时，他到市委的各部门各处室上门告别，大家都争相握手，依依不舍。这说明，上海和浙江的干部都很认他。”

十年后，市委办公厅的同志还清楚记得当时那一幕幕：“他向市委办公厅的每一个普通工作人员握手致谢，对提出拍照要求的都一一笑着满足，他做人的真

诚谦和与推动党建等工作时的硬朗风格结合在一起，给人的印象特别深。”

习近平一到上海工作，就马不停蹄开始调研，召开座谈会，找很多干部谈话。在市委办公厅，他找了副主任以上干部做单独工作谈话，还走到每个处室和每个工作人员握手交谈，非常平易近人，很关心身边工作人员。

在短短几个月里，习近平走遍了全市19个区县。习近平有一个习惯，每天的报纸杂志、办公厅报送的材料和简报，晚上再晚也一定看完再睡觉。有时候前一天晚上看得很晚，但第二天预定一早出发调研，他就会带两个馒头在车上吃。工作人员说，你先吃了早饭，推迟点出发吧。他总是说不用，早点出发可以多看点地方。他说，现在已经很好了，在浙江工作的时候，出去调研路程远，有时候午饭也带在车上吃。

时任上海市委办公厅副主任朱纪华说：“习书记在上海工作时间不长，但他的言传身教，使我们受益匪浅。他对工作十分投入，而且严谨认真，要求其实也是很高的，但他给人的感觉是让我们如沐春风。他常常通过润物无声的行动，让我们深受感染，从心里觉得应该向他看齐。”

习近平把文风看得很重，认为这也是党风建设的重要组成部分。他讲话喜欢用接地气的典故和成语，他在上海工作时引用的像“授人玫瑰，手有余香”等语句，都传播很广。

有一次，他跟时任上海市委副秘书长、市委研究室主任王战说起，当年他到陕西插队，到了之后给父亲习仲勋写了封信，说了自己在那里放羊的情况。父亲在回信上，用红笔帮他改正了错别字，这事给他震动很大，后来每天放羊他都随身带一本《新华字典》学习。王战后来跟研究室的同志讲，这是书记在给我们提要求，让我们一定要加强学习。

身边工作人员都还记得，习近平每天阅读量很大，而且看到有意思的东西就会转给他们。有一次，习近平看到《解放日报》上有篇短文，写的是诸葛亮识人的“七道”，就批给市委研究室，说可以在起草党风廉政文稿时引用。

在那年8月份召开的全市党政负责干部大会上，他说到现在极少数干部擅做“两面人”，把自己伪装得很深，要加强干部考察和监督时，就引用了诸葛亮识人的“七道”，生动简洁，起到了很好的效果。

任何工作，如果光有决策没有落实，都只是一句口号，必须重视抓落实，重视发挥督查在抓落实方面的重要作用。

——2007年8月20日，习近平参加上海市委督查室党支部组织生活会时的讲话

习近平不仅自己以身作则、率先垂范，还十分注重抓工作落实，重视督查工作。他多次指出，要通过督促检查，推动中央和市委的重要决策落到实处；要抓好批示落实，起到小中见大、见微知著、推动全局工作的作用。市委办公厅每期督查专报和每月督办工作汇总，习近平都看得很仔细，还作过批示，“督办较扎实，效果颇明显”。他把自己的组织关系也放在市委督查室，定期参加组织生活，足见对督查工作的重视。

2007年8月20日，习近平以一名普通党员的身份，参加市委督查室党支部组织生活会。习近平专注地听大家发言，又和大家亲切交流，娓娓道来，对整个督查工作的重点、方法、要求，讲得清晰而全面。

“看得出，他对督查工作有着深刻而系统的思考”，时任上海市委督查室副主任马咏华回忆说，习书记的语言很生动，他当时就说，督查工作看准了就要发扬“钉钉子”的精神，加以落实。

按照“事事有着落、件件有回音”的要求，市委督查室认真做好市委领导批示的督促落实工作。根据市委督查室2007年8月3日一项《关于近期习近平同志批示督促落实情况汇报》统计显示，从2007年6月下旬至8月2日，市委督查室共收到习近平批示37件，截至8月2日，已反馈落实22件，正在办理15件。正在办理的批示件也在一个月内全部办结。

按照习近平的要求，市委督查室把市委常委会工作要点全部分解到具体责任部门，明确推进节点，按季度全面汇总工作进展情况；还围绕工作落实中存在的困难和问题开展督查调研，访谈相关领导和具体责任人员，了解不能落实的深层次原因，并提出供领导决策的建议，发挥了较好的作用。

每一位领导干部都应该经常想一想什么是“做人”“公仆”“权力”和“考验”，始终不忘党的解放思想、实事求是、与时俱进的思想路线；始终不忘全心全意为人民服务的宗旨；始终不忘“两个务必”的要求；始终不忘全国一盘棋的思想；始终不忘民主集中制的原则；始终不忘共产党员应该具备的品行和操守。

——2007年4月13日，习近平在上海市委常委学习会上的讲话

当时，习近平在调研中听到一些反映，说的是在干部管理中存在一些不规范的问题。比如，有的干部一身兼两个身份，既保留党政干部身份，又是某个国企的高层，拿的是企业的高工资，退休时又以公务员身份退，两边的好处都占了。

习近平明确要求：干部管理不能“一干两制”，当党政领导干部就不要考虑挣钱。

市委组织部立即给全市干部发通知，要么留在企业，要么回归公务员，必须做出选择。之后，这个现象得到了有效制止。

2007 年 8 月 10 日，上海召开全市党政负责干部大会。习近平在会上指出，在社会主义初级阶段，在我们反腐败的体制机制还不完善的情况下，任何地方都不可能是一片净土。他还说，腐败案件的发生警示我们，任何一名领导干部都没有天然的免疫力。

这两个重要判断，对上海纪检监察干部触动很大。时任上海市纪委副书记、市监察委主任顾国林说，这是对我们纪检监察工作的重要鞭策，促使我们纪委加快反腐的体制机制建设。

那几年，上海土地批租领域贪腐案件时有发生，纪检监察工作就从土地市场管理着手。当时，上海土地批租都在区县层面操作，漏洞较多。在有关部门的努力下，只用了几个月时间，到 2008 年 3 月，上海土地交易市场开张，全市所有的经营性用地和工业用地等土地交易活动，都通过这一集中的交易平台公开进行，实现统一交易场所、统一信息发布、统一交易规则、统一运作监管。这对规范全市土地批租领域的市场秩序起到了重要作用。顾国林说，这说明，习书记当时的判断非常准确，加强反腐倡廉，首先要完善制度、堵塞漏洞，形成一整套严密的制度体系。

同样在那次会上，习近平还指出，在一段时间里，对干部的教育，往往是正面教育较多，警示教育较少，教育的震撼力不够。

这又点到了痛处。以往，上海开党风廉政会议，都是请几位正面典型上台发言，对党员干部的触动不够。那次大会之后，市纪委开始拍摄“贪欲之害”系列警示教育片，基本上每个发生在上海的贪腐大案，都要拍摄反腐警示片，在全市各级党组织做专题放映，起到了很好的警示作用。

流水不腐，户枢不蠹，党的建设必须长抓不懈

当前，党的建设包括基层党的建设面临很多新情况、新问题……上海作为一座特大型城市，要努力走出一条符合改革开放和发展社会主义市场经济条件下党建工作规律、具有上海特大型城市特点的基层党建新路子。

——2007年4月17日，习近平在静安区调研时的讲话

习近平一到上海，就要求尽快安排党建调研。市委组织部建议，安排去上汽集团调研国企党建，去静安区调研社区党建包括商务楼宇和“两新”组织党建。习近平对这个建议很满意，认为体现了上海的特点。

2007年4月17日，上海大雨。习近平冒雨前往静安区，专题考察国企和基层党建情况。

在上汽集团公司，时任上汽股份外籍执行副总裁墨斐告诉他，“共产党员是企业中最有责任心的群体，是最好的员工。”习近平听了十分高兴。

那天，习近平冒着雨、撑着伞来到江宁路社区党员服务中心看望基层党员干部，让大家很激动。习近平进门后，和在场的每个人一一握手。街道负责人向习近平介绍，为了充实党的社会工作队伍，静安区探索建立了“社会化招聘、专业化培训、契约化管理、职业化运作”人才队伍机制。时任江宁路街道党群工作者党支部书记滕霞瑾就是静安区首批招募的社区专职党群工作者，习近平走上前，关切地询问滕霞瑾：“党员服务中心工作条件怎样？”

“区委、区政府和街道党工委非常重视，为我们创造了很好的工作环境。”滕霞瑾说。

“党建工作的模式是怎样的？”

“我们社区党员服务中心在街道党工委的领导下开展工作。”

习近平继续问：“你们的工作任务是什么？”

“走进楼宇、凝聚党员、服务白领、组织开展各类活动。”

“上海的党建重点是楼宇，杭州的重点是园区，希望你们把党建工作做得更好！”习近平听后说。

10年过去，这段对话过程滕霞瑾至今历历在目，“习书记说话的声调平稳，让我们感到很亲切，也很实在”。

在调研基层党建工作时，习近平深入街道社区、“两新”组织一线，和基层党建工作者深入交流，他平易近人的形象，给大家留下了深刻印象。

淮安居委会就在江宁路社区党员服务中心旁边，那天计划中没有安排这个

点，习近平临时决定要上门看望居委会干部，令大家喜出望外。

习近平见到了正在参加健康测试和老年书画班的社区居民，得知这些活动都是居民自己组织的，每周一次时，他微笑着点头。他走进了时任淮安居民区党总支书记薛芳华的办公室，说道：你们辛苦了！薛芳华没想到习近平会进来，一时有些紧张，连忙回答：书记辛苦！

习近平仔细询问居委干部的待遇和工作强度如何，工作经费是否有保障，他鼓励大家，工作做得很好，开展“六助”“结对共建”等很有成效，并对大家说：“居委会的工作是我们党的工作基础，潜力很大，要做得更好。”

“习书记的声音很好听，说话很沉稳，也很实在，没有讲很多深奥的道理。”薛芳华说，习书记离开以后，大家还常常回忆那天的场景，“通过这次调研，我们感受到市委领导对基层工作的重视，对社区工作的关心，我们基层的干部都很受鼓舞。”

“楼宇经济”是上海作为特大型城市典型的经济形态。各类商务楼宇内聚集了大量“高智商、高学历、高技能、高收入”的“四高”青年群体。当时，上海不少“两新”组织的党员，不愿表明自己的身份，成了“隐形党员”。同时也有一部分党员反映，党组织很多时候是“挂牌的走不进，不挂牌的找不到”，没有覆盖至楼宇、园区等“两新”组织集中的区域。

中华企业大厦，是静安区最早探索“支部建在楼上、党建落到实处”的大厦。当习近平来到港商独资企业力新仪器公司时，大家一起站起来鼓掌，习近平也和大家挥手致意说，大家好！

力新仪器公司党员的工作台前都公开挂上了“先锋模范岗”的标牌，亮明身份，并承诺发挥先锋模范作用。时任力新仪器公司党支部书记戴婉茹回忆，习书记还走到一名党员前，问她是何时入党的。他始终是笑意写在脸上，让大家感到和蔼亲切。

习近平看了公司的党员活动场所，并仔细阅读党员公开栏中的内容。他还询问，公司的党支部书记是否专职，开展哪些活动……

那天习近平在静安区，用了整整一个下午的时间，专题调研党的建设工作。在听取了静安区开展社区党建的情况后，他充分肯定：“上海的基层党建工作，是非常有特点的，有很多工作都走在全国的前列。很多先进的经验，我过去都有耳闻。看了静安区的几个有代表性的地方，再加上了解了一些情况，加深了印象，像楼宇党建、园区党建、党员服务中心这些做法，都是上海各级党组织在实践中摸索创造的新鲜经验，很值得进一步提炼升华。”

习近平借此次静安调研，提出了一个命题，就是随着经济体制的深刻变革、社会结构的深刻变动、利益格局的深刻调整、思想观念的深刻变化，上海作为一座特大型城市，如何努力走出一条符合改革开放和发展社会主义市场经济条件下党建工作规律，具有上海特大型城市特点的基层党建新路子。这是一个很大的命题，他希望基层的党组织共同来实践并破题。

“习书记在党建调研中，语重心长地跟我们说，党员入党不仅要接受党组织的关心服务，更要接受党组织的教育。根据他的要求，我们在原有基础上调整增加了社区党员服务中心的功能。”时任上海市委组织部副部长冯小敏说，社区党员服务中心原来的功能主要是流动党员接纳地、两新党组织孵化器、党建资源共享平台、党员求助的温馨家园、服务群众的重要窗口。根据习近平的意见，市委组织部在这个基础上，又增加了五大功能：党员教育培训中心、党建活动中心、基层党建指导中心、党组织党员形象展示中心、服务群众凝聚社会的纽带桥梁。

要抓好基层党建，重点是社区党建和“两新”组织党建，建立健全长效机制。

——2007 年 8 月 28 日，习近平在卢湾区调研时的讲话

习近平对“两新”组织党的建设的重视，也令上海的各级干部至今难忘。

2007 年 4 月 22 日，习近平听取大口党委书记对市第九次党代会报告的意见建议。会上，时任上海市社会工作党委书记许德明提出，要重视非公有制经济特别是民营经济的发展，以及“两新”组织党建，但当时的初稿中，这部分分量不太够。习近平听后表示赞同。他说，上海是全国最早成立市社会工作党委的，有这样一个机构从事“两新”组织的党建工作，对巩固党的执政基础非常重要。他还提出，“两新”组织党建，既要继承党的建设中的一些宝贵经验，同时要研究探索新形势下的新做法，要用改革的精神做好党的基层组织建设。

后来正式确定的市第九次党代会报告中，增加了这部分的内容。如今，全国不少地区也先后成立了社会工作党委，说明经过实践检验，加强“两新”组织党建，是符合时代发展趋势的。

按照习近平的要求，到当年 9 月底，上海基本完成了规模以上非公企业党的

组织覆盖任务，7825家规模以上非公企业中已建立党组织的有7706家，组织覆盖率98.5%，其中建立独立党组织的7455家，单独组建党组织的比例为95.3%。

社区是人民群众生活的家园，是各类经济社会组织活动的舞台，是城市管理的重心，是新形势下促进社会和谐稳定、巩固党的执政基础的重要阵地……要进一步提高社区党建工作的整体水平。

——2007年9月11日，习近平在长宁区调研时的讲话

习近平到长宁区调研，是他到上海19个区县调研的最后一站。调研中，他又一次提到了对社区党建的要求。

长宁区是全国“凝聚力工程”的发源地，在全市率先探索凝聚党员、凝聚群众、凝聚社会的体制机制和工作方法，打下了比较好的工作基础，还培养出了朱国萍等一批优秀的社区党务工作者。

时任长宁区区委书记薛潮回忆，习书记在华阳街道调研时，除了充分肯定和鼓励，他还提出，希望大家要不断寻找还有什么不适应的地方，不断探索进一步发挥党员作用、调动党员积极性的途径和方法，不断创新完善。他说，好的经验市委要及时总结和推广。

这些年来，上海干部群众一直不忘习近平总书记的要求，并努力践行。2014年，上海市委把创新社会治理、加强基层建设作为一号重点调研课题，出台“1+6”文件，至今每年都列为市委重点推进和督查工作。可以说，这是“十年磨一剑”的持续努力。

习近平在区县调研中，几乎每到一个区县，都会对党建工作提出具体而富有前瞻性的要求。

2007年8月28日、9月21日和2010年9月26日，习近平先后三次来到五里桥街道，考察基层党建等工作。

在五里桥街道社区事务受理服务中心时，习近平询问了“一口式”受理窗口服务情况，并实地了解系统运作。他在1号柜台后台仔细查看了低保受理的24种情况，得知五里桥街道社区事务受理服务中心是上海第一家提供“一口受理”服务的中心时，勉励大家要不断提高窗口受理水平。他特别关注居民关心的热

点问题，希望基层党组织抓好联系群众、服务群众的工作，在解决民生问题上做得更好一些，使广大群众得到实实在在的好处。

时任卢湾区五里桥街道党工委书记张武平说，根据习书记的要求，五里桥街道在基层党建方面，又探索建立了一系列新的机制与做法。2010 年，上海举办世博会，作为部分场馆所在地的五里桥街道，充分感受到了强化基层党建带来的甜头。

2007 年，上海基层党建全覆盖的工作布局已经基本完成，达到 90％以上的覆盖率。当时，习近平在谈到基层党建下一步目标时多次强调，要切实提高党建工作的有效性，真正做到，哪里有群众，哪里就有党的工作；哪里有党员，哪里就有党组织；哪里有党组织，哪里就有党的战斗力。

时任静安区区委书记龚德庆回忆说，习书记当时还提出一个重要观点：通过构建单位党建、区域党建、行业党建互联、互补、互动的基层党建工作新格局，使党的工作覆盖经济社会发展的所有领域。

今年 7 月份在上海召开的全国城市基层党建工作经验交流座谈会上，中组部明确提出，要强化街道党组织统筹协调功能，推进街道社区党建、单位党建、行业党建互联互动，扩大商务楼宇、各类园区、商圈市场、互联网业等新兴领域党建覆盖，健全市、区、街道、社区党组织四级联动体系。这说明早在 10 年前，习近平就已经在谋划探索党建引领基层治理的有效路径。

（刊发媒体：《解放日报》《文汇报》《新民晚报》2017 年 9 月 25 日）

代表作二：

“开明睿智才能进一步海纳百川”

对上海这座城市而言，这一天注定会被写进历史。

2007 年 5 月 24 日，上海市第九次党代会开幕。当天，党代表和市民们第一次从习近平的口中听到了他对上海城市精神新的提炼和概括：海纳百川、追求卓越、开明睿智、大气谦和。

“如果说海纳百川是上海一贯的文化特点，追求卓越是上海的一种文化本质，那么开明睿智本身是一种态度，大气谦和是一种胸襟，这样才能进一步海纳百川，进一步追求卓越。”这是习近平对上海城市精神的一段阐述。

10年多来，屡屡重温这16个字，生活在上海的很多人，会油然生出感慨——在通往“卓越的全球城市”的路上，上海正在这样实践，努力成为更好的上海。

可以说，16个字的城市精神，已深深印刻在上海行进的轨迹之中，奠定了今天上海追求的精神气质，更引领着未来城市的发展与进步。

把上海未来发展放在全国发展的大格局中

推进浦东综合配套改革，一定要按照中央精神，以一往无前的勇气、克难攻坚的胆识和先行一步的锐气，努力取得突破性进展……要为全国的改革开放探索新路、积累经验、提供示范。

——2007年8月17日，习近平在上海市委常委会上的讲话

习近平担任上海市委书记的时间不算长，但他的调研工作范围很广，不仅走遍上海19个区县，还去了不少单位、部门。梳理一下不难发现，习近平去调研的地方，都经过精心选择，有一根主线非常清楚——与中央对上海的要求、与国家战略在上海实施相关的点，他首先要去走一走，看一看。

2007年3月31日，担任上海市委书记仅一周的习近平，来到浦东新区——这里，是他开启全市19个区县调研的第一站。

那是一个春天的下午，风和日丽，阳光明媚，习近平首先来到浦东新区展览馆。他仔细观看一张张珍贵的老图片，了解浦东开发开放的历史进程，观看浦东开发的沙盘图、航拍图……当天在展览馆给习近平当“讲解员”的，是时任浦东新区区委常委、区委办主任、宣传部部长陈高宏。“浦东开发开放的历程，习书记非常感兴趣。他一路边走边看，听得非常仔细，还不时问我一些细节问题。”十年后回忆当日习近平调研的场景，陈高宏记忆犹新。

在调研浦东时，习近平明确指出，“要进一步深刻认识开发开放浦东这项国家战略的重大意义”。

包括陈高宏在内，一些在浦东新区工作的干部，是从上世纪90年代初，一路见证并伴随浦东开发开放的脚步，参与其中建设的“新上海人”。因此，对于习近平后来在市第九次党代会上提出的16字上海城市精神，他们有深切的感受。

大家感受更深的是，习近平不仅对浦东开发开放寄予极高的希望，而且还提出要求，浦东的工作要更多地从“全国一盘棋”的角度出发。因为浦东开发开放的战略指向，不仅是建设一座新城，更是要为全国探索一条新路。

“与上海‘四个中心’建设相关的点，习书记跑了很多，包括一些看似冷门的地方。”时任市委办公厅副主任朱纪华说，通过调研，习书记深入了解实际情况，广泛听取意见建议，最终都反映到他对上海发展思路的谋划中。市第九次党代会报告明确提出：今后五年上海“四个中心”建设必须取得“突破性进展”。

要把握好三二一产业发展之间的关系、扩大产业规模和提升产业素质的关系、发展产业和降低消耗的关系、自身发展与服务全国的关系。要加强对全市产业发展的指导协调，紧扣国家战略，使上海产业发展规划成为国家战略的一部分。

——2007 年 9 月 18 日，习近平在上海产业发展专题调研会上的讲话

10 年前的上海，正处于产业结构调整的关键时期。当时上海刚刚提出形成以服务经济为主的产业结构，有些基层干部、企业家对这一概念还比较陌生，对产业结构调整的认识还不够充分。

当时习近平明确提出，上海要推动三二一产业共同发展，在加快服务业发展中推进结构调整。

在当年的一次上海产业发展专题调研会上，习近平深入分析了上海产业结构调整的方向与要求。他指出，首先要立足全局，从中央要求和国家战略定位的高度，认清上海产业发展所处的阶段。

习近平表示，上海作为国内最大、经济发展水平较高的中心城市，有必要大力加快服务业发展，借助“四个中心”建设的大平台，更好地为全国产业发展提供全方位服务。

“以服务经济为主”，是不是意味着上海不需要发展制造业了，一些发达国家大都市的模式能否照搬到上海？当时学术界存在争论。

习近平通过深入的调研、观察和分析，指出上海产业结构调整应当走的路径：上海除了 600 平方公里的纯城区，还有包括郊区的 6000 平方公里大空间，如果人为地不去发展二产，将错失良机，也不利于城市经济风险化解机制的

建立。

回首过去十年上海产业结构调整走过的漫漫长路，上海的经济学界对习近平的这段阐述不仅记忆深刻，而且有了新的理解。时任市委副秘书长、市委研究室主任王战说，这实际上是一个重要的理论突破，指出了中国大都市发展与欧美不同的路径，今天上海强调不能放弃制造业、避免“脱实向虚”，而十年前习近平在上海就已经注意并强调这一点。

王战回忆，在讨论上海三二一产业发展关系时，习近平不仅提出要“共同发展”，而且特意要求加上“融合发展”四个字，当时一些同志对此并没有深刻的理解。“今天回过头去看，产业融合发展已经成为重要趋势，当年这样的判断和要求，是非常超前的”。

推动三二一产业共同发展、融合发展，如何实现？十年前的上海，经济发展正需要从投资驱动向新的方向转型。当时学术界有观点认为上海要警惕从“投资驱动”直接转到“财富驱动”。针对这种警示，当年习近平在一次调研中就指出，上海要努力走出一条“依靠科技进步带动经济社会发展的新路”。

近年来习近平总书记每次参加全国人代会上海代表团审议时，都对上海的创新发展寄予厚望。习总书记提出五大发展理念中的创新发展，提出上海建设具有全球影响力的科创中心的国家战略，都可以从十年前他在上海工作时找到思想的原点。

上海有责任率先探索推进国有经济又好又快发展的新路，也为全国其他地区的国资国企改革提供经验和借鉴。

——2007 年 8 月 30 日，习近平在上海市国资委调研时的讲话

在上海工作期间，习近平专程考察了多家不同产业领域的国有企业，他走进车间，考察重大项目，与产业工人、研发人员、企业管理者深入交流。在调研中，习近平对上海国资国企改革工作很关心，对企业的改革发展路径有深刻的思考。

2007 年 4 月 24 日，到任上海刚满一个月时，习近平来到宝山区，调研了宝钢股份特钢分公司和华冶钢铁两家钢铁企业，一家是国企龙头，一家则是活跃在宝山区的民营企业。

当时习近平对上海和宝山经济的特点都做了分析，他在座谈会上强调坚持

“两个毫不动摇”，要深化国资国企改革，切实增强国有经济的竞争力和控制力，进一步发挥国有经济的主导作用；也要积极营造良好的投资环境，促进民营经济健康快速发展，同时积极引导和加强监管，促进民营经济健康成长。这番讲话，不仅是对宝山讲的，也是对全市工作提出的要求。

四个多月后，习近平到上海市国资委做专题调研，他来到每个处室向大家问候，听取大家的介绍，全面、系统地了解上海国资国企改革发展情况。

“习书记对我们的工作给予肯定和鼓励，同时让我们进一步意识到肩头的责任。”时任上海市国资委党委书记、主任杨国雄回忆，习近平在调研座谈中特别强调了上海国资国企改革在全国的特殊意义。

上海是国资重镇，国家的一些重大项目和一批重点攻关计划都在上海实施，包括当时正在布点的国产大飞机的研制，也落户上海。

因此，习近平指出，从全国看，上海国有经济的地位举足轻重，上海有责任率先探索推进国有经济又好又快发展的新路，也为全国其他地区的国资国企改革提供经验和借鉴。

在习近平到国资委调研后的第二年，上海发布了推进国资国企改革发展的相关文件，将他提出的要求都融入其中。十八届三中全会后，上海贯彻落实党中央有关精神，率先发布了上海国资国企改革 20 条意见，成为全国最早推动新一轮国资国企改革的地方。

新支线飞机项目承载着党和人民的重托，承载着中国民机产业发展的历史使命……上海要更加注重航空战略产业的发展，并将其摆在更加突出位置，以此来推动上海创新发展，为提高自主创新能力、建设创新型国家做出新的贡献。

——2007 年 9 月 20 日，习近平在 ARJ21 总装“百日会战”动员誓师大会上的讲话

从张江高科的上海光源，到宝山大场的 ARJ21，2007 年，一批国家级的科技创新项目在上海紧张建设。习近平对这些项目高度关注，要求上海聚焦国家战略，为建设创新型国家担起应有的重任。他在项目建设最关键时前去鼓舞和激励项目团队。

时任中国科学院上海应用物理研究所所长徐洪杰从 1995 年开始就参与上海光源项目的筹备，经历了十年充满争议和挫折的立项过程后，才迎来了 2005

年胜利开工之后的“势如破竹”。

2007 年该项目已经到了建设的关键阶段，当年 7 月，习近平在调研上海光源时表示，建好上海光源，将标志着我国在高科技领域达到一个新的水平、新的层次。

那天，习近平对项目团队表示，他在来的路上就跟随行的同志讨论说，上海光源的意义，恐怕和“两弹一星”差不多。

在徐洪杰看来，“两弹一星”是中国大科学工程的起点和丰碑，是上海光源工程学习的楷模。“作为一名科技工作者，习书记给出的评价，是我内心一直以来的想法。所以，习书记第一次来考察，这么一句话，就触到了我和在场同事们的内心，成为胜过千言万语的激励”。

2013 年徐洪杰代表上海光源项目团队去北京领奖，给他颁奖的正好是习近平。走上台时，习近平大老远就认出了徐洪杰，笑着招呼：“大光源”来了！徐洪杰再次感到惊喜和亲切，他至今还记得习总书记当时叮嘱的话：“一定要把上海光源运行好、开放好、应用好。”

上海光源的建设团队介绍说，2007 年习近平来调研前，科技工作者主要考虑的还是把项目做好，关心的是这个工程本身。但习近平提出，要以上海光源工程、浦东科技园作为“院市合作”的新载体，更好地聚焦国家战略、服务国家战略。这批长期奋战在一线的科技工作者，都有一种朴素理想，想做点于国于民有利的事，习近平的讲话进一步激发了他们心中的理想。

2007 年，国产新支线飞机 ARJ21 进入了总装最关键的阶段，那时报纸上形容中国人造民用飞机，用了“屡战屡败、屡败屡战”这样悲壮的说法。

习近平的讲话却让新支线飞机项目团队感到振奋。他说，新支线飞机项目承载着党和人民的重托，承载着中国民机产业发展的历史使命。

为了确保 2008 年 ARJ21 进行首飞，2007 年 9 月 20 日，中航工业组织了 ARJ21 总装“百日会战”誓师大会，习近平参加了这场大会。

当时，上飞厂党委组建了由党员组成的突击队，陈明德作为主抓生产的副厂长，担任队长。誓师会上，时任中航工业第一集团总经理林左鸣为突击队授旗，陈明德举起写着“突击队”字样的大旗，高喊“奋勇拼搏、决战决胜”的口号，带队绕主席台跑了一圈。

誓师结束，陈明德正准备离开，却接到通知，说习书记特地请党员突击队队长一同参加合影。

令陈明德意外的是，他被安排在习近平右手边的位置，而左手边正是林左鸣。合影过程中，习近平与陈明德亲切交流，询问他的衣服是买的还是厂里发的。陈明德回答说，这是厂里为了“百日会战”特别定制的，衣袖上印着一面小国旗，就是要让大家知道承担的是国家使命，是为国家事业在奋斗。

“我有些紧张，没注意镜头，结果照片里，我正做着手势与习书记说话，而他则微笑着认真倾听。”陈明德拿起照片回忆。

在这之后，中国的民机事业从“屡战屡败”的挫折中走了出来，习近平当时在上飞厂提出“笑傲蓝天、展翅飞翔”的期望，正一步步成为现实。

2014 年 5 月，习近平总书记来到中国商飞集团考察，他再次鼓励大家：“中国大飞机事业万里长征走了又一步，我们一定要有自己的大飞机！”这句话让在场的中国商飞员工们热泪盈眶。C919 国产大客机总装下线和首飞成功时，习近平总书记又发来贺信。

“今年 5 月 5 日，我在现场看到 C919 稳稳落地，听着习总书记贺信内容时，又想起了当年在上飞厂里的场景，想起自己给他展示衣袖上五星红旗的一幕。”陈明德说。

上海有责任继续当好改革开放的排头兵

海不辞水，故能成其大；山不辞土石，故能成其高。上海成其大，就在于它能包容，上海就要有一种自觉，一定要有包容心。

——2007 年 7 月 10 日，习近平与杭州市党政代表团座谈时的讲话

习近平任上海市委书记时，有一次令人难忘的“苏浙之行”。

2007 年 7 月 22 日至 26 日，习近平率上海市党政代表团，赴浙江、江苏两省学习考察，先后去了杭州、宁波、嘉兴、义乌、南京、无锡、苏州、昆山等地。对考察路线，习近平亲自谋划确定，精心安排，为的是让上海党政干部有更深刻的亲身感受。

一些干部回忆，那次上海代表团苏浙考察之行，有些细节很值得回味。比如，义乌这一站原计划中没有，是后来加进去的。在结束杭州考察后的那天，代表团驱车 135 公里到达义乌，参观全球最大的小商品市场。

实地走访后，很多干部方才明白了习近平的用心。义乌曾经是浙江中部交通最不方便、经济最不发达的地区之一，可是他们“无中生有”、“莫名其妙”的发展模式，竟然大获成功，确实令人称奇。

“山外有山、天外有天”，是许多干部的共同感受；而苏浙群众不抱怨客观条件的自强不息的进取精神，更是让大家感慨不已。

跑完两省，从江苏回到上海，代表团没有解散，所有人直接回到市委接着开会。学人之长，创己之新，习近平用这样的方法催人奋进。

“上海有责任继续当好改革开放的排头兵。”担起这份责任，上海需要有进取的精神、宽广的胸襟、开阔的视野。习近平多次强调，要立足国家战略，站在全局高度，充分发挥中心城市综合服务功能，更好地服务长三角地区、服务长江流域、服务全国，要“在有所为有所不为中大有作为”。

时任市合作交流工作党委书记、市政府合作交流办公室主任林湘，难忘10年前的一场会议——那是2007年6月21日，习近平与兄弟省区市驻沪办负责人一起座谈。

本来，每年和外省区市驻沪办的负责人定期沟通、座谈，这样的会议是惯例，一般由市政府合作交流办来牵头组织。

但是那一回，习近平提出要亲自主持、听取意见，足见他高度重视和尊重各省区市驻沪机构。会议的规格因此明显提升了。而且，那天的活动，从下午座谈一直到晚上，各省区市驻沪办主任踊跃发言，时间很长，习近平从头到尾都参加了，并在最后作了重要讲话。

从这一年开始，新的工作机制产生了，每年由市委主要领导直接听取兄弟省区市驻沪办的意见，协调相关工作；不仅如此，每年市政府的工作报告（征求意见稿）在提交人大审议之前，也作为一个程序，听取各省区市驻沪办事处负责同志的意见和建议。

作为这次座谈会的另一重要成果，2007年7月7日，上海市委市政府下发《关于进一步加强国内合作交流工作的若干政策意见》。从上海加强合作交流工作的基本原则，到上海如何积极参与国内跨区域合作，如何突出重点，扎实做好对口支援工作等，可以说，直到今天，这份对全市合作交流与对口支援工作“定调”的2007年市委市政府21号文，仍有很强的指导意义。

习近平当年曾多次引用两句很形象的话教育大家。一句是“海不辞水，故能成其大；山不辞土石，故能成其高”。他说，上海能成其大，就是靠内联外拓，才成为现在的国际化大都市，今后还要这么走下去。另一句是“授人玫瑰，手有余香”，他希望大家懂得“助人为乐”“吃亏是福”的道理。

习近平当年这些话，许多干部都记住了，而且这么去做了。这些年，外省区市同志明显感到，上海的城市精神绝不是一句口号或空话，而是化成了实际行动。上海各项工作的大局意识不断增强，服务全国更加积极主动，更有作为了。

“不管是带队到苏浙考察，还是此后的 9 月来长宁区调研，习书记都非常强调要把上海城市精神作为政府部门开展各项工作的先导，要增强大局意识、使命意识、责任意识，主动做好三个服务。”时任长宁区区委书记薛潮说。

习近平在调研长宁区时，专门提到了“大虹桥”的概念。虹桥开发区、虹桥机场和虹桥综合交通枢纽，构成了“大虹桥”的概念。对于当时正在开工建设的虹桥综合交通枢纽，习近平特别指出，它既是上海的枢纽，也是长三角的枢纽，把大虹桥推到了长三角联动发展的前沿地带。

城市精神是城市文明进步的强大精神动力

“行是知之始，知是行之成”，“尽小者大，慎微者著”……利用重大活动推进精神文明建设，是我们的一条成功经验。上海办特奥、迎世博，是一个非常难得的推动精神文明建设的有效载体，也是一个极具号召力的响亮主题，是一个千载难逢的契机。

——2007 年 4 月 18 日，习近平在上海市精神文明委全体会议上的讲话

2007 年 4 月 9 日，习近平刚到上海担任市委书记不久，就来到世博会建设现场，调研世博会筹办情况，参观世博园区规划的沙盘，在高处俯瞰园区建设现场。

“座谈中，习书记言简意赅，但每一点要求都让在场者印象深刻。开门见山，他就指出要动员全市人民、携手长三角、举全国之力开门办博，从而体现新时期的上海城市精神。”时任市政府副秘书长、上海世博会事务协调局局长洪浩回忆道。

中国国家馆建设是上海世博会筹办工作中的一件大事。2007 年 8 月，上海市委的一次专题会上专门研究了中国馆的主题演绎方案。

习近平对当时提出的“城市发展中的中国智慧”这一中国馆主题表示肯定。他补充说，“中国智慧”要体现中华民族的大智慧。比如大象无形、大方无隅、大智若愚、大音希声，这些“中国智慧”，若体现出来，会很有意思。

习近平表示，从包容性看，改造、融合、兼收并蓄，都是“中国智慧”的特点。要通过中国馆的舞台，借鉴国际化的传播方式，将东方的智慧，变成世界的智慧。

“习书记的话点燃了大家的思想火花。”洪浩介绍，习近平对“中国智慧”的诠释，不仅融入到后来中国馆布展中，更融入到世博会举办和上海城市发展之中，并让人们对“海纳百川、追求卓越、开明睿智、大气谦和”有了更深刻的理解。

2007 年，上海的另一件大事是筹办特奥会。两段“特奥记忆”让时任杨浦区区委书记陈安杰至今难忘。

第一幕是习近平到杨浦区殷行街道调研，其中一个点就是街道的“阳光之家”。智力障碍人士在此为上海制皂厂包装肥皂，通过力所能及的劳动，他们找到了自己的社会价值，同时也为家庭减轻负担。“习书记对‘阳光之家’高度肯定，他评价说，这件事做得好，上海做在了全国的前面。”

第二幕是特奥会举办前夕，习近平查看位于杨浦区的江湾体育场，特奥会闭幕式在此举行。在现场，习近平嘱咐要把特奥会办出上海水平、中国特色、世界影响，同时反复强调：安全第一，上海责任重大，一定要照顾好来自全世界的特奥运动员。

江湾体育场有 80 多年历史，设施比较陈旧，组织方特地在水泥看台上安装了座椅。考察时，习近平走上看台，用手拍一拍，检查座椅牢不牢；走到出入口，看看通道是否方便；又特别强调严守食品安全底线……他说两万多名运动员都是不一样的孩子，必须要考虑周全一些。

10 月 11 日，习近平从北京赶回上海参加特奥会闭幕式。临走时他还特意回过身来叮嘱组织方：天黑了，孩子们还在那儿，大巴车的导向指示一定要醒目、清楚，不要让孩子们走错了。

通过特奥会，推动全社会对智障人士的关爱，推动上海社会福利、慈善、公益事业的发展，是习近平十分关注的问题。习近平到上海工作后不久，就听取了关于特奥会筹备工作的专题汇报，听到将以奥运、残奥的规格筹办特奥会时，他很高兴，一方面非常赞赏特奥会平等包容的理念，另一方面指出上海一定要肩负光荣使命，办好特奥会。

根据习近平要求，上海借助特奥会举办，在2007年掀起了专为智障人士服务的“阳光之家”建设高潮，最终“阳光之家”在上海每个街道实现全覆盖；在松江区还建成了大规模的上海阳光康复中心。

“到了今天，回过头看，2007年特奥会的高潮早已过去，但在这座城市中留下了硬件，更升华了城市的精神。”时任上海特奥会主席施德容说。

在上海市民印象中，当年提出的上海城市精神，与一道亮丽的风景线如影相伴：上海进行了“全城总动员”，组建了一支规模4万人的志愿者队伍，他们都穿着橙黄色衣服，汇成了一股“橙色暖流”。

这次特奥会的志愿者工作以及筹办经验，成为后来上海乃至全国举行大型活动的宝贵财富。

2007年4月18日，习近平在出席上海市精神文明委全委会时，就曾指出，上海办特奥、迎世博，是一个非常难得的推动精神文明建设的有效载体，是一个千载难逢的契机，是推动精神文明建设发展的极好机会。

习近平还指出，利用重大活动推进精神文明建设，是一条成功的经验。他要求，必须从细微之处着手，制定具体的、可操作的措施，使广大群众自觉摒弃有碍观瞻、有损形象、有悖科学、有害健康的陋习，养成良好的文明行为习惯。

“特奥会、世博会早已相继落幕，但重温这一理念和要求，仍有很强的指导意义。习书记在上海时提炼的16字城市精神，对上海来说，真是一笔弥足珍贵的精神财富。”时任市委宣传部副部长、市文明办主任朱匡宇翻开他的工作本回忆道，当时习近平针对城市精神有过一段精辟的诠释，自己特地抄下来时常翻看：“上海是全国的上海，上海要更加坚定地在国家战略下思考行动。上海的发展绝不可能独善其身，上海的发展也绝不可以独惠其身。”

一个城市没有个性，就没有灵魂。中国的城市建设日新月异，但一定要保持、延续自己的历史文脉。城市中的老建筑，应该像“老人”一样得到善待。

——上海世博会开幕倒计时1000天之际，习近平在接受央媒采访时说

无论是到中心城区还是到远郊调研，习近平总是不忘提醒上海的各级干部，要保护好历史建筑，保护好自然村落，保护好城乡的历史风貌，妥善处理好保护与发展、改造与新建的关系。他曾说：“城市中的老建筑，应该像‘老人’一样得到

善待。”

2007年7月，习近平利用周末，来到苏州河边由老厂房改建的M50创意园区调研。

当时，M50设计者、同济大学城市国家历史文化名城研究中心主任张雪敏接到通知有接待任务，但他事先并不知道谁会来。

张雪敏一边等，一边跟朋友聊天喝茶竟忘了时间，直到工作人员来电，才匆匆下楼，一看竟然是市委书记习近平，一行寥寥数人，轻车简从。

当时张雪敏感到很抱歉，但习近平表示没关系，他在门口指着墙上挂着的“中国大运河保护论坛”宣传内容，表示很感兴趣，并询问：“这个论坛很好，为什么没有请上海市政府作为主办单位？”

张雪敏回答说，这次是一个学术论坛，大运河相关城市都参加了，因为上海没有运河，没这样的资源。习近平表示，上海是码头，外地的、外国的都可以作为外部资源，上海要提供平台。

习近平随即对身边政府部门相关负责人说，今后办这样的论坛，建议把“上海市政府”写上去。

近两个小时的调研中，习近平提了30多个问题，问得很细。张雪敏从这些问题中，感受到习近平对历史、建筑、工业等历史遗产的保护非常重视，他也很关心城市更新中的创新，关注如何通过保护和更新，让传统文化焕发新的活力、形成新的产业。

“习书记当时提出的理念，在上海后来的城市规划建设中不断延续，城市更新取代了过去大拆大建的传统模式，城市历史遗产保护的理念深入人心。”张雪敏说。

当年7月的另一天，习近平到青浦区调研。那天冒着高温，习近平从上午8时多一直调研到傍晚，还专门去了朱家角古镇，他沿街踏访，与古镇的居民和游客亲切交谈。

座谈时，习近平对在场的青浦区党政干部们说：我看到有一篇文章上写，有些古镇全镇充满了“酱肘子的味道”，我们这里管理得好一些。他肯定了朱家角古镇保护的特色，对当地规划布局的控制给予积极评价。

习近平特地叮嘱当地干部，在上海这么一个时尚都市，像这种江南水乡、明清风格，已经不多见了，弥足珍贵，要很好地保护。要切实保护我们的自然村落和城镇，千万不能“千城一面”。

2007年9月，习近平在徐汇区调研时，听取了关于徐家汇商业开发和徐汇历史风貌保护区的情况汇报，还登上港汇广场1号楼的顶楼，在220多米高的楼顶俯瞰徐家汇全貌。

看到武康大楼等老建筑后，习近平对上海的城市文脉流露出浓厚的感情。他说，上海历史风貌的价值精华就在4000多幢老建筑，如果这些老建筑消失了，上海的文脉就切断了，历史风貌就没有了，城市特色也就没有了。对于历史风貌区要防止大拆大建，切实传承好历史文脉。

上海作为一个移民城市，海纳百川、兼收并蓄，中西交融的文化特质更突出一些。建设国际大都市，综合实力反映在文化上。

——2007年8月21日，习近平在文艺单位调研座谈时的讲话

市第九次党代会上，建设文化大都市的奋斗目标首次被写进市党代会报告。经济是基础，文化是灵魂。实现文化繁荣发展是提升大城市软实力的客观要求。

在上海工作期间，习近平积极推动、弘扬优秀传统文化和革命精神，给很多上海的干部和群众留下了深刻的印象。

2007年7月12日，习近平在调研虹口区时，专程参观了鲁迅纪念馆。

纪念馆的镇馆之宝是鲁迅先生的石膏面膜，这上面黏有鲁迅的20根胡须和两根眉毛，是迄今可以看到的鲁迅身上遗留下来的仅有的原物。“习书记参观时间比计划延长了一倍多，足见他对鲁迅先生非常有感情。”那天，时任上海鲁迅纪念馆馆长王锡荣为习近平做了讲解。有一个动人的场景，让他迄今难忘：在结束参观临上车前，习近平看到纪念馆前聚拢了不少游客，于是热情、大声地对大家说，“鲁迅先生的精神，我们一起来弘扬吧！”说完他和大家挥手告别，在场群众热烈鼓掌。

据一些学者的不完全统计，习近平担任总书记后，曾在各种公开场合提到鲁迅多达50余次，仅2014年主持召开的文艺工作座谈会上就7次提到鲁迅。

习近平为何对鲁迅如此推崇备至？在参观鲁迅纪念馆后，与虹口区干部座谈时，习近平这样说道：“我们这一代人都是受鲁迅文化熏陶出来的。我在‘文革’期间，把当时出版的鲁迅文集都看了，有的书看了好几遍。”

按照习近平的说法，他和鲁迅颇有缘分：插队时期他在延安，延安有鲁艺；调到厦门工作，厦门大学是鲁迅曾教书著述的地方；后来到浙江，绍兴是鲁迅的故乡；再到上海工作，这是鲁迅长期生活的地方……习近平推崇鲁迅文化，在他眼里，这是一笔宝贵的精神财富，体现了一种民族魂。他希望上海能发扬鲁迅文化养人心志、育人情操的功能。

习近平曾经这样阐述上海的城市精神：城市精神是一座城市的灵魂，是城市发展生生不息的力量源泉。上海在长期的发展过程中形成了有鲜明特色的城市精神，这一宝贵精神财富已经深深融铸在上海人民的性格、意志、情感以及行动之中。面向未来的发展，上海还必须提升、丰富城市精神的内涵，大力塑造海纳百川、追求卓越、开明睿智、大气谦和的新形象，使全市人民始终保持艰苦奋斗、昂扬向上的精神状态，为上海的发展提供强有力的精神支撑。

时任市委副书记、市长韩正说，习近平同志当年科学提炼和确定的这16字城市精神，是对上海城市文化特点的最好诠释，丰富并且提升了上海城市文化的内涵特质，对十年来上海的进一步发展和上海城市的精神形象塑造起到了很大的作用。在城市精神引领下，上海城市定位与产业发展，都首先考虑国家战略，考虑服务与辐射功能；重视培育创新文化，形成了以深化改革带动创新发展的鲜明导向，上海也因此正变得更有朝气、更有活力；推进国际文化大都市建设，市民文明素质和城市文明程度显著提高，彰显了上海的文化软实力和国际影响力。

可以说，10年来，习近平同志提出的上海城市精神，从精神到物质两个层面，都在引领上海的发展，提振整个城市的精气神。

（刊发媒体：《解放日报》《文汇报》《新民晚报》2017年9月27日）

代表作三：

“真正的政绩在老百姓的口碑里”

2007年4月3日，习近平到杨浦区调研民生工作。这是继浦东之后，习近平调研区县的第二站。他事先要求，这次调研主要看民生。

社区卫生服务中心、社区文化活动中心、社区事务受理服务中心、创业园、敬老院……一下午，习近平细细看、细细问。

在随后的座谈会上，他提出了“两个更多”的要求：把更多精力用到关心群众生产生活中，把更多财力投入到解决群众最关心、最直接、最现实的利益问题上。

此后，习近平在上海各区县调研，每次关注的重点可能有所不同，但两个话题从不缺席，一是党建，一是民生。

他说，老百姓生活的品质怎么样，以民为本的宗旨落实得如何，“我到上海以后，比较关心这个事情”。共建共享，是他反复强调的观点。经济发展成果要更多体现到改善民生上，我们这一届党和政府有条件、有责任在解决老百姓民生问题上做更多的事。

他告诫干部，解决民生问题是为政的根本，改善民生状况是最大的政绩。

动真情，下真功，深入到群众中去

古往今来，中国历史上许多有作为的官员无不以关心百姓疾苦为己任。从范仲淹的“先天下之忧而忧，后天下之乐而乐”，到郑板桥的“些小吾曹州县吏，一枝一叶总关情”；从杜甫的“安得广厦千万间，大庇天下寒士俱欢颜”，到于谦的“但愿苍生俱饱暖，不辞辛苦出山林”，这些都充分说明了“心无百姓莫为官”的道理。

——2007 年 6 月 29 日，习近平在上海纪念建党 86 周年座谈会上的讲话

到上海各区县调研，习近平广泛深入社区基层，从繁华街区到老式里弄，从田间地头到村宅农家，询问百姓办事是否方便，察看群众住房如何改善，关心农民收入有无增长，了解各行业各领域人士的所需所想所盼……饱含深情的走访，展现出真挚深厚的为民情怀、须臾不忘的人民意识和以人民为中心的发展思想。

来到社区，他常常要去文化活动中心、卫生服务中心、事务受理服务中心看一看。他说，老百姓的生活品质，是与政府服务是否到位相关联的。

2007 年 4 月 3 日，习近平来到杨浦区殷行街道。那时，殷行街道户籍人口接近 20 万人，中低收入的工薪阶层占了相当的比例。

“习书记到上海工作没几天就来看我们，让我们感到既温暖又光荣。”时任殷行街道党工委书记朱一平陪着习近平先后看了社区文化活动中心、社区卫生服务中心、社区事务受理服务中心和“阳光之家”、敬老院等。

那天，周边居民听说新书记来了，欣喜地从四面八方赶来。于是，习近平的手便交给了老百姓，只要是够得着的地方，他都一一握手。习近平说话音不高，却非常清晰，见到老百姓总是先伸出手，主动和他们握手，亲切问候。他说话特别接地气，问的都是老百姓心里关心的问题。回想当年这一幕，居民们心中依然感到亲切。

在社区卫生服务中心，习近平问来看病的居民“药费贵不贵”，“看病方不方便”。在社区事务受理服务中心，他叮嘱工作人员，“不要让群众办事求爷爷告奶奶”。在社区文化活动中心，习近平笑问一位白头发的老伯，“您是天天来，还是就今天来?”老伯告诉他，自己退休了，就住在附近，天天来，老了也要读书看报。

习近平来到街道敬老院时，正巧碰上敬老院为百岁老人张秀卿过生日，习近平笑着向老人拱手作揖，祝老人“福如东海，寿比南山”，引得现场一片笑声掌声。在场的老人们非常激动，一起唱起了《东方红》。

张秀卿老人的儿子凌羲伟告诉记者：“那年，妈妈一开始听说是市里的大官，特别紧张，话也说不好了，但后来觉得习书记很亲切，就像自己家里人一样，也就不紧张了。习书记给妈妈祝寿，她感到特别幸福。2009 年，妈妈过世了，老人家生前一直说，习书记给我祝寿的这张照片，是我们家的传家宝啊!”

2007 年“五一”前夕，普陀区环卫系统清扫班组长陈扣娣听说习书记劳动节要来慰问他们班组，又激动又紧张，三天晚上没睡好觉。

那天，习近平来了，周边小区里许多老百姓都涌了出来，来看看新书记。习近平很亲切，笑着和大家握手。“也怪，看到习书记和蔼可亲的样子，我心里一下子就定下来了。”陈扣娣笑道。

得知陈扣娣班组已七次荣获市劳模集体称号，习近平称赞他们说，你们是城市“美容师”，工作很辛苦，但很光荣，你们默默奉献，在平凡岗位上作出了不平凡的贡献，是工人阶级中的优秀分子。在班组荣誉室里，陈扣娣介绍了班组创造总结出的“十大特色工作法”，习近平赞道：“三百六十行，行行出状元。”

“虽然现在社会上对环卫工人还多少有些轻视，但习书记对我们的鼓励一直温暖着我们的心。”陈扣娣说。

做好民生工作，就是要对群众充满感情。有了感情，我们才会在看见老百姓遇到困难时吃不下饭、睡不好觉，才能千方百计创新各种方法为困难群众排忧解难。

——2007 年 9 月 4 日，习近平在普陀区调研时的讲话

习近平当年在上海的每一次调研、每一回走访、每一场座谈，亲历其间的无论是领导干部或是普通群众，对许多场景和细节都历历在目如数家珍，心中镌刻下一份美好而珍贵的记忆。他们说，习书记对老百姓，真是有种天然朴素的真挚情感。

2007 年 6 月 12 日，习近平到金山区调研，走进廊下镇中华村村民李菊观家。那会儿，李菊观家已经改造成农家旅馆。习近平坐在客堂间的八仙桌前，和李阿婆拉家常。习近平讲普通话，李阿婆讲金山本地话，区里的领导给他俩当"翻译"。习近平问李菊观，家里改造成农家旅馆后，一年收入能增加多少。李菊观告诉习近平几笔主要收入的来源，另外她还有土地流转费、农保，"我对习书记说，我一个 67 岁的农民，每个月可以拿这些钱，日子过得真开心！习书记听了，笑得开心来！"

李菊观领着习近平走进厨房，灶上搁着她刚烧好的菜饭。她盛了碗菜饭，请习书记尝尝，习近平边吃边夸赞说，"很香！"还让身边其他人一起尝尝。

让李阿婆没想到的是，临走时，习近平主动对她说，我们合个影吧，于是就在她家门口拍了张照。"这张照片我一直挂在客堂间墙上，喏，你看，习书记拉着我的手呢。"李阿婆乐呵呵地指着照片对记者说。

金山农民画家严军杰，那时在农家乐旅游点开了个画室。习近平去了他的画室。严军杰向习近平介绍了几幅作品，习近平饶有兴致地看着，他说农民能创作出这样好的作品不容易，还询问画作销售情况。严军杰捧上一幅新创作的生肖画说，"习书记远道而来，我想把这幅作品送给您留作纪念。"习近平笑着说，画我收下了，但不能送，要买，多少钱？严军杰如实相告，"这幅画如果卖的话是 500 元"。

过了没几天，严军杰收到镇政府转来习书记买画的 500 元钱。"镇政府工作人员还向我转告习书记的话，说谢谢我的画，有机会还会来看望我。"严军杰告诉记者。

民生民情，始终是习近平最深的牵挂。

习近平去宝山区调研，在座谈会会场上，他看到席卡上时任宝山区区委书记

吕民元和区长斯福民的名字，笑着说，“你们区委书记和区长的名字真好，这就是我关心的事！民元，民元，就是以民为本；福民，福民，就是造福人民。”

宝山区领导向习近平介绍民生工作时，提到区委班子为了熟悉农村的实际情况，每个区委常委都定期到一个村去蹲点，吃住在那里，帮助群众解决一些实际问题。习近平听了非常高兴，他说，你们做得对，发扬了党的优良传统和作风，执政党就是要想办法多为老百姓解决实际问题。

吕民元还回忆起这样一个细节，习近平来宝山区调研时，由于要看的地方多，时间比较紧，所以宝山区的基本情况和总体发展，吕民元是在车上抓紧时间汇报的。他准备了十多块图板，习近平坐第一排，吕民元就站着，一块块边展示边介绍。习近平听得很仔细。让吕民元感动的是，每当车子开过颠簸的地方，习近平就伸出手来扶住他。“这虽然是很细小的一个举动，但在场的人都感觉到很暖心。”

听民意，纳民智，团结最大多数人

要让上海人民的生活更加美好，需要汇聚各方智慧，深入破解一些难题。

——2007年4月2日，习近平在上海民主党派、工商联调研时的讲话

习近平在上海工作期间，始终与民主党派人士保持密切交往，肝胆相照，荣辱与共，吸纳来自各方的智慧和建议。

2007年4月2日，履新不久，习近平就前往上海各民主党派和工商联调研。他谈到，今后要和大家长期合作，经常交流，要发扬历届上海市委的传统，要充分发挥民主协商在我国政党制度中的独特优势，充分发挥民主党派和无党派人士参政议政的作用，充分发挥民主党派的民主监督作用，使我们的政党关系更加和谐。与会人士对这些话语印象深刻。

市第九次党代会召开之前，习近平听取各界对党代会报告的意见。民革上海市委主委高小玫看到报告第四部分关于社会主义民主政治建设这部分的表述时，提出建议，党代会的报告里，应该有“走中国特色社会主义政治发展道路”的语句。

习近平在会上第一个就回应了高小玫的意见，而且非常明确。他说，刚才民革的高小玫主委提到的这一点，是丝毫不能含糊的，“走中国特色社会主义政治发展道路”是我们必须坚持的，报告里一定要有。后来，大家拿到正式的党代会报告，第四部分的第一句话就是“坚定不移地走中国特色社会主义政治发展道路”。

做诤友、交真朋友。除了坦诚，习近平的细心，也让很多民主党派人士记忆犹新。

2007 年 5 月 24 日，市第九次党代会开幕那天，各民主党派负责人受邀参会。开幕式结束后，一些党外人士准备以会场为背景合个影。当时大家都聚在一起搬凳子，排队伍。谁都没有注意到，习近平正好走出会场大门。还是习近平先看到了大家，已经走出门的他，又特地折回。习近平主动和每一个人握手，并向大家热情致谢：“谢谢你们来参加党代会。”让人感到很温暖。

2007 年 8 月 16 日，习近平先后走访了上海五大宗教的五个代表性宗教场所。

当天非常热，来到玉佛寺时，习近平身上的白衬衫几乎已经湿透了，贴在身上，满脸也都是汗。但他顾不上休息，马上开始调研。玉佛寺方丈觉醒陪着他从山门一直走到玉佛楼，一边走一边谈，内容包括佛教建筑、佛教塑像、佛教人物、佛教故事等，习近平渊博的学识和对传统文化的深厚感情给在场者留下了深刻印象。

在弘一图书馆，习近平详细询问了图书馆的创办由来，对于玉佛寺能够在狭小的空间里专门辟出一块清净之地开办图书馆，并且主动与上海图书馆合作共建、实现资源共享，表示充分肯定和赞赏，嘱咐要把图书馆办好，成为服务信众需求、提升信仰层次的文化基地。

让觉醒感到特别亲切的是，习近平能一口报出他姓刘、辽宁人、几岁到上海，听了让人感觉一下就拉近了距离。习近平还详细询问了寺院里出家人的居住、生活情况，包括每个月的生活费、寺院的经济自养工作等，问得很细致。

后来，习近平还主动向大家介绍了他当浙江省委书记时和浙江宗教界的交往，在福建工作时和福建宗教界的交往。在和习近平的交流中，大家发现他不但非常重视宗教工作，也非常懂宗教，对宗教的教理教义有很多独到的见解。

上海之所以能够有这样的一个经济中心城市的表现，魂、根来自于文化。

——2007 年 8 月 21 日习近平在上海文艺单位调研时的讲话

那天，到上海京剧院调研，习近平一路看展板，看京剧院的发展历程，后来又一起看了京剧《杨门女将》的排练。当时，上海京剧院创作和排演的《廉吏于成龙》刚刚获得国家舞台艺术精品工程十大精品剧目和“五个一工程”两个大奖。当大家把这一喜讯告诉习近平时，他非常高兴。大家深深感受到，他对优秀传统文化、传统艺术的爱是发自内心的。

让时任上海京剧院院长孙重亮记忆最深的画面，是习近平看到展板上介绍习仲勋同志关心昆剧演员的内容时，在展板前驻足良久。“我想，那些照片和文字肯定勾起了他对父亲的回忆与怀念，从中也能看出，他尊重传统艺术和尊重艺术家的家风传承。”

习近平在调研中说，“经济是血肉，文化是灵魂”，“要把文化的力量融入经济发展中，在经济发展中推进文化发展，全面推进文化大都市建设”。这些话引起了在场所有人的强烈共鸣。

习近平调研京剧院时陪同的艺术家中，有著名京剧演员尚长荣。在尚长荣眼中，习近平亲民、厚重，富有人格魅力。“尤其是对于传统艺术，对艺术家们的关心是‘掏心窝子’的。”

有一个细节，尚长荣一直很感动。那是发生在后来他参加习近平总书记主持的文艺工作座谈会时。“那天会议开始前，习近平同志特别叮嘱了一句，这个会可能时间会很长，在座的有很多年长的艺术家，如果觉得坐得久了，可以在会场里走走，或者到休息室休息一会。”这种关心虽然细微，但是很真诚。

那次座谈会上，尚长荣作了发言，习近平听了现场回应：“长荣同志演的《贞观盛事》《廉吏于成龙》我都看过，这两部戏起到了警示、启迪的作用，有现实针对性，你们做得很好，真正起到了繁荣发展文艺工作的作用。”这不仅是对个人的肯定，也是对京剧传统艺术传承发展的肯定。

习近平在上海工作期间，与社会各界知名人士广交朋友。许多人不约而同地回忆道，在各类调研和座谈会上，大家发言都十分踊跃，习书记始终在认真听、认真记，听完了还当场承诺，大家提的意见建议，他都会带回去，与有关同志商讨，认真研究后负责任地回答大家。

作家叶辛曾两次参与习近平在上海期间的调研和座谈活动，一次是在市人大，一次是在文艺单位。他记得，习书记在上海期间，光是沪剧院就去了两次。

“从习书记的履历来看，他是陕西人，插队又在北方，包括后来的工作经历，对于沪剧应该了解不多，不太可能是沪剧的戏迷。但习书记知道沪剧是上海的地方剧种，当时也很需要支持，他对沪剧的关心非常及时，也很必要。”

后来，叶辛在北京参加了文艺工作座谈会，谈及自己在贵州插队当知青时，作为一个作家如何从当年苦涩的生活中汲取创作灵感，习近平当场回应：“我和叶辛同志都是上山下乡知识青年一辈，你是在南方的贵州，我是在陕北黄土高原。从延安坐卡车到县城延川，延川坐卡车到公社，这一路过去，那可比现在这PM2.5难受多了，我有一天开玩笑说那叫PM250。”

那次座谈会结束时，习近平和参加会议的每一位同志握手交谈。他走到叶辛面前时说：“上山下乡的生活，是我们共同的、宝贵的精神财富，你还可以写。”

就是要往矛盾里走，往问题里走

领导干部要与群众面对面接触，直接倾听群众呼声。要敢于到矛盾多的地方去，真正变被动接访为主动服务，变上来解决为上门解决。领导干部对信访工作既要“挂帅”，又要“亲征”。要真下，不能搞形式，走过场。

——2007年9月19日，习近平在杨浦区下访活动座谈会上的讲话

2007年9月19日下午，习近平到杨浦区信访办接待群众。

当时区里引进的五角场一个城市综合体项目正在开发建设，施工时因为基坑挖得太深，造成地基下沉，边上小区有500多户居民的房屋出现了屋顶和墙体开裂、漏水现象。之前各方先后开了60多次协调会，但在赔偿标准上始终谈不拢，问题一直没有解决。

针对这个事件，信访群众派了两个代表，一位是时任杨浦区五角场街道建新居委会主任宋维芳，一位是居民赵宏品。两人一起来到区政府，走进接访的会议室，发现接待他们的竟然是习书记，一下有点呆住了。

习近平看到他俩，笑眯眯的，很亲切也很耐心。赵宏品那时70多岁，刚开始很紧张，一坐下就告诉习近平，自己不会讲普通话，只会讲上海话。习近平挥挥手笑着说，没关系，我听得懂。赵宏品讲了快半小时，习近平始终在认真听，还不时地记。

习近平听了赵宏品和宋维芳的叙述，又听了市区有关部门汇报后说，一定要

按照法律和有关政策处理好这件事，绝不能让开发商笑老百姓哭！“我当时心里很激动，心想，这位书记心里装着我们老百姓。”宋维芳告诉记者。

听完情况后，习近平说了几条：一是开发建设中，老百姓的利益不能受损，对开发商要有约束；二是建设开发前要有评估，不仅要对开发内容进行评估，还要评估对社会稳定的影响，对老百姓合法权益的影响；三是解决此类事件必须依法，赔偿标准要由权威的第三方机构进行检测和评估。

那天下午，习近平接待了五批信访群众，内容涉及城建、物业管理和菜场问题等。

之后在座谈会上，习近平说，我们各级干部就是为了解决群众的实际问题而配备的。就是要往矛盾里走，往问题里走，要解决矛盾、解决问题。下访不要看得那么难，要“敢下”。你到群众中去，群众有什么好怕的？共产党什么时候会怕群众啊？共产党历来是依靠群众，走群众路线。

习近平下访之后，宋维芳和赵宏品作为居民代表又和开发商交涉过几次，明显感到，他们的口气不一样了。老百姓的腰杆硬了，开发商的口气软了。

时任杨浦区区委书记陈安杰告诉记者，后来，杨浦区成立了工作组，很快把这件事情圆满解决了。开发商让居民自选评估公司，走进受损的每家每户，对房屋安全和所有损失进行评估，并以此为依据进行赔偿。始终依法维护好群众利益，这一指导思想，使杨浦区在之后城市开发建设中遇到类似问题时，有了基本的指导思想和工作方法。

采访中，许多基层干部和百姓都对记者说，虽然当年和习书记只见过一面，但他的平易近人，急群众所急，给大家留下了深刻印象。

“我经常在想，习书记对老百姓这么好，肯定和他的经历有关，他是从基层一步步走上来的，还当过知青，亲身感受过老百姓的疾苦。所以我对他的这段经历特别感兴趣。”8 月上海书展举行，赵宏品专门去买了《习近平的七年知青岁月》来细细阅读。

宋维芳动情地说：“现在，每当我在电视上看到习总书记到贫困地区访贫问苦，走进困难群众家里嘘寒问暖，我都会回想起当初和他碰面时的情形，总会心头一暖。我知道，他是带着一腔真情去的，是为老百姓解决问题去的。”

要做这种雪中送炭的事情，把有限的钱用在节骨眼上，不要做那些图虚名的面子工程、形象工程、政绩工程，真正的政绩在老百姓的口碑里。

——2007年6月14日，习近平在黄浦区调研时的讲话

习近平到上海各区县调研，尤其关注百姓最有需求、问题最突出的那些地方。

位于中山东二路、金陵路口的光明大厦，当时是外滩地区的制高点。调研黄浦区那天，区领导陪同习近平登上楼顶，一边俯瞰四周，一边汇报正在进行的黄浦江开发工程情况。朝西南望去，十六铺、董家渡的大片旧区尽收眼底。指着那一片正在动迁、亟待开发的地块，习近平语气坚定地说，旧区改造一定要坚持推进，不能让老百姓再在这么破旧的房子里生活下去了。

习近平来到南京东路街道的承兴居委，那里是典型的上海石库门旧式里弄。居委会主任一见市委书记来了，特别激动，边走边详细汇报起工作来。区领导有点担心汇报得太琐碎，但见习书记饶有兴致地听着，还不时问这问那。在托老所里，习近平亲切地与老人们交谈，询问他们的伙食怎么样、开展哪些活动。当听到老人们对居委和托老所表示满意时，习近平欣慰地笑了，并叮咛时任黄浦区区委书记钱景林，上海已进入老龄化社会，区里一定要重视做好养老工作。

在承兴里，习近平对石库门房子里的厨房改造十分赞赏，他说，像这样的小事、实事，看上去不那么隆重，不像一个大楼建起来那么精彩，但它是惠及群众的，我们就是要把这样的事情一件一件办好。我们就是要设身处地地想想，假如我们是那里的居民，我们最期盼解决什么，换位思考以后，群众的期盼就应该是我们的实际举措。

在一位老妈妈家的厨房里，习近平看到经过改建的公用厨房面貌一新时，一边称赞居委会为百姓办了一件好事，一边轻声对身边的黄浦区领导说，“厨房改建还是比较容易的，我看最难的是解决马桶问题。”大家有些惊讶，习书记到上海工作才几十天时间，就对群众疾苦了解那么深！

让上海人民的生活过得更美好

作为上海的党政领导，心里有一种责任，一种压力，就是如何让上海人民的生活过得更美好。

——上海世博会迎来开幕倒计时1000天之际，习近平接受央媒采访时的讲话

习近平要求上海领导干部，要多干群众急需的事、多干群众受益的事、多干打基础的事、多干长远起作用的事，切实把各项利民、惠民、安民的政策措施落到实处。什么是“三最”（最关心、最直接、最现实）问题，要以老百姓说的为准！

他说，上海经济发展了，市民的生活水平也要有所提高，特别要关注经济还不富裕、生活还有困难的群众。

十年前，上海中心城区有大片旧区，习近平非常挂心百姓的住房困难。

2007 年 8 月 2 日，习近平到闸北调研，那时上海火车站南广场已经基本建设好了，北广场正在开发建设，那个区域还有大片棚户区有待动拆迁，南北广场一眼望去“新旧两重天”。习近平一行来到闸北彭浦新村街道一个社区，了解旧房改造情况。在廉租房政策受益居民家中，他与居民一家亲切攀谈，关切地询问他们的生活情况。在另一户居民家中，他仔细察看经过成套改造后的独用厨房和卫生间，叮嘱区领导要将这项造福百姓的实事工程办好。习近平说，推进旧区改造，是加快闸北发展的基础性工作，也事关解决老百姓的“三最”利益问题，应该集中精力把这项工作做好。

时任闸北区区委书记姚海同向习近平汇报了地区经济发展状况，闸北从 2003 年起，每年财政收入增幅在中心城区名列前茅。习近平对此十分肯定。他说，尽管闸北的财政不是很宽裕，但你们舍得加大对民生保障的投入力度，实实在在地为群众解决了一批急难愁问题。

坚持工业反哺农业、城市支持农村和多予少取放活的方针，扎实推进社会主义新农村建设，努力在解决“三农”问题、破除城乡二元结构上走在前列。

——2007 年 8 月 23 日，习近平在松江区调研时的讲话

2007 年，习近平到金山区调研。时任金山区区长吴尧鑫一上车，习近平就对他说，“你今天的主要任务是陪我多看看，汇报可以少一些。我以前每次从浙江来上海，都会经过金山，对金山很关注，也有所了解。”

在车上，习近平“考”吴尧鑫，“你讲讲看，现在农村百姓最希望解决哪些问题？”

吴尧鑫说，“我到金山工作半年多，听到基层干部反映，新农村建设中政府部

门认为办了不少好事，但有些好事老百姓不领情。比如，有的村建起了几幢高楼，让农民从简陋平房里搬出来，‘洗脚上楼’。但农民抱怨生活反而不方便了，种地的锄头没地方放了，种菜种葱的小园子没了。”

习近平问：“对这个现象，你怎么看？”

吴尧鑫答：“政府服务百姓一定要注重实效，让农民得实惠，如果农民的生产方式没变，硬要他们改变生活方式，这恐怕不行。”

习近平说：“改革发展要讲规律，给百姓办好事也要讲规律。那你准备怎么改变这个现象呢？”

吴尧鑫说：“农民不一定要集中住大楼，我们要想办法让农民即便住在村宅平房里，也能够享受城区市民的现代化生活方式。”

习近平点头表示赞同。

时隔十年，吴尧鑫对当年车上那场特殊的“考试”记忆犹新。

包括吴尧鑫在内，上海许多领导干部都记得，当年，习书记在不同的会议场合都说过，统筹城乡发展，根本出发点和落脚点，就是让老百姓有获得感，改善农民生活环境，提高农民生活质量，让农民共享改革开放和现代化建设的成果。

各级党组织要解决好“政绩为谁而树”的问题，坚持把实现好、维护好、发展好人民群众的根本利益作为出发点；解决好“树什么样的政绩”问题，要认真“做事”而不是“作秀”，要真正“造福一方”而不是“造势一时”；解决好“靠什么树政绩”的问题，大兴求真务实之风，按照客观规律办事、办实实在在的事；解决好“如何考核政绩”的问题，抓紧建立和完善科学的干部考核体系。

——2007 年 7 月 5 日，习近平在嘉定区调研时的讲话

在嘉定和青浦调研时，习近平都与干部说了交心的话：“基层百姓有几个真正关心 GDP 的？老百姓最关心的是能不能每年有增收，是不是在社保方面有改善，跟他们息息相关的利益问题是否得到解决。”他谈起一些地方出现的环境事件，“当人们连喝自来水都遇到了麻烦，这个时候，这样搞出来的 GDP 到底有多大的作用？”“我们听喝彩声，还是要真正听老百姓的喝彩声。”

习近平到青浦调研时，一路走，一路看，边听汇报边说道，进入青浦，满目绿色，湖光山色，生态环境很好。

多年来，青浦为保护水资源付出了艰辛努力，甚至作出了一定的牺牲，老百姓还有一些牢骚，认为这样那样的限制，影响了他们的生产和收入。“习书记此前已经了解到这一情况，他对我们说，对发展中的问题要辩证地看，切不能因为一时的发展，而牺牲了长远的利益，付出沉重代价。”时任青浦区区委书记巢卫林回忆道。习近平还叮嘱青浦区领导，要以对人民群众、对子孙后代高度负责的精神，把环境保护和生态治理放在各项工作的重要位置，下大力气解决一些在环境保护方面的突出问题。

“青山绿水就是金山银山”，这正是习近平长期以来坚持的绿色发展理念。

十年前，崇明生态岛的建设还处于起步阶段。习近平在崇明调研时说，一路走来，他对于崇明岛有了深刻的印象，崇明的发展理念很好。要按照建设生态岛的思路，认认真真做下去，只要认准了方向，就不要动摇。

水清、气洁、林茂、土净、环境宜人，这是习近平当时对崇明生态岛建设的目标要求。“对于生态岛的建设，习书记指明了相当务实的路径。他强调要正确处理生态与民生的关系，要加快构筑现代生态型产业体系。”时任崇明县县委书记孙雷说。

十年过去，习近平总书记依然牵记崇明。今年全国人代会上海代表团审议现场，习总书记详细询问崇明岛生态保护情况，“崇明岛现在是什么保护级别”“有没有列入国家级自然保护区”“崇明现在通大桥了吗”……

这十年来，上海对崇明生态岛建设的认识也从未动摇。今年 6 月，上海市人大常委会通过关于促进和保障崇明世界级生态岛建设的决定，继续按照习书记当年的思路和部署，从功能空间布局、环境品质、发展能级、人居环境等 12 个方面对崇明生态岛建设提供了立法保障。许多崇明的同志都希望总书记能再来生态岛上看一看！

2007 年 10 月 27 日，习近平离开上海赴中央任职。回顾在上海的这段工作经历，他深情地说，“我与上海人民同甘共苦、同舟共济，对上海产生了难以割舍的感情。”

同样，上海人民对习近平总书记的感情也深厚而绵长。

（刊发媒体：《解放日报》《文汇报》《新民晚报》2017 年 9 月 29 日）

申报资料实录

作品简介：系列报道以大量真实鲜活的事实和细节，生动记录了习近平同志在上海工作的那段岁月。解放日报、文汇报和新民晚报组成联合报道组，从党建、城市精神和民生三方面展开采写。报道组齐心协力，在较短时间内进行高密度采访，精心撰写并反复修改打磨，编辑精选精编珍贵历史图片，精心编排图文版面。

社会效果：该系列报道刊发后，迅速引发强烈反响，对全市深入学习贯彻习近平总书记系列重要讲话精神、以优异成绩迎接十九大胜利召开产生重要的舆论引领作用，受到各级领导高度评价，获得社会各界广泛好评。市委组织部即把报道纳入全市党组织“两学一做”学习教育的教材。市委宣传部发来嘉奖令，对解放日报社、文汇报社、新民晚报社予以嘉奖。

推荐理由：这组报道是在中央和市委有力领导下，上海各主要媒体掀起喜迎十九大舆论高潮的成功之作，充分体现了上海新闻舆论工作高举旗帜、自觉看齐，敢于担当、主动作为，团结协作、精益求精，创新表达、融合传播，导向正确、引导有力的鲜明特点。

十九大精神十九人讲

——学习同心圆特别党课

主创人员：集　体

（限于篇幅，文字稿略，获奖作品请听光盘）

（上海广播电视台 FM93.4《海上畅谈》2017 年 11 月 10 日）

申报资料实录

作品简介：党的十九大闭幕后，全国上下掀起了学习宣传贯彻十九大精神的热潮。由上海新闻广播、阿基米德等单位联合制作的“十九大精神十九人讲”也是其中比较亮眼的项目。这档由 19 位专家连续主讲、连续播出 19 天的音频党课，同时在上海新闻广播 FM93.4《海上畅谈》节目和阿基米德 APP《学习同心圆》社区同步直播。

为了让政策、理论宣传更加入脑、入心，主创团队打造了一堂堂形式新颖、内容丰富、贴近性强的党课。前期与主讲人认真拟定三级提纲、精心构建框架，力求既体现学术含量，又理论联系实际。

为了辐射更多党员群众听众，采用线上线下融合传播。上海新闻广播《海上畅谈》节目和阿基米德 APP《学习同心圆》专属社区同步直播，人民网·上海频道也提供音频点播。同频共振，回声悠远，开辟党课新媒体传播基地。

为了增强党课的覆盖面和渗透力，每次党课直播地点选择上海地标性场所、党性教育基地举行，包括中共一大纪念馆、中共二大纪念馆、中共四大纪念馆等，充分调动整合上海的红色资源。

社会效果：“十九大精神十九人讲”播出后，在社会上产生了较大、较好的反响。以第一节党课为例，当天有超过50万名听众收听。连续19天的音频党课，吸引了超过1000万人次的听众。阿基米德平台直播期间，共有超过150万台手机设备上线，有16000人参与留言互动，近12%的听众来自非上海地区，打破地方广播节目的地域限制。同时，各大中央级媒体如人民日报、央视《新闻联播》、新华网、人民网、光明网等都做了报道。

推荐理由：节目策划立意高远。伴随着上海学习宣传贯彻十九大精神热潮，“十九大精神十九人讲”特别专题应运而生。来自市委党校的主讲人专业权威，讲座内容既紧扣十九大报告文本，又有党建工作的实际案例，还有翔实的数据支撑，贴近了不同层次和年龄听众的收听需求。

传播形式创新独到。19堂音频课从标题入手，提炼出贯穿19大报告的19个“新”。同时，采用一小时宣讲环节加15分钟阿基米德问答环节的形式，在推广渠道上屡试新招，大体量的广播直播配合互联网直播，听众可以随时随地回听上线的党课音频，成为一次广播理论宣传的新创造、新作为。

传播效果讲究实效。节目除了提供音频点播外，还提供相应的文字、图片，PPT供听众浏览学习。此外，还将当天精彩内容制作成短音频进行二次传播，贴近并深入群众，接地气，有温度。

一等奖(20件)

“减负，从哪里突破”系列报道

作者：李雪林　樊丽萍　姜　澎　张　鹏

代表作一：

减负要出真招、动真格　先从厘清“义务教育”定位开始

“现在的孩子读书读得太苦了！”继今年上海“两会”上，关于“减轻中小学生过重课业负担”的话题引发代表、委员热议之后，近日，市委、市政府主要领导赴有关部门调研时再次强调，要出台坚决措施清理整顿规范教育培训市场秩序，减轻中小学生过重的课业负担，维护义务教育公平正义的初衷，维护上海教育改革发展的成果。

减负要出真招、动真格，突破口究竟在哪里？着力点应该在哪里？多位教育专家日前接受本报记者专访时直陈，首先要厘清义务教育的基本目标和定位，从而明确“该减的负担要减，有些不该减的‘负担’要补”。

本来“小众”的培养标准，竟成了大众的追求

在基础教育界，减负是一个人人关心、但人人都怕的问题。为什么这些年，“减负令”频出，但孩子的负担越减越重？

“在过去的10多年中，为了要给中小学生减负，取消了一些基础教育的评价标准。老的标准没了，但又没有用新的、更科学的标准代之，这就使得我们基础教育的评价标准不明确。”华东师范大学教师教育学院院长周彬说。

在中学挂职担任4年校长的周彬感触很深，缺乏科学的评价标准，是中小学生课业负担难减的重要原因。“讲得更直白一些，我们的小学教育究竟要培养什么样的人，标准是什么？这些基本问题现在给不出明晰的答案，使得广大家长和学校无所适从。”

一个最能说明问题的案例，就是被取消多年的“小升初”考试。“小升初”，过去有升学考试。1997年，响应当时的减负呼声，上海取消了“小升初”考试。

这个政策的出台，确实缓解了小学生的升学压力，但也带来了一个新问题：“小升初”阶段没有考试，如何科学地评价一名学生？

“于是我们看到：公办学校过去用来评价学生的一套占主流地位的标准，因为各种减负的考虑被去除；而民办学校那些本来属于非常小众的培养标准，却成了全体追求的目标。”周彬说，民办学校本来是为了满足一部分家长和学生在教育上的多元选择，“当本应为少部分有特殊需求的学生提供服务的民办教育的选拔标准，突然成为大众的标准后，学生的负担越来越重，这就不言而喻了。”

本市某高校一位教授告诉记者，即便他自己身为教育工作者，也会基于心理恐惧而去选择给孩子报培训班，“虽然理性告诉我，不应该从众去培训班，但我们谁都知道，以一己之力对抗整个体系，结果只能被碾压。表面上看，学生越来越重的负担是培训机构带来的，但根本的问题是，我们基础教育的内部标准缺失。”

“一刀切”的减负令，在个体差异面前并不适用

“事实上过去多年来，主管部门陆续出台多项减负政策，但为何有些政策并没有达到理想的效果?”沪上一所知名中学的校长在接受采访时直言，很长一段时间以来，一些“减负”政策，只是减掉了很多表面上的负担，而不是学生真正的负担。他建议，在出台新政前，要好好梳理旧政策的利弊得失。

比如，一说要减负，首先被规范、整治的就是学校的教学活动时间，要求学校严格遵守教学课时、不得超时；学生在校时间也有严格规定，放学后必须回家，学校不得组织任何活动。

“从教育发展趋势看，除了语数外等学科类课程外，学校应该为学生提供诸如STEM课程以及艺术赏析、动手实践等旨在拓展学生综合素质的非学科类课程。”上海市基础教育国际课程比较研究所所长、上海中学原校长唐盛昌指出，要求公办小学一律下午3点钟放学，这就使得学校根本没有时间来开展那些拓展学生素质和能力的非学科类课程。而事实上，这类课程深受学生欢迎，学生们都会主动学习，根本构不成“负担”。

更遗憾的情形是，学校遭遇的不少“减负禁令”，已经无形中把一部分学生赶向了培训市场。在不少学者看来，在减负问题上的“一刀切”，导致很多政策在实行过程中无法落地或者最终失效。因为，教育是面向人的事业，不管是限定学时还是限定作业量，在学生的个体差异面前，很多政策因为“不适用”，所以失去了效果。

（《文汇报》2017 年 2 月 8 日）

代表作二：

上海学生减负，正迎来绝佳时机

专家和一线教育工作者认为：卓有成效的减负关键是抓住“人心”

减轻中小学生过重的课业负担，上海正迎来绝佳的时机！

今年，作为全国两大试点省市之一，上海将首次实施全新的高考方案。以“两依据、一参考”为核心的新高考，预示着未来考试招生制度将发生“质”的变化。

“是时候告诉学生和家长了，不仅学校教育在变，考试评价方式也在变，单有一个高分，今后很难被好学校认可。”在不少学界专家和一线教育工作者看来，卓有成效地开展中小学生课业减负工作，关键是抓住“人心”。

处于升学链上的很多中小学生，被送去课外疯狂补习——学生和家长这种课外主动“增负”的行为，主要动机是“考更高的分数、上更好的学校”。但是，全新的考试招生指挥棒，正在发出全新的信号：死拼分数的时代已经过去。能否正确引导家长，向他们及时传递这些代表未来教育改革方向的信号，这是从源头上缓解升学焦虑、继而为中小学生减负的关键。

分数只是招生第一道门槛，“恶补”越来越不明智

“三年磨一剑”的上海新高考，今年终于要见分晓了。或许，孩子正在读幼儿园和小学、初中的很多家长，眼下还来不及“研究”全新的上海高考方案将对基础教育产生的影响。

为什么新高考的启动，可能是中小学生课业减负的一次绝佳时机？上海市基础教育国际课程比较研究所所长、上海中学原校长唐盛昌一语道破玄机：长期以来，中小学生的课业负担之所以越减越重，同固有的考试招生制度有关。无论是高考还是其他下游学段的考试，一直采取的是“单一维度”的选拔模式，拿“总分评价”这一把尺子来衡量学生。高考是最典型的，不管学生的特长、爱好是什么，每门科目考几分，最后的招生都是按总分从高到低录取。

“只要这种‘分分计较’的招考方式一日不破，学生的课业负担从根本上必然难以减轻，而升学压力也势必逐层向下传导。”唐盛昌说。

上海今年将首次实施新高考方案，除了考试形式从过去的“3 + 1”变成今后的“3 + 3”，在唐盛昌看来，新高考最核心的、最具改革力度的关键点就是实行“两依据、一参考”(即以高考成绩和高中学业水平考试成绩为依据，以高中综合素质评价为参考)。

对考生来说，这是一种评价方式的重大变化。

“过去的总分评价模式，在新的招考体系下已经被打破，取而代之的将是多元评价录取——新高考只是迈出了第一步，这个招考趋势以后会越来越明显。”唐盛昌认为，这也和国际上占主流地位的教育发展趋势和人才评价趋势是接轨的。

实际上，国内不少名牌大学今年举行的自主招生、综合评价录取试点等特殊类型招生试点，都传递了类似的信号。未来名校的人才选拔，必然是“既看分、又看人”的多元录取选拔模式。“如果家长们意识到，考试分数在今后升学中扮演的作用已经不这么绝对了，那么送孩子拼命补习，提高有限的分数，就显得不明智了。”唐盛昌说。

知识生产和传递方式急速变化，减负在这代家长身上或许“有戏”

除了考试招生制度的变革，和中小学生课业减负相关的另一个好时机，就是这一代学生家长的“背景”。

一位曾多年参与本市基础教育政策制定的主管部门负责人剖析，让孩子提前学习，获取升学优势，如今的“70 后”“80 后”家长之所以普遍认同这样的做法，和这一代人的成长背景不无关系。“读书确实改变了这代父母中很多人的命运，他们经历了‘知识越多越有用’的时代。”

表面上看，这一代人对孩子的教育很重视，“起跑线”意识很强，乐于送孩子上补习班，是一个很容易被升学焦虑传染的群体。但和学生家长交流多了，长宁区天山第一小学校长吕华琼发现，如今的家长有另外一面：他们普遍思维活跃，有较好的教育背景，视野开阔，乐于接受新事物和新观念。这些年轻家长会判断哪种教育理念更先进，哪些做法真正有益孩子，更愿意信任老师，配合学校的工作。

随着知识经济、人工智能时代的来临，知识的生产和传递方式正在急速变化——社会正在经历转型、发展，也必然会对人的学习模式和学校教育模式提出全新的要求。很多家长已切身感受到，孩子现在学得再多、再苦，知识仍然显得不够用，不断有新的知识冒出来。

“比起学科知识的积累，能力探究和素养提升更为重要。”多位学者在接受采访时指出，这种教育理念在新一代学生家长群体中日益成为主流，而这将为政府部门出台举措、为中小学生减轻过重课业负担提供社会心理基础。

由此，能否正确引导家长，可以直接决定课业减负的成效。吕华琼摸到了一点门道。“负担”这两个字，她极少和老师、家长提起，取而代之的词汇是“乐趣”，倡导利用一切可能，使学习变得有趣起来；合理分配在校时间，让小学生的身体“动”起来……这些理念都得到了家长的广泛认同。

谈到课业减负，多名校长都持比较乐观的态度：在这一代家长身上，或许“有戏”。

（《文汇报》2017 年 2 月 9 日）

代表作三：

减负是一项系统工程，现阶段应从整顿教育培训乱象开始

教育绝不能被逐利的资本绑架

开学前的这几天，不少中小学生家长纷纷走进培训机构，奉上不菲的学费——还在读幼儿园的孩子，每月补习费用奔着万元而去；为了升学，有的家长一次性为孩子支付 3 年十几万的补课费……记者调查发现，眼下，不论是学生、家长还是学校，在不同程度上被培训机构所“绑架”。

“是时候出台有力举措惩治培训乱象了！”不少业内专家指出，为中小学生减

负是一项系统工程，不可能一蹴而就，需要理性认识，而现阶段的重点应该是清理、整顿和规范教育培训市场，维护教育的公平公正。“教育绝不能被逐利的资本绑架!”

饥饿营销，把家长的焦虑做成一门生意

“距离2017年上海中考还剩120多天，中考满分630分，而沪上某知名高中去年的平行志愿投档分是604分，看来中考只有26分可以扣！来算算，如果体育扣2分，语文扣20分，剩下只有一道4分的数学选择题可扣了……”这条渲染升学焦虑的微信最近被转得火热，而其背后直接勾连着一个应考冲刺班的广告，目标群体就是今年要参加中考且孩子学业水平还不错的学生家长。

把家长们的焦虑做成一门“生意”，每年的升学季都是培训机构推出“狠招”的关键节点。这些年，为了网罗更多孩子进补习班，不仅培训机构制造“升学焦虑”的时间节点越来越提前，而且在营销上也花样繁多。

某全国性英语培训机构负责人坦言，该机构的营销人员与授课教师数量相同，因为“营销人员的说法技巧和策略，有时候比授课质量更重要”。

不少家长到培训机构咨询时，都会被告知“一座难求”，有的干脆被告知“没有听课名额了”。

小学生家长吴女士在经历了数次在线报名失利后，向一些有经验的家长讨教，结果被告知，这不过是培训机构的饥饿营销策略。“目的是告诉家长，这里报名很火爆。以至于后来接到培训机构的入学通知时，高额的费用都可以忽略不计。”

承担从报名、辅导到考试的“一条龙”服务

一脚踏进培训机构的课堂后，不少孩子和家长就会不自觉地被卷入竞赛的漩涡。有业内人士透露，目前大多数在民间有些知名度的学科竞赛，培训机构都承担着从报名、辅导到考试的“一条龙”服务。“其实，几乎所有杯赛的主办方就是培训机构，他们还设立了‘保过班’。既当裁判员又当运动员，培训机构能不火吗?”各种杯赛和培训机构之间已经形成了利益共生关系。

这几年，学科竞赛低龄化的倾向越来越严重。记者了解到，号称“奥数四大杯赛”中的“小机灵杯”和“走美杯”，都将参赛对象的年龄下调了一岁。培训市场

上，针对幼儿园中班开始的“思维训练班”也十分火爆。

沪上一所知名高中校长也很苦恼：培训机构要求学校主动拿出一些招生考试数据排名。如果学校不配合，在培训机构编制的“升学率”排行榜中，这所学校就会被排在后面，“这种民间数据家长都很相信，这会给学校招生造成压力。”而所谓排名，不过是数字游戏，培训机构想从中挖掘商机，获取更多利益。家长哪里想得到，自己正被所谓的排名、数据所“绑架”，陷入不断焦虑的漩涡。

这位校长直言，为中小学生减负，是时候对违规的培训机构出台有针对性的举措了！

（《文汇报》2017 年 2 月 11 日）

申报资料实录

作品简介： 减轻中小学生课业负担，是 2017 年两会上的热点话题。围绕这一社会关注度极高的话题，文汇报记者精心策划选题，启动深入调查，先后采访了广大学生和家长、一线教师、学校校长、业界专家以及培训机构负责人等多方面群体，刊发系列报道五篇，以抽丝剥茧的方式厘清“减负之结”，从体制机制、管理方式、社会观念、市场秩序等维度挖掘减负背后所牵涉的复杂问题，寻找减负工作的着力点和突破口。

社会效果： 这一组报道刊发于文汇报头版，图文并茂，具有了极好的传播效果，引起了社会各界的高度关注，获得市委宣传部阅评表扬，称该报道“立意高、调查实、见思路、见逻辑，扎到当前减负问题的难点、痛点，有效回应了社会关切，体现文汇报在教育报道上的权威专业，彰显了主流媒体的舆论引导力”。该文也同时在文汇 app 和文汇教育微信号发布，取得了极佳的融合报道传播效果。

推荐理由： 报道刊发后，市教委及有关部门迅速启动相关调研，着力从规范教育培训市场、规范民办学校招生秩序、规范中小学办学秩序入手，制定出台了相关政策法规，为中小学生减负形成全市合力。

规范教育培训市场秩序、推动中小学生课业减负是 2017 年上海市委市政府开展的一项卓有成效的工作，上海在减负领域取得的经验被教育部点名表扬，并作为经验在全国推广，而文汇报的这一组系列报道堪称是“先声之作”。这组报道不仅是市委主要领导到文汇报调研时布置的重要任务，也为后来本市主管部门出实招规范教育培训机构提供了有益的决策参考。

“大上海”，政府甘当“店小二”

作者：姜 微 何欣荣
编辑：姚玉洁

年终岁末，上海召开优化营商环境推进大会，拿出了一份扎实的《着力优化营商环境 加快构建开放型经济新体制行动方案》。

“营商环境就是生产力”、“不进则退，慢进也退”、“实现革命性流程再造”……不满足于小修小补，上海正以“刀刃向内”的决心，向全市发出营商环境再优化的总动员，以提升软实力和核心竞争力为目标，争创城市发展新优势。

大视野：高质量发展需要更优营商环境

对于营商环境的重视，上海可谓一以贯之、不遗余力。

“总体上是好的，走在全国前列。”观察人士评价。否则，就不足以解释有“620家跨国企业地区总部、420多家外资研发中心”落户上海。非税收入占上海一般公共预算收入的比重，今年已降至11.5%，为全国最低。

曾有外资企业尝试向上海的不同窗口咨询同一件事的办理流程，得到的反馈完全一致。政策的公开透明度高，堵住了“找关系才能办事”的制度漏洞。

诚信、法治、安全……优势还能列出不少。然而，参照国际最高标准、学习兄弟省市好经验，上海在营商环境方面仍有较大提升空间。

采访中不少企业家表示：“就政商关系而言，上海的环境是清的，但亲得还不够。”“服务中小企业和民营经济，还有持续提升的期待。”

民之所望，政之所向。

中共中央政治局委员、上海市委书记李强说：“上海能有今天的成就，关键一条就是抓住改革开放特别是浦东开发开放的重大机遇，着力营造良好的营商环境。”“进入新时代，肩负新使命，必须把优化营商环境摆在更加突出的位置。”

这样的认识，来自对世界形势的冷静研判，也来自上海党政代表团近期对长三角及广东深圳的学习考察。

看兄弟省市，优化营商环境你追我赶、创新迭出。江苏的“不见面审批”、浙江的“最多跑一次”，做得有声有色。相比原来的重招商引资，大家普遍意识到：“环境好了，项目自然会来。环境不好，项目来了也会走。”

谋更好发展，建设卓越全球城市，上海必须在提供更好的制度供给上不断有新突破。“依靠人口、土地红利早已难以为继。对照中央经济工作会议提出的高质量发展要求，上海需要更优的营商环境，以构筑新优势、培育新动能。”

大行动：有求必应、无事不扰　甘当服务企业的“店小二”

方向既定，紧接着就是怎么干。

围绕市场主体遇到的“痛点”“难点”“堵点”，上海全市正在开展一场大调研、大动员。从诸多细节中，企业家们一窥上海优化营商环境的决心：

有抓手。上海市市长应勇说，上海加快构建法治化、国际化、便利化的营商环境，核心就是深化政府的“放管服”改革。

以浦东新区率先试点的“证照分离”为例，目前已梳理出548项企业市场准入审批事项。“除了国家规定的事项，市区两级的许可审批，都要按取消、备案等方式进行改革。”

“事前审批是特例，事中事后监管才是常态”、“把经济管理权放到离市场最近的地方，把社会管理权放到百姓最近的地方”……中路股份董事长陈闪说，这样的改革，对企业家信心是很大的提振。

有数据。优化营商环境不是无的放矢，对照国际标准、坚持自我加压，上海抛出了一串硬邦邦的数据指标。

上海自贸区管委会常务副主任、浦东新区区长杭迎伟说，对标新加坡等地，浦东新区承诺“企业从取得土地到获得施工许可证的审批时间，带设计方案的不超过15个工作日，不带设计方案的48个工作日。”

有举措。营商环境改革是系统工程，只有落实落细，才能让企业有更强的获得感。

上海市发展改革委主任汤志平说，上海将围绕市场最关心的施工许可办理、企业开办、纳税、获得电力、跨境贸易等10大领域，开展专项行动计划，大幅改善企业办事全流程所花时间、效率和费用。

一言以蔽之，“该放的权要放得更彻底，该管的要管得更科学、更到位、更高效，服务要更精准、更贴心。”上海市委表示，政府要当好服务企业的“店小二”，做到有求必应、无事不扰。

大格局：营商环境便利度全面进入国际先进行列

“到2018年，相关领域的短板弱项明显改善，部分指标达到国际先进水平。到2020年，各领域的营商环境便利度全面进入国际先进行列。”在行动方案中，上海提出了总体目标。

实现这样的宏愿，上海既要将已有的强项做得更强更优、对短板弱项进行提升补齐，还要积极打造新亮点、新标识，形成强大“引力场”。

在充分调研和大量实践的基础上，上海的营商环境新亮点一步步清晰。

效率优先。全球最大的自动化码头洋山四期西侧，一辆标有“中国海关”字样的白色卡车伸出展臂，就架起了一个检测门。无人驾驶的集卡穿门而过，好像做了个全身CT，集装箱里装了什么一目了然。整个查验过程，耗时不足15秒。

“我们正在探索‘验放自动化、监控远程化、通关零等待、物流零干扰’的即时通关新模式。”上海海关关长高融昆表示。以大数据和人工智能等“黑科技”为支撑，上海正在全市推广“自贸区速度”，把“便利留给企业、复杂留给系统”。

创新优先。注册在上海闵行的“途虎养车网”有1700余万活跃用户，是汽车后市场领域的“独角兽”。在闵行市场监管局的帮助下，途虎正在制定上海第一个汽车后市场标准化体系，打造行业发展新标杆。

在第三方支付、网络文学等新经济领域，上海集聚了一批“独角兽”企业。“新经济跑得快，政府监管不能缺位。这要求政府加快能力提升跟上企业发展的步伐，而不是找根绳子把他们拴住。”上海市委提出，各级干部的监管思维要与时俱进。

让营商环境“没有最好、只有更好”，已成为新时代上海的新追求和新作为。企业家们期待，上海以更优的营商环境，为市场主体提供更好的创新发展土壤。

（新华社上海分社2017年12月24日）

申报资料实录

作品简介：本篇通讯的由头，来自于2017年12月上海召开的优化营商环境推进大会。标题中的“大上海”、“店小二”，形成强烈对比，激发了读者的探索欲，为文章的传播力奠定了基础。

在优化营商环境推进大会召开后的第三天就推出这篇通讯，显示了文章作者高度的新闻敏感性。文章对于优化营商环境“大视野、大行动、大格局”的论述，逻辑缜密、层层递进，可谓“骨架清奇”。文章随处可见的凝练金句、鲜活案例，显得“眉目清秀”。

社会效果：本篇通讯播发后，被《新华每日电讯》《中国改革报》等传统主流媒体在显著位置刊登。文章描写的虽然是上海的新闻事件，新华社统计采用量仍然达到48家。其中，国务院官方微信“中国政府网”全文转载，阅读量近10万，评论近千条。

中共上海市委负责人对本篇稿件提出肯定，认为文章展示了上海坚决提升营商环境的决心。外省市的一些党政负责人看到稿件后表示：上海这么发达的地方都在改善营商环境，其他地方没有理由不努力。可以说，文章对全国各地的营商环境升级起到了鞭策作用。

推荐理由：任何一篇高质量通讯的出炉，都不是临阵磨枪的结果，而是基于扎实调研的积累。本文亦是如此。文章源自于会场，功夫却在会外，展示了作者对于上海发展的长期观察和深度思考。

政府部门为外籍高层次人才打开“绿色通道”并资助实验室建设

两位诺奖得主将在沪拿“中国绿卡”

作者：俞陶然

编辑：徐蓓蓓　王仁维

近日，一位外国科学家走进上海市出入境管理局，办理了永久居留身份证申请手续，市出入境管理局、市张江高新区管委会、华东理工大学的工作人员全程陪同。他就是诺贝尔化学奖得主、华东理工大学客座教授伯纳德·费林加。预计下月，他将与上海科技大学特聘教授库尔特·维特里希一起，成为首批来沪工作并拥有“中国绿卡”的诺奖得主。

2016年，费林加因“设计并合成分子机器”获得诺贝尔化学奖。今年10月，他出任费林加诺贝尔奖科学家联合研究中心外方主任，每年来沪工作，带领华东理工团队研发新材料。“我们在研发光刺激响应性材料，它像眼睛一样，能对光的变化作出性能响应。”费林加告诉记者，“我们还在研发自修复材料，希望它像人体组织那样，能自我修复。”这些智能材料在医疗、电子、节能等领域，有广泛的应用前景。

作为2002年诺贝尔化学奖得主，维特里希正在带领上科大课题组，利用液体核磁共振等技术，探析人体内G蛋白偶联受体的分子机理。这种原创性研究，有望催生以G蛋白偶联受体为靶点的新药。

据了解，外籍科学家过去在中国工作，通常要在签证规定时间内离开中国，或在签证到期前重新申请，此外，在出行、购房、医疗等方面，均有诸多不便。今年，作为中央全面深化改革的成果，外国人永久居留身份证启用。持有这一证件的外国人，在我国境内很多事务上享有“国民待遇”。而根据公安部支持上海科创中心建设的“新十条”，截至目前，市张江高新区管委会为30名外籍高层次人才出具了永久居留推荐函。其中，就包括费林加、维特里希。

市张江高新区管委会分管领导表示，党的十九大报告指出，要“培养造就一大批具有国际水平的战略科技人才、科技领军人才、青年科技人才和高水平创新团队”；作为创新发展先行者，上海亟需引进一批高峰人才，并营造很好的工作和生活环境，让他们带领团队开展前沿科技研究。

谈及上海政府部门的服务，费林加用了“Fantastic”（好极了）一词，因为从体检到办理永久居留手续，他都走了“绿色通道”——相关部门简化流程，收到预约后很快安排，派工作人员全程陪同。

令他同样感到“Fantastic”的是，费林加诺贝尔奖科学家联合研究中心得到了“张江专项发展资金”重点项目资助，市张江高新区管委会、徐汇区政府、华东理工大学将联合出资，为他定制实验室，推动智能材料基础研究及其成果转化。“我们会把它打造成世界顶级实验室，在做出创新成果的同时，培养一批青年科技人才，并吸引全球知名科学家加入我们团队。”费林加说。

（《解放日报》2017 年 11 月 24 日）

申报资料实录

作品简介：党的十九大召开前夕，记者从张江高新区管委会获悉，该部门已为 30 名外籍高层次人才出具永久居留推荐函，其中包括两名诺贝尔奖得主。这是根据公安部支持上海科技创新中心建设的“新十条”，张江高新区管委会获得的新职能；而外国人永久居留身份证（俗称“中国绿卡”），是 2017 年中央全面深改领导小组会议催生的新事物。

十九大召开期间，诺奖得主费林加在三家单位工作人员的陪同下，到上海市出入境管理局办理“中国绿卡”申请手续。记者在现场见证了整个过程，并采访了费林加。一个月后，当相关流程基本走完之际，《解放日报》“新时代　新气象　新作为”栏目刊发了这篇独家消息，记录下诺奖得主在沪拿到“中国绿卡”这一重要事件。

社会效果：这篇报道有很好的传播效果。《人民日报》、人民日报微信号、新华社、新华社微信号、央广微信号、央视网、上视新闻综合频道等众多主流媒体和新媒体转载或跟进，多篇报道的点击量超过 10 万，并引发网民的海量评论。美国《侨报》、俄罗斯卫星通讯社、香港《南华早报》等境外媒体也做了转载或跟进，随后被《环球时报》编译，并成为《参考消息》视频新闻的素材，引发海内外公众对中国引进高端科技人才的关注。

报道还引起上海推进科创中心建设办公室的关注。经记者牵线，该部门将这一事件做进张江工作短片，在上海市长应勇、国家发改委副主任林念修出席的会议上播放。

推荐理由：一、这是一篇反映上海建设科创中心、为外籍高层次人才悉心服务的独家报道；二、在全国率先报道了外国顶尖科技人才便捷申请“中国绿卡”的典型案例；三、在主流媒体和新媒体上具有很好的传播效果，并得到了众多网民的正面评论。

文字通讯

上海：对标全球最高　开放之风劲吹

作者：王一彪　刘士安　李泓冰　谢卫群　叶　琦

开弓没有回头箭，百舸争流奋楫先。

东临太平洋，中国海岸线如一把张开的巨弓，长江如箭，箭与弓相搭处，就是上海，就是浦东。大江冲向大洋，把岸线顶成一个张开的“鱼嘴”，那“下唇”含住一汪水滴般的碧湖。冬日，这里的风很硬朗，吹出卷海回天的浩荡之气。

正午，刚刚开完领导干部务虚会，上海市委常委、浦东新区区委书记翁祖亮一行十来人便拎上盒饭，跳上中巴，急匆匆赶到这里与市领导汇合，实地研讨自由贸易港区的建设方案。“赋予自由贸易试验区更大改革自主权，探索建设自由贸易港”，十九大这一最新部署，让浦东人很激动，也给这里带来了新气象。因为中国第一个自贸试验区诞生在浦东，而上海自贸区改革3.0版，就包括建设自由贸易港。在翁祖亮看来，上海自贸区的试验任务重在制度创新，形成可复制可推广的经验；而自由贸易港则要对标全球开放水平最高标准，向世界亮出自由贸易港的中国方案。

由长江啄向太平洋的“鱼嘴”，“上唇”则是满目苍翠、白鹭翩飞的崇明岛。也是正午，三星镇平安村68岁的村民李诚踱出家门，把两个塑料袋分别扔进写着“干垃圾”“湿垃圾”的桶里。碰到记者，他指着清亮的小泯沟说：“原来上面油腾腾、下面臭烘烘，现在能洗菜洗碗啦！看，那边还在建污水处理槽，说是中国最先进的——阿拉崇明可是要建世界级生态岛呃！”

采访中，有句话被频频提及——“对标国际最高标准、国际最好水平”。

习近平总书记连续5年参加全国人大上海代表团审议，每年都对上海提出希望：当好全国改革开放排头兵、创新发展先行者。中央全面深化改革领导小组开会，上海话题频现，交办的改革任务是系统集成的，特别是上海自贸区和具有全球影响力的科技创新中心建设……

中央重托，上海责无旁贷。曾为全国提供了诸多改革经验的上海，不再满足于国内领先，而是定位于“全球卓越”。

上海先行先试的新故事，再次告诉世界：“中国开放的大门永远不会关上，只会越开越大！”

强化对标意识上海底气十足

敢与国际最高标准“对标”，上海底气何在？

底气源自改革。

4 年的上海自贸区试验，累计有 100 多项制度创新成果在全国复制推广。“中国面临日趋复杂的国内外形势，国际投资规则与贸易体系面临重塑，上海自贸区这场‘国家试验’的先行先试，已经成为中国改革开放的重要推动力。”第三方评估公司普华永道如此评价。

而中共中央政治局委员、上海市委书记李强履新一周便到浦东调研，一席话说得听者既冒汗又提气：“浦东要勇当新时代全国改革开放、创新发展的标杆”“在新的更高起点上再出发，以更大的责任担当、更好的精神状态当好排头兵中的排头兵、先行者中的先行者”……

“目标高远，挑战巨大。自己懂不懂国际最高标准，会不会操作，有没有改革方案？开放倒逼改革，干部们开始了大调研，反复问自己，反复找短板，有了强烈的紧迫感。”浦东新区区委常委王宏舟说，“还是要大胆试、大胆闯、自主改，改革永远在路上。”

底气源自开放。

且看银监会官方网站的一组数据，截至 2017 年 9 月末，上海辖内外资银行资产总额 1.45 万亿元，同比增长 15.1%。在华外资银行总资产、总存款的大约一半都放在了上海。对此，有财经媒体人用“震惊”来形容。

上海银监局副局长马立新谈及，超过半数的外资法人银行将注册地放在了上海，他还提醒记者，上海目前银行贷款不良率只有 0.57%、关注率 1.02%，为全国最优之列，显示经济运行健康、效益凸显。“国际金融机构对上海投了信任票，不是没有原因的。”

霍尼韦尔，一家年销售额数百亿美元、专注高科技生产制造与服务的多元化跨国公司，把中国研发中心放在了上海自贸区的浦东张江。霍尼韦尔特性材料与技术集团全球副总裁、亚太区总经理余锋说："我们也刚学过十九大报告。今年的投资都赚钱了，明年的投资方向就在这份报告里！"

底气源自创新。

浦东张江眼下到处都是工地。作为具有全球影响力的科创中心载体，张江科学城建设规划于今年盛夏获批，目标就是"世界一流"。在张江综合性国家科学中心，光源工程二期、超强超短激光装置等一批重大科技基础设施正在建设，对标的是美国硅谷、新加坡玮壹科技园、日本筑波科学城……

世界一流的科学家也瞄准了张江。在上海市出入境管理局，华东理工大学客座教授伯纳德·费林加和上海科技大学特聘教授库尔特·维特里希刚刚通过"绿色通道"申请了永久居留身份证，成为首批入沪工作并拥有"中国绿卡"的诺奖得主。张江高新区管委会已为30名外籍高层次人才出具了永久居留推荐函。

十九大闭幕不久，上海就迭出创新新闻：11月14日，市政府发布《关于本市推动新一代人工智能发展的实施意见》；11月15日，上海航天人为太空再添"中国星"，风云三号D星升级换代，6台新载荷达到国际领先水平；11月27日，上海市政府与人工智能独角兽企业——商汤集团开展全方位战略合作，商汤集团5年内在沪总投资额不低于60亿元；11月28日、29日，新增两院院士公布，上海13人当选，使沪上院士总数达到全国第二，生命科学和医学医药实力突出，大科学装置群的人才效应正在显现……

瞄准"最高最好"打造"中国样本"

要对标国际最高标准、国际最好水平，关键是找准真正的"最高最好"。上海不同行业、不同部门、不同地区，都在为自己找标杆、寻参照，规划蓝图，直至将自己也做成"国际标杆"。

浦东张江张衡路，上海同步辐射光源发生装置。和友博士指着复杂的仪器如数家珍：上海光源释放的光，亮度是普通X光的1000倍，相当于一个超级显微镜集群，能看清病毒的结构、材料的微观构造和特性。"过去新药研究，细胞受药后是否有作用，没法看清，科研人员很苦恼。现在过来一看，就清楚了，科研效率大大提高。已经有超过1.5万人次的中国科学家到这里做试验啦!”

“对我来说,十九大报告很实在,也给了科技人员实现个人梦想的机遇。”和友腼腆地说,“我能在这个位列中国第一、进入世界第三代中能同步光源第一方阵的大科学装置中工作,真是太幸运了! 上海科创中心建设进入国家战略,我们成为世界级光子科学研究基地的梦想也会实现。”

中国商飞 C919 总装车间,C919—102 号正在做试飞前的系列准备。刚刚分享了中国第一架大飞机腾空飞行的喜悦,第二架大飞机又将起飞。至今,C919 的订单数量已经突破 730 架。试飞中心党委副书记迟翔远指着发动机介绍,C919 使用的这台发动机,是由美国通用电气和法国赛峰公司合作研发的最新一代 LEAP 发动机。当 C919 选定这台发动机之后,同 C919 相对应的波音 737MAX、空客 320Neo 型最新款的飞机,也都换装了这款发动机,可以说是改变了当时干线客机的发动机市场,也说明 C919 具有非常好的市场竞争力。

与此同时,在东方路上的振华重工总部总控室里,振华重工总裁黄庆丰正盯着大屏幕,远在东海之畔的洋山港第四期码头上,一只只集装箱的位移清晰可见。这个世界最大的自动化码头,即将正式启用。

1992 年从港机起步的振华重工,最初的梦想是“世界上有码头的地方就有振华港机”。1998 年起,振华提出“每年至少做一个世界第一”的目标,从未落空。现在,地球上所有港口的港机,有八成都姓“振华”。

等洋山港自动化码头启用,“中国在这个领域当之无愧领跑世界!”黄庆丰说,“十九大对推动形成全面开放新格局作出重大部署,并将扎实推进‘一带一路’建设列为一项主要任务和重要举措,我们‘一年一个世界第一’又有新的筑梦空间了。帮助‘一带一路’沿线国家提升港口水平的同时,振华也会更强更大,将由制造商逐步转变为系统方案提供商。”

进入新时代,开启进一步走向世界、发展更高层次开放型经济的新征程,被定位为“服务国家‘一带一路’建设、推动市场主体走出去的桥头堡”的上海,蔚然呈现昂扬壮阔的新气象。

上海外高桥保税区法赛路 310 号,上海自贸区国别(地区)进口商品展示交易中心。马其顿的水果和蔬菜、保加利亚的玫瑰,琳琅满目。展示交易中心将中东欧 16 国的绿色农业、食品业、精细矿产等引入中国市场。这些国家的悠久历史、独特文化及丰富的旅游资源,也搭车让中国消费者共享。

“这不，十九大一闭幕，中心又与阿塞拜疆签约，整体引入其 11 家酒庄进入中心展示。”外高桥集团股份有限公司副总经理俞勇说，“我们希望这是一扇窗，中国消费者推开它，可以看见世界；而国外的中小企业推开这扇窗，则可以看见整个中国。”

这样的窗，在上海还有很多。

驾车驶出上海中心城区进入崇明岛，车窗外的国际大都市景象便切换成了乡野风光。这里 PM2.5 平均浓度仅为 35 微克/立方米，是国际候鸟迁徙路线上一大重要驿站。

三星镇党委书记龚霞刚察看了中车集团承建的农户污水处理系统的建设进度，又风风火火地去迎接来为海棠种植把脉的院士。小镇书记虽沾乡土气，却谈笑有鸿儒，上海交大、同济大学的大专家追着她叫“海棠书记”。“崇明也曾经村村冒烟。现在是一镇一特色，一镇一公园。我们镇种满了不同年代、不同品种的海棠，有集聚效应嘛！”

崇明区委书记唐海龙很自豪：“好空气真能当饭吃。世界生态岛是个很大的舞台，让国际高手都来竞技！”看中这里的生态，国际自行车、国际马拉松的高等级赛事相继落户。崇明列入第一批国家生态文明先行示范区试点，还被作为“生态岛建设”典型案例，编入联合国环境规划署的绿色经济教材，向全球 42 个岛国推荐，“崇明样本”对全球发展中国家探索区域转型的生态发展模式具有重要借鉴意义。

漠漠水田，白鹭纷飞。在崇明，鸟很幸福，人更幸福。“气管都被这里养娇了！”说这话的是崇明香朵开心农场的工作人员毛淑芳，来自台湾。站在绿野平畴，看白墙黑瓦错落，湿地细流潺潺，真仿佛走进了唐诗，走进了乡愁……

建全球卓越城市引国际人才争栖

费林加想申请“中国绿卡”，一个重要原因是平台、是事业。

2016 年，费林加获得诺贝尔化学奖。一年后的 10 月 22 日，就在中国召开党的十九大期间，“费林加诺贝尔奖科学家联合研究中心”在华东理工大学成立，他出任外方主任。张江高新区管委会、徐汇区政府、华东理工还将联合出资，为他定制实验室，推动智能材料基础研究及其成果转化。对此他很感动，用一个词评价：“Fantastic！”（非常好）“我们要打造世界顶级实验室，做出创新成果，也培养一批青年科技人才,吸引全球知名科学家加入我们团队。”

更多的费林加故事还在继续。10月底,“上海吴孟超国际诺贝尔奖获得者联合科技创新中心”落户嘉定,将联合医学领域的诺奖得主,发起精准医疗的攻关,特别是免疫细胞治疗的创新。

各路精英正在向上海集聚。

纳贤路,张江国际创新港。这个创客空间吸引了创业企业270多家,“掌柜”的是个叫盛夏的姑娘,“摆开八仙桌,招待十六方”:“微软、英特尔、博世等知名公司的大咖们,高管和投资人,都是我的贵客。”

大咖们挑事业平台,挑生态环境,也挑人文环境。

许多年之后,上海文化发展史上将会记住2017年这个冬季。世博文化公园、浦东美术馆、宛平剧场、上博东馆、上图东馆、程十发美术馆等一大批文化设施齐齐开工,上海交响音乐博物馆也开始试运营……

如此密集展开重大文化设施布局建设,不光在上海,在全国甚至全球都属罕见。其间有深意存焉:着眼的是做强城市文化软实力,瞄准的是2020年基本建成国际文化大都市的目标。

徐汇滨江水岸,被称为西岸。11月27日,商汤科技入驻徐汇,吸引他们的,正是西岸的气质。

黄浦江在这里柔和地摆了一下腰肢,十足的艺术范儿。曾经,这里是工业铁锈地带,市民无法踏足。整体开发后,新增出相当于一个小陆家嘴体量的空间,目标是“全球城市卓越水岸”,塔吊成了艺术地标,煤码头摇身变成美术馆,水泥厂脱胎换骨成了梦剧场,各国艺术家在西岸建筑示范区纷纷开起工作室,缤纷着奇思妙想……徐汇区委书记鲍炳章说,“过客看硬件,留客看软件。软件,就是一个城市的文化内涵,真正打动人心。”

徐汇区正在用“放大镜”找短板,参照系在伦敦、巴黎、纽约、东京。比较方式很独特,不仅是用平视图,而且将4个城市的俯视图进行比照,看城市肌理,看城市生态……这样绣花般地筑人文之巢,“凤凰”焉能不来?2017年新当选中科院院士公布,上海新增10人,一半工作在徐汇。

今年年底,黄浦江滨江两岸45公里即将全线贯通。中国美术学院院长许江一语中的:“西岸是黄浦江的西岸,而上海是太平洋的西岸。”

太平洋西岸,数行白鹭正从遥远的西伯利亚翩飞而来,湿地里早就打好的一排排细木桩，等着它们来栖息。洁白的翅膀乘着来自大洋的罡风，一飞冲天……

（《人民日报》2017 年 12 月 4 日）

申报资料实录

作品简介：十九大之后，按中宣部布署，本报以此为开篇，推出“新时代新气象新作为”的“三新报道”，记者深入上海改革开放第一线，进企业、走乡村，访农户、探街镇和社区，写出这篇思想性强、信息量大的重头报道。在总社领导的率领下，我们用一周采访，三天写作，迅速成稿并见报。

社会效果：报道见报后，中宣部领导和人民日报领导均给予很高评价，认为报道有份量、有现场、有文采，虽然文长，但是一口气就读完了。中宣部副部长蒋建国在报道上批示，“社领导亲自上，人民日报新‘三新’主题采访报道开篇有响”。上海市委书记李强批示，“今天的开篇通讯主题突出、文风朴实、生动鲜活，份量很重。非常感谢人民日报社及上海分社的高度重视和大力支持”。

推荐理由：文章站位高，举重若轻；结构布局清晰，层次分明。作品深入浅出，是一篇有特色有份量的佳作。

文字系列报道

“私宴”扰民系列报道

作者：张益维　沈　阳　杨伟中　张勇建

代表作一：

“私宴”扰民，小区业主被逼搬家

噪音、酒气和不断出入的陌生人打破小区静谧

执法部门称此类新事物缺乏认定标准

仅一个月时间，一家开在浦东新区家化滨江苑居民楼里的“私宴”（又称私房菜），就把这个小区原本和睦、静谧、安全的居住环境破坏殆尽：大量涌入小区的车辆，不断出没的陌生人，带着酒气在电梯里嚷嚷的各色食客……

有些业主不堪其扰选择搬离，另一些住户只能选择硬熬，楼上一家业主甚至被迫整晚紧闭门窗，以避免油烟侵入。

这些业主有一个共同的困惑：难道真得没人可以管得了这些擅自开在居民小区里扰民的“私宴”吗？

被困扰的业主：被扰后无奈出去借房住

琳芳（化名）现居的房子购于2007年，一梯一户，拥有视角绝佳的黄浦江观景大阳台，且距离上班的陆家嘴商务楼仅有几公里。绝好的地段、罕见的江景以及400多平方米的面积，令这套房子昂贵无比，琳芳夫妇为此背负十多年房贷。

不过，在琳芳眼里，一切都是值得的。然而，一家今年6月突然出现在琳芳家楼上的私宴，彻底摧毁了她的人生规划。如今，她宁愿出去租房子住，也不愿

再住在家里。

琳芳一度觉得,只要好好协商,总有办法解决问题。然而,沟通的结果却令琳芳十分失望,楼上的房东表示,自己的租房合同上明确写着不能做餐饮,但租客是否在做餐饮,他也无法认定。

居住在楼下的琳芳不得不忍受私宴所带来的各种困扰,包括叮叮当当的噪音,以及电梯间里特定时间散不掉的酒气,以及不断出没的陌生人。

“6 月 13 号的晚上,我在楼下遇到了一个陌生人,我就问,你是去哪里? 结果他报出了一个房号,就是我家。”琳芳直接拦着那个陌生人,不让他上楼,对他说: 我就是这户的业主,你到我家拜访谁? 琳芳报警了。开设私宴的老板不得不出面。然而,这一次沟通,双方并不愉快。

几天僵持之后,她决定认输,离开自己的家,“我准备把这里租出去,自己出去借房子住。我只要想到这个事情,就感到压抑,我必须把这篇翻过去。”

被打扰的小区: 物业拦不住,居委劝不通

住在私宴楼下的琳芳,决定一走了之。但住在私宴楼上的海晴(化名),却因为暂无搬离打算,被迫整晚紧闭门窗,防止油烟侵入。

“琳芳他们能走,我这种搬不了的,只能硬熬。”海晴苦笑。

她已经近一个月没有享受自家的临江阳台了。楼下客人的喧哗声、饭菜的油烟味以及酒气,使她购买的江景房,彻底丧失了意义。

“这其实已经不是我们小区第一次遇到私宴了。”家化滨江苑业委会成员钱太太介绍,早在 2016 年,该栋楼 501 室就曾因开设私宴,被业主举报,“501 的情况非常明显,有巨大的排烟管道,所以被城管上门拆除了,同时被拆的还有超规格的灶台”。

家化滨江苑的物业公司——上海上实物业管理有限公司,以及塘桥香花桥街居委会的钟书记,都佐证了钱太太的说法。

“居民曾经向我们投诉过小区里开设了两家私宴,我们所能做的就是调解、上报。去年至今,我们为 501 室不知道上门了多少次。另一家我们也上门过,但是他们不开门,我们也没办法。”钟书记说。

同样感到困扰的还有小区物业,物业的蔡经理说,因为相关部门没有认定,他也不能说居民反映的这几户人家就在开设私宴,但是,从物业管理的角度讲,这几家的状态确实比较异常。

“我们上门去问，人家就说是在家宴请客人。但是，正常人家谁天天请客呢?”蔡经理说。

“巅峰时候，我们的物业记录去他们家访客的车辆一天有七八辆。后来他们发现我们在记，就开始乱报访客对象，还被业主撞见过。再后来，车辆连小区门都不进了。车子直接将人带到小区门口，人进小区了，车子开走了。”蔡经理说。

“我们现在只希望，赶快修好我们小区的监控系统。只要电梯里有监控了，谁去哪家就一目了然了。”蔡经理感慨。

监管困境：缺乏认定标准，执法困难

业主们说，为了能够保护自己的权益，他们曾多次向相关部门投诉。然而，投诉的效果却并不十分显著。为何会出现这样的情况呢？记者分别联系了业主曾反映的两家单位——塘桥街道城管中心以及浦东新区市场监督管理局。

塘桥街道城管中心王副队长说，今年，城管中心一共接到了该小区两次相关投诉，一次是6月2日，另一次6月8号，城管中心工作人员也分别登门检查两次，分别在6月4日，6月29日。根据城管执法的相关管理条例，业主投诉的问题主要为改变物业使用性质，即居住用房改为了非居住用房。

然而，王副队长坦言:“上门调查后，尽管我们进行了拍照取证，但是由于问题比较新，我们在执法过程中，也遇到了困惑。”他说:“不像是一些公司用房，房屋格局被改变了，门口有牌子，里面有办公设施，这种我们很好认定。而这个房屋的格局几乎没改变。屋子里的主人称自己就是为了请客吃饭，并没有改变格局。我们咨询了相关的法律人员，发现对于这种新兴事物，缺乏认定标准。每个人看法都不一样。”

对此，浦东市场监督管理局的工作人员也表达了相似观点:“我们的工作人员去现场调查发现，里面确实有一个大台面，但是仅依靠一个台面，并不能认定其为经营行为。下一步，我们将针对投诉情况进行深入调查，一旦查实违法经营行为，将依法严处。”

面对执法困境，王副队长说，塘桥街道正在寻找进一步解决方案，“这个问题其实还涉及到了对外经营、消防隐患、外来人员进出频繁等问题。我们现在也在申请，是不是从综合治理的角度出发，从街道综合整治入手，总体上解决问题。”

记者暗访:“我们主打融合菜,一般是 500 元/位”

琳芳楼上这家坚称自己是在宴请宾客的人家,到底是在招待亲友呢,还是对外经营呢? 6 月 29 日,记者以食客的身份对该私宴进行了暗访。

在敲开该户人家大门后,记者率先表示:“我们听说这里有私宴,想过来看下环境和菜品。”细细打量了记者一番后,开门的男子转头对里边说:“老板,有人来看环境的,要订餐。”

进门后,记者观察到原本 400 平方米的住宅被划分成 4 个区域,最多可同时招待两批共 24 位宾客。进门后的左手边就是一个敞亮的桌球房,往里走几步,100 多平方米的客厅内放置了一个可供 16 人同时用餐的圆桌。圆桌的一端连接着一个半弧形的吧台,长约两米的大理石案台上放置了一些茶具。圆桌另一端的墙上架设了一个投影仪,老板称这是为了方便宾客在用餐时谈业务而设。

客厅沿江的落地窗也被店家合理地利用起来,一个六人位的茶几置于窗边,方便宾客在餐前饭后的茶歇小憩,饱览江景。走廊的尽头则是另一个可容纳 6 人的小包间和一个日式的棋牌室,也可以欣赏到江景。

一男性光头负责人表示:“我们这里主打融合菜。粤菜、西餐、法餐都有,你要什么,我们就帮你做什么。”

“收费是怎样的?”

“我们这里的收费是 500 元到 600 元一位,如果人数多的话一般是 500 元一位。如果你们需要分餐制我们也可以提供,但是收费就是 1000 元一位了。我们这儿的江景是‘沿江私宴’中最好的。”

这名光头男子还介绍,将会有三位服务员同时为两批客人服务,并提供水果茶歇等,完全可以保证服务质量。他还表示可以帮客人开具相关用餐发票,但收取发票服务费的数额并没有明确表态,只是称不会很多。

“如果你们有需求,我们还可以帮你叫游艇。”该男子说。

最后,该男子补充说:“麻将室使用是要收钱的,茶室收费标准是看你们喝什么茶。”

(《新闻晨报》2017 年 7 月 4 日)

代表作二：

一些订餐平台助推私宴牟利

以“隐秘在小区中”为卖点拉拢客源，每单收30%佣金　市食药监局正展开调查

昨日，本报今年夏令报道开篇聚焦浦东家化滨江苑小区业主饱经私宴困扰，不得不搬家一事。事实上，家化滨江苑的遭遇，只是私宴野蛮生长的冰山一角。

记者进一步调查发现，一些订餐平台上公然助推无证私宴，以“家厨”、“私宅”、“隐秘在小区中”为卖点拉拢客源……

对此，上海市食品药品监督管理局明确表示，餐饮企业必须具备食品经营许可证，并需在许可范围内进行经营。该局正展开相关排查，就一些平台提供私宴服务是否涉嫌违法进行调查。

私宴1小时进出7个人

浦东家化滨江苑小区业主饱经“私宴”困扰报道刊出后，多个小区通过本报夏令热线和“周到上海”APP反映他们类似的苦恼。

虹桥高尔夫小区位于虹许路555号，小区人车分离，别墅林立。在这里居住的业主，多年来已习惯了轻言慢语，互不干扰。

然而，去年年底开始，幽静的小区里出现不少异类——一户别墅突然之间访客众多，激增的车辆甚至侵占了其他业主的车位。

不久，就有业主发现，在一家名为“美道MD”的私宴订餐平台上，赫然出现了这户别墅的身影。

该平台将此私宴称之为“私宴32号”，并描述：“虹桥高尔夫，最理想的居住之所。若是不急，可从别墅漫步到私宴32号，迎面而来的是郁郁葱葱的绿意……”

“这把我们小区当做什么了？”一名业主激烈地说，自己曾经认真数过，这家别墅上午1个小时进出了7个人。

“这是什么概念？他每天客流有多大？这么多陌生人进入我们小区，小区安全怎么办？”

为此，今年5月31日，虹桥高尔夫小区特意召开协调会，希望解决此事。然而，和家化滨江苑的私宴一样，这户疑似私宴经营者表示，自己只是在宴请宾客，并

不知道为何相关平台会发布广告。缺乏证据，成为了困扰小区业主维权的难题。

“现在我们仍无法认定，我们已向相关职能部门汇报，等待职能部门的调查结果。”虹桥花苑居委会蔡书记说。

“唯一能证明其是私宴的办法，就是假装进去吃一顿，开一张发票出来。”提及开设在小区内的私宴，虹桥高尔夫业委会李主任无奈地说。

号称只服务10%的人

在这个虹桥高尔夫业主吐槽的私宴平台上，还有多家私宴活跃其中。

为此，记者分别以食客身份联系了私宴订餐平台“美道 MD”。曾经在虹桥高尔夫小区别墅内经营过的史经理告诉记者，自己确实曾在该别墅经营过，但已经退出，转到其他区域经营。

而私宴订餐平台“美道 MD”则告诉记者，32 号已经不预定了，这家口味和服务等方面客户反馈不佳，暂时已经下线处理，以免影响私宴的绝对品质。

随后，“美道 MD”公众号工作人员向记者推荐了多家位于该平台上的私宴。这些私宴价格在 500 元至 2000 元不等，其中多数私宴位于民宅中。这些私宴均以号码代称，无具体名字，并反复强调自己隐藏在小区、弄堂等地方，隐秘性似乎成为了这些私宴的重要卖点。

一家地点标注为“浦东金桥附近”的私宴声称，“隐蔽在小区中的家宴，老板兼主厨是著名烹饪大师”，而另一家地点标注为徐汇区中山西路附近的私宴则强调，“普通民宅里的全海鲜饕餮盛宴”。

同样，一家地点标注为静安区愚园路附近的私宴表示，“藏身民宅，高性价比”。这些私宴不会给出明确的地址。根据“美道 MD”给出的预定流程，“就餐地址会在预定完成后告知”，同时，预定需“提前支付就餐款项”。

“美道 MD”颇为自豪的表示：“致力于服务那些对极致味觉有追求、对就餐环境需求无止境、对服务有苛刻要求的人群！尽管这群人只占 10%。”

相关部门已介入调查

昨日，针对本报报道的私宴问题，上海市食品药品监督管理局相关人员表示：首先，餐饮企业必须具备食品经营许可证，并需在许可范围内进行经营，目前已经展开排查。其次，网络订餐平台有责任和义务对餐饮企业的资质进行审查，上海市食品药品监督管理局已建立了完整的档案，上海市所有的餐饮企业，都可查询。无法对餐饮企业的证照进行验证，不能作为平台免责的依据。

事实上，早在去年3月，上海市食品药品监督管理局就已明确表示，“家厨”类网络订餐属于违法行为，叫停了在本市从事“家厨”类网络订餐的相关平台，对平台违法行为开展了查处，并要求加入平台的“家厨”应停止无证从事餐饮服务的行为。

目前，对于“美道”平台提供私宴服务的行为，以及相关私宴是否涉嫌违法，相关区市场监管局正在进一步调查。

记者调查

平台入驻私宴数十家　基本不会对证照验证

除了通过“美道 MD”微信公众号，记者在订餐平台——订餐小秘书的 APP 以及网站上同样可以浏览到私宴的相关信息。

在订餐小秘书和“美道 MD”以“私宴 X 号”或“家宴 X 号”为格式命名店铺超过 50 家，相同名字的店铺在两个平台上信息相同。

平台上的私宴真如其所说的隐秘于民宅中吗？两家企业之间是什么关系？又是如何对平台上的私宴进行监管，避免民宅中开饭店可能遇到的证照不全、扰民等问题呢？

“民宅”是卖点

按照“美道 MD”给出的模糊地址，记者来到了 15 号以及 59 号两家自称设置在民宅的私宴，按照居民的指点，记者很快找到了两家私宴的所在地。

其中，15 号主推分餐制粤菜的私宴，地处于金桥的一个“小高层”民宅小区内。一个身着管家服四五十岁的男人为记者开了门，考究的打扮俨然一副上海老克勒的派头。门厅装修精致，右边上是一整墙的酒瓶，左边是厨房，虽然狭小却也五脏俱全，烤箱、两个单头灶、水斗……还配了一个灭火器摆在灶台边。原先设计的客厅和卧室被划分为两个 12 人的包间和一个 4 人位的小桌。

“我们这里是主推分餐制的，人均从 380 元到 980 元都可以满足，如果你们人少的话可以坐在小桌。”这位男士介绍，他们在静安和杨浦还有两家分店，如果嫌金桥地区太远，也可以到分店用餐。

而59号藏匿于普陀某小区的一栋高层居民楼内。

河豚鱼是招牌菜

值得一提的是，59号在“美道MD”的宣传中，公开推出了主打菜“红烧菊黄豚”。记者以食客身份通过订餐小秘书订该私宴的过程中，河豚也被订餐小秘书的客服人员作为招牌菜推荐。然而，由于食用河豚鱼存在很强的危险性，烹饪河豚鱼需具有相应的执照。一家隐秘在居民楼的私宴，是否具有烹饪河豚鱼的能力呢？

暗访中，这家私宴主人告诉记者：“我们有做河豚鱼，不过最近查得紧，卖河豚鱼的老板被罚了几十万，所以我们这些天进不到河豚鱼。”随即，她向记者推荐可以食用野生河鳗等菜品以替代河豚鱼。

平台免费写文案

记者暗访中发现“美道MD”上的店铺，存在着在民居中经营，以及经营违规食品等问题。面对这些乱象，作为平台方的“美道MD”不监管吗？

上周，记者以私宴主人身份在“美道MD”公众号上提出了入驻平台的需求，7月3日，一名王姓工作人员，联系了记者。

在回答了该工作人员经营私宴的地点、菜系以及包厢数后，记者告诉该工作人员，自己的私宴并没有证照，自己也不是经营场所的大房东，且在和房东的协议中有约定不能经营餐饮。

对此，该工作人员表示：“这个可以理解，也可以合作，我们合作那么多家，有一些是没有的，私宴初衷都是不对外营业的嘛，它肯定没有营业执照，这个是正常的。”

该工作人员透露，平台会免费为私宴写文案、包装，但是每单通过平台预定的私宴需取餐费的30%，不包括私宴自己另收的服务费等费用。当私宴遭遇严重投诉的时候，平台会将私宴下架。

“美道”称无法鉴别房子

“美道MD”相关工作人员表示，“美道MD”和订餐小秘书是两家不同的公司，但同属于一个老板。两家企业共享了一些平台。所以，订餐小秘书上也可以看到和初步预定私宴。“但是最终的预定是有美道这边完成的。”相关负责人强调。

在正面采访中，“美道 MD”强调，平台是会进行资质审查的，平台上的私宴，也都是证照齐全的。

“你们知道他们的具体位置么？有些是在民宅中？”对此，负责人表示，因为需要为私宴拍照、写文章，所以平台是了解这些私宴所在位置的。但是，平台无法对这些房子鉴别。

“我们也不具备鉴定能力。我们是要求证照齐全的，但是这些企业给我们的证照，是否合规，我们也无从了解。”

（《新闻晨报》2017 年 7 月 5 日）

代表作三：

逾 50 家无证“私房菜”被下线

市食药监局将逐一排查，并将查处两家平台，强调法律红线，不容触碰

近日，新闻晨报连续报道了藏匿于小区中的私房菜野蛮生长、扰民严重的情况，引发市民强烈反响。

上海市食品药品监督局第一时间作出反应，对报道中涉及的私房菜及其幕后推手——两家“私房菜”订餐平台展开调查。

结果显示，涉嫌发布无证私房菜信息的两家机构微信公众号“美道 MD”（上海房库网信息有限公司），以及“订餐小秘书”（上海邦助信息技术有限公司）均未按规定向市食药监局备案。目前，两家平台至少有 50 多家私房菜因为没有证照被责令下线。

50 多家私房菜仅 3 家有证

昨日，曾经活跃在“美道 MD”以及“订餐小秘书”两家平台上的 50 多家“私房菜”突然集体下架，不仅相应的链接失效，与之相关的介绍性文章也随之消失。如今，公众号“美道 MD”上仅剩下 3 家“私房菜”的介绍。

晨报记者求证后获悉，这是因为上海市食品药品监督局在晨报报道后，第一时间介入调查，要求这两个平台下线无证照私房菜，并公示入网经营者营业执照等信息。

令人震惊的是，在50多家“私房菜”中，这两家企业仅能提供其平台上3家“私房菜”的营业执照和食品经营许可证。

晨报报道中涉及的虹桥高尔夫某别墅私房菜、浦东金桥地区某私房菜，以及普陀区某民居私房菜，均没有证照。

当事人会处5万以上罚款

目前，浦东新区市场监管局已要求上述两家平台立即下线无证照“私房菜”餐厅，并按照规定公示入网经营者食品经营许可证等信息。

市食药监局表示，接下来，将对曾经将信息发布至“美道MD”、“订餐小秘书”平台上的无证“私房菜”餐厅进行逐个排查，并将会对排查到的违规经营者实施行政处罚。同时，监管部门将依照《食品安全法》《上海市食品安全条例》等法律法规，对“美道MD”、“订餐小秘书”两家平台进行查处。

“违规无证经营私房菜，当事人将会被处以不低于5万元的罚款。如果无证经营者擅自经营的食物包括如河豚鱼等严重危害食品安全的产品，更将被处于10万元以上罚款，情节严重的，将由公安机关对责任人员进行拘留，并有可能被追究刑事责任。法律红线不容触碰！”上海市食品药品监督管理局食品餐饮监管处工作人员表示。

此前，“美道MD”平台相关人员曾声称，私房菜的市场需求很大，而上海市今年7月1日起正式实施的《上海市小型餐饮服务提供者临时备案监督管理办法(试行)》，对于在民居中经营的“私房菜”而言，是一大利好。

对此，市食药监局的工作人员明确表示：“这是对政策的误读。”他说：“第一，根据目前食品经营许可规定，民居中的私房菜不可能申请到餐饮项目的食品经营许可证。第二，申请临时备案，前提是不影响周边居民正常生活、且确有群众需求。民居中向少数人开设的私房菜，并不具备以上条件。”

新闻链接

塘桥街道：多重措施攻克监管难

7月4日，《新闻晨报》 刊登了关于塘桥街道家化滨江苑有人涉嫌违规开设“私房菜”的相关报道后，街道主要领导要求相关部门第一时间作出反应。街道副主任于当天上午、下午，两次牵头街道管理办、房办、城管中队、市场监管所、居委等职能部门，核查相关情况，研究工作对策。4 日下午，新区市场监管局召开局相关部门和街道参加的专题会议，对此事进行研究。

经核查，家化滨江苑目前存在 501、2601 两家私房菜。自 2015 年起，居委根据小区居民投诉多次上门协调，并反复与房东进行沟通，均未取得实质性进展。其中 501 室于 2016 年被举报私装超规格餐饮设备、设置大型排烟管道，经居委反复协调后，该户自行拆除了这些设备。但此后仍有居民反映该户在继续从事经营活动，居委先后十余次会同市场监管等部门上门，均因没有违法经营的证据难以进行处罚。2601 室在居委上门时不肯开门，拒绝让居委干部进入。

今年 6 月，塘桥市场监管所接到居民反映后，再次上门对 2601 室进行检查，并作了现场检查笔录。该户人员坚称不存在经营行为，只是正常宴请朋友。对于投诉所涉及私设家宴的问题，由于现场未发现违法经营的证据，故无法认定该户存在违法经营行为。该户人员按要求写下了未私自开展经营活动的承诺书。501 室则无人开门，未能入户检查。

塘桥城管中队根据居民关于上述 2 户存在“居改非”行为的投诉，于 6 月 2 日和 28 日两次上门检查，仅发现室内安放了大型的圆桌，并未发现改变格局、超规格安装餐饮设备等情况，故无法认定存在“居改非”的违法行为。

昨晚，由街道副主任带队，街道管理办牵头，市场所、城管、派出所、房办组织人员，再次对 501、2601 两户实施联合突击检查，依据相关法律法规对户内结构、设施情况及人员进行核查，开展宣传教育工作，视情决定具体处置方案。

接下来，将由市场所继续关注对上述 2 户的投诉情况，积累、收集相关间接证据，力争为依法认定打好基础。结合住宅小区综合治理工作，由街道房办指导小区物业，进一步加强小区内部管理，严格实行进出人员、车辆的登记制度，加强对可疑人员的询问。同时，由居委会继续做好宣传教育工作，并会同物业持续关注上述 2 户人家的相关动态，一旦接到居民举报立即上门做工作，并报告相关职能部门开展处置。

浦东市场监督管理局表示，下一步将在街道牵头下，会同相关部门对所涉地点加强错时监管和跟踪检查，严防其从事违法经营活动，并加强对相关网络订餐平台的监管，及时发现和查处违法经营行为。

（《新闻晨报》2017 年 7 月 6 日）

申报资料实录

作品简介：近年来，一些以“私宴”为卖点的无证照餐馆，在沪上高档小区居民楼中悄然涌现。往来的食客、食物烹饪产生的油烟，令附近居民不堪其扰。苦于缺乏认定证据，执法部门尽管多次上门执法，都未能解决问题。“私宴”成了居民区里的顽疾。本作品通过剖析个案，还原了“私宴”对于居民区以及管理部门的困扰。通过深度调查，找到了“私宴”背后的经营模式、经营平台。辅助执法部门，有效地打击了“私宴”经营群体的气焰。

社会效果：1. 报道刊出后新浪、网易、人民网、新华网、东方网、今日头条等多家网络平台转发；2. 浦东市场监管局对“美道 MD”、“订餐小秘书”两家平台立案调查，两家平台被责令整改，一夜之间，逾 50 家无证“私宴”下线；3. 上海市食品药品监管局以此为契机开展未经许可从事“私宴”、“外烩”经营活动专项监督检查。

推荐理由：1. 该报道立意新又紧扣民生热点，记者敏锐捕捉到“私宴”这一新出现的普遍性问题，从百姓切身痛点出发，通过扎实调查走访，言百姓所要言，揭监管所未管；2. 该报道挖得深又推动问题解决，报道没有停留在对问题的发现和简单批判，而是不断向纵深追问，挖掘出后面各网上平台的违规助推，由此掀起一场上海打击违规私宴的风暴，成为 2017 年上海食品安全监管的舆论样本。

“阅读上海100胜”系列报道

作者：集　体

编辑：朱国顺　沈月明　王文佳

代表作一：

石库门里开创中国新天地

中国共产党第一次全国代表大会会址，位于上海市兴业路76号，是一幢沿街砖木结构一底一楼旧式石库门住宅建筑，坐北朝南。中国共产党第一次全国代表大会于1921年7月23日至7月30日在楼下客厅举行。1952年成立一大会址纪念馆，1961年被国务院列为第一批全国重点文物保护单位。1997年6月成为全国爱国主义教育示范基地。2016年9月入选“首批中国20世纪建筑遗产”名录。

兴业路76号，上海最著名的地标之一。96年前，中国共产党在这里诞生，由此兴起了中国革命和建设波澜壮阔的伟业，带来了中国翻天覆地的巨变。兴业路76号石库门楼房里透出的红色光芒，改变了中国和世界历史。

七一前夕，记者再访这里的中共一大会址纪念馆。这座地标建筑里，不断补充更新的文物文献，展示着更丰富完整的建党历史，也让人每次步入这里，都有新的收获、新的感动。

穿越时空的精神洗礼

不久前，中共一大会址纪念馆的基本陈列经历了一次大的调整，展厅面积从

450平方米扩大到998平方米，展品数量和质量都有了显著的提升。

纪念馆新设15组“创意展项”，综合视频、灯光等手段，立体化展示建党过程的历史场景。如陈望道在家乡柴房里翻译《共产党宣言》展项，即有很强的历史带入感。在第三部分“群英汇聚开天辟地”展厅，去年新展出的白铜雕塑《一大首聚开天辟地》，立体呈现了一大会场的生动场景。

纪念馆新展厅的一大亮点是尾厅创意展项《追梦》。在《红旗颂》的悠扬乐曲声中，新中国所取得的各项伟大成就在大屏幕和头顶的LED屏幕上一一闪现，从原子弹到长征火箭，从高铁列车到航空母舰……甲午战争时积贫积弱的中国，到今日世界第二大经济体傲立东方，每一个从历史时空穿越过来的观众，都感慨万端，很多人热泪盈眶。

在纪念馆陈列研究部副主任韩晶的陪同下，记者在观展时体会更加深刻。在第一部分“前赴后继　救亡图存”展厅，一枚精致的发晶书章引人注目。韩晶介绍说，这是甲午战争中致远号管带邓世昌的用品，也是建馆后所得的珍品之一。第二部分“风云际会相约建党”展厅，陈望道译的《共产党宣言》同时展出1920年8月第一版和1920年9月第二版。韩晶说，第一版书名印成了“共党产宣言”，所以很快出了第二版。此处展示的这两个版本，都是国家一级文物。展品中的9月版，大革命失败后由革命烈士张静泉的家人埋藏在假称的张静泉“衣冠冢”中，1959年其父将之无偿捐赠给上海革命历史纪念馆筹备处。

回首开天辟地那一页

今日兴业路是上海闻名遐迩的历史风貌区。南接时尚休闲广场新天地，东邻碧水环翠的太平桥公园。黄陂南路以西，是5栋连成一排的石库房子，其中兴业路76号(原望志路106号)，是中共一大会址所在。这一排两层楼公寓，建成于1920年，属典型的上海早期石库门建筑，中西合璧，美观大方。高高的围墙以青砖砌成，饰红砖腰线，白粉勾缝。巴洛克式门楣的红色雕花，是西洋的元素，条石门框、黑漆门、铜环，又是中式的风格。

站在业兴路76号门口，望着对面新天地的点点灯彩，思绪穿越到1921年的那个夏夜。

很多人可能难以想象，现今一大会址所在的地方，在当时是偏僻的“城乡接合部”。确切地说是一个正在建设中的新街区，时称“西门区”。而望志路的南面，当时还是一片农田。

1921 年 7 月 23 日的那个夜晚非常闷热。四下阒然的新街区只听到蛙鸣和虫声。而在望志路 106 号那间小小的客厅里，中共一大代表们正倾身相谈。虽不能高声辩论，但据陈潭秋等与会代表回忆，关于中国革命何去何从，争论是非常激烈的。

推开 76 号厚重的木门，迎面是六扇玻璃长窗。客厅仅约 18 平方米，中央放着一张长桌，围一圈圆凳，室内还有茶几、椅子、两斗桌及花瓶、茶具等简单家居物品。这是建馆初期根据房子女主人薛文淑和一大代表董必武等人的回忆恢复的历史原貌。

试想在没有空调的盛夏，15 个汉子激情满怀纵论华夏未来，该是何等热血沸腾的景象。会议开到第八天，法租界巡捕房密探程子卿突然“来访”。警觉的代表们立即疏散，很快又转移到嘉兴南湖续会。

作始也简，将毕也钜。正是从 1921 年的那个夏夜开始，中国历史翻开了开天辟地的一页。

逐渐清晰的历史面目

如今，业兴路 70—78 号都是中共一大会址纪念馆的一部分。随着参观人数日增，1998 年，上海启动一大会址纪念馆扩建工程，1999 年 5 月落成。新馆在旧址西侧，外貌保持中共一大会址的建筑风格，新馆建筑面积 2000 余平方米。

在展览设施不断改进的同时，与中共一大相关的历史细节也不断充实和完善。

迈入纪念馆大厅，最抢眼的是一组去年新展出的铜版浮雕像《起点》，作品主体为 13 位中共一大代表 2 位共产国际代表的头像。浮雕后排左四共产国际代表尼克尔斯基削瘦的面庞令人印象深刻。很多人不知道，在 2007 年之前，这幅作品无法完成。

参加一大的共产国际代表尼克尔斯基其人其事长期是一片空白。上世纪 80 年代，纪念馆通过外交途径求助于当时的苏共总书记戈尔巴乔夫，在俄罗斯科学院远东研究所研究员卡尔图诺娃的努力下，尼克尔斯基的生平才为世人所知，但照片始终阙如。

2007 年 6 月 29 日，一个闷热的黄梅天。俄罗斯远东国立大学历史学教授阿列克赛·布亚科夫突然不速而至,他一进馆就要求面见一大会址纪念馆的领导。而他手里拿着的,正是他找遍全俄罗斯终于发现的尼克尔斯基的照片!巧的是,两个月后蒙古国历史学者达西达瓦也发现了两张尼克尔斯基的照片,一张与布亚科夫提供的一模一样,另一张更加珍贵,是尼克尔斯基在上世纪20年代的英姿。

上海不忘初心向前进

中共一大会址纪念馆宣教部主任杨宇说,很多记者问她关于游客的故事,而她最想讲的是每年七一来排队的那些老者。他们一大清早就在大门外等候,只为在他们珍藏的本子上盖上一个并没有日期的纪念章。其实一大会址纪念章逢五才换一次,但很多人坚持每年来,是因着一份朴素的感情,一份对党的诞生地的信仰和追随。

标志着中国共产党诞生的中共一大在上海召开,是这座城市的无上光荣也是最可宝贵的精神财富。其后的二大、四大也在上海召开。中国共产党诞生在上海,是历史的必然,源自于这座城市的红色基因,以及始终站在时代前沿的精神特质。20世纪20年代的上海,新闻出版兴盛,国际交流频繁,交通方便快捷,工人运动活跃,诸多因素,吸引爱国志士和热衷于社会主义的知识分子聚集于此,革命的先声《新青年》也创刊于上海。陈独秀、李大钊们选择在上海召开中国共产党第一次全国代表大会,是自然而然的事。

时至今日,上海依然保持着这座东方大都市的活力和开创精神,而1921年夏望志路106号里的初心之语更被深刻铭记。用小扁担温暖乘客心的杨怀远、自学成才的电光源专家蔡祖泉、"焊神"曾乐、人民的好交警肖玉泉、法官楷模邹碧华……上海各个时期的模范党员都是这座城市红色传统和优秀品质的传承者。特别是改革开放以来,上海干部群众在党中央的指引下,勠力同心,开拓前进,成为全国改革开放的排头兵、创新发展的先行者。

倏忽96年过去。1921年租界林立、半殖民地半封建的上海,如今已是全世界瞩目的国际大都市。就像望志路前面的那片农田,已是焕然一片新天地。

站在接近实现第一个百年奋斗目标的历史关口,以中共一大会址为代表的上海红色记忆,寄托着这座城市的光荣和梦想,也始终是上海奋发有为、追求卓越的精神源泉和不竭动力。

(《新民晚报》2017年7月1日)

代表作二：

“陆”地高楼成城　金融蓝图成真

陆家嘴金融城，上海国际金融中心核心承载区，集聚的金融机构数量和能级位居全国前列。面积仅1.7平方公里的陆家嘴金融贸易区中心区，更以其“万丈高楼映浦江，直指青天耸入云”的恢弘气势和建筑美景，吸引了中外游客前来观光旅游。

谁都知道，今天的“上海之巅”在浦东陆家嘴——632米的上海中心，日伴浮云，夜揽星辉。而30年前陆家嘴“第一高度”，竟然是仅25米高的东昌消防队瞭望塔，门牌“浦东南路807号”。

陆家嘴集团档案室主任赵解平，年轻时曾是这里的消防战士，每天到8楼瞭望监测火警。他回忆说：“往东望去，农田阡陌纵横；向西远眺，陆家嘴这边有国棉十厂、立新船厂等数十家企业的老厂房，以及大片的危棚简屋和旧公房，和外滩形成了鲜明对比。”

浦东开发开放27年来，陆家嘴“第一高”的纪录屡次被改写，这片神奇的土地，快速演绎沧海桑田的传说。20多年前博采各国设计智慧制定的陆家嘴中心区规划，从蓝图变为现实，高楼如雨后春笋般拔地而起。规划图上的中心绿地，如今成为周边高楼白领们最爱的休憩场所。

这座“不夜金城”的美，从多角度领略，皆能读出一番新意。

金融之城

陆家嘴，一座“垂直”的金融城。林立的高楼，在黄浦江轻盈转身的拥抱之中构成美丽长卷，与伦敦金融城和纽约曼哈顿的天际线相比，别有韵致。

陆家嘴金融城的高含“金”量，用数字解读一目了然：作为上海最主要的CBD，建设完成商办楼宇228幢，建筑面积约1286万平方米；已成为上海建设金融中心的主要核心区，集聚了“银证保”持牌类机构800多家，总部机构93个；同时是中国高端财富聚集地，亿元以上税收楼宇有93幢。竖看是一幢幢摩天楼，横过来看每幢楼是一条金融街。

先说一个众人皆知的“秘密”：从地铁二号线陆家嘴站走出，上楼便是最佳“观景台”——陆家嘴连廊。你也许不知道，科幻片《她》中男主角上班走过的天桥，就是此地。获得奥斯卡最佳原创剧本奖的《她》，故事时间设定在未来，导演多处取景陆家嘴，来诠释他心中的“未来城市”。

连廊似一道金线，串起环球金融中心、金茂、国金等楼宇及地铁站、中心绿地。一路行去，移步换景，人在画中游。陆家嘴中心区 45 幢超高层环绕四周，气度不凡。

大楼上那些在全球金融界响当当的标识一眼就能辨认：工农中建交五大行，招商、华夏、上海、民生等股份制银行，花旗、汇丰、恒生、东亚等外资行，国寿、平安、太保、太平等保险巨头，以及散落在国金、金茂、环球等楼里的证券公司、基金等诸多金融机构。金融功能在此高度汇集，仿佛能听到上海国际金融中心跳动的脉搏。

同时，陆家嘴金融城还集聚了上海证券交易所、上海期货交易所、上海金融期货交易所、上海石油交易所等 13 个功能性要素市场。目前，上海是国际上少数几个金融市场种类比较齐全的金融中心城市之一。其中，上海证券市场股票交易额、筹资总额、总市值在全球名列前茅，上海黄金交易所交易量连续十年位居全球场内黄金现货场所之首。上海期交所螺纹钢、白银、铜、锌、天然橡胶、锡、镍、热轧卷板、石油沥青和线材等成交量排名同品种全球第一；黄金和铝排名全球同品种第二；铅排名全球同品种第三。

不眠之城

陆家嘴，一座不眠的金融城。什么时候的陆家嘴金融城最美？清晨，避开早高峰上班的金融白领穿过苏醒来的中心绿地，微风拂面，草木清芬。沐浴在晨光里的高楼，剪影投向身后的“邻居”，仿佛印象派画作。傍晚，余晖为陆家嘴披上霓裳。从浦西隔江而望，玻璃幕墙反射的光芒碎金般揉入游人眼里。阴雨天，黑云压城，上海中心等高楼的上半部隐没在云雾中，登高者如临仙境。又有谁，不为金融城的瑰丽夜景所折服？

有一群都市夜归人，对“不夜金城”之美，再熟悉不过。相比白日的硬朗干练，夜晚的金融城柔美妩媚。鳞次栉比的高楼，水晶盒子般晶莹剔透。暗影中的中心绿地又是一处推荐的观景点。抬头望，外部线条精致繁复的金茂，设计灵感取自古代宝塔；灯光给环球金融中心勾勒出帆船的形象；上海中心此刻更像翩然起舞的高挑女郎，旋转的裙摆弧线美丽。

陆家嘴金融贸易区楼宇协会秘书长雷娜告诉记者，有50万人在陆家嘴金融城工作，其中金融从业人员达22万人。不少机构由于要与国外总部或国际交易市场的工作时间对接，需要晚上上班。

金融城白领们的下班高峰时间和别处比偏晚，18时30分左右，陆家嘴地铁站人山人海。有位金融白领感叹，晚上九点下班，发现外面每幢办公楼仍是灯火闪亮。

电影《碟中谍3》里，汤姆·克鲁斯从中银大厦顶楼凌空一跃，陆家嘴璀璨灯海扑面而来。中银大厦42楼，便是上海黄金交易所国际板的办公室。中国已连续多年成为最大的黄金消费国和进口国，上海黄金交易所的国际会员已有69家，国际板设立后，交易更为便捷。每天20时至凌晨2时30分，是黄金夜市交易时间，自然少不了为此忙碌的身影。

上海期货交易所的夜盘同样于凌晨2时30分结束，收盘后还要结算，与交易相关的工作人员，能告诉你黎明前陆家嘴金融城的另一番模样。

文艺之城

陆家嘴，一座文艺的金融城。几乎每幢楼宇都飘出咖啡香。咖啡馆可以在云间，94层高处观景一流；也可置身5楼露台，与空中花园融为一体；还能小众到隐身于博物馆，手机搁在桌面，轻松拍出完美的外滩全景。

喜欢欣赏建筑兼爱逛博物馆的，震旦博物馆不得不提。曾获得建筑界最高荣誉普利兹克奖的大师安藤忠雄，完成了他在中国的第一个改建项目。博物馆的杨雅筑小姐介绍了安藤忠雄呈现的数个巧思：不锈钢楼梯呈扇形，简约中蕴藏变化，展现线条之美；三楼走廊乍一看有条灯带，其实透进日光，定心坐在对面的长凳等，可以感受到一朵云飘过时的光影变化；到了周五夜场，六楼长条状的帘幔拉开，定格外滩迷人的夜景。整个博物馆的外观，像江畔的蓝色珠宝盒。此外，震旦博物馆以玉器、瓷器、佛造像见长，每层设一研究展区，让参观者深入了解古代艺术品的“料、工、形、纹”。

而关注上海历史或喜爱看秀的，去陆家嘴滨江金融城里的船厂1862吧。北外滩对面的浦东滨江，曾是创建于1862年的上海船厂所在地，代表着上海100

多年的工业文明。在中信泰富与中船集团合作下，它变身为新生代的金融片区，8 栋甲级金融办公楼设计风格现代，银行和保险巨头落户其间。

带着浓厚历史印记的老船台、老厂房完整留存，故土新生。国际闻名的日本建筑师限研吾亲自设计，将工业遗存改为文化设施，保留岁月产生的美感。旧元素被视若珍宝：原有的混凝土梁柱等结构依然伫立，周围留白体现质感，旧墙砖被仔细清理打磨再砌成墙，高温气体大直径管道内部除锈后变身剧场空调外管，废弃的铁片和管子加工成新标识牌……博柏利(Burberry)、捷豹路虎先后选中此地作为秀场。车间改建后的剧院观众厅能容纳 800 人，透过舞台背后的玻璃墙，望得见黄浦江。今后更多的时尚秀、艺术展和音乐盛典将在陆家嘴滨江金融城内陆续上演。

从工业文明到金融文明，过去与未来在陆家嘴交融。不忘历史，拥抱明天，上海新景，美不胜收。

（《新民晚报》2017 年 9 月 8 日）

代表作三：

嘉北林深秋水共长天　画船听雨眠

嘉北郊野公园，位于嘉定主城区西北部，规划总面积约 14 平方公里，一期试开园面积 7.39 平方公里。规划遵循“聚焦游憩功能、彰显郊野特色、优化空间结构、提升环境品质”的理念，突出江南水乡的农村风貌，营造出田野、村庄、树林、河流、路网融为一体的乡野公园格局。

“短棹远冲烟树外，绿蓑渔子话乡风”“依依墟里散炊烟，短短笆篱带晚川”，这是清代国学大师钱大昕笔下的故乡——嘉定。

而今，竹枝词中的乡景在眼前重现。9 月 23 日，嘉北郊野公园一期试开园，次日正式对外开放。4500 亩稻、800 亩片林、20 公里河道、19 座拱桥……阡陌交通，稻浪垛林，河网密布，水清岸绿，回归最自然的江南风貌。

一期面积 7.39 平方公里，也是上海七大郊野公园中开园面积最大的一座，嘉北郊野公园将“边迎客、边建设”，越来越接近市民记忆深处的乡情野趣，越来越契合都市休闲游憩的功能定位。

一季一景

秋意千层染

9 月 23 日，嘉北郊野公园首场活动“家庭马拉松”将开跑。

起点，位于北游客中心。远观，粉墙黛瓦的坡屋顶错落绵延，似是流动的浪涛，似是张扬的风帆，游人仿若置身画家吴冠中描绘的江南水乡。走近，内部别有洞天，大空间舒朗敞亮，阳光透过一扇扇顶部天窗，在地板上留下韵动的光影。眼前，长 32.8 米、高 2 米的落地窗宛如一幅展开的画卷，窗外田野、溪流、石桥尽显水墨雅韵。

“设计概念，源于希望将江南田园的传统记忆带回到我们现代的生活里来。”北游客中心设计师庄慎坦言，设计对传统建筑风格施以现代的演绎，传统民居群是小隔间，而游客中心承担互动交流、导览展示的功能，故内部结构是均质而多元的空间。

开跑，跑进金色稻浪，跑进枫香红叶，跑进层林尽染的斑斓秋色。园内，1.7 公里枫香大道、1.8 公里乌桕大道和 2.7 公里杉林大道，渲染出红、黄、绿的三色长廊，形成“工”字形的生态屏障。

香樟、女贞、广玉兰、北美红枫，翻开嘉北郊野公园的《植被目录》，上百种植物共筑一片“城市绿肺”。春花垅上香，夏绿林间翠，秋叶千层染，冬枝伴影清。不仅四季融景，而且每季各不相同——

春意播种季，是农业主题的摄影艺术节、野趣盎然的乡村马拉松、环保时尚的自行车赛；夏暑欢乐季，开耕节祈求风调雨顺，乡村音乐会点燃活力激情；秋韵丰收季，将举行本地特色的竹构文化节和亲子为主的家庭收割节；冬闲休养季，则有针对中老年人的养生文化节、农产品主题的美食文化节和迎接新春的跨年烟花节。

一水一情

画船听雨眠

游客中心旁，西泾河畔，停泊着两条古色古香的画舫。登船，顺流而下，绿油油的茭白、浅紫色的再力花、蓝紫色的鸢尾花、开白花的梭鱼草、艳黄色的美人蕉，点缀各色小花在岸边招摇，芦苇荡随风曳动，老树群树盖如伞。

秋水共长天，画船听雨眠。桨橹轻摇，水波荡漾，水禽声打破静谧，惊起一滩鸥鹭。

“水是嘉北郊野公园流动的美，一期的河道总长20余公里，规划水域占总面积的12%。”嘉北郊野公园建设单位上海瞟景建设发展有限公司总工程师成锡钧介绍，经过疏浚水系贯通，水质变好，水体形态多样，有溪流、湖面、湿地，还引入了水草、荷花和睡莲，形成“水面有花、水下有草”的河道景观。

“一冈诗杰风流雅韵，双曜史宗光照长河”，船行至一座三跨半圆形石拱桥，名唤“昕昭桥”。昕昭，指钱大昕和钱大昭兄弟，为嘉定钱氏家族的代表人物，钱大昕是乾嘉学派的一代通儒，被誉为“不专治一经而无经不通，不专攻一艺而无艺不精”，其弟钱大昭一生淡泊名利，沉潜学问，曾参与校录《四库全书》。

炳奎桥、杨滋桥、望娘桥、陈周桥，20公里水路上横跨着数十座桥，共绘“两水夹明镜，双桥落彩虹”的诗意景象。桥名和桥楹，均出自嘉定区历史上的名人志士、民俗风情和民间传说，传递乡土记忆，传承礼仪美德。

此外，景观桥边，布局了乔木、灌木及各色植被，组成菊湖云景、远山芙蓉、鱼跃鸢飞、竹深荷静、海棠烟雨等小品，颇具生态人文意境。

一隅一乐
且留乡野闲

“嘉北郊野公园的设计，适合全年龄段，希望能互动、能体验。”华建集团环境院景观所所长张征骑负责嘉北郊野公园景观设计，在他看来，一期以“嘉定记忆，梦幻田园”为主题，提炼散落在广袤稻田中的片林印象，呈现“稻海垛林，缤纷乡野”风貌。

一期开放四大片林，静谧养生林，清新的林木荷香唤醒嗅觉，灵动的燕飞蜓舞触动视觉；欢聚休闲林，在步道蜿蜒的林下烧烤，在8000平方米的草坪露营，偷得浮生半日闲；甜蜜爱情林，置身甜美花海，信步穿行小径，花香清幽，洋溢浪漫情怀。

占地80亩的儿童活动林，无疑是孩子们的“自然游乐场”，配备了20余项设施，露天剧场、假山隧道、溪流水车、树林迷宫，还有“勇敢者之路”等素质拓展项目。在小动物乐园，与山羊、兔子亲密接触，在小小蔬菜园，种植毛豆、玉米等农作物，体验乡野闲趣。“儿童林设计师的妻子是幼儿园教师，所以特别了解孩子。”

守护乡野风光，倡导绿色出行，园区采用低碳的电动游览车，而接驳停靠、遮雨避阳的驿站，状如草垛堆，形似牛仔帽，仿若村宅舍，地面铺设鹅卵石、碎砂石，农味十足。这些创意，源自一群“85后”青年设计师，他们希望将时尚、现代、科学的元素融入传统木结构和江南风，构建起轻松休闲的乡村氛围，“形态是抽象的，姿态是自然的。”

漫步嘉北郊野公园，如是惊喜细节不断。林下、道旁的路灯，设计成鸟巢、蘑菇等元素，颇具野趣；走进欧罗巴风格的“集装箱咖啡馆”，二楼平台眺望远景，惬意盎然。

一期一新
还归复自然

“郊野公园，不同于一般意义上的城市公园。”成锡钧感慨。园内4500亩水稻农田、800亩生态片林，还有雷竹笋林和多彩花海，均是对郊区农田、自然村落等现有资源的保留守护，结合生态环境综合整治，展现人文风貌、提供都市休闲。

7.39平方公里的嘉北郊野公园一期，横跨嘉定外冈镇、菊园新区和嘉定工业区，曾散居着1346户村民以及133家大小企业，其中不少还是“三高一低”工业企业。遵循土地政策、保总量、调结构，通过环境综合治理，建设用地减量147.52公顷，每年区域污水减排99.2万吨，生活垃圾减少778万吨。

梦里水乡、徐秦古村、东岗草堂、荷池蕉窗、染香书屋……嘉北郊野公园规划中，诗情画意的名字重塑乡愁意境。一乡一村的古建风情，“文化三院”的民俗文化，融入嘉定特色竹刻和草编等非遗技艺，打造一场永不落幕的江南民俗博览。“有位企业家向公园捐赠了5000平方米的明清古建筑构件，在此基础上，公园计划与同济大学合作建立中国古建筑搭构教学实践基地，研究榫卯等古建筑原理。”

稻浪滚滚，流水潺潺，鸟儿翩翩，嘉北郊野公园重归江南水乡情和休闲慢生活。目前,800 米紫藤廊、鸟类栖息林、功能性建筑等建设还需时日,公园将细化“田林水路院”景观资源,未来五年将边开放、边建设。市区的后花园、市民的好去处,美景尤可期。

(《新民晚报》2017 年 9 月 18 日)

申报资料实录

作品简介:“阅读上海 100 胜”主题报道是新民晚报迎十九大报道的重头戏。“阅读上海 100 胜”全方位展现了上海改革开放以来,特别是过去 5 年来在社会、经济、文化各个领域取得的长足发展,以及上海在创建创新之城、人文之城、生态之城道路上的精彩范例和卓越成就。

新民晚报为这次报道行动做了大量的准备和精心策划。为选取 100 个具有代表性的案例,新民晚报召开了多次讨论会,项目小组甚至比照上海地图,一个区一个区“扫描”,确保没有重大的遗漏。红色记忆、文史胜地、时代地标、文体场馆、郊野美景……诸多板块精彩纷呈。每一个“胜景”的选取,每一个四字标题的确定,每一张头版照片的选择,报社上下热烈讨论,努力呈现给读者“最优方案”。

“阅读上海 100 胜”报道也是新民晚报“走转改”精神的一次全面展示。很多记者领命后提早两个星期甚至一个月就行动起来,有的采访一次不够,还要补充采访两次、三次。特别是去年 7 月遭遇罕见高温,记者们冒着 38 摄氏度以上的酷暑,到杨浦、崇明、松江、青浦、滴水湖等偏远地区采访。很多记者说,“100 胜”报道的作品,是他们职业生涯中最满意的作品之一。

社会效果:“阅读上海 100 胜”也是新民晚报一次成功的媒体融合实践。每一篇报道都制作了相对应的精彩短视频,并在新民 APP、官方微信上与报道一起每日推送。全过程新民客户端访问量近 20 万;微博微信端阅读数超过 150 万;有奖问答互动活动累计吸引了 1.2 万读者参与答题。读者反馈说,很多没听说过的“好地方”,通过“100 胜”知道了,有的热心读者把每一期“阅读上海 100 胜”一一剪下来珍藏,更有读者把“100 胜”版面当作了导览图,拿着报纸去一日游。

推荐理由:“阅读上海 100 胜”报道受到市委领导、市委宣传部的充分肯定,也得到社会各界和广大读者的一致好评,为十九大顺利召开营造良好氛围作出了贡献,也为读者提供了一道可以久久品味的阅读大餐。

广播评论

带着感情去拆违

主创人员：周　导　胡旻珏

（限于篇幅，文字稿略，获奖作品请听光盘。）

（上海广播电视台上海新闻广播 FM93.4《990 早新闻》2017 年 2 月 27 日）

申报资料实录

作品简介：

《带着感情去拆违》是一篇采访真实、感情真实、有温度的录音报道。上海大力开展“五违四必”整治以来，拆除违法建筑成为政府部门工作常态。但不同地区的拆违又有些不同。这篇报道，记者从老城厢拆违入手，既改善居民的整体生活环境、又在一定程度上改善居民自身的居住条件。这样带着感情去拆违，正是基层政府部门为民办事、为民考虑的最好体现。

社会效果：

在老城厢地区采访时，记者几次发现街道干部为了帮助居民改善居住困难而努力思考、动足脑筋，在螺丝壳里做道场。这种努力，正是源于他们在拆违过程中的用情、用心。一方面，老城厢地区房屋老旧、安全隐患重重，整治拆违迫在眉睫、也势在必行；但同时，居民的生活困难也是实际。记者采访了老城厢居民、街道负责人、基层工作人员，详细介绍了他们的工作方法、居民感受度，多次前往老城厢深入采访，跟踪整治前后的种种变化。

推荐理由：

这篇报道播出后，取得了很好的社会效果。在全市“五违四必”专项整治中，对于居住困难的群体，政府部门的拆违并不是简单地一拆了之，而是带着感情去拆违，让拆违也变得有温度，也让市民对拆违更支持。

《海上新航程　洋山四期开港》直播报道

主创人员：集　体

（限于篇幅，文字稿略，获奖作品请看光盘。）

（上海广播电视台东方卫视、新闻综合频道
2017年12月10日上午10时至12时30分）

申报资料实录

作品简介：

12月10日，全球规模最大的、自动化程度最高的集装箱码头——上海洋山深水港区四期工程正式投入运营。当天，融媒体中心精心制作两个半小时直播报道，引领观众见证这座拥有智慧大脑、“中国内芯”的绿色无人码头开港盛况。

这次直播打破原有方式，主持人何婕、于飞分别在洋山港、上视S1演播室，携手专家嘉宾与观众一起亲密接触、深入解读“洋山四期”超级工程，共同开启这段精彩绝伦的“海上新航程”。

社会效果：

直播将主演播室设于洋山四期码头，以港区实景为天然背景；将传统演播室进行虚拟包装，设为分演播室；携手港口权威专家深入解读洋山四期超级工程。

直播中，多路记者深入包括岸桥、集装箱货船、中控指挥平台、绿色能源示范区等港口核心位置进行现场直播报道。

16个直播机位和多个Gopro摄像头，多角度实时记录下码头各环节运作的宏观景象和局部细节，尤其是完美记录下了自动化码头开港“第一箱”作业的完整流程。

直播还将虚拟增强现实(AR)技术,充分运用于现场报道中,大幅提升视觉效果。

直播中穿插多条各具特色的短片,有开港前夜的特写记录,有研发工程师的人物群像描绘,有女白领轻松驾驭大型港机设备的人物特写,让无人码头充满人情味,也使得"洋山精神"贯穿直播始终。

推荐理由:

整个直播设计精致、画面切割流畅、场景恢宏大气、视觉冲击力强,做足了洋山港集创新智慧,树行业标杆的文章;更揭示出这座对标国际、完全自主创新的智能码头,对上海建设国际航运中心、为海上丝绸之路再添智能中枢的深远意义。

本次直播在东方卫视、上视新闻综合频道、Knews24 互联网新闻频道并机直播,看看新闻网页及其客户端多屏呈现。当天 10:00 至 12:30 时段,新闻综合频道收视率 1.20,市场份额 11.83,相较于 11 月上涨了 74%,市场份额上升了 85%,直播收视排名上海地区频道第一。

除看看新闻 Knews 自有平台外,直播还在手机百度、新浪、腾讯、搜狐、爱奇艺、一点资讯、UC 头条、今日头条、YouTube、Facebook、微博直播、咪咕直播等 12 家商业平台上得到积极推荐和转发。全网浏览总量突破 500 万,同时,覆盖 BesTV 5700 万的 IPTV 和 OTT 用户。

第五空间

主创人员：集　体

（限于篇幅，文字稿略，获奖作品请看光盘。）

（上海广播电视台东方卫视、新闻综合频道 2017 年 09 月 16 日 21 时 30 分）

申报资料实录

作品简介：

本片是国内第一部聚焦网络安全的电视新闻专题片，是开创性的作品。三集分别对应的是个人、社会、国家三个维度，阐述了我国的网络安全观，以及构建网络空间命运共同体的必要性、正当性和迫切性。本片得到党和国家领导人的肯定；中央网信办在全网进行推送，连续多日成为头条新闻。本片还在 2017 年“国家网络安全宣传周”的主会场播放，与会的领导、专家、网络大佬一致称赞：这是前所未有的专业大片，极具震撼力。

第一集《透明的时代》，关键词是“个人”。网络时代，数据可以轻易给每个人“画像”。围绕个人信息安全，本集从个人移动支付、个人金融活动、隐私权等多个方面呈现我们在信息社会中的生活。一言以概之：便利和威胁，就像双生子。网络带来的便利就像一把双刃剑，每享受一种便利其实也意味着个人行为的风险又增加一分。

第二集《隐秘的威胁》，关键词是“社会”。2017 年，wannacry 病毒席卷全球，比特币价格水涨船高，涉嫌金融犯罪危及社会经济秩序。与此同时，恐怖组织在互联网大打心理战，来自俄罗斯的蓝鲸游戏也运用互联网引诱青少年自杀自残，对个人生活方式产生负面影响，进而影响到社会的秩序。这些隐秘的威胁，要如何甄别，如何防御？

第三集《真实的较量》，关键词是“国家”，站在国家安全的高度来看待网络安全。摄制组到访位于莫斯科的卡巴斯基实验室，专访全球网络安全巨头尤金.卡比斯基，还原他参与调查的乌克兰停电事件和伊朗震网病毒事件；前往英国伦敦，独家对话“棱镜”事件报道者——英国《卫报》记者尤恩·麦肯斯基，重现了“棱镜门”的披露过程。同时，在本集专题片中，首次以电视纪录片的形式再现了中国遭遇境外黑客组织“海莲花”袭击、并与之对抗的过程。

社会效果：

摄制组将国内最主要的网络公司一网打尽，深入阿里巴巴、腾讯、百度、360等公司的网络安全部门进行拍摄；又前往俄罗斯、美国、英国、比利时等国家，走访全球网络安全巨头卡巴斯基实验室、全程直击全球顶级网络安全盛会“黑帽大会”、独家对话“棱镜”事件报道者——英国《卫报》记者尤恩·麦肯斯基，全方位展示了当今世界的网络安全现状。

在为期半年的拍摄时间里，摄制组全程记录了今年震惊世界的勒索病毒wannacy的爆发和处置过程，以及对我国产生重大影响的《中华人民共和国网络安全法》的实施。

推荐理由：

本片播出之后受到国家网络安全协调局和上海市委网信办的高度评价，在国内网络安全研究者中也收获了很好的口碑，认为其专业性前所未有，同时在视觉表现上又极具震撼，画面炫酷，创意十足。专家认为：这部专题片大气恢弘，视野开阔，逻辑严密。既从每个人息息相关的生活场景切入；又层层推进，上升到全民提升安全意识、共同构筑网络空间安全的层面；充分体现了国家网络安全周“网络安全为人民，网络安全靠人民”的宣传主题。

听总书记讲故事

主创人员：集 体

（限于篇幅，文字稿略，获奖作品请听光盘。）

（上海广播电视台上海新闻广播 FM93.4《990 早新闻》、东方广播新闻台 FM90.0《东广早新闻》2017 年 9 月 15 日 7 点 07 分）

申报资料实录

作品简介：

党的十九大召开前夕，东方广播中心在全媒体平台推出的《听总书记讲故事》系列专题以习近平总书记在重要讲话、文章中提及的古今中外故事为素材，用微型广播剧、自采报道或影视作品剪辑的形式还原语境，以鲜明的导向、巧妙的结构、丰富的声音、匠心的制作为特色，生动诠释了习近平总书记治国理政的新理念、新思想、新战略，进一步展现了中国的道路自信、理论自信和文化自信。

《听总书记讲故事》创新地将重大新闻题材与广播剧艺术相结合，使总书记的重要讲话实况和故事情节相呼应，用生动的诠释，让深刻的道理入耳入心，体现了“精心策划、精良制作、精准实施、精品呈现”的方针，受到广电总局和市委宣传部的表扬。

社会效果：

《听总书记讲故事》投入了最强的编辑、编导、录音和制作队伍。从选题的确定到文稿的定夺，都力求方方面面精准到位。哪怕只是一个涉及多音字的地名读音，编辑也要从当地人和字典两处，得到双管齐下的确认。

亮点之一的广播剧剧本经过反复打磨，哪怕是再短小的故事，人物性格塑造、矛盾冲突这些要素一样精益求精；哪怕只是一句话的发音，导演也指导数遍，直到演员过关。

广播剧部分由各频率 30 多位主持人参与录制。由于篇幅的原因，再大牌的主持人往往也只有一两句台词，但每个人都毫不计较、积极配合统筹协调，按时就位，团队才得以高效运转，最终呈现出让听众耳目一新、生动好听的作品。

推荐理由：

《听总书记讲故事》用传统文化诠释治国齐家之道、用现实故事展现改革发展实践路径，使得主旋律更加响亮，正能量更加强劲，文化自信得到彰显。这组报道在广播和新媒体播出后，引发巨大反响。多地兄弟媒体均上门联系，希望能转载这一系列报道。阿基米德及上海新闻广播官方微信的图文报道被全国各地用户大量转发。

通过打造深入学习总书记系列重要讲话精神的窗口，也进一步锻炼了广播队伍，为如何利用好广播元素，如何增强中国故事的说服力、感召力做出了新探索和新实践。

这里只相信阳光

作者：简　平

编辑：伍　斌

我去浙江省宁波市宁海县做有关当地“村级权力清单三十六条”运行工作的实地踏访。临行前，朋友听我说有了那份“三十六条”的权力清单，那里所有村干部的一切涉及权力的运作，都受到村民瞪大眼睛的监督，不能自说自话，不能暗箱操作，一个个都给了我笑倒的表情包，说我是在讲笑话。

事实上，我也将信将疑。

车子一进入浙江宁海境内，便下起了大雨。而1613年5月12日，《徐霞客游记》开篇，地理学家、旅行家和文学家徐霞客记述当天自己由宁海县城西门出城，“云散日朗”。

走进一个村子后，我询问路边遇到的一位村民：“你知道‘三十六条’吗？”他看着我，憨厚地笑了，说：“这里的人谁都知道啊，不知道不行的！”

我又问他，对你来说，这“三十六条”意味着什么？

他想了想，回答：“阳光。”

不信

我去宁波市宁海县做有关当地“村级权力清单三十六条”运行工作的实地踏访，临行前，我告诉不少朋友那个“三十六条”是一份权力清单，有了这份清单，所有的村干部再也不能为所欲为了，甚至可以说，他们已经没有权了，一切涉及权力的运作都受到村民瞪大眼睛的监督，不能自说自话，不能暗箱操作。他们听我说后，一个个都给了我笑倒的表情包。我明白，我说的大概没有人相信。

事实上，我也将信将疑。

在去宁海之前，我做了一些案头准备，尤其是将“村级权力清单三十六条”仔仔细细地读了一遍。这份“权力清单”是由具体牵头主抓这项工作的宁海县纪委快递给我的，只是一本巴掌大的可以装进口袋的薄薄小册子，连封皮在内也只有三十六页，却涵盖了重大事项决策、项目招投标管理、资产资源处置等村级公共管理事项方面的十九项权力，以及村民宅基地审批、计划生育审核、困难补助申请、土地征用款分配等村级便民服务事项方面的十七项权力，并且每一项都有一目了然的权力运行流程图。

一句话，村干部哪些该做，哪些不该做，该做的怎么做，在上面一清二楚。

读完“三十六条”，我望向天空，天色阴霾，我脑子里第一个冒出来的想法是，如果真的可以做到“三十六条”所规定的一切，那么，权力的运行就拨开沉霾，完全裸露在阳光之下了。被套上“紧箍咒”后，长期以来我们已听麻木了的一些乡村“村霸”横行、公权私用的状况，岂不将就此终结？

私念

雨过天晴。

我拐进岔路镇湖头村。这个村就在省道甬临线的边上，那里有一块巨石，上写“湖头村”三个鲜红大字。进得村子，扑入眼帘的是一条水声哗哗的河流。村民们告诉我说，这条河名叫枫湖，从前的时候，河边还有枫树林，东晋著名的道教学者、医药学家、炼丹家葛洪就曾在河边踱步，然后遁入远处的深山。枫湖旁有一栋明显是新盖的楼房，那是村里的“综合楼”，既用于办公，同时也是村民的活动室，我看到不少老人在里面打牌。至于那个大戏台，可以想象逢年过节时戏班子来唱大戏时的盛况。

就是在这座综合楼里，我第一次见到了湖头村村委会主任葛更槐。

葛更槐四十多岁，一看就是个身强力壮的人。说实话，这是出乎我想象的，因为如今农村的青壮年几乎都在外面创业，忙着挣钱，少有顾及乡村老家的。其实，葛更槐曾同样如此，他多年在外闯荡，也有自己的一份事业。可偏偏他在2013年12月回到村里，来竞选村主任了。

我直截了当地问他：“你参加竞选的根本动机是什么？”

这位走南闯北，身上多少沾有一些江湖之气的葛洪的后人相当坦诚，他说：“一是为族人长脸面，二是为朋友谋利益。”

我追问道："那你是夹杂着私念的？"

葛更槐说："我不否认。我的一些朋友希望我当村主任后，把一些基建项目给到他们。"

葛更槐选上了村主任，他想做的第一件事就是把综合楼这个项目给拿下来。其实，盖综合楼这件事已经说了许多年了，连村主任都换过五六任了，但就是没有盖起来。事实上，也没有村民不同意盖综合楼，都认为这是一件好事，可一旦真开始启动，那牵涉到拆迁的十几户村民却一个个都不肯签字画押了。

削权

一心想搞项目的葛更槐不明就里，像前任一样到一户户人家去磨嘴皮子，并且许诺拆迁补偿费用可以再提高。但还是没人接他的茬。葛更槐不明白了，你们不就是想多要些补偿款吗，既然自己都答应他们了，为什么村民们还是拒绝呢？

终于，有个村民把狠话撂给了他："你们村干部想的不就是拿项目做人情捞好处吗？我们心里太清楚了，所以，我们绝对不会让你们干成！"

听了这话，葛更槐心里发毛，脸色也快挂不住了。可这是一个 380 万元的项目，他的那些朋友们正等着他"发包"呢，这一次，他无论如何都要弄成功。

可就在此时，"三十六条"推行了。那是 2014 年 2 月，距葛更槐当选村主任不到两个月。在这之前，县委书记褚银良则发出过预警："今年全国县级以上财政安排各项农村扶持资金就达上百亿元，最大一个村今年有上千万元的扶持资金到账。村一级权力如果没有规范和监督，一定会产生滥用现象，最终滑向腐败。"

出乎葛更槐意料之外的是，湖头村是"三十六条"第一批试点单位。他彻夜无眠。

当综合楼的建造再次被提起时，天下已经不一样了，不再是葛更槐一个人可以说了算的了——不仅是葛更槐这个村主任，每一个村民都拿着"三十六条"的小册子，一一对照着，谁都不能走歪。

按图索骥，整个流程必须经过这些环节：首先要过"五议决策法"这一关，也即由村党组织提议，接着两委联席会议商议，后交党员大会审议，待村民代表会议决议后，公示三天，再由两委会实施决议；所有的预决算、监理、公开招投标都得交由县镇公共资源管理机构委托第三方进行；组建村专项工程管理小组对工程实施全程监管；财务公开，账目层层审核后通过乡镇“三资”管理服务中心进行转账支付；而每一个环节都必须进行公示。

葛更槐觉得每走一步，他手上的那个村主任的权力就给削掉了一层，直至最后他清楚地看到，事实上他已没有什么权力了。

这样的感觉让他沮丧，在他先前的经验里，村干部们向来都是那么的有权有势。

明白

这是一次让所有的人都终生难忘的学习和实践民主的过程。

葛更槐经受着凤凰涅槃般的浴火重生。

那天，在财务报销公示之前，他将自己用于公务招待的香烟和餐费全部抹去了，他不想再报销一分钱，因为他不愿被村民们的眼睛盯得如同芒刺在背。从那之后，湖头村就再也没有公款招待费这一开支项目了。

葛更槐拿着“三十六条”走进拆迁村民家，他说：“现在你们放心了吧，以前那种村干部私底下叫人来做工程的事，现在完全行不通了，招投标统统公开，每一分钱的去向你们统统掌握。”同时，葛更槐拿着“三十六条”对他的那些朋友们说：“你们看，这清单里规定得清清楚楚，不是我一个人可以说了算的，我做不了主了，想帮你们也帮不上。”

办事一透明，村民们的疑虑消除了，朋友们也不再来为难了，葛更槐得到了村民的信任和支持。

多少年都没有盖成的综合楼，终于建起来了。葛更槐现在可以睡上安稳觉了，经过万般的纠结、挣扎，经过自己与自己的较量、战争，那些曾经有过的私念早已在另一种精神上的成长中变作粉齑。

在枫湖桥上，他望着流动的河水对我说：“‘三十六条’就是‘老法师’，让村干部办事有章可循，村民监督也有据可查，样样都公开透明了，我们想腐败也腐败不了。一句话，这就是还干部一个清白，给群众一个明白。”

葛更槐告诉我，他正发动他的那些朋友们捐款，在村里的葛洪纪念馆旁边种上一片枫树。他跟所有人说得很清楚，此举没有任何利益可沾，一切得益属于集体。

我想，或许他想以此留一个他人生的纪念吧。其实，在我看来，这更是农村基层政治生态走出“人情关”和“人治关”而得以彻底改变的历史纪念。

老党员

离开宁海之前，我特意又去了一次湖头村，我想去看看那片已经成林的枫树。风轻轻地掠过，日光透过树枝撒下来，枫湖荡漾。

那天，我坐在宁海县图书馆里看书。图书馆坐落于柔石公园内，望着不远处的柔石雕像，我不由得想起这位左翼作家写下的名篇《为奴隶的母亲》，那是一个典妻的悲剧故事。我的思绪拉了开去，说实话，千百年来，生活在社会底层的普通百姓向来是没有什么权力的，那么时至今日，将村官的“小微权力”关进制度的笼子，除了铲除“小官巨腐”的滋生土壤，是否也意味着真正将权力还给村民呢？

我去越溪乡大陈村，是为了见识一个人。

据说这个人每个月第一个星期二的早上，都会穿上老式蓝呢子中山装——这是他最正式的衣服，只有在最正式的场合才会穿上，一丝不苟地扣好最上边的风纪扣，然后到村里的祠堂去开会。据说这个人曾经直截了当地对村干部说：“虽说你们是村干部，但权力不是你们的，决定应该听我们的。”

这个人叫陈先良，我就是在村里的祠堂里见到他的。大陈村的祠堂位于村子中央，既是陈氏家族的精神寄托之地，也是大陈村的政治中心，村委会就设在祠堂里。不过，2014 年之前，陈先良很少踏足这里。

陈先良出生于 1942 年，是位七十多岁的老人，算是大陈村最有文化的人了，他当过兵，见多识广，后来在一所中学当了二十年教师。他告诉我说，他每月正装出席的是党支部的组织生活会。但他只是一名普通的党员，而且早前他跟村里的干部几乎不加来往。

心热

陈先良说，他在学校的讲台上说了多少年“人民群众当家作主”的话，但其实并不上心。他很少同村干部们说话，虽说都是邻里，鸡犬之声相闻，但他觉得心里边与有些干部的距离整整隔了一个县城。有人说他这是清高，其实，是他看不惯那些村干部的作派，也不想与他们为伍，他有自己的尊严。说来，也不是陈先良一个人这样，许多村民见到村干部都是躲着走的。

以前，村干部们的权力实在是太大了，而且没有人可以监督他们，他们才是村里的“主人”，想怎么就怎么。举个简单的例子。每年春季里有两个月，村里总要选派一名山林防火巡查员，在山里划定的区域内来回巡逻检查隐患，当然是每天有补贴的。但说是选派，先前却从来不征求村民意见，都是村主任让谁去就谁去。结果，一个村主任就选派了自己的父亲。问题是，谁都知道他父亲有腿疾，连行走都有困难，不消说进山巡查。说穿了，就是白拿那份补贴。可村民完全没有说话的份，敢怒也不敢言。事实上，一旦习以为常，便连怒也没有了，便自觉自愿地弃置了“主人”身份和地位，权力在握的村干部决定一切便成了天经地义。虽然这个例子不是大陈村的，但陈先良认为与之相比，这里原先的村干部不过是“小巫见大巫”。

可是，现在有“三十六条”了，而且还建立了社情民意发现机制、群众诉求办理机制、权力监督约束机制和干部作风保障机制“四位一体”的基层治理体系，村干部不能自己说了算了，什么都要放在阳光底下。

不需要作什么号召，不需要喊什么口号，当每一件事都必须明明白白地进行公示时，那真的就与过去不一样了。

村里的公示栏前，很快就聚集起村民来了。心里早已冰凉的陈先良也出了门，走到了公示栏前，他眯起眼睛细细地看了很久。后来，当陈先良往回走时，他感觉到心里热乎起来，脚步也轻快了许多。陈先良一改往日的冷漠，他穿起自己最为正式的衣服，以有尊严的方式走进了祠堂。

监督

大陈村100亩海塘的招标又开始了。按照“三十六条”，每一个步骤都必须进行公示。

对于海塘招标这事儿，以前村民普遍心里腹诽得很。这100亩海塘，以前由谁承包，承包年限、承包费用如何，村民们一概不知，一切都是村干部说了算的。最低的时候，这100亩海塘一年的承包费只有每亩80元。

现在，已将“三十六条”背了个滚瓜烂熟的陈先良，把项目招标的所有程序都摸得一清二楚，因此，每一个步骤公示时，他都一一监督，一一追问，不留一点疑惑。陈先良凭什么可以这样做？除了身为一名普通党员，他甚至连村民代表都不是，但是，“三十六条”赋予每一个成年村民都有参与决策和监督的资格和权力。整个招标过程透明得如同清水，如果有人胆大妄为，想在其中做些手脚，真是连门都没有，稍有风吹草动，就会被村民像剥洋葱般层层盘疑。

大陈村 100 亩海塘的招标最后以每亩 3558 元落下帷幕，这笔收益完全归村民所有，到时候会公开账目，并打入他们的银行卡中。

陈先良的脸上洋溢着满意的笑容。他认为，在这之前，即使他这样一个"文化人"都从来没有享受过村里决策、监督的"政治待遇"，不要说其他的村民了。如今，上了年纪的抑或是年轻人，都已有了新的"习以为常"。他们手里攥着"三十六条"，走到哪里都会理直气壮地说："我们不需要'为民作主'，因为我们会'当家作主'，村干部都是我们选出来的，他们要做的事就是为民服务。"

对于宁海的政治生态，2014 年显然是个分水岭，"三十六条"的实施重新明确了村庄里的主人，他们不是村干部，而是每一个普通的村民——他们有尊严，有话语权，被平等地对待和尊重；他们参与村务，拥有实际的知情权、决策权和监督权；他们懂得并学会了将先前习以为常的麻木从内心深处清除出去。

我跟陈先良聊着的时候，从他身上感受到庄严之尊，这是一种当家作主的主人才有的姿态。

"三十六条"

这天，我看到陈先良又站在公示栏前，他身上穿的衣服每一粒纽扣都扣得很是严谨，他还是眯着眼睛细细察看着——村里一项水环境整治工程项目开始了。

南宋时，宁海出过一位丞相，名叫叶梦鼎。他看到一众官宦恃权横行，贪得无厌，提出过许多修明政治的主张，始终强调无有规矩不成方圆。在盖苍山的东麓可见一个山洞，春夏时常有云雾缭绕洞口，故名"归云洞"。此为叶梦鼎少年时代读书处。我相信那个时候的叶梦鼎，已经开始了他振兴邦国的诸多思考。

设在县前街 18 号宁海县政府大院里的县纪委，即使晚上也经常灯火通明。我与县纪委书记李贵军认识后，方知他一般周末才回宁波市的家一趟，平日晚饭后他基本都在办公室修习夜读课。

李贵军出任宁海县纪委书记之后，对同侪们说，打苍蝇当然是需要的，但是，根本性的工作应该是铲除苍蝇滋生的土壤；他认为马路上的红绿灯即是人人必须遵守的规矩，那么，村级管理可否也设置这样的红绿灯呢？那样，村干部就不会滥用权力，也不敢贪赃枉法，老百姓也能堂堂正正抬头挺胸走路。

设置“红绿灯”的工作开始了。但这简直是一项浩繁而硕大的工程。事实上，国家有关村务工作的法律法规和政策非常之多，可谓事无巨细，但老实说也呈现一种散沙之态，在农村的实际工作中，从村干部到村民，谁也无法一下子将这些法律法规和政策摆得清清楚楚，援引困难，执行起来自然也便大打折扣了。

所以，要做的第一件事就是将所有相关的法律法规和政策捋上一遍，然后进行整合，根据实务列出相应的“红绿灯”规则。

2014年初，在县委统一部署下，县纪委会同二十多个涉农部门深入村庄，开了上百次会议，访谈了上千名群众，收集和汇总了村级组织和村干部权力事项，统共有60余项之多。

汇总整理后的各项法律法规和政策打印出来了，竟然有整整248页。如此“厚书”对村干部和村民来说真的太不实用了，即使翻翻都麻烦。

再度研究、梳理村级事务权力清单，最终，《宁海县村级权力清单三十六条》出台了。一本巴掌大小、连封皮在内只有36页但却管用、务实、好操作、易携带的小册子，代替了厚书，而且基本实现了村干部小微权力内容的全覆盖。事实证明，自“三十六条”运行以来，还没有村民反映所需办理的事项在“三十六条”内找不到依据。

普照

“我们还得继续加油！”相关各方在文字的基础上，又绘制出了45张权力运行流程图，确保村级权力运行一切工作有程序、一切程序有控制、一切控制有规范、一切规范有依据。

流程图一出来，村民们个个叫好，说一目了然，还能对号入座。尤其是涉及为民服务的权力事项，让村干部知道依法能做哪些、怎么去做，而且必须做到一次性告知、限时答复、按时办结；同时也让村民清楚明了办事的程序、需要提供的资料、具体找什么人办、多长时间办好，这样就可防止村干部推诿扯皮，提高服务效率和群众满意度。

先前，“编织制度和权力的笼子”这样的话对我而言非常抽象，可现在却是很形象很具体的一幅画面了。

夜晚，在李贵军依旧灯火明亮的办公室里，他这样对我说道：“抓住村干部权力运行监督这个关键，就抓住了农村治理的牛鼻子。把权力运行的盖子揭开，一切就都在阳光之下了。阳光是透明的，也是普照的。”

（《解放日报》2017 年 5 月 25 日）

申报作品实录

作品简介：

侵害农民利益的“苍蝇式”腐败怎么防？“小官巨贪”怎么避免？作者 2017 年春天在浙江省宁海县做有关“村级权力清单三十六条”运行工作的实地踏访两个多月，从作家的眼光，从具体人的命运、村庄里的故事，关注农村现代行政治理改革与民生、民心。

宁海是全国第一个推行“小微权力”规范化运行，将各条口涉及村级权力的条文整理浓缩成“权力清单”之地，这篇报告文学也是全国第一篇聚焦这一改革的报告文学力作，刊发后引起了广泛重视。作家同时也是媒体人的简平，由这次调查和文学创作生发的电影构思，之后也被列入上海重大文艺创作项目。2018 年 2 月 4 日，《中共中央、国务院关于实施乡村振兴战略的意见》中纳入了宁海推进的小微权力拉清单的做法，这个中央今年的“一号文件”，提出“推进村级小微权力清单制度，加大基层小微权力腐败惩处力度。严厉整治惠农补贴、集体资产管理、土地征收等领域侵害农民利益的不正之风和腐败问题。”昭示着将把这种改革探索推向全国农村。

推荐理由：

这是一篇聚焦关涉民生的现代行政治理改革题材的作品，由于作者兼具文学作者与新闻媒体人的双重身份，故而在深入采访后的写作把握上，既体现出很强的新闻性，又贵乎能以文学的表述和行文，关注人、关注细节，较完善地做到了思想表达与文学表达的统一。与时下许多所谓“报告文学”要么只追求眼球效应和题材的耸人听闻而缺失文学性，要么行文花哨却空洞无物、缺乏思想相比，这是近年比较优秀也符合报告文学本体特质的一篇副刊力作。

今天的戏曲,需要张火丁也需要王珮瑜

作者:傅　谨
编辑:邵　岭

不出所料,最新一季的“余脉相传——王珮瑜传统骨子老戏展演”门票又早早售罄。她的演出总是令人期待。张火丁的演出同样也是令人期待的,但观众对她们的期待完全不一样,期待的群体也未必一样。如果说张火丁的特点之一就是她面向公众时的“冷”,那么,王珮瑜似乎恰好相反,她总是在寻找和制造话题,通过这些话题,让观众走进剧场。

“余脉相传”系列始于2013年。这一年是喜欢余叔岩艺术的戏迷难得的幸运年,余迷都大呼过瘾,我也是如此。我们每月从天南海北准时飞去上海,当然是为了通过看珮瑜的表演,间接地领略余叔岩大师的舞台身影。但我想,这还不是我们要特地去欣赏王珮瑜演出的全部原因。珮瑜自己的魅力也是重要的方面,无论如何,我们不仅是去看余在当下的投影和翻版,同时也是在看珮瑜。戏是老戏,但这些戏之所以在当今的戏曲市场上产生了重要影响,主要还是因为她找到了把演出与观众相联通的好方法。

是的,珮瑜是个极善于和观众沟通的演员,在她成长的道路上,始终把观众的趣味和喜好放在心头。她当然知道观众里有很多喜欢老戏的,可惜为多年来片面强调新戏的戏剧环境所误,这样的爱好很难有机会得到满足。随着戏曲市场近几年的明显回暖,看戏的机会固然是多了,然而除了昆曲以外,多数演出还是以新剧目为主。珮瑜显然是知道戏迷们的心意的,知道观众中有一股喜爱传统的潜流,她发现并发掘了这股潜流,并且让它浮出水面,于是比那些只热衷于演新戏的演员,更得市场宠爱。

戏曲市场曾经困顿多年,珮瑜却是例外,她的市场号召力就是在几乎没有人看好她的背景下日渐提升的。在某种意义上，她对这个时代的特殊贡献，就在于向人们也向这个时代证明了传统戏是有市场的，当然，要演得规矩、地道，要讲质量。而她另一方面的意义，是在提醒同行和热爱京剧的戏迷票友，在这个竞争激烈的时代，京剧要保留自己的一席之地，还需要在把握时代审美风尚上做一些必要的努力。她非常善于找俏头和卖点，知道如何让她的演出有别具一格的品位，因此，她也是极少数能够让京剧融入时尚的人。出道以来，珮瑜一直是时尚领袖，伴随着一波又一波的新潮，她不想做时尚的弃儿。而且，由于她对潮流的娴熟把握，看起来反倒像是潮流跟着她在走。

张火丁的魅力在于她对传统的深刻认知和对自身优势的充分了解。濮存昕说她“择善固守，以待来者”，是非常准确的描述。她通过长期艰苦训练，把程派剧目精髓和魅力发挥到极致，以优秀的舞台表达带给观众以审美上的满足。那些对传统戏曲有更深感情的观众，可以因为张火丁的表演而对传统戏曲有更深的理解。然而我们也要看到，今天还有很多人对传统戏曲知之甚少，并因此对戏曲抱有偏见，而王珮瑜的优势就在于她把传统打造成了时尚，让很多原本对传统戏曲无知也无感的人可以因为她的时尚口号走进剧场。传统让她的演出富于质感，时尚给她的演出注入活力。珮瑜演老戏，用新招，这是她不同于别人的路径；但她深信她走的是一条正道，我也对此深信不疑。

珮瑜是我眼里一个极好的成功标本。在寻找京剧传播的通道方面，她是个开路的人。多年来我一直强调，京剧面临的主要问题，第一是传播上的短板，其次是继承上的缺失。珮瑜之所以重要，首先，是由于她极好地解决了传播这个难题。每个戏曲演员都应该从她那里学习如何传播——当然，也不容易学会，因为缺少她的聪明劲儿，也未必都能像她那样多才多艺，她开清音会时玩吉他不会给演出减分，她真的可以素颜在台上靠自己一个人的侃侃而谈，让观众舒服且享受地坐上将近两小时。其次，她解决传承难题的途径，也非常之对路。尽管多年前她就是京剧戏迷心目中的“小冬皇”了，但是在推出“余脉相传”的系列余派老戏时，她仍然特地找了沪上余派专家李锡祥先生，帮她一点一滴地重新归整了无数遍。李先生对余戏的研究深入细致，唱腔、身上都很有心得。京剧行里自然有不少余派名家，然而真要想找人说余派戏，还是李先生说得明白。珮瑜找李先生，找的不是名气而是实授，她找对了教师，让她能百尺竿头更进一步，更深切地触摸到余派精髓，这是她始终在进步的窍门。而且，珮瑜还是把传统与时尚结合得最好的范例，她早就成为京剧界青年演员的成功模板，只是要想学她，就像她学余派一样，也是极不易的。

京剧的继承、发展与繁荣，前途光明，困难很多。京剧在今天的兴盛，需要张火丁，也需要王珮瑜。她们代表了当下戏曲传承传播的两种有效模式，都有各自的合理性，也都值得尊敬。

（《文汇报》2017 年 7 月 14 日）

作品简介：

因为频频出现在各种和京剧乃至戏曲关系不大的舞台上，京剧女老生王珮瑜受到了关注，也招来了质疑。质疑者往往将她和张火丁做对比。张火丁的低调圈内外皆知，除了舞台演出，从不参加任何其它活动，而舞台演出频率也基本保持在平均一年仅十场左右。王珮瑜和张火丁，一南一北，一静一动，构成了当下戏曲界颇有意味的风景。

在本文作者看来，扩大戏曲的"朋友圈"，本就可以有多种模式，特别是在今天，当京剧的传承和发展成为一道亟待破解的命题时，我们既需要张火丁，也需要王珮瑜。她们代表了当下戏曲传承传播的两种有效模式，都有各自的合理性，也都值得尊敬。

推荐理由：

在传承弘扬中华优秀传统文化的大背景下，戏曲的普及与传承是一个非常重要的课题。本文作者为中国文艺评论家协会副主席，是戏曲界非常资深的学者，他的观点，对于戏曲乃至传统文化在今天的普及与推广，有着积极的借鉴意义，予人以启发。文章见报之后，在业界也获得了非常积极的评价。

新闻论文

“全媒记者”,还是专业记者?

——媒体融合中的记者能力转型辨证谈

作者:黄 铮

编辑:刘 鹏

【本文提要】最近几年来,媒体融合转型正加快步伐,“全媒记者”成为传媒业界和学术界关注的重要概念。记者们纷纷学习操练起“十八般武艺”,力图成为“全能选手”。本文提出,应全面理解“全媒记者”这一概念、辨证看待“全媒时代”记者角色,并试图从理论思考、实际操作层面厘清概念,探讨如何在“全媒时代”更好地培养记者专业能力,发挥记者核心优势和特长,为新时期党的新闻宣传事业作出更大贡献。

【关键词】全媒时代　全媒记者　媒体融合转型

“全媒记者”,恐怕是目前新闻传媒行业提到频率最高的一个词之一。报纸、电视、广播等媒体既已向“全媒体”全面过渡,旗下的记者自然需要有全媒体所需要的“十八般武艺”。那么,到底应该如何理解“全媒记者”这一概念?媒体未来发展制胜之道,究竟需要培养记者什么样的核心能力?

一、“全媒记者”是媒体转型时代对记者的基本要求

对于“全媒记者”的概念,业界尚无一个统一定义,一般是指记者“以全媒体思维和开放性视野,根据传播终端的不同定位和需求,策划采写不同的稿件,综合完成平面媒体、广播、电视及网络、手机客户端等传播终端的发稿,对同一新闻题材进行差异化层级开发。”①

据笔者了解,目前在大部分上海媒体,记者只要出去采访,同时承担文字、摄

影、摄像等多重任务的做法已成为常态，甚至是对记者的基本要求。“全媒记者”的基本运作特点包括：

1. 一次采访，多渠道分发。记者的一次完整的采访任务包括采集文字、照片、视频（包括音频），并整理成新闻素材，供媒体“中央厨房”加工选用，然后在各个终端分发传播。同时，还要随时做好可能直播连线的准备。

2. 媒体对记者实施全媒体绩效考核方案。在绩效考核方面，媒体已从重传统媒体渠道作品、轻新媒体渠道作品，过渡到传统媒体作品和新媒体渠道作品同等权重考核，个别媒体对记者的绩效考核标准甚至更看重新媒体渠道作品质与量。

3. 媒体培训以全媒体应用为主。由于传统媒体记者对全媒体发稿尚有一段熟悉过程，各种传播新技术、新手段又不断更新迭代，因此媒体培训大部分内容为全媒体采集制作分发的应用教程，并且这一趋势在一定程度上削弱了媒体对记者其他专业领域的培训。

媒体转型初期，最大的挑战在于从原来只需要单一渠道传播，转变为多渠道传播，这需要记者编辑快速掌握多渠道传播技能。由于完全依靠从外界招聘成熟人才的做法并不可行，因此“全媒记者”概念的提出，以及对内部记者及时实施相关培训，使传统媒体相对顺利地踏上转型之路。上海的几家转型较为成功的传统主流媒体，都是在初期较早意识到人才转型问题，并着手加以解决。

二、“全媒记者”的专业性

媒体转型是一场长跑，目前已从“起跑”阶段转入“途中跑”阶段。初时，随着媒体融合转型推进，不同领域媒体业务开始互相渗透、互相掺杂。比如报纸开始尝试制作视频，电视也打破播出时间限制，更多用图文快速传播消息。但这只是融合转型发展初期的态势，“全能媒体”发展到后来，还是会螺旋上升，慢慢达到新情境下的专业化，因为唯有专业化，才能找到各自生存和发展空间。在这一过程中，看似什么渠道都能插一脚、玩一票的媒体，前路堪忧；一批什么都会、但什么都不精的记者，将面临淘汰的危险。目前“全媒记者”存在的重要问题，就是过于强调“全”，反而忽视了专业性。

（一）存在问题：过于强调“全媒记者”概念

1. 精力分散使报道质量提升乏力。不管何种介质和渠道，优质内容始终是打响媒体品牌的“利器”。在实际工作中，一些媒体记者经常处于疲于应付状态，这些“全才”记者采制的新闻报道虽然能供旗下媒体各渠道使用，但由于要在同一时间内采集文字、图片、视频等，使其精力过于分散，无法在持续提升报道质量上有实质成果。事实上，新闻图片、新闻视频对专业性要求很高，高水准的图片和视频需要“专才”持续不断地钻研，才能有所成就。在不少媒体单位，编辑有时会认为记者采集的“非专业”素材需要后期花大量时间修改，反而降低了效率。

2. 重视表面的“全”，深度报道的质和量均有所下滑。近几年来媒体深度报道绝对数和相对占比都有较大的下降，这固然跟深度报道“性价比”不高，部分媒体削减深度报道团队规模有关，但也有一部分原因，是因为过度强调培养“全媒记者”，使不少媒体在人员招聘、内部培训、部门架构设置、力量配置等方面都过于看重记者的全媒体技能，特别是娴熟运用各种传播技术的能力，而忽视了对记者逻辑思考、事物分析判断、数据解读分析等新闻专业范畴内的能力培养。长于思考而拙于快速运用新技术进行多渠道传播的记者，在媒体内受重视程度不及以往。

2001 年，一名《财经》记者在浏览海关记录时发现，中国最大的上市公司之一银广夏股份在网上发布了一则伪造的 8700 万美元利润单据。当年 8 月，《财经》封面文章《银广夏陷阱》问世。[②]报道刊出几小时后，银广夏的股票被停牌；之后公司高管们先后被送进了监狱。这篇震荡国内业界、初步奠定《财经》在业内地位的文章，如果不是记者在这一细分领域持续深耕、厚积薄发，是不可能有如此影响力的。一篇作品真正能做到影响人、改变人，并非传播渠道越多越好，而在于其能达到多少深度，能从根本理念上揭示真相。

3. 全媒时代记者个人品牌塑造成问题。培养优秀记者的难度越来越高，其背后原因同样是多重的。既跟社会多元化、个人选择多样性相关，也跟不少优秀记者晋升管理岗位、离开一线采访队伍不无关系。但同样，一些媒体过度鼓励记者成为“多面手”的“全能战略”也是原因之一。频谱过广的多领域涉猎使记者很难有足够精力在其中一个领域开展深度研究和实践，也因此无法通过持续积累达到一定的业务成就和个人品牌美誉度。

（二）专业型记者：媒体真正的“王牌”

“全能记者”也好、“多面手”也好，技能再复合，也无法取代专家型、专业型记者，后者才是一家媒体真正的“王牌”，是一家媒体赖以制胜的“杀手锏”。

1. “木桶理论”与“反木桶理论”

对于“木桶原理”，我们大多耳熟能详：一只水桶能装多少水，取决于它最短的那块木板。然而，只要把木桶稍作倾斜，就会发现，木桶的长板越长，能装的水越多，而短板反而不再是掣肘。这就是“反木桶原理”：木桶最长的一根木板决定了其特色与优势，在一个小范围内成为制高点。有人认为，在工业化时代木桶理论是有效的，而在互联网时代，“反木桶原理”才能让企业赢得发展空间。

传媒发展规律也是同样道理。目前不少媒体对“全媒记者”的要求，恰恰是花了大量精力在“补短板”上，比如让长于文字表述的记者必须娴熟掌握视频拍摄和剪辑，或是让擅长深度调查的记者常常抢“短平快”新闻。如果为了要让记者各项技能达到均衡，为了消灭短板而放弃或无暇发展自己的优势，这将是媒体人才发展战略上的重大偏差。

2. “专”与“全”的辨证关系

密苏里新闻学院是世界上最早设立媒介融合课程的院校之一，学院的迈克·麦金教授认为，没有任何人能把每一件事情都做好，同样，没有任何一个记者能够成为熟练掌握所有媒介技术的能手。与密苏里新闻学院同一时期设立媒介融合课程的还有许多美国高校，不少都以失败告终。[3]这一现象并非偶然，而是因为人才培养和成长有其内在规律。

(1) “专”是深入的保证

其实，技能学习并不是“全媒运作”中最难的部分，现在不少新技术都有智能操作界面，也并不涉及理论基础，相对比较简单易学。关键是思维的转换要复杂得多。比如，文字报道看重宏观视野、思考深度，以及基于理性逻辑的客观阐述；视频报道以讲故事为特点，语态偏爱生动直观，线性特点要求时时抓人出彩；图片报道对照片本身有极高的专业要求，一张图片要能凝聚一个现场的全部精华；专题片更是讲究宏大叙事下的画面意境和剪辑逻辑……而要能够随时切换不同的思维方式，并不简单。切换过于频繁的代价之一是，每一项工作都无法深入开展。

(2) “全媒时代”尤其需要专业记者

“全媒时代”的一大特点是，由于媒介的“泛社会化”，人人都可以传播消息，极端一点来说，似乎人人都是记者。但越是如此，越需要有记者的专业素养、专业眼光、专业考证来鉴别真伪。这一功能，个人不会自发自主自觉去承担，而必须由专业化、有使命感、社会责任感的传媒来完成。如果媒体不在这样的专业性上下工夫，那么和自媒体又有什么区别呢？可以说，放弃了专业性，无异于自毁长城。

三、厘清融合内涵，准确把握"全"字精髓

综上所述，既然"全才"型记者不是当下媒体最稀缺的人才资源，那么是否完全不需要在全媒时代培养记者的全媒能力？并非如此，媒体要做的是厘清媒体融合的内涵，看清方向，走出误区。

（一）无需"全能"，但需具备"全媒"视野与思维

全媒记者的核心能力是什么？毫无疑问，应该是新闻人的全媒视野和全媒思维。这种理念和思维，要求记者熟悉各种媒介渠道的特点、传播方式、传播效果，知道手头的素材、新闻现场和新闻事实的特点通过哪种渠道传播更能取得理想效果。与其让记者把各种传播方式都盲目用一遍，不如说，他在现场应该是一个前方判断者、决策者、耦合剂，通过自己的准确判断，以及和其他工种的密切沟通，作出对本媒体在新闻大战中最有利的决策。这实际上是对记者提出了更高的要求，也是媒体在日常培训中最应该着重加强的部分。

（二）大力发挥"全媒团队"作用

相对于单个"全媒记者"单打独斗，"全媒记者团"或许是更具可操作性的举措。在重大的新闻采访中，把各岗位上的专业人才有机融合、合理分工，强化全媒记者的群体观念，靠群体智慧完成采访任务。

2016 年 5 月 23 日，一辆超载货车违法驶上高架并撞上中环梁体，导致中环交通一度受阻中断，引发早高峰交通大面积拥堵。在这一突发事件中，上海几家主要媒体都采用了派出全媒记者团队的方式，尽可能第一时间抢发最新消息，在各个终端全方位呈现。以上海广播电视台融媒体中心为例，赶往核心现场的"全媒小分队"共有 5 名记者，分别承担新媒体图文消息抢发、视频直播出镜、空中无人机航拍、视频摄像、视频采访等功能，各成员有条不紊集中精力于自身分工，并协助团队其他成员完成任务，使当天这一事件在无论电视端还是在移动端的报道都持续、及时、有力，很好地体现了"专"与"全"的统一。很难想像，如果是一名记者既要拍照片、视频，又要写文字、采访相关人员，如何能在最短时间内保质保

量完成所有这些任务。即便人手足够，如果缺乏合理分工、每个人都是东一榔头西一棒槌，报道的专业性、系统性恐怕无法保证和体现。

(三) 加强记者专业能力培养，塑造媒体品牌

“新”媒体也好，“全”媒体也好，既是媒体，则媒体的基本规律永远都会起作用，例如“内容为王”永远奏效。专业媒体不能丢弃优势，盲目向自媒体靠拢。相反，自身多年积淀并不断发展强化的专业优势，才是传统媒体赖以生存乃至进一步发展的“秘密武器”。对记者而言，核心的新闻专业能力永远是安身立命的根本。一般来讲，核心的新闻专业能力包括对信息的梳理、求证和深度解读能力、对信息的研判和评说能力等。

1. 对信息的梳理、求证能力

很多媒体都开设了“辟谣平台”，而这样的专栏始终关注度很高，这也从一个侧面说明了在海量的、鱼龙混杂的互联网信息面前，人们需要准确、权威的信息提供。一个专业记者，就应该具备从纷繁芜杂的信息中看出端倪、看出趋势、看出问题的能力，从而进一步展开深度跟踪求证，寻找真相。

2. 对信息的深度解读能力

人们每天是否需要那么多信息？答案是否定的。跟特定人群利益密切相关的重要信息，是否得到了及时深度解读？答案同样是否定的。这个受众需求空白，就是专业媒体努力的方向。从 2007 年起，《华尔街日报》大幅压缩了资讯而放大有“附加值”的深度新闻。他们认为，在全媒时代，报纸继续报道昨天发生的新闻已没有意义，而分析、深度、见解才是自己的核心竞争力。[④] 而在上海，主流大报也纷纷加强版面深度和厚度，一些报纸甚至有向杂志转型的趋势。这一现状，对记者的信息深度解读能力提出了更高的要求，记者不能仅仅满足于报道一些动态信息，而更应告诉读者信息背后的故事，分析此信息有可能对他们今后生活带来的影响和改变。

3. 对信息的研判和评说能力

全媒时代，越是众说纷纭，越需要媒体在众声喧哗中发出自己负责任的声音。能不能发出声音、发出声音以后是否得到认可和再传播，同样考验着记者和媒体的专业能力。无论是报纸、广电还是网络等新媒体，成熟的记者都有向评论员发展的趋势，这是一个值得肯定和鼓励的方向。

比如，上观新闻的“观见”栏目，就是由资深记者撰写评论，在“辱母杀人案”、

“网红面包店”丑闻、“罗尔式募捐”等社会热点事件中，清晰而有力地发出了媒体的声音，有效引导了舆论走向。这些“写手”是媒体宝贵的稀缺资源，非历经多年采访实践而无法成就；又如，澎湃新闻的“问吧”，同样有不少资深记者参与回答网友提问，每个人都可谓某领域的半个专家，他们的专业积淀是媒体的优质内容保证，无论在哪个渠道传播都有其特殊而无法取代的价值。

(四)“全媒记者”可以是应对特殊场合的“机动队”

战略上，重要的是记者要有“全媒思维”，即以全媒体思维处理信息的能力；而战术上，“全媒记者”可以成为一个兵种、一种特殊岗位，不需要所有人都按照这个模式培养，但一部分“多面手”可以在以下场合起到作用：

1. 没有摄影记者或者视频记者到场。在突发事件发生时，需要记者一人身兼多个角色，一边等待增援，一边记录下关键视频、照片和文字，尽可能第一时间分发至各终端。

2. 特别报道项目，需要浓缩团队规模。一些事先重点策划的特别报道项目，特别是从媒体各个板块抽调骨干力量组成团队、采用行进式采访手段的情况下，大而全的配备显得累赘，需要小而精干的组织形式。因事先有所预见和准备，各板块的骨干记者可兼顾文字、照片、视频，在其服务的各媒体终端呈现。如抗战胜利 70 周年纪念、行走长江经济带等，都适合采用类似形式。

3. 重大事件，采访名额有限。重大活动中，因名额所限，需要一人当几人用，充分利用所采集到的素材。比如一些重要的时政报道，因场地或安全要求只能由非常有限数量的记者获准进入。在这样的情况下，记者必须充分做好各项准备，充分照顾到文字、图片、视频等多方面报道的需求，有条不紊开展采访报道工作。

结 语

任何社会、任何领域，都需要靠分工才能进步。全媒体靠什么闯出发展之路？靠的并非是“全”，而是“专”，只有展示出专业水平才是长远立足的关键。因此，在培养“全媒能力”之余，绝不能忽视了对记者新闻专业能力的培养。这样的新闻专业能力，既是传统媒体多年以来的优势所在，也是目前新闻媒行业最稀缺、最宝贵的特质。只有特色、深度、优质的内容保障，才是专业媒体区别于自媒体的根本，传媒业也才能有长足健康发展的基石。在全媒时代，记者和媒体“船头瞭望者”的功能并没有过时，要更好地承担起“瞭望者”重任、更好地履行社会职责，唯有苦练专业化内功，持续精进专业修为，为今后很长一段时间内的媒体发展赢得新的、更广阔的空间。

注释：

① 赵亚光：《全媒体记者的能力要求》，《视听界》2015 年第 1 期

② 张丽君：《浅析中国经济新闻记者的素养要求》，《文艺生活旬刊》，2012 年(7)：236—237

③ 陈一新：《新闻记者如何掌“全”》，《新闻战线》，2011 年第 2 期

④ 赵亚光：《全媒体记者的能力要求》，《视听界》2015 年第 1 期

（《新闻论文选》（《新闻记者》增刊）2017 年 9 月）

申报资料实录

作品简介：

最近几年来，媒体融合转型正加快步伐，“全媒记者”成为传媒业界和学术界关注的重要概念。记者们纷纷学习操练起“十八般武艺”，力图成为“全能选手”。本文提出，应全面理解“全媒记者”这一概念、辨证看待“全媒时代”记者角色，并试图从理论思考、实际操作层面厘清概念，探讨如何在“全媒时代”更好地培养记者专业能力，发挥记者核心优势和特长，为新时期党的新闻宣传事业作出更大贡献。

推荐理由：

本篇论文触及的是媒体转型过程中的一个核心概念——“全媒记者”。一家媒体，最稀缺的资源究竟是什么？在媒体转型中，记者到底应该加紧锻炼自己哪些方面的能力？结合实践，作者对这些问题作了初步回答。文章论点清晰、逻辑严密，对目前的新闻实践有一定指导意义。

上海携程托幼所被曝老师推倒孩子喂芥末已解雇教师并报警

主创人员：萧君玮　胡彦珣

作品网址		http://shanghai.xinmin.cn/msrx/2017/11/08/31332006.html
代表作一	标题	上海携程托幼所被曝老师推倒孩子喂芥末已解雇教师并报警
	网址	http://shanghai.xinmin.cn/msrx/2017/11/08/31332006.html(网页) https://www.toutiao.com/i6485898251349262862/(头条) https://kuaibao.qq.com/s/20171108A07S1N00(腾讯)
代表作二	标题	独家对话携程亲子园负责人：诚挚道歉机构和员工都具备相应资质
	网址	http://shanghai.xinmin.cn/xmsq/2017/11/08/31332141.html(网页) http://www.365yg.com/item/6485986532317463054/(头条) https://v.qq.com/x/page/b0502cmdqrv.html(腾讯)
代表作三	标题	携程：监管不力！托幼所明起整顿　4名涉事人员被警方调查
	网址	http://shanghai.xinmin.cn/xmsq/2017/11/08/31332141.html(网页) http://www.365yg.com/item/6485986532317463054/(头条) https://v.qq.com/x/page/b0502cmdqrv.html(腾讯)

（新民网，“新民晚报”微信公众号 2017 年 11 月 8 日）

申报资料实录

作品简介：

事件爆发伊始，仅限于朋友圈传播，没有媒体进行核实，越传越邪乎。我们拿到线索，第一时间行使了媒体的职责，第一步：核实。当事件揭开冰山一角，我们深感这很可能成为一个热点，马上兵分几路赶往。随着持续跟进，越来越多的媒体加入了这场新闻大战。在采访中我们意识到，这不是虐童这么单纯的事件，新闻表象背后，能折射出现代人的生存焦虑。以及亲子育儿市场之大，经营者为了挣快钱，对培训之漠视，管理之混乱。

这一新闻作品，我们自始至终把握着新媒体传播的特点，碎片化信息回传，富媒体融媒体形式记录，快速及时准确的传播。因事发突然，没有专业摄像机，手头的一部手机拍到没电，只为能传回最关键的影像资料。这些素材经过简单整合，最终获得了250多万次播放，并被其他媒体反复转载使用。第一步走在前面，开了个好头。前后方的快速反应，让我们继续深挖。背后的关键人物浮出水面，对于核心人物的把握，我们一直没有放松。携程副总，幼儿园实际控制人等的采访持续进行中，有些成为了独家信息。快速、准确、深入的采访，让我们在此新闻事件上抢占了先机，获得了可观的传播数据。并在此后很长一段时间，成为了标杆式的新闻案例。

推荐理由：

稿件特点在于：速度快，我们做到了这一全国热点事件的全网各平台首发。传播广，微信公众号阅读量破百万。今日头条累计阅读破百万。腾讯文字阅读量190万上下。两大平台整合，文字阅读量约为270万。视频播放量250万左右。触角深，开始对其背后原因进行挖掘。

大江东：上海营商环境放大招，李强要求当好“店小二”

主创人员：李泓冰　励　漪

见 http://sh.people.com.cn/n2/2017/1226/c134768-31072191.html

（人民网上海频道 2017 年 12 月 26 日）

申报资料实录

作品简介：

2017 年底，要收尾的工作极多，上海却高规格插入一个活动——优化营商环境推进大会，书记、市长双双出席。优化营商环境，政府做好“店小二”，上海将之视为新一轮改革开放再出发的重要推动力。人民日报大江东工作室敏感到这是一个重要信号，适时推出报道。此文并未局限于会议本身，而是从市委书记李强此前在浙江、江苏任职时对营商环境的高度重视，观察其一以贯之的改革思路，以及对上海营商环境差距的现实针对性，去理解对标国际、对标各省区经验提出的更高标准。报道通过“和企业‘勾肩搭背’不行，‘背靠着背’也不行，李强着力打造亲、清政商关系”、“决策层为营商环境‘放大招’，上海各层面八仙过海，各展身手”、“企业的痛点、堵点、难点，‘店小二’正想方设法纾解，事关‘革命性流程再造’”等几个层面着手，以精准的观察、生动的语言解读上海决策层如何着力打造营商环境。报道经人民日报中央厨房和人民网发布后，被凤凰网、网易、上观、澎湃等 30 余家媒体转载。

推荐理由：

正值改革开放 40 周年，这篇报道通过剖析上海优化营商环境的案例，敏锐而深刻地传递了中国改革开放的连续性，上海对标最高、自我革命及改革开放再出发的坚实脚步，不但给中外企业和企业家们的创业发展增添更大信心，也为上海的思想再解放、改革再出发、工作再抓实提供了鲜活的样本。

白血病患儿短缺药调查

主创人员：李智刚　陈斯斯　杨　洁　管　卓　王维佳　徐晓阳

作品网址	http://www.thepaper.cn/newsDetail_forward_31698	
代表作一	标题	短缺药①|白血病患儿遭遇廉价国产药短缺，进口药一瓶超千元
	网址	http://www.thepaper.cn/newsDetail_forward_1798084
代表作二	标题	短缺药②|多因素致白血病药物巯嘌呤停产，有药企已恢复生产
	网址	http://www.thepaper.cn/newsDetail_forward_1798630
代表作三	标题	白血病患儿国产短缺药新进展：浙江一药厂预计本周恢复供药
	网址	http://www.thepaper.cn/newsDetail_forward_1873030
代表作四	标题	短缺药“巯嘌呤”已配送至上海2家医院，药企将继续发货
	网址	http://www.thepaper.cn/newsDetail_forward_1888441

（澎湃新闻网 2017 年 11 月 15 日）

申报资料实录

作品简介：

2017 年以来，被称为儿童急性淋巴细胞白血病“救命药”的“巯嘌呤片”在多地遭遇短缺，一些地方甚至连续五个月出现断货，一些家长无奈境外代购。记者历时 3 个多月对上海多家儿科专科医院、药店实地、全国六家药厂采访调查，于 11 月 15 日刊发独家首发短缺药系列报道两篇：《白血病患儿遭遇廉价国产药短缺，进口药一瓶超千元》、《多因素致白血病药物巯嘌呤停产，有药企已恢复生产》，引起社会广泛反响。新华社、中国青年报、央广等全国媒体以及陕西、安徽等多家地方媒体随后跟进报道。

11 月 20 日，中国政府网发文称，李克强总理对近日媒体报道的“白血病患儿遭遇廉价国产药短缺，进口药一瓶超千元”作出批示，要求“特事特办，切实加大国产廉价药生产供应保障力度，切实缓解患儿家庭的用药之痛。”

这一报道在全国媒体刊发后，国家卫计委下发《关于切实做好临床短缺药品巯嘌呤采购配送工作的通知》，11 月 21 日，国家卫计委表示，经多部门协商已恢复巯嘌呤生产供应，首批 295 万片已完成生产检验并做好了发货准备，约可满足临床一年用量。当晚，全国唯一一家生产厂家——浙江浙北药业装车发货 1.5 万瓶。记者随即跟进报道，刊发《白血病患儿国产短缺药新进展：浙江一药厂预计本周恢复供药》。

11 月 24 日，上海在全国最先在阳光医药采购网发布巯嘌呤挂网采购公告，邀请相关的药品生产企业前来申报。11 月 27 日，上海电视台报道称预计本周医院陆续到货巯嘌呤。12 月 1 日，澎湃新闻再次跟进报道《短缺药配送至上海 2 家医院，药企将继续发货》。

12 月 12 日，李克强总理在走访武汉协和医院儿童血液病诊疗中心时，再次提及“短什么不能短‘治疗’，缺什么也不能缺‘救命药’。”

推荐理由：

白血病患儿救命药“巯嘌呤片”遭遇短缺这一新闻线索来自社会最基层——一名白血病患儿母亲的“呼唤”，记者通过这位母亲加入到一个有 400 多人白血病患儿及其家长微信群，随后开展深入调查，了解缺药给他们带来的困境，同时通过上海多家儿科专科医院、儿科医生、药房以及全国生产“巯嘌呤片”的企业，深入了解药物短缺背后的深层次原因，报道引起全国媒体的关注，扩大了社会影响力。民有所呼，政府必有所应。李克强总理在报道刊发后的一则批示，为这些患儿带来了生命的曙光。而随后在国家卫计委以及地方政府部门的协调下，缺药问题仅仅在不到一周时间内就到达医疗机构，切实解决了临床用药问题，也让诸多白血病患儿家长不再需要背负海淘药物的风险，治疗效果得到了切实的保障。事后，白血病患儿家长纷纷向澎湃新闻以及记者表达感激，并称“在黑暗中看到了阳光”。

从2016到2017：习近平总书记重托下的上海“精气神”

作者：朱珉迕　王志彦　谈　燕　肖书瑶　黄尖尖

传统媒体：见《解放日报》2017年3月4日1版

新媒体：见上观新闻2017年3月4日

https://web.shobserver.com/wx/detail.do?id=46378&time=1521210546895

申报资料实录

作品简介：

在习近平总书记参加十二届全国人大五次会议上海代表团审议之际，解放日报提前一个月精心策划、采写长篇深度报道，全景展现上海一年来落实总书记重要讲话精神的实践历程，阐释上海一年来的探路思考，并呼应总书记指示要求，诠释上海广大干部群众的勇气、锐气、朝气。与此同时，报道组精心摄制了短视频《关于上海，兰梦娜的六个问题》，以一位在沪工作的外国人士的独特视角，采访上海在自贸区建设、科创中心建设、社会治理等方面具有代表性的6个人物，通过他们的“上海故事”，具象体现上海“精气神”。这组融合报道于3月4日傍晚在上观新闻率先发布，5日在解放日报1版显要位置发布，引发各界强烈反响，获全网显要位置转发。

推荐理由：

报道大处着眼、小处着手，既站高望远，又充满细节，很好体现了党报的权威性、思想性、专业性。配合视频创意独特、制作精美，与主体报道相得益彰，富有可看性和传播力，成为党报深度融合、整体转型，探索媒体融合与报道创新的一个代表性案例，更是对传统主题报道的一次突破开掘。

报纸版面

2017 年 10 月 19 日《解放日报》1、4 通版

主创人员：集　体

习近平：中国特色社会主义进入新时代

这个新时代，是承前启后、继往开来、在新的历史条件下继续夺取中国特色社会主义伟大胜利的时代，是决胜全面建成小康社会、进而全面建设社会主义现代化强国的时代，是全国各族人民团结奋斗、不断创造美好生活、逐步实现全体人民共同富裕的时代，是全体中华儿女勠力同心、奋力实现中华民族伟大复兴中国梦的时代，是我国日益走近世界舞台中央、不断为人类作出更大贡献的时代

解放日报

大会的主题是：不忘初心，牢记使命，高举中国特色社会主义伟大旗帜，决胜全面建成小康社会，夺取新时代中国特色社会主义伟大胜利，为实现中华民族伟大复兴的中国梦不懈奋斗

决胜全面建成小康社会　夺取新时代中国特色社会主义伟大胜利

中共第十九次全国代表大会开幕

习近平代表第十八届中央委员会向大会作报告

习近平指出，经过长期努力，中国特色社会主义进入了新时代，这是我国发展新的历史方位。这标志着我国社会主要矛盾已经转化为人民日益增长的美好生活需要和不平衡不充分的发展之间的矛盾

新时代中国特色社会主义思想明确坚持和发展中国特色社会主义，总任务是实现社会主义现代化和中华民族伟大复兴，在全面建成小康社会的基础上，分两步走在本世纪中叶建成富强民主文明和谐美丽的社会主义现代化强国

李克强主持大会　2338 名代表和特邀代表出席大会

新时代中国特色社会主义思想

方位

使命

方略

战略

思想

当前首要重大政治任务是学习领会总书记报告，以十九大精神和总书记报告为引领，指导推进上海工作

努力当好新时代排头兵先行者

努力为新时代作出应有的贡献

深学力践，谱写中国梦上海新篇章

（《解放日报》2017 年 10 月 19 日）

申报资料实录

作品简介：

版面从媒介层面践行“三新”：

一、新时代。十九大开幕，习近平作报告。解放日报1、4版打通，稳中出新，在当日全国党报中独树一帜。“新时代”是版面之魂，当晚迅速从数万字十九大报告中，摘选出新时代中国特色社会主义思想这一亮点，在左侧报眼“点题”，并从方位、使命、方略、战略、思想五方面制作系统提要。

二、新气象。选好图、善用图、用好图。悉心选择总书记阔步走向发言席图片，8栏篇幅，配合“新时代”提要标题，寓意“迈步”新时代展现新气象。

三、新作为。当晚决断版面打通“一变二”，要坚守也要创新，需能力更需魄力。通版在兼顾程序类稿件呈现与版面亮点营造，实现平衡中出新。

推荐理由：

版面1、4版打通，精编提要、精选图片，精心做好每一个细节，形成大气、稳重的版面语言，在重大版面策划中兼顾程序类稿件与亮点策划之间的平衡，体现新媒体时代语境下，党报的坚守与创新探索。

小表盘　大时代

——上海牌手表从“芯”出发续写新辉煌

作者：袁　婧

编辑：刘　栋　王柏玲

旗舰店内陈列的怀旧系列机械表。背景图片是毛泽东主席和周恩来总理在首都国际机场迎接出访归来的我国党政代表团时，两人相互对表的情景。1958 年，第一批上海牌手表投产问世，周总理听到这一消息无比欣喜，赶紧让工作人员按市场价买了一块，要给第一款国产表做”广告”。这块表一直戴到他去世，现由中国人民革命军事博物馆收藏。

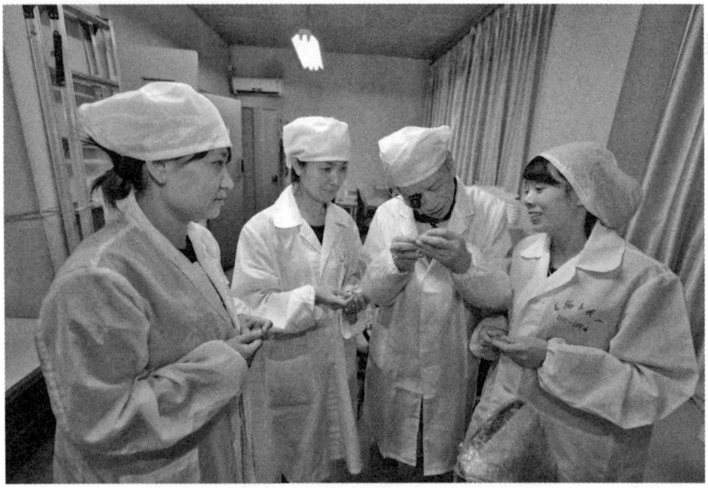

研发工作之外，张季尧还承担了带教徒弟的重任。

根据图纸对单历表盘进行“手术”，将其改造成双历表盘，如此精细的工作，张师傅做起来有条不紊。

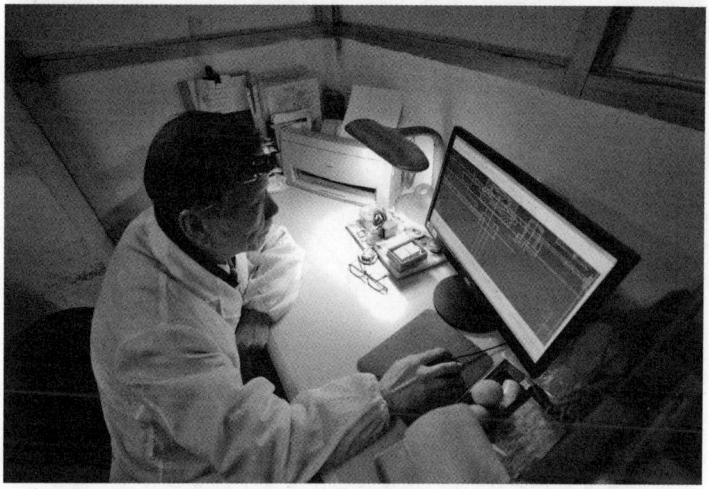

张季尧60岁开始自学CAD制图技术，设计研发如虎添翼。

上海牌手表60周年纪念系列陀飞轮腕表，展现了国产经典的精湛技艺。

摆轮是机械表的心脏,质量好坏决定了走时是否精确。图为工作人员在给摆轮称重分档。

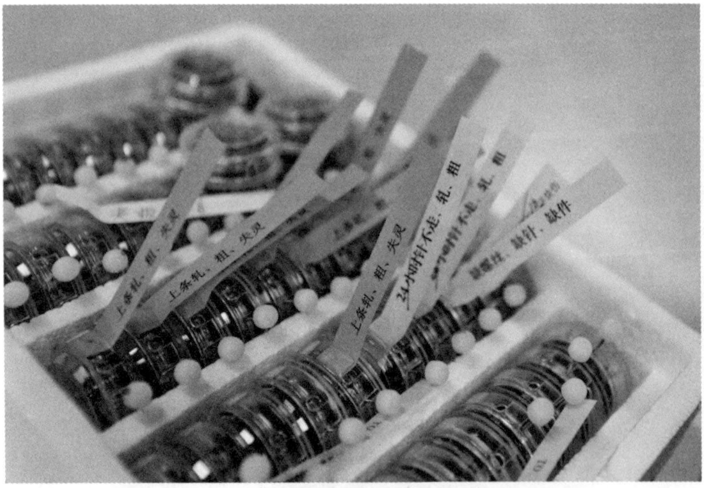

未达标的表机被细致分类贴标,便于后期查找原因。

(《文汇报》2017年11月22日)

组装过程中的各种表盘零配件。

申报资料实录

作品简介：

上海牌手表的精确与细腻代表着上海这座城市的精髓和人的品格，将镜头对准一位大半生都与上海牌手表打交道的老人，聚焦手表制作的每一个环节，丝丝入扣，通过记录他的经历和故事，重塑上海牌手表的品牌精神。

推荐理由：

老品牌承载的不仅仅是一代人的回忆，更是当下中国制造如何创新突围的一个缩影。借助摄影记者的镜头，可以让读者更为直观地了解到老品牌背后的故事。记者在拍摄这组报道时，充分运用了各种拍摄手法，借助细节和人物的彼此呼应，充分展现除了上海牌手表精益求精的制作理念，让人对上海牌手表有了全新的认识。

报道充分发挥了摄影报道的优势，并紧扣当下上海着力打造“上海服务”“上海制造”“上海文化”“上海购物”四大品牌，积极为当前经济社会建设的重点领域鼓与呼。作品刊发后，收到了良好的社会效果。

新闻漫画

网红？盲红？

作者：郑辛遥

编辑：郁晶陶

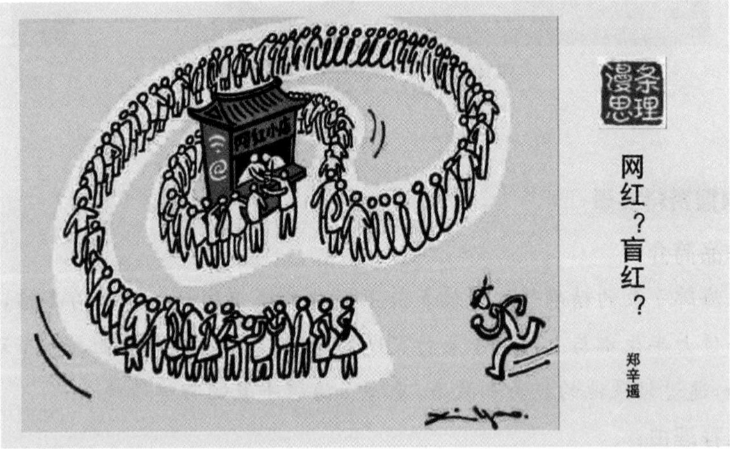

（《新民晚报》2017 年 3 月 15 日）

申报资料实录

作品简介：

作品反映了商家自行制造“网红”现象来吸引顾客，让消费者上当受骗的现象。运用漫画手法，把排长队构成“@”形状。

推荐理由：

用幽默的手法讽刺了这种所谓的“网红”现象。

上海新闻奖获奖作品选

第二十七届·2017年度作品

新闻名专栏
（相当于一等奖）（5件）

《文汇报》专栏

京华风景线

作者：集　体

申报资料实录

专栏简介：

2015年12月19日，“京华风景线”专栏在《文汇报》头版刊出，基本保持每月三至四篇的节奏。“京华风景线”明确以展现首都风貌，记录时代景象为宗旨，以人文大报的视角，报道北京从千年古都到现代化国际大都市的历史沉淀和变迁足迹；报道北京建设首善之区，在城市功能、布局、规划、建设、管理上引领风气之举；报道北京在文化、教育、科技领域的创新与发展。

推荐理由：

2007年4月17日，文汇报为加强首都报道推出“京华风景线”专栏，刊发间隔时间较长。2015年，按照市委宣传领导要求文汇报加强首都报道，体现人文大报特色的要求，报社决定重新定位、加快节奏、基本固定版面，将其作为北京报道的重点栏目。自2015年12月19日开栏，两年多已推出90余篇报道，2017年起尤以人文主题为重，充分展现了文化重镇北京的人文风景，如4月3日的《〈论语译注〉缘何年销45万册》、7月30日的《廉政文化以新形式深入人心》、11月26日的《“人”和“艺”铸就文化金字招牌》，这些报道切口小、站点高、探讨深、视界宽，能透过文化现象的表层，探究其背后的因素及影响，形成了北京文化对全国的辐射，与生机勃勃的沪上文化形成呼应，体现了《文汇报》全国性人文大报的定位。

《新民周刊》专栏

新民一周

主创人员：朱国顺　刘　琳

申报资料实录

专栏简介：

《新民一周》自 2015 年 8 月《新民周刊》重新定位、重大改版后推出，每期固定在卷首位置（第三页），每一篇均由时任新民周刊社长的朱国顺总编辑亲自撰写，同步每周更新于新民周刊官方网站和新民周刊官方微信，深受读者喜爱，是收到读者反馈最多的栏目。

推荐理由：

《新民一周》篇篇紧扣每周重要新闻，揉和着个人观点和故事，视角犀利，文字接地气，为每期杂志一锤定调，竖起特色鲜明的"时政新闻"大旗，迅速成为读者心目中的"每期必看"，已成为《新民周刊》这本上海唯一的一本时政新闻类杂志的灵魂。

上海广播电视台广播专栏
新闻地球村

主创人员：李龙强　李虹剑　毛维静　范嘉春

申报资料实录

专栏简介：

《新闻地球村》开播于2015年2月，从2017年2月6号起，栏目在原有覆盖周末早新闻基础上改版，进一步拓展到周一到周五，并同步在新媒体阿基米德播出。《新闻地球村》在传统广播和新媒体客户端都获得了认同与好评的重要原因，在于坚持个性化的表述方式，坚持声源实况多样化。在《新闻地球村》中，以往那些看似有些高冷，与民众没有太多直接关系的国际新闻得以深入浅出，"可触可闻"。更为重要的是，《新闻地球村》借助新媒体阿基米德"菠菜直播"，构建起线上线下打通的链条。比如，伦敦恐袭事件。种种创新探索式的《新闻地球村》成为上海广播中，唯一一档线上线下双渠道直播的国际新闻栏目。同时，《新闻地球村》也是中国广播业唯一一档连续、固定推出《环球人物》的栏目。至今已播出200多位环球风云人物。

社会效果：

国际新闻当天摘要、当天解读、当天配音、播评并举。《新闻地球村》工作日版除每天从各大权威媒体中摘讲多条新闻，播讲众多趣味性、知识性的环球精选内容外，更会对当天重大新闻热点或人物展开进一步介绍与评论。比如，北京时间早晨4点45分，美国太空探索技术公司通过猎鹰重型火箭将特斯拉跑车送往火星。《新闻地球村》随即在早新闻中推出专题予以分析点评，并插入现场实况，让听众身临其境，随着电波来到现场。而在周末版《新闻地球村》中，栏目独家固定且连续推出环球人物，让听众了解感悟新闻当事人的故事，增加感性与认知。

推荐理由：

《新闻地球村》坚持在国际新闻中，挖掘与国内热点关联度高的内容，坚持弘扬正能量与主旋律。比如，《新闻地球村》策划并推出《世界工匠精神》系列报道，弘扬工匠精神。《新闻地球村》策划并推出《全球治理雾霾启示录》专题，助力宣传“健康中国”理念。《新闻地球村》受到了中共上海市委宣传部新闻阅评督导组表扬。此外，《新闻地球村》多次获得上海广播电视奖、2016 年 SMG 传媒人奖、SMG 东方广播中心广播人奖。

上海广播电视台电视专栏
新闻坊

主创人员：集　体

申报资料实录

专栏简介：

《新闻坊》是一档在上海地区广受好评的民生电视新闻节目，创办至今已有16年。栏目定位是：呈现市民生活百态、关注城市发展变迁、聚焦城市公共话题；在城市文化中浸润，和市民情感共鸣。

16年来，节目始终坚持贴民生、传民意，追求高品质，几经改版，不断提升节目的品质，收视率和收视份额屡创新高，稳居同时段上海地区电视节目首位。在媒体融合大格局中，《新闻坊》主动适应、求新求变，推出同名微信公众号，构建了融媒体民生新闻平台，进一步培育并扩大新收视群体，社会影响力和美誉度进一步提升。16年来，《新闻坊》打造了一支能够随时深入街镇社区的"坊间记者"队伍，保证节目内容接地气、贴民心、直抒民意，在"走转改"中独树一帜。

推荐理由：

《新闻坊》是上海地区家喻户晓的民生电视新闻节目，创办16年来，始终坚持不离"坊"间气息，和市民共呼吸、和城市同成长的新闻追求；节目由近十个版块构成，通过不同角度、以不同功能，共同展现对城市和市民的民生观照，在上海市民心中有着极高的影响力，从而保持着良好的收视表现和品牌美誉度，展现出民生电视新闻节目旺盛的生命力。《新闻坊》微信公众号有着极高的品牌价值，拥有实名注册的忠实粉丝50多万，已成为信息采集、市民评议、互动交流的重要平台，在全国新媒体产品榜单中也位居前列。

上观新闻网络专栏
上海辟谣平台

主创人员：王玲英　陶　健　宋　慧　郑子愚　祖北辰

申报资料实录

专栏简介：

2016年3月1日，上海辟谣平台在上观新闻App开始试运行；4月22日上海网络辟谣微信号开通上线；7月1日，上海辟谣网（作为上观新闻的二级域名网站）正式上线运行。

上海辟谣平台从试运行至今，一共25个月，在上观新闻累计发稿1100多篇。栏目成立以来，上海辟谣平台的稿件在上观新闻App中，单篇最高阅读量（UV）为205万，“10万+”稿件共82篇。依托上观新闻App中上海辟谣平台栏目的坚实基础，“上海网络辟谣”微信公众号上线近2年，累积粉丝近6万。上海网络辟谣微信公众号还受邀加入了微信平台辟谣中心，成为微信认可的辟谣第三方专业机构，并被腾讯授予“2017年度荣誉辟谣合作伙伴”称号。

通过不断摸索和经验积累，上海辟谣平台逐渐建立起了谣言收集渠道和快速辟谣机制。上海网络辟谣微信公众号粉丝遍布全国，网络上只要出现疑似谣言，粉丝们会马上给栏目留言提醒。平台记者编辑一方面坚持给每条留言回复，维护良好的互动机制；另一方面，记者编辑还对粉丝留言进行筛选，选出影响广、影响大的谣言，在第一时间进行调查求证，给出权威的辟谣结论。

2017年初，西安地铁奥凯问题电缆事件曝光后，网上到处流传“北京、上海、成都地铁线路工程项目向陕西奥凯电缆有限公司采购电缆的合同和中标通知书复印件”。传言让一些上海地铁乘客惶惶不安。对此，辟谣平台记者多方查证，发现网传所谓的上海地铁“采购合同”纯属伪造，并迅速通过上观新闻和微信公众号进行辟谣，给上海地铁乘客吃了一颗定心丸。2017 年以来，上海辟谣平台还在全国媒体中率先对“塑料紫菜”、“塑料大米”、“棉花肉松”等谣言进行澄清，有效遏制了谣言的传播，稳定了民众情绪。2017 年 4 月 18 日的央视焦点访谈《拨开假象看真相》节目中，将上海辟谣平台作为权威官方辟谣平台进行展示。

上海辟谣平台是一个日臻成熟的新媒体栏目，也是一个不断创新的互联网产品。在做好上观新闻 App、微信公众号、网站三大主渠道的同时，栏目还积极开拓其他传播渠道：

▲在喜马拉雅上开设音频栏目“谣言侦探社”，目前播放数已达“260 万 +”。

▲开设头条号“上海辟谣”，被今日头条列入重点政务头条号，与科技日报、“南都鉴定”等一起登上今日头条的《3·15 资讯打假报告》。

▲开设网易号“谣言侦探社”，目前阅读数目前已达“770 万 +”，每周都被网易进行重点推荐。

推荐理由：

第一，上海辟谣平台栏目彰显权威性。栏目建立了完备的谣言收集渠道和快速辟谣机制，招募各领域的专家志愿者，为辟谣提供专业支持和多方位解读；记者编辑坚持多渠道印证，用客观事实和证据击破谣言。

第二，栏目不断提升影响力和传播力。通过上观新闻 App、微信公众号、上海辟谣网站发布辟谣信息，同时还积极开拓头条号、网易号、企鹅号等分发渠道，并制作音视频节目，扩大传播效果。栏目稿件最高 UV 超过 200 万，累计 UV 逾 5000 万（其中上观 App 上约 3600 万，微信公众号上约 700 万，喜马拉雅约 300 万）。

第三，栏目拥有很好的美誉度，聚集起大量粉丝，被微信认证为辟谣第三方专业机构。栏目稿件被全国各地辟谣平台和网警转载数千次。

上海新闻奖获奖作品选

第二十七届·2017年度作品

二等奖(40件)

构筑战略优势的重要抓手

——论全力打响上海“四个品牌”之一

作者：朱珉迕
编辑：缪毅容　杨　健

品牌是一座城市最具识别度的标识，是城市综合实力和城市竞争力的集中体现。广义的品牌，不再局限于具体的商品商标层面，更是在某个领域由资源禀赋、优势特点形成的独特口碑、无形资产。一个城市的品牌，往往与其经济结构、发展水平相关，有些品牌甚至会深深融入城市精神，与城市的气质和品格融为一体。进入新时代，发展以高质量为要、治理以高品质为先，能否打响具有影响力的发展品牌，将直接决定城市的吸引力、创造力、竞争力。

上海应全力打响“上海服务”“上海制造”“上海购物”“上海文化”四个品牌。我们要充分认识这四个品牌提出的时代背景，深刻理解打响这四个品牌的战略意义。

党的十九大提出，中国经济已由高速增长阶段转向高质量发展阶段，正处在转变发展方式、优化经济结构、转换增长动力的攻关期，建设现代化经济体系是跨越关口的迫切要求和我国发展的战略目标。习近平总书记近日再度强调，“经济转向高质量发展，这是必须迈过的坎”。

从高增长阶段转向高质量发展阶段，意味着经济社会发展在站位、思路、手笔等方面都要有很大的转变。这方面，上海理当走在前列。在新的时代，上海要当好排头兵先行者，就必须在推动经济发展实现质量变革、效率变革、动力变革上，先行一步，快着一招。而打造“四个品牌”，正是率先推进高质量发展的突破口，是持续推进创新驱动发展、经济转型升级的有力抓手，也是落实中央对上海城市功能定位和发展要求的具体化。

上海自身所处的发展阶段及竞争环境，也时刻提醒我们，在这个高速变动的时代，竞争此起彼伏、优势此消彼长，稍不留神，既有的优势地位就可能弱化消失、甚至成为短板。而只有构筑战略优势、找到并做长“长板”，成为卓越城市才有可能。

这时，打响城市的品牌，就显得尤为紧要——要构筑上海在新时代的战略优势，“四个品牌”就是四个明确抓手，它们既体现上海自身的发展需要，也顺应国家对上海的战略要求。同时，上海在这四个方面都具有的传统优势和现实基础，发力打响这四个品牌，既很有必要，也完全可行。

打响品牌，首先需要我们更全面准确地认识和理解“四个品牌”。我们要在分析比较中厘清其各自的内涵和外延，同时，也需要在推进中根据实践不断丰富或调整品牌名称背后的内涵。

“上海服务”，这里所说的“服务”，不是狭义的而是广义的，是现代经济中服务经济的概念。重点指向的是辐射全国乃至全球的服务功能。目标是要具有更加强大的服务能级，能在全国乃至全球范围配置资源，有能力为全国服务、为更大范围的企业和人群服务。

“上海制造”，曾占据全国半壁江山，轻工领域品牌一度风靡全国。今天要重振“上海制造”的雄风，既需要很好地传承“上海师傅”的工匠精神、重新在市场上打出“上海牌”，更应当瞄准产业价值链的高端，着力发展高端制造业，并从研发设计、生产流程、质量把控、标准制订、品牌营销等方面全产业链地提升制造业能级、提升企业核心竞争力。科技创新在其间的作用，也应愈加凸显。

“上海购物”，这里所说的“购物”，只是借用了一种形象的说法，实际上是指包括各种新消费、新体验在内的“需求满足”，而绝不仅仅是传统意义上的逛商场、买东西。但凡卓越的全球城市，多是世界级的消费之都、时尚之都。在中国，上海的商业历来是最发达的，也最有条件成为国际消费城市、世界时尚之都。当前尤为迫切的就是放大既有的资源优势，不仅要有效地满足需求，更要善于创造需求、引领需求，特别是抓住明年中国国际进口博览会在沪举办的契机，将其转化为打造上海“购物天堂”的机遇。

“上海文化”，是城市的软实力，也是核心竞争力。上海是少有的在红色文化、海派文化、江南文化等方面同时具有丰厚基础的地方。文化要“不忘本来、吸收外来、面向未来”，上海更有条件，也更有责任。要把这块“金名片”擦得更亮，需要我们盘活资源，营造制度环境，激活上海“文化码头”的集聚和辐射作用，激发上海“文化源头”的创新创造能力。

“四个品牌”，来自传统、立足当下、指向未来。我们的理解与谋划，也需基于历史纵深，体现时代特征。打响“四个品牌”，是一项长期任务，需要久久为功；同时又是当前一项紧迫的工作，需要只争朝夕，以敏捷、高效而高超的行动力，立足当前下足功夫，力争尽快有所突破。唯有这样，新时代的上海品牌才能真正打响，排头兵先行者的使命才能真正履行。

（《解放日报》2017 年 12 月 25 日）

申报资料实录

作品简介： 2017 年底，上海市委主要领导提出打造“上海服务”“上海制造”“上海购物”“上海文化”四个品牌，引发社会热切关注和广泛讨论。为及时响应和阐释市委重大决策部署，回应社会关切，《解放日报》第一时间策划撰写系列评论员文章，对“四个品牌”的内涵要义进行权威读解。开篇《构筑战略优势的重要抓手》基于新时代坐标，从宏观切入，深刻阐释打响“上海品牌”的历史渊源和现实意义，阐述其作为上海推进高质量发展、创造高品质生活、构筑战略新优势重要抓手的关键内涵，并对“四个品牌”的核心要点逐一破题，为广大干部群众和社会各界及时理解市委重要决策部署、及时凝聚思想共识和行动共识，提供了权威读本。

社会效果： 稿件于解放日报头版显要位置刊发，同时在上观新闻客户端(网站)及社交媒体发布，取得热烈反响。人民网、新华网、光明网、腾讯、网易、今日头条等门户网站和平台，澎湃、东方网等上海各主要新媒体第一时间全文转载；上海电视台《新闻报道》、东方卫视《东方新闻》专门播发。稿件获市委领导和市委宣传部领导充分肯定，市委宣传部阅评表扬。

推荐理由： 评论立意高远、观点精到、阐述准确、语言清新，既有历史纵深感，也有现实针对性，及时准确阐释了市委和市委主要领导最新精神，回应了社会关切，充分体现了市委机关报的权威性、专业性和现实针对性，充分发挥了党报评论服务中心工作、引领舆论、推动发展的作用。

文字评论

不谈“五险一金”就算“有追求”？

作者：王诗富　郭翼飞
编辑：徐中迅

近日，“网络红人考研名师”张雪峰在一档综艺节目中语出惊人：“我个人是非常讨厌问五险一金的，因为我觉得如果你进入这个职场的目标是为了在退休以后拿退休金去生活的人，你也就没啥追求了。”“我最讨厌问的就是咱们公司有没有加班费。”

听到如此惊世骇俗的言论，不管讨厌不讨厌，稍有常识的人都不禁要问：什么时候，问问自己的五险一金就“没有追求”了？

如此这般的高谈阔论，是为了吸引眼球、博取声名，故意标新立异，满嘴跑火车？还是自己本身就是一个不折不扣的法盲，或者就是一个“黑心老板”？

殊不知，企业为签了劳动合同的职工缴纳“五险一金”，依法支付加班费不是可有可无的选择题，而是必须履行的法定义务。求职者了解与自己切身利益密切相关的问题，与个人追求高尚与否，完全风马牛不相及。

在现代社会，在法治国家，劳动关系的和谐稳固靠的就是双方的契约。企业刻意规避“五险一金”、“加班费”等，既不合法，也不明智，更不人性，当然也不能剥夺求职者的知情权。

请听听网友的质疑：一个要入职的员工，连自己的合法权益和正当利益都不能关心，他还能关心啥呢？这种道貌岸然的“训示”，何以服人？

“五险一金”，是维持劳动力生产与再生产的基本制度安排，是企业发展、社会和谐、劳动者幸福的基石。这块“奶酪”，谁也不能动，哪怕以崇高追求的名义。

遗憾的是，劳动者这一基本的权益保障，在现实中并没有得到完全有效的保护，一些企业侵害劳动者权益的事情时有发生：不签劳动合同、不缴漏缴少缴社保、超时加班且克扣加班费、不给职工工伤认定……这说明，尊重劳动，维护劳动者合法权益，依然任重道远。

应该引起重视的是，这位考研名师的"惊人之语"看似他个人的轻率之见，但也折射出了社会上一些人献媚资本、忽视劳动、漠视职工生存状态的错误观念。

某些"精英"以崇高追求的名义，诋毁劳动者权益意识的觉醒，是"偷换了概念，站错了立场"。人们不知道张雪峰老师频繁出镜、到处讲课，是否也"追求了"出镜费、讲课费？如果他拿了，是否也应该定义为"没有追求的人"？

必须指出，职工"过问"基本劳动保障权益，与追求职业理想，实现人生价值并不矛盾。或许有人说，站在企业的角度看，求职者主动问及待遇、权益问题显得"斤斤计较"。但是，一个重视职工权益的企业，才是值得为之奉献汗水的企业；一个尊重劳动者权益的公司，才是值得托付人生远大理想的平台。而为了求得一个就业机会而放弃基本保障、法定权益，对任何一个劳动者来讲，都不是明智之举。

当今我们社会涌现出来的劳动模范、先进人物，他们都有一个共同的特点：爱岗敬业，无私奉献。我们大力弘扬劳模精神，绝不是说，会容忍那些侵害职工法定权益的企图。劳动者求职"问问"权益的事情，不嫌太多，而嫌太少。

有些人太想找机会卖弄自己的三寸不乱之舌了。在此奉劝一句，名师也好，网红也罢，在公共事务、严肃议题上还是要谨言慎行。

（《劳动报》2017 年 11 月 24 日）

申报资料实录

作品简介："考研名师"张雪峰在一档综艺节目中发表了"非常讨厌职场人问五险一金""退休后拿退休金去生活的人没追求""最讨厌问有没有加班费"等言论。其言辞存在严重的价值偏差，尤其易误导大学生和年轻职场人。节目一经播出，作为一家以为职工发声为己任的主流媒体，劳动报及时反应，在 2017 年 11 月 24 日头版刊发题为《不谈"五险一金"就算"有追求"?》的评论员文章，对以上不当言论进行驳斥，以正视听。

社会效果：近年来，一些企业打着"理想"、"情怀"的名义，无视劳动者利益诉求，回避劳动者主张合法权益，张雪峰等发表的这类观点助长了这一不良风气。该评论文章分别在劳动报官方微信和《劳动报》发表后，引发了广大职工和读者的热烈反响，数百名读者进行留言反馈，各大网络媒体相继转发，在社会上、网络上起到了正向引导，净化舆论环境的良好效果。

推荐理由：该评论文章响应及时，逻辑严密，反驳有力，立意较高。当前社会中，就业、用工形式日益多元化，劳动者合法权益往往以各种各样的形式被侵犯。在这一背景下，主流媒体为尊重劳动而高调发声，有着重要的现实意义。

京剧丑角、架子花脸人才稀缺，武生群戏剧目建设亟待补短板，业内人士呼吁

别让传统戏曲出现“被遗忘的角落”

作者：黄启哲
编辑：王　磊　邢晓芳

“电视播出一档推广京剧的节目，说生、旦、净角时，配了京剧名家的照片，可到了丑角，用的却是小品演员的照片！”一位京剧丑角表演艺术家最近发出的这番感慨，道出了传统京剧中“边缘行当”的尴尬：丑角演员社会认知度低。与丑角的处境类似，像《华容道》里的“曹操”这样的架子花脸等行当，也存在人才缺口；武生则出现人才纷纷转投影视圈的现象，武生群戏剧目在创作和演出等环节出现了跟不上的短板。

京剧舞台虽说多以生旦唱主角，但是单靠几个行当热门，京剧艺术很难全面健康发展。“无丑不成戏”，业内都知道有时“绿叶”甚至起着戏魂、戏胆的作用。《女起解》里苏三一句唱，崇公道一句白，既是对唱的展开，又点出主题。可以想见，若是这样的“绿叶”人才断档、剧目失传而“点染不足”，纵使老生、青衣台上花团锦簇，京剧这幅图卷还是无法春意盎然。戏曲界人士为此呼吁，振兴传统京剧，不要让丑角、架子花脸、武生等行当及其传统剧目成为“被遗忘的角落”。

“绿叶”们也曾有自己的春天

其实，如今传统戏曲舞台上的许多“绿叶”行当，在长长的中国戏曲史的不同阶段里也曾站在舞台的中央。戏曲史研究专家周育德向记者介绍，各类戏曲样式、剧种诞生之初演出内容以滑稽调笑为主，比如汉代角抵戏《东海黄公》、唐代歌舞戏《踏谣娘》、唐代的戏曲主流“参军戏”。

虽尚未形成生旦净丑的行当系统，但戏中主角滑稽的人物个性和表演模式

已经初具丑角雏形。

到了上世纪四五十年代，作为京剧史上丑行挑班第一人，叶盛章仍书写着“绿叶”的传奇。那时北京民间有句话：前门大街有多少商铺，就有多少伙计爱看叶盛章的戏。京剧丑角表演艺术家郑岩感慨：“观众为什么爱看他的戏？因为他演的都是无所畏惧，幽默滑稽的人物，看着过瘾！”

武戏更是一直与文戏并重。鼎盛期的京剧猴戏分南北两派，北派“猴王”以杨小楼、郝振基、李万春为代表；南派则有郑法祥、盖叫天、张翼鹏等人，身法、棒法、筋斗乃至唱念、扮相各有不同。单说勾脸就变化多端：杨小楼勾“一口钟”，郝振基勾“鞋底子”，李万春的是“倒栽桃”，而李少春的则是“反葫芦”。论演出，盖叫天之子张翼鹏能演出数十本的连台本《西游记》，在上海一演就是红红火火的8年。

至于武打群戏，比如京剧《三岔口》这样的短打武生剧，对于观众而言，不仅起到张弛观赏节奏的作用，也因喜剧色彩浓郁、武打场面精彩、内容通俗易懂，被看作是京剧最好的“入门戏”。

对此，有专家认为，演这些好看、好懂、好玩的戏，不仅有利于戏曲艺术传承的完整性，更有利于戏曲普及推广。遗憾的是，随着娱乐样式的更迭，时下，这样以小见大的老戏几近绝响。

要把边缘行当拉回舞台，怎么办？

戏曲某些行当被“遗忘”，带来最突出的问题是人才流失。上海京剧院今年即将推出丑角挑梁的系列展演，全院丑角演员“全梁上坝”，数一数，只有8个。这在梨园界还算好的。有老艺术家唏嘘，现在一个院团能有六七个丑角演员已属难得，更别说有行业领军水平的丑角演员。70岁的丑角表演艺术家朱世慧尖锐地指出：“如今一些京剧院团很不重视丑行演员，有些地方丑行担当的角色常由其他行当随便挑一个人就干了。”

有专家分析称，在传统戏曲里，一些行当的“边缘化”在人才培养的起点已有凸显。京剧花脸表演艺术家尚长荣感叹：“现在花脸少，拿枪杆的更少，架子花脸快绝种了！”据了解，近两年，中国戏曲学院京剧表演专业本科生能招到的净行和丑行人数，加起来仅为总数的十分之一。

对武生来说，一方面，由于武戏排演成本高，演员鲜有机会演大戏；另一方面，平日里他们却要付出更多：落下伤病是家常便饭，大筋一断30岁不得不“退役”的武生不在少数。有些从小苦练成才的好苗子，也往往因形象好有功夫，转而流向曝光率更高、收益更丰的影视界。在动作片、古装剧盛行的当下，有一身功夫的演员很容易在娱乐圈脱颖而出，成为爆红的明星。但对梨园来说，却是一份遗憾。

武生成长太苦，学丑角的后生又嫌“太容易”。曾有人戏言：“现在没有条件的演员，全改到丑行了。”殊不知千旦易得，一丑难求。有“戏包袱”之称的天津京剧院艺术顾问孙元喜说：“很多家长不愿意让孩子学小丑，认为丑行没有发展，不如学老生、学青衣。可要知道，丑行不丑，而是丑中见美。”哪怕是唱做不多的文丑，光是念白也见功夫。京剧大师梅兰芳曾向卓别林盛赞自己的老搭档、丑行名家萧长华。与梅兰芳合演《审头刺汤》，饰演汤勤的萧长华唱词不多，全靠念白和做派来传神，嘴里不带一个闲字，却将人物个性、情感、心理活动展现得淋漓尽致。

要把边缘的“绿叶”们拉回舞台中央，怎么办？有专家直言，必须花功夫拯救传统京剧那些濒危老戏。对那些经典行业的经典戏码，应该创造条件增加演出机会，创新传承。归根结底，需要梨园内外上至推优选角，下至创作演出，改变区别意识。生旦净丑，角色无大小，排名，也理应不分先后。

（《文汇报》2017年3月28日）

申报资料实录

作品简介：近两年在国家大力扶持传统文化，出台一系列利好政策，加之戏曲市场回暖、年轻观众渐多的背景下，传统戏曲迎来新的发展机遇。不过，要让京剧艺术在新时代全面健康发展，还有一些舞台“被遗忘的角落”值得关注。记者注意到一些戏曲舞台“边缘行当”的人才培养、老戏复排就亟待关注。

文章结合多年深入一线采访所获取信息与故事，道出如今丑角社会认知度低的尴尬处境。与此同时，通过采访专家回溯戏曲发展历史、结合相关人物与作品，论述以丑角为代表的边缘行当的重要性和必要性。记者没有局限在一个行当的发展不均，而是引申到架子花脸、武生等多个“绿叶”行当。通过采访全国各地的表演艺术家、业界学者以及戏曲院校负责人，多角度分析边缘行当面临的处境与人才培养的困难，呼吁上至推优选角，下至创作演出，改变区别意识，均衡发展。

社会效果： 报道抓住当下戏曲发展中较容易忽视的行当发展不均的问题，提出从人才培养、拯救相关行当挑梁的濒危老戏等多方面入手，把愈发边缘化的“绿叶”行当拉回舞台中央。文章发表后，引发戏曲界的热议。不少专家认为，在戏曲发展呈现转机的同时，更需要把扶持的视野拓宽。

报道得到中宣部认可，并推荐给文化部，请有关部门予以关注，做进一步的调研。而在网络上，报道被光明网、人民网、搜狐网、中国经济网等多家主流媒体网站转载。

推荐理由： 正如同边缘行当处于传统戏曲发展中“被遗忘的角落”一样，关注丑角、武生、武花脸等行当从业者生存状态、舞台作品也是新闻报道中“被遗忘的角落”。在传统文化迎来大好时光的今天，补足短板，进一步促进戏曲繁荣是从中央到上海都十分重视的话题。记者深入一线，多方采访，并调动长期的专业积累，结合戏曲历史发展，有细节、有故事、有数字，令报道具有历史厚度、思想深度和人文温度。

文字通讯

燃尽自己生命　播下未来种子

——追记英年早逝的复旦大学教授钟扬

作者：张炯强
编辑：裘正义　姚阿民

10 月 11 日，中共复旦大学委员会作出《关于开展向钟扬同志学习活动的决定》。昨天下午，复旦校党委举行学习钟扬同志先进事迹大会，号召全校党员、干部和师生向钟扬同志学习。

复旦大学党委委员、研究生院院长、生命科学学院教授、博士生导师钟扬同志，2017 年 9 月 25 日在出差途中遭遇车祸不幸去世，年仅 53 岁。

复旦校党委在《决定》中称：钟扬同志忠诚于党，热爱事业，把生命最宝贵的时光奉献给祖国最需要的地方。他坚守报国理想，每年跋山涉水数万公里，盘点青藏高原植物资源，收集上千种植物的 4000 多万颗种子，为国家和人类储存下绵延后世的基因宝藏。

"不希望是真的！"钟扬教授逝世的消息一传开，整个复旦校园沉浸在哀伤中。

"任何生命都有其结束的一天，但我毫不畏惧，因为我的学生会将科学探索之路延续，而我们采集的种子，也许会在几百年后的某一天生根发芽，到那时，不知会完成多少人的梦想。"钟扬曾经这样说。

30 余年从教、16 年援藏、10 年引种红树……复旦大学教授钟扬的名字总是和植物联系在一起，他把自己比作裸子植物，像松柏那样，在艰苦环境中生长起来的植物才有韧性，生长得慢却刚直遒劲。

9 月 25 日，53 岁的他如同一颗种子回归大地，而他留下的千万颗种子终将绽放新生。

永远都在援藏路上

2015年，因为长期高强度工作，钟扬突发脑溢血，幸好被及时发现送医。在被救治苏醒后的ICU病床上，他口述写下一封信，里面有这样一段话："这十多年来，既有跋山涉水、冒着生命危险的艰辛，也有人才育成、一举实现零的突破的欢欣；既有组织上给予的责任和荣誉为伴，也有窦性心律过缓和高血压等疾病相随。就我个人而言，我将矢志不渝地把余生献给西藏建设事业……"

16年前，钟扬只身踏上地球"第三极"，盘点青藏高原的生物资源，探寻生物进化的轨迹。2010年，钟扬成为中组部选派的第六批援藏干部。3年后，他又申请留任第七批援藏干部。又是3年期满后的2016年，由于西藏大学相关学科建设处在紧要关头，大病初愈的他毅然再次申请留任。面对组织上对他身体状况的关心和担忧，他反复表示没有问题，还自费到医院作了体检，最终凭着体检合格报告和个人反复争取，入选了第八批援藏干部。

对钟扬来说，他永远都在援藏的路上。"青藏高原的植物资源从来没有进行过彻底盘点，即使在全世界最大的种质资源库中，也没有西藏地区的植物种子"，钟扬急切地想盘清西藏的生物"家底"。在野外考察途中，没有水，就不洗脸；没有旅店，就裹着大衣睡在车上；大雨、冰雹从天而降，就躲在山窝子里；还有几乎所有类型的高原反应……不管多么危险，只要对研究有帮助，他就去。藏族同事给他起了一个特别的名字"钟大胆"。

找寻良种送给未来

2010年上海世博会英国馆的种子殿堂令人震撼不已，但很少有人知道这其中相当部分种子是钟扬提供的。钟扬和他的团队收集了近千种植物的4000万颗种子，其中最为珍贵的是在高海拔地区的濒危物种。

这些珍贵的种子来自于大自然。扎西次仁是钟扬在复旦指导的一个藏族植物学博士生，在确定了"西藏巨柏保护的遗传学研究"博士论文课题后，师徒俩用三年时间在藏东南地区沿雅鲁藏布江两岸调查巨柏的分布与生存状况，直至将现存的3万余棵西藏巨柏登记在册，并对其野生种群一一标记分析。

有一种植物名为拟南芥，研究价值堪比果蝇和小白鼠。寻找特殊的拟南芥材料，成为全球植物学界竞争的方向之一。在钟扬指导下，许敏和赵宁两位学生利用休息时间，每周末都坐公交、爬山路，到海拔 4000 多米的山区（西藏雅鲁藏布江流域）探寻，终于找到一种全新的拟南芥生态型。钟扬将其命名为“XZ 生态型”，这既是两位年轻人姓氏拼音的缩写，更是西藏首字母的组合。

红树林奇迹落户上海

钟扬的植物情缘不仅生长在雪域高原，也盛开在距离相隔 4000 公里、海拔相差 4000 米的上海临港。在上海浦东南汇东滩湿地附近一块十亩大小的田地里，种植着一片绿色的树苗，那是钟扬培植的红树树苗。最高的树苗已经长出地面两米多了。他创造了一个奇迹：在纬度最高的北半球地区，成功实现人工栽种红树林。对于上海，意味着可能产生更大的奇迹：如果在海边广泛种植红树，50 年后，上海将拥有美丽的海滩，成为一座“迷人的海滨城市”。

2000 年，钟扬到上海执教。作为一名植物学家，他一直在思考，为什么上海的海滨“光秃秃”的呢？钟扬说，尽管位于东海之滨，上海很少被人以“海滨城市”来描绘，“因为上海的海边，没有美丽的沙滩，也没有茂密的红树林。”100 多年前，人们将欧洲的悬铃木（法国梧桐）引入上海，一度成为十里洋场街道的象征。钟扬认为，红树也能像法国梧桐一样，在上海生根。可是，刚开始，钟扬申报红树林项目，并没有得到有关部门支持。人们普遍怀疑：上海的天气条件，红树林能种活吗？在此之前，在中国，人工栽种的红树林，最北的在温州（北纬 27。03′—28。36′）。位于北纬 30。40′—31。53′的上海种红树，能否抗过冬天的低温？

钟扬决定试一试。他查到，上海曾有过红树林，二十几万年前的化石就是证据。在中科院时，他还了解到原产于南美洲亚马孙河流域的凤眼莲引种到中国并广泛传播的过程。植物对环境有强适应性，钟扬相信，红树林能在上海落地生根。

8 年时间里，红树林遭遇过无数否定和不可抗的天灾。2008 年的冬天，罕见的冰雪冷冻灾害席卷整个中国南方，上海 1 月至 2 月的平均温度比往年同期低 2℃。钟扬的红树林试验田刚刚经营第一年，就遭遇灭顶之灾。此外，出没的野兔时常啃食这批红树。“第一年栽的时候很痛心，好不容易长出来的苗子还被兔子吃了。”

钟扬没有放弃。第二年，新种的红树全部活了下来。更惊喜的是，第一年貌似死去的红树，竟然又“复活”了。那些红树尽管叶子都掉光，只剩下光秃秃的枝干，可是根还在生长。钟扬说，“这是一个很好的寓意，人和树都要坚持下去。”

心系国家不知疲倦

在一部名为《党员说》的微视频中，钟扬被这样定义：“一名党员，就是甘于成为先锋者，向更高的高度攀登。”钟扬教授用自己的行动实践着共产党人的誓言。

十几年不知多少次进出青藏高原，在海拔数千米的高山上连续奔波探查，长期的高原生活和过高的工作强度，使个子高大的钟扬心脏肥大、血管脆弱，每分钟心跳次数只有 44 下。他曾说，“我有一种紧迫感，我再给自己十年时间。”如今，一场车祸残忍地夺走了他所有的时间。

钟扬曾这样诠释对生命高度的理解，“在一个适宜生物生存与发展的良好环境中，不乏各种各样的成功者，它们造就了生命的辉煌。然而，生命的高度绝不只是一种形式。当一个物种要拓展其疆域而必须迎接恶劣环境挑战的时候，总是需要一些先锋者牺牲个体的优势，以换取整个群体乃至物种新的生存空间和发展机遇。……这就是生长于珠穆朗玛峰的高山雪莲给我的人生启示，它将激励我毕生在青藏高原研究之路上攀登。”

复旦经济学院教授石磊说，“一位不知疲倦、心系国家的植物学家就这样匆匆地走了！他踏遍山野丛林湿地雪域采集的种子将长出广袤无际的新绿。”这一天，无数人为钟扬流泪，回忆与他相识交往、受他指点感染的点点滴滴。

的确，他播种未来，为国家挺起科学的脊梁；他燃尽生命，为社会留下不朽的温度。钟扬尽管走了，但他留下的种子将会给这个地球孕育无数新的生命。

（《新民晚报》2017 年 10 月 14 日）

申报资料实录

作品简介：援藏干部、复旦大学研究生院院长钟扬教授因公不幸离世，新民晚报敏锐地抓住重要先进典型进行深度挖掘，策划重点报道。10 月 13 日，复旦大学举行学习钟扬事迹报告会后，作为一级党组织给予钟扬同志正式的全面评价，报社分管领导和部门主任跟记者商量报道角度，记者当即在前期收集的丰富材料基础上，通宵撰写这篇长篇通讯，突出了钟扬同志作为新时代共产党员科技工作者的奉献精神和家国情怀，感情真挚，细节丰富，打动人心。

社会效果：新民晚报刊登报道的当天，作为"中国梦　申城美"的典型，配挂头花；同时在头版重点推荐，本文编辑配发了短评《"先锋者"》，进一步渲染了这篇报道的现实意义。从去年12月起，本市各界掀起了学习优秀共产党员钟扬的高潮。这篇通讯是主流媒体中第一篇介绍钟扬典型事迹的深度报道，复旦大学主要领导二次亲自致电报社，高度肯定，推荐这篇报道作为今后媒体报道的基本素材和宣传口径。

推荐理由：文章不仅通过大量生动的细节，让读者看到一名优秀的科研工作者，更让大家看到一名优秀共产党员的家国情怀，从而使报道的立意达到了相当的高度。文章还通过钟扬生前的名言，同时诠释了生命的意义。

文字系列报道

“中国经济六问释疑”系列报道

作者：祝嫣然　陈益刊　章　轲　冯芸清　邵海鹏　顾　乡　应民吾

编辑：顾　乡

代表作一：

中国经济增速是否已经企稳

在一季度实现“开门红”后，二季度经济数据依然稳中向好。国家统计局公布的7月份宏观经济数据显示，工业、投资、服务业多项指标增速小幅回落，但稳中向好的势头不减。

关于中国经济是否站在“新周期”的起点、中国经济增速走势是否前高后低的舆论争议，多位专家对第一财经表示，不应过于关注短期增速本身，应更多依靠深化改革、结构调整、新旧动能转换来促进发展，中长期中国经济有条件维持中高速增长的水平。

经济企稳迹象明显

2016年第四季度，中国经济增速升为6.8%，略高于前一季度的6.7%。2017年前两个季度经济增速为6.9%，出现了经济增速略有加快的迹象。

国家统计局综合司司长邢志宏在7月17日国新办发布会上表示，今年上半年，中国经济延续了去年以来稳中有进、稳中向好的发展态势，经济领域出现了更多的积极变化，支撑经济保持中高速增长和迈向中高端水平的有利因素进一步增多，稳中向好的发展态势更加明显。

从产业结构来看，供给侧结构性改革的深入推进，使产业结构进一步优化。今年以来，服务业主导经济增长的特征更加明显，上半年服务业的增速快于二产增速1.3个百分点，服务业占经济的比重达到了54.1%，高于二产14个百分点。

同时，制造业向中高端迈进，高技术制造业和装备制造业增加值上半年同比分别增长13.1%和11.5%，增速分别高于规模以上工业6.2和4.6个百分点，占规模以上工业的比重达到了12.2%和32.2%。

从新动能发展情况来看，经济中的新力量在不断增强，新旧动能加快转化。新主体和新技术的发展有效地带动了新产业、新业态和新模式的成长，经济发展中的新动能不断壮大。

万博研究院新供给经济学研究中心主任刘哲对第一财经表示，在新旧动能转换的时期，应切实降低中小企业融资成本，加大减税降费力度，鼓励创业业态，提高实体企业的投资回报率，提升市场活力和经济增长的动力。

从经济发展的质量来看，今年的企业效益确实出现了改善。1～6月份，全国规模以上工业企业实现利润总额36338亿元，同比增长22.0%。

实现更有质量的增长

近期一些国际机构纷纷调高了对中国经济今年和明年的增长预期。今年7月，国际货币基金组织(IMF)更新《世界经济展望报告》，将中国今明两年经济增长预期分别上调至6.7%和6.4%。摩根大通将中国经济全年增速预期由6.7%上调至6.8%，并表示对于中国经济硬着陆和金融风险的担忧较一年前大幅减弱，中国有望继续成为全球经济的稳定器。

波士顿咨询公司(BCG)大中华区总经理廖天舒在接受第一财经记者采访时表示，关注中国经济的发展不应过于关注短期增速本身，更重要的是经济增长的质量。政府提出持续推进供给侧改革、创新驱动、新型城镇化、去杠杆防范金融风险等，关注点从过去的经济增量、速度转移到质量、结构上来。

中国国际经济交流中心信息部部长王军对第一财经记者表示，应减少对经济增速的过度关注，更多侧重结构的调整，加强改革红利的释放，利用当前稳定的经济态势，促进改革措施的落地，尤其是国企改革、财税改革、金融改革等。

国家统计局新闻发言人毛盛勇在8月14日的国新办新闻发布会上表示，中国经济不仅要追求“块头”，还得要有“肌肉”，要强健。从未来中长期来看，从发展空间和潜力、增长韧性、要素供给条件、改革创新红利不断释放等多个角度来看，中长期中国经济有条件维持中高速增长的水平。

（《第一财经日报》2017 年 8 月 17 日）

代表作二：

中国的债务风险可控吗

地方政府债务（下称“地方债”）风险被视为“灰犀牛”事件，一般指问题较大也有预兆，如果视而不见可能导致严重的问题。

今年以来，地方债风险得到高层空前重视，一系列旨在制止违法违规举债担保的行动风暴般席卷全国。

中财-鹏元地方财政投融资研究所执行所长温来成告诉第一财经，目前中国地方债风险总体可控，个别地区债务风险有所上升，随着今年来打击地方变相举债行动力度加大，有信心把地方债风险这头“灰犀牛”关进牢笼。

风险总体可控的理性和自信

2008 年国际金融危机后，中国推出大规模经济刺激计划，地方政府债务在此时快速膨胀。为了控制债务规模，国务院采取一系列举措，其中 2014 年修订后的新预算法将野蛮生长的地方债纳入预算“牢笼”，明确地方政府举债唯一合法渠道是发行地方政府债券，由此规范地方举债行为。

经过清理甄别，历史上有着千丝万缕关系的地方政府债务和地方政府融资平台公司债务得以切割，2015 年以后的平台公司发行的企业债券与政府债务无关。

而经过财政部 3 年多的存量地方政府债务置换政府债券，地方政府偿债利率负担也得以明显减轻，仅 2016 年就减轻地方利息负担 4000 亿元，而且地方偿债期限拉长，也降低了地方偿债风险。

在上海财经大学郑春荣教授看来，为了防控地方债风险增长，最为关键的一招是中央实行地方债务限额管理。

2015 年底财政部印发的《关于对地方政府债务实行限额管理的实施意见》

对地方政府债务余额实行限额管理，各个省（自治区、直辖市）举债规模不得突破人大通过的债务限额数字。

正是由于地方债管理机制的完善，在7月28日的国新办财政金融情况发布会上，财政部副部长刘伟答记者问时称：“我们讲政府债务风险总体是可控的，是理性的回答，而且是自信的回答。”

遏制违法举债控制“灰犀牛”

但地方债风险仍然值得高度关注。温来成告诉第一财经记者，当前一些地方债务在增加，它们通过政府和社会资本合作（PPP）模式、政府购买服务变相举债，而且一些地方违法违规担保行为也时有发生，风险防控任务仍然繁重，将地方债描述为“灰犀牛”是切合实际的。

“大家知道犀牛的个体很大，一般指问题很大，也早有预兆……党中央非常重视防范和化解金融风险，始终要求守住底线，特别是守住不发生系统性金融风险的底线。‘黑天鹅’和‘灰犀牛’这两类事件都有可能冲击金融风险的底线。”7月27日，在国新办举行的新闻发布会上，中央财经领导小组办公室经济一局局长王志军说。

郑春荣告诉第一财经记者，地方债“灰犀牛”风险隐患主要在于一些地方违法违规举债担保，如果不做好防范有可能爆发局部风险。

一些地方违法违规举债担保带来的隐性债务上升，已经受到高层空前重视。而一系列旨在遏制隐性债务增长的行动已经在今年展开。3月以来，重庆、山东、河南、湖北相继处罚了当地个别地区违法违规举债担保行为，相关负责人或被撤职，或行政记过或警告约谈。

温来成称，今年以来针对地方违法违规举债担保，问责查处维持高压态势，潜在债务风险得到一定程度的释放，随着工作落实到位，中国债务风险可控。

（《第一财经日报》2017年8月17日）

代表作三：

中国的营商环境会导致资本外流吗

随着“放管服”（简政放权、放管结合、优化服务）改革的持续深入，中国的营商环境正不断优化。

世界银行发布的全球营商环境报告显示，中国营商便利度近三年在全球排名跃升18位，其中，开办企业便利度更是跃升31位。

与此同时，外企投资环境的持续改善，加上利用外资结构的进一步优化，更是中国营商环境受到认可的标志，这很好地缓解了外界对于资本外流的忧虑。

外企投资环境持续改善

卡尔蔡司是一家制造光学系统、工业测量仪器和医疗设备的德国企业。这家企业在广州设立中国总部之初，主要以销售为主导，在其后的20年里，逐步形成了包括研发、设计、制造、分销、物流、售后在内的一整套体系。

卡尔蔡司光学集团中国区总裁彭伟在接受第一财经记者采访时表示，从最初只为中国消费者提供产品，到设立生产基地为全球消费者快速供货，营商环境的优化是公司愿意持续投资的重要原因。“这里的政府总是以一种开放的心态和周到的服务意识快速为企业解决问题，可以说树立了一个高效政府的榜样。”他说。

作为一家进出口镜片的外资企业，卡尔蔡司对通关的要求很高。彭伟说，卡尔蔡司要求一年365天都要按照48小时生产和发货，当时了解到广州开发区保税区可以实现国家节假日全天候通关出货，专程过来考察，与区领导和招商局的领导见面探讨选址等问题时，上至区长、局长，下到办事员，很多人英文都非常好，可以直接沟通，这令集团高层非常意外，政府官员新颖的理念和国际化视野让集团的人感到很放心。

通用电气（GE）副总裁巴蒂亚（Karan Bhatia）曾在2017广州《财富》全球论坛华盛顿推介会上表示：“我们在广州的项目，18个月就建起来了，在美国要5～8年才能完工。”

利用外资结构进一步优化

广州只是一个缩影。过去4年多来，围绕激发市场活力、优化营商环境，国家层面推出了近百项改革措施，且仍在提速。

今年年初，国务院发布《关于扩大对外开放积极利用外资若干措施的通知》，提出20条高含金量举措力促引进外资；6月，在商务部和国家发改委发布的新版《外商投资产业指导目录》中，限制性措施由93条再减30条；7月，从中央财经领导小组会议，到中央政治局会议，再到国务院常务会议，短时间内多次高层会议连续就加大对外开放作出部署。

万博研究院新供给经济学研究中心主任刘哲对第一财经记者表示，近几年来，中国持续加大简政放权、放管结合、优化服务力度，降低制度性交易成本，努力打造内外资企业一视同仁、国际化法治化市场化的营商环境，已经有了明显的成效。

根据瑞士洛桑管理学院发布的《2017年度世界竞争力报告》，在全球63个主要经济体中，中国排名第18位，比去年提升7位，这是近年来的最高排名，排名超过英国、日本、法国、澳大利亚、西班牙等主要经济体，其中，国内经济、就业、劳动力市场三项分指数全球第一。

"好的营商环境能够吸引未来的核心资源，并转化为生产力，很显然中国政府已经看到这点，未来还会继续朝着这个方向走。"刘哲说。

（《第一财经日报》2017年8月18日）

申报资料实录

作品简介：针对当前中国经济发展中出现的一些热点、焦点、疑点问题，去年一段时期，外界出现了一些以偏概全、个案问题扩大化的舆论现象。其背后，除意识形态因素外，方法论上的偏差也不容忽视。作为专业财经媒体，第一财经有责任正本清源，从方法论上帮助读者与社会各界去准确认识中国经济的整体现状和一些争议较大、容易出现认知偏差的问题。于是，我们酝酿操作一组报道，以"自问自答"的形式阐明中国经济的基本面，对经济企稳向好的走势给出准确判断。经过反复讨论，我们选择了经济增速、债务风险、污染防治、企业税负、营商环境、农产品价格这样六个热点、焦点、疑点问题，并且决定从"担忧从何来"、"担忧如何看"两个层面来剖析。六个题材分别布置给了负责宏观经济、财政、环境等条线的五位记者，最终的稿件观点鲜明、采访权威、逻辑清晰、用数据和可靠的事实作为支撑，帮助人们认识到：要想准确把脉中国经济，就需要在思想方法上进行转变。

社会效果：这组专题报道以提出疑问、回答问题的形式，回应市场对中国经济的关切，阐明中国经济现状，通过详实数据和权威专家分析，真实形象地报道了当前中国经济稳中向好和积极健康的基本面，正本清源，从方法论上帮助社会各界准确认识中国经济的现状。不仅获得主流门户网站、新闻客户端的广泛转载，还获得了中宣部的正面阅评。

推荐理由： 这组专题报道抓住要害，有的放矢，显示了经济报道的前瞻性和主动性，特别是明确指出了一个普遍存在的方法论问题，对于帮助人们正确看待中国经济形势，对于扭转唱衰中国经济的舆论，对于“稳定预期、鼓舞信心”都起到了积极作用，为经济平稳健康可持续发展提供有力舆论支持，为十九大胜利召开营造良好舆论氛围。

文字消息

全市幼师毕业生喂不饱一个区

百余幼教生刚毕业　200幼儿园“抢”人

作者：李星言　朱晓芳

编辑：樊　巍　吴志浩

华东师大100多名幼师毕业生，却来了200家幼儿园招聘。今年本市嘉定区就有281个幼教岗位求贤，但华东师大、上师大两所师大幼教应届毕业生加起来仅200多名。随着生育高峰的来临，新幼儿园的建设，本市幼师缺口凸显严峻。

“上海光是就今年新开办的幼儿园就有33所，最高可满足约14580名适龄幼儿的入园需求，但如果没有足够的幼教师资，入园难还是缓解不了。”昨天，本市一位幼儿园园长坦言，据她所知，现在许多幼儿园都在头疼师资紧缺。

幼儿园对老师的需求有多旺？仅以嘉定区2018师资招聘计划为例，58所幼儿园共有281个幼教岗位急缺老师，实验幼儿园招5人，中福会新城幼儿园招9人，最多的天恩幼儿园一次就要招聘22位老师。而这仅是庞大的幼教师资缺口冰山一角。市中心幼儿园同样是师资需求大户，黄浦区蓬莱路幼儿园今年要招15位幼师、徐汇区乌南幼儿园要招6位等。

对本市大多数幼儿园来说，幼师来源的首选是华东师大、上海师大学前教育专业的应届毕业生，但记者调查发现，这两所学校的应届毕业生总和仍远远满足不了幼儿园的师资缺口。

华东师大就业中心主任阮平章透露，该校学前教育专业每年有100多名毕业生，仅去年就先后来了200多家幼儿园来“抢”这100多名毕业生。今年的招聘难更为严峻。

上海师大就业中心主任韩刚介绍，该校本月举行过6场师资招聘会，“现场幼儿园摊位很多,但是来应聘的学生数却不多,上师大每年约 130 名幼教毕业生都是供不应求,有的学生实习时就已经被幼儿园录取了。”

两所师范大学的学前教育专业应届毕业生加起来也仅 200 多名,甚至不够一个区的幼儿教师需求。一位民办幼儿园园长也告诉记者,“市级、区级示范园和部分一级园基本就把这些毕业生预定了,能轮到二级或民办园的很少。”

根据上海市卫计委测算,全面两孩政策实施后,3—5 年内,全市户籍人口有可能新增出生人口 6—12 万人,每年约新增 2—3 万人,直接带来的就是入园、入学的高峰。

根据市教委公布的官方数据,仅 2017 年秋季,上海就新开办幼儿园 33 所,预计最高可满足约 14580 名适龄幼儿的入园需求。此外,不少幼儿园近两年也扩大招生规模分担入园压力,加上女教师本身生二孩等原因,导致幼教师资缺口较大。

(《新闻晨报》2017 年 11 月 24 日)

申报资料实录

作品简介: 11 月是大学生就业招聘季。针对社会对幼儿园师资缺口的呼声越来越高,记者进行深入走访,通过对师范院校就业办、应届毕业生、幼儿园用人单位、家长乃至外地师范类高校的采访,捕捉到“全市幼师应届毕业生才 100 多人,而随便一个区对幼师的招聘需求就在 200—300 人,每场招聘会都有两百多家幼儿园来抢人,根本不够分”。这个信息之前从未披露过,也是独家。数字的对比非常震撼,也充分解释幼师师资断层的许多问题。

社会效果: 文章一经刊发,立刻在社会上引起巨大轰动。上海乃至全国众多报社、电视台电台等纷纷跟进报道,百余家网站、官微、微信号等新媒体争相转载,在社会上引发热议,也将舆论风向从“师资不够”的吐槽,扭转到“探索问题背后的原因,如何应对”的理性、正面思考上来,取得了良好的社会效果。

推荐理由: 全城独家、首发消息。记者敏感捕捉到新闻,并且一针见血对之做了报道,有助于推动相关部门拿出及时、有效的措施来解决这一问题。报道的社会影响力大。

老宅被拆，何以如此重罚

作者：李泓冰

编辑：张　铁

上海，一个引发舆论哗然的焚琴煮鹤之举，果然应了“一查到底，绝不姑息”的重诺。6 月 23 日，该市静安区公布对巨鹿路 888 号优秀历史建筑被业主违法拆除事件的调查结果，决定对违法行为人王某罚款人民币 3050 万元，责令其在 10 个月内恢复建筑原状。同时，对相关政府责任部门及 10 名责任人员进行严肃问责。

为了一栋旧房子的被拆，如此巨额的经济处罚，如此众多的官员和责任人被问责，不仅仅在上海，就是在全国范围也算首例。

巨鹿路 888 号，不算文物保护建筑，上海何以如此重惩？其意义想来并不仅仅是亡羊补牢，亦能开一时风气。

要读懂一个国家，不仅要看其光鲜亮丽的名片，也必得走进旧城古村的深处；要读懂一个城市，不光在新起的高楼，而更需看老宅的沧桑。一砖一石，一窗一牖，后面都是鲜活的故事，铺陈着人事代谢、薪火相承的浩荡信息。

在城市的迅猛扩张、更新中，老宅子成群地消失。然而，历史人文也是有温度的，要有温暖的载体。梁漱溟先生对中国文化的定义是“中国人夙昔生活所需要之一切”，夙昔的一切，是打开当代中国的一把钥匙，是欲说还休的乡愁，也是发展的镜鉴。

被拆的巨鹿路 888 号，是 90 多年前的英式花园住宅。设计者是从俄国战俘营逃到上海的匈牙利人邬达克，他还设计过“远东第一楼”国际饭店，大光明电影院，《义勇军进行曲》的首次演奏地点、巨舰般的武康大楼……上海用 7 年光阴，给了他一段人生逆袭的传奇，也将他设计的 25 个项目列为上海市优秀历史建筑。然而，浓荫下的沉郁优雅一夜委地。事件经媒体报道后舆论哗然，惩处也来得很重、很快。

重惩背后，能看出上海人的痛心疾首。毕竟，老房子外观或可恢复，原有的历史气息却难以复原，损失难以用金钱估量。这样的霹雳手段，毋宁看成是一记强劲的警钟，以警来者，特别是警示基层政府部门：必须杜绝类似行为，让依法保护历史建筑、传承历史文脉，成为全社会共识。

毕竟，老房子是在老城区众目睽睽之下被拆。一向深具规则意识的上海应该反思，具有一定文物价值的老建筑，怎么会如此脆弱，乏人保护？确如上海市一位政协委员追问，"为什么保护建筑被破坏半年没有人管？"

对破坏历史建筑"一查到底，绝不姑息"的坚决态度，惊觉保护历史建筑时不我待。不久前的上海党代会报告，有一处很浪漫，"建筑是可以阅读的，街区是适合漫步的，公园是最宜休憩的，市民是尊法诚信文明的，城市始终是有温度的。"巨鹿路老宅的命运，让我们知道，实现这一切还有坎坷。

我们拥有的历史只有一个，而造就未来的方式却不尽相同，要选择最温暖的未来，就不能丢失"夙昔生活所需要的一切"，丢弃那些美好的老建筑——那是先人依然鲜活的文化积淀和历史传统的载体，那里有故园之思，有家国梦想，有一以贯之、薪火相传的精神追求。

上海对破坏老建筑的重惩，让更多的城、更多的人，对伸向优秀历史建筑的不安分之手保持警觉。毕竟，不管对一个城市还是一个国家而言，善于继承才能善于创新。因眼前利诱而让城池失守，是对先人的亵渎，更是对后人的不负责任。

（《人民日报》2017 年 6 月 26 日）

申报资料实录

作品简介：6 月 23 日，上海静安区公布对巨鹿路 888 号优秀历史建筑被违法拆除的调查和处理决定，对违法行为人罚款 3050 万元，责令 10 个月内恢复原状。同时问责相关政府责任部门和 10 位责任人。这样的重处前所未有，原因何在？作者一直密切关注相关事件的进展，随即快速反应，提笔成文，条分缕析，写成时评，当即发回总社，并于次日上版。

社会效果：在央媒，这篇独家评论认为，“为了一栋旧房子的被拆，如此巨额的经济处罚，如此众多的官员和责任人被问责，不仅仅在上海，就是在全国范围也算首例。”“上海对破坏老建筑的重惩，让更多的城、更多的人，对伸向优秀历史建筑的黑手，保持警觉。”此论在人民日报及两微一端传播，相关点击率近百万，170 余家媒体转载，影响面极大。负面舆论发生积极转身，评论观点基本覆盖相关事件舆论场。

推荐理由：反应快速、落点精准更颇具文采。短短千字文旁征博引，有历史张力和现实观照，指出“我们拥有的历史只有一个，而造就未来的方式却不尽相同，要选择最温暖的未来，就不能丢失夙昔生活所需要的一切——那是先人依然鲜活的文化积淀和历史传统的载体，那里有故园之思，有家国梦想，有一以贯之、薪火相传的精神追求”，颇具深意。

文字通讯

陈锡文访谈

作者：高　渊

作品一：

我与中国农村 50 年

北京，博学胡同一号。隔着一条窄窄的府右街，与中南海紧邻。中共中央农村工作领导小组办公室，就在这个院子里。在二楼，67 岁的陈锡文走过来与我握手，微笑着略作几句寒暄，便开始了我们历时 3 个半小时的长谈。

如果从他 1968 年去黑龙江生产建设兵团算起，他已经跟中国农村打了近半个世纪的交道；如果从 1978 年考进中国人民大学农业经济系算起，他研究中国农村已近 40 年。去年 6 月，陈锡文卸任中央农村工作领导小组副组长兼办公室主任，但仍是全国政协经济委员会副主任，他对中国农村的关注与思考，并未停歇。

数年前，有媒体同行曾说，陈锡文给她最大的印象是实在。我的感受则是，他不仅实在，而且深刻犀利。

管农业的上海人

高渊：你从上世纪 80 年代初开始，就直接参与中国农村问题的决策。但让很多人惊讶的是，你居然是上海人。

陈锡文：是啊，我祖籍江苏丹阳，出生在上海，从幼儿园、小学到初中都在上海南汇县的周浦镇。解放前，我父亲从老家到上海工作，认识了我母亲，在上海成了家。

新中国成立后，我父亲去上了无锡文化教育学院，这是一所干部速成学校。他上学的时候我出生了，所以我叫“锡文”。他毕业后响应国家号召支援老区建设，就去了泰山脚下的山东泰安中学教书，母亲也带着我去了。

高渊：后来为何到了上海周浦？

陈锡文：我母亲身体不太好，就带我从泰安回了她的老家杭州。到了我5岁的时候，父亲调动工作，分配到了当时还属江苏省的南汇县周浦中学教书，这样我们就在周浦安家了，后来上学一直在那儿。

1966年我初中毕业，毕业前就乱了。那时候“文革”搞串联，坐火车不要钱。我们一路跑到海南岛。我们在海南岛待了一段时间，1967年的春节在那儿过的。回来后到学校看看，还是乱哄哄的，就回杭州了。

北大荒初识农业

高渊：什么时候去的北大荒？

陈锡文：到了1968年夏天，周浦中学给我发电报，说学校开始分配了，黑龙江生产建设兵团来招人，如果想去就赶紧回来。我马上就回去了，8月份报的名，9月中旬就去黑龙江了。

我去的时候，毛主席还没有作出“知识青年到农村去接受贫下中农的再教育很有必要”的指示，所以我们这批人走的时候，基本上心态是差不多，既然有机会出去自食其力，那就去吧，别再让家里养着了。而且，当时把去黑龙江屯垦戍边的意义提得很高，我们都有点激情。

高渊：具体到了黑龙江哪里？

陈锡文：我被分到了黑河地区，是黑龙江纬度最高的地方。

高渊：这是你第一次亲身接触农业吧？

陈锡文：对，那个地方无霜期很短，一年只有110天左右，只能种小麦和大豆。各种农活我都干过，后来到了机关，也经常要下去一起干农活。

高渊：建设兵团的生活苦不苦？

陈锡文：兵团虽然也是务农，但跟农村差别很大。兵团的前身是农垦局，我们叫农业工人，在当时的国家职工序列上有一栏就叫“农业工人”。所以去了之后，至少是衣食不愁。

高渊：从18岁到28岁，人生中最美好的十年在黑龙江度过，你怎么评价那十年？

陈锡文：不能说那一段对我有多好或者多不好，但毕竟从个人来讲，还是一段很重要的历练。

这段时间让我了解了农业的不易，了解了节气，了解了各种作物不同的特性，了解春播夏锄秋收，了解了农业机械等等。另外，我们农场那些老职工，基本都是从山东、河北一带来的，本质上还是农民。所以，我对农业、农村、农民有了一些实际感受。

田埂上的广播

高渊：1977年恢复高考的消息，你是从哪里听到的？

陈锡文：那时我正在柳河五七干校上学，算是后备干部了。这所干校在"文革"中很有名，跟现在的省委党校差不多。就在报到的当晚，我和几个同学吃过晚饭，到干校边的田埂上散步。这时，干校的广播喇叭响了，说要恢复高考了。

我们一听都很激动，马上去跟学校请假。学校说这可不行，你们是层层审批推荐来的，要想回去参加高考，必须得到原单位批准。第二天一早，我就跑到县城，给我所在的一师师部发电报，要求请假回来考试。但一连等了三天，根本没有回复。我想这样等下去不行，就跟学校打了个招呼，跑回去了。找到政治部主任，我说你怎么可以这样，你不同意也得回一个电报啊。他说，我就在想，这个电报我回也不好，不回也不好，但如果你意志坚定呢，肯定自己会跑回来的。

高渊：接下来一切顺利吗？

陈锡文：我记得很清楚，照片交了，5毛钱报名费也交了。大概过了十来天，省里突然来了个通知，规定凡是25岁以上的，必须有高中学历，才能参加高考。我那时已经27岁了，没上过高中，这下真是踏空。当时黑龙江最大的忧虑是，来这里的外地知青太多，而且多数是从大城市来的，总体受教育程度比较高。如果让这些知青都参加高考，当地人可能就没机会了。就这样被退回来了，当然很沮丧。后来听说中央批评了黑龙江的这个做法。

高渊：好在不到半年，1978年的高考就开始了。

陈锡文：是的，我们78届是6月份考试，9月份开学。我五门课总分是379

分，还算不错。

高渊：为何填报了中国人民大学的农业经济系？

陈锡文：填志愿比考试难，我完全不懂，就去请教那位政治部主任，他是文革前的大学生。我就问他人民大学怎么样，他说那当然好。然后我看了半天，发现有个农业经济专业，问他这是做什么的，他说反正跟农业和经营管理有关吧。

他最后跟我说："你毕业以后，至少可以回来当个农业会计。"

杜润生的三句话

高渊：听说人民大学还没开学，你就去报到了？

陈锡文：我是人民大学1978年复校后，第一个报到的学生。那天是9月22日，有两个军人在校门口站岗，我给他们看了录取通知书，他们一脸诧异地说："没听说开学啊，也没有学生来报到。"但还是放我进去了。

后来我才知道，我在兵团接到的通知是9月中下旬开学，然后我就去了哈尔滨，因为有不少熟悉的知青已经在哈尔滨上大学了，我去找他们玩几天。所以没收到人民大学的第二份通知，那是通知我们因为校园还被部队占用，推迟一个月开学。

高渊：你上大学时，农村问题是全社会关注的焦点吧？

陈锡文：那时候，全国有几千万知青下乡，都在农村生活了好几年。贫困在当时是普遍的，但大家到了农村才知道农村穷成了什么样。虽然已经离开农村了，但都盼着农村尽快好起来，也愿意为农村做点事，特别是党的十一届三中全会召开了，通过了关于加快农业发展的决定，就更这样想。这是我们普遍的心结。

我那时已经28岁了，离开学校12年后有机会再读书，真是起早贪黑。在比我们年长些的青年教师和研究人员的启发下，我们自发组织读书会和讨论会，还有北大、清华、北师大等学生一起参加。主题从来没有离开过农村，讨论人民公社体制、农村社会主义的内涵、农业现代化等等，也慢慢接触西方经济学和社会学。

高渊：你们是怎么讨论的？

陈锡文：过程非常自由，愿意来就来，来了不愿意听就走。经常今天在这个学校，明天在那个学校，最热闹的时候有一二百人。慢慢地，我们就想除了讨论，还能不能做点事，比如对农村进行一些调查研究。

正好那个时候，中国社科院从中科院里独立出来了，在科研体制上也有一些改革，可以对外委托调研课题。我们就说能不能以一个研究组的名义，向社科院申请课题。

还有个机缘，这个读书小组里，北大经济系的邓英淘是邓力群的儿子，我们人大经济系的杜鹰是邓力群的女婿，而邓力群当时是中国社科院副院长。邓力群知道我们这批人在做农村问题研究，给了我们一笔5000元的课题费，这在当时就很不少了。

拿到经费后，我们就想：干脆成立一个组织吧！就在1981年初成立了“中国农村发展问题研究组”。

我记得是1981年的2月，还在寒假中，在北京大学召开成立会议，因为当时北大经济系的党总支书记和北大的经济学泰斗陈岱孙都很支持。邓力群和杜润生都来了。杜润生代表农口的老同志欢迎青年人加入这个队伍。他说，中国是一个农业和农民大国，农民如果还贫困，那么国家就富裕不了；农业如果还停留在古代，国家就不可能现代化。听了这两句话，我觉得真是振聋发聩。

高渊：从那时起，你就决心这辈子研究农村问题了？

陈锡文：那天，杜老还说了一句话。他说，进入农村调查研究领域就不容易，坚持下去更难，坚持到底是难上加难。

我当时想，我已经当了十年农民，又是读农业经济专业的人，我以后做什么呢？必须选择这个工作了。就这样一直做了30多年，去年刚刚退出一线岗位，我算做到了杜老说的坚持到底。

下乡调研的“老大”

高渊：这个研究组成立后，你们第一个去调研的地方是哪里？

陈锡文：去了安徽滁县，就是现在的滁州。那是1981年暑假，由国家农委出面，一共去了四五十个人，分成很多小组，深入到当地各个地方，调研包产到户和包干到户以来的新变化。

我和一个同学被派到小岗村蹲点，一住就是18天。跟当初在生死状上按手印的农民朝夕相处，了解到改革前穷到什么程度，改革过程中的担惊受怕以及成为农村改革一面旗帜的全过程。

高渊：那应该是大包干后变化最大的几年。

陈锡文：对。我们去的时候是夏天，还没有夏收，但村里粮食已经多得吃不了了。村民跟我说，以前乡里的粮库里空得都能跑出鬼来，现在家家户户屋子里都堆满了稻谷和小麦，鸡飞在上面吃也没人管。确实感受到了体制变化后，给农民带来的巨大喜悦。

高渊：你后来还多次去过小岗村吧？

陈锡文：去过很多次，有两次还是分别陪着前后两位总书记去的。每次去，村里那些老人老远就叫我，都上来跟我拥抱。他们都叫我"老大"，1981 年在村里蹲点的时候，就这么叫的。我当时还说，你们岁数都比我大，怎么可以这么叫呢？他们说，你是中央来的啊。后来我每次回小岗村，一进村他们就说"老大回来了"，关系非常好，有什么情况和问题都愿意告诉我。

高渊：调研报告是什么时候出来的？

陈锡文：后来形成了一个比较全面的调研报告，对每个层面都作了剖析，既讲了变化，也讲了下一步可能面临的问题。报告出来已经是 1981 年秋冬了，邓力群和杜润生亲自看、亲自改，最后报到中央。

当时的中央领导作了批示，认为这个报告把"双包到户"以后的情况讲明白了。于是，报告受到了各方面的关注，很多内部简报都转发了。

高渊：这次调研的成功，对后来毕业分配有没有产生影响？

陈锡文：因为"文革"的关系，当时国家机关已经有十多年没进年轻人了，干部年龄普遍老化。到了 1982 年的春天，中央书记处决定从高校选拔一批毕业生，进入中央国家机关工作，解决青黄不接的问题。

当时比较现成的就是我们这个农村发展组，正好都要毕业了，于是决定第一批留下我们。一下子批了 50 个编制，专门从事农村调查研究。

高渊：具体去了哪个机关？

陈锡文：邓力群和杜润生专门讨论过，把我们留下来后到底搁在哪儿？后来是邓力群定的，他说不要去党政机关，因为我们都是小字辈，去那里每天无非就是擦桌子、扫地、打开水，还是干脆放到社科院，这样自由一些，可以集中精力搞调研。

就这样，把我们 50 个人的编制统统给了中国社科院，进了农业经济研究所。而且，连"中国农村发展问题研究组"这个名称也一起带了过去，等于在农经所增设了一个研究室。

难忘的“九号院”

高渊：在中国社科院感觉怎么样？

陈锡文：其实我们去之前，上面是跟社科院讲清楚的，这些人放在你们这儿，但工作要听中央书记处研究室和农村政策研究室的，邓力群和杜润生已经分别调到这两个研究室当主任了。我们很多调研工作，是由这两个研究室直接派任务。

高渊：这个机制是否有点不顺？

陈锡文：对啊，确实不太顺。到了1984年在莫干山开中青年改革研讨会前，中央就在考虑，在国家体改委下面设体制改革研究所。这个研究所成立后，对我们这个组影响很大，去了不少人。当然，还有些人继续坚守，只是人数已经大大减少。

这样一来，再加上本来机制上就不顺，杜老就想干脆在他的农研室（它的另一块牌子是国务院农村发展研究中心）下面也成立一个研究所。

到了1985年夏天，把我们这些还留在社科院的人，包括那50个编制，一起转到了农研室。

我们这个所是1986年春天挂牌的，办公并不在九号院里，因为没房子了。但西黄城根南街九号是中央农研室和国务院农研中心的办公地点，杜老他们都在九号院办公，因此我们经常要去汇报工作和领受任务。

九号院是清朝的礼王府，当时华国锋、姚依林、张劲夫等都住在九号院，纪登奎也在农研中心任研究员。第一任所长是王岐山，我当副所长。所里有周其仁、邓英淘、杜鹰等。林毅夫当时还在社科院农村所，后来杜老下决心把他调过来，也当副所长。到了1989年初，王岐山正式去了中国农村信托投资总公司，我就接任了所长，副所长除了林毅夫，还有杜鹰。

高渊：你们这批人为什么能凑在一起这么多年？

陈锡文：我们学的专业真的是五花八门，有学物理的、地质的、机械的，学什么的都有，反而学农业和农业经济的很少。

但读什么专业不重要，重要的是大家都有共同的经历，都关注农村问题，都对“文革”有比较深刻的反思。而且大家来自各个学科，形成了多学科综合研究的方法，这比在一个学科里面讨论问题，肯定要深刻得多。

打出“中农办”牌子

高渊：你们是什么时候分开的？

陈锡文：那是1990年的中央机构改革，农研室撤消了，我们被安排到了很多部门，包括农业部、体改委，以及中共中央和国务院两个政策研究室。我去了国务院发展研究中心，先后担任农村研究部副部长、部长和中心副主任。

高渊：你是什么时候到“中农办”工作的？

陈锡文：我是1994年先借调到中财办。1992年底，小平同志把当时中央的几位领导人叫去，强调党管经济这个原则不能丢，中央财经领导小组还是要恢复。另外，经过上世纪80年代末一番变化之后，有一段时间国务院没有明确分管农业的副总理了，各地反应很大，毕竟我们是农业大国啊。

这样到了1993年的春天，中央财经领导小组和中央农村工作领导小组就同时成立了。根据惯例，财经小组的组长由总书记担任，农村小组的第一任组长是朱镕基同志，他当时是政治局常委、常务副总理，后来就一直由分管农业的副总理担任组长。这个小组是中共中央领导农业农村工作的议事协调机构，对农业农村工作领域的重大问题提出政策建议后报中央决策，并协调和督促贯彻落实。

高渊：当时两个领导小组是不是下属同一个办公室？

陈锡文：对的，这个办公室对外就叫“中财办”，里面有个专门对应农村领导小组的秘书组。到2003年，我调任“中财办”副主任，对应农村工作，就彻底离开国务院发展研究中心了。

高渊：“中农办”这块牌子是什么时候打出来的？

陈锡文：是2006年。2005年制定的“十一五”规划中，提出建设社会主义新农村。中央就研究，新农村建设的指导协调工作到底由谁负责？权衡再三之后，决定不增设新的部门，而是加强中央农村工作领导小组和办公室。

过去，中央农村工作领导小组是由8个单位的负责人组成的，那次扩大到20个部门。“中财办”里对应农村的这一个组，增加到15个人。同时也明确提出，“中农办”这个牌子要打出来，同意设一个主任，一到两个副主任。

对我来说，其实也没什么实际变化，我还是“中财办”副主任，只是又加了一个“中农办”主任的头衔。到了2009年，中央又任命我担任中央农村工作领导小组副组长，明确为正部长级。

陈锡文：1950 年 7 月生于上海。1968 年 9 月，赴黑龙江生产建设兵团，1978 年考入中国人民大学农业经济系。毕业后，先后在中国社科院、中央农村政策研究室和国务院发展研究中心工作，历任中央财经领导小组办公室副主任、中央农村工作领导小组副组长兼办公室主任。现任全国政协常委、经济委员会副主任。

（《解放日报》2017 年 4 月 5 日）

作品二：

农村改革，在激进派面前我是保守派

我国土地制度的核心是什么

高渊：经过几千年的变化，你认为农业在中国的地位有没有发生变化？

陈锡文：有些事对中国来说，几乎是永恒的。《孟子》里讲到诸侯有三宝："一曰地，二曰粮，三曰人。"至今为止，土地、粮食和农民这三件事，依然是永恒的课题。

当然，现在和过去大不一样，现在的工商业很发达，以前整个国家经济基本都来自农业。但不管怎么变，我们国家的农村工作，必须处理好地和粮的关系，要关注这方面的政策与农民的意愿是否吻合。

高渊："地粮人"这三者关系中，土地使用是否成了关键一环？

陈锡文：中国 960 万平方公里国土面积，折合 144 亿亩，其中耕地只有 18 亿亩多一点，所占比重就是 13％多。现在最大的问题是，中国虽然幅员辽阔，但适于农耕的土地确实很少。

我看住建部的资料，去年底中国城镇建成区总面积是 11.8 万平方公里。按国家原来的规划，要求城市建成区每平方公里容纳 1 万人，近 12 万平方公里应该可以放进去 12 亿人。但现在才多少城镇人口，常住人口连 8 亿都没到。

当然，农村用地也有毛病。按世界各国的基本规律，农村人口减少了，农村的建设用地就应该退回到自然状态，有的可以复垦变成耕地，更多的应该恢复为自然生态用地。但在中国有些人的观念不是这样，农民走了，他想去占。

有人老是埋怨农民进了城以后，还要保留农村的房和地，但现在不少城里人希望到乡下买个农民院落，也想两头占。这性质不一样，农民进城后的“两头占”是个阶段性现象，主要是为留退路，一旦城里待不下去还可以回农村。城里人的“两头占”，有些是想过过陶渊明的日子，更多是看好了投资土地是保赚不赔的优质资产。不管是哪种想法，都可能造成农村土地的闲置甚至违规改变用途。

说到底，“地粮人”是紧密联系在一起的，保护耕地、保障国家粮食安全、农业产业安全和农民生计安全是我国土地制度的核心。

农村慢一点，是稳定器和压舱石

高渊：很多人说你是农村问题上的“保守派”。

陈锡文：周其仁讲过，幸亏有个陈锡文，因为他在踩“刹车”，不然会有很多借着改革的名义胡来的事情发生。

我承认，这些年来在农村改革上，和那些激进的人相比，我是趋向于保守的。其中很重要的原因是，我从下乡到现在，当农民、读农业，一直到做农村工作快半个世纪了，一个最深刻的感受是，我国农业发展到现在有上万年了，相比工商业和城市，农业和农村是个慢变量，不能太快，这是历史经验。

古人讲“文武之道，一张一弛”，城市已经快得日新月异了，再把农村也搞得鸡飞狗跳的话，这个社会能太平吗？

所以，城乡两者之间，有一个快变量，另外一个就必须把握好，它才能成为一个快速转型社会的稳定器和压舱石。

高渊：一直有人评论说，你最保守的地方是农村土地制度改革，是这样吗？

陈锡文：很多人说，农村的土地制度改革，不光是农村的事，整个国家的改革似乎就是被压在这个问题上动不了了，只要一变就全盘皆活了，资本就有出路了。但真的是这样吗？

现在都喜欢用西方经济学理论来研究中国农村问题。据我所知，现在谈论农业土地制度的有些知名经济学家，基本上在国外留学时都没研究过那里的农村土地问题，而真正在国外读农业的，反而不大谈这个，这是一个很大的反差。还有，西方在农业土地方面的做法，对我们到底合不合适，这又是一个大问题。

高渊：但如果没有比较大胆的试验，农村改革会不会停滞？

陈锡文：改革要涉及很多人的利益，这是社会试验，跟实验室不一样。

1986 年，我们到安徽阜阳去搞改革试验区。去之前，杜润生就跟我讲，试验无所谓什么成功失败，成功了固然是好事，如果不成功，知道此路不通也是好事，所以你们试验只要有结果，回来我都给你们庆功。

杜老接着话锋一转："不过我跟你讲，你陈锡文带人到那儿去搞试验，失败了回来，没问题。但是，你对当地老百姓得负责任，人家把身家性命搭进去了，你要让他们受了损失，你可能就回不来了。"现在的试验其实也是这样。

农业的成功与忧患

高渊：你认为当前中国农业最大的隐忧是什么？

陈锡文：坦率地说，最担心的是今后在粮食上出问题。

从总量上看，我们每年还缺五六百亿斤粮，所以进口是必然的。但问题是，去年进了2500亿斤，远超我们的缺口。为什么，因为大豆缺得太多，大豆就进了1600亿斤，大豆的缺口填补平了，别的粮食品种肯定就多了。

这说明，我们粮食生产的结构性问题很大，还有质量和食品安全问题。农村改革近40年来，至少有过两次大的粮食供过于求，但都是说没就没了，再要把产量恢复上来，那就要用牛劲了。

高渊：这些年来，农业最成功地方在哪里？

陈锡文：这30多年来，我们最成功的一条是，在土地问题上没有出过大的偏差。在粮食政策上，虽然起起伏伏，但总体是通过增加农民收入，来调动农民生产粮食的积极性。

土地规模经营，现在成效不小。农业部最新的统计，农户家庭承包的土地经营权流转面积已经超过了1/3，有7000多万户或多或少的流转出了承包土地的经营权。

目前全国经营50亩以上土地的农户有350万户，一共经营了3.5亿亩，平均一户100亩地。这应该说非常不简单，差不多得把10户人家的地集中到1户。不过跟国际上比还是差距很大，那些新大陆国家，一个家庭农场动辄一两万亩地。

之所以农业要规模经营，就是要提高效率。我们地少人多，土地的规模经营很困难，但也有办法破解。

我到黑龙江、吉林去看，当地用的农业机械很先进，有的是在美国刚刚上市，我们就用上了，比美国农民还早。这靠的就是向更多的农户提供社会化服务。

比如说，我们一年大概种植3.5亿亩麦子，麦收的机械化率在92%以上。当然不是92%的农户都去买收割机，他们是花钱买的服务，推动了农机的跨区作业，使小规模的农业经营也能分享大机械的效率。

我再说件事，现在让全世界都很惊叹，就是中国农业在使用无人机方面是世界绝对领先的，无论是使用量和技术水平都没有别的国家可以跟我们比。你说一家一户就这么一点地，你买无人机干嘛？买的人一定想好了，我是给大家提供服务的，这样才能发展起来。

这是农民的新创造。我跑了很多国家，这么大规模的农业社会化服务没见过，他们基本上是在流通和加工环节提供服务。像韩国和日本，不能说他们的技术装备水平低，但都是自顾自的，一家一户购买了成套的农业机械，结果大量闲置，成本极高。

所以说，在我国国情下光靠土地规模经营还不能解决全部问题，不能在一棵树上吊死。让农民放弃土地经营权，他们会有很多后顾之忧。应该是愿意流转土地经营权的就流转，不愿意流转的，可以创造条件，让他们共享现代技术装备的社会化服务。

农村问题的四个关键

高渊：能否梳理一下，中国农村问题现在遇到的关键瓶颈是哪几个？

陈锡文：我想主要是四个。首先就是粮食供求，供求波动是一个短期问题，会随着经济形势的变化和政策的调整而不断变化。

第二是农业要现代化。总书记也讲了，一方面规模经营是现代农业的基础，但另一方面，要改变我们现在分散粗放的农业经营方式，不是一朝一夕的事，需要有条件，也需要有时间。在这个问题上，我们要有足够的历史耐心。

第三个问题，即使中国城镇化率达到70%，农村至少还有4亿多人。这是不得了的数字，未来的农民和城市到底是什么关系，怎么让农民在农村生活得更好，都是非常重要的问题。

最后一个就是基本制度问题，对农村集体经济组织、农民的财产权利问题要讲清楚，什么是必须保护的，什么是不能允许做的，深化改革的方向、目标和基本要求是什么。在这个阶段很重要的，就是要把什么是农村集体经济讲清楚。

高渊：你觉得农村改革宁可慢一点，必须想明白再做？

陈锡文：这四个关键问题，如果回答不好就不能瞎来。有人说我保守，我无非就是觉得，一定要想明白了再干，所谓“谋定而后动”。朝令夕改，就会出大问题，农村工作必须踏实稳当一点。

中国农民是什么人

高渊：这辈子一直在跟农民打交道，对农民有什么样的感情？

陈锡文：农民也在变，尤其是他们进城和资本下乡后，带来的变化是很深刻的。但总的一条，中国农民的本质是纯朴、善良、大度、吃苦耐劳和执着的，这种品格非常了不起。

从这个意义来讲，他们不仅在物质上成为社会存在和发展的基石，更重要的是从精神层面上，在很长时间内对中国人的价值观念、伦理道德等，起到了定位作用。

现在媒体经常讨论文化缺失、道德水准下降、人心不古等。班固说孔子讲过一句话：礼失求诸野。就是在庙堂之上、市井之中，很多礼制、礼仪都被人忘记了、抛弃了，但到乡下去就还能找得到。这说明，自古以来，农村对传统文化道德的保存和守护要强于城市。

高渊：农民身上最宝贵的东西是什么？

陈锡文：中国农民祖祖辈辈种地打粮，他们是知道感恩的。因为地不是他创造的，粮也不完全是他创造的，但有了地和粮，他才能生活，才可能生活得更好。

农民是中国社会最懂得感恩的阶层，质朴、勤恳、诚实等性格都和这一条有关。现在的问题是，社会的价值取向不能把这些给泯灭了，我们制定制度和政策要把握好导向。

农民保留的那些最传统的东西，是做人最需要的。懂得了感恩，才知道敬畏，才知道应该限制自己的哪些行为，不然就会放纵。

整个经济社会都在发展变化，农民的意识、观念、要求也不可能不发生变化。但是，令我感动的是，依靠自己的辛勤劳动来创造自己的幸福生活，这仍然是绝大多数农民的信念。

高渊：这就是为什么你要做一辈子农村工作？

陈锡文：我做农村工作这么多年，始终要求自己去了解真实情况，这样才会有切身感受，才知道在干什么，为什么干，为谁而干。我的内心深处一直有个强烈的愿望，就是想多做一些对的事情，让农民过上更好的日子。

“18亿亩红线”不需要讨论

高渊：前几年，“18亿亩耕地红线”曾引发不小争议。这条红线是什么时候提出来的？

陈锡文：那是2003年，在党的十六届三中全会的决定里提出来的。但在之前，也提过“最严格的耕地保护制度”。

那年全国耕地总面积是18.23亿亩，而工业化、城镇化是一定要占地的，在1998年修改的《土地管理法》中就已经提出了“占补平衡”，哪里的建设占用了耕地，必须在别的地方补出来。

高渊：当时不少人反对这条红线，争议的焦点在哪里？

陈锡文：我跟反对“18亿亩红线”的人有过讨论，我发现他们的经济学理论功底非常深厚，但对农业基本不懂。我们讨论的结果是，我目瞪口呆，他们也目瞪口呆。

比如，他们认为这个“18亿亩”是拍脑袋拍出来的。我说凭什么这么讲？他们就给我算账，说1亩地如果产粮800斤，18亿亩地产的粮食，全国人民根本吃不了这么多。

我说，你们到底了不了解农业？必须知道，有的地方是一年两季，有的是一年三季，所以每年农作物的播种面积其实是24亿亩。而24亿亩里，每年种粮食的面积大概是16亿亩到17亿亩，最多的时候到过18多亿亩，现在是17亿亩以下。还有七八亿亩地干什么的？要吃菜，要吃油，还要吃水果啊。他们根本不懂播种面积这个概念。

所以我一直认为，争论可以，但前提是你必须先弄懂，对不懂的事最好不要讲。

有的经济学家说我们少种点粮，国际市场的粮食很便宜。

经济学家都在谈效率，农业当然也要讲效率，但必须考虑到，像中国这样的大国，如果粮食大多靠进口，农业这个产业会不会衰弱？如果农业衰弱了，会带来什么结果？中国还有几亿农民，如果大家都吃进口粮，农民的生计怎么办？

在我看来，粮食安全、产业安全和农民生计安全，是必须保障的，不然后果不堪设想。

高渊：这两年到底进口了多少粮食？

陈锡文：前年进口的粮食是2500亿斤，而国内实际产量是1.23万亿斤，进口已经占了五分之一，这个量还少吗？世界上大概没有哪个大国的粮食进口到这个程度。

更重要的是，要考虑全球有多大的供给量。有的经济学家说，我们的需求上来了，外国的供给就会跟上来，他们还可以开垦土地。我说，是有这个可能，但肯定需要一个过程。在这个过程中，中国如果大幅度增加进口，国际粮价就会暴涨，那“中国威胁论”就一定会有市场。

现在，一年全球出口的谷物大约3.5亿吨，就是7000亿斤。全球出口大豆是1亿吨多一点，我们去年已经进口了8391万吨，全球大豆出口量的三分之二是中国买的。

现在中国的粮食在国际市场上没有竞争力，这是事实。回过头来看，中国粮价，包括大豆价格，持续大幅度高于国际市场，实际是从2012年开始的，以前没有过。

是不是中国的农业成本突然升高，竞争力突然没有了？也没这么简单，这里面有我们自己的因素，比如从2008年以后，不断提高粮食最低收购价、临时收储价，每年都在提，而且成本也确实提高了。但成本主要是土地、资金和劳动力价格的快速上升，农业是受害的。

另外还要看到，2012年后全球粮食价格暴跌，原因是世界经济还没有复苏，需求不足。现在不仅是中国农民受煎熬，其实全世界农民都一样。但国际粮食价格不会永远在低位徘徊，这是肯定的。

同时，还有人民币汇率以及石油价格持续下跌的原因。油价一跌，以前高油价时出现的生物质能源就搞不了，没必要再用玉米转化燃料酒精，国际粮食市场上的玉米供给就增加了，价格也下来了。然后就是运价下跌，现在从美国墨西哥湾运粮到广州黄埔港，运价大概每吨40美元。而国际油价在每桶140多美元时，运价得120美元以上。

但这些问题都不会成为常态，物极必反。所以我们制定政策时，一定要清醒，不能看到国际粮价低于国内，就过度进口，削弱了自己的粮食生产能力。

高渊：这么说，“18亿亩红线”完全没有讨论余地？

陈锡文：我觉得，这件事无需再讨论。

很多人不清楚，现在的18亿亩耕地是一个什么状况？这里面，水田有4.9亿亩，水浇地有4.3亿亩，加起来9.2亿多亩。剩下的那一半大多是山地和丘陵，就是“望天地”，有雨就收，没雨拉倒。在这些土地上生活的农民，他们能养活自己，就是对国家的贡献。

现在的关键是，那9.2亿亩水田和水浇地生产了全国70%的粮食和90%的经济作物，决不能再减少。但也正是这些地，最容易被房地产和工业开发占用，因为都是平整的好地。那些山地和丘陵，因为开发成本高，反而很少有人去占用。

从这个角度讲，形势很严峻。我们的水资源越来越少，水田占了是补不上的，因为没有水源。

“农民进城”停滞了吗

高渊：以前有过一个共识：中国农村要发展，关键是减少农民。这句话放在现在，还有道理吗？

陈锡文：现在看来，至少新的情况又出现了，城里短时期内未必吸收得了这么多人。

有个统计，前年外出农民工只增长了0.4%，63万人，去年只增加0.3%，50万人。要知道，外出农民工总量是1.7亿人，这几十万人的增加是微乎其微，实际上就是处于停滞状态。

主要是因为城市经济结构在调整，吸纳新增农民工的能力在下降。同时也因为农村的基础设施建设、基本公共服务和社会保障都得到了加强。因此，现在不少农民并不觉得进城就一定好。我来了当二等公民，还要受歧视，我干吗要来？

高渊：应该继续鼓励农民进城吗？

陈锡文：现在有人感慨，一边在说要推进农民变市民，一边又说要鼓励农民工返乡创业，到底想怎么做？

关键是一定要把问题想清楚，未来中国城乡人口究竟如何布局，产业结构到底怎么调？如果不想清楚就盲目鼓励农民变市民，是要出问题的。总书记讲过，在人口城镇化问题上，我们要有足够的历史耐心。我觉得，当前最关键一条是建立基本公共服务和社会保障体系，尽可能做到城乡均等，这样就给了农民自主选择权，愿意进城就进城，不愿进城的生活在农村也挺好。

意义非凡的“一号文件”

高渊：从上世纪80年代起，你就参与中央关于农村工作的文件起草。这么多农村问题文件中，你对其中哪几个印象特别深？

陈锡文：如果是由中央全会通过的农村工作文件，我对其中四个印象深刻。第一个是十一届三中全会通过的决定。现在一讲起十一届三中全会，都讲的是那届全会拨乱反正的重大意义，这都是对的，但全会的成果落实在什么地方呢？就落在《中共中央关于加快农业发展若干重大问题的决定》上。我们不能忘了，三中全会通过的决定是关于加快农村发展的，而且当时这个《决定》是原则通过，现在找资料一般找不到，而是到了四中全会时才正式通过。

第二个是十三届八中全会通过的决定，是在1991年底，明确了以家庭承包经营为基础、统分结合的双层经营体制，是我国乡村集体经济的基本经营制度。这句话后来上了《宪法》。

第三个是1998年的十五届三中全会上，通过的《中共中央关于农业农村若干重大问题的决定》。从理论层次上阐述了，为什么农业主要应当由家庭来经营。因为农业有特殊性，不是家庭经营选择农业，而是农业由家庭这种组织形式来经营，是最有效的。这是一个非常重要的理论。这个决定还提出了要抓紧制定相关法律，赋予农民长期而有保障的土地使用权。由此催生了《农村土地承包法》的诞生。

第四个是2008年的十七届三中全会，通过了《关于推进农村改革发展若干重大问题的决定》。这是非常有意义的一件事，把未来农村改革要推进的制度框架建立起来了，我们叫“六大制度”，就是基本经营制度、土地制度、国家对农业的支持保护制度、农村的金融制度、城乡发展一体化的制度以及农村基层社会的民主管理制度。

我觉得农村要解决的问题，现在也还跳不出这“六大制度”。当然，如果说要更完善一点，把“金融制度”扩展为“市场制度”就更全面一些。但当初这样写，可见金融对农业的服务太弱了，所以要专门把金融提出来。

高渊：在这么多年的“一号文件”中，又有哪几个意义不同寻常？

陈锡文：在“一号文件”和中央发出的其它农村工作文件中，有几个意义非常大。第一个是1983年的“一号文件”。上一年的1982年“一号文件”中肯定了多种形式的生产责任制都是社会主义的。这里暗含着什么意思呢？我的理解，是多多少少有点弱化包产到户或者不提包干到户，凤阳小岗村的实践就没提，因为争论很大。而1983年的“一号文件”，明确提出“联产承包的责任制是党领导下的人民的伟大创造”。文件中还有一句话也非常重要，“这是马克思主义农业合作制理论在中国农村的最新实践。”那就一锤定音了，别再争了。

第二个是1984年的“一号文件”，提出了土地的承包期不应短于15年，农民从那时记住了15年不变。现在回过头去看，我还是觉得这个文件非常有意义。它主要有三层意思，从现在来看，实际上农村的很多变化还是围绕这三层意思，一个是稳定土地承包经营权，第二个允许流转经营权，第三个是农业人口逐步城镇化。

再往后，1993年的“十一号文件”，进一步提出15年承包期到期后再延长30年。实际上就为农民土地承包经营权是用益物权奠定了基础。

每一个“一号文件”都有它特定的背景和特定要解决的问题，因此都很重要。但“一号文件”的重要性不仅仅在于它自身，要知道它的依据是么？“一号文件”的依据主要是党代会的报告和中央全会的决定，“一号文件”的作用就是要把党代会报告和全会决定的精神在“三农”工作中贯彻好、落实好。当然，“一号文件”要解决当前“三农”工作中最突出的矛盾和问题，因此要出台具体的政策。

（《解放日报》2017年4月6日）

申报资料实录

作品简介：近20多年来，陈锡文被称为中国农村工作的主要智囊。这篇访谈详尽回顾了陈锡文的农村工作和生活经历，对转基因、18亿亩耕地红线等敏感问题，也作了正面回应。访谈做到了史料性、新闻性、可读性和趣味性的有机结合。

社会效果：该访谈在解放日报和上观新闻同步推出后，引起社会各界广泛反响。陈锡文同志表示，这是他接受的采访中，最系统、最生动反映中国农村发展进程和他个人经历的稿件。其中对转基因等热点问题的正面回应，引起热烈反响，被认为是对这类问题的权威回应。文章发表后受到了多方关注，新浪、网易、搜狐等知名门户网站第一时间转载。

推荐理由： 通过上下两篇访谈，请陈锡文以他个人经历为线索，详尽梳理了中国农村的发展脉络。对于想了解中国农村发展进程的读者而言，这是一篇值得一读的口述史。访谈全文可读性强，记者与陈锡文互动亲切，没有非常工作性的提问，通篇注重故事性与思想性的结合，对当年人与事的回忆让人倍感亲切，可谓深入浅出。

年产 4000 部？“长篇焦虑”该缓一缓了

小说出版“长短失衡”现象依然存在，盲目追求篇幅长引发热议

作者：许　旸
编辑：邢晓芳　王　磊

近年来，国内长篇小说产量颇高，有统计数据显示，每年平均 4000 多部的长篇出版数量，明显超过了中短篇所占的比重。但有业内人士指出，“有数量缺质量、有高原缺高峰”的长篇创作出版现状，并不令人满意。这种现象背后，是文学界、出版圈发自作者内心或是外部市场各种“迫切之情”，交织而成的“长篇焦虑”。

有评论家直言，蔓延的焦虑折射出某种功利化心态。毕竟，“长”并不等于“积累到位”，盲目追求篇幅上的长，更是直接暴露了作者思想艺术上的准备不足。

“好的长篇不会从天上掉下来”

很长一段时间，圈内有个常见的说法——长篇小说十分考验作家的实力，创作生涯里只有出版了几部乃至更多的长篇，作家才算是“真正的作家”。整体上而言，从受瞩目程度、出版销量，到角逐文学奖、后期影视改编等层面，长篇小说似乎都更胜一筹。

有的作家和出版人，更是跟长篇“铆足了劲”，好像小说家没有长篇就“差了一口气”，有的年轻作家甚至一出手就是大部头，很快“著作等身”。由此，一些作者也被裹挟着不去认清自己才华的真相，急于在长篇上证实自己，但小说质量究竟如何，命运怎样，读者反馈状况等，则不在考虑范围之内。这种焦虑近年来也弥漫到出版机构，有文学编辑在社交平台上“吐槽”——“上司总催我去约长篇小说，但好的长篇会从天上掉下来么？为什么不给优秀中短篇倾斜一些出版资源？”

日前在由江苏省作家协会、江苏当代作家研究中心主办的青年批评家论坛上，这个话题浮出水面引发热议。“从不少长篇小说年度评选中可以发现，一年能收获几部出色的甚或一部长篇杰作就不错了。更残酷的现实是，一些长篇明显存在‘注水’现象，作者力有不逮。”评论家木叶告诉记者，文本的酝酿、创造性与完成度，包含循序渐进、不断积累直至自然爆发的过程，想“长”得漂亮，急不来。

不可否认，如今长篇小说的地位愈发凸显，一方面出自文坛对重磅巨制的推崇热盼，另一方面是市场对这种体量貌似更为青睐。作家卡尔维诺说过：“野心太大的计划，在很多领域也许不值得鼓励，但在文学领域却多多益善。”适度范围内的“文学野心”不是坏事。但值得注意的是，如果任由“长篇焦虑”驱使创作初心，在谋篇布局上粗糙草率、缺乏沉淀，时间长了，小说思想艺术上的局限难免暴露出来。

比如，有的长篇对都市生活题材予以奇观化展现，类似“撑”出一集集肥皂剧效果，却很难引起读者的广泛共鸣；有的作家虽善于在中短篇小说上发挥美学特质，长篇写作却呈现出泥沙俱下、良莠不齐的不平衡状态，叙述手法和美学理念显得单薄。

不妨专注于呈现每种文体的尊严

“一些中国读者似乎更喜欢看长篇而不是短篇，于是，作家更多在写长篇，不少出版社也更爱出长篇。为什么非要竞相去生产长篇，而不是利用碎片化时间多推一些经典短篇呢?”作家张抗抗与刘庆邦在近期的“华语短经典”分享会上谈及不同文体的特质。

作家刘庆邦打了个比方：“长篇小说如同波澜壮阔的大海，中篇小说接近于一条曲折的长河，短篇小说更像瀑布，虽然它们都是水质的，但各有优势。比如，瀑布的断面、水流落下来速度很快，有时候阳光照射归来，彩虹在瀑布水珠上折射出光彩，显得斑斓璀璨，更重要的是每条瀑布下面一般都有深谭，往往深不见底，这跟短篇小说的余音袅袅非常对应，往往结尾宕开一笔，令短篇小说升级、走远了，不同读者能读出不同内容。”

因此，比起一味焦灼于何时捧出“下一部长篇”，写作者不妨专注于呈现每一种文体的尊严。“一名作家自我价值的大小、文学成就的高低，与其是否拥有长篇没有必然联系。”刘庆邦认为，鲁迅和沈从文均以中短篇小说，屹立于现当代文学史；俄罗斯作家契诃夫一生笔耕短篇，其艺术魅力影响至今。可以说，国内外一批自信笃定的短篇创造者，不仅彰显了自己的笔力，也昭示了长篇小说以外的多元。

换句话说，作家如何从“长篇焦虑症”中解脱出来，恐怕还是要回归初心，遵循艺术规律，脚踏实地地在摸索中探到自我的局限与边界。或许，撇开对不同文体的偏见或“刻板印象”后，将会有更多佳作得以破土萌芽。

（《文汇报》2017 年 12 月 21 日）

申报资料实录

作品简介：近年来，国内长篇小说产量颇高，有统计数据显示，每年平均 4000 多部的长篇出版数量，明显超过了中短篇所占的比重。这篇报道敏锐捕捉这一热点文化现象，从市场分析、专家观点、案例解读等多重维度，指出“有数量缺质量、有高原缺高峰”的长篇创作出版现状，并不令人满意。报道洞察到这种现象背后，是文学界、出版圈发自作者内心或是外部市场各种“迫切之情”，交织而成的“长篇焦虑”折射出某种功利化心态。“长”并不等于“积累到位”，盲目追求篇幅上的长，更是直接暴露了一些创作者思想艺术上的准备不足。

社会效果：这篇报道刊发后，各大主流媒体及网络平台纷纷转载，在业内持续引发热议。报道中所披露的“长篇焦虑”心态，切中了时代痛点，让作家、评论家、出版人、读者等群体尤有共鸣。他们都是文学创作和艺术审美中不可或缺的一环。报道社会影响广泛，促使人们进一步深思——如果任由“长篇焦虑”驱使创作初心，在谋篇布局上粗糙草率、缺乏沉淀，时间长了，小说思想艺术上的局限难免暴露出来，又谈何精品创作？

推荐理由：习近平总书记在文艺工作座谈会上曾指出：目前在文艺创作方面，存在着有数量缺质量、有“高原”缺“高峰”的现象。这篇报道有数据、有论证、有案例，娓娓道来中不失思辨力度，缜密行文兼具文采，掷地有声。透过对文化热点问题的深度思索，报道的观点水到渠成——想“长”得漂亮，急不来。作家如何从“长篇焦虑症”中解脱出来，恐怕还是要回归初心，遵循艺术规律，脚踏实地地在摸索中探到自我的局限与边界。

文字通讯

从“点名课”到“网红课”

——上海高校思政教育“磨亮”青年底色

作者：潘　旭　郭　敬　朱基钗
编辑：俞　铮　刘　富

“一座难求”“选课秒杀”——这是正经历蜕变的上海高校思政课受欢迎的真实写照。

近年来，上海从内容顶层设计到教学方法创新，提高思政理论课的“抬头率”，一大批思政选修课一开即“红”。

“红”，是上海系统推进思政教育改革的“红火”面貌，从开展“课程思政”改革到打通校际隔阂的“大课堂”，各人明道善教，各科协同育人，各校百花齐放。

“红”，是如今青年的底色——在不同专业背景下追求真理，焕然一新的思政课让学子如饥似渴，围绕十九大精神的学习研讨让师生深受启发。

“红”遍上海高校——思政课的华丽转身

11月28日下午1时30分，复旦大学3108教室坐得满满当当，没抢到位子的同学从别的教室搬来椅子，坐在教室后面和过道上。教室外，一些同学站在窗边，探进头来。

这是复旦大学新开设的习近平新时代中国特色社会主义思想系列专题课程首讲。自然科学专业大一学生闫馨衡记着笔记，近两小时笔尖未停。“感触太深了，课后我还要对照十九大报告去理解。”

系列专题课程组织者之一、复旦大学马克思主义学院教授杜艳华说，学院组织了一个多月的集体学习研究，为的是能系统地讲深讲透，确保课堂效果精彩。

近两年来，复旦大学马克思主义学院几乎每开一门公共选修课，就“火”一门，被学生“秒选”。

类似情景在上海高校比比皆是：复旦大学的“治国理政”、上海交通大学的“读懂中国”、同济大学的“中国道路”、东华大学的“锦绣中国”、上海政法大学的“大国安全”……上海高校结合学科优势推出的“中国系列”思政课堂成为“网红课”，许多学生奔走校园之间。

一批思政教师成为高校“网红”：上海大学“大国方略”系列课程策划人顾晓英主持的子课程“时代音画”公开课，吸引了全国90多所高校和科研院所200余位专家学者；上海交通大学思想道德修养与法律基础授课人施索华课上独到的见解和风趣的语言，被制成精华版“网帖”，在校园论坛上回帖无数；复旦大学“80后”思政教师陈果，授课时立足生活，妙语连珠，被称为“思政女神”……

公办扶民办、校内到校际——思改催生满园芬芳

不求艳丽数朵，而要满园芬芳。公办和民办高校“结对子”，师资共享、课程共建，是上海思政课改革的新探索。

同济大学马克思主义学院教授李占才2013年获得首届全国思政课教师影响力人物。他的到来，为民办的上海济光职业技术学院撬动改革的杠杆。

名家带来了名课，李占才在济光的首堂十九大精神宣讲课旁征博引，从故事讲到情怀，从理论讲到信念，吸引了300多名师生。

名师带来了改革的思路：学校成立了李占才工作室，囊括所有思政课教师和不同院系专业课教师以及辅导员。李占才通过现场听课，一对一帮助教师提高教学能力。

工作室的业务氛围辐射全校7成以上青年教师，马克思主义学院教师谢国日说，除了学生，青年教师也时常到工作室探讨思政教学，“在食堂里吃饭时都有青年教师和辅导员跟我讨论。”

优质资源正形成渗透效应。备课、讲课从学院延伸到学校，从学校延伸到校际。

十九大闭幕当天下午，上海15位高校领导、200多位思政课骨干就十九大精神进思政课进行集体备课；10月末，上海所有高校课程思政教育教学改革办公室负责人和教学科研骨干，围绕将十九大精神融入所有专业课程教育教学开展专题培训；12月4日起，全市40多位高校优秀辅导员走进61所高校进行全覆盖巡讲……

互联网成为学子跨校交流的主要阵地。在上海教育系统首推并已推广全国校园的易班网络互动平台上，"'易'起喜迎十九大""青春瞩目十九大"等活动吸引了30万学生参与，页面浏览量近50万，签名墙信息13万条，评论留言近7万条，"不忘初心"成为最高频词。

全员、全过程、全方位——"大思政"磨亮青年底色

在一堂中外时文选读课上，上海外国语大学党委书记姜锋就学生提问"为何西方强调人生来平等"，从英语措辞开始，介绍了"生来平等"在西方宗教语境和现实语境中的差异，继而分析了中西社会、文化和政治体制的差异。这堂英语专业课成了生动的思政课。

"没想到不经意一问，竟换来了我对中国特色社会主义更深入的理解。"英语学院学生谢正男说。

近年来，上海积极探索"大思政"教育格局，推进"课程思政"改革，将传统思政理论课与综合课、专业课有机结合。

上海市教卫工作党委书记虞丽娟说，突出综合素养课程和专业课程教学的育人导向，促使知识传授与价值观教育同频共振，是推进教师教书与育人有机结合的现实路径，实现思政教育向全员、全过程、全方位的创造性转化。

教育部思政司司长张东刚说，上海课程思政教育教学改革，是构建高校思想政治教育课程体系的积极探索，是办中国特色社会主义高校的鲜亮特征。既抓住了大学生思想政治教育的主渠道，又是教师思政的重要载体和抓手，是推进课程育人的制度化落实。

上海高校的思政课队伍迅速扩大，各学院专业课教师在马克思主义学院兼职；各校书记、校长带头上课；院士成立思政课工作室……

上海高校"思政味"的专业课也越来越多，所有高校均不同程度地将专业课纳入"课程思政"改革，有的将人文学院整体纳入，有的则全校纳入，使课程不断丰富。

上海市副市长翁铁慧说，上海正按照党中央国务院决策部署全面深化教育综合改革，全面提升高校思政课教学质量和水平、系统推进"课程思政"是教育综合改革的重大核心任务。为此，上海在思政教育的内容顶层设计、学科高位支撑、教学方法创新、人才队伍建设等方面不断深化改革，让高校教学回归育人本原，增强价值引领。

在学习宣传贯彻十九大精神的热潮中，价值引领正在磨亮更多青年学生的底色，铸就为国家和人民利益不懈奋斗的理想、使命与担当。

上海中医药大学人体解剖学课程安排学生访问遗体捐献者及其家属，有学生主动提出捐献遗体，近百人捐献造血干细胞。

上海济光职业技术学院学生每堂课后都有数十篇"思政体会"在师生中流传。

"我们高职学生不能只盯着毕业、就业，弘扬工匠精神，建设创新型国家的重任落在我们肩上。"该校物流专业学生杨猛在一篇学习体会上写道。

在教育部主办的"学习宣传贯彻党的十九大精神——千名高校优秀辅导员'校园巡讲'和'网络巡礼'活动"上海报告会现场，上海50余所高校2000多名大学生党员和辅导员、思想政治理论课教师代表集体起立，重温入党誓词。

"右手举拳那一刻，我为预备党员而自豪，在学习十九大精神后更感自信，这是对国家发展和民族未来的信心。"上海理工大学国际经济与贸易专业学生孙丽蓉说。

（新华社上海分社2017年12月6日）

申报资料实录

作品简介：这是新华社开设的栏目"新时代新气象新作为"主题报道的开栏第二篇，该报道由中宣部组织、社领导直接部署。记者深入一线调研采访，走访十多家高校，聆听了大量思政课现场教学，采访了大量思政课老师、上课学生以及主管部门领导和高校领导，用生动详实的案例和全面深刻的分析，总结了近年来上海在高校思政课改革中的机制创新，同时又反映出通过思政课教学，高校师生坚持不懈地深入学习思想理论。当时适逢党的十九大胜利闭幕，记者敏锐地发现，上述的坚持与创新及时地体现在了学习宣传贯彻十九大精神中，从"网红课堂"这个小切口，反映出上海高校大学习的红火面貌和青年学子的红色底色。稿件从头至尾精心打磨，易读易懂而又富有时代的感召力，为新华社"新时代新气象新作为"栏目开篇起好步，为学习宣传贯彻十九大精神营造良好的舆论氛围。

社会效果：稿件于12月5日播发，12月6日登上各大中央媒体和省级党报主要版面。

稿件在社会上引发强烈反响，超过100家传统媒体全文刊登或转载，仅在新华社新媒体客户端上点击量超过百万，留言近千。在市场化的新媒体客户端上，超9成网友正面留言，有的毕业多年的网友还表示想回到母校旁听思政课。成为典型的引导社会舆论的佳作。

推荐理由：报道从十九大精神出发，扎根基层，扎实调研，稿件有血有肉，有情有力。从基层课堂看到教学改革成效，从青年的精神面貌看到了上海学习宣传贯彻十九大精神的扎实工作，站位高而又接地气，将一个难写的思政课话题打磨成新时代的新闻佳作。

上海“一号课题”系列报道

作者：刘士安　李泓冰　郝　洪

代表作一：

抓思路抓调研精准施策　抓推进抓落实开花结果

上海“一号课题”撬动深改

历年在全国“堵城”排行居前、三年前一度“夺冠”的上海，却在《2016年度中国主要城市交通分析报告》中滑出前十位。对此，上海市民并不意外。在“史上最严交规”约束下，在随处“天眼”紧盯中，开车不接打手机了，后座乘客也开始自觉系上安全带。上海交通大整治一年间，全市道路交通事故数、死亡人数同比分别下降23.8％、14.7％……这座超大城市的交通行为，正变得越来越有序。

过去年年整治难见效，为何这次却不同？记者调查发现，上海市委的“一号课题”发挥了重要作用——为坚决贯彻落实中央决策部署、充分摸清基层实际情况，党的十八大以来，上海市委每年确定一个重点调研课题，即“一号课题”，由市委主要负责同志担任课题组组长，针对涉及面广、硬骨头难啃的重大改革、重点工作，坚持问题导向，抓思路抓调研做到精准施策，抓推进抓落实确保开花结果。

去年初被上海市委列为“一号课题”的“补短板”，就剑指城市交通秩序和区域环境综合整治这两个“老大难”问题。

上海市委认为，短板长时间累积，又涉及复杂的利益关系调整，靠一个部门、一个区的资源力量，难以有效解决，因此“要齐心协力，主动向前一步补齐短板。

要有舍我其谁的决心，善始善终，善作善成”。

上海的交通大整治，打出了一系列组合拳。公安交警通过机制与科技创新，提升交通管理效能，交通智能化、系统化建设同步推进；交通违法与个人征信、居住证积分挂钩；30万“黄马甲”成为交通志愿者；学校、机关的3.2万多个停车位与社会共享；新修订的《上海市道路交通管理条例》今年3月正式实施……通过调动各方力量，用“绣花”般的功夫，上海不断提升城市精细化管理水平。

区域环境综合整治针对违法用地、违法建筑、违法经营、违法排污、违法居住等“五违”，从拆违入手，撬动“城中村”环境整治、人口管理。去年，上海拆违总量超过5100万平方米，违法建筑少了，违法经营企业关了，“脏地”变身绿地，群众健身休闲多了新去处，城市也获得再发展空间。

自2013年起，上海连续推出4个“一号课题”：加快在实践中培养选拔年轻干部；创新社会治理，加强基层建设；大力实施创新驱动发展战略，加快建设具有全球影响力的科技创新中心；补好短板——每个课题都关乎中央对上海“改革开放排头兵，创新发展先行者”的定位要求，关乎上海改革发展的大局和干部群众的期盼。抓好一个课题，牵住的是发展“牛鼻子”，撬动的是诸多深水区改革。

（《人民日报》2017年5月5日）

代表作二：

每年一个“一号课题”，成为破解改革创新难题的重要工作方法——

上海破局　敢碰烫手山芋

瓶颈凸显——

单兵突进无法涉过改革深水区，如何撕开突破口？

王靖的办公室在浦东新区政府办公楼第二十层，天气好时能看到远处的陆家嘴——上海自贸区金融片区的核心区域。2014年2月，她从上海市政府机关处级岗位上提任上海自贸区管委会副主任，一年半后任浦东新区副区长。那段自贸区初创的日子让她难忘。

在第十二层楼办公的另一位副区长管小军，更牵挂川沙新镇。2014年6月，时任浦东新区发改委主任的他，调任川沙新镇党委书记，走出机关去读懂基层。

这两位70后，都是2013年在上海市委一号课题“选拔培养年轻干部”调研中脱颖而出的后备干部。

改革千头万绪，“一号课题”为何聚焦“年轻干部”？

2012年底，上海市委调研发现，1931名市管干部，55岁以上占50.6%，意味着5年内一半以上面临退岗退休；45岁以下的正职仅占3.6%，副职也只有13.8%。

“很多局、处级干部缺乏基层经历。市委换届，找各方面优秀的年轻干部很难。”上海市委组织部副部长郑健麟回忆道。

中央巡视组当时给上海反馈的一条重要意见，也是年轻干部培养选拔问题。

不仅人才告急，步入改革深水区的上海，面临一系列挑战：

2012年，上海GDP首次突破2万亿元，常住人口连续19年负增长后再次正增长，达2380万，土地、环境、安全压力不断增加；

这一年，许多小人物的故事引发关注：市民秦岭给市委领导写信，诉说身为退休工人的父亲患癌就医种种艰辛；一些外地速成鸡流入快餐店，舆论和消费者追问食品安全监管责任……

转型发展深层次矛盾集中爆发，2012年市政府工作报告写道：社会结构快速变化，平衡协调各方面利益关系难度越来越大；特大型城市的物价上涨、食品安全、收入分配、养老服务等民生问题更为复杂……

瓶颈凸显，怎么破？

到基层去——

扑下身子寻找真问题，决策才能接地气、有底气

深入基层调研，是上海市委推进重点工作的传统。

“要让基层一线的干部群众畅所欲言，顺耳的要听，刺耳的也要听。了解真问题，才能抓住解决问题的关键。”时任中共中央政治局委员、上海市委书记韩正说。

“一号课题”的选题均来自基层调研，解决问题的路径也是调查研究，既搞清楚改革要解决什么问题，又从基层和群众中寻找解决问题的办法，通过凝聚改革共识形成改革合力。

“选拔培养年轻干部”课题将大调研作为干部选拔新方法，分两批选派20个调研组，深入机关、企事业单位、基层一线等180多家单位，地毯式摸排，与1.66

万余人次谈话，发现一大批原来不在组织视野内的优秀年轻干部，突破了原有机制的局限性。

2015年“一号课题”是“加快科创中心建设”。早在2014年6月，上海市4套班子已组织到政府部门、区县、高校、科研院所和企业开展一系列专题调研。“半年理清一个重要思路：加快科创中心建设，政府担当什么角色?”上海市科技工作党委书记刘岩介绍说。调研形成两个专题报告，最终推出加快建设具有全球影响力科技创新中心的“22条意见”。

“创新社会治理”课题确立之初，上海市委集中了41名同志组成4个调研组，走访152个街镇、228个村居，座谈访谈4700多人，历时4个月，找准了基层治理症结所在。调研组还在延吉街道发现了一个“好东西”——睦邻中心。

2010年，延吉街道以政府购买服务方式，委托知行社工师事务所，整体托管第一睦邻中心——涵盖居委会、用餐中心、党员服务中心、亲子园等。短短几年，10多家社会组织每年服务居民5万余人次。

“政府花钱不多，百姓却有了获得感。”时任杨浦区委副书记唐海东回忆道，“居委会未必做得了的养老等问题，社会组织接手，做得好不好，有一套评价机制，还和收入直接挂钩。”目前，睦邻中心在杨浦区发展到52个。

激发居民自治，引入社会组织参与治理——延吉街道调研成果，被写入市委社区治理“一号课题”的“1+6”文件。

谋势在先——

用调研得来的底气，找准中央要求与上海发展结合点

2013年到2016年，上海每年推出的“一号课题”，都事关改革发展大局，既撬动一个领域的变革，更带来全方位创新突破。

“市委选择‘一号课题’必须综观大势、立足大局，将中央要求和上海实际、解决当前突出问题和谋划长远发展紧密结合。”上海市委副书记尹弘说。

“要建成有全球影响力的科创中心，需要长期积淀，不能‘大跃进’。”上海市科委主任寿子琪说。

上海不是不要速度。科创中心要有全球影响力，得拿出“国家队”的实力担当——上海加速打造世界级基础研究平台，2016年2月张江综合性国家科学中心获批，才一年便汇聚世界科技前沿的诸般利器：超强超短激光实验装置、软X

射线自由电子激光用户装置、活细胞结构与功能成像平台等顶级大科学装置，当年立项、当年开工，“上海速度”不含糊。

加快科创中心建设着力点，更落子改革体制机制、营造鼓励科创环境。

上海加快建设科创中心“22条意见”出台这一年，中科院上海药物所爆出“大新闻”——15项新药研发成果成功转让，合同总额超8亿元，达到前5年科研成果转化总额；5个化学新药获临床批件。

这归功于体制机制改革提速。论文导向被扭转了，获临床批件团队可获高级职称评审名额，获新药证书更奖励2个正高、4个副高名额。成果收益按“5∶2∶3”比例分配：收益七成归团队，其中五成奖给发明人，两成给予团队进行后续研发，剩下三成“反哺”所里。

新药研发期人员变动怎么办？“世袭制”让大家安心：一位退休近10年的老教授，当年参与的新药研究成功转化后，她仍拿到一大笔奖励。

“做药周期长、花钱多、风险大。治疗老年痴呆，全球14年没出新药，1000亿美元砸进去，失败率99.6%。我们正研究一系列治疗老年痴呆的药，有的进入三期临床研究了。”副所长叶阳说，“我们都希望造福人类，激励机制就要激发这一正能量。”

核心是人——

基层组织从抓经济建设转为公共服务，增加群众获得感

叶阳们的期许，也是“一号课题”愿景——把深化改革、推动发展和增强群众获得感紧密结合。

2014年，社会治理创新成了“一号课题”，让“基层增能力、组织有活力、群众得实惠，让基层干部眼睛为之一亮，更要让基层群众眼睛为之一亮”。

基层社会治理变革，关键要让街道工作重心从经济转到公共服务。大调研后提出：取消街道招商引资功能。

一石激起千层浪。

“压力大啊！经济上不去，拿什么服务群众？”唐海东说。杨浦区在上海中心城区中面积最大、人口最多，十多年前经济垫底，近几年争到中游，和大力招商引资分不开，街道招商引资比重占全区1/3。

不改革，街道哪有精力抓公共服务？

杨浦区咬牙取消十余个街道招商引资功能，500 多名街道招商人员，约 1/3 整合到区级招商团队，街道则为落地企业提供全方位精细化服务。

区级层面统筹，避免街道同质化竞争，提高了招商效率。2016 年，杨浦区新引进注册资本 492.6 亿元，同比增长 128.9%；新引进注册资本 5000 万元以上企业 291 户，同比增长 341%；新引进企业贡献区级税收 3.41 亿元。

街道不再为挣钱操心，运转经费由区级财政通过预算全额保障，工作重心转移到公共服务、公共管理、公共安全，创新能力泉涌：全区 52 个睦邻中心成为百姓会所，微信邻里平台拉近街道、社区和居民距离，87 个“两新”（新经济组织和新社会组织）党建工作品牌服务 6000 多家创业企业……

“创新社会治理”，让全市 4000 多名符合条件的居民区书记进入事业编制或享受事业编待遇，4.3 万名基层人员纳入首批社区工作者队伍，城管等部门执法管理下沉，4000 多家社会组织“活”了。

上海市长应勇强调，基层基础工作是否加强、群众关注问题是否解决，是工作成效的衡量标准。

衡量成效的大考很快到来。

2016 年，上海禁燃烟花爆竹，街道成了主阵地，告知书由居委会一一送进千家万户；除夕、元宵夜，街道干部、社区志愿者和民警一起值守，不少居委会设置烟花爆竹回收点，“礼品换烟花爆竹”，或提供电子爆竹——2016 年、2017 年春节期间，上海外环内“零燃放”令人惊喜。

留下什么——

“一号课题”永远在路上，改革路径可复制、可推广

从“创新社会治理”1+6 文件，到加快建设科创中心“22 条意见”，从“史上最严”交通法规，到促进科技成果转化条例呼之欲出，“一号课题”带来诸多制度创新，及时有效固化了改革成果。

“一号课题”按年度推进，课题了结并非改革结束。改革突破最艰难的瓶颈后，正向纵深延展。

政府部门必须自我革命。权力、任务下沉基层，街道权力大了、可调动资源多了，新的问题又来了：过去，基层和“条”上有冲突，现在出现了和“块”的矛盾。韩正有针对性地指出，“市区条线部门眼睛要进一步向下，工作进一步向居村靠拢、对标，更好适应基层体制机制和职能变化，把好街镇事务准入关，将基层负担切实减下来。”

改革要持续、长效，必须依法依规。闵行区摸排违法用地、违法建筑等“五违”问题，仅税收一项，会影响上百亿元。牵涉利益面太广，拆得动吗？

那就先拆党员干部的！闵行区七宝镇晒出干部家庭违法建筑统计表，1770名公职人员中，398人有违法建筑。不肯拆，就依法依规强制拆除，还要从严问责。

拆违从此势如破竹。2016年，闵行区完成全年拆除1000万平方米违建任务。

“一号课题”引发改革的乘数效应。

区域环境综合整治再接再厉、乘势而上，预计今年继续拆除违法建筑5000万平方米以上，并与郊区中小河道治理、环保违法违规企业整治结合起来，让天更蓝、水更清、环境更整洁。

张江高科技园区运行8年的上海光源国家重大科学工程，接待用户3万多人次，发表论文3200多篇；当今全球生命科学领域首个综合性大科学装置——国家蛋白质科学研究（上海）设施，吸引国内外1.3万多人次科学家，开展2000多项重大研究。一个冲击科技前沿的创新生态氛围正在形成。

宝山区委组织部长李峻正计划区里的“年轻干部大调研”，“全区714名处级干部，平均年龄50岁，80后仅13人”，他着急。47岁的李峻也是2013年“一号课题”选拔上来的干部。他和王靖、管小军们一起，正接过改革接力棒……

（《人民日报》2017年5月5日）

代表作三：

上海：一线磨砺选良将

“什么？已经有2000多跟帖了？”听到电话里报出的数字，管小军脑袋嗡的一下。

上一秒，刚从电视里看到川沙新镇一居民区两幢住宅楼，楼顶碰一起成了“楼亲亲”；下一秒，就接到媒体记者的电话。

撂下才吃一半的饭，管小军定了定神，随即起身，疾步走出门外。他边走边打电话，让镇委办公室通知相关人员开会。究竟发生了什么？问题严重到什么程度？楼里还能住人吗？他必须迅速了解情况。

这事发生在2014年11月23日中午。

前一日，心圆西苑小区17号楼顶楼居民在阳台上晾衣服时，发现17号楼与18号楼的楼顶檐口竟然“亲”到了一起，原本两幢楼之间留有十几厘米的缝隙，现在成了“A”字形。

一时间舆情汹涌，居民们筹划着集体上访，要求政府给说法——一场群体性事件一触即发。

彼时，管小军任浦东新区川沙新镇党委书记仅五个月，突如其来的“楼亲亲”事件，像是特意要考验这位区里来的干部。

1971年出生的管小军，从上海交通大学硕士毕业后进入上海市发改委工作，不到40岁就当上了浦东新区发改委主任，职场一路顺畅。没想到，2014年6月，一纸任命，管小军被调到乡镇，一脚插到基层。工资关系、人事关系等都跟了下去，能不能升上来，要看在基层干得怎么样。

这一切，缘于一场年轻干部大调研。

2013年，上海将“加快在实践中培养选拔年轻干部”列为市委“一号课题”，分两批选派20个调研组，深入区县、机关、中央在沪单位、市属企业、高校、科研院所等180多家单位，进行年轻干部大调研，发现和培养了一批年轻干部，建立了来自基层一线的党政领导人才培养链。一大批有基层领导经验和实践开拓能力的年轻干部，成为上海改革发展主战场上的排头兵。

就这样，从区发改委主任到镇党委书记，管小军的职场路径突然拐了个弯儿……

给年轻干部“画像”

“调研中发现，不少干部对机关事务驾轻就熟，但缺乏解决基层难题的实践能力”

今年年初，上海各区政府换届陆续完成，产生了4名70后区长。上海16个区的区委书记中，有一半以上为65后。这些领导干部起步基层，都有在镇街、企业一线工作的经历。

上海市委组织部数据显示，2013年至2016年底，上海市共提拔各类年轻干部412人。全市市管干部中年龄在55岁以上的比例，从2013年的50.6%下降到目前的38.1%。本次换届后，党政班子平均年龄为47.6岁，党委班子比上一届下降2.9岁，政府班子比上一届下降2.7岁。

这个变化要从2012年底说起，当时一份调研报告摆到了上海市主要领导案头。

这份报告显示，上海1900余名市管干部，平均年龄53.4岁，55岁以上的占50.6%，市管正职领导干部45岁以下的仅占3.6%。这意味着，5年内将有一半以上的市管干部退岗与退休，如果后续培养接不上，上海干部队伍将面临青黄不接的困境。

当时，上海正步入转型发展阵痛期，经济增速连续4年低于全国平均水平。2012年上半年的经济增速甚至低于全国平均数0.6个百分点，在各省区市中垫底。

转型升级过程艰难。诸多改革叠加，困难挑战不断，上海急需一支敏于改革、敢于改革、善于改革的干部队伍，拓宽发现优秀干部的视野和渠道。

“市委研究发现，打破传统意义上的部门界限和领域归属，跨部门、跨领域，跨中央单位与地方单位鸿沟，消除党政机关、事业单位与企业干部选拔差异，在更大的平台上发现和培养干部，不失为一条可行的路径。”上海市委组织部副部长郑健麟说。

一场面向基层、面向实践、面向群众的年轻干部大调研应时而生。

“年轻干部大调研并不是对干部提任考察，也不是换届考察，就是为年轻干部‘画像’。”上海市人大财经委主任委员潘志纯回忆说。在大调研中，他先后担任市垂直管理单位调研组、市政法系统调研组组长。

怎样为年轻干部“画像”？上海市委给出基本方案：

各单位党委酝酿提出推荐优秀年轻干部人选名单；开展面上个别访谈和召开座谈会；深入人选所在单位进行实地了解；汇总调研情况，形成综合报告和优秀年轻干部名单。

“我们约谈的面很广，了解一个干部，要和几十个人谈话，包括调研对象的领导、同事、对口合作单位人员、所服务的企业员工。”参加调研工作的上海市委组织部干部陈波说。

2013年7月至2014年1月，陈波脱产做调研，先后在28家单位驻点，为近百名年轻干部"画像"。

"几乎每个单位都要蹲点一周时间。"陈波回忆。调研组一般提前半天通知面谈对象，10个人，两人一组，5个小组轮番上阵，问题一个接着一个，有的干部被问得额头冒汗——

工作中有什么失败的案例和教训？如果论资排辈没有提拔到你，你怎么看？……面对面交谈，年轻干部的表达能力、逻辑思维、气质风度等，尽收调研组眼底。

每位被调研的干部都有一本厚厚的"调研档案"，详述干部个性、工作风格和优缺点，力争让组织部门通过材料就能基本了解他适合做什么、能做什么。

大调研挖掘出了一批人才，也发现了年轻干部队伍的"硬伤"——缺乏基层工作经验。

"调研中发现，不少干部对机关事务驾轻就熟，但缺乏解决基层难题的实践能力。有些干部思考问题过于理想化，有些则太多官气，'口气比力气大'。"陈波说。

2013年至2014年，年轻干部大调研共提出了"三个一批"建议名单1122人，包括"近期提拔任用一批""交流轮岗一批""分类培养培训一批"。无论哪一批干部被提拔任用，都有一条硬杠杠——要有基层工作经历。

到基层"墩墩苗"

"尽管机关工作也碰到过不少棘手问题，但基层工作的复杂程度仍然超出想象"

管小军意识到，他碰到了一场硬仗。

那天中午，管小军脑子里跳出的第一个念头就是"快报事实，慎报原因"——成立工作组，请专业机构检测；启动应急机制，必要时疏散住宅楼内的居民。

第二天，检测报告出炉，结论是两幢住宅楼结构安全。两幢楼是一个基础上的两个单元，相距仅十几厘米，由于顶部预留的伸缩缝不够宽，加上建筑物本身的沉降，造成楼顶装饰条碰在了一起。

管小军心里有了底，但大部分居民拒绝接受。"检测机构是开发商请来的，我们不信！我们要市里权威专家的结论！"

那天晚上，心圆西苑小区内居委会的灯一直亮到深夜。在居委会干部劝说下，大部分居民返回家中，8 名业主滞留会议室，镇里干部和居委会干部陪了一夜。

事件持续发酵。网上质疑不断，炒房者趁机压价收购小区房屋，大批记者守在现场等待新的检测结果，而小区居民和开发商为了“谁来检测”争执不下。最终，镇里拍板，由市级检测机构上海房屋质量检测站进行安全评估。

第二次检测初步结论：房子结构是安全的，不影响居住。

权威数据出来了，这一次，居民们会认吗？

管小军知道，居民们要的就是一句话——“两栋楼没问题！”这句话谁来说？谁来担责？管小军很纠结。

会议室大门一打开，躲在门外走廊拐角处的电视台记者冲了进来，管小军刚一抬头，话筒就伸到了他面前：检测结果怎么样？如果继续倾斜怎么办？你觉得“楼亲亲”正常吗？

“我们一直在持续监测，目前房子的倾斜率和沉降率都在国家允许范围内。”

记者紧追不舍，逼出了管小军在心里掂量许久的话：“目前我们判断是正常的。要听专家的，没有影响到主体结构安全。我是这个镇的党委书记，我对这个镇的老百姓安全负责。”

新闻播出后，居委会做工作底气更足了。“你看，我们书记自己都‘顶在杠头上’了，你们还有什么不放心的。”居民区书记顾锡芳对居民说。

第三天，随着官方权威信息发布，舆情热度逐步消退。后来，居委会协助镇党委、政府做了大量工作，整治小区环境，小区房价回升，老百姓的心也平静了。

经此一役，管小军总结出两条：“基层工作要靠基层党组织、基层干部；老百姓对党组织还是很信任的，就看你在关键时刻敢不敢担当。”

管小军还赶上了迪士尼园区开发，迪士尼园区周边环境整治、拆违、土地流转、古镇规划等等，桩桩件件都不轻松。管小军经历过浦东综合配套改革试点，“尽管机关工作也碰到过不少棘手问题，但基层工作的复杂程度仍然超出想象。”

镇上，许多小摊小店贴着居民的房子，油烟扰民，矛盾突出。镇里决定开发“川沙夜市”，疏堵结合，综合整治。然而，小小夜市项目涉及多个部门，各自利益不同，都喊“难难难”。究竟有多难？管小军先去实地调研，所有情况了然于胸之后，再将所有喊“难”的干部请来，面对面逐条分析，看到底难在哪儿。结果，原来喊“不行”的都“行”了。

由此，管小军又总结出一条："在基层，你真得俯下身子去细致了解情况，要有钉钉子精神，一件一件地向前推，积小步成大步。"

管小军也感叹，"都说改革进入深水区，不身处其中，还真不知道这水有多深。利益藩篱固化如同磐石，要破局，要同时拿着'手术刀''菜刀''砍刀'。该用'手术刀'用'手术刀'，该用'砍刀'用'砍刀'，有决心还要有方法。"

2016 年 9 月，在基层摸爬滚打两年的管小军被提拔为浦东新区副区长。重新回到熟悉的区政府大楼，管小军已是脱胎换骨。

2014 年以来，上海搭建起全市年轻处级干部交流平台，组织三批市级机关干部与区县干部双向交流任职，促进形成干部资源"上下经常性流动"的良性循环。2014 年以来，共有 63 名处级干部交流任职。

跳出"内循环"

"原来区县干部在区县选，部门的干部在部门选，即使有横向交流，推出去的也是各部门单位认为'长点刺'的、资格老的"

和管小军不同，年轻干部大调研彻底改变了王凌宇的人生走向。

2013 年 3 月，王凌宇发现，自己所在的上海交通大学进驻了一批神秘的陌生人。他们找很多人开会、谈话，谈什么，没有人知道。后来听说是上海市委培养选拔年轻干部调研组。

其时，42 岁的王凌宇，是上海交通大学凯原法学院党委书记，做了 8 年正处级干部，有着高校机关处室和院系领导多岗位工作经历，党务、行政管理经验比较丰富，但"那也只是在高校系统内的评价，和地方上关系不大"。

很快，调研组找王凌宇一对一面谈，之后不久，王凌宇被邀请去上海东方绿舟参加为期三天的拓展训练。同去的都是部属、市属高校的年轻干部，大约 60 多人。

三天里，没有传说中的考试、工作汇报，而是各种团队活动。负责高校、科研院所的调研组组长，是时任上海市教育卫生工作委员会书记的薛明扬。"他不说话，就是观察大家在团队活动中的领导能力和协作意识、补位意识。"王凌宇回忆。

拓展培训后不久，上海交通大学就有两名同志被交流提拔，其中，媒体与设计学院党委书记葛卫华被交流提拔到上海师范大学任党委副书记，王凌宇被交流提拔到上海理工大学任党委副书记、副校长。

在新岗位上，王凌宇筹建校园综合管委会，落实学生住宿区大修，着手教师老旧住宅区改建，妥善解决了许多重点、难点问题。两年后，2016 年 10 月，王凌宇没想到，他被跨系统交流到地方政府机关，任青浦区副区长。

突破部门界限和领域归属，是此次年轻干部大调研的亮点之一。

“原来区县干部在区县选，部门的干部在部门选，即使有横向交流，推出去的也是各部门单位认为‘长点刺’的、资格老的。”潘志纯说。

陈波所在的调研组也发现，在市直机关、部门之间、机关与下属企事业单位之间干部交流较少，很多干部在一个岗位上一干就是十几年，一些有潜力的年轻干部失去了成长成才的黄金期。

“‘内循环’的产生有三种原因：观念障碍、身份认同、操作障碍。”上海市委党校副校长郭庆松分析，“最重要的是观念障碍，很多单位负责人总是喜欢选择和自己类型一样、价值判断一样的干部。”

中共中央政治局委员、上海市委书记韩正说得更透彻：若各级领导干部习惯于只看到身边的人、熟悉的人、体制内的人，就会局限于自我内循环选人用人，能发现的人才就会越来越少，选出来的干部能力自然越来越差，整个干部队伍将逐渐失去创造能力和创新活力。

年轻干部大调研，试图在干部“内循环”打开一个缺口，让人才流动起来、潜力释放出来。

据上海市委组织部数据，第一批调研的 39 家高校和科研院所类单位中，有 28 家中央在沪单位。中央在沪单位干部人才、央企和市管企业人员、事业单位人员在后备干部中的比例分别达到了 10.3％、52％和 10.4％。

王凌宇刚开始适应新岗位，徐子瑛已完成一个轮回。2013 年 10 月，时任上海电气（集团）总公司副总裁的徐子瑛，从市管企业交流到了市级机关，任市经济和信息化委员会副主任。今年 4 月初，她又再度回到企业，担任百联集团总裁。

从企业到机关，再从机关到企业，徐子瑛毫无陌生感，反而在工作上更游刃有余。“企业干部更加专业化，机关则要求干部知识面宽，要具有宏观把握能力和政策研究能力。如果同时拥有这两个领域的工作经历，你会发现，无论身处哪一边，都能更好地换位思考、处理问题。”徐子瑛说。

2016 年底，一家企业二期工程上马，涉及土地方面审批，按照常规，走完所有流程至少需要半年。“对企业来说，项目早一点上马，就多一分竞争力。”还在机关工作的徐子瑛带领团队积极配合有关部门，全力推进项目进展，从立项到开工，只用了两个月时间。

为创新者筑“后台”

“自贸区刚刚起步，需要大胆闯大胆试的干部”

年轻干部大调研启动后不久，2013 年 6 月 20 日，上海正式施行《关于促进改革创新的决定》，将改革创新作为部门考核、个人职务晋升和奖励的依据，同时首设改革“责任豁免”条款：“改革创新未能实现预期目标，但有关单位和个人依照国家和本市有关规定决策、实施，且勤勉尽责、未牟取私利的，不作负面评价，依法免除相关责任。”

对于被选任基层一线、担纲改革重任的年轻干部，这无疑是极大的激励。

2014 年 2 月，时任上海市发改委产业发展处处长的王靖被提拔为中国（上海）自由贸易试验区管委会副主任，参与自贸区前期规划，分管事中事后监管、信息中心等工作。干部提任的时候，组织部门找王靖谈话，说大家对她总体评价都不错，敢想敢做，就是性子急了一点。“他们说，自贸区刚刚起步，需要大胆闯大胆试的干部，胆大也要心细。”王靖回忆。

70 后王靖是土家族，说话脆生生的，语速很快，一个问题抛过去，她迅速接住，三言两语点到关键处。看见问题总忍不住要提出来，有人私下提醒，“这些问题大家都知道，别人不说，你急什么？”她说，“不提出来，怎么去找解决方案？”

彼时，自贸区挂牌仅 4 个多月，事中事后监管完全是个新命题。在机关工作了 20 个年头，王靖深知政府重审批、轻监管的顽症，现在要“宽进严管”，怎么管，心里还真没底。

王靖和她的团队研究借鉴全球主要自贸区监管经验，结合上海的实际，提出建设企业自控、社会监督、行业自律、政府监管“四位一体”的开放型监管体系。

开放的体系需要一个信息共享平台，才能确保各个监管环节无缝对接，但对信息共享，理念上大家都认同，行动上谁都不愿迈出第一步。

王靖和她的团队挨个上门做工作，同时着手信息平台数据开发应用。“让这些数据活起来，变得可用，这个平台就会有吸引力。”比如，某企业化工项目备案后，超出正常期限，环评仍未办理，信息共享平台就发出预警信息，相关执法人员即刻赴该企业检查，执法信息又即时推送至平台。共享信息平台上的数据活了，可应用范围广了，对机构的黏合度越来越强。

2015年4月，上海自贸区扩容。当年7月，王靖兼任浦东新区副区长，将自贸区信息共享机制复制到全区事中事后监管上来。

不到一年，王靖又“玩”起了新花样——首席信息官（CIO）制度。首席信息官流行于国外企业界，是全面负责信息资源管理、开发、利用等有关事宜的高级管理人员。

在国内，企业首席信息官尚且不多，政府鲜有所闻。“政府的CIO们主要负责制定信息化战略，监控相关项目实施管理，但它不仅仅是一个职位，而是一套制度体系。”王靖说，“它从体制方面打通政务信息化过程的瓶颈，推动政务信息共享。”

2016年5月16日，浦东新区正式启动政府CIO试点工作，任命王靖为浦东新区的首席信息官，新区政府办、经信委、市场监管局等9家单位设立部门CIO。“潮人”王靖领着大家，继续在信息化浪潮中弄潮。

在王靖到上海自贸区拓荒的2014年，上海市提拔了36名70后市管干部，他们在各自的舞台上不断创新突破，渐露锋芒。

选人者也要转型

“年轻干部大调研激荡了组织部门的观念，推动了干部选拔、培养方法的创新”

管小军在川沙新镇深耕的时候，时任上海市科委副主任的陈杰正在澳洲电讯公司悉尼总部接受实务培训。

随着年轻干部大调研开展，上海建立起市级机关和区县、乡镇干部双向交流平台，为年轻干部补上基层经历这一课，但这并不能完全满足上海对优秀年轻干部的要求。国际化的上海还需要既了解中国国情、又通晓国际通行规则的人才。

上海市委决定选拔一批年轻干部漂洋过海去“洋插队”，沉到海外“基层一线”去，提升干部到国际舞台参与合作与竞争的实战能力。

2014年新年伊始，首批13名经过层层选拔的年轻干部出发前往跨国企业海外总部，接受为期一年的实务培训。

在澳洲电讯公司悉尼总部，陈杰列席公司两周一次的高级管理团队的行政例会，先后在技术创新、财务和风险投资等 7 个一级业务部门接受实务培训。回国后，和所有到跨国公司实务培训的干部一样，陈杰将所学知识运用到自己工作中。

2016 年 3 月，陈杰被任命为浦东新区区委常委、临港地区开发建设管委会党组书记、常务副主任，成为临港新区的新掌门人。

来自上海市委组织部数据显示，2014 年至今，已有 4 批 36 名年轻干部漂洋过海，到海外跨国公司海外总部实务培训锻炼，其中有 10 人已被提拔使用。

就像对“基层经历”这一概念的完善一样，年轻干部大调研在推进过程中也不断自我修正。

大调研之初，重点关注的是 70 后年轻干部，这引发了部分干部的不理解，“年轻干部”这条线是不是画得过于死板了？事实上，在调研过程中，一些优秀的 60 后干部也进入了调研组的视野。2014 年 3 月，在前期两批专项调研基础上，市委组织部继续启动专项调研，重点补充了一批局级正职后备干部和比较成熟、近期可提拔使用的 60 年代出生的局级副职后备干部近 300 人。

后备干部的名单并非一成不变。按照“有进有退”“优进绌退”的原则，组织部门对不适宜继续列入后备干部名单的作实时动态调整，2016 年上半年就调整了 117 人，同时新补充 326 人。

“年轻干部大调研激荡了组织部门的观念，推动了干部选拔、培养方法的创新。”郑健麟说。

调研中一些发现的问题也亟待寻找解决方案。如何准确界定“基层经历”？专业性、研究型领导岗位是否需要基层经历？由于金融、国资等系统机关和企业间收入落差较大，机关干部想下去的多，企业干部想上来的少，如何实现体制内体制外双向流动？

“培养选拔干部的创新和探索是个不断完善的、动态的过程。深化改革创新发展，干部要转型，选拔干部的人也要转型。”潘志纯说。

对上海而言，这只是完善选人用人机制迈出的一大步，更广、更深的探索仍在继续。

（《人民日报》2017 年 6 月 30 日）

申报资料实录

作品简介：自2013年起，上海连续推出4个“一号课题”，每个课题都关乎中央对上海“改革开放排头兵，创新发展先行者”的定位要求，关乎上海改革发展大局和干部群众期盼。上海为什么要连续推出“一号课题”？“一号课题”的调研与其他调研有什么不同？每年一个“一号课题”给上海带来了什么样的变化？记者用一个月时间，通过多角度、多层次采访，理清“一号课题”之于上海改革开放的意义，解读“一号课题”背后上海深水区改革突围路径，对5年来上海的改革创新进行了深入的梳理。

社会效果：该系列报道刊出后引发了巨大的社会反响，得到上海市委、市政府的高度肯定。5月5日，上海观察、澎湃等新媒体第一时间在首屏转载该系列报道；5月5日当晚，上海电视台新闻综合频道、东方卫视、看看新闻等，在当天新闻中摘播了该系列报道；当天的新民晚报则全文转载了消息、通讯；5月6日，解放日报、文汇报等均在头版显著位置全文转载了该系列报道中的消息《上海，“一号课题”撬动深改》。该报道还被新浪、腾讯、搜狐等各大新闻门户网站转载，转载媒体大约有200多家。

推荐理由：该系列报道选题抓得准，报道及时。通过消息、通讯、评论、记者调查这4篇系列报道，互为补充、支撑，完整勾勒了“一号课题”背后上海4年来的改革脉络，多维度展现了上海在改革“深水区”突围的路径与创新。文章行文大气、视野宏阔、构思巧妙，通过生动的改革故事和跌宕起伏的人物命运展现重大选题，举重若轻，读来引人入胜。

游学热：不能光看西方不看西部

作者：吴　越
编辑：龚丹韵　尹　欣

刚刚过去的暑期之中，不少中小学生的“活动清单”上都有游学、夏令营这一项。近年来，假期“游学热”逐年升温，在许多人热捧“漂洋过海去游学”的同时，也有一些人选择“逆流而行”，深入祖国大地，以旅途为课堂，收获感悟。

“游学热”现象背后，家长们对孩子的教育有着怎样的期盼和困惑？今天，当人们把孩子“送出家门”、趁着假期去外面长见识的时候，究竟应该学什么？

不情不愿中他踏上了游学路

直到坐上上海开往兰州的火车，吴凯闻还板着脸，沉默地望着窗外，看着熟悉的城市风景离自己越来越远。

这次的夏令营，是妈妈费希露自作主张替吴凯闻报名的。当他从妈妈口中得知，自己7月份将要花11天时间跟着一群陌生的老师和同学赴西北参加夏令营时，便当即表达了不满。他列举了自己忙碌的暑期安排，既要兼顾学业去补课，又要和同学一起骑车去杭州游玩放松，“事情都排不过来”。随后，他的一句话更是听得费希露“心里一凉”，他问道，“妈妈，你读过《孔雀东南飞》吗？课文里告诉我们，包办是没有好结果的。”

临出发前，儿子的思想工作还是没有做通，情绪波动很大，甚至参加行前会时，不到1公里的路程还迟到了几分钟。这些“无声的反抗”，费希露看在眼里，急在心里。儿子能否顺利走完整个行程？她并没有把握。

行程结束当天，全家人忐忑地等着吴凯闻对夏令营的反馈。当发现小吴同学从机场到踏进家门的半个多小时里始终“手脚并用”、滔滔不绝地讲述着自己这些天的见闻时，大家都有些“摸不着头脑”了。最意外的人是费希露，因为向来对补课安排不感兴趣的儿子居然主动向她提出，“妈妈，我觉得我数学还比较薄弱，接下来要去补一下。”

这样的转变让费希露喜出望外。她坦言，开学就念高二的儿子平时最大的兴趣爱好就是打游戏，一有机会就捧着手机和电脑，让她感到非常困扰。把儿子从电子游戏中“解救”出来，一直是她试图攻克的难题。这几年暑假，夫妻俩让孩子去参观过河南的希望小学，也一同前往美国旧金山和洛杉矶的名校转了一圈，感受那里的环境、氛围。但是，这些经历过后，吴凯闻的观念和生活习惯并没有出现像父母期待的那样“泛起涟漪”。

这一次，费希露偶然在朋友圈看到了“重走学森路”西北科技环保夏令营的介绍。她想，让孩子亲身体验如钱学森这样的老一辈科学家在物资匮乏的年代如何付出，也许比自己平日里“苦口婆心”劝孩子“忆苦思甜”要有用得多。于是，她决心再替儿子做一次主，报了名。

没想到，这一次真的起了作用。

嘱咐百遍，不如远行一次

吴凯闻和其他小营员从一开始就被告知，这趟旅程“要做好吃苦的准备”。

比如，与绿皮火车“亲密接触”。为了最大限度地还原钱学森当年穿梭于西北各个地点指导科学研究时的交通条件，夏令营刻意“舍快求慢”，让大家乘坐绿皮火车从上海去往兰州。对这些小营员来说，绿皮火车是个“新鲜事物”，而此番超过 25 个小时的“动次动次”也着实是一个挑战。

在火车上，小营员们还被要求两人一组充当小记者，采访那些来自天南海北的普通乘客，聆听并且记录这些叔叔阿姨或是爷爷奶奶们对绿皮火车的记忆。

7 岁的刘子淇是本次夏令营中年龄最小的成员，她在当天的夏令营日记中记录了这段经历。她说，因为是头一回采访别人，她感到既兴奋又紧张，提问了几位乘客之后，不知不觉中嗓子就哑了。但是，她对此毫不在意，反而觉得收获满满。

刘子淇自豪地向陪同随行的妈妈介绍起了那些采访听来的故事，那是连妈妈都不曾了解过的“绿皮火车往事”。

而让夏令营中年龄最大的成员——16岁的吴凯闻真正受到触动的，是在酒泉卫星发射中心参观的那一天。参观酒泉卫星发射中心展览馆时，大家仔细地观摩了陈列的文献和实物资料，围着上海交通大学钱学森图书馆的史贵全老师问个不停。

作为一名高中生，吴凯闻早已在新闻里和学校组织观看的纪录片中多次听闻酒泉基地的大名。但是在此之前，他心中只有一个宽泛的概念，觉得离自己的个人生活还是很遥远。这个地方对普通个体到底意味着什么？他从未想过。

直到他看见了我国第一代卫星发射塔架。

1970年4月24日，钱学森担任首任院长，带领中国空间技术研究院自行研制的我国首颗人造地球卫星“东方红一号”在此发射升空，宣告中国成为世界上第五个用自制火箭发射国产卫星的国家。

令人难以想象的是，拥有如此辉煌成就的首代发射塔架如今已是锈迹斑斑，和现役的第三代发射塔架相比，它甚至显得有些“简陋”。同样简陋的，还有不远处供科研技术人员们居住的一排土房子。当年，钱学森为了我国航天事业的进步，放弃了国外优越的条件，在这样的房子中度过了不知多少个夜晚。

看着眼前沙漠中默默伫立着的“庞然大物”和坚守岗位的技术人员们居住的陋室平房，不少小营员们心有所感。一头扎进大西北的戈壁沙漠，他们才第一次明白，从小到大，师长们一直在耳边念叨的“做有意义的事、有贡献的人”，究竟是什么意思。

11天的行程结束后，许多孩子发现，远离手机和电脑的日子，也能过得有滋有味。

嘱咐百遍，有时不如远行一次。

有意义的暑假，不一定要花费高昂

刚刚过去的暑假里，游学、夏令营毫无疑问是个热门话题。而其中，较为热门、也饱受诟病的或许就是海外游学。

一家旅游网站发布的《在线海外游学市场消费分析2017》中显示，在海外游学市场中，人均花费2万元至3万元的客户占比近半。更有甚者，4周海外游学价格达到8万元。

此前，新东方教育、北京大学国际文化交流与教育研究中心、市场研究机构益普索联合发布的《2017年国际游学蓝皮书》指出，64.2%的中小学学生或其家长有较高国际游学意愿，超40%的受访者认为初中及小学是参与国际游学的最佳年龄段，国际游学正向低龄化趋势发展。

还有专家称，二胎政策放开后，将会带来3000万左右的潜在教育人口增量。越来越多的家长会选择让孩子游走世界、开阔眼界、增长知识。

"剑桥、牛津被中国家长和学生'挤爆'"、"英国顶尖贵族公学暑期拓展营一位难求"、"沪上一母亲带女儿参加夏令营14天花费14万"……如此博人眼球的新闻频频被媒体报道，让人不禁产生疑惑：难道只有远赴重洋、花费高昂的代价才能让孩子度过一个有意义的暑假？

这其中，有一些旅行社打着游学的旗号，但其实只是旅游，很多项目是欧洲几国游，比如说瑞典、法国、德国等地一条线下来。家长花了大价钱，但是孩子的体验却不尽如人意。有媒体分析，一些游学机构没有处理好"游"与"学"之间的关系，他们会在短时间内安排多个景点，走马观花，孩子并没有太多时间和当地人交流与学习。这样的游学其实没有太大意义。

但有家长真的就吃这一套。

带队老师倪欢告诉记者，夏令营开始前，她就受到过个别家长的"挑战"，矛盾的焦点在于"吃苦"。

有些家长一听到孩子要"吃苦"坐绿皮火车，就不乐意了，气势汹汹地对倪欢说，"现在交通这么发达，大家家庭条件也都可以，为什么要让孩子受这个累？"

倪欢只好耐着性子解释说，吃苦并不是最终目的，通过这个方式让孩子对过去时代形成一定的认知才是关键，"如果实在不能接受的话，可以离开"。结果，真有家长"不愿妥协"，带着孩子愤愤退出。

中国传统中，也有说不尽的故事

为孩子选择什么样的游学方式，其实折射的是家长自己的教育观念和人生理念。

刘子淇的妈妈刘静认为，游学和夏令营并不是孩子的"必需品"。

刘子淇虽然只有7岁，但她从小就对科学很有兴趣，在爸爸的带领下，已经尝试过操作酸碱中和、虹吸现象等化学实验。意识到孩子对科学的兴趣之后，刘静的培养方式“冷静而有计划性”。她先是寻找身边的科学教育资源，让孩子多一些日常锻炼的机会，此外又关注各种暑期夏令营，当看到夏令营的内容包含了参观中科院兰州冰川冻土研究所、酒泉卫星发射基地等安排时，自然而然地带着孩子报了名。

“我的初衷是把孩子从教室里解放出来，而不是把她困在一个强加给她的圈子里。”刘静说。

通过这次夏令营，费希露也在反省自己过去与儿子的沟通方式。她感慨，夏令营中，老师和志愿者们给予孩子的信任和肯定恰恰是她平时所欠缺的。

从行前会开始，倪欢就注意到了吴凯闻的小情绪，一直想找机会扫去这个大孩子心中的“阴霾”。在得知吴凯闻是个“地理迷”之后，倪欢有了主意。她特意在开往兰州的火车上，“拜托”了吴凯闻一个任务：从一本《中国国家地理》甘肃特辑中摘取精华内容编撰成文，向营中的弟弟妹妹们介绍甘肃的地理风貌和特色。

没想到，吴凯闻答应得很爽快，迅速投入到自己的工作中去，当晚开始做笔记，第二天就交了稿。任务一完成，原先不自然的表情，再也没在吴凯闻脸上出现过。

费希露坦言，“当老师和志愿者们告诉我，一直是‘作文困难户’的凯闻不但在夏令营的微信公众号发表了一篇介绍甘肃风情的文章，还像个大哥哥一样全程带着一位 12 岁的山东小营员时，我简直不敢相信。”

让她“百般不放心”的儿子在外，竟然呈现出了平时很少看见的“成熟”的那一面。开诚布公地交流之后，吴凯闻甚至吐露了心声，“妈妈，不用担心，我知道自己该做什么，不该做什么。”

“孩子其实很单纯，有时候，是家长想复杂了。”倪欢认为，摸清孩子心中喜欢什么、抵触什么，以一种他们能够接受的方式循循善诱，才是“打开夏令营的正确方式”。

换句话说，未必要在海外“见多识广”、饱览“精英生活方式”，才能让孩子学到东西；中国自己的传统历史中，也有说不尽的故事，足以让孩子感悟与成长。

未必要在海外“见多识广”、饱览“精英生活方式”，才能让孩子学到东西；中国自己的传统历史中，也有说不尽的故事，足以让孩子感悟与成长。

（《解放日报》2017 年 9 月 4 日）

申报资料实录

作品简介： 文章将目光投向群众所关心的话题，聚焦暑期之中家长和中小学生都十分热衷的游学、夏令营活动进行采访，从“重走学森路”夏令营这一典型切入，讲述了一群上海学生“逆流而行”、沿着老一辈科学家的足迹去祖国西部的游学故事。文章采访扎实、分析客观，富有感染力。在分析了游学市场目前存在的问题后提出疑问，随后通过对学生、家长、活动组织方以及教育专家的采访，点明了深入祖国腹地游学的意义，亮出了核心观点——“游学，不能光看西方不看西部”。

社会效果： 报道刊发后，在上观新闻客户端点击不俗，同时得到了中国社会科学网、凤凰网、搜狐网、中国青年网等网站及微信公众号的广泛转载。

推荐理由： 刊发后，报道获得了中宣部、上海市委宣传部的阅评表扬。中宣部阅评认为“这一报道不仅对提升中小学生综合素质、廓清家长育才思路有指导作用，而且对新闻舆论工作者如何理性看待东西方文化、展开增强文化自信的宣传报道有启示意义。”报道还获得了 2017 年 9 月上海市新闻单位走转改活动优秀作品评选一等奖。

文字组合报道

上海新作为

作者：集　体
编辑：姬　斌　袁　元

代表作一：

上海新作为

从2013年到2017年，每年的全国两会期间，习近平总书记都会在3月5日这一天下午来到他所在的上海代表团，参加政府工作报告审议。连续五年，习近平在上海团都要提到6个字——排头兵、先行者。

今年，习近平总书记在参加上海代表团审议时，充分肯定一年来上海围绕创新驱动发展、优化经济结构、深化改革等方面取得的新成就。他希望上海的同志们继续按照当好全国改革开放排头兵、创新发展先行者的要求，在深化自由贸易试验区改革上有新作为，在推进科技创新中心建设上有新作为，在推进社会治理创新上有新作为，在全面从严治党上有新作为。

排头兵是标杆，意味着上海各项工作都要走在前列；先行者是前锋，要求上海不断为全国改革开放克难攻坚。习总书记对上海经济社会发展提出的要求，是信任，是重托，更是沉甸甸的责任。

当好排头兵，勇做先行者，必须坚持善始善终、善做善成。过去五年间，上海自贸区交出“三年答卷”，“总体上实现了初衷”；具有全球影响力的科创中心建设顺利推进，一批标志世界最高水平的科技设施投入使用；中央交给上海的司法体制改革、地方群团改革等10项改革试点任务持续推进，一批制度创新成果向全国复制推广。

当好排头兵，勇做先行者，就要保持战略定力，着眼长远谋发展，不为一时计得失。过去五年间，上海主动适应经济发展新常态，坚持稳中求进工作总基调，经济增长不单纯以数字高低为标准，第三产业增加值占全市生产总值比重增加到七成以上，财政收入增长领跑全国，创新驱动发展、经济转型升级取得实际成效。

当好排头兵，勇做先行者，就要始终践行以人民为中心的发展思想，坚持问题导向，让更多发展成果惠及人民。过去五年间，无论是交通违章大整治，还是"五违四必"区域环境综合整治，上海的城市管理者都以钉钉子的精神"补短板"，紧抓工作难点，解决百姓痛点，努力让城市更有序、更安全、更干净。

当好排头兵，勇做先行者，就要提升精气神，敢为天下先。习近平总书记寄语上海，要"保持锐意创新的勇气、敢为人先的锐气、蓬勃向上的朝气"。这是寄予上海的厚望，更是上海应有的担当。特殊的历史使命呼唤特殊的精神状态，上海各级党组织只要牢固树立、自觉践行"四个意识"，全面从严管党治党，就一定能开创上海改革发展新局面。

正如中共中央政治局委员、上海市委书记韩正所说，谋划上海工作，要始终牢记习近平总书记对上海工作的指示要求，胸怀全局、着眼大局。坚持服从服务国家战略，紧密结合上海实际，坚决把党中央路线方针政策和决策部署不折不扣贯彻始终、落到实处。

（新华社上海分社 2017 年 5 月 1 日）

代表作二：

上海自贸区 3.0 版升级行动

"希望上海的同志们继续按照当好全国改革开放排头兵、创新发展先行者的要求，在深化自由贸易试验区改革上有新作为。"今年全国两会上，习近平总书记又一次对自贸区建设给予关注。

从 2014 年开始，每年的全国两会，习近平总书记在参加上海团审议时都会就自贸区改革的思路和方向点题，以推动自贸区改革进展。

由点到线，由线及面。在上海自贸区挂牌三年多的时间里，我国陆续批准了三批共 11 个自贸区，形成了一个由南至北、由东至西的“1 + 3 + 7”的改革新格局。这些区域像“雁形阵”一样，承载着我国进一步以开放促改革的新使命。

作为“雁形阵”中的“领头雁”，站在三周年的起点上，上海自贸区如何“大胆试、大胆闯、自主改”，以实现习总书记所说的“新作为”？近日，《瞭望》新闻周刊记者在上海自贸区进行了广泛采访，与区内的干部、群众、专家学者和市场主体深入交流，感受到了自贸区的最新脉动。

“三区一堡”成新目标

“建设开放和创新融为一体的综合改革试验区、开放型经济体系的风险压力测试区、提升政府治理能力的先行区、服务国家‘一带一路’建设和推动市场主体走出去的桥头堡”。今年 3 月底，国务院印发的《全面深化中国（上海）自由贸易试验区改革开放方案》（简称《方案》），引来多方关注。

与 2013 年的总体方案、2015 年的深化方案相比，被称为 3.0 版的自贸区建设《方案》亮点频现，让改革一线人员和市场主体有了更多“获得感”。

中共中央政治局委员、上海市委书记韩正说，上海始终把自贸区建设作为当好改革开放排头兵的突破口。按照习总书记对上海自贸区的要求，坚持制度创新为核心和可复制可推广的原则，以开放倒逼改革，解放和发展生产力，探索构建开放型经济新体制。

“加强改革系统集成，建设开放和创新融为一体的综合改革试验区”——《方案》一开头，就开宗明义。

过去三年，上海自贸区已有一百多个制度创新成果在全国复制推广，彰显出全面深化改革和扩大开放试验田的作用。但自贸区改革“碎片化”问题仍存，这对改革措施的系统集成提出了新要求。

国际贸易“单一窗口”是改革系统集成的一个实例。《瞭望》新闻周刊记者采访了解到，上海自贸区的国际贸易“单一窗口”已纳入海关、国检、海事、边检等 23 个部门，通过一个平台兼容不同监管系统的“方言”，打破了信息“孤岛”，消除了系统“堵点”。

上海欣海报关有限公司董事长葛基中算过一笔账：公司每年报关货物 50 万票以上，过去每一票都要两个报关员和一个报检员。实行国际贸易单一窗口后，报检报关同时进行，人力成本估计可下降30%左右，办理时间也缩短了，进而减少了货物在港区的压存费用。

上海市口岸办表示，今年争取让更多部门参与到“单一窗口”建设，纳入更多管理和服务功能。“今后，‘单一窗口’集成的不仅是政府部门，还应该包括港口、机场等基础服务商和银行等金融服务商，为市场主体带来更多便利”。上海自贸区海关工作组综合组副组长杨琍说。

《方案》还提出，上海自贸区要按照国际最高标准，为推动实施新一轮高水平对外开放进行更为充分的压力测试。其中，明确提到在洋山保税港区和上海浦东机场综合保税区等海关特殊监管区域内，设立“自由贸易港区”。

何为“自由贸易港区”？国际上，自由贸易港区通常被视为开放程度最高的一种自由贸易区。“简单说，就是实现区港一体化，海关一线真正放开，让货物自由流动，为市场主体创造一种‘境内关外’的环境。”上海国际港务集团董事长陈戌源介绍。

“国际上做得好的自由贸易港区各有各的特点，同时也有共性。”上海市发改委副主任朱民说，比如，高度开放和高效监管相结合、政府与企业紧密合作、具有便利化的全球运输条件。迪拜算是典型者，它同时拥有杰贝阿里港和阿勒马克图姆国际机场，两者之间有长达24公里的全封闭物流走廊。

“我国的自由贸易港区既要参照国际通行惯例，也要研究国际投资贸易发展的最新趋势，还要结合中国贸易种类多、贸易量大的实际情况。”朱民说。

据介绍，建设自由贸易港区，上海初步的想法是不搞大拆大建，主要依靠制度创新，研究一套符合中国实际、具有国际水准的监管制度。自由贸易港区和现有保税区最大的区别在于一线管理方式的不同。至于怎么管，还需要和相关部委研究。

根据《方案》，上海自贸区要创新合作发展模式，使之成为服务国家“一带一路”建设、推动市场主体走出去的重要节点。

具体而言，上海自贸区将支持优质境外企业利用上海资本市场发展壮大，吸引沿线国家央行、主权财富基金和投资者投资境内人民币资产，为“一带一路”重大项目提供融资服务。

上海市金融办副主任李军表示，上海自贸区要打造成“一带一路”投融资的中心，就需要加强与沿线国家金融市场的深度合作。“在利用上海的资本市场方面，境外优质企业除了上市，目前可以更多利用债券市场。”

实际上，就在今年3月，俄罗斯铝业联合公司在上交所申报并完成2017年首期公司债券发行。这是首单“一带一路”沿线国家企业在我国发行的熊猫债券。业内人士相信，随着我国债券市场的开放，未来会有更多的“丝路债券”在国内发行。

重点改革正突破

“招生报名非常踊跃。第一期录取了约40名学员，3月底已经正式开学。”尽管今年1月初才成立，但谈及运营情况，普华永道商务技能培训（上海）有限公司相关负责人信心满满。

这家公司是全球四大会计师事务所之一的普华永道，在上海自贸区设立的中国首家外商独资经营性职业技能培训机构。据了解，上海自贸区在国内率先将“非学制类职业技能培训”向外资开放后，已接到20多家外资职业培训机构的咨询，其中3家提出了申请。

一分部署，九分落实。上述公司的开业运营，折射的是上海自贸区管委会抓落实的行动。“推进自贸区建设，既要实现政策措施的系统集成，又要在一事一件上实现具体突破。”上海市委常委、浦东新区区委书记、上海自贸区管委会常务副主任翁祖亮表示。

今年开年以来，上海自贸区又推进了4项改革工作。除国内首家外商独资职业技能培训机构在自贸区落地之外，在国内率先启动企业名称登记改革试点、进口化妆品“审批改备案”试点和工业产品生产许可证“一企一证”改革试点。

通过重点领域突破，自贸区的准入门槛进一步降低。作为全国最大的化妆品进口口岸，上海自贸区保税片区今年3月初在全国率先开展“审批改备案”试点后，国际化妆品巨头欧莱雅集团作为“尝鲜者”，拿到了第一个企业试点账号。

落实备案管理，相关部门可在5个工作日内出具备案证明，较以往的审批周期明显压缩，为企业节约了更多的时间成本，国内消费者则有望同步体验国际最新款的非特化妆品。

欧莱雅中国首席执行官斯铂涵说，新政实行后，企业将据此调整相关生产供应计划，增加对中国市场的投入，以利于企业更好发展。

“审批改备案”只是降低准入门槛的一环。从2016年开始，浦东新区和上海自贸区在全国率先推进“证照分离”改革试点，以解决企业“办证难”的问题。翁祖亮说，今年自贸区一方面要扩大改革覆盖面，力争把经济领域的许可事项全部纳入；另一方面要优化改革方式。根据企业的需求和感受度，把原来改革的五种方式（取消、备案、告知承诺、提高透明度、强化准入），转为三种方式（取消一批、备案一批、告知承诺一批）。

重点改革的突破，带来市场开放度的提升。过去三年间，上海自贸区在现代服务业和先进制造业等领域，实施了 54 条扩大开放措施，累计吸引 1800 多个外资项目。上海自贸区管委会透露，今年将进一步放开会计审计、建筑设计、评级服务等领域对外资的限制。

扩大开放形成新的聚集力。截至今年 2 月底，上海自贸区累计新设企业 4.4 万户，其中外资企业累计 8057 户。全市近一半外资企业落户在自贸试验区，新设外资企业数占比从自贸试验区挂牌初期的 5%上升到 20%左右。

在自贸区改革的支撑下，中国企业走出去参与国际竞争和合作的意愿、能力大大提高。统计显示，截至去年年底，上海自贸区办结境外投资项目累计 1450 个，其中中方投资额累计 490 多亿美元。“目前，上海自贸区在上海全市对外投资中的占比达到 70%，企业‘走出去’的网络已覆盖 178 个国家和地区。”上海市商务委员会主任尚玉英说。

重点改革的突破，在优化营商环境上展现出功效。即便商务成本不低，上海自贸区所在的浦东新区依然集聚了 400 多家企业总部，其中跨国公司总部 265 家，占上海市总量的一半左右。

这靠的是优化营商环境带来的企业制度性交易成本的降低。“浦东和自贸区投资环境好，还有国际交流和金融中心的优势，所以我们很早就把企业总部搬到浦东，从这里走向全国和全球。”东方希望集团董事长刘永行说。

营商环境的优化，离不开政府的主动作为和治理能力的提升。浦东新区区委常委、副区长陆方舟谈到，上海自贸区管委会和浦东新区政府正在构筑提升政府治理能力的“四梁八柱”。比如，在服务型政府建设方面，今年浦东将以“互联网 + 政务”方式重点推进“三全工程”：即企业市场准入“全网通办”，目前涉及的 104 个区级审批事项中，已有 74 个可以“网上全程，一次办成”；计划明年实现全覆盖个人社区事务“全区通办”，让群众少跑腿；通过政务云体系建设，实现政府政务信息“全域共享”。

“双自联动”升新气

左边是国检，右边是海关。走进刚建成不久的上海张江跨境科创监管服务中心，可以看到这样一个关检联合申报大厅。3月底，中心启动试点运行，上海勃林格殷格翰药业有限公司进口的一批价值178万元的药品，在这里顺利通关。

值得注意的是，这是上海首家机场区域以外的空运货物海关监管场所。这个中心把机场货站与监管仓库的功能延伸到了高科技园区，让企业在家门口就可以一站式搞定货物通关，整体通关时间由过去的2～3个工作日缩短为现在的6～10小时。

“生物企业经常进口一些有温控要求的货物，如蛋白、酶和抗体试剂等，在原来监管模式下，只能靠不断添加干冰来保障货物品质，除增加成本费用外，一些进口实验用材料一旦不能及时通关，很容易造成实验进程滞后，甚至错失与全球同步研发机会。中心的启动有助于解决这些痛点，对企业是很大的福音。”西格玛奥德里奇公司进出口经理助理庄胜男说。

习近平总书记要求，上海自贸区要强化区内改革同全市改革的联动、同上海国际金融中心和科技创新中心的联动。张江跨境科创监管服务中心，正是上海推进自贸区和张江国家自主创新示范区“双自联动”的一个重要载体。

“自贸试验区和科创中心建设是上海承接的两大重要国家战略。浦东作为两大国家战略的集中承载地，要通过联动来实现‘1＋1大于2’的化学反应。”翁祖亮说。

除了张江跨境科创监管服务中心，一些基础性的创新平台，正纷纷来浦东和自贸区落户。以诺奖得主李政道命名的李政道研究所，近期公开表示正在张江科学城积极选址。该所资深教授季向东告知记者，李政道研究所的定位是“国际化”、“世界级”。

《瞭望》新闻周刊了解到，上海自贸区和浦东正在谋划“双自联动”的四个“大招”。一是推动关检机制的有效集成整合。依托张江跨境科创监管服务中心，建成最为便捷的“关、检一体化”平台，探索实行“法检清单制”，进一步提高研发用进口试剂、样品和耗材等的通关效率；

二是搭建产研转化的高效平台。重点是要利用自贸的制度创新优势，以药品上市许可持有人(MAH)和生物医药合同生产(CMO)为突破,推动创新药研究成果尽快转化为实际产品,同时再形成一批新的产业转化平台;

三是完善国际化、便利化的人才环境。浦东新区人社局表示,从4月中旬开始,外籍人才可凭上海自贸区管委会出具的推荐函,到出入境管理部门申办外国人永久居留证。其配偶和未成年子女也可随同申请。此举将有效吸引更多海外高层次人才到区内创新创业;

四是主打张江科技城和陆家嘴金融城的“双城联动”,让科技与金融比翼齐飞。在陆家嘴金融城,持牌金融机构已近800家。陆家嘴金融城发展局局长王华说,未来陆家嘴金融城将致力于产业集聚、金融创新和营商环境建设,持续提升金融城在全球金融市场的影响力和竞争力。

央行上海总部相关负责人向《瞭望》新闻周刊表示,目前自贸区金融开放创新的框架已经形成,下一步要做的就是“精确改革”。比如,去年年底,央行上海总部将自由贸易账户开立的主体资格拓展到上海全市的科创企业,以支持上海的全球科创中心建设。“上海自贸区还将加强投贷联动试点、科技创新板建设,鼓励发行基于信用与知识产权的金融创新产品,将金融的助力作用深入到产业链发展的各个环节。”

复旦大学上海自贸区综合研究院秘书长尹晨把上海自贸区未来的开放创新比喻成“串项链”:通过设定制度性目标,倒逼相关部门将现有的经验、做法、措施等一颗颗“珍珠”,通过总结、归纳、提炼和集成,串成制度性成果的“项链”,最终形成“枝繁叶茂”、丰满鲜活的制度体系。

上海市市长应勇表示,按照中央要求,通过一系列努力,到2020年将把上海自贸区建设成为投资贸易自由、规则开放透明、监管公平高效、营商环境便利的国际高标准自由贸易园区。

(新华社上海分社 2017 年 5 月 1 日)

代表作三:

总书记叮嘱上海要答好的这道大课题

今年全国两会期间,习近平总书记在参加上海代表团审议时叮嘱上海,走出一条符合超大城市特点和规律的社会治理新路子，是关系上海发展的大问题。要持续用力、不断深化，提升社会治理能力，增强社会发展活力。习总书记提出，希望上海在推进社会治理创新上有新作为。

这对全国来讲，极富现实意义和深远价值。超大城市治理——一道世界级难题，能不能做到像绣花一样精细？这无疑考验着治理者的智慧和胆略。

善用大数据、云计算等现代科技利器，穿好“绣花”的“针”；紧贴人民群众的切身需求，缝出匀细的“线脚”；坚持用法治思维和法治方式解决城市顽疾，让法律法规真正成为必须遵守的“图样”……《瞭望》新闻周刊记者调研了解到，常住人口超过2400万的上海，城市治理正在紧扣“精”“细”“巧”三字，在最细小的“方格”内磨砺“绣花”功夫。

信息替代人海：穿好“绣花”利针

上海繁忙的延安路和华山路路口，一块显示屏24小时不停滚动着一个个车牌号码。如果机动车乱鸣号，就会被实时捕捉和记录下来。这是上海交警最新开发的“违法鸣号查处辅助系统”。

乱鸣号这种行为，交警不在现场，随便按了又能怎样？以往，这确实是一个现实的管理难题。如今，上海交警运用“声呐定位+图像识别”等先进技术，对乱鸣号车辆实施自动抓拍，正起到越来越明显的正向作用。统计显示，去年10月该路口查处的违法鸣号行为达4657起；今年2月已下降至575起，还不及过去的零头。

类似查处乱鸣号这样利用物联网、云计算、大数据等先进信息技术，逐步替代以往的人海战术，对城市进行精细化、智能化管理的社会治理方式，正在上海渐成常态。

交通拥堵是大城市最为头疼的事。自2016年3月开展交通大整治以来，上海警方推动1.8万套“电子警察”的安装，并对已有的“电子警察”进行功能升级，使其能够自动识别包括压实线、违法停车在内的其他16种违规行为。

“就连占用车道、实线变道这种‘转瞬即逝’的动作，都逃不过科技法眼。”上海市公安局交警总队科技处处长商志刚说，新技术新手段的广泛使用，助力交通执法实现“无死角”。

在出租车司机老陈看来，随着道路违法行为的查处越来越细，变道加塞、随意停车的行为在上海中心城区已几乎绝迹，道路通行效率真的提高了。“越是复杂的问题，执法部门越该有‘绣花’的劲头。”

不仅是交通执法，信息技术在城市综合治理的多个方面开始发挥利器作用：通过大数据预判热门景区客流，为科学限流、防患未然提供决策依据；“网来网去”申请各类政务事项，无需人再来回往返；从田间到餐桌，对食品安全进行全过程监管……

上海正在打破一些信息“孤岛”，加大政府数据的整合和开放力度。上海市经信委副主任邵志清告知记者，截至2016年底，上海政府数据服务网开放的数据集近1000项，涵盖经济建设、资源环境、道路交通等十多个重点领域。“根据计划，今年底上海开放的政府数据将达到1300项，可以基本满足现阶段城市治理的深层次需求。”

上海市测绘院院长魏子新对此感触颇深。上海市测绘院专门从事城市空间地理信息的采集和整理，通过对上海道路、水系、楼宇、绿化、河道等100多项信息的精准分析，其数据以“地图”的形式为政府部门科学决策和精细管理提供依据。“近年来，来自政府的‘订单’已应接不暇。”

经过比对发现，上海在智慧交通、智慧安全、智慧教育等方面的探索，在全国都是领先的。信息化手段的普遍应用，也催生了上海信息产业的新亮点。

中国互联网协会、工信部信息中心发布的2015年“中国互联网企业100强”报告显示，上海市互联网百强企业的数量仅次于北京，位列全国第二。如果说，互联网百强企业体现的是过去和现在，“独角兽”企业（估值超过10亿美元的未上市企业）体现的则是未来。相关数据显示，上海的“独角兽”数量已占全国总量的27%。这表明，上海互联网行业仍处于上升期，未来的表现可能会比现在更抢眼。

上海已明确提出到2040年建成全球城市的目标。这引发海内外的极大关注。对标全球城市应具备的精细化管理，信息手段的重要性更加凸显。上海社科院院长王战谈到，上海已基本形成以数字化、网络化、智能化为主要特征的智慧城市基本框架。未来，上海要力争成为引领全球科技发展的创新城市，成为信息集聚与知识传播中心和全球信息网络的枢纽，成为数字化生产方式和智慧生活方式的引领者，在全球资源配置中发挥主要和不可替代的作用，成为具有全球影响力的信息文明城市。

共建共治共享:“缝”出匀细线脚

从2016年开始,“共享单车”风靡全国。作为这一新鲜事物的发源地,上海也一跃成为拥有全球最大规模智能共享单车的城市。截至今年2月,全市开展共享单车业务的企业已超过30家,投放量超过45万辆,注册用户超过450万。

但在实际操作中,“方便”也衍生出了新问题——轨交、公交站点门前成了无序停放的“重灾区”,甚至占满人行道、堵住道路进出口。

强行扣押或搬走,只会导致“三输”:政府管理浪费人力、单车公司资产受损、需要骑车的市民用不了。正视群众的实际需求,市民、企业、政府共同参与管理,才能破解阶段性矛盾,不让好事变成坏事,优化城市公共交通出行生态。

今年2月,上海普陀区真如镇街道与“摩拜单车”达成了一项战略合作:街道在辖区内划定非机动车停放区域,适当扩大范围;“摩拜”则参与普陀的智慧城市建设,将“摩拜”用户信用数据纳入区级信用信息管理平台;政企双方共同完善社区志愿服务的激励体系,对主动参与活动的居民提供免费骑行券。

“这一创新模式激发了群众参与社会治理的活力,也为企业合理配置公共交通资源提供了精确依据,最终使市民的出行权益得到更好保障。”“摩拜”运维负责人贺涵秋对《瞭望》新闻周刊记者说。

难题多,解决办法应该更多。上海市法学会副秘书长汤啸天说,超大城市的精细化管理不仅是一个技术问题,更是人的问题。“发动各方共建共治共享,让政府提供的公共服务精准对接人民群众的切身需求,就能‘缝’出城市治理的匀细线脚。”

共建共治共享,在部分区域已经产生了奇妙的融合效应。上海嘉定老城厢的嘉定镇街道,常住人口7.7万。几年前,有居民主动找到居委会,提出希望在自家住所内设点开展邻里活动。街道顺势而为,搭建了社区建设与治理的新载体——社区“睦邻点”。

《瞭望》新闻周刊记者走访看到,有些睦邻点的居民因讨论社区公共事务聚在一起,如“帮帮乐”、“老娘舅”等;有的因相同志趣而相聚,如“歌声与微笑”、“活力妈妈”等;还有相近职业、境况的居民聚在一起,如“你我同行”、“新上海人”等。

“截至去年底,全区已建立社区睦邻点1497个,涉及文体娱乐、矛盾调解和生活服务等多项内容。这不仅促进了居民自治和社会和谐,也提高了城市治理和为民服务的水平。”嘉定区委书记马春雷说。

类似的变化，闵行区颛桥镇的居民也有切切实实的感受。颛桥最早在辖区内的田园新村试点，由公安机关指导物业、业委会、居委会等共同参与社区治安工作，仅一年之内，辖区报警类“110”就下降22.54%，居民群众安全感跃升全区第一。

随后，颛桥打造“田园模式”升级版，通过强化村居党组织的核心领导地位，通过党建纽带引导业委会、物业、企业、楼组长、志愿者、政府职能部门等各方参与协同治理，在无证无照经营户清理、违章建筑拆除、环境综合整治等方面已初见成效。

从管理到治理，是一个重大转变，也是上海推进社会治理创新的一个缩影。社会治理创新，核心是人，重心在社区基层，关键是体制机制。

2014年全国两会期间，习近平总书记在参加上海代表团审议时就要求上海努力走出一条符合特大城市特点和规律的社会治理新路子。按照习总书记要求，上海市委将“创新社会治理、加强基层建设”以市委“一号课题”进行深入调研，聚焦创新体制、加强基层、夯实基础、落实保障，形成“1+6”系列文件。经过三年多的常抓不懈，上海创新社会治理、加强基层建设初步交出了令人充满信心的答卷。

法治凝聚共识:“按图”落到实处

在“饿了么”订餐平台上，一度可以搜到三家名均为“风味农家”但地址却各不相同的饭店，用的都是同一个证件。近期，《瞭望》新闻周刊记者跟随市场监管部门在上海市徐汇区执法检查时，发现了上述情况。

对网络订餐中出现的“一证多店”行为，上海食药监部门表示，一旦查实，必按最新实施的《上海市食品安全条例》予以处罚。

“立法先行、依法治理”，是上海在城市治理中始终坚持的原则。为保障市民“舌尖上的安全”，上海市人大去年通过了《上海市食品安全条例》。这部地方性法规在修订过程中，条文数量从62条增加到115条，修订幅度达93.8%。用专家的话说，“全过程、全环节、全覆盖，力求去除食品安全监管中的空白”。

“如果说‘绣花’管理要有图样，这个‘图样’就是法律法规。”全国人大代表、上海市委巡视组组长刘卫国这样说。

法律法规制定的过程，就是共识凝聚的过程。“春节到了，我不放不放啦，环保又安全，不放不放不放啦……”2017 年的春节，一首禁燃禁放烟花爆竹的“神曲”《不放不放》在微信朋友圈里刷屏。这是上海公安首部“禁燃”主题 MV，歌曲由上海静安公安分局与“网红乐团”上海彩虹室内合唱团共同录制，歌词是由静安公安分局宣传科民警张昕即兴创作的。静安警方介绍，根据静安区商业中心、商务楼宇汇聚的特点，这首禁燃禁放主题曲在辖区各商务楼宇、大型商业中心以及居民小区的电子屏幕上滚动播出。

对燃放烟花爆竹等群众关注且有不同主张的事项，上海摈除“一禁了之”的简单粗暴，而是通过前期调研、专家论证、人大审议等多道程序，结合城市不同区域的特点，有针对性地提出解决方案，使禁燃禁放能够真正落到实处。今年春节期间，上海再度实现了外环线内烟花爆竹“零燃放”，外环以外非禁放区的燃放量比去年同期下降 80％以上。

徒法不足以自行。针对有的城市顽症，已经制定相关法律法规加以规范，但执法层面出了问题，这就需要执法者敢啃“硬骨头”。

今年 3 月下旬，新修订的《上海市道路交通管理条例》执行首日，上海市黄浦区的交警一上午就查扣了 20 辆左右“套牌”、无牌的电动车。这些违法车辆不仅被暂扣，骑车人也将按照条例的新规定，面临比过去更严厉的处罚。

根据这一条例，开车玩手机、连续变换车道、乘车不系安全带、未按标准配备儿童安全座椅……以往不算事儿的行车习惯，今后都有了相对应的处罚条款。

通过立法来固化行之有效的做法，通过执法来体现法律法规的硬度。越来越多的上海市民，既成为守法的监督者，更成为法律的受益者。形成“法自在人心”的局面，是中国超大城市实现社会良治的希望。

“法治是城市社会治理的最大公约数。”上海市市长应勇说，上海将按照习近平总书记的要求，着力体现超大城市特点和规律，着力破解超大城市综合管理和社会治理的世界级难题，努力形成城市综合管理法治化新格局，努力构建共建共享的社会治理新格局，不断增强上海的吸引力、创造力、竞争力。

精细精准，不跳针脱线；一丝一缕，不急躁冒进；以人为本，不忘初心。上海的“绣花”实践会不断证明，只要坚持为了人民、依靠人民、服务人民，城市治理就能交出让人民满意的答卷。

（新华社上海分社 2017 年 5 月 1 日）

申报资料实录

作品简介：这是在十九大之前，新华社上海分社和瞭望周刊通力合作，推出的一组反映“上海新作为”的力作。本组报道从习近平总书记在参加上海代表团审议时提出的要求着手，以评论打头，4 篇特写娓娓道来，从自贸区改革、科技创新、社会治理和从严治党四个层面，描述了上海已经开展的工作和正在谋划的举措，可谓一幅上海改革创新的全景图。

社会效果：本组报道在大型时政新闻周刊——瞭望周刊上以封面文章的形式发表，全景描述式的手法，在读者中引发广泛关注。上海市委相关领导亦对报道予以肯定。解放日报、上海电视台等传统主流媒体，澎湃、界面等新媒体平台，亦对本组报道进行了全文转载。杂志＋报纸＋视频＋新媒体平台的多元矩阵传播、线上线下互动，形成了强大的媒体融合报道声势，为上海在十九大召开前的舆论环境起到了良好的预热作用。

推荐理由：纵观整组文章，既有精气神，又有骨血肉。更重要的是，文章的“上海新作为”主题，与十九大强调的“新气象新作为”形成呼应，体现了国家通讯社的高度和前瞻性。

太平间里的“强制消费”谁来管？

主创人员：张　怡　何周导

（限于篇幅，文字稿略，获奖作品请听光盘。）

（上海广播电视台上广新闻台、东广新闻台 2017 年 12 月 27 日）

申报资料实录

作品简介：

发生在今天、发生在上海、发生在三级甲等医院的“挟尸要价”；如此耸人听闻的故事，竟是令人震惊的事实。

由于医疗机构长期疏于管理、民政部门鞭长莫及；一些“黑殡葬”闻风而动、随利起舞、趁火打劫；他们充分利用丧家的悲痛心理、利用监管的“雷达盲区”，牢牢抓住了隐秘太平间“生意”的“商机”。

揭开这样的“黑幕”，势必会引爆舆论、冲击公序良俗、挑战道德与认知底线。但记者并未一味追求轰动，而是秉持客观、冷静、辩证的态度，以无可辩驳的新闻事实，推动沉疴痼疾的根治；以新闻导向“度”的把握，实现舆论的“软着陆”，充分展现了主流媒体的舆论监督水准与大局意识。

社会效果：

这是一篇难度系数极高的调查报道，其难度，并不在于克服对于太平间的畏惧心理，而在于取证——事件发生已半年有余，当事人长期投诉无果；若从直接证据入手，丧家并未事先录音、录像；若从旁证入手，也无法找到其他有相同遭遇的家属。摆在记者面前的，只有“情境重现”一条路，但新的困难接踵而至：作为

"闲杂人等",如何才能"混"进太平间而不引起警觉?作为非亲非故的"外人",如何才能不叨扰沉浸在悲伤中的逝者家属?

在兼顾社会利益与新闻伦理的前提下,记者迎难而上,凭借过人的心理素质和高超的暗访技巧,取得了核心事实。此外,为了保证报道的审慎性和对整个面上情况的把握,记者还暗访了本市多家医院太平间,这些并未在作品中呈现的内容,可谓"功夫在诗外"。

新闻的力量,在于事实;正是这些克服重重困难得来的事实,"稳、准、狠"地直击了问题要害,"短、平、快"地推动了变革。

推荐理由:

报道播出后,社会反响强烈,各大媒体纷纷转载,有关部门第一时间介入调查,绝无讨价还价余地地承认"报道属实",毫不拖泥带水地表示"立即整改"。

其中,七院迅速公布包括"立即终止该公司在七院任何活动"、"院长、书记在党委扩大会议上做检讨"在内的六点整改措施;上海市卫计委紧急下发《关于进一步做好本市医疗卫生机构太平间管理的通知》,在全市范围内举一反三、紧急摸排;民政部门积极行动,排查街面上打着政府旗号侵害群众利益的私人殡葬企业;公安刑侦部门带走七院太平间全部监控录像,对涉事殡葬企业是否涉黑进行调查。人们深恶痛绝而又长期隐匿在黑暗中的"太平间生意",终于在舆论监督的阳光下无所遁形。

此外,报道还令存在同样情况的其他一线城市(如北京)的殡葬行业受到震动,影响力不言而喻。

巨鹿路888号优秀历史建筑被拆连续报道

主创人员：吴　骥　师玉诚　施　政　虞之青　许丽花

（限于篇幅，文字稿略，获奖作品请看光盘。）

（上海广播电视台新闻综合频道《新闻报道》

《新闻透视》2017年6月4日、6月6日、6月9日）

申报资料实录

作品简介：

作为首个得到观众爆料线索的媒体，我们率先对巨鹿路上一栋优秀历史建筑是如何在主管部门和社会公众眼皮底下被拆毁的过程展开了调查。连续报道通过时间线倒叙的维度，一环接一环地对事件的关键节点进行了展示。第一条报道以陈述建筑被拆毁的现场为主，第二条的追踪，则还原了整栋建筑在半年里逐渐被拆除的过程，并分析了背后的原因，反映出其所有人以及主管部门的工作缺失。在第三条的追踪中，当事人和相关政府部门都出来面对了镜头，对于公众所关心的问题给出了回应，整个系列逻辑清晰，对于现象展示完整、全面，对于原因的调查详尽、深入，对于相关方面的追问细致、到位，是一组优秀的调查报道。

社会效果：

通过一条市民爆料线索，记者走访并多方核实，借助航拍等手段，多角度呈现被毁建筑，率先报道了巨鹿路888号优秀历史建筑被业主擅自拆毁的事实，随后的报道中，通过采访静安区相关部门及专家，记者还原了巨鹿路888号被拆毁的经过，标记出该事件中市民举报、反映却没得到重视的多个时间节点，暴露出相关部门在历史建筑保护方面所存在的工作疏漏。

推荐理由：

报道得到了市委主要领导的高度重视，时任市委书记韩正作出批示要求严查到底，并对包括房屋所有人、设计方、以及静安区房管局、相关街道等政府部门以及 10 名责任人员做出了有史以来最严厉的处罚，彰显了上海采取最严格措施保护历史建筑、延续城市文脉的坚定决心。同时这组报道也给各级政府部门敲响了警钟，督促他们要从违法拆除事件中发现潜在的隐患和漏洞，完善机制，补上监管措施、思想认识和行动意志上的短板，真正像绣花一样精细地严格保护历史风貌。

上海市人大常委会会议
就食品安全相关报告开展审议和询问

主创人员：集　体

（限于篇幅，文字稿略，获奖作品请听光盘。）

（上海广播电视台东广新闻台《新闻进行时》2017 年 11 月 22 日 13 时 30 分）

申报资料实录

作品简介：

“民以食为天，食以安为先。”2017 年 11 月 22 日，上海市十四届人大常委会第四十一次会议听取并审议关于检查本市贯彻实施《中华人民共和国食品安全法》和《上海市食品安全条例》情况的报告，并开展食品安全专题询问。东广新闻台选择了这样一个百姓关注度极高的民生主题，全程直播了审议和询问过程。20 余位常委会组成人员和市人大代表就食品安全相关话题接连提出询问，其中不少问题大胆尖锐，直达痛点。22 个政府部门则一一应询，实事求是、坦诚认真地作出回答。这样的直播不但是新闻真实性、时效性和媒体社会责任感的最佳体现，而且有效提高了人大监督的公开性、透明度和实效性，有利于审议质量的提高，对民主法治的进步具有推动性。

社会效果：

2017 年 11 月 22 日，上海市十四届人大常委会第四十一次会议听取并审议关于检查本市贯彻实施《中华人民共和国食品安全法》和《上海市食品安全条例》情况的报告，并开展食品安全专题询问。东广新闻台在《新闻进行时》节目当中对此进行了现场直播。主创人员对这一直播的首尾部分进行了精心策划：在审议和询问开始前的半小时左右，明确围绕十九大报告中“实施食品安全战略，让人民吃得放心”的纲领，由主持人讲述结合嘉宾介绍、记者连线、音频宣传等，简明扼要又形式多样地交代了《条例》执行的背景情况。在审议和询问结束之后，又请嘉宾做了针对性的解读，并且接进多名听众电话，就直播内容与听众及时互动。第一时间让市民百姓参与对人大监督工作的监督。而在首尾中间是3个小时左右大容量、原生态的审议和询问现场直播信号。这三部分一气呵成，相得益彰，组成一次完整立体的现场直播。为确保直播完整，当天打通了《新闻进行时》和《东广晚间新闻》两档节目，对版面做了统筹处理。值得一提的是，现场直播嘉宾许丽萍是上海市人大代表，全程参与食安执法检查，对直播解读具有相当的权威性和专业性。

推荐理由：

东广新闻台近年来致力于用媒体的力量推动民主法治进程，曾在2013年在全国首创电台直播人大立法听证会，取得了良好的社会效益，也得到上海市人大常委会主任殷一璀的肯定。这次关于食品安全的现场直播是上海市人大主动邀请东广新闻台进行直播的，直播后也得到人大的认可。人大已将广播直播作为提高人大工作透明度的有效举措之一。这次直播也是东广新闻台不断完善此类直播的一次突破。把时效、深度和互动融为一体，发挥广播声音优势，同时在互联网平台获得良好的收听反响。生动践行了媒体做“党的政策主张的传播者、时代风云的记录者、社会进步的推动者、公平正义的守望者”。

广播连续报道

共享单车乱象何时休？

主创人员：车润宇　周　导　孟诚洁　胡旻珏

（限于篇幅，文字稿略，获奖作品请听光盘。）

（上海广播电视台上广新闻台《990早新闻》2017年8月16日—8月29日）

申报资料实录

作品简介：

自8月起，各共享单车企业为抢占市场，无节制加大投放量，上海许多人行道尤其是在中心区域，由于过度投放导致的乱象频频，严重侵占社会资源、影响市民正常通行。

广播记者持续关注，连续播发了八篇围绕共享单车投放、管理、整治的相关报道，推动了市交通委出台“即日起上海暂停新增共享自行车投放”管理措施。在企业停止所有新增车辆的投放后，继续追踪，各家企业如何落实的具体行为，并进一步提出“暂停投放，应成为共享单车精细化管理的开始”。这些报道播出后，市委宣传部专门撰写《新闻阅评》，市人大领导为此点赞“早新闻很有分量，交通委发声了，前进了一步”！

社会效果：

这一组连续报道中，多路记者主动出击、穿街走巷，高温天里多次前往各地铁站出口、市区郊区不同区域、热门商圈、支小马路、弄堂等地方，通过多方采访、深入了解，直击共享单车过度投放的痛点。例如青云路通往中山北二路的一条小弄堂里，8月初起每天晚上都有共享单车企业将车投放进来，附近居民不胜其扰，有的企业甚至和街道管理人员说，“你们尽管收，收走了我们再来投”。

记者在报道中，态度鲜明地指出，上海已有150万辆共享单车，这种无序无节制投放已成“公害”，共享单车给骑车人提供便利的同时，却给城市道路秩序和行人通行造成严重不便。针对这种乱象，记者还采访了多位法律界人士、政协委员等，引用他们分析提出，《城市道路管理条例》《上海市临时占用城市道路管理办法》中都对什么是占道经营有明确的界定。市政道路属于公共资源，不能任由企业占道经营，损害公共利益。呼吁当市场已经失灵、管理已经滞后，政府这只手不能老插在口袋里。这些报道基础上，还通过配发记者手记、点评等，大篇幅重点关注。

推荐理由：

这组关于共享单车的连续报道，记者善于观察、持续跟踪，抓住了社会关注的热点、痛点，锲而不舍，深入调查，理性发声，取得了社会一致称赞的阶段性成果，凸显了上海是一个讲规矩、守秩序，凡事努力井井有条的城市，也必将促进共享单车行业在本市的持续健康发展。

电视消息

A股圆梦MSCI
—财独家专访MSCI全球指数研究部主管

主创人员：葛唯尔

（限于篇幅，文字稿略，获奖作品请看光盘。）

（第一财经电视《财经早班车》2017年6月21日）

申报资料实录

作品简介：

1. 题材重大

北京时间6月21日凌晨，明晟MSCI公布2017年度市场分类评审结果，宣布将中国A股纳入MSCI新兴市场指数，指数将纳入A股222只大盘股。基于5%的纳入因子，这些A股约占MSCI新兴市场指数0.73%的权重。这是A股历史上第四次闯关，终圆梦MSCI。据估计，此决定将在长期为A股迎入万亿资金。

2. 独家报道

在结果公布后的第一时间，纽约站记者作为首家中国媒体独家专访了MSCI全球指数研究部主管塞巴斯蒂安·利布利希(SebastienLieblich)。当晚，利布利希代表MSCI举行全球电话会议接受媒体群访。一财的独家专访早于电话会议之前播出，更是当日除CNBC外的唯一一家专访到MSCI的新闻媒体。

3. 专业解读

MSCI全球指数研究部主管塞巴斯蒂安·利布利希在接受专访时表示，这次提议将A股纳入MSCI新兴市场指数的过程中获得了多方支持，并与中国证监会保持良好沟通。他期待在未来看到监管机构针对股票停牌采取进一步的措施和监管，并取消对沪港通和深港通交易额度的限制。

社会效果：

1. 前期准备充分

6月21日，A股第四度闯关MSCI新兴市场指数终获成功，这是全球资本市场的一件大事，对于A股市场国际化发展具有标志性意义。消息于美东时间下午四点（北京时间第二日凌晨四点）公布，按照此前部署的报道计划，纽约站记者第一时间播报该消息，并利用前期备用采访组成视频报道，随后参加明晟于七点举行的电话会议。

2. 现场反应迅速

幸运的是，在消息公布后的一个小时内，我们通过与公关的迅速、有效的沟通，争取到了明晟MSCI全球指数研究部主管塞巴斯蒂安·利布利希的采访机会，并迅速调整报道计划。

3. 重量级嘉宾独家专访

塞巴斯蒂安·利布利希是明晟MSCI全球指数研究部主管，在决定将A股纳入MSCI新兴市场指数的过程中发挥了重要的作用。

推荐理由：

独家专业报道，全媒体传播影响广泛。

A股圆梦MSCI是全球市场屏息以待的大事。本次专访时效性极强且内容丰富、专业。

电视消息

全国首张"一企一证"今天在上海自贸区诞生

主创人员：严尔俊　高旻杰　邵学新　叶　骏

（限于篇幅，文字稿略，获奖作品请看光盘。）

（浦东新区广播电视台《浦东新闻》2017 年 3 月 14 日）

申报资料实录

作品简介：

2017 年是政府优化营商环境的重要一年。记者以充分的事例和采访，体现了改革前后的变化。通俗晓畅的语言，较好地诠释出了全国首张"一企一证"在上海自贸区诞生带来的重大意义。

新闻发生之时，记者没有仅仅局限于颁证仪式现场，而是第一时间实地走访率先"尝鲜"改革的企业，了解企业真实感受，反映出企业以往在申办工业产品生产许可证过程中时间成本大、办证繁、负担重等相对集中的问题，立体展现了"一企一证"制度在及时解决企业难点、痛点问题上所起到的作用。

社会效果：

这篇报道当天在本台播出的同时，被央视《新闻联播》采用，受到广泛关注，并被国务院官方网站转载，被誉为"转变政府职能、落实简政放权要求的生动实践"。在各大媒体转载的助力下，这一"自贸区经验"，迅速走出浦东，走出上海，在全国复制推广，使得更多自贸区外的企业享受到"放管服"改革带来的红利，改革的杠杆效应明显，受益面广泛。

推荐理由：

该篇报道短小精悍，言简意赅，而又内涵丰富，意义重大。

“一企一证”审批制度改革是上海自贸区深入落实党中央、国务院关于优化营商环境，推进“放管服”改革要求的重要措施，也是2017年上海自贸区制度创新的重中之重。多证合一、简化流程的举措，改变了以往“一企多证”的尴尬局面，为企业减负迈出了巨大的一步。而对标国际最高标准的制度，则提升了城市营商环境指数。

“钉子户”搬迁记

主创人员：周　滢　吴佳亮　朱　勇　陶余鑫

（限于篇幅，文字稿略，获奖作品请看光盘。）

（上海广播电视台新闻综合频道《新闻透视》2017 年 9 月 18 日）

申报资料实录

作品简介：

记者根据需要熟练使用了出镜，以及不出镜的现场解说等电视报道手段。全片现场感强，采访更是真实、自然，有时还令人动容。“钉子户”也是人，有七情六欲，也有在时代洪流中、在面对公共利益时的各种考量，记者拨开那些纷纷扰扰的传言、表象，沉下心来，把这些心路历程都浓缩地展现了出来。自始至终，记者能秉持客观中立的立场，还原事实真相，并在结尾处往正面引导，大局观、新闻观都可圈可点。

社会效果：

9 月上旬，松江区传来了“九亭‘最牛钉子户’签字同意搬迁”的消息，从图片上看，这颗“钉子”横在路中央，真是非常扎眼。记者立刻意识到这是个好选题，又十分适合电视表现。

可是，“钉子户”不太好打交道。为了做成这个选题，取得采访对象的配合，记者提前踩点，两个星期里跑了四五趟九亭，可以说是泡在了他家；为了用画面表现出钉子户杵在路当中这一“奇景”，航拍飞机又因附近就是虹桥机场而“罢工”，记者带着摄像在那一带遍寻高机位；为了讲好这个故事，挖出“钉子户”的辛酸历程和最后妥协的真实心境，记者简直做起了这家人的“知心大姐”。

最终努力没有白费，都说新闻就是讲好一个故事，这篇报道就客观还原了一个故事，当年的那些事儿、签约同意、搬迁、拆房，一步不落。14 年不搬，为什么？一朝又搬了，为什么？看完片子都有了答案。

推荐理由：

这篇报道因其很强的可看性，播出后收视率位列当天新闻综合频道之首。重要的是，报道让观众看到了事实真相，而不是各种捕风捉影的坊间传说。据了解，房屋所在道路在“十一”后进行了铺设，2018 元旦前已全部通车，沪亭北路的“肠梗阻”就此打通。徐家人告别了多年来始终相伴的噪音、尘土，在新家迎来了新的一年。报道也让老百姓看到了街道相关工作人员的工作和努力，正是他们依法坚守底线，又在工作中融入了人情味，才解开了徐家人多年的心结，最终文明、平和地解决了多年争议。

追忆钟扬

主创人员：虞之青　周　云　戴晶磊　李正强
张小米　顾怡玫　陶余鑫　王　卫

（限于篇幅，文字稿略，获奖作品请看光盘。）

（上海广播电视台新闻综合频道《新闻透视》2017年12月13日至12月15日）

申报资料实录

作品简介：

《追忆钟扬》以三集的形式集中在《新闻透视》播出，每集短小精悍，主题鲜明，三期节目分别从一名科学家、一位援藏教师、一位追梦者三个角度排片布局，还原钟扬教授生前的点点滴滴：他是心系人类的种子使者，7年往返沪藏两地，采集了4000多颗种子；他也是援藏教师，为西藏培养了一大批专业人才，助力西藏大学植物学跻身一流学科；他醉心科普事业，为上海自然博物馆留下500多幅科技图文……虽然大量采访采制于钟扬教授离世后，但成片并不拘泥于平铺直叙，而是巧妙运用了电视化语言，以钟扬教授生前语录首尾呼应，既带入主题又让人感觉其并未远去；通过走访红树林、上海自然博物馆等钟扬教授生前足迹，用现在时结构过去时，其间穿插同事、家人、学生的采访，细节中反映大爱背后的精神力量。

社会效果：

钟扬教授走得突然，生前并未留下太多影像。如何通过资料、采访对象回溯将一个已经离世的人物立起来，是本片拍摄过程中的难点。为此，摄制组做了大量案头工作，最终梳理出“心系人类的种子使者”、“来自上海的援藏教师”、“毕生追梦的时代先锋”的三个主题，层层递进，逐步丰满。拍摄之初，正值钟扬同志被追授为“上海市优秀共产党员”，为了配合该新闻的同步播出，摄制组克服时间紧任务重的压力，一方面积极沟通采访事宜，另一方面，在海量素材梳理提炼，最终保证了首期节目提前在《新闻夜线》、《东方夜新闻》“不忘初心、牢记使命、永远奋斗”专栏中播出。

推荐理由：

节目在《新闻透视》、东方卫视《东方新闻》中同步呈现，并以“视频＋图文”的形式在新媒体推送，多平台分发，在全市营造出了向钟扬同志学习的浓厚氛围。

我的老师钱谷融先生

作者：杨　扬
编辑：殷健灵　赵　美

钱谷融先生，1919 年 9 月 28 日生于江苏武进。今年是 98 岁。但很多人说，应该按虚岁算。这样一算，的确是 99 岁。照旧俗，男的过九不过十，这百岁庆贺的事应该是顺理成章了。从年初到现在，钱先生已经参加了好几次百岁庆贺了——

参加了好几次百岁庆贺

大年初一，许子东兄动议请钱先生吃饭，王晓明、王雪瑛、姚扣根，凡通知得到的先生的研究生，都到了。先生兴致很高，喝了不少茅台，晓明兄送他回去。我则送许子东师兄。路上他问起钱先生百岁庆贺的事，我说岁数要搞搞清楚。钱先生，1919 年 9 月 28 日生于江苏武进。照我的算法今年是 98 岁。但很多人说，应该按虚岁算。这样一算，的确是 99 岁。照旧俗，男的过九不过十，这百岁庆贺的事应该是顺理成章了。我生怕有误，问东问西，特别是问了那些上世纪五十年代华师大毕业的老学生，原以为会有满意的答复，但回复是五花八门，让人云里雾里。最后还是系里的一位老师提醒我，当年徐中玉先生、施蛰存先生的百年祝寿，就是 98 岁做的。有此先例，一切事情就照章办理，华东师范大学中文系指定了分管领导和老师，专门负责此事。

从年初到今天，钱先生已经参加过好几次百岁庆贺了，有中文系 77 级毕业生组织的，有松江的一些朋友搞的，还有一些钱先生的老朋友发起的，反反复复差不多每月都要参加一次活动，说到底，大家是高兴，愿意有这么一个名头，欢聚在一起，表达对自己敬爱的老师的一份感情。钱先生也兴致很高，乐于参与，并愿意将前两年获得的上海市终身艺术成就奖的奖金拿出来，与学生和朋友分享。这种欢乐的气氛一直环绕在先生的周围。但四月下旬的一天早上，钱先生的小外孙给我电话，说是先生身体不舒服，进华山医院检查。我为此担忧，一个晚上没有睡好。

最年长的“朗读者”

第二天下午王雪瑛、王晓明不约而同地去医院看他。我想先生平时喜欢喝茶喝咖啡，就带了一罐好茶，在医院附近看到有现磨的咖啡，也买了一杯带上。进病房，先生坐在沙发上，看到我手上的咖啡，说这个好。同室病友的护工马上说，医生嘱咐过，少喝水。这让我有点犯难，但先生似乎不在乎这些，拿起了咖啡慢慢品尝，那份快乐，将我心头的愁云一扫而空，我相信先生的身体没什么事的，很快就会康复出院。从医院回来，接到中央电视台朗读者节目组的电话，想采访钱先生，并说他是目前最年长的朗读者，不知道健康条件是不是允许。我说没问题，只是这几天他在医院做检查。节目组说可以去医院拍，而且一定用心拍。至于朗读什么内容，节目组说他们有题库，可供挑选。后来节目组发来了几位作家的文章片断，在我的心目中，似乎还有更好的作品可以选择，最后定下来朗读鲁迅先生的《生命的路》。这段文字是鲁迅先生早年写的，显示了鲁迅对事业前途的看法，很有个性，我觉得与钱先生以往跟我谈论的作家作品的标准相契合，应该是他喜欢的文章。

后来几天，在翻阅王元化先生的文章时，看到王先生晚年也专门摘录过鲁迅《生命的路》中的有关段落，将它抄下来赠送朋友。钱先生、王先生性格不同，但却是关系密切的朋友，在治学和文学艺术问题上有不少相似的看法。如王先生曾对我说，做学问要用搏狮之力，全力对付，不可东做做西做做，分散精力。钱先生也教育我，人的精力总是有限度，写文章要用搏狮之力来对待。这不仅是他们的人生经验的总结，也是他们对文艺问题的共同看法。朗读者节目组关注每一个细节，如钱先生出镜的服装问题也考虑到了。我说选西装吧，他平时爱穿西装。但节目组希望先拍摄他穿病号服，再换西装，以显示他现在的生活状态。

五月一日早上九点拍摄，我提前赶到医院。华山医院非常配合，早已将病房打扫得干干净净。细心的宣传科两位工作人员还送来鲜花，一问才知道是华东师大的毕业生，尽管不是中文系的学生，但对钱先生仰慕已久。拍摄按部就班进行，一遍又一遍，一个角度又一个角度，其中有一个镜头是钱先生独自坐在床沿上，注视窗外。医护人员怕钱先生坐久了吃不消，但钱先生很有耐心地配合着节目组。病房拍完了，先生换了西装，戴了领带，去华山医院最古老的红楼拍摄朗读的场景。在那里，先生照节目组的要求，一遍又一遍地朗读鲁迅先生的《生命的路》。真是难以想象，一个百岁老人口齿是那么清楚，一遍一遍下来，拍了大概有半个多小时，朗读时每次都是那么清晰流畅，一点疙瘩都不打，这反应出他头脑敏捷，也显示他对鲁迅作品的熟悉。唯一让摄制组犯难的，是钱先生读完全文，会习惯性地抬起头，看看周围的亲人或工作人员，但节目组要他读完后，眼睛始终看着镜头。这是一种拍摄的规定动作。为此，钱先生突击练习，花费了不少时间，最后我觉得太消耗老人的精力了，忍不住对节目组说，差不多就行了吧。从早上九点拍摄一直到临近十二点，拍摄活动几乎没有停顿过。最后节目组说是不是到医院的草坪上拍一些镜头。我理解节目组从拍摄角度来考虑，希望自己的镜头和节目能够完美呈现，但我担心长时间的拍摄，先生会不会感到劳累？当走出红楼，来到草坪时，浓浓的春意，从四面八方涌来，长时间拍摄带来的倦意一扫而光。先生就像往常在长风公园散步一样，缓缓地走在草坪上，时而抬头看看蓝天白云，时而呼吸带有樟树芬芳的清新空气，看得出他感到惬意。

钱先生是自然之子，他喜爱大自然。1990 年我第一次随钱先生去杭州开会，有一天到西湖边上走走。原以为他会对古迹有兴趣，哪知道他对我说，还是找一个风景好一点的地方坐下来喝茶吧。后来在蒋庄靠西湖边的茶室坐下来，钱先生请我与师弟袁庆丰喝龙井茶。那天下午游人极少，整个湖面和茶室没有一点嘈杂声，显得极其幽静。我们师徒三人在这自然美景中，享受着山水之乐。可以说，这是很多次游杭州西湖中最让我难忘的一次，从中我体会到先生性格中那种不为外物所滞留、与天地共融的魏晋风度。

住院带上《世说新语笺注》

钱先生住院检查时，带去了一本《世说新语笺注》。这是他喜欢的书，也是他文学思想的重要渊源所在。我没有问过先生怎么会与《世说新语》关系这么深，但曾听他多次讲到过宗白华先生。宗先生与钱先生的老师伍叔傥是好友，他们一个在中文系，一个在哲学系，老师之间切磋交流，所谈论的思想内容一定给钱先生不小的影响。宗白华先生在多篇文章中推崇《世说新语》里的人物和文采，最为有名的，是《论〈世说新语〉和晋人的美》。宗先生在这里不是一般地欣赏《世说新语》的文采和人物气度，而是从审美理论的角度，强调晋人的精神追求和对中国传统审美的长久影响。换句话说，这是从审美精神结构角度来看待《世说新语》对中国人的精神生活的影响。由此想来，钱先生在文学理论上强调文学与人性之间的整体关系，反对工具理性，这与宗白华先生的审美理论之间，似乎有一种精神血脉的关联。

钱先生在他的随笔集《散淡人生》中，收录了一部分他在中央大学读书时的习作，并在序跋中说自己的思想受老师伍叔傥先生的影响最大。这些早年的文章，有不少地方，援引了《世说新语》中的材料，以此寄托钱先生自己的人生理想和精神向往。可以想见钱先生的精神气质与他大学老师们言传身教之间的关系。记得师母杨霞华教授，曾不止一次地跟我说，钱谷融啊，受他大学时期的老师伍叔傥先生的影响最大，伍先生喜欢带他这个得意门生上馆子。有关伍叔傥先生的文字记录，我曾在俞平伯先生的早年日记，朱东润先生的回忆录以及舒芜先生的回忆文章中见过，他与傅斯年、俞平伯是北大同学，四十年代曾担任中央大学中文系主任。1949 年后，离开大陆，后来病逝台湾。有一年我陪先生去澳门，他的学兄专门从香港过来看他。刚一坐定，先生就急切打听伍先生晚年的情况。当听说伍先生不是被政治迫害致死时，我看到钱先生脸上有一种释然的轻松表情，似乎自己最敬爱的老师能够安度晚年，做学生的他内心有一种巨大的宽慰。

愿岁月更长久

钱先生住院两周后，出院回家了。其间我因为重感冒，不敢去医院看望，但每天还是从老师、朋友的电话里知道他的情况。那天出院，天下小雨，他的外孙李其扬将他接回家。知道钱先生出院，我第一时间在师友微信群里报告好消息，一是免得大家牵挂，二是怕大家去医院白跑了。下午，我接到先生家保姆晓红打来的电话，说是钱先生怕我去医院白跑一趟，特意关照她快点告诉我他出院了。放下电话，我静静地坐在午后的客厅里，望着窗外很久，内心有一种负疚感，惭愧在老师住院检查期间，自己没有从头到尾尽到力，但另一方面也为钱先生能够安然出院感到高兴，心里暗暗为他祝福。没过几天，李其扬发给我微信，说是《朗读者》将在周六播出钱先生朗读的节目。这是周末的夜晚，我送女儿去辅导班学数学，然后急急忙忙赶回家，坐在电视前看央视20点播出的朗读者。这是我第一次看这档节目，直到最后，见到了钱先生朗读的画面，听到他熟悉的声音。但那天的朗读者节目的重点是在冯小刚、余秀华、老狼的表演，而钱先生、马识途、余光中、冯骥才的朗读只是几秒钟的镜头。王纪人老师发来微信说，这是今年的第一季，明年还会有的，那时会有专门的一集，集中体现老年人的阅读和朗诵。我想想也对，如果仅仅是几秒钟的镜头，摄制组何必兴师动众，拍摄这么长时间呢？第二天，澎湃新闻有朗读者节目中最年长的朗读者的报道，介绍了钱先生朗读鲁迅作品的消息，并配有四张照片。照片非常精彩，钱先生的学者风采完全呈现出来。一些先生以前的学生发来微信，说是看到照片了，内心感到有一股力量。的确，我也有这样的同感。在自己熟悉的声音与画面中，我看到了老师一辈子的努力和坚守，感受到文学和艺术的不朽力量。我想我能够跟随这样的老师学习，是我的幸福，从事这样的教育职业，是我的荣幸。

（《新民晚报》2017年5月21日）

作品简介：

2017年是钱谷融先生百岁之年，钱先生还参加了《朗读者》录制，是最年长的"朗读者"，由此为新闻点，约请最熟悉钱老的学生、学者、教授杨扬，写他眼中的钱先生，既有生动的生活细节描述，又有对他学术研究的缕析和评价，全面地向普通读者展示了这位百岁文化老人的风貌和精神，此文由"夜光杯"微信推出后，阅读数近16000。

推荐理由：

该文很好地体现了夜光杯副刊文章的特色，切中热点，深入浅出，细节丰富，可读性强，以第一手材料，生动展现了钱谷融这位百岁老人的为人为文之道。

有一种帅，叫作国旗班

作者：李　动
编辑：许云倩

秋高气爽，晨曦初露。

“嚓嚓，嚓嚓！”9名英姿飒爽的武警战士，护卫着一面鲜艳的五星红旗，迈着矫健的步伐，从上海市政府贵宾厅向旗台正步走去。身材高大、年轻英武的国旗卫士，身着橄榄绿礼服、脚蹬黑色长靴，头顶上的警徽在霞光的映照下熠熠闪光。

武警战士甩臂标准有力，脚步整齐划一，鲜艳的五星红旗映红了他们英俊的脸膛。

从市政府贵宾通道到旗台大理石台前，正好40个正步，多一步不行，少一步也不行；每一步步幅75厘米，多一厘米不行，少一厘米也不行。9名国旗卫士正步来到台阶前，三名旗手列横队站立在旗杆下，撒旗手在护旗手的拱卫下，将国旗固定。随后，撒旗手挥动右臂，“唰”的一声，利索漂亮地划出一道弧线。一面长5米、宽3.3米、重27斤的五星红旗，伴随着嘹亮雄壮的国歌音乐，徐徐地向上升起。1分24秒规定的时间内，国旗升到26米高的旗杆顶部。五星红旗在霞光的映照下，迎风飘扬在上海市的中心地域，飘扬在共和国的蓝天下，飘扬在华夏儿女的心底。

此时此刻，空气仿佛凝固了，人民广场上鸦雀无声。清晨过路的行人、骑车的市民、来沪的游客，以及锻炼身体的老人，见到如此庄严的一幕，齐刷刷地驻足立正，凝神观望，行注目礼。热血在国旗卫士和观看者的心中激荡。

台上一分钟，台下十年功

观看升旗的路人啧啧赞叹武警战士身材是那样的高大挺拔，步伐是那样的整齐划一，精神是那样的庄重饱满，与天安门国旗护卫队一般无二。是的，这些身材高挑挺拔的战士可谓是千里挑一。1995 年 5 月，上海市政府决定举行升旗仪式，武警上海总队领受升旗任务后，每年从 2 万多名战士中，经过 3 个月新兵连的军事训练后，再经过严格挑选，筛选出 20 名身高 1.80 米以上的战士。于是，他们被拉到浦东一个封闭式训练基地进行了超常的“魔鬼式训练”。

平时训练，他们以天安门国旗护卫队为榜样。要达到如此高标准，绝非一日之功，乃天天苦练的结果。

国旗班一班班长苏生告诉我，他们每天要练习三功，即站功、腿功和眼功。所谓站功，就是双腿绷直，头顶两块砖头，两眼平视前方，衣领边还要别上大头针，以防乱动。身体稍微变形，头上的砖头就会掉下来，肩膀就会挨砸。两个中指紧贴裤子中缝。脚掌和胸脯，以及臀部构成一条线。每天如此苦练至少两小时以上，无论是烈日炎炎的盛夏，还是冰天雪地的严冬，一练就是半天，尤其是盛夏，流下的汗水湿透了汗衫和裤子，几小时练习下来，皮鞋里能倒出水来。更艰苦的是晚上睡觉不能用枕头，还在双腿内侧夹两块 10 厘米宽的木板，用背包带把双腿捆起来，保持腰杆笔直，头正颈直。练久了才能站得笔直。

还有腿功，就是正步走，但这个正步走必须每一步都是标准的 75 厘米，抬腿脚掌离地面必须 25 厘米。为了走出标准的正步，腿弯上捆上竹签，还要绑上 5 公斤沙袋，正步走立定姿势最少保持 8 分钟。冬天三小时下来衣服湿透，夏天更是如同蒸桑拿。结束后两腿麻木，走路轻飘飘，犹如腾云驾雾，就这样一步步反复走，一天天重复练，苦练一年，才能达标。

最后是眼功。练眼功就是睁大双眼目视前方不能眨眼，为了保持大风里两分钟不眨眼，战士特意迎风站立，风吹眼球眼泪直流，两眼发麻发木，最后什么感觉都没有了。在阳光下坚持两分钟不眨眼，眼睛发花发涩，等意识到闭眼了，眼皮不听使唤，用手揉搓眼睛，许久才能恢复视觉。

可以说，每一个国旗班的战士手掌和脚掌都起过血泡，手臂和腿部都红肿过，都偷偷流过眼泪。

1996 年入伍的张云琛是位擎旗手。入伍前，他是一名乒乓球运动员，曾经访问过宝岛台湾，获得了男子个人单打冠军。站在领奖台上，当五星红旗在赛场上庄严地升起时，他流下了激动的泪水。到北京参加比赛时，他特意来到天安门广场观看升旗仪式，特别羡慕威武的军人。为了圆军人的梦，他惜别体坛，加入军营。经过日复一日刻苦的训练，经过层层挑选测试，他终于如愿以偿地成为一名国旗班战士。

但是张云琛万万没有想到，国旗班的训练不但枯燥乏味，而且苦不堪言。他对自己能否胜任失去了信心。第一任擎旗手带着他来到了国旗设计者曾联松的家里，听他讲起国旗设计的经过和包含的意义后，张云琛深深理解了擎旗手的真正内涵。经过千锤百炼，菜鸟终于成为一名合格的擎旗手。“合格”两字背后付出了多少艰辛的汗水和委屈的泪水，实在是难以言喻。旗长5米、宽3.3米，旗杆长3.5米、重13.5公斤，且又圆又滑，国旗扛在肩上不能有丝毫抖动，行进时身体不能变形。

张云琛感慨地说，刚来扛旗时，我连站都站不稳，更不用说行进了，旗一上肩，身体就变形，左肩高于右肩，腰也挺不直。都说上海兵娇嫩吃不起苦，我决不服气，于是，我背后绑上木制十字架，扛着国旗，对着镜子练站功，一站就是两三小时。人家练一遍，我就练两遍，非给上海人争口气，最后，我终于稳稳地扛起了这面国旗。但是齐步训练时，扛着国旗很难把握行进的方向，更不用说正步走。于是，我就用右手食指与中指紧扣圆滑的旗杆，开始了艰难的迈步，不到一小时，肩部与旗杆接触的地方磨出了血泡，接着手指也磨破了。但我不怕，咬着牙继续操练。每迈一步，溃烂处都刀割一般地疼痛，多次因疲惫和疼痛而险些昏厥。虽然疼得钻心，我都以顽强的毅力坚持住了。

是的，22年来，国旗班送走了一茬又一茬的老兵，迎来一批又一批新兵。然而，战士的艰苦训练却一如既往，战士对国旗的深厚感情却始终如一。

国旗卫士与国旗设计者的情缘

在国旗班，有一面五星红旗特别引人注目，那是国旗设计者曾联松赠送给国旗班的，上面留有曾老的题词：“风展红旗如画”。曾老虽已离去，但他留给国旗班的嘱托却一直激励后生热爱国旗、热爱祖国。

1995年国庆前夕，国旗班第一任班长张耀良和3名战士来到曾老家里探望。他看到几位国旗班战士上门，非常高兴，深情地向战士们回忆起了设计国旗那个激情燃烧的年代。

1949年开国大典后的第二年的夏天，曾联松从《解放日报》上看到北京征集国旗图案的通知，他一口气读了好几遍，这是党的号召，一定要参加投稿。那时，上海的天气特别炎热，曾联松伏在狭小的屋子里画啊画的，苦思冥想中常常忘了时间。他一鼓作气地设计了十多幅图案，但画稿总是不尽如人意。一天深夜，万籁俱寂，毫无头绪的他来到马路上散步。举头凝望着皎洁的月亮和众多星星，一幅众星拱月图在脑海里闪现。他忽然想到众星拱月，就是人民团结在党的周围。“把星星放在国旗上”的灵感突然闪现。

于是，他疾步回到家，在写字台上划了一颗大五角星，并在大五角星的中间画上镰刀斧头，大五角星象征着中国共产党，四颗小星星象征着四个阶级，即人民。他刚读过毛泽东的《论人民民主专政》，里面指出人民包括四个阶级。

紧接着，他苦苦思索这五颗星的位置。放在正中太四平八稳，天地也不够开阔。算算日子，截稿日期临近，但他还是踌躇不定。无意之中，他把几颗星星挪到旗面的左上方，顿时觉得天高地阔。“成功了！”他高兴地跳了起来。接着，他又进行细部的技术处理，五颗星形成椭圆形，犹如秋海棠的叶子，象征祖国疆土领域。星星呈黄色，黄色也是我们的肤色。

他怀着激动的心情画好图案，忐忑不安地投进了邮筒。见报纸上公布套红的五星红旗时，他颇为激动和惊喜。激动的是中国人民从此将拥有真正代表自己国家尊严和主权的国旗；惊喜的是这面五星红旗竟然与自己设计的图案大致相同。但他又不敢确认这就是自己设计的图案，因为公布的图案大五角星中没有镰刀斧头。

那天，曾联松来到图书馆找到一本《国旗图案资料》，其中“复字第三十二号”五星红旗图案下赫然印着“设计者——曾联松”几个字，他才知道，自己的名字已与国旗相连。

1950 年元旦，曾联松收到了中央人民政府办公厅信函：曾联松先生：你设计的中华人民共和国国旗，业已采用，兹赠送人民政府纪念刊一册，人民币 500 万元（现人民币 500 元），作为酬谢你对国家的贡献。

第二年国庆节，曾联松被邀请登上了天安门观礼台。

曾老讲述完国旗设计和产生的经过后，特意为战士题词：“风展红旗如画”。

此后，他多次在家人的搀扶下来到国旗班探望，给战士们讲述有关国旗的故事，激励战士们的爱国情怀。

每逢节假日，战士们便会带上鲜花和水果去探望曾老。1999 年 4 月，曾老身患重病住院，国旗班的战士分批赶往医院看望老人。每次国旗班战士到来时，昏迷中的老人竟会奇迹般地苏醒过来。当他得知国旗班立功的消息后，虽然不能说话，但紧紧地拉着战士的手不放，无声的嘱托，尽在一握之中。

“帅”的代价是付出

1998年7月，闷热潮湿，热气逼人。听说时任美国总统克林顿7月2日下午6点要来参观上海博物馆，为了确保降旗顺利，战士们冒着37.6摄氏度的高温，穿着礼宾服在太阳底下操练，汗水湿透了三层衣服。

下午5点45分，按照分工各自进入预定位置，突然天空电闪雷鸣。有位中年市民来到2号封控哨对战士说：“小战士，马上要下大雨了，来，我给你几把伞。”战士纹丝不动地说：“谢谢你！但我们规定不能用雨具。”5点56分，三位旗手从西大厅走出，到旗台共236步，2分37秒，旗手们迎着狂风暴雨踏着整齐的步伐向前迈进。

18点整，降国旗时，大道东头传来了轿车的鸣笛，紧接着一组车队朝大道驶来。战士们在骤雨中将湿淋淋的国旗降下收拢。总统车队正好从旗台驶过，车队放慢了速度，其中那辆乌黑特别加长的凯迪拉克鸣笛致意，向国旗卫士表示敬意。

2010年上海举办世博会期间，十中队国旗班担负开闭幕式和171个国家馆日、20个国际组织荣誉日等升降旗任务。

4月30日20时整，9名英武高大的武警战士出现在世博会开幕式会场。他们迈着坚定整齐的步伐走向竖在会场右侧的3根旗杆。从出场到旗杆下，虽然只有短短的36步，却聚集了世界的目光。现场安静下来，铿锵的脚步声踏响了时代的节拍，无数相机灯光闪亮，国旗班9名战士成为现场数千双眼睛、电视机前数十亿世界观众追逐的焦点。这时的他们代表了国家形象。

“全场起立！”时任中共上海市委书记、上海世博会组委会第一副主任委员俞正声宣布：“升中华人民共和国国旗，奏中华人民共和国国歌。”激昂雄壮的《义勇军进行曲》响起。撒旗手杨泽楠奋力将旗甩出，国旗伴随着国歌的节奏缓缓上升。升旗手叫司龙建，是国旗班的班长。国歌时长48秒，旗杆高度10.5米，每一次抬臂高度30厘米，35次上下倒手之后，国歌结束，国旗必须准确到达旗杆顶部。这些数字和程序已经深深地烙在了他的心里。零误差、零失误。全场观众投来赞许的目光。

然而，为了短短的48秒、36步、35次倒手，他们付出了常人无法想象的艰辛。完全手动升旗，严格保持旗帜匀速运动，且不能眨眼，因为每一秒都有无数闪光灯在眼前晃动，任何一个细节都会被完整地记录下来，没有过硬的心理素质、缺乏超强的定力，很容易失误。为了使自己不在闪光灯前眨眼，司龙建白天迎着太阳光练，晚上对着手电筒看，还经常让战友拿着照相机，开着闪光灯对自己的眼睛“狂拍”。刚开始眼睛很难受，就点些眼药水，一秒一秒地延长。还有他的皮靴太大，为了合脚，他在全是血泡的脚上缠上了一圈圈卫生纸。

6月2日，世博会意大利国家馆日。举行仪式前30分钟，世博局礼宾部紧急通知，意方要求用自己的乐队演奏国歌。当时，外宾和观众已到位，不可能再进行彩排，从来没有配合过，万一出问题就会造成不好的国际影响。起初，升旗手崔雪还没有太多的顾虑，无论是谁演奏国歌，内容是不会变的，长度也不会有变化。他在心底默默地回忆着意大利国歌的旋律。离升旗不到5分钟，联络员一路跑来告知：“意方要求去掉国歌的30秒前奏。”这个消息让崔雪吃了一惊：这就等于把1分32秒的国歌硬生生地变为1分02秒。没有时间协调，只有全力迎战。他迅速计算出拉旗的把数，脑海里立即跳出由原来的50把减为33把。当30秒国歌响起，他一边和着音乐，一边调整速度，熟练的动作使人看不出他内心承受的巨大压力。曲终旗到，毫秒不差！

10月8日，世博会佛得角国家馆日。上午10时23分，国旗班战士准时站上国旗台做最后的准备。突然雷雨交加，大雨如注。此时，出席佛得角国家馆日仪式的总统皮雷斯在时任上海市政协主席冯国勤的陪同下走向会场，临时更改场地已不可能。10时30分，佛得角国歌准时奏响，此刻雨声雷声音乐声交织一起，暴风雨迷住了双眼。升旗手张军瀚数着把数往上拉，国旗越升越高，手中的麻绳突然变紧，他意识到绳索可能被风吹到一边，相互缠绕在一起了。来不及多想，他变双手拉旗为一手拉旗一手调整。左手用力拽拉，右手不停抖绳，被雨水打湿的旗面、旗绳牢牢地粘在旗杆上，张军瀚用尽了全力，双手虎口被钢丝绳子磨破，血水夹在雨水里顺着绳子往下流……终于国歌毕、旗到顶。仪式结束后，在场的一位领导动情地说：“看了你们佛得角国家馆日升旗，非常感动，更感到一万个放心，你们展示了国家的形象，展示了武警的风采，你们无愧于世博旗手的称号。”

世博会期间，国旗班精准升旗13652次，均实现零失误、零差错。

让国旗挂满大街小巷

2001年国庆节期间，时任国旗班班长韩军到南京路上巡逻，望着流光溢彩、人流如织的街景，他总感到缺失了什么。春节期间南京路上到处挂满了灯笼，情人节那天，南京路上到处是鲜花，为什么国庆节南京路上却看不到飘扬的五星红旗？韩军意识到当下老百姓的生活好了，腰包鼓了，而国家意识尚有欠缺。社会多元、价值多元，更要让爱国心升华为老百姓的主流意识。

韩军开会时向党支部提出了自己的想法，得到与会党员的一致赞成。当晚，韩军带领国旗班战士开始编宣讲稿《升好祖国第一旗，凝聚亿万爱国心》。第一次到储能中学宣讲，台上讲得精彩动情，台下听得入神动容。热烈的掌声经久不息。宣讲后，国旗班的战士为师生们演示了标准的升旗仪式。临别校长送上纪念品，韩军婉拒说："学生们每天认真对待升国旗，就是对我们最好的肯定。"此后，每次升国旗时，学生们都自觉地迅速排队，庄严地举起右手，爱国之情油然而生。学生们还手工制作了一面锦旗。上书："向国旗卫士学习！"

一天，国旗班班长张耀良外出看到一家单位的国旗已经破损，便主动上门找到了该单位领导，说明了来意。这位领导诚恳地接受了意见，马上派人更换了国旗。事后，还主动邀请张班长到他们单位演示标准的升旗仪式，并请他讲解国旗知识，还聘请他为荣誉员工。

渐渐地，国旗班"宣讲团"的名气越来越大，南京路上的很多商店酒楼也开始主动邀请国旗班战士为员工宣讲国旗知识和故事。全国最大的水饺连锁店上海南京路分店的应经理，是十中队的退伍兵。国庆节期间，他在水饺店率先挂出了五星红旗。随后其他商家纷纷效仿，一家、二家、三家……到如今国庆节期间，南京路上商家自发地挂出五星红旗已达几百家，并辐射到上海的大街小巷，许多公交车、出租车也插上了五星红旗，甚至游客的手中也举着国旗，一面面或大或小的五星红旗，映红了节日的申城。

十多年来，国旗班一茬茬的战士坚持阅读和背诵《国旗法》《祖国在我心中》《国旗、国徽、国歌的故事》等资料和书籍。他们先后被上海旗篷厂、上海小学、格致中学、东方航空公司"飞燕乘务组"等几十家单位聘为编外辅导员，足迹遍布上海的大街小巷，共为社区、学校和企业义务进行爱国主义教育2000多场，听众30多万人次，培训升旗手4500余人。

国旗班的战士每年都有人退伍，他们离队前，都会面对飘扬的五星红旗行最后一个军礼。他们视五星红旗为亲爱的祖国。

（《解放日报》2017 年 7 月 20 日）

作品简介：

国旗班，这些潇洒的身影、英俊的脸庞，让他们成为我们这个城市一道美丽的风景。但在这道风景的背后，却是常人无法忍受的超负荷训练。他们迎着太阳和狂风练习眼功，衣领别上大头针练习站功，头顶砖头练习腰功。每一项都是一道难闯的关。但是他们这些百里挑一的勇者，用超人的意志战胜了对于人体极限的一次次挑战，呈现给我们的是共和国卫士对于五星红旗的无比忠诚和对祖国人民的无限热爱。

本文见报同时在新媒体上观发布，并得到人民网、搜狐网、东方网等媒体的转发。

推荐理由：

这是解放日报朝花周刊为了纪念建军 90 周年专门组织的重头稿件。2017 年 3 月 9 日，经过精心策划，编辑陪同作者来到武警上海总队一支队十中队座谈采访。作者经过前期的扎实体验采访，几易其稿，写成此文。挑战人体极限的魔鬼式训练，在作者的笔下化成了一个又一个感人的故事，国旗班战士的百炼成钢，呼应了我们专辑的总标题：我们的队伍向太阳。此文是去年本市媒体中较为亮眼且较有份量的建军节纪念文章。

阿山师傅,你在那边喝着柠檬水吗

作者: 顾　筝
编辑: 陈杨威

或许有一天,你跟我一样一把年纪的时候,你会在一个年轻人耳边絮叨不停,向他诉说,你是如何接受生活强塞给你的这颗酸柠檬,并把它制成了柠檬水。记住,没有一颗柠檬会酸到不能做成柠檬汁。

烧菜间隙,他偶尔会走出厨房,用毛巾抹一把汗,喝一口茶。老顾客会递来一根烟:阿山,钞票赚不光哦,侬好勿要做了,吃力伐啦?

现在,阿山真的不做了。他再也不会在烧好菜后从厨房里走出来,点上一支烟,坐在四方桌前喝上一口绿茶,定定地休息一下。他永远地离开了这家对他来说"成也萧何,败也萧何"的阿山饭店,也永远离开了这个不断给他困境和难题的世界。

我一直想着要写写阿山师傅,却没想到,是在听到他的去世的消息之后,才动笔。

一

虹桥路 2378 号,阿山饭店。

推门进去,扑面而来的 1980 年代气息消失了。之前的店堂,陈旧、破败、昏暗,墙上张贴的宣传饭店的报纸都已泛黄,好像是自它 1983 年开店之后就没有再装修过一样。而现在,店内进行了整体装修,干净明亮,布局也明显合理多了。

最大的变化是,之前那个端坐在靠墙的四方桌前,头上戴着一顶厨师帽,嘴上永远叼着一根烟的老头不见了。

其实，阿山师傅不坐在那个固定的位置已经有很长一段时间了。

2015年春节过后，经过了长假的阿山饭店正准备开张，却来了个坏消息，店内的大厨黄师傅因为生病无法来上班。饭店不能一日无厨师，阿山师傅只能穿上白色的厨师服，走入厨房。

是有一阵没亲力亲为了，饭点时一张张点菜单进来，他一刻都不能闲着，汗流浃背。好几个小时站在灶台前，他的腿肿胀得厉害，他往上面贴了好多张膏药。店堂点单收账的活只能交给别人了，可是他又不能完全放心，两头记挂，分不开身，心力交瘁。

那一年5月的某个早上，我接到阿山的电话，他告诉我店内发生的新情况，更多的是诉说自己的困境：他要烧菜，没人管店，儿子之前来帮忙，但昨天晚上两人有了点矛盾，儿子并没有交代，今天早上会不会再来。

他不知道，那一天该怎么撑过去。

阿山师傅抱怨着，充满焦虑，他心里肯定在怨：为什么，在他年老的时候，生活又给了他一个难题？

我对他说，我不太会做什么，但可以去帮他管着外面店堂。他很高兴，还没等我进屋，就帮我把茶泡好了。在客人到来前，他絮絮叨叨地向我诉说着这几个月来的困难。

那些带着情绪的话语，就像他每天要抽三五包红梅香烟的烟雾，飘散在饭店的上空，迟迟散不去。

那天中午，他的儿子还是来帮忙了。

阿山师傅的儿子薛嘉是自来熟的人，也是个话唠，几个小时内，可以滔滔不绝，说个没完。

下午一点多，最后一桌客人的菜烧好，阿山烧出了员工菜，饭桌上，薛嘉很快地吃完了饭，说了句：我有事先走，晚上我再来。这是他和阿山当天仅有的交流。

那困境后来算是撑过去了，阿山还是在厨房烧菜，店堂的活由帮工管着，他也努力放下他多年来的多疑之心，日子总算一天天平稳地过去。

烧菜间隙，他偶尔会走出厨房，用毛巾抹一把汗，喝一口茶。老顾客会递来一根烟：阿山，钞票赚不光哦，侬好勿要做了，吃力伐啦？

现在，阿山真的不做了。他再也不会在烧好菜后从厨房里走出来，点上一支烟，坐在四方桌前喝上一口绿茶，定定地休息一下。

他永远地离开了这家对他来说“成也萧何，败也萧何”的阿山饭店，也永远离开了这个不断给他困境和难题的世界。

二

2013年年末，我们策划了一个过年菜的选题——《阿山过年菜》，请阿山师傅教《星期日新闻晨报》的读者们做几道并不太复杂的上海老底子的过年菜。

那是我第一次见阿山师傅。

印象最深的是那股烟熏火燎气，晚上回家的时候散也散不去。

那时他不掌勺已经有一年多了，前一年，他洗澡时滑了一跤，左眼撞得一团模糊，他请来同乡黄师傅来掌勺，自己退出厨房，在外管店。可是说到烧菜，他内心还是非常笃定的。他慢悠悠地喝茶，抽烟，和我们嘎讪胡，然后拿起白色的工作服披上：走，烧几个菜给你们看。

烧菜的手艺如血液般驻留在他的身体里了，熏鱼，白斩鸡，葱烤鲫鱼，炒时件，八宝辣酱……信手拈来。

而且我能感觉到，那几天，他是相对轻松而自由的，他总能有灵感闪现。所以不常规的阿山酸果，甜汤圆子，咸汤圆子都是在那个时候吃到的。

他还用卷心菜、胡萝卜、黄豆这几样非常简单的食材给我们做了一锅农家菜饭，被我们一扫而光。

为了那次的选题，我们蹲点了好几天，看他做了很多菜，和他聊了很多。

我知道他是一个聪明又能干的人。年轻的时候，做泥水匠，做事体手脚清爽，这就像评论上海人头势清爽一样，是个不错的评价。做菜，并没有正儿八经地拜过师傅，凭着回忆小时候奶奶做菜的那股味道，给人帮厨去烧农村喜宴。改革开放没多久，就能脑子活络地想到开饭店。

而他烧的菜，确实能让人叫绝，那么多美食栏目，美食专家竞相推荐，并不是没有道理的。

老顾客汤海山第一次去阿山饭店，就吃了三大碗米饭，之后，草头圈子、红烧划水、爆炒猪肝、油爆虾、响油鳝丝等，每一道经典菜都点过。在此之外，他最喜欢猪油八宝饭。有次想念那口味了，晚上一个人特地过去吃晚饭。

听闻阿山去世的消息后，汤海山在自己朋友圈这样写起和阿山的交往，“我俩谈不上相互喜欢，只是互相不讨厌，能聊开心。”

在我采访的那些天里，我们经常能碰上像汤海山一般，并不是因为交往而是实实在在被阿山的厨艺折服的老顾客。

看到这里会有人在问：看了电视上的纪录片，和那么多的美食家推荐，觉得阿山师傅是一个对烹饪有追求的老人，可是为什么很多评价网对他有不少差评，有什么内情吗？

就我知道的内情就是，后来的他已经没有力气了。

三

阿山的坏脾气，他从来不刻意隐藏。

有时临近下午一点了，有一群人推门进来，他不耐烦地说：没饭了。硬生生把人推走。

对着员工的脾气更是不会收敛，厨师把菜烧咸了，帮工碗碟没弄干净，他直接就开骂。

家人也在这坏脾气中被越推越远，儿子薛嘉说：老头子对我不认可，我从来没得到过伊的表扬。我跟伊不响的，做的事体不跟伊多啰嗦。阿山的前妻说：伊脾气太臭了，

我后来实在忍不住了。

身边的人都晓得阿山脾气臭，谁知，在公共关系上，他却是很主动且颇具天赋的。

我看到一个美食作家写道：“去年年底阿山给我打了一个电话，问我回上海吗，给我准备了松糕……有一间餐厅永远等着你，那是多美好的事。”

人情世故，他也通透。

阿山一直说自己是虹桥乡人，是本地人，他的口音，即使在开了三十多年饭店，面对无数的市区客人后，还是没有改变。他也一直用本地人对女孩子的称呼来叫我们：小妹。

我也是本地人，我能用本地口音和阿山对话，双方都觉得有一份亲切感。

那次的采访热热闹闹，相谈甚欢。

本来以为那会是无数采访中的一个，之后联系减少，关系也会淡去，没想到后来却一直有着往来。

自《阿山过年菜》的采访后，我偶尔就会接到他的电话，时间往往是固定的，早上10点左右。吃完早饭，进货事宜处理好，11点开饭之前，他有一段时间的空当，透过玻璃门看来来往往的车，一根一根地抽烟。或许他心里是想，与其这般发呆，还不如打打电话。

电话里并没有什么重要的事，每次都说：没啥事体，就是问问侬。有空来。有时会说：我看到侬报纸上写的文章了，写得真好。

几次下来，我不好意思，真的有空就去了。就此，我成了他的“树洞”，他身边没有什么知心的人，就把我这和他生活并不搭界的人当成了忘年交，有什么心里话，都愿意和我说。他对我交了心后，隔段时间，我也会想着去问候他，拜访他。

我们常常对坐在四方桌两边，一开始几分钟是互相寒暄，最近忙啥，店里生意好伐，小囡乖伐……然后他就把生活中的难题一道道翻开，讲给我听。

我就在二手烟的氤氲缭绕中，听这老头讲生活中的苦难与哀愁。

我问他，怎么不抽好一点的烟。即使抽二手烟，也希望吸入肺中的是好的烟叶。他说，自己一天要抽好多包，买贵的就太费钱了。要不是大前门太难买，他还希望自己抽大前门呢。

他的节俭让人看不懂。

饭店并不是不赚钱。有时他神秘兮兮地问我：侬晓得上半年饭店赚多少了伐？他报出一个数字，让我吃惊不已。

可他自己几乎不花钱。吃饭都在饭店，剩菜冰在冰箱里，舍不得扔；大多数时间穿的都是那套厨师服，脏得油渍都发亮了；半夜，客人离去，他把纸铺在地上，上面放上被褥，那就是他的床。

他也不出门旅游。365天天天都守在饭店里，春节饭店会放十多天假，员工们都回家过节去了，就他一个人呆在饭店里。窗帘拉得密密实实，他依然坐在桌前抽烟喝茶，电视机从早放到晚，饿了，吃碗泡饭。

赚那么多钱，用来做什么呢？

他有时也会对未来做些筹划：等我以后饭店不开，就勿要呆在上海了，我到云南去买个房子，这里的人啥人都不接触了。

未来悬在空中，虚无缥缈。

他只给自己那一瞬的幻想，随即，又回到了沉重的现实中。

现实的难题太多了。最让阿山无能为力的是饭店的管理。他有时牙咬得恨恨的，指责这个人做得不好，那个人做得不到位。

一切都很矛盾。他钱给得还算大方，除了日常工资，年底也会有个很大的红包。他很想留住员工，可却控制不了自己的坏脾气。他也知道，这份慷慨而带来的忠诚度很容易被自己的指责、糟糕的脾气消解掉，彼此关系中那一点点连接会轻易地被拉扯掉，但他就是无法控制。

这样“强”了大半辈子的人，是很容易看不上别人所做的事情，总觉得他们做得粗糙，不上心，没用脑子想。这就像一些能干的老太太请个保姆，左挑剔右挑剔。

换了 28 个说不定还不满意。这其中，或许确实是因为事情而引起的矛盾和争执，但背后，更多的是对自己随着年龄老去而渐失能力的焦躁和恐慌。

生活的难题一道道压在他身上，饭店的管理问题，自己的健康状况，和家人破裂带来的尚未愈合的伤痛，对未来的焦虑……一道道压在他的身上，直到以疾病的方式出现，彻底压垮他。

四

并不是没有征兆的。

他常常咳嗽，严重起来咳得面红耳赤，非得喝一大口水才能压住。他也说身体某个部位有耐不住的疼痛。

我建议他去医院看看。他嗯嗯地敷衍着，然后告诉我，他有自己的办法。那就是给自己注射青霉素。

他开了三十多年饭店，做过人大代表，见过明星名人，见识过社会上形形色色的人，但他自己，活得还是像半个世纪前虹桥乡村里的老年人，固执、守旧，没有一点点变化。

这座城市，跑得很快。

如果你一年不在上海，回来几乎就要踏不准脚步，共享单车变得随处都是，不带皮夹就能到处吃喝玩乐，网红店开了一个又一个，当然，也倒了一个又一个。

可时间在阿山身上似乎是停滞的。

他曾经也是跑在时间前面的人，刚开饭店那会，上海几乎还没什么私人饭店，若搁在现在，可是不折不扣的一家网红餐厅啊。他被邀请上电视参加厨师争霸赛，接受电视台的采访，人们趋之若鹜地前来，为吃一口地道的上海本帮菜。姜昆甚至题词：阿山，我来晚了。

可是渐渐地他就停下来了，一个原因可能是开饭店这件事耗光了他所有的体力。

儿子薛嘉说：饭店是只坑，跳进去就跳不出来了。人家看起来，这个饭店生意老好，其实对于在里厢做的我们全家三个人来讲，都是老压抑的牢笼。

是不是经营压力造成了脾气暴躁，现在已不得而知。但幼年时生活的变故肯定对阿山师傅有影响。

阿山年幼时，父亲因为成分不好被抓入狱，母亲远走他乡，他是跟着奶奶长大的。年少时他没少受过同乡人的冷眼、闲语和欺负，这番经历让他很难和他人建立亲密关系，也不容易信任别人。

这个结在他心里，一直没有化去，即使在他60多岁的时候，他还是偶尔会回忆起童年或青年时的一些遭遇。在他看来，生活一直是苦的。小时候苦得不得了。

饭店开得很成功，以为能过上好日子了，可在饭店里365天忙碌着的三个人心都是苦的。人到中年，以为可享天伦之乐，却遭遇家庭破裂。之后的日子，就那么一天天地又苦下去了。

他无力改变，把自己困囿于饭店这一方天地中，进退不得。

他的心困顿不已，表现在外在的形式上，就是饭店的水准不再稳定。薛嘉也曾评价过他的父亲：老头子烧的菜现在退步了，没办法，伊老了，厨房间是吃体力的活。

阿山人生最后的那年，朋友说在他的饭店里吃到过无盐版本的八宝辣酱和糖炒枸杞头，但是他们什么都没说。

不过还是屡屡有老顾客来，多是四五十岁的中年男性，看上去事业不错，负担得起菜价，也怀念记忆里那一口老味道。我曾经见到过一位姓韩的客人，他递给阿山师傅一根中华烟，说：阿拉希望侬心情好，侬心情好，阿拉吃得就好。

我不知道阿山师傅最后是怎么样的心情。

去年八月是我最后见他。那时我要远行，去店里看他。他瘦了不少，问他身体如何，他说蛮好蛮好。现在想来，是靠着他必须要把饭店撑着的那一口气顶着。

他说帮我准备好了一个甲鱼，要蒸给我吃。作为本地人，我知道，清蒸甲鱼曾是本地人婚宴上最隆重的一道菜。他表达情意的方式，还是固执地停留在过去，如果不懂，会有点不以为然：这年头，谁还要吃甲鱼。

这一年我由于诸事缠身，和他联系渐少，前段时间，再联系他时，饭店里接电话的不再是那熟悉的本地口音，再打手机，也已停机。

阿山师傅终究没能去他所梦想的云南安享晚年。

去年九月，他咳嗽愈发严重，半夜咳醒，再也睡不着，只能打电话找来儿子。薛嘉送他去医院，检查报告显示，已是肺癌晚期，十一月，就走了。

听到消息，我实在为这个我认识了三年的忘年交感到遗憾。阿山师傅过得太苦了，好像没过过好日子。

唯一不那么可惜的是，我本以为他会孤独地走向人生的终点，所幸，生命的最后，有家人陪伴着他。

他的前妻一边抹泪一边说："知道他生病的消息，我一直想着去看他，可是我有点不敢，怕他发脾气。最后我想不管了，还是过去。"

"去的时候，他在厕所小便，孙子先进去给他打个招呼，说奶奶来了。过了很久，他才从厕所出来，一手拎着裤子，看到我，眼泪一下子流下来了。"

生命最后的时光，他常常在病床上抓着前妻的手臂，让她不要走，有时却又让她走，让她去管着饭店。他甚至还想到了复婚，只是儿子问了民政局，才知道复婚必须双方到办证现场才可办理。那时阿山已躺在病床上，人很虚弱，复婚成了不可能的事。

薛嘉唯一能做的，是把父母的墓买在了一起。

回忆着阿山的故事，我有时还是忍不住流下泪来。

我想起美剧《我们这一天》中的一句话。那个场景中，73 岁的医生在劝刚失去了一个孩子的杰克，他诉说了自己当年失去一个孩子，然后进入妇产科这一领域的故事，然后他说："我想或许有一天，你跟我一样一把年纪的时候，你会在一个年轻人耳边絮叨不停，向他诉说，你是如何接受生活强塞给你的这颗酸柠檬，并把它制成了柠檬水。记住，没有一颗柠檬会酸到不能做成柠檬汁。"

阿山师傅也被生活强塞了好几个酸柠檬,他觉得太酸太苦了,以致根本没有想到,有把它做成柠檬水的可能。不过,又有几个人,能那么睿智而通透地想到呢?

(《新闻晨报》2017 年 8 月 3 日)

作品简介:

阿山师傅,是曾经红遍上海的本帮大厨。1980 年代就上了电视专题,进入 2010 年代后,他又成了很多纪录片热衷拍摄的对象。记者顾筝在 2013 年采访他之后,和他成了忘年交,也几乎成了他唯一的"倾诉对象"。2016 年 11 月,阿山师傅去世。顾筝写下这一篇文章,以真实的笔触记述了这位老人最后的生活,他的荣耀和忧愁。文章在新闻晨报周刊部的《上海市民生活指南》微信公众号上一经发出,就有 100000 + 阅读量,并被多方转载。读者都很感慨,感觉更多地认识了阿山师傅,并一起纪念这位把所有时间都放在灶台边的老人。

推荐理由:

此稿是晨报星期日周刊编辑部的作品,而星期日周刊作为新闻晨报的副刊,创造了一种新的本地类报道模式。《阿山师傅,你在那边喝着柠檬水吗》一文,作为副刊报道的同时,亦融合了独家新闻元素,该报道集传统媒体与新媒体传播要素于一身,且具正能量和亲近性。

移动传播浪潮中主流媒体的坚守与创新

作者：强　荧　焦雨虹
编辑：范　兵　刘力源

2016年2月19日，习近平总书记到人民日报社、新华社、中央电视台等3家中央新闻单位进行实地调研，主持召开党的新闻舆论工作座谈会并发表重要讲话，对新闻舆论工作的职责使命、目标方向、发展思路等进行了系统阐释和具体要求，是新的历史时期指导党的新闻舆论工作的纲领性文献，丰富发展了中国特色社会主义新闻理论体系。

2016年以来，移动互联网已经成为新的引擎和增长点，以移动化、社交化、视听化为特征的移动传播，对信息的生产、传播和消费模式产生巨大影响，正在重塑传媒生态链，媒介融合进入以移动互联为核心的新阶段。主流媒体坚守舆论引导的历史职责，贯彻习近平总书记在党的新闻舆论工作座谈会上的讲话精神，以新理念新技术引领媒体融合发展，写就了移动传播新篇章。

关于新闻舆论阵地，习近平总书记明确指出，“现在，媒体格局、舆论生态、受众对象、传播技术都在发生深刻变化，特别是互联网正在媒体领域催发一场前所未有的变革。读者在哪里，受众在哪里，宣传报道的触角就要伸向哪里，宣传思想工作的着力点和落脚点就要放在哪里。”显然，移动互联网是当下舆论引导的主要阵地。

移动优先的前提下，充分利用各种平台、各种渠道对用户形成尽可能的覆盖，内容随平台、终端赋形，服务因终端差异而个性化，才能提升影响力传播力

随着4G网络的全面覆盖，智能手机进一步普及，移动互联网覆盖率与密度不断增高，网络产品、应用、服务向各个领域深入渗透，形成了形态丰富、产品多样、百花齐放的竞争中发展的态势。媒体领域丰富多彩，在大数据、云计算、智能化等技术推动下，移动APP、融媒体平台、社交应用、短视频、网络直播等成为最具活力的领域。

作为全球最大的互联网市场，2016年中国网络发展在体量上依然保持世界领先地位。据中国互联网络信息中心发布的《第38次中国互联网络发展状况统计报告》数据显示，截至2016年6月，中国网民规模达7.10亿，互联网普及率达到51.7%，超过全球平均水平3.1个百分点。智能手机成为互联网最主要的入口，手机网民规模达6.56亿，手机上网的人群占92.5%，移动应用服务领域不断拓展，与人们的工作、生活、消费、娱乐需求高度贴合。

从新闻资讯的获取方式来看，移动新闻也是主流。截至2016年6月，网络新闻用户为5.79亿，其中手机网络新闻用户规模为5.18亿。网络社交、网络视频、游戏、音乐娱乐、购物成为移动设备应用最高的领域，移动互联网发展的硬环境、软环境同步增长，移动传播成为互联网主旋律。围绕移动化这个核心，传媒领域进行着大调整大发展。移动互联网络已经渗透进入生存、生活的方方面面，移动传播成为传媒主旋律。

移动互联网催生了新型的生活、娱乐、通讯、商务、消费模式，随着移动媒体融入日常生活成为生活必需品，信息的采集生产、发布传播、消费分享模式引领生活方式变革，创造了人与人、人与社会的新连接新关系，正在重新建构人类的生活方式、思维方式。移动传播打通虚拟和现实两个世界，引发从技术、工具、生活乃至社会、文化的转型与重构。不仅是传媒发展的新引擎，也是社会结构、社会关系重组的重要途径，对社会政治、经济、文化的发展重构具有重大影响。

对传统主流媒体来说，内容生产与分发模式、信息消费模式的变革具有巨大的冲击力，极大地影响了媒体流程。当下的信息生产和聚合模式大致可以分为三类，一是专业生产即PGC模式，主要由专业媒体、专业人士提供信息内容，传统的新闻传播理论是基于此而生发的，专业的“把关人”是核心概念之一。二是用户生产即UGC模式，是随着互联网的产生而出现的模式，被认为是互联网赋权的重要象征，是推动传统媒体转型的重要力量。UGC和PGC两种模式产生合并趋势，UGC+PGC是主要的网络信息生产方式。第三种模式被称为算法分析即AA模式，主要通过对用户的阅读习惯、使用偏好等进行大数据分析，并通过计算推荐内容，个性化地推送用户可能关注的信息、热点、资讯，基于用户兴趣的算法分发方式正在逐渐成为网络新闻主要的分发方式。

一切物体都可成为终端，一切情境都可生产都可消费，移动终端的便携性决定了信息的生产和消费是完全跨越时间和空间的。可以说，移动传播是全时空传播。对于媒体来说，速度的追求成为重要指标，即时获取、即时传播、即时分享，这对信息生产提出了很高的要求。在这个层面来说，传统媒体囿于流程的限制，即时性功能是天生弱项。在移动传播的大环境下，来自第一现场的生产将占有越来越重要的位子，对传媒的手段和流程都是考验。

技术催生了新型传播模式，开放的话语空间话语模式促进了全民传播个性传播。随着移动互联、物联网、人工智能的发展，人与人、人与物、物与物的交互性连接极大地得到延伸拓展，传播的“涟漪效应”推动社会文化关系的转型、重构。移动互联网时代的社会文化呈现数字化、场景化、复调化特征，APP 文化、APP 人格在这样移动互联大背景之下产生，并逐渐辐射、渗透。

移动互联时代信息生产、传播、消费具有全时间全空间渗透覆盖的特征，最大可能地占领用户网络应用的时间和空间是传媒的目标。在移动优先的前提下，充分利用各种平台、各种渠道对用户形成尽可能的覆盖，内容随平台、终端赋形，服务因终端差异而个性化，才能提升影响力传播力。

2016 年以来，从中央到地方，从报纸到电视，从网站到两微一端，主流媒体以移动传播为契机，创新新闻产品的形态、表达、叙事，进行了系列化的融合改革，提升传播力影响力引导力。

做党的政策主张的传播者、时代风云的记录者、社会进步的推动者、公平正义的守望者。彰显新闻舆论“四力”

新闻传播学理论认为媒介主要有三大功能，监测社会环境、协调社会各阶层各部门的关系、传承社会文化遗产。传媒经济是文化产业的核心产业，传媒话语通过议程设置、话题设置构建公共话语，传媒在塑造意识形态、社会动员、推动消费和认同建构等方面扮演了举足轻重的角色，传媒及其营造的社会成为我们生活的重要参照和方式。

其中传媒的社会建构属性是其重要的功能，自产生之日起，传媒就参与并推动了社会结构的转型、体制的更新、价值观念的嬗变与重构。概括而言，传媒承担着两种重要功能，一是喉舌功能，侧重于政府、组织的宣传性质；二是公共职能，即促进公共社会的沟通、交流、合作。在社会的发展变迁中，传媒承担着社会各阶层话语表达工具的作用，因此，在促进各阶层的交流、沟通领域，承担着义不容辞的社会责任，在建构社会价值、促进对话、促进社会整合上具有重大作用。

从现实背景来看，当下中国属于深化改革、转型调整重要时刻，众声喧哗中面临着信任危机、价值认同危机，主流话语、消费话语、民间话语、国际话语充满矛盾冲突，因此时代赋予媒体更为重要的意义。它既为政府决策的信息来源提供支持，也是政策决策贯彻落实的重要途径。媒体借由自身平台参与社会建设、经济发展。普通民众也希望借由媒体平台获取信息，参与公共事件讨论。

在快捷、全面的传播技术推动下，网络传播的聚合效应、关联效应、从众效应、蝴蝶效应得到前所未有的放大。“有怎样的社会，就有怎样的媒介；而有怎样的媒介，也就有怎样的社会”，传媒与社会关系之间的动态联系日益增强，从对个人的认知和行为的影响，扩展到国家、民族层面的宏观叙事，在身份认同、文化适应、社群建设、社会关系等领域发挥着重大作用。

互联网时代主流媒体的融合转型创新不仅指涉媒体自身，而且对国家话语权、软实力已经并将继续产生深远影响。2014年8月18日，中央全面深化改革领导小组第四次会议审议通过了《关于推动传统媒体和新兴媒体融合发展的指导意见》，确定了传统媒体和新媒体融合发展的理念、路径、目标和要求。习近平总书记明确指出要着力“打造一批形态多样、手段先进、具有竞争力的新型主流媒体，建成几家拥有强大实力和传播力、公信力、影响力的新型媒体集团。”这一举措表明媒体融合已经上升为国家层面的战略部署，不仅事关媒体存亡，更是建设新型舆论阵地、掌握新媒体时代话语权的关键所在，主流媒体创新融合成为国家深化改革战略部署重要组成部分。

在2016年2月19日的新闻舆论工作座谈会上，习近平强调：“做好党的新闻舆论工作，事关旗帜和道路，事关贯彻落实党的理论和路线方针政策，事关顺利推进党和国家各项事业，事关全党全国各族人民凝聚力和向心力，事关党和国家前途命运。”在移动互联网时代，媒体当坚守阵地，反映人民伟大实践和精神风貌，弘扬主流价值观，引导社会舆论、推动社会进步，凝聚思想与共识、激发全社会团结奋进。

随着传播技术、媒体格局的变化，媒体话语权、市场份额的争夺愈加激烈。国内外相关的调查研究表明，包括美国英国等传媒发达国家在内，媒体的公信力一直呈下降趋势。国内主流媒体的公信力、传播力、影响力也存在不少问题与缺憾。究其原因，多元社会媒介渠道信息源的多样化必然导致众声喧哗的局面，媒体自身市场压力的增大，尤其是新媒体平台传播的即时性、互动性更是对传统主流媒体形成了强大压力。对国内媒体而言，媒体的喉舌功能与公共功能、市场功能也常常发生摩擦。

主流媒体的权威性一般体现为“设置新闻框架”、“设定媒体议程”、“主导社会舆论”，因此传媒的公信力、传播力、影响力是其核心，包含政治取向、价值观念、内容体系、受众群体、传播方式、传播效果等多维度的认可。

在网络传播为主体的新时代，以报刊、电视电台为主的传统主流媒体话语权相对弱化，主要体现为议题设置能力的减弱、新闻时效性不强、热点问题失语、传播机制单一、市场影响力衰减等。在这个时刻，明确主流媒体的职责和使命及其必要且紧迫。

在党的新闻舆论工作座谈会上的讲话中，习近平指出媒体新闻舆论工作者是“党的政策主张的传播者、时代风云的记录者、社会进步的推动者、公平正义的守望者”，高举旗帜、引领导向，围绕中心、服务大局，团结人民、鼓舞士气，成风化人、凝心聚力，澄清谬误、明辨是非，联接中外、沟通世界是媒体发展的方向和使命。通过创新理念、内容、体裁、形式、方法、手段、业态、体制、机制，增强新闻舆论的针对性和实效性，适应分众化、差异化传播趋势，加快构建舆论引导新格局。尊重新闻传播规律，创新方法手段，切实提高党的新闻舆论传播力、引导力、影响力、公信力。

值得注意的是，之前通用的“媒体三力”在此次座谈会上发展为“四力”，增加了“引导力”这一概念，即传播力、引导力、影响力、公信力，这是对马克思主义新闻理论的创新和深化，也是对媒体职责的进一步明确。

媒体的传播力、引导力、影响力、公信力四者密不可分相辅相成。公信力是传媒之本，传播力、影响力是其手段，引导力是其目标，四者最终的落脚点是传播达到与传播效果的综合呈现。四力的综合呈现是受众对媒体信任程度的一种认知，是媒体获得受众信任的能力，可信任程度和专业权威性是两大主要构成因素。因此，它不仅是媒体客观、公正平衡等专业化属性，更是“媒介与受众之间的一种关系”，其评价依赖于受众的主观体验。它是媒体长期累积的无形资产，是媒体权威性、美誉度的表现。

在互联网为中心的传播格局之下，通过提升公信力、传播力、影响力最终提升舆论的引导力，是主流媒体贯彻马克思主义新闻观的时代要求，也是其创新发展的价值体现

主流媒体是传播体系的主体，对于引导社会舆论、促进社会发展起着非常重要的作用。作为宣传思想工作的重要平台，主流媒体“必须守土有责、守土负责、守土尽责”。

随着社会经济生活日益多样化，主流媒体的传播力、引导力、影响力、公信力建设比过去更紧要、更艰巨，也要求更加讲求技巧性。媒体社会建构的终极目的是彰显媒体力量，通过专业内容、广阔受众、有效传播，对时代、社会进行客观报道和评价，促进社会良性发展，社会价值引导、文化传承、观念塑造是媒体的基本使命也是其力量所在。传播力、引导力、影响力、公信力是媒体立身、发展之本，因此，在互联网为中心的传播格局之下，通过提升公信力、传播力、影响力最终提升舆论的引导力，是主流媒体贯彻马克思主义新闻观的时代要求，也是其创新发展的价值体现。

第一、理清价值和定位，遵循媒体规律，弘扬专业理念，凝聚观念、管理、技术、人力、财力、物力等诸多因素，统筹协调内容与技术、事业与产业、发展与创新，构建理念清晰、技术先进、影响广泛的传播体系，增强认同感，提升影响力和引导力。

第二、引导主流价值，发布权威信息，创新舆论引导策略。马克思认为报刊是“广泛无名的社会舆论机关”、“报纸是作为社会舆论的纸币流通的”，新闻宣传的突出社会功能在于它不仅在反映舆论，而且更为重要的是在引导舆论。主导议程设置，突出主题报道、重大报道、热点报道，将媒体议程变为公众议程，掌握舆论引导的主导权。尤其是社会重大事件、热点事件发生时，主流媒体应该迅速反应、全面报道、深度剖析、主动引导。

第三、融入互联网体系，系统化创新。真正的融合创新是利用新技术，从上到下、从内到外，进行平台再造、渠道再造、组织架构再造、内容流程再造、人才体系再造、资本结构再造，进行全面的体系化的改革，融合才能真正实现，新型媒体集团才能破茧而出涅槃新生。

移动互联网的迅速发展，再一次体现了技术驱动人类社会变革的魅力和无限可能。技术催生了媒介的移动化革命，对传播实践、传播理论都提出了新的挑战和新的问题。

移动传播给主流媒体的融合转型带来了新的机遇，但与之伴生的困难也前所未有的复杂多元。媒体的转型体现了传播技术、传播实践的变迁，体现了新媒体对社会结构社会关系的建构作用。面对新的传播环境，如何在传播实践中体现主流媒体对社会发展的议程设置作用，构建主流舆论场发挥引导作用，需要系统化、长期性的探索创新。

（《文汇报》2017 年 2 月 19 日）

申报资料实录

作品简介：

一、内容简介：

本文刊发于 2017 年 2 月 19 日，正值习近平总书记 2016 年 2 月 19 日关于党的新闻舆论工作重要讲话发表一周年之际，分析了一年来主流媒体贯彻落实讲话精神、坚守舆论引导历史职责、创新传媒融合新格局、引领移动传播时代舆论新格局的传媒理论和实践。

论文从三个层面进行阐释，第一、移动互联网已经成为舆论引导的主要阵地，主流媒体引领移动舆论场建构移动传播舆论新格局。第二、主流媒体通过创新融合发展的理念、路径和策略，彰显媒体“四力”坚守舆论阵地。第三、主流媒体贯彻马克思主义新闻观的时代要求，引导主流价值，发布权威信息，系统创新提升舆论引导力。

移动传播给媒体融合发展带来了新机遇，虽然任务艰巨困难不少，但主流媒体贯彻改革理念和举措坚守舆论引导的历史职责，以新理念新技术引领创新，发挥引导作用，写就移动移动舆论场新篇章。

二、主要转载引用：

1. 主要转载：被多家主流媒体全文转载，包括《上观新闻》(2017 年 2 月 19 日)、《人民网》(2017 年 2 月 19 日)、《求是》(2017 年 2 月 19 日)、《中国社会科学网》(2017 年 2 月 19 日)等；

2. 主要学术期刊引用：《新闻与写作》2017 年 8 月 5 日刊发的《我国移动传

播的发展现状与趋势》(作者黄楚新);中国广播 2018 年 1 月 20 日刊载的《互联网视域下的媒体传播模式探究》(作者蔺飞)等。

推荐理由:

1. 理论性强,与政策结合紧密

本文刊发于近平总书记 2016 年 2 月 19 日关于党的新闻舆论工作重要讲话发表一周年之际,是贯彻落实讲话精神、系统研究新时代中国特色社会主义传媒理论的学术论文,较好地体现了新闻理论研究与国家政策相结合的时效性、针对性。

2. 立意高远、观点鲜明、关注理论创新

本文立足移动传播新格局中主流媒体的创新发展,立意高远。针对性地提出了中国主流传媒的现状、媒体融合的核心、主流媒体影响力因素以及提升主流媒体影响力的战略及相关策略,观点鲜明,理论性强。

3. 重视实践探索与理论创新结合,聚焦传媒融合理论和实践,具有较强的针对性和指导性。

本文立足主流媒体现状,基于相关数据信息的调研分析,提出了主流媒体融合创新的几大影响力因素,并且针对性地提出发展理念、操作策略,对新闻实践具有一定的实践指导性。

“媒体融合”观照下的副刊生存状态

——刍议新媒体副刊和报纸副刊融合的困窘和突围的可能

作者：龚建星
编辑：刘　鹏

【本文提要】在“媒体融合”理念主导下，报纸副刊需要适应形势变化，完成转型；而在内容生产方式和编辑工作状态发生重大变化的情况下，新媒体副刊的编辑工作也面临着将报纸副刊转化过来或自成一体之后遭遇的困窘。如何在注入优质内容、强化“注意力”的同时，提升影响力、传播力以及传递正确的价值观、培育良好的文化品位、扩大知识面、美化日常生活，新媒体副刊可以学习和借鉴报纸副刊的某些成熟经验，令读者获得更好的阅读体验。

【关键词】媒体融合　新媒体副刊和报纸副刊　生产流程和呈现方式

19世纪，当新的传播科技，如：报纸、电报、电话、电影、广播的发明与兴起时，社会心理学者Charles Horton Cooley指出：“新媒介比旧媒介更能有效改变社会有四个原因：新媒介能够传送思想和感情的范围较宽广（表达性，expressiveness）；新媒体能够克服时间的限制（记录永久性，permanence of record）；新媒介能克服空间限制（敏捷性，swiftness）；新媒介能够传达信息到各阶层的人（分布性，diffusion）。”①

时隔百年，我们若把Cooley的观点用来考察当今传媒行业，居然还是适合的。这也可以解释当今传媒业界之所以对新媒体倾注很大热情的缘由。

当然，Cooley所谓的“新媒介”和现在我们认识的“新媒体”已经不是一个概念。具体来说，现在的“新媒体”不光“新”，而且“全”，几乎融报纸、电报、电话、电影、广播乃至电视、音像产品等于一体。过去的“新媒介”，去的去（如电报），留的留（如广播），而其中报纸的地位最为尴尬。

站在纸媒的角度看，目前我们界定为“新媒体”的，主要指“两微一端”（微博、微信和移动客户端）。对于尚未全面转型为新媒体，或者主张新媒、纸媒并举的纸媒来说，“媒体融合”这个口号的潜台词很可能仅仅表示对纸媒的逐步扬弃，或者纸媒如何为新媒体的推广、发展创造有利条件，表现为一种单向度的“动作”。可是，在“媒体融合”中，新媒体副刊（特指新媒体中与报纸副刊性质类似的板块或频道）与报纸副刊一样，存在诸多困窘之处，也面临不少有待突围的屏障。

一、生产方式的改变对编辑生存状态的影响

显而易见，新媒体副刊对于纸媒副刊的比较优势是：1. 不受出版周期限制。2. 不受篇幅大小限制。3. 多媒体呈现。4. 链接功能强大。5. 便于收藏和分享。倘若以纸媒的核心价值、特点来推导其生存的合理性，它仍有一些优于新媒体的地方。

首先，纸媒的一套审稿系统非常完备，尤其是副刊，因通常没有特别的时效要求，编辑审稿会相对仔细、严谨一些；三审，三校，按部就班，规规矩矩。带有官方色彩的新媒体，虽然没有放弃纸媒的审稿流程，但毕竟受制于与其他新媒体竞争而被要求尽快上线，其差错率要比纸媒高得多，更不用说那些自媒体了。

这些问题的产生，不可否认有责任心和荣誉感缺失的因素，更主要的是编辑的工作状态和心理素质在新技术、新方式、新流程、新观念的挤压下发生了微妙改变，从而导致业务水准走形。新媒体的一个标志——时效重于一切。在此理念主导下，只要获得时效，一部分常识错误，比如错别字、句子不完整、语法不讲究、行文不通顺、词不达意、文不对题、啰嗦冗长等，往往会被原谅，被忽略，被掩盖。一个明显的例子是，由新媒体直接制作、推送的内容，相比报纸副刊转化为新媒体副刊，差错率明显偏高。

其次，与新媒体编辑略有区别，纸媒副刊编辑一般较有“定力”。这种“定力”并不意味着“懒惰”，而是沉着、冷静、刻板、严谨。人们或许可以指责其缺少与时俱进的激情、不能迅速转换角色等，但是，如果我们对于报纸副刊编辑的工作特点和工作流程有比较深入的了解和剖析，就会发现形成报纸副刊编辑身上那些“不合时宜”的东西，其实有其合理的内核：他们面对的稿件，多半带有文学或文

化上的研究、创作色彩,客观上不要求体现时效性和普适性。麦克卢汉说过:“一切技术都是肉体和神经系统增加力量和速度的延伸……任何构造成分的任何组合所引发的力量或速度的增加,本身就是一种破坏力,它必然引起组织的变化。”②我并不认为麦克卢汉这段话传递出拒绝力量和速度的增加以避免形成一种破坏力的意思,应该说,他只是揭示出一种“破坏”的可能性,因为接下来,他就说得比较明确了:“速度加快造成有些经济学家所谓的中心-边缘结构。如果这一结构范畴太广,以致生产和控制中心无法驾驭整个结构,有些板块就开始分离出来,构成新的独立的中心-边缘系统。”③这是值得我们注意的重要观点。

副刊编辑是一种相对独立的工作,集采、编甚至组版于一身,自成一个系统。这个系统从有报纸副刊起就显得相当稳定,从来没有发生过深刻的变化。然而,随着新媒体时代的到来,这个操作系统开始有被“破坏”的迹象,虽说获取内容的方式一仍其旧,但是生产方式发生了深刻的变化,组稿、编辑、审定、发排、印刷、出版等理念也随之发生变化。比如,向哪些作者约稿,网红的,还是严肃的学者;是大 V,还是小众的作家;是迎合读者口味,还是教化读者;是轻松、搞笑,还是严肃、较真……都成了报纸副刊编辑必须斟酌的问题。在十万 + 的文章大受追捧、颇有引导编辑取向的时候,有人尖锐地批评道:“十万 + 的文章不一定是好文章……首先,它刺激的是标题党的肆无忌惮;其次,他导致‘恶’趣味横行;再次,它丧失了对内容输出的更深层次的探讨。”④更有人痛陈:“在一些以算法为核心的新媒体平台上,你还必须向机器投降。最终,你会忘了这个问题:我为什么而写作?”⑤确实,某些品质并不高的十万 + 的文章受到扭曲热捧,不仅会毁了其他好文章的生产,还可能毁了好的编辑。

二、信息传导路径变形使编辑自主意识丧失

新媒体在阅读上的便捷以及传播速度、广度上的成功,使得很多人相信它就是未来媒体发展的样本和方向。这当然是无法否定的。然而,具体到对发布的信息数量、接受效率的考量上,若以新媒体副刊板块和报纸的副刊版面为考察对象,前者相比后者并没有显示出过大的优势。

以上海的三张最具影响力的报纸副刊为例,目前,《解放日报·朝花》上线的文章与纸媒上的文章几乎不形成交叉,纸媒“朝花”上的文章很少上线,上线的文

章很少“回流”纸媒“朝花”;《文汇报·笔会》上线的文章虽说占了一半左右,但哪些文章上线并不由“笔会”编辑举荐、推送,而是由另一拨专事新媒体制作的人根据自己的喜好从版面上抓取;《新民晚报·夜光杯》上线的篇目,大概只占全部篇目的五分之一左右(如合并计算《星期天夜光杯》,上线比例还要低),虽由当班编辑推荐,同样存在因“点击率”上的考量,而并非全部出自编辑心仪之作。

作为上海三张有代表性的报纸,它们的副刊版面,早已成为著名品牌,不仅吸引了大量的读者,而且还培养了一批忠实读者以及阅读习惯。

由新媒体培育的新的阅读方式正在逐渐影响和改变着人们原有的阅读习惯,但这种改变只是部分的。其中一个原因,是我们各个层次的学校教材基本采用印刷媒体,以书籍为代表的印刷媒体的受众仍然巨大,报纸出版的绝对数量还是非常可观,日常生活中的各类通知、广告、资料、单据等无形中影响和培养着人们保持传统的阅读习惯;再加上对新媒体的呈现方式不习惯、不适应的阅读者仍然很多,这就意味着接受传统阅读方式的空间,并没有人们想象的已经萎缩到了可以忽略不计的程度。

目前的新媒体副刊运行状况表明,三张报纸副刊的读者实际上并不能在线阅读到他们所要的报纸副刊的全貌;更为令人担忧的是,由于报纸本身的新媒体还不够强壮,需要借助类似“今日头条”等大平台抓取、导流,才能获得令报社领导和有关编辑欣慰的“点击率”,而那些大平台的小编(疑似采用算法机制)抓取文章的动机,很可能与报纸发稿编辑的意图相左——大平台的注意力更多地放在了“标题是否夺人眼球”“内容是否富有刺激性”“题材是否足够新奇”等方面;那些大平台的小编甚至不了解那些报纸副刊不同的编辑风格和价值取向。经过小编的过滤,熟悉这三张报纸副刊的读者在线上看到的,很可能不是报纸发稿编辑认为值得推荐的文章;换一种说法,因为小编趣味的偏颇和审美能力的不足,报纸编辑认为的好文章没能被推广出去。报纸副刊文章的“影响力”(点击率)之生杀予夺大权,竟然掌握在大平台的小编手里,这对经验丰富的报纸编辑组版思路和版面风格的“绞杀”相当残忍。在新媒体的语境下,报纸副刊编辑之前的审美趣味和审美标准则受到了挑战。他们在“点击率”和“转发率”的压力下,很可能会更屈从现实(比如“奖励机制”),以致在文章选择上变得犹豫不决,失去固有的、清晰的判断力和价值观。报纸副刊多年来已经形成的个性风格,在新媒体的冲击下逐渐丧失,乃至进入无差异化竞争的状态。为此,有人讽刺说:“媒体人变成了为算法工作的内容工厂的工人。”⑥

三、阅读体验和信息吸收的视知觉阈值

新媒体副刊确实在“注意力”上加大了投入，但“注意力”却是一把双刃剑，它也可能产生令人意想不到的副作用。

心理分析学家容恩说过：“众所周知，当我们牙疼的时候，便不再想到别的了。”⑦这句话对所有做纸媒的人或做新媒体的人都很有警示作用。当某篇文章成为“爆款”，那么其他的文章势必被弱化，被冷落，被忽略。这种状况，在新媒体上似乎表现得更充分，更趋于极致。

假设新媒体运行者认识到了上述问题，为避免遗珠之憾，索性把报纸副刊上的文章整体导入进来，情况又会如何呢？这是很难如愿以偿的。容纳海量信息是新媒体的优势，然而“海量”并非是争取读者的“灵丹妙药”，很多时候，海量信息甚至可能成为一种“负资产”。因为新媒体运行者一般都秉持“互联网思维”，以投网民所好为要务，肯定要在林林总总的文章中作出选择。互联网时代平台运行有个基本原则——及时处理“垃圾碎片信息”，不然就会使已有的“粉丝”或客户流失，更不用说吸引新的“粉丝”或客户了。什么是“垃圾碎片信息”？就是对平台运作没有作用或有反作用的信息。由于理念不同，报纸副刊编辑心目中的优质稿件，或许成为新媒体小编眼里的“垃圾”甚至“毒药”是可以想象的，于是，读者接受信息的渠道变窄了。

新媒体副刊遴选的条件（比如对于点击率的考量、篇数的限制、题材的狭窄等）相对报纸副刊更为功利，致使读者失去了挑选的可能——推送什么就读什么，所以读者主动挑选或接受信息的能力被压低到了最低限度。

这也许是“媒体融合”中副刊运作遇到的一个困窘之处。

根据目前实际操作的情况，以新媒体副刊跟报纸副刊作比较，我们发现前者至少存在以下几个问题：

1. 目录设置单调

新媒体（APP）副刊作品的目录，如同书籍目录，自上而下排列，读者必须按序点开，才能判断出究竟哪篇才是自己心仪的；或者仅凭标题猜测内容作出选择，看看是否合乎阅读胃口。若标题做得不够“标题党”或任其处于自然状态（即

尊重作者原稿)、缺少信息量等,读者无疑带有“运气”或“被逼迫”的感觉。长此以往,读者的阅读体验会变得越来越差。

而报纸副刊的特点是,读者能第一时间在版面上同时获得阅读的所有信息,然后按照自己兴趣点的高低选择先后次序阅读,毫不影响他对整版文章的宏观了解。

2. 版式设计固化

新媒体版式设计几乎千篇一律,其副刊版面更是类同,无非是一篇文章从上至下地一点一点呈现(阅读谓之刷屏),间或插入一两张与文章成若即若离关系的图片。可以说,在新媒体上呈现的版面,是没有特点的、规定好的、面目一致、不可改变的固定版式。

而报纸副刊讲究版式设计,尤其像新民晚报《夜光杯》:因为版面小,头子多(指以标题为计量单位的文章数量),极其重视版面设计,务使文章走向顺畅;长短文章搭配自然,互为帮衬;上下左右求得一种均衡感、节奏感。那种小桥流水、见缝插针式的版面设计,能使读者获得长文章不显长、短文章不嫌短的良好阅读感受。

3. 文章搭配缺失

美国学者鲁道夫·阿恩海姆认为:“单纯从量的角度来说,整体中的任何一个段落都可以称为‘部分’。然而只有当我们面前的整体是一种均匀同质的物体时,上述定义才能成立……然而均匀同质的结构毕竟很少,多数结构都是分离着的。这就是说,它们之间都包含着转折、缝隙、接头等等。这意味着,部分的定义必须通过结构本身去解释。”⑧ 按照他的逻辑推导,就“结构”而言,在文章与文章之间拼接的整体观上,报纸副刊远胜于新媒体副刊。

新媒体副刊出现比较严重的后果,是消灭了报纸副刊版面呈现的文章组合传统。在新媒体副刊上,我们几乎看不到编辑运作版面的思路和对文章组合的综合考虑;同时,编辑的个性特征正在被淡化。

我们知道,成熟的报纸副刊编辑十分重视版面文章的搭配:高雅与通俗结合,长篇与短篇组合,名家与普通投稿者穿插,言论与知识的渗透,理论与故事的照应,大块与小块的互补……因为报纸副刊的编辑传统是要求版面文章要照顾到各个层次、各种类型读者的口味。而事实上,这种传统,对新媒体副刊来说也是不可偏废的。

另外，有限的版面容量，也促使报纸副刊编辑安排稿件时必须考虑文章数量和题材的区别。以《夜光杯》为例，为求版面的丰富性和可看性，一个版面最好照顾到各种题材、长短不一的文章，而不主张全是一个类型。

可是，报纸编辑在这一点上的用心，在新媒体副刊上未必能够得到充分体现。原因是，一方面新媒体副刊对所刊发的文章的要求与报纸副刊不一样了，另一方面两者的呈现方式出现了明显的区别。

结 语

综上所述，既然新媒体副刊存在那么多的"短板"，是不是就没有突围的可能和发展的空间呢？当然不是。我们研究新媒体副刊和报纸副刊不同的呈现方式以及各自出现的问题，归根结蒂是想推动新媒体副刊在吸收报纸副刊的长处之后本身有一个跨越式的发展。在目前以智能手机为代表的移动客户端占主导的情况下，新媒体副刊要想实现像阅读报纸副刊那种体验还有点难。假设未来以全息影像为代表的虚拟现实技术进一步发展，在新媒体上得以应用，必然使读者的阅读体验得到大大改善和提升。

毫无疑问，把握海量信息和重点稿件的平衡，精准选择预期"爆款"与有品位有深度有文化内涵相交叉的稿件以及吸取报纸副刊处理版面的"点"与"面"、"主"与"辅"、"长"与"短"、"硬"与"软"等经验与优势，都是值得新媒体副刊研究的。

另外，开设划分更细的分类频道，将内容合并归类，可以弥补新媒体副刊版面眉目不清、稿件数量偏少的短板。

（《新闻记者》（增刊）2017 年 10 月）

注释：

① 林淑芳：《传播心理研究》，参见洪浚浩主编《传播学新趋势》，清华大学出版社 2014 年 11 月第一版第 247 页

② 马歇尔 · 麦克卢汉：《理解媒介》，何道宽译，译林出版社 2011 年 7 月第一版第 111 页

③ 马歇尔·麦克卢汉:《理解媒介》,何道宽译,译林出版社 2011 年 7 月第一版第 111 页

④ 褚伟:《盲目追求十万+,可能会毁了你的精神空间》,首发于"钛媒体"。本文引自"直通社"微信公众平台,2016 年 5 月 17 日

⑤ 张丰《读太多 10 万+,是会中毒的》,《新京报·书评周刊》,2017 年 3 月 9 日

⑥ 不署撰人,《警惕媒体正在沦为今日头条们的"内容工人"》,《记者论坛》(微信公众号)2017 年 1 月 8 日

⑦ 容恩:《现代人对灵魂的探寻》,伦敦 1947 版第 139 页

⑧ 鲁道夫·阿恩海姆:《艺术与视知觉》,中国社会科学院出版社 1984 年 7 月版第 94 页

申报资料实录

作品简介:

本文重点探讨的是:在"媒体融合"理念主导下,报纸副刊需要适应形势变化,完成转型;而在内容生产方式和编辑工作状态发生重大变化的情况下,新媒体副刊的编辑工作也面临着将报纸副刊转化过来或自成一体之后遭遇的困窘。如何在注入优质内容、强化"注意力"的同时,提升影响力、传播力以及传递正确的价值观、培育良好的文化品位、扩大知识面、美化日常生活,新媒体副刊可以学习和借鉴报纸副刊的某些成熟经验,令读者获得更好的阅读体验。

推荐理由:

本文运用比较前沿的传播学理论,结合国内尤其是上海报纸副刊和新媒体副刊在融合过程中已经出现或可能出现的问题,进行了深入细致地研究分析,提出了一些解决问题的门径、方法和建议,具有较强的传媒实务意义。

追问|上海优秀历史保护建筑被拆毁：是谁在让巨鹿路哭泣？

作者：朱珉迕
编辑：杨 健

见 http://www.shobserver.com/news/detail?id=55548

（上观新闻网站、上观新闻 APP 2017 年 6 月 7 日）

申报资料实录

作品简介：

巨鹿路 888 号优秀历史保护建筑被业主拆毁，发生在以“人文之城”为目标、着力历史建筑保护的上海，性质极其恶劣，公众十分关注。2017 年 6 月 7 日，在事件披露的第一时间，解放日报 · 上观新闻评论员即撰写评论，及时回应公众关切，对事件涉及的核心问题发出追问。评论发布后迅速引发舆论关注，全国和本市主流媒体、新媒体纷纷转载、跟进，并引起市委、市政府主要领导高度重视，最终促成对此事的依法依规严肃处理，开创历史建筑保护领域先河，成为上海城市治理的经典案例。作者还受邀前往上海人民广播电台《市民与社会》节目担任嘉宾，就此事同公众、专家探讨互动，进一步扩大了报道影响力。

推荐理由：

评论观点鲜明、一针见血、以理服人，具有强烈的现实关怀，既是主流媒体发挥舆论监督功能的成功尝试，也是互联网舆论场上进行议程设置的成功尝试，体现了党报和党报新媒体的政治高度和社会责任感，让党报评论成为能够引领舆论、推动社会进步的力量。

香港特区首任特首董建华接受东方网专访 行得稳、走得远，“一国两制”是香港未来发展最大优势

主创人员：徐世平　曹　磊

见 http://news.eastday.com/c/20170629/u1ai10684127.html

（东方网、翱翔客户端、东方网官方微信、官方微博 2017 年 6 月 29 日）

申报资料实录

作品简介：

2017 年 6 月 29 日中午，习近平主席抵达香港发表第一场讲话，强调“一国两制”要“行稳致远”。当天下午，全国政协副主席、香港首任特首董建华先生接受东方网总裁、总编辑徐世平独家视频专访。29 日晚，东方网推出稿件《香港特区首任特首董建华接受东方网专访　行得稳、走得远，“一国两制”是香港未来发展最大优势》第一时间对习近平主席讲话进行解读，“习主席期许港人‘行稳致远’，是强调‘一国两制’的重要性”，“‘一国两制’行稳，才能致远”。根据这篇专访，东方网还另外发布了稿件《董建华解读习主席“行稳致远”》和独家视频报道《董建华首次接受沪语采访　细说他的上海情缘》。

推荐理由：

基于采访对象的关键性、话题角度的及时性新颖性，对话形式的特殊性（部分采访采用沪语问答），报道经东方网翱翔客户端、PC 端、东方网微博、微信、东方头条等全媒体多渠道分发后，在互联网上产生了深远的影响力。

据不完全统计，稿件《董建华：“一国两制”是香港未来发展最大优势》被 190

家以上网站转载。视频《董建华首次接受沪语采访　细说他的上海情缘》在各平台上约百万人次进行了观看,“董伯伯额上海闲话匣气有米道”为沪上许多网民津津乐道。香港文汇网对报道进行全文转载,TVB、商报、星岛、大公网等多家香港媒体对专访进行了报道。

网络新媒体

文汇特稿|外国共产党员真情讲述眼中的十九大

主创人员：王欣之　杨　健　李勤余　温　潇　李思文

见 http://wenhui.whb.cn/zhuzhan/redian/20171016/64173.html?from=timeline

（文汇报官方微信、微博、文汇网、文汇客户端：2017 年 10 月 16 日）

申报资料实录

作品简介：

中国共产党第十九次全国代表大会的召开，在海内外受到普遍关注。文汇报精心策划，采访了俄美日等一些外国共产党的领导人、青年共产党员、海外共产主义理论研究者等，在文汇客户端和文汇网刊登了独家稿件《外国共产党员真情讲述眼中的十九大》。他们对中国共产党在过去五年中所取得的伟大成就给予高度评价，并通过视频祝愿中国共产党第十九次全国代表大会取得圆满成功。特稿推送后，中央网信办予以表扬。上海市网信办给予阅评（第 59 期）表扬，数天内全国有 167 家网站和客户端转载了此文，取得了非常好的传播效果。

这篇特稿所选的采访对象层面较宽，各具代表性，而且注重运用短视频等具有新媒体传播属性的办法，结合图片文字等，具有较大的信服力。采访对象包括：俄罗斯共产党主席久加诺夫，21 岁的美国青年共产党员伍淡然，日本共产党员、前众议院议员大平喜信等。他们在采访中对中国共产党带领中国人民取得的伟大成绩充满敬意，对党的十九大召开表达了美好祝愿。

俄罗斯共产党主席久加诺夫在采访中指出，中国特色的社会主义原则，是中国在几十年里取得成就的基石。正是在中国共产党的领导下，中国人民取得了无可争议的、举世瞩目的成就。他说,中国共产党应该成为我们的榜样。久加诺夫还认为,中国共产党理论的力量与成果,在于它以最好的方式,将几个世纪里的中华文明经验与现代国家建设融合在国家政治与经济生活建设中。因此中国共产党才成为当代世界强大的执政党。

特稿还刊登了久加诺夫的亲笔贺信,信中说:“在中国共产党第十九次全国代表大会即将召开之际,我祝愿中国共产党以更宽广的视野、更大胆的改革把当前和国家未来各项事业继续推向前进,展示执政党的智慧和责任感。”

21 岁的美国青年共产党员伍淡然则从自身经历出发谈了感受,认为世界各国正在发展建设中的共产党都应该向中国共产党学习,把这些成功经验与自己国家的实际情况结合起来。记者在日本采访到正在街头竞选的日本共产党员、前众议院议员大平喜信。他表示非常认同日共委员长志位和夫说过的一句话:“我大一时入党,至今已经 44 年。回顾往事,选择了这条道路是幸福的。”

此稿采访对象跨多国、跨多种语言,面临着巨大的挑战和困难。主创团队提前两个月即开始策划并着手各项准备工作。为采访到俄罗斯共产党主席久加诺夫,记者联系了多家高校的国际问题研究专业教授以及研究中心的专家,在俄罗斯大使馆以及莫斯科市政府秘书的帮助下,联系到了久加诺夫本人。本市高校俄语专业教授和俄罗斯问题研究专家为采访提供了支持,为实现采访主创团队与久加诺夫以及俄罗斯共产党作了持续两个月漫长而艰苦的沟通,最终“精诚所至金石为开”,圆满顺利地完成了采访,这与主创人员不轻言放弃的精神是分不开的。

《一周新媒体观察》第 59 期(总第 212 期)认为,特稿的报道主题是严肃的,但写得自然活泼,可亲可读。这篇特稿策划用心,立意高远,内涵丰富,视野宽阔,内容与形式统筹兼顾,可谓主旋律报道中的一篇佳作。

推荐理由:

该篇报道经过精心策划,选择采访对象有代表性,完成采访不易。文风自然生动活泼,可读性强。注重运用短视频等具有新媒体传播属性的办法,结合图片文字,具有较大的信服力。报道通过外国共产党的领导人、青年党员、议员等的亲身感悟,体现了中国共产党的伟大,以及中国特色社会主义道路的正确,立意高远,视野开阔,受到了中央网信办和市委宣传部、市网信办的肯定。

网红店假排队调查

主创人员：集　体

作品网址		http://www.kankanews.com/a/2017-06-05/0038017842.shtml http://www.kankanews.com/a/2017-06-06/0038019082.shtml http://www.kankanews.com/a/2017-06-07/0038020802.shtml
代表作一	标题	大排长龙的网红店竟是黄牛给你挖的坑?
	网址	http://www.kankanews.com/a/2017-06-05/0038017842.shtml
代表作二	标题	前门买后门还，记者实拍“网红店”假排队
	网址	http://www.kankanews.com/a/2017-06-06/0038019082.shtml
代表作三	标题	原来参与假排队的是他们一天能赚……
	网址	http://www.kankanews.com/a/2017-06-07/0038020802.shtml

（看看新闻 2017 年 6 月 5 日）

作品简介：

2017 年，沪上频频出现“网红店”大排长龙的场面，黄牛开出高价的新闻也屡见不鲜，更有网友爆料黄牛和网红店是“一唱一和，狼狈为奸”。这背后的真相到底是怎样的？是供需的不平衡还是恶意的炒作？我们决定做一个细致的调查，为社会还原一个真相。

为了能够从多个方面得到最一手的消息，记者兵分多路，将自己扮演成“顾客”、“网红店老板”、“黄牛”这三个角色进行实地暗访。

然而拍摄过程困难重重：为了完整记录黄牛排队、交易、插队的完整过程，记者在人民广场鲍师傅糕点店附近三机位连续蹲点拍摄20个小时；为了得到网红店参与炒作的证据，记者冒着危险多次与炒作公司进行面谈；为了了解黄牛从业者的生活状态，记者与黄牛同吃同住，只求博得信任，展现最真实的一面。

历时三个月，20多小时的视频素材，三个角度的多元视角，最终汇聚成了这个调查系列。

推荐理由：

一直以来，“网红店”大排长龙的场面遭到了社会上许多的质疑，这则扎实的调查系列报道正成为了刺破这谜团的利刃。记者从上海几家著名的网红店入手逐步铺开，揭露出了雇佣黄牛炒作，已经渗透到网红店、房地产、服装、餐饮等行业的事实。

报道一经推出便被央视、新华社、人民日报官微、今日头条等媒体转载。其中仅看看新闻官方微博点击量就已达到1155万，三集调查全网累计点击量接近一亿，引起一波社会热议。在给公众还原了真相的同时，也为协助规范市场起到了作用。

网络新媒体

植物笼罩上海

作者：张莹莹

见 http://www.jiemian.com/article/1737498.html、微信公众号“正午故事”，微博“Noonstory”

（界面新闻、“正午故事”微信公众号、“Noonstory”官方微博 2017 年 11 月 9 日）

申报资料实录

作品简介：

这篇报道源于对上海绿色满目的感受，也有感于近年来博物学的兴起，大众对于辨识身边的植物、获取更多准确、生动的信息的需要，因此联络刘夙，选择一段 3 公里左右、能串连起上海不同生活面貌的路线，由他介绍沿途的植物。刘夙是上海辰山植物园工程师，有丰富的生物、化学、历史等方面的学科背景，从 2007 年开始进行科普工作，在上海的植物与地域文化领域有一些积累，是合适的采访对象。

行文重在讲述上海这座城市中人与植物的关联，从植物这一“安静”的角度谈论城市的变化，人的生活。报道发布后，收到了良好的传播效果，读者普遍对上海的绿色产生了共鸣，认为报道科普了在上海经常看到但是叫不出名的植物，并表达了对这一角度的认可。

这篇报道在界面新闻网站发布的同时，也在界面子品牌“正午故事”的微信公号和微博端发布。多渠道的融合传播，尽力扩大用户规模。

推荐理由：

本文以独特的角度、优美的文字和图片、别具一格的讲述方式，呈现了上海城市精细化管理的高超水平和建设宜居城市所取得的巨大成就。

上海街头猛追肇事逃逸女的爷叔，原来不简单！打开简历吓一跳！果真是模子！

作者：Yoyo（李思纯） 陈 莉 张 弘

见 http://mp.weixin.qq.com/s/ECZYxfNtOegmvVyE8QfMrw

（新民晚报"侬好上海"微信公众号 2017 年 8 月 4 日）

申报资料实录

作品简介：

2017 年 8 月 4 日，新民晚报"侬好上海"微信公号的编辑关注到网上社区里的一则报料帖，讲的是女子骑助动车撞人后逃逸，还反骂阻止她的上海爷叔。12 分钟的现场视频，编辑反复看了十几遍后，被视频中见义勇为的上海爷叔圈了粉——他竟在原报料帖中被忽略了！

当发现肇事逃逸后，他踩着自行车奋起直追几百米后逼停了对方的助动车；当对方开始企图忽悠时，他字正腔圆地说你把人撞倒了，人还躺在那儿呢；当肇事女拿着手机拍他，扬言要曝光他时，他却气度不凡地捋一下头发，淡定直面镜头；当肇事女用上海话骂他十三点时，围观者挺身而出，为他说公道话；事后，路人纷纷夸赞他，而他谦虚地笑着说："么撒么撒，应该的"。他还说其实自己是上海人，因为在北京待了 20 年，早已习惯了说普通话。

真实不做作，耿直又可爱，上海爷叔见义勇为的表现，还有路人的挺身而出，不正生动体现了我们这座城市的正能量吗？不正是我们主流媒体要在新的舆论场里大力传播宣传的吗？

当天下午在制作稿件的过程中，编辑团队一直紧盯爷叔的身份，追踪出爷叔还是个很出名的美籍华人指挥家，名叫刘键，简历辉煌。在得到他亲自确认并评论此事的视频后，即正式发布。16：54，侬好上海正式推送了微信文章《上海街头猛追肇事逃逸女的爷叔，原来不简单！打开简历吓一跳！果真是模子！》。朋友圈立即被这条微信火爆刷屏！7天的阅读数已经超过115万，分享数64625，点赞数10568，留言1118条，单是首条留言的点赞数就达到6676个，成为一个网络传播热点。

网友纷纷留言："那么厉害的音乐家原来是上海人，生活中还骑自行车，好朴素"、"这才是德艺双馨"、"心灵美的人才能指挥出优美的音乐"、"愿生活中有越来越多像爷叔这样的人"、"为爷叔点赞"、"这是真正的正能量"。

从这一报道可以看出，主流媒体的全面转型，是从一个阵地到多个阵地，但主流媒体的价值观、导向性，是要"控场"每一个阵地的，这才是主流媒体的高度与先进传播技术的广度的"深度融合"。

同时，主流媒体的全面转型、深度融合，不只是发展新媒体一个端口，作为融媒体的引领、重要组成部分，《新民晚报》第二天也及时跟进，在头版以较大篇幅发布了对上海爷叔本人的深度专访。通过报纸，更深一步地传播了网络热点，进一步弘扬了正气。

"侬好上海"微信及《新民晚报》纸媒次日报道发布后，上海本地媒体上观新闻、澎湃新闻、新闻晨报纷纷转载报道，还有多家本地微信号也立即跟着转载报道。不仅刷爆上海人的朋友圈，中央媒体也纷纷转载，人民日报微博，第二天也发布了该内容，并为大叔点赞。

在整个报道中，"侬好上海"没有使用营销号们惯用的操作伎俩，没有通过挑拨地域矛盾哗众取宠吸引眼球，而是在反复确认事实的基础上整合信息，通过再创作和再制作，融入"侬好上海"自身的媒体属性、传播艺术。

事实证明，主流媒体只要坚持正确的导向、坚持自己的调性，牢牢把握主旋律，发挥网报两端不同的优势，也一样能在新的舆论场里产出现象级的报道，创造非同一般的影响力。

推荐理由：

以主流媒体的导向甄别，及时捕捉并把握热点，并以严谨扎实的报道作风弘扬正气，让人感受到了上海这座城市的温度。深度融合、报网联动，100万+级的阅读，产生非同一般的社会影响力。

“We爱·两岸青年短片大赛”全媒体专题报道

主创人员：集　体

传统媒体见：《文汇报》2017年2月22日二版“要闻”

《文汇报》2017年6月25日三版“综合”

《文汇报》2017年7月2日三版“要闻”

新媒体见：文汇报官方微信、微博、文汇网、文汇客户端

作品网址	网站专题： http://203.156.244.186:8080/topic/194.jspx 微信自定义菜单：http://mp.weixin.qq.com/mp/homepage?__biz=MjM5MjIxMzE0Ng==&hid=6&sn=53060bb30a3b89662c8535cf0ded544b#wechat_redirect	
代表作一	标题	报纸： 《两座城，拍下你我爱的故事——“We爱·两岸青年短片大赛”筑起爱的桥梁》 微信： 《爱的故事，一起拍！We爱·两岸青年短片大赛等你来参加》
	网址	报纸：http://dzb.whb.cn/html/2017-02/22/content_528273.html 微信： http://mp.weixin.qq.com/s/b6Y2MclnQBIm_5mxC-xKTg
代表作二	标题	报纸： 《“We爱”：开启光影寻梦之旅》 微信： 《厉害了！“We爱”登陆上海国际电影节！两岸青年电影人开启“交流营”模式》 《独家视频丨在上海国际电影节看自己拍的影片是怎样一种体验？“We爱”开启光影寻梦之旅》

续　表

<table>
<tr><td>作品网址</td><td colspan="2">网站专题：
http://203.156.244.186:8080/topic/194.jspx
微信自定义菜单：http://mp.weixin.qq.com/mp/homepage?__biz=MjM5MjIxMzE0Ng==&hid=6&sn=53060bb30a3b89662c8535cf0ded544b#wechat_redirect</td></tr>
<tr><td></td><td>网址</td><td>报纸：
http://dzb.whb.cn/html/2017-06/25/content_567321.html
微信：
http://mp.weixin.qq.com/s/8ywLTE1L3tt1DJuJQFv78w
http://mp.weixin.qq.com/s/WFPu80l4SqvrMyHpAaEqSw</td></tr>
<tr><td rowspan="2">代表作三</td><td>标题</td><td>报纸：
《爱的镜头跨越海峡连接彼此——“We 爱·两岸青年短片大赛”作品传递暖暖温情》
微信：
《他们说：“一起拍过片，就是过命的交情！”》</td></tr>
<tr><td>网址</td><td>报纸：
http://dzb.whb.cn/html/2017-07/02/content_570263.html
微信：
http://mp.weixin.qq.com/s/riq4K7LJ4TQ_5RG57hr-PA</td></tr>
</table>

《文汇报》We
爱·两岸青
年短片大赛

申报资料实录

作品简介：

由上海市海峡两岸交流促进会、文汇报社等主办的“We 爱·两岸青年短片大赛”是上海推动两岸文化交流、传递主流声音的重大活动和创新桥梁。自 2017 年 2 月 21 日至 6 月 30 日，两岸青年用镜头记录对爱的感悟，用光影筑沟通的桥梁。在报社领导的指挥下，文汇报记者精心策划、精心组织、全面出击，用文字、图片、微视频、微电影、微直播等丰富形式，通过报纸、微信微博、网站、客户端全媒体平台，立体化地生动报道活动，在微信、网站、客户端上开设专题。各平台总计报道 90 余篇，定制短片 1 部、微视频 6 部、微直播 3 次。其中，大赛定制短片《我们爱》，由文汇团队与台湾团队联合拍摄，文汇剪辑制作，在第 20 届上海国际电影节上与大赛优秀作品一起进行专场展映。

2 月 21 日，“We 爱 · 两岸青年短片大赛”启动当天，文汇报微信发布《爱的故事，一起拍！We 爱 · 两岸青年短片大赛等你来参加》，用丰富的文字、图片、视频记录当天启动活动，详解大赛参与方法，发布两岸艺术家奚美娟、李行导演等祝福视频，向两岸青年发出征集令。次日，记者精心采写的消息和侧记《两座城，拍下你我爱的故事——“We 爱 · 两岸青年短片大赛”筑起爱的桥梁》见报，深入挖掘大赛意义，配以二维码，链接新媒体报道，形成手机端延伸阅读。

6 月 24 日—30 日，作为“We 爱 · 两岸青年短片大赛”重要线下交流活动的“电影大师交流营”在沪举行，60 名来自两岸的青年创作人员，参加 8 天的学习实践和交流创作。经过特别策划，文汇新媒体团队在文汇报微信、微博、文汇网、文汇客户端等新媒体平台和《文汇报》上推出全媒体融合报道，包括《“We 爱”：开启光影寻梦之旅》《〈我们爱〉用镜头讲述双城故事》《爱的镜头跨越海峡连接彼此——“We 爱 · 两岸青年短片大赛”作品传递暖暖温情》等多篇见报稿，以及《独家视频丨在上海国际电影节看自己拍的影片是怎样一种体验？》《在上海国际电影节，看两岸青年大声说“爱”丨＜我们爱＞温暖上线》《他们说：“一起拍过片，就是过命的交情！”》等新媒体报道。这些报道全方位立体呈现电影大师交流营开营、授课、采风、创作、颁奖等各项特色内容，采访了大陆知名制片人祁伟礼、导演郑大圣等多位授课嘉宾和参与交流营的两岸青年，从不同角度展示两岸青年围绕“我们爱”的主题，在交流营中挥洒才华、增进友谊的故事，展现了迈向全球卓越的上海城市形象和魅力。《文汇报》见报稿均配有二维码，读者用手机“扫一扫”，就能看到更多图片、视频报道，形成了良好互动。

融合报道中的每个视频创作都充满特色。定制短片《我们爱》，走进两岸 20 余所高校、采访近百名两岸青年，用镜头讲述了上海、台北两座城市青年人对爱、对生活的真实感悟。同时，文汇网、文汇客户端特别开辟“We 爱 · 两岸青年短片大赛”专题页面集中展示报道和参赛影片，文汇报微信自定义菜单开出“We

爱两岸微电影”专题，文汇报“头条号”对交流营开营仪式暨影片展映、大赛颁奖大会等，进行了全程微直播，10 万用户线上观看。

大赛颁奖后，文汇新媒体平台继续对获奖短片进行线上展映。这些获奖作品于 9 月 25 日起至 2017 年底，在台北、上海各大高校，开展大规模线下展映活动，继续传递爱的能量，文汇新媒体继续采写发布相关融媒体报道，进一步增强了传播力影响力。

推荐理由：

用融媒体创新表达，搭建两岸文化交流的新桥梁，传递主流价值。文汇新媒体投入近 20 人团队全力奋战，完成了这一跨度长达半年多的报道战役。该融媒体专题报道运用图片、文字、视频、微电影、微直播等多媒体手段，全方位报道了这一重大活动全过程，容量大、采集广、交互性强、表现形式丰富多样。多平台、多维度的创新表达，用符合不同平台传播特点的方式，对活动进行了精彩呈现，并对活动本身形成了强有力的助推。

专题报道在两岸产生了巨大的影响力，仅文汇新媒体各平台上的网络点击量超过百万次。各大媒体相继转发了文汇相关报道，网络点击量数千万。报道引起了两岸媒体的广泛关注，截至 2017 年 7 月 10 日，包括央视在内的两岸百家媒体对活动进行了报道，网络相关系列报道达 400 余条，引起了广泛反响，产生了良好的社会效果。

老字号新气象

主创人员：集　体

传统媒体见：新民晚报 2017 年 1 月 5 日头版报眼、A3 版要闻(第一篇)

作品标题	老字号新气象				
序号	单篇作品标题	刊播版面(频率、频道、网址)		刊播日期	备注
3	一针一线蕴匠心　一剪一裁显风韵——80 岁老字号龙凤旗袍“老树发新枝”	传统媒体版面(频率、频道)	新民晚报要闻 A6	2017 年 1 月 20 日	代表作
		新媒体网址	新民网 http://shanghai.xinmin.cn/xmsq/2017/01/20/30780041.html	2017 年 1 月 20 日	
12	曾经风靡一时　中途消身匿迹　如今东山再起　“蝴蝶”舞翩跹　踩出新花样	传统媒体版面(频率、频道)	新民晚报要闻 A2	2017 年 2 月 20 日	代表作
		新媒体网址	新民网 http://shanghai.xinmin.cn/msrx/2017/02/20/30847620.html	2017 年 2 月 20 日	
44	凤凰双甲子　展翅飞万里　穿行于几代人的城市记忆全新亮相	传统媒体版面(频率、频道)	要闻 A3	2017 年 5 月 30 日	代表作
		新媒体网址	新民网 http://shanghai.xinmin.cn/xmsq/2017/05/30/31065549.html	2017 年 5 月 30 日	

新媒体见：新民网 http://shanghai.xinmin.cn/xmsq/2017/01/05/30736977.html(第一篇)

作品网址	http://shanghai.xinmin.cn/xmsq/2017/01/05/30736977.html(第一篇)	
代表作一	标题	一针一线蕴匠心一剪一裁显风韵龙凤旗袍老树发新枝
	网址	http://shanghai.xinmin.cn/xmsq/2017/01/20/30780041.html
代表作二	标题	“黑头机”时尚转身蝴蝶牌缝纫机搭上“互联网+”快车
	网址	http://shanghai.xinmin.cn/msrx/2017/02/20/30847620.html
代表作三	标题	老字号新气象|凤凰双甲子展翅飞万里
	网址	http://shanghai.xinmin.cn/xmsq/2017/05/30/31065549.html

申报资料实录

作品简介：

2017年1月5日起，新民晚报推出重点策划“老字号·新气象”，探寻老字号的昨天、今天和明天，看重其“老”，老是传统、老是传承；更看重其“新”，新是奋进、新是开拓。首篇《知上海味，从“吃遍”杏花楼开始》。

作为新民晚报媒体融合的一次重要尝试，“老字号·新气象”系列报道破天荒地首次全部配发短视频。新媒体部视频记者与文字记者紧密配合，拍摄2分钟左右的短视频，以二维码的形式呈现在报纸上。

以《一针一线蕴匠心　一剪一裁显风韵　80岁老字号龙凤旗袍“老树发新枝”》一文为例。

新民晚报新民网官方微博48小时内视频播放量为12万次，这个数字看起来和微博上一些热门视频的播放数字有一定的差距，但在正能量的主题报道中已是不俗。

此外，老字号视频还多次被同城兄弟媒体引用，如：

1月23日和2月7日上视早新闻分别引用了光明牌冷饮和蜂花檀香皂的视频；2月21日上视新闻报道引用“蝴蝶牌”缝纫机视频。能被专业的电视媒体引用，也从侧面说明我们的视频质量达到了较高的水准。

推荐理由:

文字、图片、视频在报纸这一传统媒介上实现“三合一”,在各个新媒体端口(两微一端)也有全面的呈现,完成“一次生产、多端口发布”的目标,取得了不俗的传播效果和成绩。

报纸版面

2017年11月27日《文汇报》要闻1版

作者：张怡波　杨　杨　翼　然

文匯報

2017年11月27日 星期一

中办国办印发《行动计划》

推进互联网协议第六版规模部署

用5到10年建成全球最大规模IPv6商业应用网络

不忘初心 牢记使命 永远奋斗

初心如磐，近百年犹未老
使命在肩，一世纪正青春

文汇时评

传承红色基因 弘扬红色文化

——“不忘初心牢记使命永远奋斗”系列评论之一

守护党的精神家园

建党历程

党在上海诞生，这里成为中国红色之路的起点

看最早的《共产党宣言》是如何翻译和保存的

承载那些光荣和记忆的“石库门”

聚焦上海文化新气象

在上海连续两轮“营造城市文化氛围三年行动计划”推动下，越来越多公共空间有了改变

人文添灵气，街巷“裸妆”也动人

街道更新，追求不喧哗的“裸妆感”

由点及面，整座城市成为文化热岛

愿你被这世界温柔以待

——记杨浦区救助管理站站长李福强

申城市民齐声“放歌新时代”

（《文汇报》2017年11月27日）

申报资料实录

作品简介：

整块版面主题鲜明、设计巧妙，分为上下两部分。上半部分围绕“不忘初心　牢记使命　永远奋斗”展开，烘托出新一届中央领导将带领全党、全国人民谱写新时代中国特色社会主义发展新篇章的政治氛围。下半部分聚焦上海“文化之城”建设的推进及成果，多角度展现市民群众对新时代美好生活的讴歌与热爱。

推荐理由：

头条双排标题气势如虹，引导读者回顾党的历史、重温入党誓词，右侧配图展现了一大会址人头攒动的新貌，与左侧的副刊版面导读形成联动，十分吸睛。右下的“聚焦上海文化新气象”栏目与图片新闻都从侧面反映出上海作为一座文化之城的繁荣与发展：一系列深受市民喜爱的文化活动正在展开、一份份营造城市文化氛围的行动计划正有序推进。左下的“周一典型”报道，虽是规定动作，但无论是标题制作还是提要选择，都体现着文汇报隽永流淌的人文情怀。

2017 年 1 月 28 日《新民晚报》4—5 版

作者：王文佳　邵晓艳

新民晚报

跟着高铁 看神州

"四横四纵"铁路网

横 徐兰线

兰州 西安 洛阳 郑州 开封 商丘 砀山 徐州

从"东土"到"西域"

2016 年 9 月 10 日，郑(州)徐(州)高铁开通运行，打通了中国高铁版图上最重要的一条"断头路"，结束了长三角到中国西北没有高铁的历史。

今年春运是郑徐高铁第一次大考，"春运 40 天预计发送旅客将超 320 万人，同比增加 143.4 万人，增幅高达 97.8%，基本上翻了一番，换乘量更将翻番。"郑州东站站长余效丹告诉记者。

经由郑徐高铁，上海至西安最快 5 小时 57 分；上海至郑州最快 3 小时 57 分；杭州至郑州最快 5 小时；南京至西安最快 4 小时 45 分；长三角与中西部核心圈，从原先的"次日达"一跃而入"半日"交通圈。

今年回家幸福多了

高铁站来到了贫困县

列车全程"架"着跑

畅想一带一路的未来

东西行 古城韵

申报资料实录

作品简介：

八路记者搭乘四纵四横八条高铁线路，亲身感受高铁建设成就、带来的城市变化，体验沿线群众生活变迁，记录行经之地风土人情。该版面就是其中一篇，聚焦徐兰客运专线。

报道刊出后广受好评，获得市委宣传部专题阅评表扬，上海铁路局专门收集本报全部八篇报道版面制作成微信公众号文章。

推荐理由：

报道在内容上以敏锐的时代眼光提炼主题，展示鲜活画面，可读耐读，体现了家国情怀。精心策划视觉，版面采用“广角式”通版，图文并茂，布局均衡，简洁大气，元素丰富，审美亮点突出，凸显沿线风采，让人爱读爱看，实现了较佳的传播效果。

小摊头的“互联网+”

作者：种　楠

编辑：周　馨

烘山芋摊也挂上二维码让顾客自己扫一扫

修车小摊旁的二维码,为打气、修车的顾客提供方便

买大饼油条的顾客,拿出手机对准二维码扫一下,付款成功,真方便

零食小摊左右两边都有二维码，顾客、摊主两方便

修鞋匠的摊位旁，大大的二维码

菜场边老太太卖葱姜的摊前贴着醒目的付款二维码

（《新民晚报》2017年3月26日）

申报资料实录

作品简介：

大饼油条、烘山芋、修皮鞋、修自行车……这些街头路边毫不起眼的“葱姜摊头”，居然搭上了互联网＋的快车，较早成为沪上扫码支付的“吃螃蟹者”。2017年初，当二维码移动支付方兴未艾之时，作者敏锐地发现了这一城市新变化，抓拍了7个最接地气的意想不到的生活场景，形成妙趣横生的反差，展现出互联网技术日新月异对百姓生活潜移默化的改变。

推荐理由：

作者从平凡生活小事入手，用敏锐的视角抓拍生动瞬间，画面有情有意有趣，可谓“一滴水见太阳”，经济改革开放、互联网技术日新月异带来的变化跃然纸上，具有鲜明的时代特征。以小见大、以情动人、以对比和反差、以画面的信息和张力表现经济类摄影题材，是这组作品成功的关键。

这组作品见报后，产生较强的社会反响，并获得第六届台海新闻摄影大赛经济新闻类金奖、中国城市党报记者摄影大赛一等奖、“共创智美生活”摄影大赛一等奖。

六架飞机同时总装

作者：张海峰

编辑：张　陌

技术人员正在总装车间组装 ARJ21 飞机。日前，6 架 ARJ21 飞机在中国商飞上海飞机制造公司大场基地同时总装，数量创下上海民机制造业同时总装的纪录。

（《解放日报》2017 年 10 月 10 日）

申报资料实录

作品简介:

记者长期拍摄民航客机研发,这组6架ARJ21客机飞机在车间总装创下我国民用飞机同时总装数量的纪录,稿件系独家采访拍摄完成。

推荐理由:

把握重要新闻的突出视觉化节点,记录民航发展史上辉煌的一刻。

新闻漫画

想吃口饱饭

作者：郝延鹏

编辑：张　陌

（《解放日报》2017 年 4 月 2 日）

申报资料实录

作品简介：

把垃圾扔进垃圾桶里是一个人的举手之劳，但就有一些人不愿意上前一小步。如果你把垃圾桶当做自己的小孩，把他喂饱，就会认真积极对待了。

推荐理由：

画面形象生动，创意新颖。

民法典编纂工作分两步走

作者：冯晓瑜　郝梦夷　梁　炀

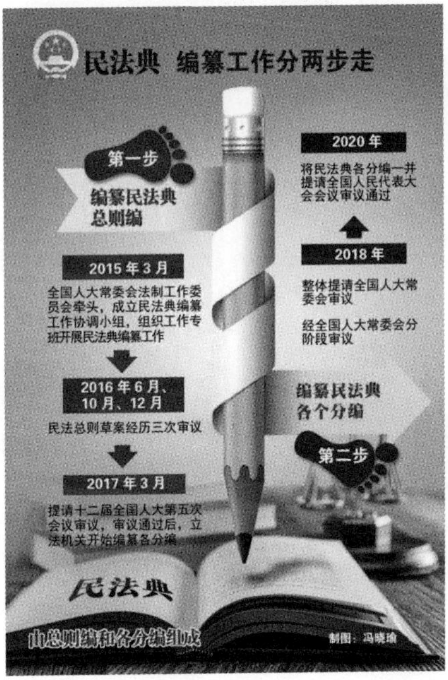

（《文汇报》2017年3月9日）

申报资料实录

作品简介：

新闻图示《民法典编纂工作分两步走》详细展示了民法典编纂工作的步骤，

设计庄重，简洁美观，极大提升了这一重大报道的可读性。

推荐理由：

作品通过生动、准确的图案展示了民法典编纂工作的过程和步骤，使其简明易懂，受到读者欢迎，见报后被网络媒体大量转载。

三等奖(62件)

文字通讯

以前要带着一箱子资料样品送到北京审批，如今网上提交窗口备案收到二维码就能通关

一支进口口红背后的“改革集成”

上海自贸区进口化妆品审批改备案，多部门形成改革合力让“5个月缩短到5天”

作者：黄尖尖　王志彦
编辑：徐　敏

外高桥保税区4号门附近，在码头与仓库之间，一个四面装有落地玻璃的上海外高桥国际化妆品展示交易中心体验馆上月正式开馆。馆内，白色主调的各个展示区间装点着绿植，占地2300平方米的体验馆就像一个化妆品的“大世界”，来自全球各地的2000多种进口化妆品牌在此争奇斗艳。

体验馆中央有一面“非特”备案展示墙，上面摆放着刚刚经过备案的上百种非特殊用途进口化妆品。每个化妆品背后都有一张备案电子信息凭证，用手机扫描这张“出生纸”上的二维码，就能看到产品详细的备案编号、备案日期、生产企业、国家及其境内责任人等信息。“这个来自美国的NARS彩妆品牌，此前在国内没有销售，最近由资生堂进口到了国内。”工作人员指着一支黑色包装的NARS缎彩润泽口红告诉记者，过去进口这样一支口红需要3到5个月的审批时间，如今5个工作日就可完成备案，进入中国市场。

中国消费者能同步体验全球最新款的化妆品，这得益于今年3月1日在浦东新区试点实施的非特殊用途化妆品进口“审批改备案”改革。

通关从一箱材料到一个二维码

在中国，进口化妆品分为特殊用途和非特殊用途，除了具有育发、染发、烫发、脱毛、美乳、健美、除臭、祛斑(美白)、防晒等9类特殊功效的化妆品以外，都

属于非特殊类化妆品，占据化妆品市场90%以上的份额。过去，由于进口化妆品审批事权在国家食药监总局，企业每进口一种新化妆品，都要到北京提交材料、接受专家审评。“过去为了进口一支口红，常要带着一箱子的产品资料、企业资料和样品，送到北京审批。”陈先生在上海从事了8年进口化妆品代理，他的拉杆箱就常年跟着他，在北京与上海之间来来往往。

“非特”化妆品进口审批改备案后，只要符合从浦东新区口岸进口和境内责任人注册地在浦东这两个条件的企业，都能享受备案新政，这让陈先生们欢欣鼓舞。

如今进口一支口红，企业只需要先在网上提交电子材料，再把纸质版材料交到浦东市场监管局窗口报送备案后，就可开展相关经营活动。在备案阶段，食药监等部门对产品是否属于备案范围、备案资料是否完整、是否符合规定形式等方面进行核对，不符合要求的将及时告知境内责任人并说明理由。产品备案后，境内责任人持国家食药监备案系统生成的备案凭证，到检验检疫部门按照有关规定办理进口相关手续，并从浦东口岸进口相应产品。

“备案凭证可以是一张纸，也可以是一个二维码，在货物进口的时候，企业甚至只要拿着二维码到口岸部门扫码，就能取得通关资质。”浦东市场监管局药品化妆品监管处副处长金剑介绍，有了这个“高速通道”，不少从日韩进口的“非特”化妆品，产品上船时才开始申请备案，等船到达浦东口岸，备案就通过了。“这种速度在过去是无法想象的。”

多部门集成创新形成改革合力

“非特”化妆品进口从5个月缩短到5天，改革之所以能顺利推进，绝不是一个部门能办到的，多部门协同运作、集成创新，才能形成改革的合力。3月1日至今，在浦东新区通过备案的“非特”化妆品已达214个，仅上月就有107个产品通过备案，其中有3家企业的33个产品已完成通关手续，不日将上市销售。其间，上海市食药监局、浦东市场监管局、浦东海关和检验检疫等部门形成了联席会议制度，每月召开工作例会，现场解决改革过程中遇到的问题。

进口化妆品顺利进入中国市场后，是否受中国消费者欢迎是企业面临的一大难题。“10个进口化妆品中很可能只有1个卖得好，因此在新品上市之前，企业迫切需要一个平台来测试消费者的反应。”外高桥国际贸易营运中心有限公司市场营销部总经理陈逸峰介绍，在检验检疫部门的支持下，体验馆内每个月可以有合理数量的进口化妆品消耗，供消费者现场试用或发放试用装。于是，这些从未进入中国市场的化妆品，能提前接受中国消费者的检验，从而为企业降低了“试错成本”。“高效的备案新政为企业节约了时间成本，海关、检验检疫等口岸部门的协同创新为企业省下了运营成本。最终，国内消费者不但能同步体验国际最新款的‘非特’化妆品，还有望享受到因成本节约而带来的价格红利。”

事中事后监管“放得开管得住”

审批改备案改革，为“非特”化妆品进口开启了一扇窗，但改革只有进行时。备案看似降低了进口门槛，实际上是将审核流程后移，更侧重于事中事后的监管。“过去企业提交的材料主要依靠审批部门来审核，现在企业必须自己先把‘作业’检查清楚才能交上去，企业的主体责任意识更强了。”目前，浦东市场监管局正在向企业发放调查问卷，将根据企业需求和市场运行状况，编制详细的事中事后监管细则，确保市场“放得开”，也能“管得住”。

“非特殊用途化妆品进口审批改备案，是上海自贸区实施证照分离改革的一项内容，同时也体现了放管服改革的要求。”浦东市场监管局局长吴伟平表示，国家把这项改革试点放在浦东，就是为了充分发挥上海自贸区作为全面深化改革“试验田”、推动市场主体走出去“桥头堡”的重要作用。未来，上海自贸区将总结出一系列可复制可推广的经验，让一支口红的改革效应辐射到全市，乃至全国。

（《解放日报》2017 年 8 月 3 日）

申报资料实录

作品简介：

《一支进口口红背后的“改革集成”》是解放日报“砥砺奋进的 5 年 · 上海深改进行时”栏目推出的首篇报道。记者从上海自贸区得知非特殊用途化妆品进口审批改革取得了一定成效后，立刻前往外高桥现场采访。在走访了展示中心、企业、管理部门，获得大量第一手材料后，当天晚上成稿，第二天见报。此稿从一支口红讲起，解剖了改革的初衷、改革的过程、改革的成效，特别是改革背后的协同作用，以小见大，引人入胜。

社会效果：

报纸刊发此文的同时，解放日报新媒体平台上观新闻也同时发布了这篇报道，起到了融媒体传播的效果。此文刊登后，新华网、人民网、人民日报客户端均在第一时间转载，搜狐、腾讯等商业网站也予以转载，扩大了报道的传播效果和影响力。此后，“一支口红的改革”几乎成为了非特殊用途化妆品进口审批改革的代名词，多次被境内外媒体引用。此文还获得了上海市委宣传部阅评组的阅评表扬。

推荐理由：

这篇通讯摆脱了传统主题报道宏大叙事的写法，另辟蹊径，以一支口红为中心，切口小，语言生动，材料鲜活，通过讲述故事，层层剖析，叙中有议，议而有据，成功将自贸区一项非常专业的改革举措，写得生动耐看，又让人有所启发，是对党报主题报道的有益探索。

文字通讯

每年的建队节前后，本市不少学校都在进行队干部的改选。在上海市静安区教育学院附属学校的一次中队竞选中，当队员们都不好意思走上讲台参与竞选时，有一位队员勇敢地走上前来，他告诉大家：只要有心为中队和队员做事，就应该来竞选。在竞选时，当他的票数和别人一样多时，中队里的队员们又做出了怎样的选择？

选拔队干部不以成绩论英雄——

有心　就有属于你的舞台

作者：杨嘉璐
编辑：顾力丹

"今天，我站在这里，其实是想让大家有信心来竞选大队委员。我成绩并不是最好的，能力也不算最强，但是我觉得只要用心为中队和队员做事情，就可以来竞选。这次如果我竞选成功，大家以后就可以回去跟家长说：'你看，我考得比我们大队长都好！'"

9月21日，上海市静教院附校七(5)中队的一节队会课上进行了大队委员候选人的竞选。班级里的学习"困难户"汤应鸣走到讲台前，发表了一番特别的竞选演讲。

本来台下闹哄哄的队员们顿时安静了下来，随即教室里爆发出了热烈的欢呼声和掌声。在汤应鸣完成竞选演讲后，中队里的队员们都很受鼓舞，争着上来参与竞选，表达自己愿意为大家服务的决心。

在最后的投票环节，汤应鸣和另外一位女生都得到了33票。这时，他又站了起来，对全班队员们说："今天，我站出来参加竞选的目的是想给大家勇气，我的任务已经完成了，我已经很满足了。"汤应鸣想要退出竞选，不想浪费这个宝贵的竞选名额。这时，始终没表态的上一届大队委员张凯乐把最后一票给了汤应鸣。全班队员欢呼鼓掌，齐声为小汤加油。

小汤在队员们心中一直是个热心肠。队员们告诉记者，一块橡皮掉在地上，别人会从上面跨过去，小汤却会把它捡起来，挨个找失主。看到有队员脸色苍白，他会关切地问对方，并在下课时递上热水。放学后，发现快要下雨了，他会特意返回学校关窗……“所以虽然小汤的成绩并不拔尖，但在关心班级、为队员服务这些事上，他做得很棒。”队员们道出了为小汤投票的理由。

“在我们学校，队长不是一个官，不是一个评价学习是否优异的标准，它是一个为大家服务的岗位。队干部比的不仅是荣誉，更是为队员服务的责任感。只要有服务队员的决心，你就可以站出来参加竞选。”学校校长张人利告诉记者，其实像汤应鸣这样的例子在静教院附校还有不少。学校实行队长“轮换制”，同岗位的队长不得连任，为的就是让更多的队员获得为队员服务、锻炼能力的机会。

张校长认为，每一位队员都是有能力的，只是表现方式不一样。这时，就需要学校为队员们创造各种展现能力的平台。例如，有画画天赋的队员可以在学校里举办个人画展，学校底楼的走廊两侧是学生的专属画廊，一学期更新两次，队员通过自荐和推荐的方式，获得举办个人画展的机会，展现自己的绘画才能。九(4)中队的金灵依从小学习绘画，本学期，她用自己的画作装点了学校的画廊，这次办画展的经历，为她的初中生活添上了难忘的一笔。

八(3)中队的蒋大川是班里的劳动委员。他热爱自己的工作岗位，每天放学后总会在教室里帮着值日生一起打扫，并在大家都离开后做检查。有一次，值日工作临近尾声，数学老师仍在教室里使用黑板。小蒋临走前，将数学老师用不到的那半块黑板擦得干干净净，在他看来保持黑板的整洁不仅是自己的工作，也是一份责任。

在学校里，像小汤、小蒋一样的同学还有很多很多。篮球场开放管理员、公物管理员、图书馆志愿者、助理蒲公英志愿者……愿意为中队、为学校服务的队员们都能在学校里找到适合自己的岗位，和老师一起参与到学校的管理中。

截稿前，记者从学校获悉，为了肯定汤应鸣同学的勇气和为队员服务的用心，学校大队部授予了他大队部干事的服务岗位。

新闻背景：

2014 年，上海市静教院附校首次尝试队干部轮换的编队改选方法——每届队干部不再连任，且所有队干部只上不下。这是为了进一步激发同学们参与学校管理的热情和积极性，励更多的同学参与少先队大、中、小队岗位的竞选让每位同学都成为学校的小主人。

申报材料实录

作品简介：

建队节前夕，本市不少学校都在进行队干部改选。在上海市静教院附校的一次竞选中，当大家都不好意思走上讲台参与竞选时，有一位队员勇敢地走上讲台，他告诉大家：只要有心为班级和同学做事，就应该来竞选。作者用细致生动的描绘记录下了这件发生在校园里的新闻事件。

经过深入采访，通过对学校的队长“轮换制”、在校办画展的小金、认真工作的劳动委员小蒋的介绍，作者想要传递这样的新闻声音：学校不应以成绩论英雄，要肯定学生拥有的能力，并为其提供展示能力的平台。

社会效果：

报道中所提到的“轮岗”“评价标准”的展示，是推进素质教育和教育综合改革的重要举措。对于其他学校管理和队干部的管理起到了广泛的借鉴意义。

该报道在《少年日报》微信公众号上同时发表，被多次转发分享。

寻根上海文化

作者：谭炜贇
编辑：刘 琦

代表作一：

活下去，热起来！让非遗文化薪火相传

鳞次栉比的高楼大厦、车水马龙的繁华街道，上海总是给人摩登、冷漠的印象。然而，在那片钢筋水泥的森林背后，这座城市却有着她温柔敦厚的一面——热闹的乡间民俗、精湛的手工艺制作、令人垂涎欲滴的传统小吃，这是“另一个上海”，温暖明亮、亲切淳朴。

非物质文化遗产是祖先留下的珍贵精神财富，包括传统手工艺、仪式节庆活动、表演艺术等等。今天正值“中国文化和自然遗产日”（每年 6 月的第二个星期六），上海推出了精彩纷呈的非遗活动，营造保护文化遗产的良好氛围，提高公众对文化遗产保护重要性的认识，动员全社会共同参与、关注和保护文化遗产。

非遗日主场地之一是经过整修翻新、于今年三月重新亮相公众的上海大世界。这个上海人津津乐道的老牌游乐场将成为集中体现上海非遗文化的主阵地，向世界各地的游客展现她特有的魅力。在中国文化遗产日当天，上海工艺美术馆首次开放它的大师工作室，公众可以近距离见证大师们如何将一堆纸片、一片石块，或者一笼面团神奇地变成让人叹为观止的艺术珍品。“在过去的 12 年里，上海一直在不遗余力地发现和保护本土非遗文化。”上海市文化广播影视管理局副局长王玮说道。

根据联合国教科文组织的《保护非物质文化遗产公约》定义：非物质文化遗产指被各群体、团体、有时为个人所视为其文化遗产的各种实践、表演、表现形式、知识体系和技能及其有关的工具、实物、工艺品和文化场所。与之不同的有形文化遗产则指的是历史文物、历史建筑、人类文化遗址，包括古建筑、重要史迹、历史上各时代的重要实物等等。

2016 年，上海通过了《上海市非物质文化遗产保护条例》，为本市非物质文化遗产的保护、传承和发展提供了法律依据。该条例的起草和生效集结了 15 个政府职能部门和 87 名各领域专家的智慧。同时，上海非物质文化遗产保护中心成立，并在各区县开设了办公室，为非遗文化提供行政和资金扶持。在过去 5 年里，非遗专项基金已经拨款 3800 万人民币，支持了 245 个非遗项目。与此同时，188 人被列为非遗传承人。迄今为止，上海已经拥有国家级非遗项目 55 个、市级 220 个，以及 400 多个区级非遗项目，在录非遗传承人 1400 多人。

"在这个信息多元化的时代，我们也在尽可能地用新科技来记录下老祖宗留下的财富。"王玮说道。上海非物质文化遗产网(www. ichshanghai. cn)已经建立起一套完备的数字化平台，62000 条数字文档以音乐、图像、照片、录像、文稿等多种形式详细记录下上海的各色非遗文化。所有的数字信息都已向公众开放。

"我们现在一个很重要的工作是如何在年轻人中更好地推广非遗文化，让他们将老祖宗的东西发扬光大下去。"王玮说。

从 2013 年起，非遗文化以动画片和卡通读本的形式陆陆续续走进学校课堂，超过 40 万名学生参与其中。孩子们在轻松欢快的氛围中学习包粽子、做花灯、剪窗花、吹唢呐、木偶剧等一系列非遗文化。

80 岁的张永联是青浦一个地地道道的农民，也是青浦田歌的非遗传承人。这种优美的原生态民歌在鼎盛时期几乎家家都会唱，人们唱着它种地、插秧、丰收、休憩，唱着它用辛勤的劳作换来幸福的生活。

如今，青浦田歌也只有当地老人会唱了。作为非遗传承人，老张被很多当地小学请去教孩子们唱田歌。"很多青浦小孩已经不太会说本地话了。不过这样一来，他们反而对田歌更有兴趣了，因为青浦话的语音语调在孩子们看来很新奇特别。"老张说道。

遗憾的是，学生们的课业压力随着年级的升高越来越大，坚持来学田歌的就越来越少。不过老张倒是看得很开，“没关系，只要他们会哼一点儿调子我都觉得足够了。”

青浦田歌的普及只是上海非遗文化进课堂的一个缩影。事实上，上海市政府近些年来在学生中一直不遗余力地推广非遗文化。从2015年起，全市8所大学推出了各种非遗课程，包括竹刻、瓷器制作、皮影戏、丝绣、木偶剧、玉雕等，吸引了800多名大学生选修。

“下一步我们思考的是非遗文化的可持续性发展，这就关乎到我们如何进一步挖掘这其中的商业价值和适当的形象包装。”王玮说。

延展阅读

青浦田歌，即兴欢唱

高亢嘹亮、旋律起伏大，青浦田歌是当地农民稻农插秧、除草、车水、挖地时传唱的。每到农忙时节，两三人站在田头，敲锣打鼓，相互对歌。劳作从早到晚，歌师也要唱上一整天。为了给干活的人解除疲劳，他们常唱一些有趣的故事，或临时编一段笑料。有时也发号施令，请大家休息、吃饭、挪动干活的位置。

“从小是我父亲教会了我唱田歌，”80岁的传承人张永联说。“我们没有固定的歌词，大部分是即兴的。”

青浦田歌种类很多，有吆卖山歌、落秧歌、大头山歌等，是稻农插秧、除草、车水、挖地时传唱的。田歌以吴越文化为基础，内容分传统歌谣、即兴创作和新民歌3种。演唱的形式也自成一格，有头歌、前卖、前嘹、长声、后卖、后嘹、赶老鸦、歇声8个部分组成，头唱即领唱，由一人率先开腔；前卖、后卖属于单独演唱，赶老鸦、歇声是合唱，前嘹、后嘹、长声均为跟唱。

歌词内容也是即兴而发，农民们歌唱田间的花朵、十二生肖、当地神话故事或者名人轶事，全部都是自由奔放、信手拈来。“每当我们在地里干活累了的时候，就会有人起个头开始唱歌，我们所有的人都会跟着一起唱起来，”老张说，“一唱歌，就又有了干劲儿。”

城市化已经挤占了很多农田，农业也已经逐步实现了机械化。靠人力耕种的时代已经远去，田歌也就被很多人遗忘了。“要传承这一文化的确很艰难，因为现在没有人再唱了，”53 岁的杨小峰说，他是老张的徒弟，已经跟着学唱 12 年了。虽然鲜有人问津，但是杨小峰并没有放弃。这些年来，随着很多老歌师的离世，记录和传承的人物落到了他的身上。迄今为止，他已经用录音、录像和文字的形式录入了 80 首青浦田歌。

江南丝竹，声声出墙

江南丝竹乐在上海郊区非常流行。它以丝弦乐器和竹管乐器为基本编制，其中有二胡、琵琶、扬琴、三弦、笛、笙、箫等，还有一些打击乐器如鼓、板等。编制少则二三人，多则七八人。合奏时，每件乐器既富鲜明个性又互相和谐，手法常用加花变奏。风格优雅华丽，曲调流畅委婉。

“毫不夸张地说，我们是镇上的名人呢。”朱家角古镇人夏连星说。这个 60 岁的青浦本地人已经在乐队里吹了 30 年的笛子。“我们的演出行程一直满满当当的。”

每当村子里有婚丧嫁娶、节庆典礼，江南丝竹乐绝对是烘托气氛的最佳选择。老夏的乐队里有农民、退休教师、村会计等来自各行各业的人，最年轻的 45 岁，最年长的 75 岁。

江南丝竹反映了江南人勤劳朴实，细致含蓄的性格特色，调子时而欢快如《云庆》，时而悠扬如《慢六板》，有适合坐着演奏的《四合如意》，也有适合在队伍行进中演奏的《行街》。“年轻人其实对江南丝竹挺感兴趣的，但是他们没有毅力和精力去认真练习。”老夏说。“当然了，如果他们愿意加入，我们是举双手热烈欢迎的。”

（《上海日报》2017 年 6 月 10 日）

代表作二：

松江非遗“一桌好菜”

近日，第六批松江区非物质文化遗产名录公布。有意思的是，本次新增非物质文化遗产名录正好是“一桌菜”：主食青龙饺、大菜张泽羊肉、小菜泗泾豆腐、饭后甜点“一合酥”，最后还有一副筷子。

碧绿生青的青龙饺看着舒服、吃着甜蜜，最适合先吃上几个垫垫肚子。它和叶榭软糕、亭林馒头并称浦南点心三宝。

青龙饺因为青龙草而得名，是松江本地人清明祭祀时的食品。村民们在一个大盆子把饺子码成青龙的形状，祈求祖宗保佑，开春后能像青龙一样平步青云。

青龙饺的制作和其他糕点有着异曲同工之妙。新鲜采来的青龙草舂成糊状，然后装入布袋里，慢慢挤出青绿色的汁水用以上色。加入糯米粉，做成团，赶成饺子皮儿。馅儿是甜口的，辅以猪油、白糖、枣子和赤豆沙，当地人叫做“四全”，也取了个生活甜美之意。

尝过几个青龙饺稍微垫底，接下来就是上大菜——大名鼎鼎的张泽羊肉。张泽村吃羊肉的传统可以追溯到元代。忽必烈部下名将沙栓任苏、松、嘉地区的最高行政长官。蒙古族好食羊肉，沙栓便命人在浦南地区养殖了大量山羊。

后来蒙古人入乡随俗，也受到了当地饮食文化的影响，开始用清澈微甜的松江水喂养出了少膻味的浦南山羊，终于使得一锅羊汤有了江南味道。

现在的张泽羊肉已经是盛名远播。每年入冬，张泽羊肉节必定是沪上老饕们必到的盛典。先来一锅羊汤，上一盘白切羊肉和一碗红烧羊肉，再配上几两黄酒，味道是嗲的不得了。

和上海许多郊区有“三伏天吃羊肉”的习俗一样，松江本地人也喜欢在大热天吃羊肉。趁着每天清晨五六点钟，太阳还没出来、气候还比较凉爽，张泽村已经很是热闹了。村民们打着赤膊，低头大快朵颐羊肉，再没有比这还叫人心满意足的了。

“对身体好着哩，”村民邱月波说。“夏天吃羊肉，冬天能打虎啊！藏了一身的热气呢！”一些专业的老吃客还会点上羊蝎子和羊血的火锅，热就热到底。

吃过羊肉，是时候来一份清新的豆腐来解一下肉的油腻。泗泾豆腐起源于清末的唐家豆腐店，从第一代唐金声传到第二代汪学仁，再到现在的第三代汪麟玉，也已经有百年历史了。

每天早上天蒙蒙亮，汪麟玉就起身开始制作豆腐。从选豆、泡豆、磨豆、烧豆浆、过滤、点浆到成型、晾干、浸泡，每一步都是老汪手工制作、亲历亲为。

“最重要的就是点浆了，一块豆腐好不好，就看点浆的好坏，”老汪说，这也是泗泾豆腐区别其他豆腐的关键了。海菜梗是制作卤水的唯一材料。成本高、又扎手，现在不太有人用海菜梗了。“但是只有用它做出来的卤水，豆腐的味道才最纯正。”

吃完这些，肚子已经鼓鼓的了。最后再上份“一合酥”当作甜品，完美收官。一合酥很像我们吃的龙须糖，里面裹的是磨得细碎的芝麻和花生粉。酥脆香甜、入口即化，还不粘牙，靠的是全手工制作，经过熬糖、拉白、小块等十余道繁复的手工工序。

“拉白这个工艺比较讲究，只有手工甩起来，糖中间才会有小孔，让人咬下去酥脆，”传承人刘堂志说。“要把这个龙须做到越细越好。通常来讲，每块一合酥都至少有1万根龙须。”

这个制糖工艺可以一直追溯到三国时期。传说曹操特别喜欢这种糖，并且亲自给它起了“一合酥”的名字。2000多年后的现在，制糖配方并没有发生太大变化，只是降低了甜度，更适合现代人的口味了。

对于中国人来说，食物再好缺了筷子都无法享用。松江的筷子文化源远流长。当地人民也逐步发展出了一套筷子礼仪，例如如何在餐桌上正确使用筷子以及如何保养好一双筷子。

（《上海日报》2017年7月11日）

代表作三：

一搓一捏，指尖造乾坤

——记海派面塑大师陈瑜

揉、揪、搓、捻、捏，没几分钟的功夫，一个栩栩如生的小花猫就从陈瑜灵巧的指尖中跃然而出。“看，是不是挺可爱的呀！”一头花白头发的老人笑着说道。这个说话爽朗的老太太就是海派面塑大师陈瑜，68岁的她已经捏了近40年面人。

走进陈老师位于汾阳路上海工艺美术博物馆内的工作室，就好像一下子穿越回了小时候。乱而有序的工作室里，孙悟空、猪八戒、林冲、穆桂英，一个个儿时想象里的历史人物和动画形象，神气活现、威风凛凛地排列在柜子上和橱窗里。

“捏一只小猫小狗很简单，但要正儿八经地完成一件面塑作品可就没那么轻松了，我通常要用上几个礼拜、甚至几个月呢。”正说着，陈老师小心翼翼地打开了一个木盒子，向我们展示了她刚刚斩获大奖的面塑作品《穆桂英挂帅》——作品高不过三十厘米，英气逼人的穆桂英一身亮丽精神的京剧武旦打扮，目光坚定地望向远方，头冠的明珠、腰间的流苏、鞋上的绣花活灵活现，陈老师细致入微地刻画了一位“丁香结子芙蓉绦，不系明珠系宝刀”的巾帼英雄。“你仔细看，海派面塑所有的细节都是靠双手捏出来的，绝对不允许画上去。”

另一件屡获殊荣的面塑作品《飞天》的制作工艺更加繁复，足足花了陈老师一个月时间，展现的是一位怀抱琵琶的飞天女神。为了弄清楚唐代的琵琶到底是什么形状什么大小，陈老师查阅了很多历史资料，并且反复画了好几稿琵琶的草稿。“既然我做的是古代的飞天女神，那必须要尊重历史客观事实。”

初次结缘

第一次看到面塑表演时的那份震撼，陈瑜一直都记得。1950 年代晚期，当时还是小学生的陈瑜，有一天和同学偷偷摸摸溜进上海友谊商城玩耍。“那个时候，友谊商城是只有外国人和华侨才可以进去的。”陈瑜回忆道。

在一个展台前，一位面塑艺人正在给外宾作表演。只见他灵活迅速地捏出了一个达摩的头和身子，紧接着他又捏好了一件红边的黑色斗篷。“哦哟，就那么一瞬间，他唰地一下把斗篷披到了达摩身上。太神奇了！我当时都愣住了，话都讲不出！”

对面塑的热爱就像一颗种子在年幼的陈瑜心中悄无声息地种下了。小学毕业进入中学后，陈瑜毫不犹豫地选择了少年宫的面塑兴趣班。

命运就是那么神奇。上课的第一天，当老师走进课堂的那刻，陈瑜一眼就认出他就是那天在友谊商城里表演面塑的艺人。而她不知道的是，这位后来成为她恩师的人其实就是大名鼎鼎的赵阔明，正是他把北方的面人艺术带到了上海，并且通过改良和发展，形成了精细的海派面塑，把面塑这种民间小玩意儿发展成了一种独立的民间工艺品。

“赵老师教会了我捏面人，也教会我做人要正直、善良。他的一生无怨无悔地献给了面塑艺术。我今天也是在践行我师傅的教导而已。”

陈瑜的工作室里，赵阔明的三尊面塑被细心地锁在了橱窗里。尽管岁月在这些艺术品上留下了痕迹，褪色、裂痕不可避免，但那生动的表情、栩栩如生的细节仍然叫人啧啧称赞。“这些作品在今天可是无价之宝了，有钱都买不到。”陈瑜说。

在赵阔明的教导下，陈瑜的面塑技艺突飞猛进。然而，文化大革命爆发，陈瑜不得不离开赵老师，离开少年宫，离开上海，像全国千千万万的年轻人一样去到祖国的边疆支援建设。

她被分配到了云南一个农场。然而即使在那么遥远贫瘠的地方，陈瑜始终没有放弃面塑。“我们那时候生火把干柴放在黑泥砌的灶头上，我就用那个黑泥，自己给自己捏个小动物或者小娃娃玩儿。”她回忆道。

文革结束后，机缘巧合下，陈瑜回到上海，从此便在上海工艺美术博物馆的工作室里专心捏面人，再也没有离开。

海派面塑

陈瑜严格遵从海派面塑的三大原则：只用面粉或者糯米；纯手工制作；只靠双手捏，从来不在面团上画画。

工欲善其事，必先利其利。陈瑜自己制作称手的工具，她的八宝盒里面装满了稀奇古怪的小玩意儿：牙签、拔子、骨针、小剪刀、小梳子、毛笔、镊子、竹竿、竹劈、小锥子……分别用在剁、挑、拔、按、轧、切等不同的场合。

手上的活儿，她更是绝不含糊。海派面塑讲究传统的手工制作手法，包括揉、揪、搓、捻等。多年的实践经验，陈瑜发展出了自己一套独特的面塑配方，可以有效防止面团开裂。“这个是有专利保护的，不能外传啊，”她抱歉地笑着说。“不过温度是关键，比如在寒冷干燥的冬天面团就会干得快些，所以我们手上的速度就要加快。”

制作面塑的过程看着很像是在厨房里蒸馒头。首先，一个面团要先放在蒸锅里蒸上 10 分钟，让它变的柔软有延展性。手速是关键，要在面团发干、冷却前把重要的步骤完成。“我现在的速度不行了，老了。”陈瑜自嘲地笑。

陈老师一直不愿意收徒，倒绝不是小气，而是收徒的门槛太高，因为她太清楚捏面人这行的苦了。“实话实说，面塑在很多人心里都是街头把戏，登不上大雅之堂。而且枯燥乏味，不太有年轻人愿意来学。”

五年前，陈瑜终于选中了称心如意的弟子汤健，美院国画系研究生毕业的小汤心甘情愿地来拜师学艺，并且如陈瑜要求的那样“坐得住、合得来，经得起诱惑”。“我真心热爱面塑艺术，而且我也能把自己的专业用到面塑艺术创作上。”汤健说。

小汤近期完成的《捣练图》用面塑精准还原了这幅久负盛名的唐代工笔重设色图，刻画了贵族妇女捣练缝衣的工作场景。这组作品在国内工艺美术大赛上斩获大奖。

陈瑜的所有作品都被上海工艺美术博物馆永久收藏。她从来也没有另起炉灶做生意的想法。“说真的，我们现在做的这些小巧简单的面塑品很受欢迎的，卖得特别好。我一天可以轻轻松松地做好几十个。但我为什么不做？因为这会耗费我创作精品的精力。”陈瑜说，“有那些工夫，我更愿意静静心心地做点更有价值的作品，留给我们的后辈。”

（《上海日报》2017 年 12 月 16 日）

申报资料实录

作品简介：

2017 年 6 月 10 日正值中国第 12 个文化和自然遗产日，上海日报文化部开设了“非遗系列”。对于非遗的选择，记者和编辑力争做到精彩纷呈、避免同类重复。迄今为止，我们采写编发了诸如海派面塑、松江小吃、玉佛寺梵音乐队、永青假发制作、奉贤香炉技艺、龙凤服饰等等，基本涵盖了生活的各个方面。通过对上海本土非物质传统文化的采写，我们为保护非遗、传承文化贡献出了自己的绵薄之力。

社会效果：

“非遗系列”一经刊出，收到了很多读者甚至是业内人士的关注，点击率持续升高的情况下，《上海日报》的新媒体部门也全力配合，在我们的新网站 www.shine.cn、微信公众号和 App 上推出了一系列制作精良的相关视频专辑，让读者们可以更直观地感受非遗技艺的魅力。与此同时，系列报道也得到了上海工艺美术厂的高度赞誉和支持，专门开放了其大师工作室；松江区的非遗项目草龙舞志愿者招募活动也是在《上海日报》的平台上完成的。

推荐理由：

该系列报道立意新颖，选题独特，以小见大地全面呈现上海在非物质文化遗产方面的保护和传承。记者采访扎实，写作流畅，并配合新媒体进行多方报道，起到了良好的外宣作用。

文字系列报道

“在国际顶尖实验室里的年轻人”系列报道

作者：刘昕璐　李清川　胥柳曼　赵一智

代表作一：

“诺贝尔化学奖得主成了我的导师”

努力钻研课题每天最晚离开实验室　学会科研方法内心慢慢强大

本科生就能受到诺贝尔化学奖得主的亲自指点是一种怎样神奇的体验？对复旦大学2014级化学系本科生陈同越来说，这真真切切发生了。2017年暑期，陈同越前往美国西北大学Sir Fraser Stoddart教授课题组科研交流3个月，学习分子器件和纳米颗粒组装相关知识技能。Sir Fraser Stoddart教授正是2016年凭分子机器的设计与合成获得当年的诺贝尔化学奖。

化学是非常美丽神奇有趣又富有变化的学科

中学毕业于上海市建平中学的陈同越，当年是通过“千分考”被复旦预录取的。一直以来，这个喜欢摄影、舞蹈、旅行、国漫的女生就对化学情有独钟。在她看来，化学是非常美丽、非常神奇、非常有趣，也非常富有变化的学科，为此，她很喜欢去研究和思考。

在进化学系之前，陈同越就认识了范仁华和何秋琴两位“大神”老师，并加入了他们的课题组，“两位老师和师兄师姐真的非常好，不进化学系天理难容。在学完大一自然科学试验班基础课程后，加上超爱的室友们都选择了分流进入化学系，所以，我也就来到化学系的大家庭。”陈同越说。

在正式进入复旦大学化学系学习期间，她曾于大一暑期加入范仁华教授课题组学习有机方法学，进行有机高碘化合物氧化去芳构化相关课题研究。大三上学期，她完成了由何秋琴副教授带领的科研项目《吖啶酮类 BACE1 抑制剂候选药物的设计、合成与活性研究》，被评为启明星计划“优秀项目”。

今年春季学期，陈同越在澳大利亚墨尔本大学交流学习，加入 Wallace Wing Ho Wong 课题组做关于光捕捉有机发色团前期化合物的合成。

诺贝尔化学奖得主亲自当起了暑期交流导师

陈同越此前做梦也不会想到，自己能在大三暑假就受教于诺贝尔化学奖得主亲自指点，这一切的发生源自于学校为学生们搭建的成长交流平台。

Sir Fraser Stoddart 教授今年 3 月 1 日曾在复旦大学化学系做了一场关于诺贝尔获奖课题“分子机器”的讲座。然而，陈同越当时还在澳大利亚墨尔本大学交流学习，只能错过与大师的面对面。不过，后来她欣喜地发现，虽然错过了 3 月份的讲座，却是用 3 个月来“还”了。更神奇的是，当陈同越在申请暑假西北大学项目时，并不知道是进入“诺奖组”，就这样，她一无所知地递交了申请信和个人简历，也丝毫没有察觉到背后的“水深火热”。

据了解，竞争还是相当激烈。最终，和陈同越一同入围暑期研修项目的仅有来自北京大学化院的两名学生。后来，让陈同越在心中暗暗得意的是，她是他们三位中唯一收到了正式邀请信的，而邀请信的署名正是即将收她为徒的导师——2016 诺贝尔化学奖得主本尊。在陈同越心里，这份邀请信就是一份无比珍贵的礼物。

这样一来，陈同越已师从过四位导师、坐拥四份科研经历，这让她备感幸运，“药物化学、有机方法学、材料化学、超分子化学，这些让我涉猎学习了更宽广的领域。在四大化学中，我偏爱有机化学，觉得有机化学是最美丽最神奇最有趣最富有变化的化学分支，虽然也是最苦最累最忙最大工作量的分支，但这很适合奋斗。”面对前路的挑战，这个女生没有退却。

走出有机方法学舒适圈大大开了眼界

用陈同越的原话来说，在西北大学暑假研修期间，三位从中国去的学生特别努力，也颇有竞争感，“表面上风平浪静，实则实验室每天最晚离开的往往就是我们三个，而我也要好好向北大高材生看齐！”

Stoddart 机械立体化学组的实验室“大基地”位于美国西北大学化学系，研究方向集中于以模板导向的分子识别和自组装过程，合成功能机械分子并引入纳米系统。暑假研修期间，陈同越的实验室工作宛如加强版的合成化学实验课，多线同时运作，朝九晚十、做六休一已是保守的常态。

在她的印象中，就是这样一个紧密的科研周期里，还是会有需要额外时间去完成工作量，凌晨 2 点回家，或周日晚上就提前来到实验室做实验也是有的。

初来 Stoddart 教授的课题组，出身自有机方法学的陈同越常感如履薄冰，因为另一个领域扑朔迷离的未知概念恰似庞然冰山，对材料和纳米方向自己完全就是“小白”，每天都要不停地查询文献，不停地进行“阅读理解”，再不停地往脑袋里塞海量的新知识。

“碰了很多壁，走了很多弯路，也有太多难以重复的实验，有太多难以理解的概念扑面而来。从课堂到实验室，有机作业里随随便便写的一个反应式子轻松拿个对勾，实际上却往往是难实施的空想罢了。无形的压力团团包围着孤身奋战者，感叹差距。”陈同越回忆。

“复杂的化合物终究可以一点点合成，海量的文献可以一点点啃完，科研方向也会慢慢摸清楚，内心更会慢慢地强大。”一段时间后，她渐渐明白，学习不只有有机方法学，学会走出舒适圈是一种挑战。

如今的陈同越说，这一路学到很多新领域的理论和实验知识。渐渐地，她也喜欢续上这种感觉，因为每一次实验都是一个作品，“思考是那么有趣的事情，我乐于热诚地对待。我也很感谢在复旦课题组里一年多的学习经验以及范老师上的高级谱学导论课，让我有了一定的资本可以设计和分析自己进行的实验。导师很亲人，组里的师兄师姐也会非常热心地为我传道解惑，让我觉得科研的路并不孤独和彷徨。未来，在专攻的有机合成方向上，我也能更熟练设计、操作和分析相关实验。”

据了解，因连续的墨大交流和西北暑研使陈同越错过了临时调到上半年进行的化学系第一轮保研面试，如今的陈同越正规划出国读研事宜。“未来还会申请美国的 PhD，最希望的结果是能重新回到西北大学这个组，也算是再续前缘吧。”

幕后

导师是个推特控　偷拍我睡相上传

其实，陈同越最初以为诺奖得主一定高高在上，会让人有种“高山仰止”的距离感，而接触下来，导师除了学术造诣高以外，更是一个热情、和善、幽默的人。

“导师很喜欢发推特，而且经常发完推特就来实验室挨个找我们，要我们去点赞，是不是很可爱？”陈同越说，实验室的师兄师姐大多是在导师的要求下注册了推特，导师也像布置作业一样要求她这么做了，“那我就天天点赞，好好做作业。有一天，因实验工作强度，我又同时在备考各类申请所需的考试，竟然趴在办公桌上睡着了。结果，我就被导师偷拍并上传到了导师的推特，并附了英文说明——“暑研学生陈同越被带领她的沈登科师兄逼太狠，在实验室睡着了”，竟然还有49个赞，要知道，导师推特很少如此高赞数啊。”陈同越对此记忆犹新。

面对无征兆的“意外出名”，组里的人见她都是一脸怪笑。“那天正好穿了复旦的班服，感觉是在‘实力打广告’啊，吓得我有一阵儿都不敢穿了呢。”不过，也因此，陈同越更加珍爱这件陪自己走过四季、走过三个大洲的班服了呢。

【学生】陈同越，复旦大学化学系大四

【交流实验室】美国西北大学

【交流导师】Sir Fraser Stoddart

【研究方向】超分子化学

（《青年报》2017年10月10日）

代表作二：

学外语的女生投身生物学研究　在UCLA实验室收获满满

带着“无所畏惧”去探索未知

“科研的特别之处在于探索人类未知的领域，正因为如此，很多人充满激情。”复旦大学生命科学学院生物科学专业2014级本科生罗宇慧，一直到今年9月中下旬才结束了在加州大学洛杉矶分校（UCLA）为期10周的暑期科研项目。

经过这段科研体验，罗宇慧更加坚定了从事科研的志向。暑研导师那一句“生物学的研究需要思考，但更多需要动手，因为这是一门实验学科，千万不要让事先过多思考而推迟了开始动手实验的时间”，让她醍醐灌顶。

外国语学校毕业的女生志在理科学术道路上奋斗

罗宇慧初高中6年时间都在以外语为鲜明特色的杭州外国语学校度过。当时，她各科成绩都不错，但这个高中没有参加任何学科竞赛的女生后来竟发现，自己志在理科学术道路上奋斗。

上大学以后，当她说起自己是从杭外毕业的，很多人第一反应是：“你们不都是读外语、未来做外交官的吗？为什么要学生物？”罗宇慧觉得，这是很多人对杭外的误解，“我和我的同学们，在专业选择上都很多元化，有不少人也在理科学术道路上发奋努力。”

她记得，刚进入复旦时，自己在理科学科中并没有明确的兴趣方向，因为在复旦的第一年所接触到的环境和人，才逐渐喜欢上了生物。

当年，罗宇慧是通过校长实名制推荐被复旦提前预录取的，自然科学试验班是她的第一志愿。在复旦，大类招生的学生在大一结束的时候选择专业，她就是那时选择生物科学作为了自己的第一志愿的。

在罗宇慧眼中，“生物学可以看上去很高大上，也可以非常平易近人——我们在研究生物功能机制的同时，其实也在进一步地认识自己。只是生物学有自己的语言体系、生物研究者有自己的思考方式，导致很多时候没有办法用最通俗的话把我们想说的故事告诉大家。”

科研兴趣科研经历助力成功入选海外实验室项目

罗宇慧参加的暑期科研，是加州大学洛杉矶分校与数个中国与日本的顶尖高校合作、旨在挑选有意向于在UCLA修读博士的有潜力的中国与日本的本科大三学生、提供在UCLA进行为期十周的科研学习机会的项目。最终录取的比例差不多是最初申请者的20—30%。

她觉得，自己能从中胜出可能在于她之前在复旦本科前三年里成绩排名靠前，以及有一段相对完整的科研经历，这反映出的恰恰是一个人的学习能力以及科研兴趣。

罗宇慧口中“之前有一段相对完整的科研经历”，要追溯到她在大一暑假时参加的生科院“生物学实验暑期训练营”，也是从那个时候起，开始对科研产生了兴趣。大二时，罗宇慧加入了复旦大学发育生物学研究所吴晓晖教授的课题组，第一次有了自己相对独立的课题——筛选与 G 蛋白偶联受体 Gpr45 互相作用的 G 蛋白。

这个让文科生听起来会犯晕的课题，其终极目标可以理解为“为现代人类日趋严重的肥胖问题找到解决方案”。罗宇慧解释说，这是因为我们研究的 G 蛋白偶联受体在小鼠模型中缺失时导致其出现严重肥胖表型(遗传性肥胖)，而 G 蛋白偶联受体又是目前 50%以上药的靶标。“必须指出的是，要达到这个目标还需要花很多的时间、许多的基础研究和临床研究来支持。”

大三上学期，罗宇慧有幸得到学校公派交流机会，去加州大学伯克利分校交换学习了一个学期。在那里，她修读了两门与神经生物学相关的课程，对神经生物学这个方向产生了兴趣。因此，在大三下学期，她加入了复旦大学脑科学研究院禹永春研究员的课题组，开始学习相关的实验技能，也即将开始做自己的独立课题。

有了上述科研的经历，让罗宇慧在此次暑假海外实验室项目面试的时候，比其他同学和教授多聊了 15 分钟，在那段时间里，她坦诚地表达了之前海外交流学习的感受、对科研的兴趣、对未来的期待，以及自身的不足。“可能这些让面试官看到了一个真实且全面的‘我’，也让面试官认为我有潜力做好这一次暑期科研吧。”

“不要让事先过多的思考推迟了动手实验的时间”

对于即将申请国外 phD 项目进一步学习深造的罗宇慧而言，到 UCLA 的 X. William Yang 教授实验室学习机会实属珍贵。“我期待从这次经历中积累更多的实验经验，体验国外的研究环境，学习更多神经生物学领域相关的知识。很开心的是，大多数的期待都被实现了，甚至超出了我的预期。”如今的罗宇慧一脸满足，但初到实验室的时候，她还是十分“懵圈”。

当时，摆在罗宇慧面前的是两个全新的课题，在到实验室的第一周，有一整天，她坐在实验室里埋头啃文献，只想要更多地了解自己即将要着手开始做的实验。她的暑研导师 William 是一个非常聪明、善于合作的人。“他常常与实验室里每个人交流，包括我这样相对短期的实习生。下午快结束的时候，William 到实验室里逛，看到了这个场景后就主动和我谈话。他告诉我，生物学的研究需要思考，但更多需要动手，因为这是一门实验学科；能够在实验前有充分的思考当然很好，但边动手边思考更是一种作为未来科学家所需要训练的能力，并且往往更有效——因为在实验中往往会遇到意向不到的困难和疑惑。因此，不要让事先过多思考推迟了开始动手实验的时间。”

一席话，给罗宇慧带来醍醐灌顶般的启示。她很快调整了自己的安排，白天逐渐开始动手配自己即将用到的试剂，晚上则用来读文献和思考问题。事实也证明，这样的调整为她节省了宝贵的时间，很早就开始了预实验，为之后的正式实验提前摸清楚了一些实验条件。

心 得

自主独立解决问题的能力得到了提升

罗宇慧的暑期科研课题实现难度并不算很高，但由于所用的实验技术从没在该实验室里被尝试。所以，这可以理解为一个搭建实验技术的过程，需要自己一个人去摸索实验条件。

William似乎也是在一开始就看透了罗宇慧的信心不足，他再度找她谈话。他说起了曾经在实验室里的另一位博士生的故事（她现在已经是独立研究员），当时的她也需要搭建新的实验技术。在那个时候，没有人知道她是否会成功，但她无所畏惧地一次次尝试，最后成功了。

William勉励说，“无所畏惧”这种品质非常宝贵，甚至能够在一个人的一生中都起到非常重要的作用，尤其是在一个科学家对于人类未知领域的探索之路上；哪怕结果不尽如人意，也没有什么可怕的，因为这是常常会发生的事情。这段对话给罗宇慧触动很大，也鼓励了她在自己的课题中去勇敢地一次次做尝试。

后来，在做实验时遇到一个个困难时，罗宇慧越发意识到，很多时候没有人会帮她把东西提前准备好、或是手把手地教，最终还是需要自己一步步地摸索。然而，这个摸索的过程却是一种独一无二的体验，也最贴近于一个博士生、一个合格的科研工作者的真实体验。

“有一次，我需要自己调试一台荧光显微镜操作，在一次次尝试后，我最终掌握了使用方法。从这些过程中，我自主独立解决问题的能力得到了提升，也收获了这方面的信心。”罗宇慧开心地说。更何况，在那段日子里，她还经历了相对完整的开题、结题、海报展示等环节，能力倍受锻炼。

如今，重返复旦园的罗宇慧，打算在完成本科学业之后，在海外修读博士，继续自己的科研事业。“比起导师、师兄师姐们，我只是刚刚走上了科研这条道路；比起‘坚持’，不断地‘尝试’更像是我正在做的事情。很多事情没有做过，就不知道自己是否真的喜欢、真的合适。”罗宇慧也始终坚信，科研的特别之处在于其在探索人类未知的领域，正因如此，让人充满激情。

【学生】罗宇慧，复旦大学生命科学学院生物科学专业2014级本科生

【交流实验室】加州大学洛杉矶分校

【交流导师】X. William Yang

【研究方向】神经科学

（《青年报》2017年10月12日）

代表作三：

将最有科研潜力的学生送到世界一流的科研实验室去

复旦遴选“拔尖”打造学术大师

一流大学和一流学院，有些地方是共通的。比如，都把本科生“捧在手心里”。连日来，本报连续推出了3篇“在国际顶尖实验室里的年轻人”的报道，其中不乏“本科生直接在海外受教于诺贝尔奖得主”这样的“奇闻”。优秀人才得到如此高规格培养和锻炼着实令人欣喜。

实际上，本科生能遇见那样的平台和导师，源于“拔尖计划”的实施，与此同时，复旦大学校级和院系层面都在积极与世界顶尖名校建立各种联系，从而将最有科研潜力的学生送到世界一流的科研实验室。

“拔尖计划”对人才提供更有针对性的学习资源

“特别感谢复旦，可以支持并资助我完成这段暑期科研，让有梦想的年轻人有机会飞得更高。”陆一叶是复旦大学化学系大四学生，受学校“拔尖计划”资助，她在今年暑假前往美国斯坦福大学进行为期十周的暑期科研。

出于对有机化学的热爱，大二起，陆一叶就加入了复旦大学吴劼老师课题组进行学习，一共参与了两个课题。此次在斯坦福，她进入了 Barry M. Trost 教授的实验室。教授本人是有机化学领域非常德高望重、工作成果很出色的一位科学家。

从起初零碎的背景知识让她感到有些吃力，到后来在师兄事无巨细的悉心教导下，加上自己闲暇时不断提问思考总结梳理，陆一叶渐入佳境，对待实验，似乎更是有用不完的热情和动力。戴上护目镜和手套，与瓶瓶罐罐、各种试剂打交道，她从不觉得无聊和辛苦。"我会合理安排时间做尽量多的实验，通常是在实验室从早站到晚；每天赶着最后一班校车回家，几乎没在天黑前回过家；最后两周还熬夜写了总结报告、处理数据和谱图。"

陆一叶说，她特别珍惜在那里的每一天，感觉非常充实和开心，"我把这些都记在了一个小本子上，成为自己很珍视的东西。"

这些机会与"拔尖计划"是分不开的。据悉，化学系的"拔尖计划"是在大一下学期进行选拔的，大二时有增补，人数在 30 多人，招收对科研有兴趣的本科生，并对其提供更有针对性的学习条件和资源。

"我从大一下学期被选拔进入化学系拔尖班之后，就一直受到'拔尖计划'带来的更好学习条件，在常规化学系学习内容之外，更偏向科研能力的培养。我所有的专业课都是选拔尖班课程，也因此上课难度有更大挑战性。"陆一叶举例说，比如，物理化学的拔尖班是全英文授课、考试，而非拔尖班是用中文授课。通常，拔尖班的上课内容还会稍微难一些、快一些。

化学系对拔尖班学生专业学习和科研上有一定要求。拔尖班的学生会被要求参加许多讲座，有机会了解并见识更多国内外其他课题组的工作。在大三上学期的本科生学术论坛中，所有拔尖班学生还被要求提交科研进展报告，部分优秀成果还会进行墙报展示和口头汇报。陆一叶就曾获优秀墙报奖。

化学系还十分支持学生出国交流，并充分利用"拔尖计划"和经费给学生们提供更好的学习机会。"我的大二暑假和大三暑假都受到资助，前往香港大学和斯坦福大学进行暑期交流，了解并学习国外的课程和科研。这些都对我的帮助很大，让我对科研有更深入了解，发现了自己对科研的热情。"

人才培养试验计划在校内产生示范辐射效应

陆一叶多次提及的"拔尖计划"，全称叫"基础学科拔尖学生培养试验计划"，是国家为回应“钱学森之问”而推出的一项人才培养计划，旨在培养中国自己的学术大师。该计划由教育部联合中组部、财政部于2009年启动。

复旦大学教务处相关负责老师告诉记者，复旦大学的“拔尖计划”同年启动，以开放式的培养理念集中支持数学、物理学、化学、生物学四个学科开展优秀本科生的培养模式探索。

其间，学校借鉴国际一流高校培养优秀学生的理念和方法，在各试点学科中稳步推行优秀学生培养机制的各项改革，经过几年来的实践，目前已逐步搭建了基础课程平行班、探究式课程、前沿领域专题研讨班、国内外著名教授开设专业基础课、学术研究、国际交流六个平台。

“相关院系通过这些平台，建设高质量的课程，转变教学方式，更新教学内容，推动国际交流，有效提升了人才培养的质量，而优秀学生通过这项计划茁壮成长，即使未参加‘拔尖计划’的学生也从中受益，此外，还激发了其他院系不同程度地自发开展教学改革。可以说，基础学科优秀本科生培养的‘拔尖计划’在校内产生了相当广泛的示范辐射效应，并已成为复旦大学全面推动本科教学改革的原动力和重要推手。”这位负责人说道。

在校方看来，化学和生物学是典型的实验学科，均要求学生从低年级就开始进入实验室轮转，参加组会，寻找研究方向，逐步开展相对独立的课题研究。化学系设有化学人才培养基金，资助学生实验经费，支持学生开展课题研究。正如陆一叶所参加每年11月本科生学术论坛，让学生充分展示研究成果和交流研究心得。生命学院则要求每位计划内学生在导师指导下开展一个研究项目，每年组织两次考核，要求学生向专家组汇报课题进展。

“已与同类学科世界一流大学建立了联系，每年选拔最有科研潜力学生，将他们送到世界一流的科研实验室交流学习，从而使参加过交流的同学不仅开阔学术视野，更坚定从事科研的志向，这是我们喜闻乐见的。”该负责人说道。

本科“荣誉项目”教学2020年覆盖全校所有院系

没有一流的本科教育，就没有一流的大学。本科“荣誉项目”亦是复旦探索人才培养模式的一个重要举措。

为汇聚能力卓越、志存高远的优秀本科生，进一步激发其学术志趣和挑战自我，追求卓越的潜能，从2015年开始，复旦大学在“拔尖计划”四个试点学科所在院系进一步启动了本科“荣誉项目”的建设。

“荣誉项目”设计激发优秀学生原动力的培养方案，建设一批具有挑战性的荣誉课程，搭建不同层次的本科生科研训练平台，进一步支持学生赴国内外一流大学及国际一流实验室交流，目标是将学生培养成为既具备深厚的专业基础，又具有前沿的学术视野和持久竞争力的学术人才。

记者了解到，复旦大学本科“荣誉项目”秉承了基础学科“拔尖计划”开放式的培养理念，鼓励优秀本科生学习上更自主，勇于挑战自我。各院系的“荣誉项目”实施方案以具有一定深度、难度或广度的荣誉课程为重要支撑。荣誉课程对原有课程的教学内容、教学形式和考核方式进行改革和提升，加强过程性指导和考核。同时，还大幅度增加了研讨内容，将原来“拔尖计划”中的无学分讨论班纳入，建设大学分课程，配备稳定的优秀教师队伍及相应的优质教学资源。荣誉课程还设有灵活的退出机制，实行动态管理。

从培养效果看，在“拔尖计划”和“荣誉项目”的引领下，学生的学术志趣被有效激发，创新意识和研究能力显著提升。仅以物理学系为例，最近3年间本科生参与发表论文有60多篇，1篇发表在Nature Materials，1篇发表在Nature Comm，多篇发表在Phys. Rev. Lett. 和Phys. Rev. X等物理学国际顶级期刊上，本科生为第一作者的高质量论文有10余篇，且呈上升趋势。而在国际级、国家级竞赛中获奖的学生绝大部分也为“拔尖计划”学生。

无论是“拔尖计划”还是本科“荣誉项目”，校方坚持，国际化培养均是培养拔尖优秀人才的有效途径。试点院系广开渠道，以交换生、实验室访学、联合培养、异地教学等多种形式，使学生置身于国际化的环境中，追随大师，感受氛围，接触前沿，激发志趣。

根据今年稍早前公布的复旦大学《2020一流本科教育提升行动计划》，2019年，首批参与荣誉项目的本科生将有机会获得荣誉学业证书。目前，除了基础学科之外，理工人文社会等其他学科也逐步参与到本科“荣誉项目”的试点建设，争取在2020年覆盖全校所有院系，从而在全校范围内营造人心向学、追求卓越的学习氛围。

（《青年报》2017年10月13日）

申报资料实录

作品简介：

系列报道的推出时值国家“双一流”建设高校及建设学科名单公布之际，上海14所高校入选。青年报以此为切口，深入一线，发扬“走转改”精神，连续4天推出报道，揭开青年学子成长路上的新机遇和创新密码。

《“诺贝尔化学奖得主成了我的导师”》等四篇报道，点面结合，细节可读，全景呈现青年学子善于向国际顶尖科技学习、奋斗拼搏的精神风貌、勇于攻坚克难挑战自我的品质，以及高校人才培养体制机制上的突破创新。

社会效果：

该系列报道青年气息浓郁，细节生动，既展现参加过国际交流的同学开阔学术视野，坚定科研志向的新风貌，又传递新举措带动全校范围内人心向学、追求卓越的学习氛围。国家“双一流”建设的路上，少不了这样一种勇气和锐气。同时，作为“青春喜迎十九大”的一组出彩报道，作品也为“十九大”的胜利召开营造了积极向上的舆论氛围。

推荐理由：

上海在建设具有全球影响力的科创中心建设道路上，离不开人才。青年报的报道亦从侧面烘托出高校创新体制机制为人才建设尤其是青年人才培养率先做出的努力与成效。

系列报道故事性强，青年特色鲜明，切口小而巧，青年的蓬勃朝气和奋发创新也给受众带来榜样的力量与创新的启示。

文字消息

一则寻人启事被转发到京东38个配送群

12小时接力,快递小哥找回走失老人

作者:徐　驰
编辑:钱滢瓅　罗震光

老人走失,家人焦急万分。家属抱着试试看的心态,求助快递小哥们帮忙寻找。京东配送员们上周三就此发动了一场线上线下的“地毯式寻人”。最终,走失老人被一位好心的快递配送站长护送回家人身边。

老人走失求助小哥

“那天早上,姥姥和我妈妈出门买菜,没想到回到小区的时候,姥姥却一个转身,走丢了。”老人的外孙女孙女士回忆,5月24日6时18分许,在调取监控录像后,确认老人从浦东新区世纪大道靠近潍坊路上的一个小区门口走了出去。

孙女士和家人几乎找遍了附近的大街小巷,都没能发现老人的踪影。“我们刚来上海也不久,也没什么社会关系和资源,真是急死人。”孙女士告诉记者,姥姥今年80岁,患有轻微的老年痴呆症,认人、认路都会犯糊涂。

情急之下,孙女士忽然想到,“我经常在网上买东西,京东快递小哥人都很好,他们每天走的地方也多,能不能请他们帮忙留意一下?”死马当活马医,她给附近的一个配送站打去了求助电话,对方回应:“小姐您别着急,我们马上一道来想办法。”

线上转发线下寻找

一条名为“浦东老人今晨走失请配送兄弟帮忙留意”的寻人启事被迅速转发到了京东38个配送群,帖子里还配上了老人的监控截图、姓名和家属电话。附近浦电站、联洋站、龙阳站等配送站点的工作人员还来主动添加孙女士为微信好友，帮助转发、寻找，展开了“地毯式”搜索。这让孙女士宽慰不少。

当天晚上终于传来了好消息。当天黄昏，杨浦站配送站长罗亨健照例开车回家，经过罗山路靠近锦绣东路路口时，发现一位老人正坐在马路中央的绿化带旁，十分危险。罗亨健脑中忽然“蹦”出了上午群里转发的那条帖子，“车虽然开过了，但我瞥了一眼，相貌和那件鲜艳的衣服，应该没错。”他赶紧在路口调头，在老人身旁停下。

好心站长护送回家

“阿姨，您别担心，我是来送你回家的。”罗亨健回忆，起初老人尚存有戒心，不愿上车，还喃喃自语：“我再往前走一会儿就到家了。”直到他报出老人的姓名时，老人才相信。

晚7时许，双方在相约地点见面。孙女士一把上前搂住姥姥，眼泪再也止不住。罗亨健当即悄悄离去，孙女士只得在微信群里拿着他的车牌号问了一圈，才找到了这位低调的好心人。

“好心人不止我一个，每一个转发过的同事，都贡献了自己的力量，他们都是好心人。可以的话，希望不要多渲染我个人。”罗亨健再三嘱咐记者。

（《新民晚报》2017年5月28日）

申报资料实录

作品简介：

如今，快递业已融入到千家万户的生活当中。通过微信和“微信群”的形式来聊天、工作，也成为不少人的生活方式。在关键时刻，新兴技术的传播力，不仅可以助人一臂之力，甚至可能救人一命。

2017年5月27日晚，一条感谢快递小哥帮助找回老人的消息，在朋友圈里广泛传播。其中，特别提到了家属向快递小哥求助，并将寻人消息接力转发了38个工作微信群，经过一天的不懈努力，才终于找回老人的细节。当晚，记者在得知消息后，立即联系了当事人的家属孙女士。详细采访后，找到京东公司相关负责人，并在第一时间要到了好心快递小哥的手机号码，连夜赶赴采访。采访完毕，已近子夜。随后，经过约40分钟的写作，报道《12小时接力，快递小哥找回走失老人》跃然纸上。次日，编辑选用在新民晚报头版的醒目位置。

社会效果：

报道刊发后，引发不少读者的共鸣。读者纷纷来信、来电，点名要为好心的快递小哥“点赞”。同时，东方网、新民网、上海热线等主流网络媒体，均在第一时间转载了该报道，使之成为了当天的网络“热文”，并引发网友们的广泛关注和热议。

报道的影响力还跨出了本市：首批省级重点新闻网站华龙网和长三角新闻网等网络媒体一并全文转发；拥有着一批广大年轻受众的腾讯网、搜狐网等商业网站也相继转载，均起到了良好的正面传播效果，并使受众呈几何级数量增长。网友们的留言、跟帖无数。多数网友表示，希望媒体能多宣传类似正能量故事，多弘扬热心助人的精神。在搜索引擎中键入本文标题，相关结果也多达62400多个。

推荐理由：

这是一篇900余字的消息。它叙述了一桩老人走失后，家人求助快递小哥，寻人启事随后被转发至38个快递微信工作群，直至一名快递员发现线索，并辗转12个小时，最终帮助找回老人的暖心故事。该消息行文简洁，叙事清晰、晓畅，却饱含情感。其中，展开“地毯式搜索”，快递小哥“悄悄离去”，家属在微信群内通过车牌号“找回”好心小哥等细节，均体现出关爱、感恩等正能量。

本文所挂栏口为“上海好心人”，同样是本报获中国新闻奖的优秀栏目。从这条消息中，我们能够看到，上海这座城市，需要好心人来体现她的温度和情怀。同样，这座城市，也从不缺乏好心人和热心助人的精神。好心人，有你真好；好心人，有你真暖。

交通卡充值难，丢了谁的脸？

作者：林　渌（丁烨）
编辑：陈　多

“一卡在手，出行无忧”，说的是在上海几乎人手一张的公共交通卡。不过，前不久，由于种种原因地铁站内的交通卡人工充值柜台数量锐减，导致许多不会使用自助充值方式的老年人遇到了麻烦。据媒体报道，不仅地铁站内充值成了难题，站点外号称“遍及上海滩”的便利店充值服务，也不如宣传的那样好用。

经常乘坐地铁的市民发现，以前几乎每个站点都有的柜台人工充值服务，目前已少了许多，取而代之的是一台台新架设的自助充值机。这些自助充值机，不接受现金，只接受银行卡或支付宝充值，这样的现状，让许多想为交通卡充值的老人愁眉不展。据媒体报道，家住场中路的王老伯为了给交通卡充值，不仅乘坐地铁去相邻的地铁站碰运气，在找不到人工服务后学习使用自助服务，但发现自助充值机却不接受现金，只能再跑去站点外的便利店，没想到，许多便利店也因为各种各样的原因不提供此项服务。折腾了半天，王老伯还是没有给自己的卡充上钱，这样的体验对一个上了年纪的老人家来说，简直糟糕透顶。

要问为什么充个值那么难？相关方面给的答案可谓讳莫如深——“企业间的博弈”。换句大白话，就是企业间对利益分配有异议，尚在角力过程中。企业间的“暗战”，却以牺牲便捷的公共服务与好不容易建立起来的社会公信力为代价，这些企业的负责人不知有没有想过，此种角力是否真是笔划算的买卖？

从“出行无忧”到“充值困境”，我们看到的是公共服务的细节从贴心用心到漫不经心的变化。在高科技日新月异的今天，年轻人或许还能轻松应对这样的变化，然而对接受力、学习力已大打折扣的老年用户而言，一个小小的充值动作就足以让他一筹莫展。在上海这样一座已进入深度老龄化的城市，在取消老年人免费乘车的当下，如此糟糕的充值体验，很可能直接导致部分没有小辈帮忙的老年人出不了门、坐不了车。试问，这部分老百姓的正当权益，暗战打得正欢的大企业会顾及到吗？

服务至上，始终是衡量一座城市公共管理是否到位的标杆。无论出于任何原因，以牺牲公共服务质量为代价的发展，都不是可持续的，更不是明智的。服务至上，虽然只是一句口号，一个标准，但真正要做到这四个字，却远非叫叫口号那么简单，需要决策者真正把“百姓利益放在心上”，真正可以换位思考：这样的服务，舒适吗？

习近平总书记在浙江任职时，曾写过一篇《心无百姓莫为“官”》的文章，他在文章中指出，“群众利益无小事”。公交卡充值难题，虽然只是一件小事，只是给一部分老年人添了麻烦，但实质上却反映了城市公共服务在决策、实施、执行等多个环节上出了问题。如果这些问题始终不解决，那就不只是丢了“企业”的脸面了。

（《上海老年报》2017 年 2 月 9 日）

申报资料实录

作品简介：

从 2017 年年初开始，原本设在各大地铁站的交通卡人工充值服务相继取消，导致一些不擅长使用自助设备的市民，尤其是老年人苦不堪言。同时，经营方曾经宣传的在“遍布全市”的 24 小时便利店中也可“人工充值”的承诺也并未兑现。不少老年读者通过写信、电话的方式向报社求助，反映交通卡充值难的现状。本评论针对这一热点问题，从公共服务应有的细节服务入手，批评相关企业因种种原因忽视了老年市民的实际需求，呼吁公共管理领域须恪守“群众利益无小事”的原则，真正将老百姓的切实需求放在心上。

社会效果：

稿件刊登后，报社在一段时间内收到大量读者来信来电，表扬这一新闻评论立意高、观点犀利，切中了问题的关键，并有读者拨打 12345 市民热线和民政热线，对文章进行表扬与鼓励。在舆论的持续关注下，2 月 22 日，申通地铁公布在陕西南路、南京东路等 50 座地铁站内的便利店、商铺等增设“交通卡现金人工充值点”。至此，交通卡人工充值难的问题得到了相对圆满的解决。

推荐理由：

本报这篇评论立意较高，充分体现了“为老年人说话”的办报宗旨，聚焦老年市民为交通卡充值难的现实困境，以凝练的文笔、犀利的观点呼吁相关方面关注这个问题。文章刊发后得到了众多老年读者的赞扬。在半个月内，此问题最终得到各方的重视，得到妥善的解决，该评论获得了较好的社会效应。

票房迈过45亿元大关，单片观影人次破亿；而比数字更重要的，是人们从中看到了“商业成功”转化为“文化成功”的可能

《战狼2》模式给中国电影产业带来了什么

作者：王　彦　邵　岭
编辑：王　磊　张立行

上映18天，电影《战狼2》票房已破45.5亿元，跻身全球影史前一百。关于它的最终票房，充满想象。与此同时，根据中国电影专项资金办公室的数据，该片的累计观影人次迈过一亿关口。

尽管从专业眼光来看，《战狼2》并非是一部尽善尽美的影片，但这些数据叠加在一起，以及该片在普通观众中广泛获得的高口碑，使它对于当下及未来一段时间的中国电影产业具有了样本乃至标杆意义。当高票房低口碑成为电影市场的一种普遍现象，《战狼2》展示了电影产业将“商业成功”转化为“文化成功”的路径，证明了对于中国电影来说，好的文化内核加上一流的工业技术，完全可以产生巨大的文化传播力。有业内专家将这一转化概括为：战狼模式。

决定一部电影面貌和命运的，归根到底是观众的愿望

《战狼2》的观众统计分析数据显示：票房基本均匀抵达各城市。这部电影所带来的强大文化影响力，已在人群中划出了最大半径。

在北京大学艺术学院教授陈旭光看来，《战狼2》现象是一种水到渠成的结果；影片中国家形象建构原则和叙事逻辑，既基于中国崛起的事实，更呼应了当下国势和民心，契合当下中国广大民众日益增强的国家自豪感和民族自信心，并因此成为中国崛起的时代隐喻和中国梦的集体表达。

中国文艺评论家协会副主席路侃和中国艺术研究院青年学者孙佳山不约而同地认为，《战狼2》对于海外华人群体的直接展示和正面展现，是国产影视作品

在题材上的一大突破。一方面，过去的影视作品鲜少大范围触碰和表现这一群体；另一方面，影片对于该群体的刻画，也摆脱了《北京人在纽约》等过往影视作品中的压抑感和屈辱感。而这种题材上的突破所依托的背景，就是改革开放近 40 年来国民心态的重大转变，以及中国与世界在空间感上发生的巨大变化。

当主人公冷锋高擎五星红旗顺利穿越交战区，字幕打出“在你身后，有一个强大的祖国”时，银幕上下的共情被推向最高点。孙佳山说，今天，中国电影观众群体范围已实现了极大拓展，三四线城市观众成为电影产业的巨大增量，这样的共情就显得更有意义：充分证明影片所表达的对于国家与民族的认同感和自豪感，在中华大地上获得了广泛的呼应。而这就是一部电影所能实现的最大的文化成功之一。电影不是一个人的作品，而是人民心理深层倾向的反映。也就是说，决定一部电影面貌和命运的，归根到底是观众的愿望。《战狼 2》再次证明了这一点。

《战狼 2》之后，期待真正意义上的国产大片

在孙佳山看来，《战狼 2》还不是一部完整意义上的大片，也有着这样那样的缺点，但它却为今后真正意义上国产大片的涌现，开辟出了一条值得借鉴的道路：“主旋律同样可以获得商业成功，并在此基础上转化成文化成功。”

而这种转化之所以能够完成，依靠的就是主旋律的类型化转型。孙佳山说：“事实上，成功的商业大片都具备呼应时代需求的主旋律属性，好莱坞大片所做的，就是摸索出了一套将主旋律表达巧妙融合进商业类型片的创作方法。”《战狼 2》无疑也走了一条这样的路：以现代动作片为主打类型，兼容战争（军事）、超级英雄、武侠动作等各种亚类型，通过强情绪强节奏，实现了类型的加强。

具体到细节上，特定的故事发生地，不完美的英雄，这些遵循类型片模式的设定，都让情节和人物步步紧扣。同时，《战狼 2》带来的视听体验可用“极致”二字形容。上天入海飞机导弹坦克齐上阵，场面宏大；四倍于普通电影的镜头数量，确保全片剪辑酣畅淋漓；所有道具都与故事的发生场景严丝合缝，逼真到严苛——一部动作类型片该有的品相，它都具备。更重要的是，这些艺术化、奇观化的视听表现，不仅带来强烈的审美观感，而且与影片内容相契合，最终引发观众对内容的呼应。

要在视听效果上达到大片的质感，资金是起点。吴京在拍摄过程中连番追加投入的幕后戏，已被多次披露。影片开头六分钟的一场水下戏一镜到底，被许多影评人点赞。为这场戏掌镜的团队是《加勒比海盗》的原班人马，这水下六分钟也刷新了他们的职业体验。为确保入水动作完美，吴京反复跳海 26 次。演员的真实表演引发观众的真实感受，由此形成的情感共鸣顺理成章。

"这么多年来，我们拍摄大片一直对标好莱坞，但却忽略了一个前提：好莱坞大片是在众多好莱坞类型片土壤中发育起来的。"孙佳山这样对记者表示。在他看来，成熟的大片都是从成功的类型片中选取各类元素进行整合的，而我们恰恰缺少一大批成功的商业类型片作为行业基础。孙佳山认为，《战狼 2》的出现标志着中国电影来到了一个临界点：在有了该片以及之前的《湄公河行动》等作品在不同层面上的探索，我们完全可以期待更多真正意义上的扎根于中国经验的中国式大片的出现。一个成熟的电影产业，需要大片。

（《文汇报》2017 年 8 月 14 日）

申报资料实录

作品简介：

去年夏天，从《战狼 2》上映起，文汇报记者多次发文，从该片内容、精神内核、社会效应等多方位进行报道。而在影片上映 18 天后，记者关注到一个比票房更具意义的数字——观影人次。这是中国电影在产业化后单片观影人次首次突破一亿人。对此数据，记者敏锐感知到其深层次意义，并第一时间采访专家，揭示了这部影片获得巨大成功的内在逻辑，及其在文化上、商业上所带来的启示。

社会效果：

对于单片观影人次破亿这个数据，文汇报几乎是国内第一家对其进行深度阐释的媒体。该文刊发后，它与文汇报其他相关报道形成立体化、多维度视角，为中国电影里程碑式的作品写下注脚，且对之后的中国主旋律影片创作有所启迪。以本篇报道为首，这组文章不仅得到了电影学者、创作者的普遍关注，还得到上海市委宣传部阅评表扬，并被时任国家新闻出版广电总局电影局局长（现为总局副局长）张宏森转发点赞。

推荐理由：

《战狼2》一举创造了多项中国电影纪录。除了为之鼓掌，本篇报道分别在事实描述、数据归纳、观点提炼、内涵拓展等方面做深了该片的文化价值、社会价值。文中核心观点——该片“展示了电影产业将‘商业成功’转化为‘文化成功’的路径”，为更多中国电影展示了“好的文化内核加上一流的工业技术，完全可以产生巨大文化传播力”，对于中国电影，颇有借鉴意义。

文字通讯

小区垃圾分类不达标　志愿者去菜场找湿垃圾凑数

完成考核才有足额补贴　相关部门：很无奈，居民分类不积极，志愿者活脏没人干

作者：郁文艳

编辑：宋　杰　李道权

为了让小区湿垃圾量达到相关部门的考核标准，垃圾分类志愿者竟去附近菜场、水果店找垃圾来凑数。面对整桶整桶“整齐统一”的卷心菜或者茭白壳，负责考核、巡查的一些人员也没有“发现异样”，小区垃圾分类“长期达标”。

虹口区相关部门负责人表示，虹口区对小区垃圾分类有考核，垃圾分类志愿者在岗、湿垃圾分出量达到标准，垃圾分类点社区志愿者（通常是保洁人员）可获每小时15元的补贴，每天要求工作3小时；小区骨干志愿者（通常是居委会卫生干部）可获每月300元的补贴。

对于找垃圾凑数的情况，该负责人表示，已知悉这种现象，但该现象的产生有着诸多的原因和无奈，下阶段将加强管理。

湿垃圾桶里总是同类垃圾

本周，晨报读者向记者反映了所住小区在垃圾分类方面的一个问题。该读者住在虹口区广灵一路上的友谊一村，根据他观察，小区湿垃圾桶里在某一个时期几乎都是同一类垃圾，“要么都是茭白皮，要么都是卷心菜，如果是居民扔的垃圾，怎么可能都是一类菜？据我说知，湿垃圾达到一定量，政府有补贴，居委会或相关人员就从菜场搞点垃圾来凑数，这些垃圾就藏在垃圾桶附近的绿化带里。”

前日7点刚过，记者前往友谊一村调查。小区门口不远处的树上绑着块牌子，写着“虹口区垃圾分类湿垃圾投放点（垃圾分类绿色账户积分点）。记者看到，棕色的湿垃圾桶摆在这棵树的后方，较为隐蔽，盖子盖着；3个黑色的干垃圾

桶则摆在主干道旁，盖子均打开着。打开湿垃圾桶，里面几乎都是卷心菜，还有多棵完整的卷心菜，只是外面的叶子有些焦黄，此外还有不少剥下来的烂卷心菜叶。

志愿者承认找垃圾充数

昨天一早，记者再次前往该小区垃圾分类投放点，只见湿垃圾桶盖子盖着，里面满满一桶，从上层看，全是玉米皮。在旁边的绿化带内，记者发现了3大袋垃圾，分别装着茭白皮、玉米壳等，茭白皮还比较新鲜，玉米壳已有些枯黄，应该不是新鲜剥下来的。记者正用手翻垃圾袋时，一个身穿印有“绿色账户”字样绿马甲的上海阿姨出现了。

“你是昨天来过的吧?”阿姨问。“你怎么知道?”记者问。“居委会来找过我。”阿姨答。

“这3大袋垃圾不是居民扔的吧?”对于记者的提问，这位阿姨坦率承认，“没办法，居民不分类，偶尔有分的，是和我熟悉的，扔一点湿垃圾过来，但量很少，这个投放点要装满半桶湿垃圾，不然要扣我们钱，我们也没办法，只好去附近菜场弄一点。这个玉米皮是前天弄的，茭白皮是昨天弄的。”

这位阿姨是从去年8月开始接手垃圾分类投放点志愿者工作的，“之前的志愿者家中有事忙不开，让我一起帮帮忙。‘每天要满半桶不然要扣钱’是她告诉我的，因为是她去开会的。现在是我们两个谁有空谁来做，看到垃圾桶空了，就去弄一点，没办法，你说这活脏不脏，谁愿意干?”阿姨反复说着这活的无奈。

“有没有补贴?”记者问。“有的，一个半小时大概20多块吧。”阿姨说，补贴从居委会领，两个人分。“居民也不是全都不分垃圾，一开始有的人也很有积极性，但是积分积了，兑换奖品要等很久，有的人到现在一条毛巾也没领到，时间一长，谁还有积极性?”

友谊新村有友谊一村、二村、三村，一村紧挨着二村。距离阿姨所在的垃圾投放点步行两三分钟，还有个垃圾分类投放点。阿姨反映，那个投放点周围居民楼多，扔垃圾的多。

阿姨所说的另一个投放点，记者前一天去过。湿垃圾桶和干垃圾桶一字排开，湿垃圾桶里面装着茭白皮、半个西瓜皮。负责这个点的老李夫妇说，分类的人有也有，但很少，“湿垃圾是我们从小区里收来的，也有从干垃圾桶里分出来的。湿垃圾桶盖子要盖上，否则垃圾全往里面扔。我们在这里干了 20 多年了，这活脏，虽然有点报酬，但是没有人愿意干。”

垃圾运输车统计“工作量”

7 点 34 分，一辆环卫作业公司的小型垃圾运输车开来，环卫作业人员下车对着湿垃圾桶拍了张照片，记者问，“为什么要拍照？”对方微微一笑，将垃圾装上车，开车走了。

记者了解到，环卫工人拍照的目的之一是统计湿垃圾数量然后上报，但是对于这些湿垃圾为何都是“统一”的卷心菜并未表示异议。

“虹口区现在有 300 个垃圾分类试点小区，环卫作业收运人员每天要及时将各小区湿垃圾收运量报到相关负责人那里，相关负责人再报到我们一个微信工作群。每天有记录，月底进行考核、公布，第二个月初发放补贴。”相关人士介绍。

至于从哪个菜场找来的垃圾，阿姨语焉不详。记者前往附近最大的菜场、广灵四路上的“三角地广灵菜场”，发现门口除了一个垃圾桶空着外，其余都装有垃圾。菜摊老板均表示，菜场有专门收垃圾的，没有附近小区的人来要垃圾。

记者又在附近找寻其他菜摊。在广灵四路、广灵一路路口有一家“南汇蔬菜批发基地”，是个几十平方米的店面，店门口没有垃圾桶。“有没有附近小区的保洁来这里收垃圾？”记者问。“你问这个干什么？”老板很警觉，反复问。“你们的垃圾都扔到哪里？”记者再问。此时老板娘出来了，“不要影响我们做生意”，并叫记者离开。

居委会：别的小区也这样

记者又前往友谊新村居委会了解情况。对于记者提出的“是否知道垃圾分类志愿者从外面找来湿垃圾凑数”的问题，居委会何主任表示，这个情况她不知道，会了解一下。此后，一名居委会工作人员急匆匆进来，抛下一句话，“这种情况别的小区也有的，很多的。”又急匆匆出去了。事后，记者了解到，这名工作人员正是负责小区垃圾分类的居委会卫生干部。

“我们小区从去年开始推广垃圾分类，居委会给居民发放了绿色账户积分卡，也做过垃圾分类宣传，但没有人分的，难做。”何主任表示。

考核要求

湿垃圾量达标，才可获足额补贴

虹口区绿色账户管理考核办法显示，考核对象包括各街道及居委、社区点位志愿者。志愿者职责的考核包括：规定时间是否在点位上，并进行湿垃圾分类的扫码；保证点位湿垃圾的有效成分达到100%；完成每月湿垃圾收运量等。考核形式采取明查和暗访，委托第三方专业考核单位。

考核办法里还有虹口各街道湿垃圾指标量。对刚开始实行垃圾分类的小区，考虑到实际情况，指标一开始较低，第二年逐步提高。比如，对2016年开始垃圾分类的小区，当年的指标是每600户要求分出一桶湿垃圾，并且允许逐步达标，如一开始要完成60%的核准量，然后提高到80%，最后达到100%；对2015年开始垃圾分类的小区，指标要求每300户分出一桶湿垃圾。到了2017年，2015年和2016年开始分类的小区指标统一提高到要求每280户分出一桶湿垃圾，2017年开始实行分类的指标为每600户分出一桶湿垃圾。对于这个指标，一名相关人士表示，如果认真开展分类，并不高。

履行职责、完成指标也的确有补贴。社区点位志愿者（比如上文提到的友谊新村的那位阿姨）每小时补贴15元，要求每天工作3小时。社区骨干志愿者（通常是居委会卫生干部）每月补贴300元。补贴先由区通过第三方机构发放到街道，再由街道发放到居委会，再到点位志愿者。

根据管理办法，湿垃圾未达到考核量的多少比例，即扣除相应比例的补贴，目前为止2个街道被扣过。但相关人士强调："我们原则上不扣点位志愿者的钱，他们也很辛苦。其实，我们也怕真的扣钱了，打击他们的积极性，就找不到人来干。"

相关部门

已了解此现象，将有针对性措施

对于小区湿垃圾不足去菜场找垃圾凑数的现象，虹口区绿化和市容管理局相关负责人表示，了解到了类似现象，下阶段将加强管理。

这名负责人表示，这一现象的产生有许多原因，也折射出垃圾分类在目前这个阶段的无奈、困境。首先，有的小区受到居民整体素质、宣传力度、管理措施的执行、绿色账户积分兑换时间长等因素影响，居民分类积极性不高，湿垃圾分不出来，量不达标。因此某些点位志愿者为完成考核，去找垃圾。但这名负责人再次强调，虹口目前的考核指标并不高，若认真做好垃圾分类，完全可以达标。

其次，该现象存在了一段时间，没有切实通过奖惩制度等管理措施的有利执行来遏制，是因为担心处罚之后找不到人来干。记者也了解到，经济利益的驱动的确一定程度上决定了各区垃圾分类的效果。比如，有的区对菜场分出一桶湿垃圾补贴 10 元，而有的区只有 3 元；有的区专门招聘了人员，支付工资、缴纳社保，从事对居民垃圾的二次分拣、宣传引导、垃圾箱房保洁等。这些都取决于各区的财力人力物力，以及对垃圾分类的重视程度。

这名负责人表示，随着居民垃圾分类意识的逐步提高，以及周边菜场、商户管理措施的执行，相信这一现象会得到遏制，“大型菜场湿垃圾有补贴，就不会把垃圾给出去；水果店等商户的垃圾将定时上门收运，也有相应管理办法。这样，湿垃圾也不会流出去了。从外面拿不到足够的湿垃圾，会倒逼小区做好居民垃圾分类。”

（《新闻晨报》2017 年 6 月 23 日）

申报资料实录

作品简介：

记者接到读者提供的线索后，连续 2 天凌晨 5 点半到达虹口某小区采访，揭露了包括居委会在内的垃圾分类一线人员为完成绿化市容部门下达的垃圾分类达标考核任务，不积极想办法提高居民分类积极性，而是从附近蔬菜店拿卖剩下的蔬菜瓜果凑数的内幕，虹口绿化市容局相关负责人则知情纵容一线人员的操作。

社会效果：

从 2000 年包括上海在内的城市被列为全国首批垃圾分来试点城市以来，18 年过去了，但是，上海的垃圾分类上至市领导下至普通市民百姓都觉得，上海的垃圾分类没有明显效果。原因何在？此篇报道，记者通过实地走访、暗访、调查，并结合10多年绿化市容行业的采访报道经验，揭露了上海垃圾分类没有实效的原因之一。报道刊发后，虹口区政府第一时间找相关负责人谈话。在绿化市容行业，这篇报道亦掀起轩然大波，不少垃圾分类主管人员竟然也是第一次真正知道这类操作行为的存在，政府财政就这样白白浪费，奖励了偷菜凑数的人员。在市民群众中，更有人看到报道致电记者，反映了诸如居民分类后，环卫作业企业或者小区垃圾驳运人员仍旧混装混匀，使得居民白分类等情况。

推荐理由：

此篇报道记者通过实地走访、暗访、调查，揭露了上海试点生活垃圾分类多年没有明显效果的原因之一，在行业内以及社会上引起了很大的反响，为政府部门下一步怎么扎扎实实做好垃圾分类提供了警醒，同时也是记者专业素养，勇于揭露真相的体现。

文字系列报道

上海人工智能产业发展调查系列报道

作者：刘 锟 徐 蒙 任 翀 张 煜
编辑：刘 斌

代表作一：

把握机遇，首先要增强“敏感度”

阿里巴巴为何没有落户上海？“马云之问”曾经是上海之痛。

当前人工智能正迎来发展拐点，如何抓住机遇加快发展人工智能，是一项事关上海经济新动能的紧迫任务。市委市政府高度关注人工智能产业发展，市委领导近期多次要求上海各级领导干部要“主动作为、积极把握人工智能的重要机遇”。

采访调查中，记者听闻一些相关企业呼吁在人工智能领域上海切勿再现“马云之问”。

“上海经济体量大，产业门类广，产业亮点多，对新兴技术容易缺乏敏感，导致一些创新型企业可能由于不受关注而将重心转移，存在与潜在‘独角兽’企业失之交臂的可能。”上海道客网络科技公司联合创始人郭峰说。

一个显著的例子就是人工智能企业小 i 机器人。作为上海本土成长的企业，如今却多少有点“墙内开花墙外香”，在沪外不少地方已经成为“座上宾”，业务开展得风生水起。

面对当下热得发烫的人工智能，上海究竟应该如何作为？

“奇点时刻”正在临近

人工智能研究至今已有近60年历史。但由于研究和实际应用脱离，人工智能之前经历过两次沉寂。而现在，人工智能技术和产业两个维度的“奇点时刻”正在临近。

在业内专家看来，三方面原因引发人工智能发展迎来向上的拐点：

一是云计算使成本低廉的大规模并行计算得以实现。这非常有利于人工智能的商业化运营。

二是大数据训练可以有效提高人工智能水平。过去机器学习的研究重点一直放在算法的改进上，但最近的研究表明，采用更大容量数据集进行训练带来的人工智能提升超过选用算法带来的提升。

三是“深度学习”技术的出现。“深度学习”是模拟人类大脑神经网络的工作原理，使得人工智能在语音识别、图像识别、自然语言处理等几个主要领域取得重大突破。

通俗来说，人工智能分为三个层次：感知，如科大讯飞的语音识别、face＋＋的人脸识别；思考，如苹果Siri、微软Contana、亚马逊Echo、小i机器人；行动，比如波士顿动力学工程公司的大狗机器人等。

对于即将到来的人工智能时代，从国家到企业都不敢有丝毫放松，美国、日本、中国等都把其发展上升到国家战略层面，谷歌、微软等巨头更是投入了大量的人力财力，百度、阿里巴巴和腾讯也加快了布局和拓展步伐。

国际数据公司（IDC）预计，到2020年全球人工智能市场将达到470亿美元，相对于2016年全球人工智能市场近80亿美元的规模，复合年均增长率超过50％。我们将在从交通出行到健康医疗的各个领域中感受到人工智能的服务。

对人工智能有没有“敏感度”，将直接影响到上海未来能分得多少市场蛋糕。

“墙内开花墙外香”耐人寻味

上海要建设具有全球影响力的科创中心，人工智能自然不能缺位。

现在的问题是，相比国内其他一些地方，上海有些相关部门对发展人工智能的敏感度和重视度存在一定差距。以在国内语义理解领域的佼佼者小i机器人来说，就出现了“墙内开花墙外香”情况。

从2001年成立，小i机器人已经走过16个年头。“这条路好长也好艰辛，我们从2004年MSN机器人一战成名，到2010年弹尽粮绝，可谓九死一生。”上海小i机器人创始人袁辉感慨说，从投资人的座上宾，到最后被资本遗弃，再到凤凰涅槃，就像一场情节一波三折的电影。

有人一直在问，小i机器人的语义理解与市场上最火热的语音识别到底有何区别？语音识别就像教小朋友背诗，朗朗上口但诗的意思并不知道。语音识别可以把一段语音变为文字，但对文字背后的意思并不理解，而语义理解解决的正是背后的让机器理解人的意图的问题。

16年来，小i机器人建立了包括知识表示、推理预测、深度学习、语义理解、分析决策的完整架构，为包括工商银行、交通银行等国内排名靠前的大多数银行，中国电信、中国移动、中国联通，华为、小米、联想、海尔、三星、顺丰、东航、携程等知名企业在内的几百家大中型企业和政府、几十万小企业及开发者提供服务。小i机器人主导了全球第一个用户界面情感交互的国际标准和国内第一个人工智能语义库标准。

中国建行官方数据显示，由小i机器人提供技术支持的“小微”服务能力已经相当于9000个人工座席，远超95533、400人工座席服务总和。在招行，每天上百万次的交互量，过去大约需要2000到3000人来服务，因为有了i小机器人，现在的工作人员只有10人左右。

小i机器人为华为打造的内部智能服务机器人，支持中英文交互，解决了全球20多万员工的咨询问题。

Gartner2017年度十大战略技术趋势报告中，以小i机器人、Siri、Contana等为例，阐述在物联网时代，作为人与物沟通的新型界面“Conversational+”将连接万物，小i机器人被放在了第一个。

小i机器人能走出困境，有今天的成就，离不开上海的支持。袁辉清晰地记得，在2006年，小i机器人就要跌入深渊时，命运给了他一次转型的机会，扔来“救生圈”的是上海市科委。在其官方网站上，用“小i机器人”的技术发布了一个程序，直到今天还在继续为广大的企业提供7×24小时无间断自动服务。于是“小i”由“问不倒小百科”变成了永远在线的“客服小姐姐”，这种类别的人工智能，被称为特定商业领域人工智能，这也为小i机器人奠定如今的地位打下了基础。

不过，值得注意的是，这几年上海在人工智能领域的应用步伐不是特别快。最近两年小 i 机器人的人工智能应用业务大部分都在上海之外。

希望政府部门行动更快些

人工智能在未来将带来高于一般产业的经济和社会效益。一些企业界人士谈到，高端人才和高端产业是上海的优势所在，要想占领人工智能制高点，上海的行动还需要再快一些。

一些地方在确立产业发展战略后，就快速地创建产业发展集聚区，成立重点实验室。

小 i 机器人就是受到外地的热情邀请，于去年在当地成立了分公司，并与当地政府签署战略合作协议，建设人工智能大数据云服务平台，推广基于平台及行业子云的各种应用。如今，落地项目金额已达数千万元。其中将人工智能与政府的底层业务相结合的项目，在人工智能的产业应用上具有全球性的典型示范效应，已收到澳大利亚政府的邀请，将于下月赴澳做面对面的分享交流。

小 i 机器人方面表示，人工智能作为一种新兴技术，在研发和投入使用的过程中，需要大量的资金投入，希望政府予以支持，加快科技成果的转化和落地。同时，希望参与到上海龙头型人工智能项目中去，加快开拓人工智能应用场景。

此外，建议在政府部门支持下与相关院校、相关企业进行合作，建立技术及应用研究院、实验室，加快技术与应用之间的转换速度。

据透露，小 i 机器人正在推动与硅谷等地的合作，条件成熟时成立人工智能国际实验室，并在服务应用方面，进一步打开国际化之路。

“当前，人工智能的实用门槛已经突破，应用的广度和深度超乎意料，已经渗透到生产生活的许多方面，人工智能未来将呈现以市场为导向的快速增长。”业内人士建议，上海相关各方必须高度重视，快速行动起来，利用高端人才、高端产业优势，更好发挥具有技术和产业应用能力的领头羊企业的作用，打造国家的人工智能发展高地。

（《解放日报》2017 年 7 月 17 日）

代表作二：

找到迅速形成引领优势的突破口

“眼下世界上还没有人工智能的核心城市，我认为，上海有这个条件和机遇。”

去年的上海市市长国际咨询会议期间，特邀嘉宾凯文·凯利在接受本报记者采访时表示，从当今科技趋势看，人工智能将先于虚拟现实技术成熟、得到广泛应用，引领各行各业的变革，上海可以抓住这一良机。

《连线》杂志创始主编、人工智能专家凯文·凯利以其对互联网新科技的预言闻名。仅仅过了半年多，这位“硅谷预言家”的预言再次开始转化为现实。今年以来，一场人工智能热潮席卷各地，北京、上海、深圳、杭州、贵阳、重庆、合肥……国内多个城市在人工智能上发力，特别是在 AlphaGo 完胜柯洁，以及夏季达沃斯论坛举行后，人工智能成为当前国内科技领域最热的名词。

从当前的现实情况看，上海人工智能领域起步不算晚，但国内已经出现的不少人工智能领先企业，并没有在上海诞生；甚至还有像小 i 机器人那样的上海人工智能企业，成为多地围追竞邀的“香饽饽”。

上海发展人工智能，有着人才、资本、市场、产业、环境等多方面的优势。要实现“成为一座以人工智能为核心的城市”的期许，上海对人工智能不能没有“家底观”，只有对其中的优势和短板做到心中有数，才能有所取舍、对症下药，迅速找准发展突破口，才能在全国乃至全球形成一定的引领优势，不负中央对上海建设“具有全球影响力的科创中心”的期待。

汽车领域最具“开花结果”优势

今天，上海人工智能领域家底中，最发达、最有前景的行业是什么？

采访调查中，不少人工智能专家和产业经济研究者都把票投给了汽车行业。

“从目前的基础来看，上海非常有希望在汽车的智能网联、无人驾驶领域走到国内第一位，并同时在世界上处于非常领先的地位。”罗兰贝格大中华区原副总裁、蔚来资本合伙人张君毅表示。

近年来，以上海嘉定国际汽车城为核心，国内首个智能网联汽车测试示范区快速发展，被称为中国的“安娜堡”（世界闻名的美国安娜堡无人驾驶示范区）。按照规划，到2018年，这里将会有上百辆的智能网联汽车测试运行；到“十三五”末，上路智能网联车将达数千辆。

由此，在人工智能帮助下，智能网联汽车将大规模地实现无人驾驶。“相比之下，李彦宏坐着一辆自动驾驶汽车上了北京五环，一点也不稀奇。”智能网联汽车领域专家表示。

观察上海智能网联、无人驾驶汽车产业的发展过程，可以清晰地看到，市场力量是最主要的推动力。国内外汽车企业、互联网和通讯领域企业、自动驾驶的算法和软硬件配套企业，以及高校、科研院所等各方力量，如同被磁石吸引，自发地汇聚在上海西北一隅。短短数年中，国内相关领域顶尖人才和创业团队集聚，创新技术、项目和产品层出不穷，投资资本也将这里视作一片热土。

在这片热土上，即使是初出茅庐的创业企业，也因产业集群的影响力而声名远播。最近，德国《南德意志报》以大篇幅专题报道了其中的上海禾赛科技公司，这家由三位斯坦福海归创办的企业，专门研发无人驾驶汽车的激光雷达设备。这样一个细分领域，却是人工智能中“人无我有”的关键创新。

如今，禾赛科技已经拿到1.1亿元的A轮融资，并接到众多世界汽车巨头的订单。

汽车业在上海的人工智能应用领域脱颖而出，甚至一枝独秀，有多方面原因。国内最为雄厚的汽车产业，是基础；产学研深度结合的人才和技术研发环境，是动力；海纳百川的市场环境和文化，是魅力；金融业发达、专业投资机构云集，则成为催化剂。无论从硬件基础还是发展理念看，上海具有发展智能汽车的天然优势，目前国内其他城市很难做到后来居上实现“超车”。

“以人才为例，虽然目前上海的总体科研实力不是全国最强，但上海雄厚的产业基础、密集的国际车企总部、宜居的生活环境、便于交流的研发氛围等，都为上海在未来成为智能汽车人才高地打下了基础。”张君毅认为，以汽车等行业为龙头，上海在人工智能人才集聚方面，发展势头迅猛。

“化学反应”将来自产业基础

人们在谈论中国的人工智能技术应用时，更多地会谈论BAT，以及科大讯飞、小i机器人等企业。因为这些企业技术领先之外，它们引领的人工智能应用看得见、听得到、摸得着，易于公众理解，与大众生活的距离很近。

但是，咨询机构埃森哲通过调查发现，人工智能未来的真正价值在于推动基础行业的转型发展。

上海汽车工业的人工智能变革是一个鲜活的案例，而在方兴未艾的上海飞机制造业，人工智能也第一时间出现在生产制造环节之中。

日前，中国商飞上海飞机制造公司的浦东总装基地里，第三架C919飞机进行的机前、中机身对接作业中，一台个头不大、外形酷炫的自动机器人发挥了大作用，原本需要4名工人24小时完成的制孔工作量，1小时就高效、高质量地完成。

这台机器人学名叫“柔性轨道制孔系统”，工艺人员根据三维数模编程，工人对齐个别定位孔的坐标后，机器人便会根据程序，沿着机身“爬行”，自行完成其他大量剩余工作。

这样的机器人是国内民机制造业在全机对接中的首次应用，虽然其人工智能程度还比较初级，但即使是人工智能简单的应用，也能发挥大幅提升劳动生产率的效果。“未来的想象空间非常大，特别是飞机大批量生产后，人工智能如能广泛应用，将带来巨大的效益。”上飞公司相关负责人表示。

“特别是那些与传统行业结合，并从传统行业出发做人工智能并推动产业转型的创业公司在未来会有更多的机会。”复旦大学大数据学院副研究员魏忠钰认为，虽然计算机、统计等学科的基础研究是推动人工智能发展的最基础力量，但人工智能之所以现在让大家兴奋，并成为热点，是因为大家发现它能与各行各业都可以有很强的联系，并产生“化学反应”。原因是发展人工智能所需两大基本要素之一大数据就出自各行各业。“人工智能技术在产业中的应用需要技术企业和生产数据的产业进行磨合，即如果要推动人工智能技术在某个实际应用场景有更深入发展，就必须是人工智能专家与某个行业的企业有很密切的联系。”

最近，普华永道的调查报告中指出人工智能应用潜力最大领域，包括智能汽车、基于影像的诊断、欺诈检测和反洗钱、个性化财务规划、按需生产、自动交通管制等。而这些领域基于当前的汽车、金融服务、医疗保健、零售、制造、科技通信和娱乐、运输和物流、能源等产业，这些在上海都有良好的产业基础。

虽然各个产业都可以应用人工智能，但其进入门槛的高低却各有不同。业内专家普遍认为，相对于语音识别、金融服务、医疗保健等领域，智能汽车是人工智能领域进入门槛最高的行业。

埃森哲大中华区信息技术服务总裁陈笑冰同样指出，智能汽车是第一个成体系的、有规模的展示在大众面前的人工智能新技术，其具备推动多行业变化发展的完整结构情景，并且其实现成本和技术要求也最高。虽然目前只有大公司才能承受智能驾驶技术研发的科研成本，但是，智能汽车是可以在不太长时间内就能使人工智能发挥作用的一个重要的领域，因此值得政府、企业和科研机构三方共同努力去投入。

上海的人工智能发展率先从汽车行业取得突破，对上海未来人工智能整体发展来说，颇具启发意义。一方面，上海已经明确了高端制造的产业发展目标，人工智能发展也需要发挥高端化优势，抓住高端领域的机会。类似智能汽车，那些技术和资本密集型、综合性强、带动力大的人工智能应用，是上海发展的方向。另一方面，上海也不需要面面俱到。人工智能产业范围很大，比如一些大数据中心建在电价便宜、劳动力成本较低的中西部地区，这显示了市场配置资源的规律。上海受资源、土地等客观约束，需要在人工智能发展上有所取舍，并与其他地区开展产业链合作。

补上基础和活力的短板

然而，发展高端并不意味着上海的人工智能不需要基础与活力，其中，基础来自算法、深度学习等人工智能技术研发；活力则来自大量的创新创业。

上海经济和信息化委员会在调研报告中指出，目前我国互联网巨头、创业公司在人工智能基础层、技术层与应用层的参与热情均较高，目前国内大多初创公司仍使用国外科技巨头的开源平台，通过大量行业数据训练人工智能系统，在核心算法、深度学习等领域的研究与发达国家相比落后较远。

国内人工智能领域普遍存在的短板，也是上海的短板。目前，上海在人工智能基础领域，主要布局有一系列大数据和云计算企业，智能芯片等人工智能的硬件领域也有一些企业形成了领先技术。但在算法方面，仅有寥寥数家企业，且技术积累也与国内外领军企业有不小差距；在机器深度学习领域，更是难觅有影响力的企业。

“基础研发薄弱不是上海一个城市的问题，而是整个中国的问题。但上海正在推进科创中心建设，有责任也有能力承担起人工智能基础研发的重任。”张君毅表示，当前上海可以抓住北美人工智能领域人才回流国内的契机，引进国际知名人工智能研究机构，补上基础研发不足的短板。

在人工智能的创新创业方面，上海也有短板亟待补上。“依托大企业进行平台创业是上海可以充分利用的优势，但也不能忽视所谓的‘草根创业’。”上海交通大学安泰经济与管理学院教授陈宪表示，创新创业的本质是试错，一些草根创业看上去效率不高，但他们带来产业与科技发展的活力，对上海来说不可或缺。

“在上海进行人工智能领域的‘双创’，需要切准市场方向。”魏忠钰认为，人工智能应用讲究“场景为王”。从目前来看，医疗和金融领域的人工智能技术进入门槛不高，发展前景广阔，在上海拥有巨大市场潜力，适合人工智能领域的新创企业加入。

对于上海如何为人工智能发展营造创新创业氛围，凯文·凯利也于去年底给出过建议，未来上海要吸引更多相关领域的专业人才近悦远来，并为人才创造更加宽松的环境，降低政策和监管的束缚，鼓励人们尝试和犯错，从而在全球树立“智慧城市”应有的风范。

（《解放日报》2017 年 7 月 21 日）

代表作三：

上海有城市“魅力”，也要靠人的“努力”

这几天，上海科技企业流利说正打算“乔迁新居”：原本的办公空间太小了，在杨浦区政府的支持下，他们将在创新园区长阳谷拥有新的办公室，面积是原先的四五倍。流利说在上海已经有 600 多名员工了，但服务的对象更多——全球 4500 万用户，因为流利说拥有目前全球最强的人工智能老师。

2012 年流利说刚成立时，CEO 王翌并没有想到发展速度会那么快。之前，他在美国谷歌工作，负责谷歌分析等多个关键功能。但人工智能的风潮推动他离职创业，回到了祖国、来到了上海，在人工智能机器语言领域闯出一片天地。

“流利说的发展离不开上海。上海的环境、产业、市场、研发等优势，是城市魅力的体现，是吸引企业前来发展的重要条件；但是，在新形势下，一座城市光靠这些是不够的，上海必须不断争创招商引资新优势，人工智能产业才能更快更好地发展。”王翌等人工智能领域创业者的经历和期待，或许能为上海发展人工智能提供一种辩证的思路：既要发挥政府的引领作用，也要发挥市场的配置作用；既要善用现成的城市魅力，也要释放潜在的“人的作用”；既要高度重视基础研究，也要积极推动产业应用。

有形之手在哪里

在上海，类似流利说这样年轻的人工智能公司还有很多，而且在不知不觉中，就成为某个细分市场的领军者：

浦东新区的元趣信息是一家年轻的创业公司，主打“人工智能＋早教机器人”，2013年成立。今年推出的新款早教机器人“小8”在一些细节上，比亚马逊、苹果等行业巨头的语音识别能力还强——人们使用大佬开发的人工智能语音助手时，每一次都要用“Echo”“嘿，Siri”等特定词汇唤醒机器，但小朋友们只要直接和“小8”说话，就能得到相应回复。

依图科技是闵行区一家专注于计算机视觉、自然语言理解等人工智能技术研发的创新企业，2012年成立，2013年拿到第一笔几百万元的天使轮融资，到今年5月，已经完成3.8亿元C轮融资，相关技术服务于安防、金融、交通、医疗等多个行业，并推出国内第一个真实应用于临床的人工智能影像诊断产品。利用这项产品，计算机对肺小结节的诊断能力几乎超越普通医生的诊断水平。

“人工智能是新兴产业，政府部门过多干涉未必有利于行业发展。”几家人工智能企业相关负责人都这么说，虽然身处前沿产业，但他们既怕被“棒杀”，也怕被“捧杀”。在流利说和元趣信息的服务或产品中，计算机语言是核心技术，但行业中已经有科大讯飞、百度DuerOS等领军企业或产品了，可英语学习、儿童早教等细分市场为他们提供了机会。上海对新鲜事物的欢迎、对新生行业的支持，让这些企业有了发展空间。

不过，政府不干涉并不意味着企业不需要政府的帮助。人工智能企业在发展中，尤其是解决各种具体问题时，也盼望政府的“手”能推一把。

“流利说是幸运的，从落户上海开始，发展遇到具体困难了，都得到了相关政府部门帮助。”王翌说，这次换办公场地，已经不是杨浦区第一次伸出援手了。之前，企业因为融资需要变更股东信息，杨浦工商也帮了不少忙：“传统企业可能不会那么频繁变更股东，但新兴企业经常会有融资行为，政府部门根据业态发展调整管理方式，就是对企业的最好支持。”

另一方面，随着人工智能产业的发展，业内人士认为政府的服务，也要从“普惠”转向“专业”。目前，越来越多的人工智能技术应用在安防、医疗健康、金融、交通、社会治理等领域，与公共服务紧密相连。在这个过程中，企业是人工智能技术的研发者，公共服务则变成新技术的试验场。企业希望介入公共服务，就势必要与提供公共服务的政府部门打交道，如果政府不懂专业技术或不愿意接受新兴事物，就会让那些有价值的技术缺乏落地机会。

为什么选择上海

人工智能公司云知声总部在北京，但在上海徐汇区有分公司，而且分公司的规模与北京总部差不多。“很多人觉得奇怪，我们公司总部明明在北京，为什么上海的团队和北京一样强?”

公司 CEO 黄伟解释说，虽然 2012 年创业时将公司总部设在了北京，但他和多名初创成员把家安在了上海，一是因为他们喜欢上海的生活，二是考虑到企业发展后的需求：上海对新鲜事物接受度高、在全国的影响力也够大，如果有产品了，在上海推广起来会更容易。

事实证明，当年的决定是正确的。经过 5 年发展，云知声已成为国内有一定知名度的语音语义整体解决方案企业，并且凭借“术业有专攻”，在智能家居、车载、医疗领域小有建树，其中他们为医院提供的语音识别服务已经进入全国 30 多家三甲医院，成为这一领域的“隐形冠军”。由于团队主创人员在上海有个“家”，不仅在市场推广上驾轻就熟，而且利用上海的城市魅力，网罗了更多的专业人才。

眼下，黄伟想将上海分公司升级为“第二总部”：“上海有魅力，上海有市场，上海更有机会。”

职场社交平台领英(LinkedIn)的调查或许能从另一个角度显示出上海的城市魅力。领英对平台上全球人工智能人才的职场数据进行统计分析后发现，国内近 70%的人工智能人才在北京和上海扎堆，其中北京占比约 34.1%，上海占比 33.7%。虽然上海的人工智能人才总量略少于北京，但上海对海外人才的吸引力更强：上海在全球化人才、全球化企业两个维度上均位列全国所有城市第一名，而且在领英平台上，上海拥有的本地外籍员工数量约是北京的 2 倍。

领英中国技术副总裁王迪说，近年来，国内对人工智能产业的重视使得海外人才纷纷回归，从2013年至2016年，毕业归国的人工智能人才平均年增长率达到14%，有海外工作背景的归国人工智能人才平均增幅为10%。在这个过程中，上海可以凭借城市魅力抢占先机。

但是，上海要打造人工智能发展高地，也不能仅依靠城市魅力。安永咨询服务合伙人张伟雄提醒说，为推动人工智能发展，很多城市在靠后天努力弥补先天魅力的不足。这个时候，即便是有魅力的城市，也要进一步完善产业环境，吸引人工智能企业和人才。他认为，一个对人工智能产业有吸引力的城市应当具备三个条件，"一是一定需要政府的驱动和政策的支持，二是有足够的应用市场的需求，三是有足够的人才储备。"在他看来，政府需要拿出具备竞争力的政策去扶持人工智能创业企业："这样才能吸引足够多的人工智能人才聚集到上海，而上海才有可能具备足够的实力去参与竞争。"

黄伟也告诉记者，他也观察到不少同行正纷纷将总部从北上广深等一线城市迁往重庆、成都、杭州等业内所称的"新一线城市"："那些城市各方面基础都不如一线城市，但当地政府发展人工智能的决心很大，根据企业和产业的实际情况给出扶持政策。比如，新兴企业想获得政府支持，往往要递交申请材料，介绍各种情况，然后等政府审批，周期很长，而且繁琐，企业就没有积极性。有些城市针对这一点，大大简化了申请要求，企业就被吸引了。"他觉得，上海若想保持原先的魅力，不仅要靠先天优势，也不能离开后天努力。

遭遇短板怎么办

总体来说，人工智能产业分为基础研究和产业应用两个层次。

从基础研究以及产业应用两个角度观察人工智能产业，上海的人工智能产业发展水平在全国处于何种水平？在创业者眼里，上海人工智能在细分市场的产业应用上并不弱，流利说、元趣信息、依图科技等能成为细分市场的"隐形冠军"，都体现了这点。

不过，上海也有短板。百度、阿里巴巴、腾讯等互联网领域的大公司总部不在上海，这就使得这些企业主导的基础研究在上海少一些，他们推出的人工智能技术在上海的应用也要少一些。

用什么补短板？复旦大数据学院副院长吴力波认为，要用辩证的眼光看这个现象："上海在人工智能领域大公司方面的积累与北京、深圳、杭州相比有劣势；但是从研究机构方面看，上海处于全国一线水平，因为有像复旦、交大、上科大等在计算机和统计领域科研实力很强的高校作为支撑。"与此同时，在产业成熟度和完备度方面，上海一直走在全国的前列。如果将研究机构与产业相结合，产生的"化学反应"或许能把短板变成优势。

在吴力波看来，人工智能技术最终只有落地应用才能发挥价值，而上海不缺基础研究，也不缺产业储备，所以"我对上海在人工智能产业应用端的发展表示乐观，因为上海企业经营者的开放程度，以及与国际接轨程度都很高，这都为这些企业未来在原有产业领域引入人工智能创造了极大可能性。"

王迪则提醒，在全球视野中，也并非所有的城市、企业都拥有天生的人工智能发展基础。面对现有的短板，引进人才是可行道路之一。在领英平台上，全球人工智能人才的需求量三年内增长近 8 倍，很多海外科技巨头为了提早争夺人才，纷纷将目光瞄准高校的人工智能专业，通过联合培养的方式储备人才力量。他由此建议，上海也可利用现有的高校资源和产业资源，通过"政府-高校/研究机构-企业"联合培养及项目合作等方式，为人工智能产业积累基础。

（《解放日报》2017 年 7 月 22 日）

申报资料实录

作品简介：

2017 年 6 月下旬，上海市委表示，上海要努力打造国家的人工智能发展高地，要以应用为驱动，重视产业链整合和产业生态培育。上海人工智能产业当前究竟处于怎样的状态，应该从哪些领域进行率先突破？解放日报迅速组成报道组，走访一线企业，对话行业专家，对上海人工智能产业进行了较为全面的解读。《把握机遇，首先要增强"敏感度"》（7 月 17 日头版头条）《找到迅速形成引领优势的突破口》（7 月 21 日头版头条）《上海有城市"魅力"，也要靠人的"努力"》（7 月 22 日头版右头条）三篇文章分别从增强产业敏感度、寻找行业突破口、产业发展辩证法等角度，对上海发展人工智能提出了针对性的建议。

当前人工智能正迎来发展拐点，如何抓住机遇加快发展人工智能，是一项事关上海经济新动能的紧迫任务。解放日报的这组报道可以说来得非常及时，而且颇有深度和见地。

社会效果：

文章见报后，人民网、新华网以及上海相关政府部门网站给予转载，为上海人工智能的发展营造了良好的舆论氛围。报道还受到相关政府部门关注，积极与本报记者联系沟通相关情况，对当时上海正在制定的人工智能产业发展规划起到借鉴作用。

推荐理由：

1. 该组报道是上海同城媒体中率先对上海人工智能进行家底排摸的一次深入调查，通过这组报道，政府部门和市场对上海人工智能的总体情况有了整体认知。这是记者走基层、转作风的一次生动体现。

2. 三篇报道各有侧重，形式创新，及时回应了相关各方对上海人工智能产业发展的疑问，是新闻媒体向智库型媒体转型的一次有益探索。

3. 在报纸刊发前，该组报道结合新媒体传播规律，在标题和文字风格上进行创新，率先在新媒体平台上观新闻刊发，获得不俗点击量。

新的艺术形式同频共振思想政治教育

高校“大师剧”火了!

作者：樊丽萍
编辑：李雪林

海南文昌,我国离赤道最近的发射场。今年7月下旬,上海交通大学原创话剧《钱学森》在这里进行汇报演出。这部以新中国“两弹一星”元勋钱学森为原型创作的校园“大师剧”,曾一举摘得中国校园戏剧节金奖。迄今,该剧已先后巡演10轮,演出多达31场,覆盖观众四万多人。

包括《钱学森》在内,在沪上高校,大学生追“大师剧”,正成为校园里的一道风景。上海交通大学医学院的《清贫的牡丹——王振义》、东华大学的《钱宝钧》、上海立信会计金融学院的《潘序伦》、上海中医药大学的《裘沛然》、上海理工大学的《刘湛恩》等等……一批以高校名家大师为原型、融思想性与艺术性于一体的“大师剧”,发挥着润物细无声的育人作用。专家认为,这些由大学生自己创作并演出的剧目,正成为沪上高校增强社会主义核心价值观教育、提升思政教育亲和力和针对性、传播大学精神和文化的有效载体。

据上海市教委介绍,2017年至2018年,本市教育系统将重点扶持六部“大师剧”作品。包括著名音乐家、教育家贺绿汀,武术大师蔡龙云等在内的一批大师、大家,都将通过“大师剧”,走进当代大学生的心灵。

有筋骨、有思想、有温度,校园纷纷排演“大师剧”

这两天,在上海师范大学,大型原创话剧《廖世承》的创作团队刚组建完成。廖世承是上海师范学院首任院长、著名教育改革家和心理学家,今年恰逢廖世承诞辰125周年,这部全新的“大师剧”将在今年9月首演,作为新生入学后的“重要一课”。

从2014年开始，上海市教卫工作党委、上海市教委以文教结合项目为载体，大力实施上海高校“向大师致敬——大师系列校园剧”扶持计划，精心选取各高校的创校老校长、学术大师、育人楷模等名家大师的人生经历作为创作素材，挖掘这些大师身上所折射出的艰苦奋斗、为国治学、严于修身等方面的教育内涵，引导广大师生走入大师的精神世界。

把身边的“大学精神”请上舞台，与大学生面对面重现大师名家的动人故事，“大师剧”火了！

以上海交通大学医学院王振义教授为原型的“大师剧”《清贫的牡丹》（学生版）经过多次演出，目前已纳入上海交大医学院新生入学的第一课，成为学生们追寻前辈脚印的一项重要启蒙教育。一批批观看过这部剧的医学生们表示，“他们为自己的职业感到骄傲和自豪。”

在各大高校备受追捧的“大师剧”，被业界人士视为一股清流。“大师剧”没有花哨的舞台装置，没有大牌名角上场，却在人性温暖和人文关怀上胜出一筹，以有筋骨、有思想、有温度的作品征服了年轻人的心。

“大师剧”为什么能那么火？艺术消除了年代感，直抵心灵

眼下，随着沪上高校“课程思政”教改不断深入，“大师剧”已逐渐作为生动的教案和素材，成为大学生思政教育的有力支撑，形成艺术与高校思政工作的同频共振。

“大师剧”为什么这么火？上海交通大学马克思主义学院名师工作室主持人施索华告诉记者，如今的在校大学生大多是“95后”，他们思想活跃，接受新事物快，更愿意表现自己的个性。“如果大学思政课一味地去灌输，去讲授理论知识，对有些年轻人来说，未必能入耳入脑入心。而像《钱学森》这样的‘大师剧’，能将理论知识融入典型人物和典型情景中，有助于理解、消化和掌握思想政治理论的基本观点。从育人效果来看，更容易获得高校学子的心理认同。”她的思想课教学团队就引入钱学森的故事来阐释“小我”和“大我”之间的辩证关系，受到了大学生的欢迎。

东华大学纺织学院教授邱夷平曾和学生们一起去看《钱宝钧》，他直言“看完后感动不已，非常励志”。邱夷平说，像钱宝钧等一批上海教育史上里程碑式的人物，他们的为人为学本身就体现着大学精神。比起自己读人物传记或者通过参观等活动了解老校长的事迹，艺术是一种更好地带着学生回到过去的形式，很容易就消除了这些人物的“年代感”，直抵学生的内心。通过观看“大师剧”，年轻人更能被打动，受到大师精神的感召。

在创作过程中，创作团队更是精益求精。为了凝练人物故事，收集一手素材，《钱宝钧》的创作团队成员先后查阅图片300余张、文字资料近50万字，还走访了东华大学的教授、钱宝钧的家属以及相关专家320余人次，着力准确呈现钱宝钧的人生经历和精神情怀。

“讲台”与“舞台”形成高校思政教育的双通道

校园里的“大师剧”，既为师生们创设了一个艺术实践的舞台，本身也是一个生动而真切的思政课堂。因为不少老师和学生是“大师剧”的观众，也是排演者、创作者、传播者。在全情投入创作中的过程中，师生们感悟到大师的人格魅力和高尚情操。

上海交通大学密西根学院学生万一说，“参演《钱学森》这部剧，对我来说不仅仅是一项演出任务，更影响了我自己的人生轨迹。曾经，出国留学对我而言意味着获得高薪工作和安逸生活，而现在我觉得，学成回来、报效祖国才能真正实现自己的理想。”《清贫的牡丹》里，饰演了王振义妻子谢竞雄的黄海燕说，“站在台上用心演绎王爷爷的一生，‘余于病患，当悉心诊治，不因贫富而歧视，要尽瘁科学，随其进化而深造，以造福人类’的誓言掷地有声，让我们心潮澎湃。”

（《文汇报》2017年8月8日）

申报资料实录

作品简介：

2017年，沪上高校陆续出现了很多人气爆棚的大师剧。文汇报记者敏锐地抓住这一现象，通过深入走访、调查，在采访了多位沪上思政课名师以及参加大师剧排演的师生后，这篇报道结合前期已经启动的沪上高校思政课改革，在列举事实的基础上深入分析并高屋建瓴地指出：大师剧正在成为沪上高校增强社会主义核心价值观教育、提升思政教育亲和力和针对性、传播大学精神和文化的有效载体。文章的立意鲜明而独特："讲台"与"舞台"，正在成为高校思政教育的双通道。

社会效果：

文章刊发在文汇报头版，并配有摘要，位置醒目，取得了极好的宣传效果，在上海教育界引起强烈反响。此后中央媒体也跟进做了相关报道，介绍上海高校思政教育的经验。

这篇报道刊还获得市委宣传部的阅评表扬，阅评认为：随着沪上高校"课程思政"改革深入，大师剧渐成生动教案和素材，文汇报报道题材有新意，记者用心察实情、用情挖细节，呈现了大学生思政教育崭新的亲和力，极具启示性和借鉴意义。

推荐理由：

落实习近平总书记在全国高校思想政治工作会议上的重要讲话精神，上海高校在启动思政课改革的基础上挖掘名家大师身上的育人内涵，通过排演"大师剧"，为大学生思政教育提供有力支撑，探索第一课堂与第二课堂的互动与融合，探索思政教育与艺术结合的新形式，彰显了上海高校在思政课改革上的新特点、新气象和新探索，为全国高校启动思政课改革提供了可复制的样板和有益的经验。

调查性报道

每一张订单都仿佛“用生命送达”

作者：李　蓓　罗　菁　黄　兴
编辑：蔡敏敏　陈　烺

暴晒鞠躬抢时间

滚烫的空气炙烤着大地，在这个“最热夏天”，劳动报记者应聘到了美团外卖位于市中心的一个站点，成为一名骑手。这是一份只维持了3天的工作，在这短暂的72小时中，我们的记者洗了一遍又一遍“桑拿”，因为订单被取消而几乎面临全额赔付，为了一次迟到而鞠躬道歉，由于电瓶车突然抛锚只能在烈日下骑着共享单车一路狂行……“送过外卖的人，以后遇到什么困难都不会害怕。”“离职”的那一刻，记者发出了这样的感叹。

记者亲历

开早会：烈日下露天排队讲评

眼前，是呼啸而过的汽车；头上，是汹涌刺眼的烈日。上午9：30，骑手的一天从开早会开始，因为站点办公室很小，每天开会的地址就是凯旋路桥下一片被荒废的露天空地。150多个骑手满头大汗地排着队，站长点名考勤，点评工作失误、传授经验。“电动车上路怎么躲开交警的检查?”面对记者这个“小白”，老骑手们纷纷出谋划策：开到红绿灯位置看到有交警就躲在其他车辆后面，如果人少的话就从旁边的人行道上骑过去，觉得确实躲不过去的话就绕小道，哪怕多走点路也比被罚款好。此外，骑手群里也会经常分享哪个路段有交警检查的信息，要多看微信群。上岗培训前，站长告诉记者，被顾客投诉一次最高罚款500元。那么如何才能避免投诉、多得好评呢？站长说，即使被顾客辱骂也不要还嘴，要多说好话。在交流经验时，一些骑手就说经常顺手帮客户带走垃圾、应客户请求帮忙更换水龙头，只要不耽误送餐，要求尽量满足。

第一单：为洒了汤水鞠躬道歉

11:05，记者收到美团平台系统派来的第一单，商户是位于中山公园的丰收日，配送地址是知音苑小区，两者距离2.5公里，按规定收到派单后必须在一分钟内点击“收到”键。

第一单的餐品是纸盒包装的汤水，这是骑手最不愿意配送的食物，因为骑行中难免颠簸，如果没有固定好汤汁溅出毁坏餐品，很容易引起顾客差评或投诉。

此时，系统又派来第二单，正好顺路且距离较近，记者决定先配送第二单。这个小区不允许外卖电瓶车进入，为了防止餐盒被人顺手牵羊，记者只能小心翼翼地把两份餐品叠放在一起，一路小跑进去。正疾步走着，突然一股小龙虾的香味扑鼻而来，低头一看，记者的心都快从嗓子眼里蹦出来：汤汁漏出来了，纸餐盒的底部全部被浸湿。记者用了一整包纸巾擦拭，然而餐盒边角已经泡烂。眼看这次配送要被顾客投诉，正好在小区门口有一家便利店，记者当即冲进去买了两个塑料袋，一头一尾套住餐盒。

在惴惴不安中，顾客家的门打开了。“万分抱歉，汤汁洒了一些，实在不好意思”。顾客打开袋子看了看皱巴巴的餐盒，满眼疑虑。无奈之下浑身湿透的记者弯下腰朝对方鞠了一躬，不停地说“对不起，不好意思”，满脸不悦的顾客终于点点头，关上了门。

第一单终于幸运送达，用时1小时7分钟，超时22分钟。

40℃：冷饮5分钟变常温

经过前两单的“烤验”，T恤衫几次湿透后又被晒干，只有骑着电瓶车吹着迎面而来的微风才稍感觉到一丝凉意，这时候恨不得电瓶车永远不要停下来。中午12时，在等待商户出餐的间隙，记者站在树荫下靠着电瓶车小憩一会，不到3分钟额头就布满汗水，而车座瞬间就热到滚烫，车上自带的温度计已经显示为40℃。

记者在小区旁的超市买了瓶冰镇饮料。送餐上楼时，饮料放在车篓里，进出前后不超过5分钟，刚想喝一口降降温，不料冰镇饮料已成常温。另一位同事刚送餐下楼，结果车子太热根本坐不上去，于是他又跑去物业讨一点自来水给座位浇水降温。“你看，打火机晒爆了。”他指着一个已经碎成好几块的塑料打火机给记者看。

车抛锚：骑上共享单车一路狂行

下午2时左右，记者接到配送单，需要送餐至金阳大厦。从上午10点开工起算，电瓶车已行驶4个多小时。当取餐完毕，行驶至万航渡路上，车子速度越来越慢，最终滑行100米后，车子彻底抛锚。没电了！此时时间只剩11分钟，眼看这一单就要严重超时，记者心急如焚，最后，只能把电瓶车扔在路边，换上一辆共享单车后一路狂行，一路上连闯几个红灯，心里唯一的念头就是快点、再快点。最终这一单餐品配送时间花费42分钟，距离“超时”红线只差了3分钟，幸运地“逃过一劫”。

订单取消：餐费全赔两天白干

下午6时许，记者来到一家饭馆取餐。由于前一餐配送的延误，这一单还没开始配送就已经超时12分钟。等到记者取好餐刚跑到商场1层，接到商家来电，说顾客因送餐太慢取消了订单！

在已经取餐的情况下顾客因配送超时退单，骑手需要承担本次餐费——看着小票上“230元”几个字，记者当时就傻眼了。作为一个兼职骑手，没有任何底薪和保障，每完成一单配送可以赚到8.5元。如果要为这一笔餐费埋单，就意味着记者需要在不超时的情况下完成30单才能把这笔钱赚回来。一个老骑手在用餐量大、配送任务多的情况下，每天约能完成30—40单，而像记者这样一天最多做10单的新手而言，未来两天要白干了。呆站了好几分钟后，记者只能拎着餐袋返回。没想到，走到半路又接到电话，是顾客恢复了订单，要求尽快送达。在松了一口气的同时，新的焦虑又来了：如果迟到，极有可能会收到差评甚至投诉，而一次投诉，骑手要被罚款100—500元。记者只能以百米冲刺速度奔向电瓶车，一口气连闯2个红灯，终于在折腾1个半小时后完成了任务。

忙里偷闲：靠着电瓶车打盹

在一天中气温最高的10时至14时，骑手根本没有休息机会，吃午饭大多要到在15—16时。这是一段难得的休息时间，除了吃饭，还要检查车况、换电瓶、充电，真正留给他们的休息时间并不多。

“下午3时左右单子会少很多，送的是咖啡、奶茶，这种取餐送餐都很快，我们一般提前送达后不点确认送达键，等到送餐时间快到了再点，这样每次可以多休息十来分钟。”这是老骑手传授的经验。因站点办公室空间局促，只有小部分正好在附近的骑手会在这段时间回站点休息，大部分人还是在大商场或熟悉的商户那里蹭空调，或在树荫底下坐在电瓶车上打个盹。

骑手自述

一个月被罚掉一千多

人物：丁哥

今年才30多岁的丁哥收入月均超万元，是周边骑手中的“名人”。他说，“这份工作大家都干得不容易，别看点对点的配送似乎很简单，高峰时的忙碌、订单的催促、顾客的抱怨……平台、商家与客人，我们谁都不敢得罪，谁都不能埋怨。时间就是金钱，这读书时没懂的道理，现在明白了。”

早上9时许，隆昌路一家商场门口，丁哥和伙伴们正议论着一个骑手的车祸。常年骑着电动车穿梭在大街小巷，骑手遇到车祸的机率比普通人要高许多。市民将横冲直撞的外卖员称之为“马路杀手”，可是背后的苦衷，只有骑手自己知道。

“我们愿意闯红灯、逆行、随意变道吗？”丁哥说，起初他也认为，外卖员只要对所在区域够熟悉，就能节省时间，做到“使命必达”。为此他利用休息时间，拿着地图一个个小区跑过来，一个个保安问过去，差不多做到每一幢楼都心中有数。但是他很快就发现，与高峰时系统下达的订单相比，这种熟悉程度并无太大作用。作为辖区内的冠军选手，高峰期他平均一小时做到12单，而这更多是用无数次违章驾驶换来的。“闯一个红灯能省2—3分钟，逆行一次就能避免一个路口的调头。”丁哥说。

然而，即使是像丁哥这样的资深骑手，还是逃不了被扣罚的“待遇”，“最多的时候，一个月能扣掉上千元。”他说，差评至少是200元的扣罚，要是遇到客人打到客服热线投诉，那视情节严重性甚至能扣数千元。

骑手最头疼的是送面。“有汤，容易漏，面容易糊，影响口感。”可盛夏时节，面食恰恰是点的最多的品种，汤打翻了骑手为了不收到差评，只能自己掏钱给客人，相当于自己买了份面。“最多的一天，我自掏腰包买下了五份不同浇头的面。”丁哥告诉劳动报记者。

能干上三年的骑手寥寥无几。

人物：韩峰

青铜、白银、黄金、铂金、钻石……这是一名“蜂鸟骑手”的等级“进阶表”。韩峰曾是一名网游爱好者，可直到他成为骑手才明白，“等级”的增长靠的只能是汗水。

做了骑手后，韩峰的第一感觉就是，吃饭时间变了。早上十点左右吃第一顿，下午三点吃第二顿，晚上八点以后吃第三顿。对骑手来说，常人的“饭点”就是自己的工作时间。

他和同事们的早餐都是“硬货”——馒头、饼、鸡蛋，很少有牛奶、粥、豆浆，这样可以减少上厕所。如果渴了，他们大多会捱到中午再喝，“这时候水就成了汗水，不会耽误送餐的时间。”干得久了，像这样的经验可不少：例如某小区的侧门不允许骑手进去；某商务楼电梯等的时间很长，哪怕是十楼，高峰时期最好还是跑上去。

韩峰和同事们之间，存在着等级划分。青铜蜂鸟、白银蜂鸟、黄金蜂鸟、铂金蜂鸟、钻石蜂鸟、王者荣耀……根据跑单和出勤来获取所谓的“蜂值”，可以不断提升自己的等级，等级越高奖励越多。这种在网游中司空见惯的分级模式，变相刺激着骑手们不断接单。“配送费的额外补贴不同，最高相差可能有好几倍。”韩峰说，等级的增长需要骑手稳定且尽己所能地完成订单。听上去好像并不难，但事实上他身边一个“王者荣耀”都没有。作为一名20来岁的年轻人，韩峰觉得每天自己干完活，“累得脚都在飘”。尽管收入不低，可在他70多人的团队中，3年以上的寥寥无几，1年以下的新人最多，不断有人被“月入过万”的薪酬吸引而来，又被现实中的疲劳打败而选择离去。

“这一行，流动性太大了。”韩峰如此说道，或许哪一天，他也会选择离开，“总不能透支了未来的身体。”

四问平台

一问：外卖小哥轻轻松松收入过万？

“工作简单轻松，每天骑车兜风，轻松月入上万”——这是劳动报记者前往美团外卖下属一家直营站点应聘时，收到的招聘广告。

以劳动报记者上岗的这家直营站点为例，全职底薪为2000元，加上1080元补助，总共是3080元，但是要满足每月28天考勤、每天在岗时间不低于8小时，最终到手时约扣除300元左右的五险费用。此外还有单量提成，0—100单是2块，101—300单是4块，301—500单是5块，500单以上是6块，该站老骑手平均每月工资不低于7000元。兼职骑手每单按照8.5元计算，没有底薪。工作时长比全职自由，可以只做午高峰时段。此外，达到一定单量可以获得额外奖励，全职在6—8月享有每月200元高温补贴，兼职没有高温补贴。上述直营站的6月份“单王”接单量为1600单，在没有一单超时或者一个差评、投诉的理想状态下，其收入约为11000多元。然而对于大多数骑手而言，想要拿到这个水平的收入并非易事，该站点一些资深骑手6月份一个人严重超时就超过100单。

二问：配送超时收到差评如何扣罚？

美团直营站负责人向劳动报记者表示，全职骑手的正常派送时间是30分钟，除非是大连锁商家或是高峰期才会延长这个时间。超时8分钟以内不扣罚，“超过8分钟的话你这一单就是白做了。如果你40多分钟才送到顾客手里，你这一单就没钱了。”而如果严重超时（超过半小时），每单还要扣罚2元。差评将影响骑手的综合评价，最终影响到奖励。至于投诉，视具体情况每次罚款100—500元。

三问：极端高温可否选择拒单休息？

答案是“不可以”。

劳动报记者体验了美团骑手 APP，点击界面中“开工”键即开始计算工时，全职骑手在 APP 上必须挂机达到 8 小时。“新任务”一栏中主要有两种类型的订单，一种为骑手本人任务订单，一种为其他骑手“转单”。当系统自动分配给骑手订单后，骑手需要在 1 分钟内点击“收到”键接收该任务，如果骑手没有点击“收到”键，系统会自动接收该订单，同时放入“待取货”一栏中，骑手仍需配送该订单且无法进行其他操作。另一种为其他骑手发出的“转单”任务，当骑手判断无法完成该订单或是不想接收该订单时，可进行“转单”申请，将该任务转发给其他骑手。如果有骑手愿意接收该订单，则不用配送；如果没有骑手愿意接受“转单”，仍然需要继续配送。每位骑手每天转单次数限制为 5 次，5 次转单机会使用完后，骑手必须完成系统分配的所有订单。老骑手告诉记者，5 次转单机会根本不够用，“要省着点用”。

四问：安全生产权益如何保障？

为了改变社会上对于骑手违反交规“横冲直撞”的负面印象，一些订餐平台都推出惩罚制度。如美团直营站规定，违反交通规则分 10 种情况每次分别扣罚 4—10 分，1 分为 50 元，在当月工资中扣除，其中未佩戴头盔一次扣 10 分。不过劳动报记者和一批同时应聘上岗的新人在缴纳 500 元押金上岗后，公司却以“物料缺货”为由，没有提供头盔。

为了强化安全生产意识，骑手上岗前都要经过培训考试。劳动报记者在上岗前总计接受了半个多小时的业务培训，随即参加非机动车交规考试，按规定必须达到 80 分才能上岗。站长表示，考试题目不会做的可以问他答案，一定要保证在 80 分以上，这是入职流程规定的。

为何本应非常严格的安全生产考试会匆匆走过场？记者调查发现，缺人是其中重要因素之一。一位站长告诉记者，现在各站点都缺人，希望大家尽快办完手续争取第二天就能上岗。事实上，目前在贴吧中招聘骑手的信息铺天盖地，由于工作环境恶劣、劳动负荷沉重，骑手流动跳槽成为普遍现象，仅记者上岗的某直营站中，大多数骑手工作时间都不到一年。

（《劳动报》2017 年 7 月 28 日）

申报资料实录

作品简介：

2017年夏天上海经历连续极端高温，社会各界纷纷呼吁减少户外劳动者作业时间，减轻劳动强度。但一片"减负"声中，外卖员却仍在"负重前行"。劳动报记者以应聘兼职的方式，深度体验高温下骑手的生存真相，站在大太阳底下开会，为免超时罚款连闯红灯，电瓶车座椅被晒到坐不下去，浑身湿透给顾客鞠躬道歉。通过调查发现，订餐平台采取强制派单方式，外卖员高温休息权成一纸空文。由于实施严苛的送达超时和差评惩罚制，外卖员"用生命送餐"成普遍现象。调查透过这些现象直指问题实质：互联网新型用工形式暴露出的网约工维权难，实则是存在制度缺口和法律短板，应从根本上予以解题。

社会效果：

报道在社会上取得了热烈反响，主流网站和新闻客户端均第一时间做了二次传播，三大外卖平台与劳动报沟通，表达了共同解决问题的诚意。报道引起市总工会等相关部门高度重视，市总主席莫负春对报道作出批示，在2018年上海两会上，市总更是递交了《加强新业态企业就业形态法律研究落实新型用工模式下职工权益保障》的提案，并以此作了市政协大会专题发言。

推荐理由：

通篇调查文笔老练，叙事流畅，结构紧凑，逻辑严密，兼具深度、理性、建设性和可读性。在各家媒体、各类关于新兴互联网用工形式的报道中，其深度、角度和反思力度都显得非常突出。

“中华优秀文化走出去”系列报道

作者：集 体

代表作一：

通过网络文学、动漫、游戏、京剧电影，中华文化正以“很酷”的方式“走出去”

让世界看到具时代感的“中国风”

在古代丝绸之路上，凝聚中华文化智慧的丝绸、瓷器、茶叶、漆器，由东方传到西方。岁月流转，走出国门的中华文化有了全新的载体。

今年5月，“起点国际”正式上线，网络文学“出海”已成风潮。以先秦历史为背景的国产动漫《秦时明月》被翻译成7种语言，在全球37个国家和地区发行播放，甚至拥有了海外粉丝官网。而借助现代电影创新技术的3D全景声京剧电影《霸王别姬》，最新行程遍布新西兰、澳大利亚、比利时、奥地利、西班牙等国家，京剧魅力声名远扬。

从网络文学、动漫、游戏到戏曲电影，中华文化正以最具时代感的方式“走出去”。

网络文学“出海”成风潮

提起中国网络文学“出海”之风，阅文集团副总裁罗立可以举出很多例子，“《全职高手》《鬼吹灯》等多部网络小说的泰文版很受泰国读者欢迎，《将夜》成为2016年度泰国 Naiin Bookstore 排行榜首；在越南，一些小说供不应求。”自 2006

年起，阅文集团着手网文的海外输出，目前已有数百本小说输送到泰国、韩国、西班牙、法国等地，累计翻译成近十种语言。

两个月前，网站“起点国际”上线，旨在面向海外读者提供外文版的中国网络小说阅读服务，目前共上线60余部作品。新作《我是至尊》首次全球同步首发，海内外粉丝实现零时差阅读。“网络文学存在很大的优势，它的创作者和作品数量都非常庞大。因此，虽然各个国家读者的喜好不一样，各地存在风俗文化的差异，但只要作品基数大，总有一批作品会受到美国人或法国人的欢迎。”阅文集团原创内容总经理、起点中文网总编辑杨晨说。

网络小说是一种年轻的文化形态。“出海”网文以玄幻、仙侠、科幻、奇幻类作品为主，在潜移默化中建构了外国读者对中国文化尤其是道家文化的想象。不少外国读者也因此钻研起“太极”“八卦”等道家文化，甚至互称“道友”，网络小说成为他们认识中华文化的路径之一。有学者形容：在全球流行文化竞争格局中，中国的网络小说功不可没。

动漫是一门国际化的语言

“如果中国的作品想进入海外市场，它最好的呈现形式或许是动画、漫画和游戏。”在国产动漫《秦时明月》总导演沈乐平看来，相较于传统的艺术形式，动漫具备更多优点，它的表现形式生动丰富，同时又是一门国际化的语言。

时至今日，动漫已成为中华文化“走出去”的绝佳载体。早在2010年，玄机科技出品的经典动画《秦时明月》就曾入选美国Autodesk2010全球最佳作品集，随后在2011年又勇夺戛纳电视节亚洲展映最佳动画奖，此外，《秦时明月》还一路高歌猛进，与《海贼王》并列斩获亚洲电视节最佳动画等多项国际大奖。如今，经过十年如一日的精心打磨，《秦时明月》已被翻译成7种语言在全球37个国家和地区发行播放，并在北美地区拥有粉丝官网。

《从前有座灵剑山》成为首部登陆日本电视台的中国连载动画，《全职高手》被翻译成英文输送海外，吸引了数万海外粉丝观看。以蒙古族英雄史诗《江格尔》为创作背景的动画电影《英雄江格尔之寻宝记》，去年9月登上蒙古国院线，此后，系列动漫作品还将在非洲54个国家和地区播映。执行制片人同古龙说：“《江格尔》大约产生于1500年前，是远古游牧百科全书，流传于欧亚大陆的许多个国家和地区，以动漫形式展现蒙古族英雄史诗，有利于文化的国际传播。”

“一些年轻观众对于传统文化与历史人物，有着古旧的刻板印象。为了能更好地传播中国文化之美，我们必须以年轻人乃至国际化观众能够接受的方式去展现传统元素。”沈乐平说。在《秦时明月》里，墨家的兼爱非攻、儒家的君臣礼仪之道、兵家的“风林火山”之道、道家的与世无争等诸子百家核心思想被一一保留，同时人物的外形设定却并不拘泥，“历史为骨，艺术为翼，动画片既有年轻人喜欢的外形，又有中国传统文化的核心魅力。我们希望通过将历史题材内容与科技、时尚的结合，让全世界的观众看到，原来中国风也可以很酷。”

数据显示，中国动漫游戏企业与“一带一路”沿线国家交流合作日益紧密，已与沿线 50 多个国家在创意、生产、技术、资金等方面开展业务合作，规模超 15 亿元人民币。

科技助力国粹全球传播

借助现代电影创新技术，3D 全景声京剧电影《霸王别姬》自 2014 年登陆好莱坞杜比剧院首映以来，一直热度不减。电影足迹遍布美国、法国、英国、日本等多个国家，“国粹”京剧在新科技的助力下，以更新颖的“语言”走向世界。

前沿的电影科技手段为《霸王别姬》拓展出更广阔的叙事空间，摆脱了传统戏曲电影在表达时对舞台程式的依赖。“垓下重围”“悲歌别姬”“虞姬舞剑”“乌江自刎”等重头戏无不充满着神奇的张力。3D 电影的出屏视觉效果极佳，武戏中的刀枪剑不断“刺”向银幕外，京剧武生们的腾跃、空翻仿佛就发生在观众席里。“全景声是 2012 年前后刚刚发明的科技成果，十分接近人在现实生活中对声音的全方位感受。它会在你的头顶上形成一个丰厚的声音场，在听觉层面上丰富了传统的京剧曲牌旋律与锣鼓点。”影片导演滕俊杰说。

走出国门的《霸王别姬》，令许多海外观众叹服于中华文化的魅力。好莱坞华裔电影人卢燕形容：“利用全新电影技术来呈现经典的中国京剧曲目，是个非常好的创意。”

“京剧流传至今 200 多年，已成为充满生命感和诗意的中国文化符号，电影则是当今世界无远弗届的一种表现样式。我尊重京剧，我也酷爱电影。京剧是生生不息的，每个时代，都有新的内容注入京剧，从而把传统带向了今天，带向未来。”滕俊杰说，“传统可以被激活。通过经典艺术与最新科技的融合创新，让经典传统与年轻一代的审美相关联是可能的。”

（《解放日报》2017 年 7 月 23 日）

代表作二：

上海京昆剧目接连受邀亮相世界舞台，奥秘恰恰在于正视中西文化差异从传统中发掘舞台魅力

走进剧场，还要走进外国观众心里

上海京剧院著名演员史依弘很忙，9 月 15 日起，她将与京剧表演艺术家尚长荣在纽约大都会博物馆演出《霸王别姬》；10 月初，她要和同事王珮瑜、安平、胡璇、蓝天等在巴黎与布鲁塞尔演出京剧音乐剧场《诗意中国 · 月光下的行走》。其实，在“走出去”的路上奔波的不仅仅只是史依弘一人。8 月底起，上海昆剧团将在希腊、俄罗斯、阿尔巴尼亚演出；上海话剧艺术中心等也将亮相爱丁堡艺穗节。除了国有院团，上海民营院团“走出去”的步伐也在加快。大家有共同目标，“不仅走进剧场，还要走进观众心里。”

选择对的戏，等于成功了一半

京剧在纽约大都会博物馆演出，可谓史上少有。“大都会博物馆亚洲部负责人看了京剧电影《霸王别姬》片花，又搜索相关资料，邀请我们在陈从周设计的园林‘明轩’演出，连演 10 场，每场 50 分钟，并通过实况转播让更多参观者看到。”30 年前，史依弘在美国得克萨斯州驻演 1 个月，“那是类似游乐场的舞台，我和同学们表演武戏为主。”

在史依弘看来，推广京剧必须正视中西文化差异，“一开始我们输送《三岔口》《孙悟空》，好玩有趣，普通观众也看得懂。但真正懂艺术的观众，尤其是欧洲比如戏剧大国英国，会有更多需求。梅兰芳先生去欧美巡演，带了《刺虎》《虹霓关》《贵妃醉酒》，无一不体现中国戏曲载歌载舞的特点，又好听又美。”

“载歌载舞”，在上海昆剧团团长谷好好口中也反复出现。上昆此次希腊商演，演出商特意“点”了《白蛇传》与折子戏专场。谷好好总结老外看戏的首选是：“视觉很重要，都是词美曲美、唱念做表俱佳的综合大餐，快速入戏、慢慢品鉴。”

“如果演《四郎探母》《红鬃烈马》，外国观众可能看不懂。”史依弘直言，理解

历史文化难，理解人性易，“《霸王别姬》体现了女性的隐忍坚强，为了胜利舍弃小我，在全世界演，观众都有共鸣。”她在日本演出《昭君出塞》，日本观众被载歌载舞的戏曲美打动，也被王昭君勇于承担责任的精神感染，“像《贵妃醉酒》是宫廷斗争引起的不快，也很容易让欧美观众领会故事情节。”

一个小细节可能毁掉所有努力

上海鼓鼓文化艺术团从美国演出归来，8 月又要出访捷克，从鼓剧《杨门女将》到音乐会《鼓起中国梦》，都是它的拳头产品。市演出行业协会会长韦芝却说，“没有一蹴而就的成功。”2014 年，鼓鼓文化艺术团作为上海民营院团代表，被市演出行业协会引荐参加在纽约举行的美国演艺出品人年会。外国演出商对中国鼓乐深感兴趣，连连发问“道具有多重?”“一场演出演员要换多少次衣服?”经验不足的鼓鼓文化艺术团代表被问懵了，眼看到手的订单又飞走了。第二年，“鼓鼓”有备而来，精心准备一段 5 分钟演出，人员、道具等各项巡演指标更是信手拈来。这一回他们顺利签单，2016 年美国巡演，8 个人在 7 个城市演了 10 场，今年变成 18 个人演了 30 场。口碑在外，“鼓鼓”又拿下了 2019 年新西兰演出合同。

为了更好地“走出去”，谷好好希望把希腊商演作为探路石，树立上昆在欧洲演出界的口碑，“《长生殿》曾经在德国演出，大受欢迎。明年我们计划组织更大规模欧洲演出。”演出多了，谷好好对“中外有别”的种种细节如数家珍，“欧美观众不太习惯锣鼓，所以我们的乐师会在锣鼓上贴膏药，让声音温柔一些。武戏专用的羊毛地毯，外国剧场极为少见，巡演要自带。有的观众席是环形，考虑到后区观众，群戏画面要调整。”

史依弘也表示，在国外演出尤其得注意观众对音乐的接受度。为什么梅兰芳先生带《刺虎》? 因为它融优美的唱腔与身段为一体，好听好看。他不会带《二进宫》《玉堂春》去国外，唱两个小时，观众根本坐不住。

洋为中用，古为今用的窍门

8 月开幕的爱丁堡艺穗节，两部“上海出品”的《惊梦》《蠢货》不约而同地用中西结合方式讲故事。上海话剧艺术中心与英国壁虎剧团联合呈现的舞台剧《惊梦》，灵感源于莎士比亚《仲夏夜之梦》与汤显祖的“临川四梦”。上海国际艺术节委约作品《蠢货》改编自契诃夫同名小说，只是分别将主人公变为京剧花脸、青衣，同时融合打击乐、皮影戏。

用中国方式讲述西方经典，外国观众不用费力去琢磨情节，反而能全心探索中国戏曲的美与诗意。上昆实验昆剧《椅子》去年在日本举行的亚洲导演节大受好评，今年又连续转战俄罗斯、阿尔巴尼亚两个戏剧节。谷好好介绍，导演节的“命题作文”是荒诞派戏剧之父尤内斯库经典名剧《椅子》。上昆与韩国、日本、马来西亚代表团队对同一作品进行不同版本的演绎，于是有了全长 90 分钟的昆剧《椅子》。充满哲学意味的情节，有别于传统才子佳人、帝王将相戏。“有的外国团队全场摆满了椅子，而我们用中国戏曲的虚拟手法表现椅子，用乐声代表水声，外国人觉得非常有趣。俄罗斯还提出加演。”

《诗意中国·月光下的行走》以京剧声腔和音韵，传达苏轼《水调歌头》、曹操《短歌行》、辛弃疾《破阵子》等古典诗词之美，除了胡琴、弦子，还加入了古琴、吉他等配器，甚至有些唱段，干脆以爵士乐、打击乐与京胡并行。京剧院《王子复仇记》《巴黎圣母院》等深受外国观众好评的剧目都经历了类似过程，表现方式不拘一格，又在长时间打磨中显现戏曲“中规中矩”之美。

“只要有足够的文化自信，用外国观众熟悉的方式推广，我们从中国传统中发掘的舞台魅力，也可以让外国观众看得懂，看入迷。”史依弘说。

（《解放日报》2017 年 7 月 30 日）

代表作三：

文化传播如烧菜，讲究“对胃口”

既要有让国外观众感兴趣的好内容，也要有好的翻译、易于接受的表达形式，还要会“吆喝”

这两天，上海博物馆“大英博物馆百物展”的队伍阵容依旧壮观，往往排队三四个小时才能入场。看着烈日下长长的队伍，上海博物馆馆长杨志刚会让志愿者们“劝劝”，不妨延后几天再来看，没想到观众说，“等这个展览已经等了好久，也不差这几个小时。”

大英博物馆选择 100 件藏品来展示、串联起一段段动人的世界历史故事，它的新颖叙述方式吊足了观众胃口，它的开放性也让观众产生亲近感和代入感。

据统计，截至 7 月 31 日下午 17 点，“大英博物馆百物展”参观人数超过 11 万人次。“大英百物展”以优质的展览内容，以用文物讲故事的方式，满足和引领世界各地观众的参观需求，这也给了上海文化工作者们启示。杨志刚感慨：“大英博物馆除了全球巡展，还做文创产品，他们的触角在不断延伸，输出的是整体文化。博物馆如何以战略为核心带动整体文化走出去，做好文化传播？需要我们花功夫研究，向世界传播中国文化仍将是我们的重要使命。”

这些年，在中国优秀文化以各种形式、各种载体走出国门的同时，也把一个东方大国、文明大国、负责任大国和社会主义大国的中国形象展现在世界面前。但在文明交流的路上，来自语言、渠道、文化背景等方面的天然障碍也影响着中国故事传播的广度和深度。如何让中华文化从“走出去”到“走进去”；让演出从“送出去”到“卖出去”；让文化交流的渠道从政府主导到社会多元主体并举？这些仍然需要不断努力和拓展。

走出去，不光演出办展那么简单

这个月，上海芭蕾舞团豪华版《天鹅湖》将赴荷兰和比利时的 9 个城市进行 40 场巡演，其中包括在阿姆斯特丹驻场演出 18 场。到目前为止，上海芭蕾舞团的舞步已先后到过几十个国家的 100 多个城市。在“走出去”的路上，上海芭蕾舞团团长辛丽丽发现，外国观众对中国的认识并没有想象中乐观。有一次，在美国某中部城市巡演时，辛丽丽发现当地观众对中国很不了解，甚至认为中国的芭蕾就是中国民间舞。“你们会穿足尖鞋吗？”“你们的芭蕾舞和国外课程体系是一样的吗？”这些令人啼笑皆非的问题，让辛丽丽陷入深思：为什么这里的人民对中国的认识似乎还停留在 100 年前？同时，这也让她意识到自己的使命：中华文化走出去的步伐还要加快，还要走得更深更广，传播中国当下的故事，让国外观众了解中国的现代文明。

相比芭蕾，让国外观众真正了解中国传统文化样式，需要铺垫的时间可能更长。“我们必须先对中国戏曲元素做一些推广，想办法抓住他们的好奇心。”上海昆剧团团长谷好好说。在国内，也许观众是冲着角儿去看戏，但到了国外，观众们更多是看综合艺术。外国观众的兴趣点常常是我们想不到的，比如他们会惊讶于锣鼓敲下去，竟然能发出雷声和雨声，我们习以为常的油彩、脸谱、绣花服饰等，在他们眼里都是新鲜的。“他们很好奇水袖代表什么意思，反复问我们，为何要在手上拿着这么长的袖子。在国外,我们一定要抓住戏曲综合特点去做全面普及,哪怕有一个点能引发他们的关注也好。"谷好好说,为此,除了演出,上昆也去纽约大学等高校办讲座,希望把昆曲的种子种在外国年轻观众的心里。

通过文物讲故事,是中国传统文化在世界传播的良好途径,但对展览策划提出了更高的要求。"中国和埃及:世界的摇篮"特展正在柏林展出,"听去德国旅游的朋友说,展览在当地影响很大。"说起这些,杨志刚很兴奋。早在上世纪70年代后期和80年代初,上博就开始同境内外一些博物馆和文化机构做展览交流,但把两个不同文明在一起对比展出,还是种新颖的形式。"这种文明对比展览,要对两个文明都有了解才能比较,否则就很牵强。这对中国博物馆界的知识结构,包括眼光,提出了新的要求。""大英百物展"的成功,也让他更加坚定了这些年来对博物馆未来转型的思考:上博要在知识结构上有所转变,推出更具有新意的展览,在人类文明大背景下讲好中国故事,既要扎根中国传统,又要面向世界和未来。

中华文化走出去,远不是到国外办个展览或是演出那么简单,送出去的内容是不是观众感兴趣的,表达形式是不是观众能接受的,审美是不是观众相投?有位学者做了个生动的比喻:留住食客的首要条件,得看你对食客的需求了解多少,能不能烧出对他们胃口的佳肴。"很长一段时间,我们自己在'厨房'里琢磨外国食客会喜欢什么,更多的是'我烧什么你吃什么',而不在意人家愿不愿意吃。这些年,情况有了很大改变,但仍需努力。"

除了内容为王,会吆喝也很重要

去年,上海昆剧团把汤显祖的《临川四梦》带到了布鲁塞尔中国文化中心,并第一次走进了捷克的布拉格音乐节。"捷克的票提前半年就卖完了,90%的观众是外国人。"说起票房,谷好好言语中不无骄傲,但在骄傲中,也有"甜蜜的忧伤","把昆曲剧本翻成捷克语太难了"。在剧团里,常常感叹好编剧难找,"走出去"多了,好翻译的问题又渐渐浮出水面。在国外演出时,常有华人观众来看戏,一场戏演得好,剧本却没翻好,他们也会非常着急地来提醒。"我们能感受到,每次出去演出,翻译水平如何,直接影响这场戏的综合表现质量。既懂中国传统文化,又懂多国语言的翻译家,是我们急需的。"

相比昆曲剧本翻译,小说的翻译相对简单,不过,很多国内畅销书经由翻译出版到国外后，反响却未如国内红火。“国内畅销的，国外不一定畅销，有些知名作家的小说和中国的时代背景结合紧密，没有基本的了解，即便翻译成外文，外国读者也难以看懂。中国图书走出去，是复杂系统的工程。”上海市编辑学会会长、出版人庄智象指出，过去，我们经常是先翻译好，再把图书输出到国外市场，看起来“服务周到”，但反过来想，我们引进的图书，有几本是要求对方先翻译成汉语的，外国人翻的“中文版”我们敢直接拿来用吗？“语言障碍只是一方面，最根本的还是我们选择什么样的内容和形式走出去。”

中国传统经典文化始终是一张硬朗的对外交流名片，在政府搭台之余，上昆也在努力主动出击，为国外各种舞台、剧场量身定制演出样式，寻找长期合作伙伴。“我们不能为了走出去而走出去，关键要走进去，特别是走进国外主流商演模式，让我们传统文化在国外有票房，有观众认可度，真的还要花很多精力和心血去拓展。”谷好好说。

在庄智象看来，除了“内容为王”，会“吆喝”也很重要。上海有邀请国外作家到中国交流的计划，通过在中国的实地考察，能让他们对中国有较深入、深刻的了解，在作品中对中国的描述也会更加恰当，无形中起到了宣传作用。他认为，除了走出去，也可以用“请进来”的方式扩大中国文化的影响力，借外力把中国文化走出去的路拓展得更加顺畅。比如“我们不妨多邀请国外媒体来中国交流与合作，在外国读者公认的媒介上，报道中国各方面的情况与发展、取得的成就等，文化本来就是要沟通的，多一些沟通、理解的渠道，交流起来才会更顺畅、更好。”

（《解放日报》2017 年 8 月 6 日）

申报资料实录

作品简介：

这些年，中国优秀文化以各种形式、各种载体走出国门，同时也把一个东方大国、文明大国、负责任大国和社会主义大国的中国形象展现在世界面前。解放日报记者对中宣部关于“文化走出去”精神作出快速反应，6 位采编人员分头深入了解传统戏剧、音乐舞蹈、电影、图书、动漫、游戏、网络文化，乃至展览、讲座等各方面“走出去”的成果，并通过采访一大批有影响的文化界人士，获取大量鲜活的第一手材料，形成了 5 篇有案例、有分析、有观点、有建议的综述性深度报道。

社会效果：

报道刊发后受到市委宣传部领导及上海文艺院团的赞扬和肯定，认为记者采访深入，报道通过归纳梳理，揭示了中华优秀文化如何走出去的一些规律性的做法和经验，体现了采编人员在“文化自信”的思想基础上，对问题的思考和探索，对进一步促进中华优秀文化走出去，在国际文化市场产生影响，有积极的意义。市委宣传部新闻阅评给予表扬。这组报道还带动了中央和沪上媒体先后对上海“走出去”取得的成果展开报道，形成报道热点。

推荐理由：

这组报道包含5篇述评，介绍和评述了近年来中华优秀文化走出去的过程、做法、取得的成效、积累的经验，以及仍然需要探索的课题，如此系统且全面地对文化“走出去”展开报道，尚属首次。报道多用叙述方式，以叙事为主，以评为辅，以各种故事片段组合，极具可读性和直观性；有些标题直白易懂，大大提升了报道的吸引力和感染力。

文字通讯

台湾省籍代表卢丽安拜访入党介绍人回忆入党心路——

这是个有魄力的党，心系人民与时俱进

作者：潘高峰　邵　宁　方　翔
编辑：钱滢瓅

“你在党代表通道接受采访的发言我们都看了，这几天，大家都在给你点赞！”

昨天傍晚，十九大台湾省籍代表卢丽安分组讨论刚一结束，就从驻地匆匆赶往西直门宾馆。大堂里迎接她的是上海市代表团代表沙海林。两人一见面，沙海林就向卢丽安跷起了大拇指。

“我是来拜访我的入党介绍人的。”卢丽安笑着告诉其他在场的上海团代表，2015年，正是在沙海林的介绍和见证下，她经过考验成为了一名光荣的中国共产党员。“这几天，一直在讨论报告，除了去人民大会堂开会，我都没出过驻地的门。但入党介绍人，一定要来见一下。”

十九大开幕当天，卢丽安在第一次“党代表通道”采访中亮相之后，引起海峡两岸关注。“以身为台湾的女儿为荣，以生为中国人为傲。”“历史无法选择，但是现在可以把握，未来可以开创。”尤其是“我们爱台湾，也爱祖国大陆”，当时她用普通话说了一遍，又用台语说了一遍，赢得网友大声叫好。

作为十九大代表中土生土长的台湾省籍党代表，卢丽安的党龄虽然只有两年，但对党认识很深刻。回忆起自己的入党经过，依然很激动。

“1997年来大陆，我是以普通群众的身份在学校里教书。我作为无党派知识分子，其实也在观察考量着中国共产党：如何来建设上海的社会，如何来建设整个祖国大陆。”卢丽安说，“党很清楚地知道自己面临什么问题，然后会制定很详细的目标、路线图，而且也不避讳自己党内要改革的一些问题。所以这个党是个有魄力的党，中国共产党信念坚定，心系人民，而且与时俱进！”

从那时起，卢丽安就很想加入中国共产党，但身边的朋友和同事都觉得她的身份特殊，不太可能。在一次赴台的参访活动中，卢丽安认识了时任中共上海市委常委的沙海林，卢丽安试着提出入党的想法，没想到沙海林很支持她，“我来当你的入党介绍人！”

在沙海林和另一位复旦大学同事的介绍下，卢丽安提交了入党申请书。“我可不是火线入党，之前我在心里观察着，党也考验了我。”卢丽安说，一年的积极分子、一年的预备党员，整整两年的考察，党组织对她各个方面进行了了解和考验，才同意她转正。

到了吃饭时间，沙海林邀卢丽安到食堂用餐。大家边吃边谈，说起了近几年的两岸关系。“很多台湾年轻人很想来大陆发展，但又担心无法融入，就会来问我。我告诉他们，放下成见，诚恳就好。”卢丽安说，对美好生活的向往，两岸是一样的。

（《新民晚报》2017 年 10 月 22 日）

申报资料实录

作品简介：

党的十九大首设“党代表通道”，作为“通道代表”，又是土生土长的台湾籍代表，卢丽安在通道发言时从一个独特的视角，讲述两岸同源、爱台湾也爱祖国大陆的朴素情感，赢得一片叫好。成为十九大期间一个新闻热点人物。

卢丽安虽在上海定居，但属于台湾团。2017 年 10 月 21 日，记者获得一条线索：卢丽安要来上海团驻地拜访自己的入党介绍人，记者马上赶回代表团驻地，赶上了两位党代表的碰面交流，也得到了专访卢丽安的机会。

记者通过陪伴式参访，利用与卢丽安一起就餐的机会，完成了独家采访。

社会效果：

文章刊出后，被各类媒体广泛转载，很多媒体包括台湾媒体也据此进行了后续报道，对十九大和党的先进性、感召力的宣传，起到了很好的效果。

推荐理由：

卢丽安拜访入党介绍人，在十九大的新闻背景下，是一个热点新闻。作者通过独家深入采访，让当事人亲身讲诉选择加入中国共产党的初衷：这个党是个有魄力的党，中国共产党信念坚定，心系人民，而且与时俱进！以一个身份独特的代表的心声，折射出党的先进性和感召力，既抓住了热点，也紧扣十九大报道的主题。

“虚拟货币监管风暴”系列报道

作者：林洁琛　于　舰　徐燕燕　周艾琳　殷　怡
编辑：吴　茜　后歆桐　石尚惠

代表作一：

虚拟货币生意经：从“挖矿”到ICO融资

今年以来，比特币涨幅高达300%。然而，进入2017年尤其是5月以来，比特币总市值占比在逐渐下降，现在已经降到了不到50%，而莱特币、以太币、量子链等加密货币的价值也水涨船高。

更令人震惊的是，币圈的“IPO上市”——ICO(Initial Coin Offering，虚拟货币首次公开发售)也如火如荼，投资人用现金或等值的比特币或以太币(两者在虚拟货币圈最通用)买入ICO发行的项目代币，就表明投资人拥有了一定比例的该项目使用权。项目发行方通过ICO融资，推动项目发展(多为区块链等技术项目)，项目代币的价格也会随着项目的升值而升高，投资者从代币的升值中受益。

ICO的速度快到令资本市场难以想象。3月16日，国内智能合约创新平台量子链(Qtum)开始ICO，在5天时间里筹集到价值1500万美元的比特币和以太币；4月26日，致力于预测市场的项目Gnosis开始ICO，仅15分钟ICO就募集完成。

事到如今，故事变得愈发耐人寻味。从一开始的买币赚钱、“挖矿”获利，到现在的ICO，虚拟货币形成了一条自己的生意产业链。然而，加密货币的价值取决于人们的“信仰”，同时ICO并没有受到严格的监管，在加密货币暴涨的同时，其募集看似轻而易举，尽管这支持了大量无法通过正常渠道获得融资的高科技创业者，但也不乏欺诈或急于在二级市场套现的投机者。未来监管方向如何？这一“生意经”是否还会持续？

加密货币家族崛起

说到加密货币的投资，最简单的就是直接从交易平台买币，而且这个虚拟货币家族变得愈发庞大。

从数链收集的数据来看，比特币总市值占比已经低于50%，2017年1月1日到5月20日期间，全球数字资产总市值从182亿美元涨到了703亿美元，增长了将近3倍；日成交额从1.6亿美元升到了22亿美元，增长了将近13倍；日成交额占总市值之比也从0.88%增长到了3.13%，增长非常快。另外，比特币总市值占比87.6%降低到了50%以下，目前数字货币的市场正从比特币一枝独秀走向百花争艳。

例如，莱特币于6月18日前后在24小时内暴涨了近50%，一度达到48美元。截至北京时间6月28日，每单位莱特币为268元人民币，比特币则为16975元人民币。

在错过比特币和以太币的暴涨潮后，数字货币市场的新手们现在都紧盯着莱特币。中国和韩国的数字货币炒家表现得最为踊跃。数据显示，在24小时内，中国和韩国的莱特币交易额超过了10亿美元，占到世界总交易量的50%以上。

“币圈估值水涨船高，比特币作为一个风向标，价格节节攀升，溢价效应必定会带动其他加密货币上涨。”史青伟对记者表示。

之所以如比特币等加密货币价格波动剧烈，主要是因为比特币经济模型不稳定的问题，区块链大学校长、信链创始人黄立峰对记者表示，比特币总量有限却没有实体产品，其价格波动与人们的信心紧密相关，因此“涨的时候大家兴高采烈，跌的时候却是很可怕的”。

“但可以确定的是，比特币是一场伟大的实验，作为实验来评价的话，它已经十分成功了。”黄立峰称。

为了解决不稳定的问题，信链尝试推出两款可购买的货币类产品：信链股和信链币。信链股主要是作为分红权,其绝对总量是有限的;而信链币的总量就会根据有效用户量的增长而动态调整,保证人均总量有限,以促进其价格稳定。

此外,现有区块链面临技术问题和经济模型问题。其技术问题大部分是核心算法 PoW(Proof of Work)带来的,PoW 算法本质上是对用户贡献的算力进行经济激励。主要问题体现在并发交易量有限、交易确认时间比较长、数据累积问题严重、隐私保护不足等方面。如今,也不乏一些创业企业试图完善这一问题。

"挖矿":电力、算力为王

比起直接买币,其实还有一个更有技术含量的赚钱方法——挖矿。区块链专家、上海区块链初创企业 BitSe CEO 钱德君对第一财经记者表示,"中国存在大量'矿工',有的甚至是大团队作业,来获取比特币报酬。"他也称,"比特币的数量可以说是固定的(2100 万个),因此随着玩家或投资者数量的增加,其价值自然会抬高,但挖矿的难度却是越来越大了。"

值得注意的是,挖矿并非真正意义上的挖掘矿藏。简单来说,当用户发布交易后,需要有人将交易进行确认,写到区块链中,形成新的区块。在一个去中心化、互相不信任的系统中,该由谁来完成这件事情呢?比特币网络采用了"挖矿"的方式来解决这个问题——中心化记账的权力分享给所有愿意记账的人,"矿工"来挖矿则是参与维护比特币网络的节点,通过协助生成新区块来获取一定量新增的比特币。

"其实说白了,挖矿是计算机 Hash 随机碰撞的过程,猜中了,你就得到了比特币。"曾参与过"挖矿"的钱德君解释称,"这涉及到哈希函数(Hash Function),给定一个输入 x,它会算出相应的输出 H(x)。由于正确的概率很小,就需要不停去试,这也需要电脑有很大的运算能力,直到得到正确答案,就可以把这个 x 写进 block(区块)里,这就满足了整个技术规则要求。"

目前,每 10 分钟左右生成一个不超过 1MB 大小的区块(记录了这 10 分钟内发生的验证过的交易内容),串联到最长的链尾部,"每个区块的成功提交者可以得到系统 12.5 个比特币的奖励,还加上用户附加到交易上的支付服务费用。"他称。值得注意的是,每个区块的奖励一开始是 50 个比特币,每隔 21 万个区块自动减半,即 4 年时间,最终比特币总量稳定在 2100 万个。因此,比特币是一种通缩的货币。

其实，要想拥有强大的运算能力，也意味着真金白银的投入。如果要尝试挖矿，就需要准备一台矿机、一台能联网的电脑、一个 AUC 转换器、一个树莓派（控制器）、电源及各种连接线等。矿机的性能和功耗、全网的算力和难度、矿场的部署和运维能力、有没有廉价电的资源等，都将影响挖矿成本。此外，如果全球有 10 万人参与挖矿，那么在这 10 分钟内，只有 1 个幸运儿拿走这 12.5 个比特币，其他人则颗粒无收。

近期，中国庞大的挖矿产业广受关注。四川省已经成为全球比特币挖矿资本最聚集的地方，电费成本是最主要的考量。出于节省铺设线路成本以及用电便利性方面的考虑，比特币“矿场”大多直接建在水电站内部。四川等地的水电资源非常丰富，矿工们就利用这些水力来“挖矿”。

矿场主要选择在了四川大渡河，因为这里的水电便宜而丰沛。据说世界每挖出 100 枚比特币，都有 5 枚产自这里。电力即决定了算力。

2015 年全国装机容量 32000 万千瓦，整个比特币系统 60 万千瓦。也就是说，比特币系统消耗的电，四川一座中等水电站就足以提供。

据悉，在多雨夏季时，许多比特币“矿场”的用电量尚不足水电站发电量的十分之一。但冬季进入枯水期后，枯水期电费有时候是丰水期的两倍，电力又变得不够用了。一些“矿场”主便需要把矿机运到新疆、内蒙古等地。对于四川的康定市这座小城，比特币挖矿成为拉动经济的新产业，传闻这座小城的快递员，拿起包装就知道是哪一型号的矿机，可见这一产业是多么兴盛。

ICO 势头迅猛，是喜是忧？

由于比特币“通缩”的特性，挖矿的生意也不是那么容易了。于是在产业链的另一端，一个叫 ICO 的业务火了起来，这种募集没有国界，只不过近一两年，由中国人发起的 ICO 项目数正不断上升。

近期由共享财经发布的《2017 年 ICO 信息铺路指引》提及，ICO 与 IPO 具有一定形式上的相似性，但究其实质，ICO 发行的不是股票而是数字货币，一般称之为代币（Token），区块链初创公司以众筹的方式，交换比特币、以太币等主流数字货币，以达到融资创业目的。虽然代币并不代表公司股权或公司债权，但其价值在于一来代币可以驱动公司开发的应用程序，二来代币总发行量有算法约束。如果公司的应用程序受到广泛欢迎，使用者多，代币的需求也会随之增加。

代币的旺盛需求会推高代币的价格，其持有者因而获得价格上涨的收益。

就第一财经记者所在的一个ICO路演微信群中，聚集了各路币圈人士和投资者，几乎每天都会有新的ICO项目信息。就发行过程而言，只要发行人制定了ICO白皮书，并且在线上募集到资金，其代币就能在相关交易所平台交易，形成所谓的二级市场。

“例如近期大火的Qtum，该公司起初什么都没有，通过ICO就募集了近100亿，可变现20亿～30亿人民币，这是传统风投给不了的，也可以说是社区的力量，只要能做起来，社区就会给你支持，并且投资人也可以通过二级市场（代币的升值）获得回报。”有业内人士对记者表示。

当然，也有币圈人士对记者表示，近期虚拟货币涨势迅猛，因此只要有新代币上线，价格就立马跳涨，不少投资人也是看上了代币暴涨的利益。

针对ICO的募集情况，有ICO承销方对记者提及，“能够火速募集的ICO项目发行方基本都是币圈老人，不过近期甚至有一些券商高管都想要发ICO项目，我们拿到这种白皮书后，基本不太敢帮他们做承销募集，基本前提还是我们对项目认可、投资人愿意买单。”

ICO服务平台ICORace创始人史青伟对第一财经记者表示，“尽管有失败的项目，也有‘不靠谱’的项目，但ICO的疯狂没有想的那么可怕，几乎80%的投资人都是币圈业内的，币圈‘老人’发的项目很快就能成功，这种基于信任关系的资金募集高效迅速，而非行业内人士发起的项目募集就十分困难，ICO资金的使用情况一定程度是透明的。”

针对ICO项目的分类，史青伟对记者表示，一般而言，ICO项目分三类：应用类、平台类、底层技术类。

应用类ICO是基于现有区块链平台，充分利用平台的技术和生态系统来开发直接面对普通消费者的应用；平台类ICO则对现有区块链技术做出一定改进，形成新的区块链平台，并在新平台上创建新的生态系统；底层技术类ICO则是提出一种新技术改进，应用于目前现有的区块链平台上，从而达到优化和提高的目的。

追溯历史，真正成功的首个ICO项目是在Bitcointalk论坛上出现的“未来币（NXT）”。NXT是基于全新编写的加密货币代码，并且是首个完全使用PoS的系统。全盛时期NXT的市值超过1亿美元，NXT也因此成为了当时投资者眼中最成功的 ICO。

见证过 NXT 的成功，2013 年底到 2014 年初涌现了大量的 ICO。伴随而来的绝大部分 ICO 都因过度炒作或者诈骗而宣告失败。不过至今为止最成功 ICO 项目以太坊也是在这个阶段出现的。以太坊募集资金超过 1800 万美元，截至 5 月 31 日市值达到了 200 亿美元。

加强监管 or 容忍创新？

那么，针对这一尚处于监管真空的新兴领域，监管究竟要不要强势介入？如何把握对创新的容忍度？

首先，如果 ICO 项目越来越多，且各种虚拟货币估值也越涨越高，有一天这是否会失控？

“欧美项目基本都是 1 亿美元起跳，而中国发起的项目总募资额度估计最多也就 1 亿人民币，其实总体量并不像大家想的那么夸张。”史青伟告诉记者，“之所以圈内人这么积极参与 ICO，其实不少都是用此前持有虚拟货币的盈利去玩的。”言下之意，当手上的币已经涨了 300％后，拿出一半去投资 ICO 似乎的确能够出手足够阔绰，更何况，如今不少 ICO 项目的代币一上市也是一路飙升。

其次，ICO 发行方所募集的资金会不会被滥用？有币圈人士介绍称，“部分募集的虚拟货币不会变现，如果募集者发行的代币升值，也可以通过代币变现。此外，区块链浏览器可以查询到资金使用情况，区块链存储的信息是不可篡改的。相比之下，传统风投反而可能无法实时获悉其所投资的初创企业如何使用资金。”

当然，欺诈的确是客观存在的。黄立峰对记者表示，“例如一些 ICO 项目打着积分返现的旗号，或者团队都在国外、无法了解情况的，这从一开始就基本可以认定。”

全球各界较为一致的观点是，对于创新，监管不可“一刀切”地抹杀，但对 ICO 进行更加充分的信息披露和引入第三方审计是必要的。

如今，ICO 的主要问题在于没有统一的信息披露标准和程序，这让不少问题平台钻了空子；各界的投机心态严重；部分 ICO 前期夸大宣传，与事实严重不符；融资后没有持续监督约束机制。

业内人士对记者表示，ICO 高效且便捷的特征尤其明显，未来 IPO 如果能将审计、财务等数据“上链”，那么或许审批效率、透明度都能提升。当然，想象空间很大，风险必然存在，而且要做的也更多。

就海外监管机构的态度而言，其多数采取“监管沙盒”(Regulatory Sandbox)制度，监管沙盒是一个“试验区”，市场放松产品和服务的法律监管和约束，允许传统金融机构和初创企业在这个既定的“安全区域”内试验新产品、新服务、新模式等创新，甚至可以根据“试验结果”修改和提出新的法律制度。这种稳定的监管环境有利于增强代币发售中消费者和机构的信心。

在创造适宜监管环境的同时，众多业内人士也对记者表示，投资者在进行投资前，至少要了解该项目的一下信息，包括：该公司的注册地、法律架构、代币的分配机构、安全性、监管风险、外部或者内部审核、代币发行合同以及实际代币发行软件的编写者和开发者、支持代币销售的区块链基础设施等。

此外，《2017 年 ICO 信息指引》也建议，可以建立“合格投资者”准入制度，由于发起人进行 ICO 而发行的代币，具有高度的专业性、技术性与复杂性；支持鼓励 PE/VC 支持项目发展，尽管区块链 ICO 给了普通投资者参与投资的机会，但一些投资者往往无法应对较高的风险，PE/VC 项目的投资方往往具有专业的投资基础；此外，也应该鼓励多层次资本市场向区块链项目开放。

（《第一财经日报》2017 年 6 月 29 日）

代表作二：

ICO 的罪与罚：泥沙俱下　监管“收网”在即

金融创新和金融欺诈之间只有一步之遥。

最新数据显示，2017 年上半年国内 ICO(Initial Coin Offering 首次代币发行)累计融资规模 26.16 亿元人民币。而根据区块链投资人士透露，其中九成都“不靠谱”。

伴随着比特币等虚拟数字货币价格的飙涨，一种新的互联网融资模式 ICO 在短短半年内就引发了监管的关注。第一财经记者周二(8 月 29 日)独家获悉，中国证监会正在向部分区块链企业就 ICO 征询意见，主要是针对那些打着虚拟货币名义进行传销诈骗的 ICO 项目。此前有媒体报道称，人民银行、证监会、银监会以及互联网金融协会相关负责部门召开了联席会议，讨论对 ICO 实施监管，如果发现大的风险，监管甚至会暂停所有 ICO 行为并加以整顿。

作为一种尚未被官方界定的金融创新，目前 ICO 仍处于法律监管的边缘，而复杂的交易结构也让 ICO 的法律性质有所差异。未来谁来监管、如何监管成为需要理清的主要问题。

九成 ICO 不靠谱

ICO（Initial Coin Offering），是区块链项目募集资金的一种方式，以网络虚拟货币而非法定货币作为公开募集对象，又以发行新的虚拟货币作为回报，并且规避了 IPO 那样的严格监管。

大量资金的涌入反过来推动着比特币等虚拟货币价格的继续上涨，而这背后的泡沫和风险也不断累积。值得警惕的是，目前 ICO 仍然是一个游离于监管之外的灰色地带，由此繁衍出的操纵市场、欺诈传销、非法集资等行为比市场本身的暴涨暴跌带来的风险和危害更大。

2016 年以来，比特币、以太币等网络虚拟货币在中国的交易量不断扩大、价格大涨，直接催生了 2017 年 ICO 的爆发式增长。

相关数据显示，截至 2016 年下半年，ICO 全球融资总额跃升至 2 亿美元，而 2014 年，ICO 的融资规模尚不到 2600 万美元，2015 年更是一度下滑至 1400 万美元。

7 月 25 日，国家互联网金融安全技术专家委员会发布了《2017 上半年国内 ICO 发展情况报告》，监测发现面向国内提供 ICO 服务的相关平台 43 家，完成 ICO 项目累计融资规模折合人民币总计 26.16 亿元，累计参加人次达 10.5 万。

报告显示，面向国内提供 ICO 服务的相关平台 43 家，其中第三方专营和虚拟货币交易 + ICO 模式占绝大多数。从 ICO 支持的融资币种来看，比特币和以太坊占比最高，二者合计占比达 90%以上。

2017 年以来，ICO 项目累计融资规模达 63523.64BTC、852753.36ETH 以及部分人民币与其他虚拟货币。以 2017 年 7 月 19 日零点价格换算，折合人民币总计 26.16 亿元，累计参与人次达 10.5 万。ICO 融资规模和用户参与程度呈加速上升趋势。

但神州数字 CEO、区块链天使投资人孙江涛对第一财经记者表示："至少有

90%的 ICO 项目都不靠谱。对于投资者来说,更应该保持高度警惕。”

孙江涛告诉记者,ICO 的本质是一个投融资方式,与其他投融资形式并没有本质的不同。从投资者的角度,与其他投资方式相比较,ICO 具有路径更“互联网化”、退出机制更灵活、投资回报率更高三大特征。

一方面它缩短了投融资的链条,为许多不具备传统渠道融资能力,没有银行贷款资质或者缺少风投资源的组织提供了新的融资渠道,与此同时,对于投资者来说,ICO 项目又具有极其可观的收益率。

但另一方面,对于投资者来说,不仅仅要看到目前 ICO 的火爆现象,更应该看到火爆背后的巨大泡沫和乱象。孙江涛称,ICO 主要存在四方面的风险:第一,项目发起方的风险。最明显的就是骗局、非法集资、卷钱跑路等风险。第二,警惕过度数字货币化陷阱,当越来越多鱼龙混杂的项目进来之后,公司不停地发行数字货币,造成过度地数字货币化和不正常“暴涨”。第三,警惕法律监管风险,监管的沙漏已经倒置,一旦最后监管政策落地,或许会哀鸿遍野。第四,警惕技术“拿来主义”。现阶段绝大多数 ICO 项目都缺乏实质性创新,多是采用拿来主义,把比特币、以太币等几个主流的区块链的优点或特征进行简单重组,甚至很多仅局限于白皮书的设想上。

中国人民大学法学院副院长杨东指出,不论从发行主体、投资者还是市场的角度来看,ICO 都存在风险。

首先,从发行主体来看,ICO 涉及非法公开发行证券,涉嫌为洗钱等犯罪行为提供渠道,涉嫌非法吸收公众存款、非法经营等风险。其次,对于投资者而言,ICO 存在着诈骗、内幕交易等风险。第三,恶性短线交易泛滥、黑客攻击、数字货币价值波动大等成为 ICO 最主要的市场风险,都会对投资者带来难以弥补的损失,也容易滋生投机行为。

根据处置非法集资部际联席会议的数据,2016 年全国新发非法集资案件 5197 起、涉案金额 2511 亿元。国务院日前发布《处置非法集资条例》(征求意见稿),明确指出了定义为非法集资的七大领域,其中包含了“以虚拟货币等名义筹集资金”。

“考虑到网络虚拟币和 ICO 在中国的过热发展,无论如何,中国都应该尽快明确网络虚拟币的定位和监管规则,至少在中国切实控制和防范相关风险。”金融科技五十人论坛高级学术顾问、中国银行股份有限公司前副行长王永利近日表示，“再不进行必要的监管，恐怕将出现重大社会问题。”

监管并非“一刀切”

近日，关于各监管机构联席讨论ICO监管的消息传出，市场猜测“靴子即将落地”，对于ICO未来的监管方向引发了各方的关注，态度也不尽相同。

“ICO就是彻头彻尾的金融诈骗和非法集资，就应该取缔。”一位接近监管层人士对第一财经记者说。但也有市场投资者认为，ICO本质上是一种金融创新，如果监管机构一刀切直接取缔，势必会“枉杀无辜”。

8月29日，第一财经记者从某区块链技术企业负责人处独家获悉，中国证监会近日正在向部分区块链企业就ICO（Initial Coin Offering，虚拟货币首次公开发售）征询意见，目前处于收集意见和讨论的阶段，对于那些打着虚拟货币的名义进行传销诈骗的ICO项目，证监会表示尤为关注。

根据媒体报道，8月18日上午央行金融市场司牵头，证监会、银监会相关司局和中国互联网金融协会相关人士共同举行一次联席会议，内容是讨论ICO监管的可行性方案。包括：控制ICO规模、加强信息披露、监督募集的数字货币、发布投资风险警告书等。此外，如果发现大的风险，监管甚至会暂停所有ICO行为并加以整顿。

孙江涛对第一财经记者表示，ICO必须纳入监管，靴子越早落地，对于区块链行业长远发展越有利。不同的交易结构下，ICO的法律性质也有所差异，可能需要使用不同的监管规则。因此，ICO的交易结构不同，法律性质完全不一样，如果监管机构一刀切直接取缔，势必会枉杀无辜。

他提出四方面的建议。首先需要明确的是监管单位的问题，即“谁来监管”。以美国为例，ICO是定性为证券发行的，需符合美国证券法。因此，如果中国借鉴的话，也应该由证监会来监管。但是，在中国数字货币又是由央行来监管，所以，最终由谁来监管是要考虑的问题之一。

其次，是监管内容的问题，即“监管什么”。实际上，智能合约的存在，也让基于区块链技术的ICO所能构造的交易结构日趋复杂，不同的交易结构下，ICO的法律性质也有所差异，需要使用不同的监管规则。

再次，ICO实际上是一种尚未界定的新的金融创新，按现有的法律没有监管的依据，也没有现成的法律关系可以套用。

孙江涛建议对待ICO,应该根据ICO的实际交易结构对其划分法律性质,从而进行监管。从目前ICO的四种分类区探讨,分别是虚拟商品类、收益权凭证类、基金份额类和公司股权类。总结来说,ICO的交易结构不同,法律性质完全不一样,对监管层来说,监管的形式和态度也完全不一样。

最后,是监管流程和机制的问题,切实有效的监管机制是监管落地的保证。

他建议,要通过核心技术判定、产品方向、信息披露、项目真实性等方面去完成监管落地,以判断ICO项目是不是有“清晰的赛道+创新的解决方案+完善的创始团队+自洽的社区治理逻辑”,来确定ICO是切实为了推动区块链行业的发展而进行的。

北京市金融局党组书记、局长霍学文近日在一次区块链闭门恳谈会上谈到,ICO在纳入有关部门监管前,应加强行业自律。应该遵循几个基本原则:技术创新、本质还原、交易合规、益于社会。在ICO监管上,建议关注几点:产品登记、信息披露、资产托管、项目真实、合格投资。

实施“监管沙盒”

更长远来看,ICO这类新兴的金融科技需要建立长效的监管机制。人民银行科技司副司长、数字货币研究所所长姚前日前撰文指出,目前ICO处于法律监管的边缘,从制度建设出发,应该尽快在法律上给予ICO一个说法。他建议,对ICO实施监管沙盒的方式。

具体而言,一种是成立类似众筹平台的ICO平台,承担投资者教育、风险提示、ICO项目审查、资格认定、资金托管、敦促信息披露、督察资金使用、反洗钱等相关职责。另一种是以加密代币交易所为监管方式,但这种方式的缺点在于,即使管住了代币交易所,它还可以去中心化地来做交易。还有建议引入风险投资(VC)的管理思路,让专业管理人员选择投资方向,辅助ICO项目运营,促进创新的同时提升ICO项目的透明度。随着去中心化的交易所技术的发展和成熟,未来代币交易所也可能去中心化,届时单国的监管行动将失去抓手,国际监管合作与协调尤为重要。

最近关于金融科技的监管沙盒在全球范围内已经有了探索和尝试。姚前表示,英国和澳大利亚有一些沙箱监管的经验,它们有一个很清晰的金融监管模式来把控。我国实行的是分业监管体系,在此体系下,很容易产生监管套利、监管混乱的现象，也不符合 ICO 项目的多元创新特点和测试需要。因此进一步加强金融监管协调机制，将其提升到更有效的层次，对于开展监管沙盒具有重要意义。

杨东认为，当前，中国已经初步具备实施监管沙盒的基础条件。一方面，现有监管机制并不排斥监管沙盒，弥补了现有金融监管在应对金融科技创新方面的不足；另一方面，互联网金融监管规则以及与之配套的第三方支付、P2P 监管规则都已经出台，为实施监管沙盒积累了有益经验。

在国内，贵州省率先探索“沙盒计划”。2017 年 7 月 25 日，区块链金融协会、贵阳区块链创新研究院与中关村区块链产业联盟及贵州区块链产业技术创新联盟等单位在贵阳召开的区块链 ICO 行业生态体系建设研讨会上，共同发布了《区块链 ICO 贵阳共识》，提出将建立标准沙盒计划，及各领域子沙盒计划，深入细节，形成切实可行的监管体制。

“区块链 ICO 沙盒计划”将开展 ICO 的创新试点，在 ICO 制度建设、监管模式、信任机制、投资者教育方法等方面寻求成熟的解决方案。

除此之外，姚前指出，在 ICO 监管中加强投资者教育尤为重要。

成熟的市场需要成熟的投资者。回顾历史，各类资产泡沫和历次金融危机在某种程度上均是人性弱点的体现。目前 ICO 代币还是一个新鲜事物，技术性强，对其属性界定和价值认知，仍存在着很大的争议和分歧。ICO 投资者保护需要监管有所作为，但从长远来看，根本上还需要投资者自身的成熟，包括专业的知识、稳定的情绪和理性的认知等。

（《第一财经日报》2017 年 8 月 30 日）

代表作三：

中国关停比特币交易　全球价格同步暴跌

第一财经从多个信源处独家获悉：比特币交易平台 9 月底将全线关停。

接近地方互联网金融整治办的监管人士 9 月 14 日告诉第一财经记者，监管层已对国内比特币交易平台下定论：“全部关停，并于近期退出市场。”

第一财经记者随后又从上海市金融办消息人士处了解到，上海已开始对辖内多家比特币交易平台下达“口头指令”，关停交易平台，使其退出市场，时间节点定在 9 月底。

对于平台存量业务，某比特币平台人士向第一财经记者表示，监管的要求是“平台和客户协商解决”。上述接近监管的消息人士也表示，监管要求平稳妥善解决，但这次整体力度较大。

比特币中国 9 月 14 日晚间的发声佐证了上述消息。其官方微博发布公告称，比特币中国数字资产交易平台当天起停止新用户注册；2017 年 9 月 30 日数字资产交易平台将停止所有交易业务。比特币中国的矿池（国池）等业务不受影响。

第一财经记者还从北京互联网金融整治办获悉，辖区内的相关平台也已收到通知。第一财经记者随即就此事采访火币网和 OKcoin 两家设在北京的比特币交易平台。截至发稿，火币网称“目前没有收到明确的文件或通知”，OKcoin 则一直未回复。

截至 9 月 14 日 19 时，比特币中国报价显示，比特币日内跌幅超过 20%，价格已跌破 20000 元人民币。国外的交易平台也同样全线暴跌。

虚拟货币监管路线图

比特币最早进入中国监管层的视野始于 2013 年。当年 11 月，比特币价格在不到两个月时间里从 750 元上涨到最高 7589 元，随后便“高台跳水”，一周多跌回到了 2000 元，累计跌幅达 74%。

当年 12 月 5 日，中国人民银行、工信部、银监会、证监会、保监会联合印发了《关于防范比特币风险的通知》，明确比特币“不是真正意义的货币，而是一种虚拟商品”的性质，同时禁止中国的银行和支付机构直接或间接参与比特币的兑换交易，但普通中国公民仍可将比特币作为一种商品来交易。

不过，比特币 2017 年再次开启新一轮暴涨暴跌，中国的三家主要交易平台——比特币中国、火币网、OKcoin 的交易量一度达到全球的 98%。于是，从严监管的大幕正式拉开。

2017 年 1 月 6 日，人民银行北京营管部、央行上海总部先后约谈国内主要的比特币交易平台负责人。随后，又组成联合检查组开展现场调查。1 月 18 日，央行公布调查结果显示，几大交易平台都不同程度存在违规行为。比特币中国存在超范围经营、违规开展配资业务、投资者资金未实行第三方存管等问题；OKcoin、火币网违规开展融资融券业务，导致市场异常波动。此外，这些平台均未按规定建立相关反洗钱内控制度。

比特币等虚拟货币的大幅上涨也助推了ICO(代币首次发行)的疯狂，美国证监会、英国金融行为监管局(FCA)等多国监管机构相继发出风险警示，中国监管层也及时介入。

中国互联网金融协会8月30日发布风险提示，人民银行等七部委9月4日联合发布《关于防范代币发行融资风险的公告》(下称《公告》)，将ICO定性为非法金融活动，并暂停一切交易。

《公告》在提及虚拟货币时称，任何所谓的代币融资交易平台不得从事法定货币与代币、“虚拟货币”相互之间的兑换业务，不得买卖或作为中央对手方买卖代币或“虚拟货币”，不得为代币或“虚拟货币”提供定价、信息中介等服务。

中国互联网金融协会9月13日发布风险提示称，各类所谓“币”的交易平台在我国并无合法设立的依据。并表示，比特币等所谓“虚拟货币”日益成为洗钱、贩毒、走私、非法集资等违法犯罪活动的工具，投资者应保持警惕，发现违法犯罪活动线索应立即报案。

如今，监管靴子终于落地。

平台是否承担投资者损失

比特币交易平台即将全线关停，相关交易平台是否需要承担投资者的损失？

北京寻真律师事务所王德怡律师对第一财经记者表示，比特币交易平台和投资者之间是服务合同关系，即网站经营者向投资者提供交易平台，设定交易规则，供注册投资者之间进行交易；交易平台收取一定比例的手续费。

以比特币中国为例，该网站经营者为上海萨图西网络有限公司。按照《比特币中国服务协议》，交易平台在投资者注册时便声明对以下事项不承担责任：“您了解并同意，比特币中国不对因下述任一情况而导致您的任何损害赔偿承担责任，包括但不限于利润、商誉、使用、数据等方面的损失或其他无形损失的损害赔偿(无论比特币中国是否已被告知该等损害赔偿的可能性)：任何非因比特币中国的原因而引起的与比特币中国服务有关的其他损失。”

因此，从注册协议上看，网站在用户注册时便通过格式条款声明：除非是因网站原因引发的损害赔偿，否则网站将不会承担责任。

由于监管部门叫停比特币交易，投资者手中持有的比特币贬值，系政策原因引起的经济损失，该部分损失只能由投资者自行承担，投资者向网站主张权利欠缺合同依据，难以得到法律支持。

各国监管态度不一

世界各国对比特币的态度目前不尽一致。

以日本、新加坡、英国、澳大利亚为代表，对比特币的态度较为宽松；美国各州态度不同，总体采取牌照化的监管模式；俄罗斯则经历了先紧后松的过程。

具体来看，日本的比特币监管主要由日本金融服务局（FSA）和日本央行（BOJ）负责，目前已经通过法律认证比特币作为合法的支付方式。并于今年7月1日对比特币交易取消了8%的消费税。新加坡虽然不干预商户接受比特币，但将其定性为商品而非货币，并提出如果涉及出售或支付必须收税。澳大利亚同样将比特币作为商品，购买和交易环节都要收税，不过在今年7月已经通过比特币立法减轻了交易税。

不过，上述国家在涉及比特币方面的监管都非常严格。比如，要求交易平台对账户持有人的身份、资金来源、资金去向等交易细节进行严格的审查核实。即便是在对比特币等虚拟货币接纳程度最高的英国，也采取了沙盒式监管（允许金融创新机构在监管可控的小范围内测试其新产品、新服务的一种机制）。

美国各州对比特币的态度有所分化，其中以华盛顿州最严。今年4月，该州通过5031号法案，要求数字货币交易所必须申请牌照，同时要求第三方的独立审核。其他州也紧随其后采取牌照化管理。近期，美国证监会也因虚拟货币价格的飙升发布风险提示，提醒投资者警惕ICO可能存在的骗局，以及一些上市公司“拉高出货”的骗局，并且暂停了四家比特币上市公司的股票交易。

中国人民银行金融研究所所长孙国峰近日在接受媒体采访时表示，美国一些金融科技监管经验很值得中国借鉴，特别是穿透式监管和功能监管。至于监管沙盒，作为一个国际经验，也不排除考虑在个别领域进行试点，但总体并不适合在中国大范围普遍开展。

（《第一财经日报》2017年9月15日）

申报资料实录

作品简介：

区块链界的IPO——ICO（首次代币发行）在中国疯狂生长之后，9月4日被央行等七部门定性为非法行为，立即停止。中国央行祭出的这一最严监管让全球ICO界震动，并波及比特币等虚拟货币一度暴跌。9月14日，第一财经日报独家获悉，中国央行将宣布比特币交易平台即将全线关停。第一财经日报见证了ICO、虚拟货币在中国落地及疯狂生长的全过程，并用系列策划报道完整呈现了这一全球格外关注的事件历程。

带着对监管定性的关注和对于虚拟货币风险暴露的担忧，第一财经日报及时策划了一系列报道，有节奏的释放策划内容。该系列报道的策划，从以下几个维度展开：第一，市场层面。从虚拟货币及ICO市场的暴涨暴跌、大幅波动中，寻找原因，分析走势，观察全球的动态，并形成自己的专业预判；第二，监管层面。伴随着虚拟货币短时间内的暴涨暴跌、ICO的一路疯狂融资必然引发一系列问题，除了项目的不确定性面临风险，更多是因为ICO项目鱼龙混杂，传销属性隐现，这必然引得监管关注和重视，因此，从不同监管机构、监管主体进行报道突破，在这一过程中，第一财经日报意图以媒体之力，发挥监督人的作用，推动监管尽快落地；第三，行业层面。对于虚拟货币、ICO这一创新事物，全球呈开放态度，为了避免劣币驱逐良币，策划中加入了对虚拟货币的客观分析，对优质虚拟货币项目的甄选标准，从ICO成功项目的发起人、技术人士处探究成功项目背后的技术优势及人才储备，作出专业的分析。

社会效果：

国家已多次强调要将防范金融风险放在第一位，而各类所谓“币”的交易平台在我国并无合法设立的依据，比特币等所谓虚拟货币日益成为洗钱、贩毒、走私、非法集资等违法犯罪活动的工具；同时，比特币等虚拟货币暴涨暴跌，投机炒作盛行，涉及投资人众多，社会影响不容小觑，第一财经日报以媒体监督人的力量，不断追踪，一定程度上推动监管掀起了一场影响全球的虚拟货币监管风暴。

推荐理由：

在媒体合力的作用下，该系列报道的影响力得到监管的认可，获得了监管的独家信息及专访机会,第一时间传递监管层及权威声音,一定程度上推动了监管落地,给违法违规交易与投机行为以威慑力量,并为金融风险的治理争取了时间,在投资者保护上尽到了媒体职责。

足不出沪即可申领“国际名片”

上海今年将完成商标注册便利化改革“三级跳”

作者：徐晶卉
编辑：王 勇 戎 兵 钮 怿

如果说注册是企业发展的“准生证”，那么商标则是商品和服务进入市场的“通行证”。商标走向海外，是自主品牌国际化绕不开的一道坎。记者昨天获悉，年内上海将可进行商标国际注册，企业足不出“沪”，就能实现“一次申请、完成多国商标注册”。这对于上海建设具有全球影响力的科技创新中心，无疑是一大利好。

实现商标国际注册，是上海今年商标注册便利化改革“三级跳”中的最后一跃。在此之前，市工商局在商标领域还将有“两跳”：3 月 1 日，位于漕河泾的上海商标注册受理点将正式开张，意味着本地企业注册国内商标不用再跑北京；6 月前后，商标审查协作中心上海分中心落地，将承接长三角地区商标注册审核工作。去年年底，改革的“前餐”——商标权质押登记已在沪落地。

企业申请商标国际注册，目前的渠道是通过《马德里协定》直接对接世界知识产权中心，实现一件商标到多个国家申请的需求。按照协定，一个商标最多可覆盖 92 个成员国，并受到当地知识产权保护。我国于 1989 年加入该协定，截至去年底，累计有效商标注册量已达 22270 件。其中，上海企业历来是商标国际注册的“中坚力量”，如光明、梅林等品牌，都是通过商标国际注册获得“国际名片”，进而一步步被世界所认可。

“过去，上海的商标申请人办理商标国际注册有两种方式，一是到北京的申请点，二是去瑞士日内瓦，提交资料不方便，若涉及商标更换、转让、续展等变更，还需要再跑一趟。”市工商局商标监管处处长林海涵透露，经过几年争取，商标国际注册有望于年内在沪开设一扇窗，这也是商标注册便利化改革中上海独有的特色。

商标国际注册落地上海，首要受益者就是那些正在谋划“走出去”的沪上企业。林海涵认为，尤其是上海自贸区内的企业，它们大都以出口业务为主，更需要一张“国际名片”。如果能在家门口便捷注册，申请成本大大降低，将极大调动企业的积极性。

（《文汇报》2017 年 2 月 24 日）

申报资料实录

作品简介：

这是一篇独家报道的消息。记者在市工商局基层了解业务的时候，偶然获悉工商总局有意将建设商标审查协作中心上海分中心，承接长三角地区商标注册审核工作，而且上海被授权进行商标国际注册，让企业实现“一次申请、完成多国商标注册”。记者立刻意识到这是一个重大新闻线索，此后，记者在对工商局商标处负责人采访时又了解到，上海的商标注册便利化改革将会有一系列的动作，实现层层递进的改革效果，这是上海在商事制度改革中的重大突破，结合上海的国际化定位，对于优化营商环境将有巨大的帮助。记者采写的消息提到的这些改革措施最终也一一落地。

社会效果：

这篇独家消息见报后，引发了很大的社会反响，不仅有多家网络媒体转载，还有大量媒体做了跟踪报道。消息中所提炼的概念，如“三级跳”、“足不出沪申领‘国际名片’”等，被工商总局和上海市工商局领导认可点赞，并成为新闻发生时的“新闻眼”和标准用语，在二次传播中带来极强的传播效果。

推荐理由：

记者在平时的采访中对于新闻有着极强的敏感度，在掌握线索后，主动联系采访，掌握更多可靠材料。记者在梳理新闻的过程中，能够有效提炼新闻点，结合上海在放管服改革上的突破与上海国际化大都市的背景，将申请国际商标注册放在突出位置，凸显了上海在改革中争当排头兵、先行者的魄力与担当。

文字通讯

八个国家科技奖缘何“花落”同济

——探求“顶天立地”背后的科研体制机制创新秘诀

作者：吴苡婷
编辑：吴山弟

2016年度国家科技奖励大会近日召开，同济大学有8项成果获奖，在上海所有高校里排名第一。同济科研崛起的秘诀在哪里？

同济大学校长钟志华道出了同济的经验：“我们在促进科技创新的体制机制方面，做了有益的探索，对科研实施‘分类指导、分类管理和分类评价’，充分调动积极性，鼓励教师做‘顶天立地’的科研工作，面向国家重大战略，全力服务社会需求。”

解决社会民生问题，责无旁贷

每年的“双十一”都是热辣的网络购物浪潮，随着商品秒杀、订单蜂拥而至，仅一天内就有数亿笔的交易款项，潮水般地经由支付宝快捷安全地抵达卖家账户，各归其所。但是你有没有想过一个问题，为什么如此大的交易量，竟然没有出现一起因为盗号、盗密码造成财产损失的事呢？

同济大学电子与信息工程学院蒋昌俊教授团队与支付宝团队合作研发的大规模分布式交易支付风险实时防控平台和专用设备，为在线非可信交易筑起一道道坚固的“防诈墙”，为规避交易风险、减少资产损失提供了强有力的技术支撑。“网络交易支付系统风险防控关键技术”项目获得国家科技进步奖二等奖。

这不是同济科研在民生领域难得一见的绽放。在2009年度国家科技奖励大会上，同济大学范立础院士担纲的“大跨、高墩桥梁抗震设计关键技术”曾经荣获国家科技进步奖一等奖。这一抗震设计新方法已经被国家行业标准采用，并应用于多座国家重点工程的抗震设计中。汶川地震中，四川雅泸路高速公路上30余座桥梁完好无损，就是得益于这项成果的应用，这也成为了科研服务民生的一个经典案例。

务实的文化浸润在同济大学校园的各个角落。在同济，几乎所有专业都是面向社会现实需要而设定的，无论是基础研究还是应用研究都以解决实际问题为前提。

在2.6平方公里的环同济经济圈内，已经聚集了1500多家以研发设计为主的知识创新型企业。这些企业中约80%的创业者为同济师生、校友，环同济经济圈2016年的产值超过370亿元。

2016年，同济举办了各级各类校地校企合作对接活动35场次。钟志华告诉记者，接下去同济大学将和十多家500强企业进行深度合作。学校已经与中国中车联合成立了"同济中车创新研究中心"，企业承诺将创新所得新增收入的5%，反哺同济助力后续的科研工作，这种滚动式的互利模式将推动同济大学的科学研究工作不断迈上新台阶。

围绕国家重大战略，协同努力

同济大学测绘与地理信息学院童小华教授主持完成的"航天重大工程的遥感空间信息可信度理论与关键技术"项目荣获国家科技进步奖一等奖，这也是此次上海地区所获的唯一一个一等奖。遥感获取的地理空间信息在国计民生、国家安全等方面扮演着越来越重要的角色，这些数据的质量直接决定了其应用的成效。比如，深空科学探测着陆避障等需要精确遥感空间信息的支持，卫星在轨运行过程中平台的稳定度及监测补偿直接关系到高分辨率测绘卫星的测图精度。同济大学、中科院上海技术物理研究所、中国地质调查局发展研究中心历经10年合作攻关，在航天重大工程的遥感空间信息可信度理论与关键技术领域获得突破，成果已经运用在了嫦娥探月、测绘卫星、载人航天等重大工程上。

面向国家重大需求，不惧艰难，综合校内校外资源协同创新，是同济人一以贯之的工作方法和努力方向。这是记者在采访中偶然遇到的案例：为了国家发改委和住建部污泥处理新技术示范工程——湖南长沙市污泥处理项目，同济人在只有技术的前提下，创办了一家科技企业，在摸索中协同创新完成这一中国前所未有的污泥处理项目。这是同济人实现科研重大突破的重要原因之一。

同样的思维也在基础研究中得以窥见。同济大学土木工程学院李杰教授科研团队历经 20 多年研究，发现了工程系统汇总的随机性传播规律，建立了完整的工程随机系统的概率密度演化理论体系。基于这一理论，科研团队建立了结构抗灾可靠度的统一分析方法，为重大工程结构的动力灾变分析和抗灾可靠性设计提供了关键理论基础。这一基础性科研成果不仅直接支撑重大土木工程建设，还被国内外研究机构应用于机械工程、航空航天工程、海洋工程和船舶工程等多个领域中。

在钟志华眼中，科研创新的技术驱动有一个很长的创新链条，从科学发现到理论创新、方法创新、技术创新、产品创新、市场创新等等，创新链的每一阶段都有其特点，应该针对其特点进行扶持，这是深层次的协同创新。

副校长顾祥林在接受采访时表示，同济大学今年还将深化科研管理体制改革，打造一部三院（科研管理部和先进技术研究院、科学技术研究院、工程与产业研究院），其中科研管理部担负传统的管理职能，而 3 个研究院分别瞄准基础研究、应用研究和产业化研究，以形成科技创新的集团主力军。

精心培育科研人才，铺路托举

在最近举行的同济大学 2017 年科研工作会议暨国家自然科学基金申报动员会上，去年刚刚当选中国科学院院士的陈义汉教授分享了他在同济大学的成长轨迹。1998 年，他只是上海铁道大学附属甘泉医院的一名普通医生，在零实验平台、零启动基金、零研究人员的情况下，从一笔 2 万元的科研资助起步，开始投入到了人类心房颤动致病基因的研究中去。今天，他主持的实验室总面积已达到了 6500 平方米，在研和完成的国家级项目达到了 89 项。他在同济大学完成了人生中完美的华丽转身。

与其他高校不同，在同济大学的职工队伍中，一共有 3 种人才，分别是教学、科研和产业，可以自主进行选择。3 种人才的评价考核体系各不相同，有能力的还可以升格为两栖，甚至三栖人才。而且人才可以进行无缝隙地柔性流动，同济打造的是有多重能力的“双师型”队伍。不同于其他高校完全面向市场的情况，同济的“双师型”队伍是在校园内部的产业发展中不断培训而成的，他们与学科联系更紧密，对社会需求的把握也更准确，科研的战斗力也更强。

让我们来看一下同济大学2016年的科研成绩单：申请到国家自然科学基金434项，学校老师牵头主持“十三五”国家重点研发技术重点专项11项，作为课题负责人承担课题36项；高水平论文不断涌现，SCI一区论文217篇，ESI高被引论文215篇，同济大学为第一单位、学校教师为通讯作者或第一作者在《自然》及其子刊、《细胞》杂志上发表论文27篇；授权专利量高达867件，其中发明专利为742项。

钟志华说，一流的大学，需要优秀的人才、前沿的研究成果和有效的技术转移，三者缺一不可，同济大学的发展目标是在创新人才培养模式和创新科技发展模式中实现“中国特色和世界一流”。

目前，同济大学还在制订科技成果转化政策，转化收益70%给予科研团队；同时修订相关评价考核政策，正式将科技成果转化纳入教师评价体系，以进一步激发科研活力，实现学校科研质和量的总体跃升。

无疑，同济的科研腾飞将是持续不断的进行式和将来式模式，在良性的科研体制机制创新的肥沃土壤里，将不断地盛开美丽的科研之花，结出饱满的科研果实。

（《上海科技报》2017年1月24日）

申报资料实录

作品简介：

2017年年初，一个振奋人心的消息传来，同济大学获得了2016年度的八个国家科技奖，一时间在上海和全国成为美谈，作为一个跑高校条线的记者，第一时间就想写一篇这样挖掘性的文章。除了整理以往的采访资料外，我还和同济大学宣传部和科技处取得了联系，采访了同济大学的校领导，相关科学家等，还参加了相关的科研会议。经过了多次修改，最后完成了这篇报道。文章从面向民生、围绕国家重大战略、科研人才培养的角度阐述了同济大学的经验，内容比较全面和完整，给高教系统的很多学校有所启迪。

社会效果：

该文章发表后，得到了社会的关注，也受到了上海科技系统和教育系统的广泛好评。

推荐理由：

1. 立意深刻，题材重大，上海正在加快推进上海全球科创中心建设，同济大学在科技创新方面的成功经验有很强的借鉴价值。2. 稿件脉络清晰，引发思考，文章从解决社会民生问题、围绕国家战略、精心培育人才等三个方面多维度展现了同济大学的经验，具有很强的操作性。3. 稿件可读性强，内容丰满，采访和写作都下了大功夫。

"蒙眼能辨色""七天成诗人"——

"脑立方"培训班是神奇还是忽悠?

作者：潘　旭　周　琳　吴振东
编辑：季　明

短短几天时间"开发"孩子右脑，提高学习潜能，甚至达到"蒙眼辨色""七天成诗人""过目不忘"……

近日，"新华视点"记者调查了一个名为"脑立方"的培训机构。该机构号称在全国有120多个教学点，培训学员超过2万名，并在上海设立了教学总部，注册了12家分公司。

在上海规范教育培训市场秩序、对"无证无照"教育培训机构进行逐步关停的大背景下，仍有披着"神奇效果"外衣的培训班趁着暑期忽悠学生和家长。

学费6.8万元，称1小时可创作20首古诗

在这个暑假，每天早上9点前后，位于上海市周康路一座写字楼里，等着上电梯的队伍常常排到楼外。其中，大部分是家长带着孩子，上楼参加一个名为"脑立方"的培训班。

这个培训班面向6岁至18岁的学生，开设的系列课程宣称"开启右脑的智慧，促进左右脑平衡应用，提升孩子的专注力、记忆力、创作力"等。

记者参加了一堂面向家长的宣讲会。会场满满当当坐了来自全国各地家长近百人，"脑立方全脑应用亲子导师"丁士千向家长宣讲"脑立方"的神奇效果："超感心像力"课程提升孩子专注力，蒙着眼睛也能辨别物体颜色；"脑屏成像"课程增强孩子记忆力，对任何文章篇目过目不忘；"超感创作力"课程激发孩子创作力，1小时写20首古诗，再不愁背书和写作文。

在宣讲会现场，两位13岁左右的孩子演示了“脑屏成像”和“超感创作”。一个孩子准备了10分钟左右后，将一段约100字的文章流畅地正背、倒背；另一个孩子则根据一位家长的名字，作了一首藏头诗。

宣讲会后，多位家长现场缴费报名。“朋友推荐了就过来看看，效果似乎不错。”一位现场报名的家长对记者说。

据介绍，整套系列课程收费6.8万元，包含了2天的“超感心像力”、7天的“超感创作力”、7天的“脑屏成像”等全套课程。其中，“超感心像力”是系列课程的基础，孩子在两天能“打开右脑”，实现“蒙眼辨色”，成功率为100%。

“蒙眼辨色”试8次错7次　脑开发尚无科学理论证实

孩子经过培训真的能达到宣传效果吗？上海丁先生的孩子今年初上了“脑立方”的“超感心像力”课程，在经过所谓“右脑开发”后，发现孩子并不能做到“蒙眼辨色”，于是退出培训。“我怀疑孩子们就是去猜，而我们家孩子比较老实，看不见就说看不见。”

记者走进“脑立方”的“超感心像力”教室，看到孩子们闭目低头而坐，仿佛在集中精力冥想。

一位老师叮嘱来接孩子的家长说，孩子回家后每天至少要练10至20分钟的“蒙眼辨色”，争取把脑门里的那个“小光球”越练越亮。孩子要通过手、额头、后脑勺等部位训练，感知出颜色，“投射”在“小光球”上。

应记者要求，“脑立方”工作人员叫来了三个受训过的孩子演示“蒙眼辨色”，分别通过手、额头等部位“感知”纸牌和塑料积木的颜色。三人共尝试8次，答错7次。工作人员解释说，可能是因为有很多陌生人在场，比较紧张，难以集中注意力。

此外，工作人员还展示了“右脑开发”的过程。他拿出一张蓝底上印有橙色圆球的卡片，让记者集中注意力盯着看，随后闭上眼睛。工作人员说，如果闭上眼后还能看到颜色和一块屏幕的话，就证明记者的大脑是可以被开发的。

“这与大脑认知无关，属于视觉补像，就像对着太阳看后闭上眼睛会有光亮。”华东师范大学认知神经科学研究所副教授蔡清说。她解释，目前，世界上确实有关于用指尖阅读方面的研究，但还没有任何理论能够证实，视觉以外的人体功能可以感知图像和颜色。

在“脑屏成像”和“超感创作力”教室，记者看到，学生们反复训练记忆力和作诗。根据“脑立方”方面的说法，在“打开右脑”后，孩子的脑海中会呈现要背诵的段落和要作诗的场景，只需“照着念”和“照着写”即可。当记者以《新上海》出题时，一位来自外地的学生现场作诗：“酒店住大厅，公较（交）坐车玩”。

蔡清认为，所谓左右脑理论在学术界已经落后。目前，科学界公认，左右脑本是以不同的方式协同运作的，并不存在“打开右脑”一说。“况且，在 5 至 10 分钟内背出一两百字的文章，本来就很正常。”

“任何一篇文章或著作，无论内容和形式有多美，倒着看都谈不上美，毫无意义可言，所以相关培训也根本没有价值。”复旦大学附属中学特级教师黄玉峰说。

黄玉峰说，古诗词的教与学有自身规律。“古人云‘熟读唐诗三百首，不会写诗也会吟’，是说古诗词写作要在大量阅读和积累的基础上，依靠长期的训练和情感的融入。所谓‘七天成诗人’，更像是一种急功近利心态下‘走火入魔’的教学办法。”他说。

无办学许可却设私塾，有孩子辍学走穴

据悉，“脑立方”总部位于内蒙古，企业注册名为“内蒙古脑立方全脑应用训练中心股份有限公司”，注册日期为 2014 年 10 月。其在上海共设 12 家分公司，未在地方教育行政部门备案。

由上海工商、教育与人力资源和社会保障部门共同制定的《上海市经营性民办培训机构登记暂行办法》和《上海市经营性民办培训机构管理暂行办法》明确，经营性民办培训机构需要征求上海教育行政部门或人力资源社会保障行政部门意见后，由工商行政管理部门登记，才能从事经营性培训活动；其他公司不得以教育咨询或教育类家政服务等名义变相从事经营性培训活动。

“脑立方”内蒙古总公司法人宋建华、上海分公司法人金骏表示，之所以未向所在地方教育部门征求意见，是因为所从事的“并非教育培训，而是潜能开发，属于一种能力训练”。

当被记者问起为何要教孩子“蒙眼辨色”时，宋建华说：“我们也不想这样表现，我说已经帮孩子开发了右脑，但家长一定要看到一个结果。”

3 年间，“脑立方”已发展了 120 多个教学点。企业自称，还有上海徐汇等一些教学点正在建设装修阶段，同时有大量新建协议，今后还将投资办“脑立方幼儿园”。

记者发现，所谓“非教育培训”的“脑立方”还设有私塾。今年14岁的江雪(化名)就在私塾念书，学籍保留在老家河南兰考。

她告诉记者，在“脑立方”的日常生活主要是到各地参加宣讲会，向前来咨询的家长展示“蒙眼辨色”和“过目不忘”，期末回老家考试。“去年比较忙，每几天都得出去一趟，经常1个星期6天在外面出差，展示成果，拿点补贴。”

江雪说，她在老家农村学校没心思读书，就跟着在“脑立方”工作的亲戚来到上海读私塾，不出差时由“脑立方”的老师教些文化课。像她这样可以为家长展示的孩子在上海有好几个，有些长期待在这边，有些是随亲戚暑假过来。

华东师范大学教育学部教授吴遵民说，“脑立方”的私塾未获办学许可，却诱使一些孩子放弃义务教育，已经涉嫌违法。

事实上，早在2012年，新华社就曾播发报道揭露类似骗术，但几年后，相似的骗术依旧换汤不换药地重现。吴遵民说，这些骗术之所以屡屡得逞，归根结底是急功近利之心蒙住了家长的双眼。此外，教育行政、市场监管部门应对办学机构的资质严加审核，并加大对无证办学的打击力度。

（新华社上海分社 2017 年 8 月 9 日）

申报资料实录

作品简介：

这是一组记者历时一个月深入采访，精心写作，播发后引发广泛社会反响的全媒体调查报道。循着受害家长提供的线索，记者边搜集外围资料，边五次到“脑立方”培训班实地采访，综合使用暗访、随访等采访形式，先后访问了家长、学生、招生经理、公司法人、总裁等数十名相关人员，逐渐发现这家宣称能在短时间里“开发”孩子右脑的培训机构，实则精心编织了一个打着“科学”幌子，罔顾教育规律，从家长和学生身上牟取巨额不当利益的骗局。此外，采访中还发现“脑立方”无证办学、私设私塾、诱使孩子放弃义务教育而为其走穴宣传的证据。

上海分社记者在国内部新华视点室、分社总编室的支持和指导下，精心选择角度写作稿件。主打稿采取文、图、视全媒体报道形式，稿件客观公正、证据详实、逻辑清晰、剖析深入，深度触及了“脑立方”及民办教培市场“痛点”，兼具深度与可读性。第二篇稿件为教育、工商行政部门在对“脑立方”进行迅速查处后的追踪报道，与主打稿相互承续，形成了报道声势。第三篇为记者手记，分社记者把五次实地采访的感受和思考写进其中，写出了真正“想对家长说的话”，充满了对培训市场乱象的担忧、对孩子的真情实感。整组稿件既有笔锋凌厉，也有人文情怀；有对事实的无情揭露，更有对家庭教育的反思，以及对规范教培市场的可行性建议。

社会效果：

稿件陆续播发后，形成了全媒报道声势，取得了良好传播效果。其中，新浪视频、腾讯视频点击量均超过100万；新浪微博相关帖文评论量达10万。

截至8月14日，超过600家传统媒体及新媒体采用，新华每日电讯、中国教育报、光明日报、中新社、中国之声等主流媒体对组稿进行了全文转载或摘编。在新浪、网易等客户端的评论量一天内就接近5000条。

推荐理由：

报道也有力推动了执法部门的行动，主稿发出第二天上午，上海市浦东新区市场监管、教育等行政部门即来到“脑立方”上海总部，对其作出暂停培训业务，做好学员退费工作等相关处理。相关部门也对新华社的舆论监督工作提出感谢。这一虚假宣传的案例，也入选了上海市工商部门2017年十大广告案例，向所有媒体和公众予以了公布。

这类舆论监督类报道，直面民生热点、调查深入、效果良好。相关编辑部和分社注意总结经验，坚持稳中求进总基调，准确把握时度效，提高舆论监督报道正向效应。

文字通讯

“填河”规划为何遭一票否决

“江南小镇,水很重要”,浦东周浦为保护遗产,打通水系,深挖文化内涵

作者: 唐玮婕
编辑: 王 勇 戎 兵 钮 怿

轨道交通16号线周浦东站周边要打造1平方公里的“澧溪城”,开发商一开始亮出看似漂亮的填河建设规划,结果当场遭到拒绝。理由只有一条:这里的河道只允许加深拓宽,一条都不准填埋。

周浦为何要向填河说不?除了环境整治的因素外,更是为了保留一幅文化画卷的肌理。“江南小镇的魅力缺不了水系,如果开发商要取消河道通航的功能,我们就取消其建设的资格。”浦东新区周浦镇党委书记张长起向记者道出了这一坚持背后的深意:通过保护恢复现有历史文化遗产,打通水系恢复通航,让周浦镇的江南水乡风貌自然而然地展露出来。

围绕傅雷旧居区域,抓紧制定保护规划

“文化周浦”并不是凭空而来的,而是具备了历史传承、人文基础、资源禀赋、产业支撑。

成陆迄今已有1300余年的周浦镇,曾涌现出以傅雷为代表的一大批文化名人,保留着永定寺、浙宁会馆等一批历史文物建筑,“浦东宣卷”“杨氏针灸疗法”等多项非物质文化遗产保护项目也在此传承。这份人文底蕴是周浦镇独特的资源禀赋,也是其未来发展的重要支撑。

文化大家傅雷与周浦镇有着深厚渊源,他4岁到19岁跟随母亲寓居周浦镇,租了一户曹家宅子的西厢房,度过了对其影响至深的青少年时期。就在去年底,在征得傅雷后人同意后,周浦镇启动傅雷专项基金,聘请“新加坡规划之父”

刘太格主持傅雷旧居及周边地区、棋杆村百年老房“绞圈房子”的保护修缮工作。

一座小镇何以请到刘太格担纲文化与规划顾问？原来，刘太格的父亲与傅雷交往颇深，而周浦镇之所以聘请刘太格，也并非只是出于他的名声，而是看中了他在新加坡做城市规划时“重视开发也重视保护”的理念。“新加坡当初保留了几千处传统的老建筑，与现代的高楼大厦交融共存，这一点与周浦镇保护历史文化遗产的坚持是完全契合的。”张长起说。

按照初步规划，不单傅雷居住过的西厢房将得以修缮，周边区域也将得到整体保护。目前，围绕着傅雷旧居的“一撇一捺”区域，周浦镇正抓紧制定详细的保护规划。“一撇”，即傅雷旧居及周边一片将完整地保留下来，面积2000多平方米；“一捺”则是周市路往南，年家浜路北侧一带。整个修缮工作预计年内启动，几百米范围内还将同时新建傅雷纪念馆和傅雷广场等，使傅雷文化元素融入周浦镇的建设发展之中。

让迪士尼旁有展示中国文化的地方

周浦镇最东边的旗杆村，两处比石库门年代更悠久、样式更地道的上海本地特色民居——“绞圈房子”已被列入浦东新区文物保护点。

记者昨天走进其中的一座——顾家老宅，这幢保护比较完好的清代民宅共有28间房，至今仍住着顾家的多位老人。推开老宅厅堂的木窗，不远处就有一条清澈的小河浜，两岸种着四季桂、桔子树，盛夏时节河中央开满野生睡莲。

“江南小镇，水很重要。”这片区域密布河湖网络水系，水在建筑布局中起着重要作用，建筑又与水环境和谐相生，同时不失其功能和色彩，形成水乡典型的建筑形制。周浦别名澧溪，就是因为水域资源比较丰富。目前，全镇共有700多条河道，将力争借助今年的中小河道整治，使以前一些断头的、遭到填埋的河道恢复流通，甚至达到通航要求。

“等到把水系全部打通，江南水乡风貌就会自然而然地展露出来。”张长起透露，周浦镇正在谋划一张星罗棋布的文化地图，“今后游客来周浦游玩的时候，既可以欣赏水乡风景，也能去老百姓家中看一看别有趣味的各式展示，或者就住在特色民宿来一番深度文化体验，还能坐着船直达上海迪士尼乐园。”

不遗余力保留江南小镇独特的魅力，让迪士尼旁边有展示中国文化的地方——周浦镇有着自己的坚持。

（《文汇报》2017 年 3 月 2 日）

申报资料实录

作品简介：

记者在采访浦东新区周浦镇文化建设时，偶然得知开发商在轨道交通 16 号线周浦东站的填河规划当场被否的消息，立即抓住了这一新闻线索，展开现场调查采访，通过实地走访周浦傅雷旧居、棋杆村“绞圈房子”等，深入了解实际情况。

文章以填河规划被一票否决作为引子，娓娓道来，讲述了一个江南小镇保护历史文化遗产，要在打通水系的基础上，谋划一张星罗棋布的文化地图的决心。保护水资源、改善水环境、修复水生态成了周浦领导班子的共识与责任：如果开发商要取消河道通航的功能，我们就取消其建设的资格。

社会效果：

稿件刊登后，周浦镇保护历史文化与遗产的这份决心引发了许多读者，尤其是周浦乃至浦东老百姓的共鸣，大家纷纷为此举动点赞。有读者留下了这样的评论：“周浦是个千年老镇，却称不上古镇了……保留和开发确实是一对矛盾，周浦因交通便利，是原南汇地区最先富起来的地区之一……好在借迪士尼的春风周浦好像又有了更大的想像空间，老镇的一撇一捺，从“拆改留”到“留改拆”，也算是亡羊补牢，为时不晚吧。”

推荐理由：

通过把保护历史文化遗产与保护河湖水域岸线生态功能两个实例融为一体，文章写出了周浦镇党的基层干部既有历史文化视野，不为短暂利益所动，又勇于担责、敢于担当的精神追求，也是上海保护优秀历史文化遗产的一大鲜活案例。

广播消息

寻访"一根捞杆"

主创人员：汤丽薇　何周导　孟诚洁

(限于篇幅,文字稿略,获奖作品请听光盘。)

(上海广播电视台上海新闻广播 FM93.4《990 早新闻》2017 年 12 月 5 日)

申报资料实录

作品简介:

为好人点赞！近年来,申城一直在挖掘好人好事,希望向整个社会传递更多的正能量。"一根捞杆"的故事,正是其中的一个。然而,相比其它同类报道"一人一事"的叙述方式,《寻访"一根捞杆"》的采写方式十分出挑。该报道以"一根捞杆"为线索,串起了黄浦江边居住的普通老百姓,一代代接过"捞杆"守护母亲河环境的故事。

报道中,记者以 5 年前第一次寻访捞杆故事的历史音响作为开篇,将一段回忆慢慢打开,正当听众听得津津有味之时,记者却点出留下这段声音的受访者实际上已经离开人世。这种写法丝丝入扣,让人对这故事的背后产生更浓的兴趣。随后记者将故事娓娓道来,叙述保护母亲河的行动并没有因为一代人的离去而停止,并通过采访一代代接过"捞杆"的人,生动地刻画了一幅"群英谱"。这种 5 年时间跨度的穿越式采访,紧紧抓住听者的"耳朵",直抵内心。

社会效果:

5 年前,记者曾采访过用自制捞杆打捞黄浦江里垃圾的好人好事。当时报道采访的主人公是一对老夫妻,他们那种只希望让母亲河更干净的想法,质朴而温暖。

5年后，记者再次寻访黄浦江边的“捞杆”故事，却发现当时的老先生已经离开人世，但他的精神却被继续传扬。

记者在重走当年采访之路时，5年前的画面一幕幕重现。从前放捞杆的小屋子，打开屋门的那把钥匙，还有之前的潮汐表，一切都没有变……然而，江边上的人变了，而这种“变”虽然有些伤感，但是却更加突出了这种闪光精神的“不变”。

报道中，记者运用了大量细腻的声音表达。钥匙开门的声音，捞杆打捞垃圾的声音，江边过往船只的汽笛音，普通老百姓质朴的话语……这让通篇报道犹如一部纪录片，画面呼之欲出，使这娓娓道来的故事，更加打动人心。

推荐理由：

报道播出后，在听众中引起了不小的反响。许多听众表示，“一根捞杆”的故事，让人感觉很温暖。其实每个人都可以通过自己的一点点努力，让周围的人和事变得更好。

广播消息

带着习总书记的关怀　全国道德模范王海滨今回沪

主创人员：薛唯侃　符　强　戴立骅　李晓康

（限于篇幅，文字稿略，获奖作品请听光盘。）

（上海市闵行广播电视台 FM102.7 2017 年 11 月 18 日）

申报资料实录

作品简介：

该报道既体现了习总书记对一个平民英雄的关怀，又把握住了英雄告别伤痛与光环，树立崇高“理想与信念”，立志成为一名中国共产党党员的生动实践。更重要的是，该报道实实在在地诠释了“理想与信念”带来的巨大精神力量，紧扣时代主旋律。

该报道以王海滨“载誉归来”为新闻切口，将两年多来对王海滨的人生记录汇成一篇报道。让受众感受到了救火英雄在经历生死后的脆弱，看到了英雄在人生转折口的思考，见证了英雄立志加入中国共产党的决心，以及此后追逐“理想和信念”的不断努力。

该报道新闻事实完整、逻辑清晰，语言细腻精准、简洁明快。呈现英雄人物的蜕变完全通过事实描述，表达朴实、自然，却打动人心。

社会效果：

2017 年 11 月 17 日，全国精神文明建设表彰大会在京举行。习总书记在人民大会堂亲切会见了与会的 600 多名代表。王海滨作为代表之一，不仅受到会见，更被习总书记一把握住了烧伤的手，被嘱咐保重身体。

11 月 18 日，当王海滨带着“全国道德模范”的荣誉和习总书记的亲切嘱咐回到上海后，记者立即以英雄归来为新闻切口，播发报道。

同时，源于记者两年来对王海滨的关注，记者意识到，眼前的“全国道德模范”荣誉不只是因为王海滨在大火中舍命敲响 11 户邻居家门的英勇，更是因为其告别英雄光环后展现的崇高理想和高贵品格。

推荐理由：

该报道以广播消息、电视新闻、新媒体推文等各种形式在闵行电视台、闵行广播电台、上海电视台等多平台播发。此后，许多网络媒体也纷纷将“上海好邻居”的蜕变作为新闻热点进行了转载及报道。

如今，人们不再只是因为王海滨在大火中舍命救下全楼邻居而感动，更因为其两年里的重生、励志故事而感动。此外，该篇报道播发后，相关部门还开始着手组织王海滨事迹宣讲团、编纂相关画册，准备深入沪上的社区、学校等，用这一身边的故事开展理想和信念教育。

广播连续报道

公立图书馆藏书外流调查

主创人员：代　灵　孟诚洁

（限于篇幅，文字稿略，获奖作品请听光盘。）

（上海广播电视台东广新闻台 FM90.9《东广早新闻》

2017 年 8 月 15 日—8 月 28 日）

申报资料实录

作品简介：

这是一组“教科书”式的连续报道，记者的调查从一本孤本馆藏的“不知所踪”展开，引出上海多家区级图书馆藏书普遍外流，特别是一些身价不菲的图书被公然倒卖的现状。继而抽丝剥茧，调查公立图书馆馆藏外流的渠道，以及相关图书馆的解释和应对方案。这组连续报道逻辑清晰，且具有建设性，客观上加快了上海市区两级图书馆完善管理制度的步伐。

社会效果：

都说“书中自有黄金屋”，然而很多人并不知道，那些“含金量”最高的公立图书馆藏书，正是绝大多数普通读者不会借阅的馆藏。在公立图书馆强调提升公众服务能力的同时，一些图书馆渐渐忽略了对这些馆藏的保护，于是《半农谈影》这本文化大家刘半农先生的摄影艺术专著，在上海的图书馆借阅室里消失；《古今图书集成》这套现存规模最大、资料最丰富的大型类书，被松江区图书馆剔旧……

与此同时，相当数量的图书馆馆藏出现在二手书交易网，“馆藏”甚至成了检索关键词。记者为此进行了大量调查，比对“馆藏”二手书和上海图书馆馆藏检索系统后发现：集体外借图书是馆藏流向二手书交易市场的重要渠道，而用“集体外借”形式援建馆外图书馆这一“流行”的做法，实际反映出上海各级图书馆普遍面对的困境：库存饱和，馆藏压力过大！

前两篇报道，反映了公立图书馆在馆藏压力面前，捉襟见肘的应对。第三篇则着重探讨，遭遇瓶颈的公立图书馆如何适应全新的法制化发展要求和社会市场环境。

这组监督报道采访扎实有料，在紧锣密鼓的追踪中，记者始终秉承着建设性监督的采访理念，有始有终，展现了上海广播新闻的格局和视野。

推荐理由：

这组报道播出后，引起了上海市区级两级公立图书馆的高度重视，报道中涉及的杨浦区图书馆着手完善馆外服务点的法律合同及管理制度；松江区图书馆因流失馆藏涉及金额较大，向警方报案，并立案调查；本市多家区级图书馆吸取经验教训，主动展开自查；上海市图书馆也针对报道提出的图书剔旧问题，制定了行业指导意见。正如报道中提到的，“加强管理”只是一个方面，更重要的是及时调整传统管理方式，适应不断变化的社会市场环境。

电视消息

全国英语等级考试，考前能买到答案？

主创人员：王　懋　师玉诚　戴晶磊　陈俊杰

（限于篇幅，文字稿略，获奖作品请看光盘。）

（上海广播电视台新闻综合频道 2017 年 3 月 20 日 19 时）

申报资料实录

作品简介：

全国英语等级考试是由教育部考试中心负责设计并实施的，而记者却通过线索获悉，考试之前居然可以买答案，爆料足够吸引眼球，但记者却没有先入为主，而是将审慎、严谨的调查态度贯穿始终，通篇来看，全片调查链完整，结构紧凑，层层递进，最后通过网络核实，由点到面，发现泄题情况并不止于一两个买家，更不止于一门考试，从而对现象背后的深层次原因进行了拷问，表明自身观点。

社会效果：

本片的难点是如何通过客观扎实的调查将一个博眼球的选题有理有据、言之有物地表达出来。前期排摸中，记者尽可能收集多方线索，除了网上隐晦售卖考题的实体店，还有通过 QQ 交易的个人买家，暗访中，除了将他们的言语记录下来，还尽可能拿到交易合同等实物证据，将违法行为坐实。两份考题先后于考试前送达，为了不让观众疑惑，记者通宵守候，赶在第一时间冲向导控室，衬着“北京时间”将画面记录下来，第二天一大早又赶去考场，与考生核实考题。多方印证，才让报道言之有物。

推荐理由:

节目播出后,收视表现强劲,在上海本地高居第一。与此同时,当晚,公安部门便第一时间介入,力图以最快速度,将钻空者绳之于法。

疯狂的 ICO：创新还是骗局？

主创人员：吴　煜　马瑞瑞　王卓洋　裴　蕾

（限于篇幅，文字稿略，获奖作品请看光盘。）

（上海广播电视台第一财经频道《解码新金融》2017 年 7 月 24 日 23 时 15 分）

申报资料实录

作品简介：

1. 抓住热点　揭露乱象

该作品抓住热点，大胆揭露金融乱象，体现了专业财经媒体的社会责任。习总书记在金融工作会议上指出，要“推进构建现代金融监管框架，加快转变金融发展方式，健全金融法治，保障国家金融安全，促进经济和金融良性循环、健康发展”。9 月 4 日，央行等七部委叫停各类代币发行融资，疯狂的 ICO 被定性为非法融资。早在三个半月前，即 5 月中旬起，第一财经电视《解码新金融》等节目就陆续制作专访，对一段时期以来的 ICO 乱象进行了深入的解剖，为市场提供了前瞻的分析，表明了呼唤监管的鲜明态度。本期评论节目是其中的代表之作。

2. 前瞻分析　提前预警

ICO 英文全称 Initial Coin Offering，即首次代币发行，又称 Initial Crypto—Token Offerings，即首次公开发行加密数字代币。节目组分析了 ICO 出现以来，以其巨额财富增值效应使得大量热钱涌入，引发了市场的疯狂，其中不乏三小时募资 1.5 亿美元，五天募资 1.85 亿美元这样的案例发生，ICO 这种融资方式的参与主体也逐渐从区块链初创企业衍伸到各路非区块链企业，其中不乏浑水摸鱼的空壳团队。节目组从其模式的分析和案例的了解中逐渐注意到其中乱象，及时对投资者做出警示，呼唤监管要从源头上堵住漏洞。

3. 体现专业水准

第一财经是少数从早期就持续关注金融科技方面的专业财经媒体，本期节目体现出第一财经对金融科技创新模式的了解和风险把握，深入行业最前端，剖析区块链技术本身，以专业视角切入并且用通俗易懂的案例和叙述表达给受众。节目内容专业，报道通俗易懂。

社会效果：

1. 深入业内调查

ICO兴起时，监管相关的政策还没有落地，社会及监管层对其中存在的风险关注较少的时候，节目组就敏锐感觉到其中的漏洞，并开始深入研究ICO项目白皮书及背后实质业务，发现国内多数ICO项目发行的代币并没有实际价值，仅仅是炒作概念以提升代币价格力求套现的手段，有些项目甚至与区块链技术并无关系，团队成员信息存在造假，项目白皮书大量内容抄袭，投资风险极大。节目组认识到要尽快揭示风险，警示投资者。

2. 专业嘉宾分析

节目邀请到中国科技金融法学研究会理事肖飒和金融四十人论坛常务理事张家林两位嘉宾对ICO话题展开讨论，分别从技术模式和法律法规两方面对ICO这种创新模式进行分析，同时通过具体案例和接地气的表述方式，将ICO的真实模式完全展示在受众面前。

3. 充分揭示风险

节目详细揭示了ICO的圈钱“游戏”，指出国内ICO项目主要通过QQ群、微信群、行业网站、路演等形式进行宣传，而这些来源也是投资者获得项目信息的全部渠道，信息极不对称，这也导致风险发生。节目还揭露，一部分ICO项目涉嫌传销或诈骗，利用拉下线或虚构项目等方式，通过“内幕交易”“联合坐庄”“操纵价格”等手段以牟取暴利。同时警示投资人，投资不能盲目跟风，ICO不是债务凭证，不像央行发行的货币，总有央行兑现，这是很多投资者不了解的核心点。代币本身最终没有任何价值，不要期望一定有接盘侠存在。这都是节目组在之前深入调查基础上，为投资者提出的真切提示。

推荐理由：

1. 专业报道　获得肯定

由本期节目播出后，获得多方肯定，尤其在前瞻性和风险提示方面得到大量好评。节目获得市委宣传部新闻阅评督查组《新闻评点》表扬，认为第一财经关于ICO的一系列前瞻报道较好地把握了时度效，不仅显示了媒体的专业能力，也体现了为社会尽责的媒体担当。

2. 广泛传播　效果良好

节目同时还通过企鹅媒体平台、搜狐视频、蜻蜓FM、喜马拉雅FM等全媒体平台节目专区进行传播，同时将节目内容剪辑短视频在今日头条等平台上发布，引起了投资者的热烈讨论，将风险警示传达到更多受众眼前。

3. 投资者受到警示

节目播出后，在投资者中引起关注。有观众在收看后给节目组发来留言，感谢节目及时充分地揭示风险，提出警示。

上海不应该有算命店

主创人员：何周导　代　灵

（限于篇幅，文字稿略，获奖作品请听光盘。）

（上海广播电视台上海新闻广播 FM93.4《990 早新闻》2017 年 3 月 2 日）

申报资料实录

作品简介：

这组报道，记者调查扎实，暗访音质清晰，实况生动。通过捕捉算命店与算命店之间说辞“犯冲”等典型细节，勾勒出“装神弄鬼”的揽客场景。报道好听，同时也引人发问：为何南京路商圈这样的上海地标能开出算命店？这些店家为何敢将“塔罗”“风水”“占卜”等字样，堂而皇之地写在橱窗、店招之上？在力推街道网格化管理，巡查、执法力量下沉的当下，真的没人注意到这些店面的异样吗？是否正是因为市场监管部门的熟视无睹，才让所谓“命理学习班”大行其道，公然网上招生，甚至还招收未成年学员？这篇报道无疑是及时的，精准拿捏住“封建迷信”渐受追捧的社会动态，在风气初现之时敲响警钟。

社会效果：

如果南京路周边出现一家“星盘占卜”店，或许会被认为是“漏网之鱼”，但当这里有三、五家算命店一起营业，怕是不能忽视：传播封建迷信者已经换上“洋装”，从地下钻出，开始登堂入室。调查，正是从察觉这一现象开始。在前期搜集全市各区算命店信息的基础上，记者实地走访，开始了沪上算命店“一日游”：闹市区的街边门店大多毫不避讳，生意火爆且收费不菲，顾客群体明确，不是买房要看风水，就是为年轻人判事业、情感。隐蔽性稍强的，往往藏身商住楼或居民区内，通常规模更大、收费也更高。拿着“商务咨询”的营业资质，做的却是“命理培训班”的生意，招生对象不限年龄，来着不拒……亲眼所见，算命店乱象，远比预想中严重。报道用丰富的采访实况，生动刻画出算命店的荒诞愚昧，以及监管部门的缺位，掷地有声。

推荐理由：

3月2日报道在“990早新闻”播出后，相关部门终于有所察觉，相继开展整治行动。记者继续追踪，3月3日“990早新闻”跟进了静安区的查处整治情况。3月4日，进一步报道了黄浦区的查处整治进展。近期记者在回访时发现，被点名的店面全部停业，并未死灰复燃，涉事网站也彻底关闭。从大众点评app等渠道查找，不仅算命店数量显著减少，一些老店也只剩未销号的空壳，鲜有营业活动的迹象，全市监管力度明显加强。

社区创新自治：管理共享单车从一袋大米开始

主创人员：汤丽薇　李　斌　余天寅

（限于篇幅，文字稿略，获奖作品请听光盘。）

（上海广播电视台上海新闻广播 FM93.4《990 早新闻》2017 年 2 月 20 日）

申报资料实录

作品简介：

该篇报道采写于 2017 年年初，那时候关于共享单车治理的全民大讨论没有真正开始，而本市各个街镇的基层单位也尚未对共享单车治理有足够的重视，该篇报道可谓在新闻敏感度上，具有一定的前瞻性。

报道采写的切入角度也颇见功底。通过一个最普通的基层社区，最初用“用大米换旧自行车”方式治理小区环境问题，引入之后基层工作者一起脑力风暴，将“共享单车”和“旧自行车”结合在一起，找治理的共同突破口，并开创了全市首次将共享单车乱停放行为纳入征信系统的案例。

通篇报道构思巧妙、文字流畅、逻辑严密。通过一个案例，也将社区工作者积极转变治理思路的工作态度，体现的淋漓尽致，更从侧面折射出目前全市基层创新自治管理的热情。

社会效果：

报道线索的发现源于一次闲聊。当时社区干部谈起一号课题后，基层自治的热情越来越高，许多年轻的居委干部也是有了更多治理的新思路，之后说起了这个发生在真光六小区的故事。记者当时敏锐地感到，这是一个很有价值的新闻线索，于是开展了深入采访。通过采访，记者被基层干部积极思考、不断创新的工作态度所感染，也希望能将他们的这股热情报道出来，影响更多人。

推荐理由：

报道播出后，引起不小的社会反响。当天市委宣传部新闻阅评督查组特发《新闻评点》对报道进行表扬："在媒体众声指责摩拜单车暴露国民素质低下之时，990早新闻却深入调研，从社区挖掘治理创新之道，并有所斩获，此举值得称道。"

电视专题

七分之一：出狱前的最后一课

主创人员：杨　卉　蒋金轮　张沪新　王　卫

（限于篇幅，文字稿略，获奖作品请看光盘。）

（上海广播电视台新闻综合频道、东方卫视2017年1月8日19时28分）

申报资料实录

作品简介：

“服刑人员回归社会”是一个值得关注的社会话题，它既关系着服刑人员的未来，也关乎社会和谐稳定。

该片立意新颖，将注意力集中在服刑人员回归社会前的最后一程——出监教育。五角场监狱是上海市出监教育示范点，目前已形成一套较完整的出监教育体系。

记者深入这所监狱，探访出监教育的实践情况和效果，展现服刑人员回归社会前的复杂心情、监狱民警细致入微的教育帮扶，多角度、全方位、深层次地揭示了出监教育的重大意义，引导社会转变对刑释人员的偏见，呼吁社会更多关注“如何帮服刑人员顺利回归社会”“如何减少重新犯罪率”等问题。

该片既有生动具体的案例，也有宏观数据和理性分析，点面结合，前后呼应，层次清晰，可看性强，发人深思。

社会效果：

记者在拍摄之前，多次走访监狱，与民警和服刑人员进行了充分沟通，选取了两名最具典型性的临释服刑人员作为采访拍摄对象。

在第一个案例中，曾经拉帮结派、打架斗殴的“大哥”害怕出狱之后不被家人接受，监狱民警通过“角色扮演”帮他打开心结、消除恐惧。节目通过该案例吸引观众注意力，引出话题。第二个案例中，入狱十多年的服刑人员害怕出狱之后和社会脱节，民警手把手教他在模拟场景中适应社会。以人物故事带动全篇，展现了监狱帮助服刑人员适应社会、疏导心理问题、培养就业技能等各个方面的工作。

片尾展现了出监教育给服刑人员带来的实际改变，首尾呼应。此外，该片在对服刑人员采取保护性拍摄的同时，设计了一系列场景，保证了画面的丰富性。

推荐理由：

该片取得了较高收视率，新媒体版本全网点击量超过百万，在社会上引发热议，受到上海市监狱系统的高度评价。上海市监狱管理局组织系统内各单位学习观看，并在官方网站和微信公众号上多次转发。

该片还将上海的出监教育先进经验介绍到全国，五角场监狱也因此成为“网红”，吸引了全国各地司法系统工作人员前来学习考察，央视和地方媒体纷纷前来采访报道。

该片对服刑人员也起到了明显的鼓励作用，不少服刑人员在观看该片之后，主动表达了好好改造的决心和重返社会的信心。

广播连续报道

新能源车时代来临，我们准备好了吗？

主创人员：丁 芳 陆 青 王唯超

（限于篇幅，文字稿略，获奖作品请听光盘。）

（上海广播电视台上海交通广播 FM105.7《欢乐早高峰》《汽车世界》2017 年 12 月 25 日 7 点 09 分、12 月 26 日 7 点 10 分、12 月 27 日 7 点 09 分）

申报资料实录

作品简介：

优秀的记者是“站在船头的瞭望者”，优秀的稿件是能够“发现问题并及时提出问题”。新能源车的电池即将面临“退役”的爆发期，如此数量的废旧电池该如何处理？这是一个关乎环境的大问题。如果不提早规划、布局、出台相应应对政策，等到大面积爆发时，将令政府措手不及，不仅会引发出更多的社会问题，而且治理成本也会翻倍增长。在政府加大鼓励新能源车的同时，记者敏锐地捕捉到了即将爆发的废旧电池如何处置这一严峻而紧迫的问题，报废电池如何回收、利用、处理？这一问题已迫在眉睫。这组连续报道体现了记者的社会责任感和洞察力，三篇报道主题突出，层层递进，抽丝剥茧，是一组有份量，有思考的好报道。

社会效果：

早在去年和今年，新能源车的爆发式增长、一些热门新能源车的“一车难求”，都给记者们留下深刻印象。面对高速增长的态势，对环境有着重大影响的新能源车废弃电池将如何处理，成为记者思考的问题。当记者深入采访调查后发现，国家政策在扶持新能源车发展的同时，对新能源车废旧电池的处理还没有制定强有力的政策法规。面对即将到来的电池报废的爆发期，大量废旧电池将流向哪里？将如何回收再利用？这一系列事关生存环境的紧迫问题，要求政府、企业、社会必须直面问题、解决问题。由于话题敏感，许多涉及的企业、官员等都不愿意接受采访，在报道组的努力下，从酝酿报道选题、制定采访提纲，收集各种资料，采访各个层面的人员，花了半年时间采制这组报道，终于在年底呈现出这三篇连续报道。

推荐理由：

在报道连续播出的三天时间里，阿基米德社区的评论热度很高，引发听众的广泛讨论，也引起政府相关职能部门的思考。这组连续报道充分体现了媒体的社会责任感和舆论监督职能，正如一位听众的留言“这样的报道，是我们是社会需要的报道，真正体现了媒体的价值所在，这样的媒体值得我们尊重”。这一组报道的确为即将到来的我国新能源车废旧电池爆发期提出了一个非常紧迫的现实问题，引发政府和社会的关注，推动解决方案的出炉。

《我是一个兵》迎接建军90周年专题报道

主创人员：集　体

（限于篇幅，文字稿略，获奖作品请听光盘。）

（上海广播电视台FM90.9东广新闻台、FM89.9899
驾车调频《东广早新闻》2017年7月27日7时07分）

申报资料实录

作品简介：

新闻专题《我是一个兵》将话筒对准在沪部队的不同军种官兵，以主角自述的纪录短片形式，展现新时代军人的飒爽风采、传播他们忠诚为党、锐意改革、忠诚奉献的时代精神，展示了强军路上当代军人的亮丽风采。

一、主题鲜明、形象鲜活。五篇短音频选取了五个具有代表性的人物：海军东海舰队舰长张立峰、上海市消防总队闵行支队的消防战士高卓、武警上海总队第三支队警卫战士杭宇杰、第二军医大学附属长征医院军医李文、武警上海总队第三支队政治处的宣传干事苏雨昕等，他们岗位职责不同、军旅历练不同，但忠军爱民的军人气质相同。编辑记者通过小视角，用声音记录下“一个兵”的生活、工作和思想，彰显他们内心铸就的忠诚、融合、仁心、无悔、本色的军人形象，窥斑见豹，主题鲜明。

二、精心制作，情感真实。新闻专题《我是一个兵》不同于以往录音报道客观陈述的报道方式，将采访对象变为叙述主体“我”，深情讲述自身的军旅故事，并用类似广播纪录片的模式，大量运用现场同期声和声效，展现工作训练场景，让人身临其境：如消防篇中消防战士带上面罩后说话的呼吸声，听众感受到最美逆行者负重前行的艰辛和高度的责任担当。每篇结尾均用“我”的歌声结尾，将军人的“心里话”通过歌声自然流淌，于结尾处点睛、韵味绵长。

社会效果：

东广新闻台的编辑们在35℃以上的高温天，深入军营或驻地进行跟随式贴身采访，采访东海舰队普陀山舰张立峰舰长时，一连几天上舰，录下大量声音素材，精彩呈现了海军部队的科技化以及治军严谨；跟随消防战士高卓出警的记者，实际参与体验了出警执勤的辛苦；宣传干事苏雨昕参与为视障者陪跑的公益活动时，记者全程跟随记录；采访军医李文时，记者也一同进入手术室，观摩军医手术过程、用心记录下每个细节。

作品内容真实、文风鲜活、贴近受众，使精彩的短音频报道将新时代军人的事迹与风貌淋漓尽致地展现出来，弘扬了新时代军人忠诚奉献、艰苦奋斗、锐意进取的优良传统和品格。该报道的创新实践，也为融媒体转型期广播编辑记者“走转改”，进行了一次生动实践，积累了很好的经验。

推荐理由：

本系列报道坚持融媒体特色，以短音频为产品形式、每集时长在4分钟左右，采用全媒体渠道传播，广播音频报道在东广新闻台重点新闻时段东广早新闻播出，图文版与短音频在东广新闻台官方微信和阿基米德APP等新媒体平台同步推送，获得了良好的反响，部队官兵、亲属也积极收听、转发，网友评论热烈、为新时代官兵的新风采点赞，单篇流量破千，形成了良好的正向反馈。

该系列短音频还获得市委宣传部阅评组《新闻评点》、上海文化广播影视监测中心《上海声屏监测》、上海广播电视台总编室监听监视组《监听监看周报》等多部门阅评表扬。

巡逻现场实录 2017

主创人员：集 体

（限于篇幅，文字稿略，获奖作品请看光盘。）

（上海广播电视台新闻综合频道 2017 年 12 月 25 日 19 时 13 分）

申报资料实录

作品简介：

这是上海电视台新闻中心法制节目部与上海警方合作拍摄的一档特别节目。它使用纪实的手法，真实再现了基层巡逻民警的执法现场。在强调创新创优的创作背景下，该节目打破了传统法制节目的拍摄制作套路，通过大量现场画面的剪接，强调节目的真实性和现场感，以一种全新的形式展现了上海警方执法队伍的积极面貌，给人耳目一新的感觉。

社会效果：

2017 年 8 月到 11 月，在为期近四个月的时间里，新闻中心法制部派出了近十路记者 24 小时跟拍警方的街面巡逻工作，将真实执法过程全面记录下来。在后期制作过程中，编导与技术人员夜以继日，对所拍摄的大量画面进行精心挑选与剪辑，最终制作成了这六集系列片《巡逻现场实录 2017》。

推荐理由：

六集纪录片播出后，社会反响强烈，引发了收视热潮。平均收视率高达 6.18，最高一集达到 7.3。在微博、微信、秒拍、看看新闻网等新媒体平台，点击量超过5300万次。充满人文关怀的影像，温热了无数市民和民警的心灵。它展现的人间真情直击人心，触碰到每位观众内心最柔软的地方，引发全社会对警民关系的关注。

平凡人成就不凡事 中国志愿者成为老挝男篮教练

主创人员：刘悦纯　裘文祥　叶　岚　周　力

（限于篇幅，文字稿略，获奖作品请看光盘。）

（上海广播电视台五星体育《体育新闻》2017 年 12 月 31 日 12 时 46 分 36 秒）

申报资料实录

作品简介：

该片从习总书记在访问老挝期间的一篇署名文章入手，详细拍摄了一名普通体育工作者，如何成为国字号篮球队的主教练。并且记录了他通过不懈努力，从面临种种困难，到取得一定的成就，最终被老挝方面所肯定。表达出了平凡人也能做不平凡事的主题。

社会效果：

在得知孙伟担任老挝男篮主教练之后，记者第一时间联系到了他本人，并且了解情况，约定随后进行深入采访。在孙伟归国之后，记者前往孙伟家中，以及学校中，记录他的生活，并且做了专访。片中运用了当时在老挝拍摄的视频，以及同期声，让观众能更好的了解一名做出不凡贡献的平凡人。

推荐理由：

习总书记在访问老挝期间的署名文章，表达出了中国和老挝之间深厚的友谊，该片主角孙伟则是两国之间的桥梁之一，通过对于孙伟的深入采访，可以让观众了解到中国的志愿者为两国人民的友谊做出怎样的贡献。同时，让观众们知道，一名普普通通的大学体育老师，如何通过自己的努力成就不平凡的事情，在突出中国和老挝两国友谊的同时，也激励了大家努力向前。

她多么爱生活，爱得太多太多

作者：王安忆
编辑：陆 灏 舒 明

时间过的飞快，程乃珊离去已五年，我们都是文字生涯中人，如越剧《红楼梦》黛玉焚稿的唱词："这诗稿不想玉堂金马登高第，只望它高山流水遇知音"，所以就写下此文纪念她。

《长恨歌》里，我写"老克腊"自许旧人，乘电车去洋行上班，遭遇汪伪特务追杀重庆分子，吃了冷枪身亡，这情节来自程乃珊，她曾窃语我：前世里大概丧身电车路上，因高跟鞋别在道轨里不及脱身。后来，她辞去上海作家协会专业作家职务，移居香港，过着上班族的生活，就像去往前生践约。我想象她穿职业装，走在港岛尖峰时刻的人流里，香港的人流是丽人行，年轻貌美的女性格外耀眼。具体做什么在其次，重要的是，女性独立自主，闪亮登场社会前台。关锦鹏导演的电影《阮玲玉》，张曼玉饰演的阮玲玉从手袋里取出一枚私章，印在律师函，郑重和珍惜的表情，自恃是有身份的人。我觉得，程乃珊就在这时代定格中，生在新和旧的交替中，时代翻手为云覆手为雨，人呢，从新到旧，又从旧到新。

上世纪八十年代，新时期文学兴起，历史批判和反思是为显学，大致以"右派"与"知青"两类写作承担使命。这一幅文学图景中，程乃珊称得异数。她不是知青，极可庆幸的，一九六六年前夕，恰好中学毕业，跻入高等学校，免于流离，而走入职业社会，保持了按部就班的正常人生。她当然也不是"右派"，年龄够不上，就算够上，还需要有性格的原因呢！程乃珊是驯顺的，或多或少，也是她的处境所至。世事难料，谁又是先知，惟有敛声屏息，安分守道，于触手可及处找些乐子。所以，她又是有些享乐主义的。然而，无常的命运之下，小小的享乐主义有那么一点戚容。张爱玲散文《穿》里，去虹口买日本花布，写道："有一种橄榄绿的暗色绸，上面掠过大的黑影，满蓄着风雷”，大约就是这享乐主义的画像。程乃珊的小说《蓝屋》，豪门阔少，几经变故，栖身上海狭弄内一个单间，却坚持饭后一杯咖啡的旧习，也是享乐主义画像。但这位先生并不抱张爱玲“人生总是在走下坡路”的悲观态度，而是积极的，投身新生活，果然，历史没有辜负他的信任。

这一个情节的走向，其中确有着对时代的欢迎。上世纪八十年代中期，《收获》杂志组织在深圳召开笔会，那时候，深圳领香港市场经济之便捷，先行一步，成大陆改革开放前沿。酒店电视直通香港频道，这一晚，正播放香港小姐竞选。程乃珊、王小鹰、我，三个人住一间客房，程乃珊热情高涨，我却很让人扫兴地瞌睡不已，在评委与小姐的问答环节，终于被倦意席卷，耳朵里最后听见程乃珊说：这时候困得着，真佩服伊！历史华丽转身，繁华都会风景迎面而来，真是惊艳。程乃珊难以抑制欣喜，带入小说，具体为蓝屋公馆、“锦江俱乐部”、西点配方、家庭派对，却又是被正义所拒绝。惟有一样，欣然接受，就是这家后人的风度仪态，事实上，这一样恰是最具有阶级性的。其间隐藏着微妙的悖论，常常成为程乃珊作品受人诟病的理由。可是，“五四”以降的中国现代文学，不就是普罗大众的文学？在漫长的演变中，成为教条哲学，植入写作人的潜意识。《蓝屋》主流外的人和事，终回落主流意识形态，程乃珊这个新时期的异数，也归并同质性。然而，小说这东西却有一种特别的自主无意识，它会旁出最初的企图，另辟道路，指向无准备的地方。应了那一句古话：有意栽花花不发，无心插柳柳成荫。《蓝屋》作为背景交代的，顾老先生，为改暴发户身份踏进上流社会，透露了新生阶层的野蛮生长，让人想起巴尔扎克的“人间喜剧”，比如《贝姨》。不止是评论者，也许程乃珊本人都不曾在意，文学史的大趋势难免忽略个别的动态。可是，种子落地，即会着床，假以时日，便发芽长叶，抽条开花，结出果实。

程乃珊若是在今天，很可能被称作“物质女孩”。大家都知道，程乃珊手气很好，联谊活动抽奖，她总得胜筹。曾有一年，她在此地抽到一架彩色电视机，紧接着，又在彼地抽到一具电视机柜，不得不承认天地成全。但是，似乎作为一种平衡，程乃珊与文学奖项缘分不大，常常擦肩而过。即便不以此作隐喻解释，从表面看，她对世俗生活的热切，也距离写作者的思想劳动本质有些远。张爱玲写苏青，苏青睁着迷瞪瞪的眼睛，仿佛说：“简直不知道你在说些什么，大概是艺术吧！”这有点像程乃珊呢！只是程乃珊天真的，不像苏青的世故。有一回，她介绍一位老裁缝替我母亲缝制几套出国的衣服，特别嘱咐用心用力，说，这可是著名的作家哦！老师傅很淡定，回答：我又不识字，凭本分做生活。我又觉得程乃珊像那老裁缝，规避开现代知识启蒙，另有一功。

八十年代，物质世界扑面而来，五光十色，令人目不暇接。有一次在无锡举办笔会，那时候，文学笔会频繁，写作者聚集一起，谈个没完。宾馆有一个售品部，说是售品部，其实就一具柜台，在我们眼睛里堪称琳琅满目，而且可望不可即，每一件商品都需外汇券购买。这时候，程乃珊悄悄在耳边说：我请你们喝可口可乐！顾不上客气，即紧随其后，来到柜台，贪馋地看她取出外汇券，然后，小姐从货架上取下三个易拉罐，擦拭薄灰，显见得存放多日无人问津。其中有一罐的拉攀无论如何拉不开，请来服务生帮忙，使了猛力，褐色的液体喷涌而出，溅我们一身。离群索居的我们，面对消费时代就是这般束手无措。国门渐开，我即随母亲去美国，程乃珊专门送我一份礼物，能看出她对出国这桩活动的重视。很快，她也领到出访任务，亚洲发展中国家菲律宾，多少有点不满足，看起来，世界纵然打开了，先进地区却是有限的部分。从菲律宾回来，说起感想，则令我吃惊，她说：在这些地方，无论怎样贫穷落后，但最现代的东西它们都有，比如超级市场、星级酒店、高速公路、摩天楼、奢侈品——你不得不佩服她目光敏锐，窥见全球化里的资本统一模式。中国大陆也将或者正在纳入其中，速度之迅疾是程乃珊想不到的，我一时找不到出处，但小说的情节印象深刻，一户中产人家，经历几度沉浮，终于走入正常生活，却又遭遇始料未及的挑战，那就是保姆的儿子，一个乡下男人，生意场上发起来，出高价租赁他家汽车间做货仓，更新一代实业者踩着两脚泥急吼吼地走来了。

程乃珊从香港退休回沪，我与她同去参加某公司的周年庆，她看着场子里活泼泼的年轻女孩，感叹道：现在的上海小姑娘真会打扮！心情颇为复杂。在资本社会趋向稳定的香港居住多年，正是中国大陆起飞，蓦回首，换了人间。似乎是，她的时代方才回来，未及伫步，又向前勇进，被抛在身后。可是，回来的真是原来的那一个吗？程乃珊又是怀疑的。就像一个鉴赏家，辨别真货和赝品，她很快从炫目的光色中镇定下来。她说：街上人群的衣着缭乱得很，倒不如以前，简素是简素，却是清爽的。这话也许有一些些妒意，同时呢，不谓不是实情，实情是，现代化在某种程度上，也许就是无产阶级站起来了。还有一件事，也让程乃珊挑眼的，即风起云涌的上海城市写作。她说，不对，不是这样的，错了！不过，她也承认，这股潮流确实启发了她，使她意识到，她尚有个储藏未开发。从此，程乃珊开始了关于上海轶闻轶事的书写，一发不可收拾。我们曾在私下议论，将程乃珊和其他都市描摹比较，我的意见是，程乃珊不可替代。不止材料拥有的优势，更重要的，文学营养的品质差异。时尚一代的祖师奶奶是张爱玲，程乃珊呢，则是俄国十九世纪文学，以托尔斯泰为代表。除去同类型文章供分析比较，我还可旁引佐证，那就是长篇小说《金融家》。

事情终于回到文学，我们不可能忽视，程乃珊是一名写作者，这身份还是将她与世俗人生区别开来。体验过文学初始给予的光荣和骄傲之后，写作的生活亦在更深入地教育她。有一件事大约可称作开启，推她进严肃的世事。不能以为程乃珊没有阅历，方才说的“驯顺”，倘若不经磨炼，哪来此生存本能。记得1989年春，我和程乃珊受旧金山“中国书店”邀请，去美国宣传新书。我们和另两位驻外人员同住一套公寓，时常有中国学生和职员过来聊天。有一天，我们与一个年轻人争论起来，随着双方情绪失控，越来越偏离主题，所以分歧的起因就模糊了，但场面的激烈印象犹深。年轻人难免是轻浮的，对他人的经验一概漠视，半路切进美国社会，且自许占据价值高地，总之，过去的和现在的，以及未来的，都是他对。谈到别的尚可以安然处之，但当涉及那场浩劫，程乃珊便按捺不住，她说起家庭的遭际，不由哽噎。这一刻，我特别心疼，倒不仅因为事情本身，而是她情急下揭开伤口，痛的是自己，对方可能完全无动于衷。我们都不掌握论争的要领，即缺乏抽象逻辑的训练，也没有现成可资利用的理论，只能实打实的，以亲身体验对付，就像武林中真功夫遭遇暗器。倒霉的历史总算过去了，中断的生活又继续下去，做梦都不会想到，如我，下乡插队的一日，再没有准备返回上海。始料未及的，还有额外馈赠，那就是文学新天地。在一个文艺界大型晚宴上，有一位前辈说：看，程乃珊，多像一个女学生！顺指点看过去，明眸皓齿，额发蓬松，白衬衫束在宽摆裙的腰里，捧一本纪念册，兴致勃勃穿行席间，逐个请名流签名。可不是，一个追星的女学生。

我要说的这件事就和追星有关，这段故事，程乃珊自己已经写成文章公之于众，简单说吧，早于方才说的1989住旧金山前，程乃珊和王小鹰接受美国国际访问者计划，环游美利坚。在“计划”安排下，程乃珊得偿心愿，与偶像格里高利·派克见面。上世纪四十年代下半期出生的程乃珊，赶上好莱坞风靡上海的末梢，日后，海峡隔离冷战降临，便淡出荧屏，这东方巴黎也随之洗去铅华，持以素颜。这一场比弗利山庄的会晤，堪称海上旧梦重温。不久，派克来到中国上海，媒体又安排一场见面，可是偶像他，无论如何想不起曾经与中国粉丝的历史性邂逅。派克老矣，记忆差否，再则呢，一个大明星，拥有海量崇拜者，可谓万千宠爱在一身，怎么能指望他恰恰记住其中一个，即便有国际共运史作背景。据说，当时的场面相当尴尬，看起来，安平世道，娱乐年代，也不可事事如人所愿啊！

天分就像基因，它潜在于体内，也许终身不显性，倘若适时适地适人，则生机勃发。程乃珊终于要写《金融家》了，又终于写成了。就像程乃珊和文学奖的缘分，总是差那么一点点，文学奖一定程度上是文学潮流的表征，落后于它进不了法眼，提前了命运也一样。《金融家》问世，当时也举行研讨会，但还是从注意力中心滑过去了。那时候，都市写作尚未勃兴，家族叙事沿寻根文学车辙，从原始处起，哪一项，《金融家》都纳入不了。评论者又常从现象着眼，需要一定的积量，方能定性质。所以，我说，程乃珊是中国当代文学的“异数”。以自然观论，人的运数总量都是有限的，这方面多一点，那方面就少一点，不能什么都是你得。那回我和她在旧金山，住同一套公寓贴邻的两间卧室，女性之间本就亲密，何况朝夕相处。一日早晨，她让我帮着卷头发，触及肤发，不禁感叹老天爷给了一副好胚子：头发黑亮，极富弹性，牙齿如同串贝，指甲是又一种贝类，肌肤润莹。她对镜子一笑：可惜塑型没有塑好！这句话回得很俏皮，而且有急智。我知道，她一直自愧不如母亲长得好。

从文学生态总体看，《金融家》似乎孤立于承前启后的生物链之外，但在程乃珊自己，却有踪迹可循。《蓝屋》中，那位野蛮生长的顾老先生就是。草根阶层走出来的中国民族资本家，今天的话叫做“凤凰男”，资产阶级本是胼胝手足，泥里水里起家，不像贵族，征战中出来，光荣照耀后世。英剧《唐顿庄园》，大小姐玛丽不得已和生意人结姻缘，放不下架子，凛然道：我们是继承，你们是买！这话说得精到极了，一下子划分了阶级。程乃珊其实从来没有被“买”来的优雅迷惑眼睛，深谙花团锦簇中的硬骨头。自己的生活何尝不是呢？一路过来，情何以堪。程乃珊的驯顺里，也藏着些犀利的刀锋呢！无意扫见电视里播放谈话节目，因有程乃珊出席，便看下去。话题有关南北文化对比，因此南人北人各持一方。北派明显占压倒之势，有语言的便利，南方人说国语普通话总要隔一层，反应和出言就迟缓了；语言又带出气场，近首善之地楼台，得月在先，难免居高临下。轮到程乃珊迎战，对方取抑扬术，恭维开场：我是看程老师书长大的——程乃珊即道：你不要这么说，大家要算出我的年龄了！止不住叫好，程乃珊的急智又一次显露山水，真是痛快。

《金融家》原是程乃珊“三部曲”计划的第一部，后两部没有动笔，原因很难追究。写小说，尤其长篇小说，需要的条件很复杂，有时候却又很简单，就是没有在应该开始的时候开始，于是欲望退潮。对文学史不谓不遗憾，从第一部看，我们有理由展望第二部和第三部的前景。好在程乃珊受上海叙事感召，写作大量非虚构文字，为这个城市描绘毕肖的画像，增添近代历史记忆的库藏。正当其时，造物又来分配总量，我们只能这样解释，程乃珊得天独厚，预支了应定的份额：天资和才华，爱情和家庭，事业和生活，尤其是，生活的那股子热腾劲，她多么爱生活，爱得太多，太多，于是，戛然而止，定格——华美、丰饶、快乐、兴致勃勃！

2017 年 12 月 15 日　上海

（《文汇报》2017 年 12 月 22 日）

作品简介：

既是王安忆对老友程乃珊的追忆，也是对上世纪 80 年代上海文坛的侧记。文章于 2017 年冬至见报，获得极大反响，被各方好评。

推荐理由：

哀而不伤的真切情意、人物个性刻划、作家作品分析与一段上海文学史、社会发展史完美交织、娓娓道来，堪称副刊报告文学的典范之作。

工人运动战线上的一位杰出领导人

作者：卓 滢
编辑：周 斌 忻 意

去拜访李家齐那天，恰巧遇上今年夏天第一个摄氏39度的高温天。房间里开着点空调，微凉，眼前这位老人精神矍铄、话声朗朗，在随后的2个小时里，李老思路清晰，侃侃而谈记忆中的工运往事。他说得风轻云淡，而我们听来却是惊心动魄。

李家齐高寿，今年101岁了，是上海总工会的元老之一。李家齐出生于1916年，江苏太仓人。高中毕业后，考入邮局工作。1939年，加入中国共产党，长期在上海从事地下工人运动的工作。上海解放后，参与筹备成立上海总工会，先后任总工会研究室主任、文教部长、副秘书长、副主席、党组书记等职务。后担任中共上海市委副秘书长、秘书长。1983年8月，中共上海市委任命李家齐为上海市总工会顾问。

在邮局办“邮工补习学校”

今年是抗战全面爆发80周年，说起抗战时期的上海工会工作，自然提起刘长胜。抗日战争爆发后，刘长胜受党中央委派，于1937年9月到达上海，协助刘晓同志重建和发展上海地下党组织，打开工人运动的局面。

刘长胜到上海工作的日子，恰也是李家齐开始成长起步的日子，尽管那时他们并不相识。“我一直在基层，在邮局工作，前期并不认识长胜同志”，李老回忆：“只是听说过他”。抗日战争时期，上海邮局只有国民党的“工会组织”。李家齐和战友们商量，决定利用国民党工会资源成立“邮工补习学校”。表面上这个学校是为邮局内部甄拔考试设立的，其实暗地里是提高职工的文化程度和政治认识，发现和培养积极分子，发展党的力量。除此之外，还成立了消费合作社，在物资紧张环境下，为职工谋福利。

这些工作践行的是刘长胜的工作思路。在刘长胜诞生100周年的时候，李家齐写过一篇回忆文章，《刘长胜——上海工人运动的杰出领导人》，文中写道："他坚决贯彻执行党的抗日民族统一战线政策，放手发动群众，在工人、群众、党员中广泛开展抗日救亡活动，建立救亡协会，在斗争中团结组织群众，发展壮大党的力量。以我当时在上海邮局工作为例，从1937年重建党支部，到1939年底党员已发展到97人，在10个部门建立了党支部。1940年初，他随同周恩来同志到延安向党中央报告工作。毛泽东和党中央书记处同志肯定了这一时期上海党组织在工人中的工作。毛泽东还特别赞扬了上海地下党创办工人夜校和职工联谊团体，认为组织联谊团体对争取合法和开展上层统战工作有重要作用，并说'在敌伪统治区，有一所工人夜校，组织几百工人读书学文化，求进步，就等于办了一个工会。'"

"那您有没有被国民党抓捕过？""没有"，李老的回答很肯定。"也没有上过黑名单？"李老略沉思，"其实是上过的，只是当时我并不知道，是后来看到当时国民党的资料才知道的。"

"隐蔽精干、长期埋伏、积蓄力量，以待时机"，当年的刘长胜结合上海城市特点和实际情况，正确执行党的这一白区工作方针，在敌人白色恐怖的环境下，争取合法斗争和隐蔽斗争相结合、经济斗争与政治斗争相结合的策略，开展稳扎稳打，有理、有利、有节的斗争。在最困难的时刻，向党员提出"勤学，勤业，交朋友"的要求，深深扎根在群众之中，以积蓄力量，迎接新的形势来临时新的斗争任务。回忆当年的"潜伏"，李老显然做到了刘长胜所要求的这16字方针。

跟着解放军回到上海，见到刘长胜

李家齐第一次看到刘长胜是在上海解放后，那时他参加完六次劳大，跟着解放大军，回到上海。说起参加六次劳大的经历，李老神采奕奕，那是他激情燃烧的青春里的华彩乐章。1948年8月，在人民解放战争即将取得胜利的前夕，在东北解放区的哈尔滨召开了第六次全国劳动大会，参加这次大会的既有解放区的工人代表也有蒋管区的工人代表，这是一次全国工人阶级大团结的大会。这次大会在动员工人阶级、团结全国人民、夺取中国人民解放事业的最后胜利、建立新中国的伟大斗争中，发挥了重要作用。当时，上海还没有解放，处在国民党统治的白色恐怖下，受上海地下党组织的指派，李家齐等十几位同志代表上海工人，分几路前往哈尔滨参加大会。

“我是主动要求去参加大会的，当时就是一心想去解放区”，李家齐记得清楚，自己的心情有多迫切。1948 年 4 月，李家齐接到上海邮电地下党组织负责人周清泉的通知，让他去哈尔滨参加六次劳大。先从敌占区到解放区，然后从苏北一路往北到大连，从大连坐船到朝鲜的南浦镇，坐上火车到平壤，住一夜，过了图们江，再坐火车到哈尔滨，这时已是 8 月 10 日了。只是，在说起哈尔滨的时候，李老哈哈一笑道：“后来我去哈尔滨开会，我跟他们说，这次我来只用了三天，我上一次来，足足走了三个月。”

六次劳大的庄严隆重深深镌刻在李老的记忆里：有党和解放区人民的热烈欢迎，有大会对上海工人斗争的肯定，还有陈云、刘宁一等人做报告，大会通过了《关于国民党统治区职工运动报告的决议》……在《参加第六次劳动大会的前后》一文里，李家齐和其他参加者回忆：“我们一方面为人民解放战争的大好形势，为上海即将解放而欢欣鼓舞，同时也深感上海工人阶级责任重大。……上海代表团经过讨论后，推派倪复生同志代表五十万有组织的上海工人在大会上发言，保证‘上海解放之时工厂仓库都能完整转回人民手中，有信心把上海变成最繁荣的人民城市’。发言博得了全场的热烈掌声。后来的事实证明，上海工人阶级没有辜负大家的期望，终于在一九四九年五月二十七日，配合人民解放军，粉碎了国民党反动派妄图毁灭上海的罪恶计划，基本上完整地保存了上海，迎来了解放，水、电、电车、电话都没有断，大多数工厂一天也没有停止生产。”

六次劳大结束后，除东北外，其他地区的代表都被留了下来，由全总组织参观学习。在将近两个月的参观中，李老他们看到了东北的大工业，看到了上海看不到的煤矿，“我们虽然在上海从事工人运动，但到了东北，和解放区从事工会工作的同志一比较，就觉得自己的理论水平和政策水平差距很大，更没有在自己政权下开展群众工作的经验。”

之后，李老参加了沈阳和北平解放后的接管工作，“我们‘跟’着解放大军走。革命需要我们跟着走。解放北平，我们在北平城外待了几个月。刚在北平接管了一个大企业，准备工作，结果一个电话要南下，还说不要交接了，直接走吧。解放大军所到之处势如破竹，我们就几乎是一路‘跑’进上海的。”就这样，作为有接管经验的“全总的工作组”的一员，李老回到了上海，到了上海总工会，见到了刘长胜。

尽管已经想不起来第一次见到刘长胜的情景，但是这么多年来，刘长胜给李老留下的印象依然深刻，“他很有气势的，气派很大的呀，山东人，脾气很爽快，做事雷厉风行，口音带山东口音。”

奉命北上向刘少奇汇报

一回到上海，李家齐就投入紧张的工作中去了。“上海解放后的第三天，上海总工会筹备委员会就成立了，在中共上海市委的领导下，上总筹委会广泛发动和组织职工群众积极协助政府巩固治安，搞好接管，稳定市场，开展增产节约运动，迅速恢复生产。到1949年底，在107万职工中有93万人参加了工会，根据中共上海市委指示，上总筹委会决定于1950年2月初召开上海市第一次工人代表大会。在刘长胜领导下，上总筹委会建立了一个班子，准备起草工代会的报告，提出上海工人运动的方针和任务。我参加起草这个报告。”

当时，李家齐担任文教部长，李家齐回忆：中共上海市委指示，根据中共中央七届二中全会决议精神，在一个城市解放后，必须全心全意倚靠工人阶级，首要的任务是发展生产，像上海这样一个全国最大的工业城市更是如此。这就是这次工代会的中心议题。由于国民党政府和帝国主义的长期掠夺和破坏，上海解放后又遭到美蒋的封锁，致使原料、燃料供应十分困难，不少工厂面临停顿、半停顿的局面。

“有的资本家跑到香港去了，工厂开不开工成了问题；有的厂办不下去了，工资发不出了，要解雇工人了，这些都给工人生活带来困难。在此形势下，对如何具体确定当前上海工人运动的方针任务，中共中央华东局和上海市委十分重视，在讨论上总筹委会提出的工代会报告（草稿）后，认为此事重大，建议上总筹委会向全国总工会请示后再做决定，我是报告起草人之一，长胜同志要我带了报告的草稿前去北京，向全总汇报请示。”

“中国工运历史人物传略”之钟雪生所著《刘长胜》一书中详细记载了当时的情况。“刘长胜向大会作的工作报告经过中共中央华东局和上海市委讨论后，派李家齐到北京向全国总工会请示。临走，刘长胜叮嘱道：上海工人运动的方针任务关系到全局，你到全总去一定要如实汇报情况，不仅要讲我们做了哪些工作，也要实事求是地反映困难和问题。”

全总党组听取了李家齐的汇报后，安排李家齐去见刘少奇。史料记载，刘少奇仔细听取了这次汇报，还具体询问了上海面临困难的情况，经过认真思考，他指出，“上海当前的主要任务是克服困难，把生产维持下来……”

这次汇报的情景让李家齐至今难忘。李家齐告诉记者：“刘少奇同志是当时工人运动的领袖，长胜同志让我去向他汇报。少奇同志说，要把生产维持下去，工人才不会散，如果最困难的时候，工人都散掉了，将来怎么办？”

李家齐回来后向上海总工会党组作了汇报，刘长胜非常高兴，认为方向明确了，心中更有底了。因此，刘长胜在他的工作报告中，概括出“集中力量，维持生产，粉碎封锁，克服困难”十六个字，并以此作为上海工人运动的指导方针和动员全市职工战胜困难的巨大政治动力。

1950 年 2 月 3 日至 7 日，上海市工人代表大会在上海市人民政府大礼堂举行。中共上海市委第一书记兼市长陈毅在会上作了《为打破敌人封锁，克服困难，争取经济好转和恢复而奋斗的政治报告》。刘长胜作了《关于上海工人运动当前方针与任务的报告》，提出了十六字方针，为解放初期上海工人运动的发展指明了方向。会上，上海总工会正式成立，刘长胜当选为主席，党组书记。

李老回忆，开会期间发生了“二六轰炸”，当时，上海的 5 家电厂和 5 家水厂被轰炸，其中以杨树浦发电厂损坏最严重，上海立时成为黑暗世界。大会主席团决定，2 月 6 日休会，全体代表分头参加抢救工作，市政代表，除原属电力、自来水单位的回原单位外，其余代表都到杨树浦电厂参加抢救。陈毅、刘长胜等人都亲临现场。

切实做好失业工人的救济工作

当记者请李家齐回忆一下杨树浦电厂的情景时，李家齐说：“我没去，我看家。”口气里不免自豪。

“当时我们的工作积极性高，早上 9 点上班，晚上没有 5 点下班的，都是干完了才下班。工会威信高，影响大，人家有什么事都来找工会”，李家齐至今记得，当年劳资纠纷多，常可以看到上海总工会底楼的大厅里，有一批批的人在协商解决问题。“长胜同志在上海工人中很有威信的。上海解放后，长胜同志担任中共上海市委第三书记，那时他同时分管工会和劳动局，失业工人救济是长胜同志亲自抓的，成立了失业工人救济委员会，具体劳动局他们在搞。这是那个时候的大事情，上海失业工人多，几十万人。一部分资本家跑掉了，一部分工厂瘫痪了，所以失业工人比较多。他专门搞了失业救济委员会，他主要负责这一块，具体劳动局抓。还有一日捐，发动工人捐一天工资，去帮助其他失业工人。”

资料记载，据不完全统计，上海私营商业企业申请停业者，1950 年 1 月到 5 月，一直停业的工厂有 1454 家，歇业的商店有 6000 多家。在工商业大量倒闭的情况下，随之而来的必然是严重的解雇失业。

面对这种严峻的状况，一方面，上海总工会动用各种资源进行了紧急救济，初步稳定了失业及在业群众的情绪，缓和了劳资关系，维持了社会持续，教育了广大群众；另一方面，刘长胜及时向华东局、上海市委和中华全国总工会汇报。

1950 年 4 月 14 日，上海总工会致信中华全国总工会，呼吁全国工人救济上海失业工人。信中写道：

中华全国总工会：自从二月六日匪机滥炸上海，破坏电力以后，上海失业情况骤然严重。迄目前为止，根据初步统计，失业工人人数已逾十五万人，连其家属在内不下五十万人。而失业工人的生活已是十分困苦。以喝粥汤度日者已是极普遍的现象，而以豆渣、豆饼、糠秕、野菜充饥者已日有增加，更有因奔走觅食而饿倒路旁者。因无力负担水电费而遭断绝水电供应者，无力负担房租而遭房东驱逐退租者到处可闻。有当光吃尽而仍告断炊者。虽然如此，失业工人对于目前国家的困难及其所以造成的原因深有体会，因此并不悲观也不怨言，而在工会组织领导之下用尽一切办法向困难作斗争，来度过今年最困难的一年。上海工人阶级对于这个任务的完成是有充分的信心和希望的。

但是，放在上海工人阶级面前的是这样多的失业弟兄的流离失所和生活困顿，急需加以救济。属会有鉴于此，本着工人阶级团结互助精神，发扬阶级友爱，已于四月十二日第八次常委扩大会议上一致通过“上海总工会为救济上海失业工人号召全市在业工人捐助一天工资的决定”，各业工会均表示支持和拥护这一号召，已在紧急动员纷纷响应中……因此即使有所成就，也有杯水车薪之感。

为此，属会除通过即将召开的第三届上海市各界人民代表会议中的工人代表向各界人士呼吁发动社会救济运动外，特报告全总请考虑向全国工人阶级呼吁作必要的和可能的互助救济，并请全国各兄弟工会热心发动。

不久，全总号召“一日捐”，上海总工会的这项工作在刘长胜的主持下进行。

随着“一日捐”运动的开展，上海市临时救委会立即开始着手实施紧急救济。据统计，自 1950 年 4 月 21 日开始至 6 月底止，全市共救济失业工人近 8 万人，还发放了大量的救济米、救济金，初步缓解了失业工人的生活困苦。

为了切实做好失业工人的救济工作，刘长胜在上海市第二届第一次各界人民代表会议上作了关于救济失业工人的专题发言，建议成立失业工人救济委员会，并提出从公私企业职工工资总额中提取百分之一，在业职工拿出工资所得的百分之一，作为失业救济金的来源，除此之外，他建议由政府拨出一定数额的补充基金。代表们对刘长胜的提议一致赞同，通过了相应的决议。

上海市救委会隶属于市政府，是上海失业救济事宜的决策机构。陈毅市长非常重视这一工作，亲自担任委员会主任，刘长胜任副主任。

若没这些资料，很多情况就没人知道了

现在学者研究上海工运历史，案头必有《上海工运志》，这套书就是李家齐担任主编的。“那时，上海要编地方志，上海工运志的编纂也被提上工作议程。工运资料的保存是很有意义的。过去的资料都散失的，早期的不能钢印的，要找到人让他们口述和记录。”由此，李家齐再次说起了刘长胜，“以前市总也编过一套上海工人运动史的史料，那时长胜同志重视这一块，若没有这些资料，很多当事人已经老了，记不清了，很多当年的情况就没人知道了。”

注重调查研究，收集工运资料，这是刘长胜另一个让李家齐十分推崇的特质。在《刘长胜——上海工人运动的杰出领导人》中，李老写道到：“长胜同志一贯坚持党领导的调查研究、实事求是的作风。一切从实际出发，反对主观空谈，华而不实。他亲自深入群众，调查研究，了解情况，做到心中有数”。

李家齐印象中，早在 1938 年，刘长胜就组织党内同志深入调查，编写上海 22 个产业及工人运动的历史情况和现状，汇合整理出版《上海产业与上海职工》，对指导当时的斗争有重要意义，从今天来看也是一份研究工人运动历史的宝贵资料。在上海解放日益临近时刻，他根据上海局的指示，发动和组织各个单位的党组织对本单位的政治、经济、组织等各方面情况进行详细的调查，写成材料上报，汇总后交解放区。华东局把这些调查材料编印成册，发给有关接管组织。这些资料在解放后的接管工作中发挥了重要作用。

1952 年，中共上海市委批准了刘长胜的提议，成立上海工人运动史料委员会，收集、整理、编写中共领导下的上海工人运动史料，刘长胜担任委员会主任。

他亲自规定了机构的规模和人选，提出要集中力量整理和总结1937年—1949年上海工人运动的历史经验。他指出，过去中共地下党时期，我们有两条经验很重要，一是调查研究，乱碰乱撞不行；二是联系群众，离开群众，我们就寸步难行。现在我们掌握了政权，在新形势下，我们要坚持发扬过去深入实际、联系群众、刻苦耐劳、艰苦奋斗的优良传统，还要研究新情况，创造新经验。

刘长胜还亲自调集干部，充实工作班子……对于收集整理上海工运史料，刘长胜还多次提出指导性意见。他认为，上海工运史是党史的一部分，在工运史中必须体现党在各个历史时期对工人运动的领导方针和策略，必须反映上海工人阶级和工人运动的特点。"工运人物选的标准就是对工运有突出贡献"，李家齐说。

在刘长胜的领导和指导下，上海工运史料委员会做了不少工作，先后收集整理了1000多万字的资料。

后来，刘长胜到世界工联担任领导工作，期间保持了其一贯对于工运资料收集和研究的重视。1956年，由刘长胜主编的一部26万字的《英国工人运动历史研究资料》送回国内，作为内部资料出版，至今仍是一本系统介绍英国工会运动的很有参考价值的资料。1959年，在刘长胜主持下《国际工人运动讲话》完成了。该书共12章，约26万字。这是国内编写的第一部关于国际工人运动的研究史料。

岁月悠悠，往事历历在目。在李家齐心目中，刘长胜同志一生始终保持着工人阶级的优良品质，真诚热情，关心群众疾苦，同群众交朋友，全心全意为人民工作。他律己严，待人宽，对干部严格要求，又热情关怀帮助他们，同他一起工作的同志都感到他既是一位原则性很强的领导人，也是一位坦诚热情的领导。他生活艰苦朴素，从不搞特殊化。他在国外工作多年，临终时把他的积蓄大部分都上交了党组织。"长胜同志无愧为党在工人运动战线上的一位杰出领导人，优秀的共产主义战士。"

（《劳动报》2017年10月16日）

作品简介：

此文刊发于2017年10月18日党的十九大召开前两天，为喜迎十九大之作。

此报道早在3个月前就开始策划采写。习近平总书记向来重视历史、学习历史、研究历史，他坚持马克思主义历史观，他善于从历史中汲取人生智慧和治国理政智慧。他曾说过："历史是最好的教科书""历史是最好的营养剂"，因此，劳动报副刊部根据副刊的特色和优势，策划从解读历史的角度做"喜迎党的十九大"报道，同时结合劳动报的工会特色，确定工运史的报道方向，最终联系到了上海总工会的元老之一，101岁的李家齐，他也曾任中共上海市委副秘书长、秘书长。

在多次采访中，李家齐回忆了自己早年参加革命、从事工运工作的经历，还回忆了其与杰出的中国工运运动组织者、领导者刘长胜在一起工作的情况。根据采访情况，记者调整了原先较为单一的报道计划，改为通过李家齐的个人经历，带出刘长胜的故事，进而描述1949年前后、中国共产党领导下的波澜壮阔的新民主主义革命胜利进程中的重大事件和六次劳大等鲜为人知的工运往事。记者用细腻客观的笔触，生动描摹了早期共产党人的形象，展现了他们做出的突出贡献，讴歌李家齐、刘长胜及他们代表的早期中国共产党群体为理想而奋斗的坚定情怀。

本文刊出后被多家门户网站、一些省市工会网站、党建网站转载。宣传效果良好，有读者反馈通过此文了解了一段不应被遗忘的历史，感受到了革命前辈的坚韧的意志和值得尊重的革命情怀。

推荐理由：

本文史料丰富，笔触细腻生动，角度独特，为"喜迎十九大"报道中富有工运和劳动报特色的性格鲜明的独家报道。本文刊出后社会影响广泛，取得了较好的社会效果，且契合了十九大报告中的主题"不忘初心牢记使命"。

28岁青年为完成父亲遗志放弃高薪投身警营

“我要把父亲没走完的路走下去”

作者：钟　雷
编辑：沈　清

“我叫宗晨，警号027257，今天是我成为人民警察第1127天，也是我父亲宗国兴，离开我的第1275天。”不久前市公安局发布的纪录片《忠诚的意义》中，宗晨的这段深情独白感动了无数人。为了继承父亲的遗志，这位28岁的年轻人放弃外资银行的高薪工作，踏入警营。选择与父亲同样的岗位，巡逻父亲走过的辖区，他说：“父亲没走完的这条路，我要帮他走下去。”

“父亲从来不在家里说他工作的事情，我不知道他平时上班都做什么。”“警察平时做什么？为什么假期都不放假？”

父亲倒下的那天晚上，每一个场景都刻在宗晨心底。

2014年3月20日晚上10点，加完班回到家的宗晨带发烧的父母前往医院就医。本以为只是普通的感冒，但验完血没多久，父亲的验血结果却通过绿色通道传了出来，身着白大褂的医生走到了宗晨身前：“你爸爸可能马上就不行了，你做好心理准备。”

医生的结论让宗晨一时难以接受。“我爸本来白天还准备去上班，因为正好去医院拍了个片，为了等结果，他难得请了次病假没去上班。”宗晨没有想到，父亲请完这次病假就再没能回到岗位上。

宗晨的父亲宗国兴是消防兵出身，1986年转业做警察。自记事起，宗晨便知道自己的父亲是一名警察，但也仅此而已。用他的话来说，正式从警之前，自己对警察两个字既陌生又熟悉。“他从来不在家里说他工作的事情，我不知道他平时上班都做什么。”那时，宗晨对警察唯一的印象只停留在一个“忙”字上，白天自己读书的时候，父亲在家休息，晚上自己一回家，父亲已准备出门上班。节假日缺席早已是惯例，就连除夕夜的团圆饭，二十多年里，父亲也只和家人同桌过四五次。“警察平时做什么？为什么假期都不放假？”虽然心里藏了许多问题，但那时的宗晨总觉得来日方长，未来有的是时间找父亲刨根问底。

虽然不了解父亲的工作，但对于父亲的期望，宗晨一直心知肚明。“他希望我做警察。但他也比较尊重我，只会旁敲侧击暗示我。”高中毕业前，父亲时不时会带一些法律类的书籍和试卷回家，宗晨知道，那是备考警校的复习用书，但当时对做警察“无感”的他把这些书束之高阁，最终报考了某校的商务英语专业。

大四上半学期，宗晨早早拿到了工作 offer，但父亲依旧会通过母亲迂回劝说他报考警校。然而，警校的报考时间为下半学期毕业前，这意味着如果要报考警校，宗晨必须放弃已经到手的 offer。“那时候不想做警察一方面也是不想活在父亲的光环下，怕被贴标签，加上年纪轻，想闯一闯自己做些事情。”权衡之下，他最终选择去银行工作。

为了证明自己，工作后的宗晨异常拼命，“我父亲属于蛮保守的人，在家吃饭的时候他习惯等孩子回家再开饭，但我工作压力大，没能顾及家里。”2014 年 1 月 1 日跳槽到某外资银行后，一直到 3 月 20 日父亲病倒，宗晨没能在工作日回家陪父母吃过一顿晚饭。“要是当时能多陪陪他就好了。”回想过往，宗晨几番哽咽。

“很多人都说，父亲没能干到退休，好像路没有走完，我想帮他把这条路走下去。”“父亲以前上班做什么，我就想做什么，也算是找到一种心理寄托。”

父亲病倒后，宗晨本想辞职全心照顾父亲，但遭到父母坚决反对。看着病榻上的父亲一天天消瘦下去，手上渐渐爬满一个个抽血针孔，愧疚感充斥在宗晨脑中。为了给父亲治病，宗晨的外公外婆甚至已经做好了卖房的准备。但仅仅半个月后，4 月 7 日清明节当天凌晨 5 点，宗晨的父亲没能坚持下去。

“别人 20 多岁的时候，遇到的都是老一辈亲人的离世，而我直接面对的就是我的父亲，又这么突然，真的很难接受。”父亲离世后，生前的点滴回忆都涌回宗晨脑中，其中便包括父亲对自己从警的期望，但真正让他下定决心成为警察的却是两天后父亲的追悼会。

“警察一批一批地来参加追悼会，一开始怕来的人少我们特意订了中厅，结果最后整个厅都站满了人。”追悼会当天，当身着警服的队伍一排排源源不断地走上电梯时，宗晨第一次觉得，自己认识的父亲和别人眼中的父亲似乎有着天差地别。

宗晨回忆，当天警车一路护送着灵车，父亲的遗体上还披着党旗。过去他一直觉得父亲是不起眼的警察，但是追悼会的所见所闻让他觉得，父亲远比自己想象的伟大。“很多人都说，父亲没能干到退休，好像路没有走完，我想帮他把这条路走下去。”而除了继承父亲的遗志，另一个念头也埋在了宗晨心里：去了解父亲究竟是一个怎样的人。

用宗晨自己的话说，追悼会结束后，他鬼使神差地点开了警校报名的消息，发现当天正好是警校报名的截止日，由于本科毕业即将满一年，这是他最后一次报考警校的机会。没有多想，宗晨填写了报名申请。

此时距离开考只有一个多月，且还要处理父亲的后事，但宗晨始终没有放下复习工作。笔试前一天，又恰逢父亲的“五七”，整夜没睡的宗晨第二天奔赴考场。“很多事都赶在一起，像一种冥冥中的指引。”虽然经历了许多波折，但最后宗晨还是拼到了一张警校入学通知。

从警校毕业，选择分配志愿时，他选择了父亲生前工作过的静安公安分局石门二路派出所，并和父亲一样，成为了一名巡逻民警，巡逻同一片辖区。“父亲以前上班做什么，我就想做什么，也算是找到一种心理寄托。”

“如果家里没有人做警察，新警遇到嫌疑人难免会有点害怕，但我入行时就做好了心理准备。”“如果父亲泉下有知，希望能为现在的我自豪吧。”

父亲去世后，宗晨买了一只比熊犬在家陪伴母亲，为了防止母亲睹物思人，宗晨把家中父亲的照片都收了起来。整理照片时他才发现，众多照片中，他和父亲的合影屈指可数。采访当天，宗晨翻找许久，才找出一张童年的生日照。照片中，父亲宗国兴正和他一起吹灭插在蛋糕上的蜡烛。过去父亲回家前总会换上便服，对宗晨来说，记忆中父亲身着警服的形象十分模糊，而来到派出所后，从资料照片和派出所前辈们的口中，一块块记忆拼图终于拼凑出父亲作为警察的形象。

"每天老宗都是第一个到单位，几乎不请假。""他工作比年轻人还拼，两个夜班之间，他只休息半小时。""夜班别人都开汽车巡逻，就老宗开摩托车，跟着他搭班永远是最苦的，他说自己跑得不如年轻人快了，开两轮的行动起来更方便。"尽管出于对宗晨情感上的照顾，大家尽量不在他面前提起他父亲，但整日巡逻在父亲过去的辖区内，从大家的只言片语中，宗晨还是了解到了曾经那个"拼命三郎"的各种事迹。这让宗晨更不敢懈怠，"万一我没做好，反倒丢他的脸。"

宗晨现在的辖区内，酒吧林立，醉汉出没的同时，也给了不法分子可乘之机。一次，接到电台的呼叫，宗晨和同事驱车前往成都北路南京西路路口堵截一名盗窃犯。到达现场后，面对夺路而逃的嫌犯，宗晨和同事下车紧追，几下把对方摁倒。"如果家里没有人做警察，新警遇到嫌疑人难免会有点害怕，但是我从小就明白做警察的危险性，入行时就做好了心理准备。"宗晨说自己在打击犯罪时，更多的是紧张和新鲜感，而打击犯罪后的那份成就感也是别的工作无法比拟的。

作为男生，宗晨坦言自己更喜欢打击犯罪，但实际上，日常工作中，宗晨90％的任务都是调解市民纠纷这类小事。而在处理这类事件时，年轻的宗晨有点力不从心。每到此时，他就会问问前辈如果是自己的父亲会怎么做。"师兄告诉我，我性子比较急，说话不够接地气，有点上纲上线，但我父亲就是比较会说话，为人更加客气，处理更加有艺术性。"

距离父亲离世已经3年多，每每想起他，宗晨仍有诸多遗憾。他说，父亲对自己特别好，好到别人开玩笑说"父亲像养女儿一样养着自己"。如今，在同样的地方做着和父亲同样的事情，宗晨开玩笑说，好歹是让姓宗的"香火"能在这个派出所延续下去。

"如果父亲泉下有知，希望能为现在的我自豪吧。"说这句话时，宗晨不经意地仰头一望。

（《青年报》2017年11月9日）

作品简介：

记者通过静安公安分局发布的一则微电影发现线索，进而与受访者取得联系，并来到受访者家中与其进行对话，在自宅这样一个放松的氛围下，受访者的情感流露也更加真实。民警宗晨因父亲临退休前突然病逝这一变故发现了父亲的另一面，同时也坚定了自己从警的决心，毅然放弃高薪工作，来到父亲身前工作过的派出所工作，把父亲没走完的路走下去。稿件展现了青年民警对于亲情和责任的理解，内容感人，引起了较好的社会反响，在网络上也有一定传播度。

推荐理由：

稿件情感真挚，细节生动，逻辑清晰。从受访者父亲去世作为切入点，以父子情感为叙事纽带，引出其对于警察这份职业前后态度的变化。稿件通过父子传承这一主题，除了表现感人亲情我，还展现了人民警察前赴后继对于责任的担当，让读者对于警察这一群体有更全面的认识，具有一定的社会教育意义。

《红楼梦》里的诗与远方

作者：刘晓蕾
编辑：潘向黎　舒　明

第 48 回“慕雅女雅集苦吟诗”，是香菱的正传，宝钗带她去大观园住。

来到园里，香菱的第一件事，就是求宝钗教自己写诗。宝钗说：你真是得陇望蜀了！应该先去老太太那儿问候一下，再去园里姑娘们那里串串门，才是正理。宝钗总是那么忙，她的世界挤满了人，人情世故比诗重要。

黛玉则一口答应：学诗？好啊，那就拜我为师，我教你。不自谦不推脱，立马就给香菱开参考书。

看，大观园的文青队伍，要壮大了。

看黛玉这样当老师：作诗，格律规矩和词句并不重要，关键是立意。如有真意趣，不用修饰辞藻，就好，这叫“不以词害意”。给了参考书又划了重点，香菱喜出望外。

她很快读完一本，黛玉让她谈感想，她说：‘大漠孤烟直，长河落日圆’，烟怎么是直的呢？日当然是圆的。这‘直’字似无理，‘圆’字似太俗，但仔细一想，还真找不到更贴切的字来形容。还有‘日落江湖白，潮来天地青’，这‘白’‘青’两个字看着没道理，但念在嘴里倒象有几千斤重的一个橄榄。还有‘渡头余落日，墟里上孤烟’，这‘余’字和‘上’字，用得真好呵。

宝玉赞香菱已得诗之“三昧”，正是学诗之才。“香菱学诗”，可与“黛玉葬花”、“晴雯补裘”、“湘云醉卧”、“探春理家”媲美，是园里最美的风景，彼时，也正是大观园的极盛时期。

香菱接着说：“我们那年上京来，那日下晚便湾住船，岸上又没有人，只有几棵树，远远的几家人家做晚饭，那个烟竟是碧青，连云直上。谁知我昨日晚上读了这两句，倒象我又到了那个地方去了”。这应该是薛蟠打死冯渊后，带香菱上京的路上。经历了这么多，所遇皆无一个好人，身边还有一个“呆霸王”，但她，能看见乡村夜幕下的炊烟，那烟，碧青，连云直上。

香菱真是天生的诗人。

众人赞叹香菱好学，探春更要补一个柬，正式邀请香菱入诗社。黛玉看她得趣，便以“月”为题，十四寒的韵，让她做首诗。

香菱茶饭无心，坐卧不定，写出“月挂中天夜色寒，清光皎皎影团团”，黛玉评措辞欠雅。她继续苦思冥想，在池边树下，或出神，或抠土，一股子痴劲儿。最后她写：“一片砧敲千里白，半轮鸡唱五更残”，大家齐声喝彩。原来她苦志学诗，日间没有做出，竟是在梦里得了八句。

塔西佗说：当你能够感觉你愿意感觉的东西，能够说出你所感觉到的东西的时候，是非常幸福的。内心深藏的诗意，终于化为文字，此时，香菱是幸福的吧。而她晦暗的人生，就这样被诗照亮了。

诗是什么？诗是暗夜里的微光，是生命的觉解，诗能照见生命，救赎自我。这点光，足以让生不再卑微，让死不再冰冷。

梁文道介绍过一本叫《被淹没和被拯救的》的书，写二战集中营。普莱默跟朋友聊天，聊到诗人但丁，情不自禁背诵《神曲》的结尾，但却怎么也记不起最后几行。他着急，便跟狱友说，“你们有谁记得，请告诉我，我把我今天这份汤给你们喝，也就是我的血液，让我多活一天的这份血液，我要记起那几行诗”。

要记起那几行诗！诗太重要了，诗让他在“失去文明的世界”里，活得更像一个人，而不是一个待宰的羔羊，一个囚犯。

曹公懂得。他让大观园有诗社：海棠社、菊花社，写梅花诗，桃花行，咏柳絮词，他让那些美好而纤弱的女儿，一次次欢聚，一次次写诗……他让她们成为诗人，诗让她们闪闪发光，精神世界丰盈而独立，世界从此不同。而大观园，也从地上的乐园，升华为灵魂的居所。

为了让香菱住进大观园，成为诗人，曹公颇费笔墨：先安排薛蟠对柳湘莲起邪心，后者愤怒，狠狠打他一顿。薛蟠又狼狈又羞惭，在家呆不住，跑南方做生意去了。

看香菱如此学诗，宝玉最激动：呀，这样的人原该不俗！老天生人不会虚赋情性的，可见天地至公！

毫无疑问，这是香菱一生中最美好的日子。

她本来是甄英莲，《红楼梦》开篇第一回就是她。父亲甄士隐乃乡宦望族，秉性恬淡，对她爱若珍宝，本现世安稳，一眼望见未来。但命运似乎专跟甄家作对，先是元宵节英莲被拐，再因隔壁葫芦庙着火自家房子被烧光。虽有几亩薄田，因水旱不收，鼠盗蜂起，遂投奔老丈人，却被嫌弃。到后来，“暮年之人，贫病交加，竟渐渐露出那下世的光景来”。

如果甄士隐不让仆人带英莲去看灯，如果庙里的和尚炸供时小心点，如果老丈人为人宽厚……未出事前，甄士隐梦见了一僧一道，他们是命运的使者。甄士隐遇见癞头僧，就如宝玉来到太虚幻境，是开启命运，我们读者明白，但他们不明白，即使与命运狭路相逢，也懵然无知。命运总是这样，不是太早，就是太晚。

当癞头僧说：“你把这有命无运、累及爹娘之物，抱在怀里做甚?”甄士隐觉得这真是疯话！僧又念道：“惯养娇生笑你痴，菱花空对雪澌澌。好防佳节元宵后，便是烟消火灭时。”

这就是命运，并不因甄士隐恬淡英莲可爱就格外温柔，它没有任何理由，只是击中他们，再摧毁他们。

整部《红楼梦》，其实是命运的故事，也是人与命运如何相遇的故事。

英莲长大后，被拐子卖给冯渊，却又被同时卖给薛蟠，前者不让，后者强抢。冯渊本来是她的希望，却被薛蟠打死，遇到贾雨村，又胡乱结了案。

薛蟠也不是大恶人。他只是一个任性的富二代，欲望至上，情感粗陋，是《红楼梦》里的西门庆。不，竟还不如西门庆，至少后者还秉性刚强，也能取悦女性。在冯紫英家的酒席上，他把唐寅念成“庚黄”。宝玉提议行酒令以女儿的“悲愁喜乐”为题，他说“女儿愁，绣房里钻出个大马猴”，“一个蚊子哼哼哼，两个苍蝇嗡嗡嗡”，简单粗暴，毫无审美，仿佛李逵闯进了大观园。

英莲再出场，是在第7回。在周瑞家的眼里，她是一个才留了头的小女孩：好模样，竟有些像东府蓉大奶奶的品格儿！可卿乳名兼美，既有宝钗的鲜艳妩媚，又有黛玉的风流袅娜，可见其美。

这时候她叫香菱，没有故乡没有记忆，只有残酷的命运。

连王熙凤也为她可惜：这个薛呆子，抢来香菱也就新鲜了几天，很快也就马棚风一般了。

但她的厄运还没走到头，因为薛蟠娶了夏金桂。

曹公写夏金桂:“秉花柳之资,却有风雷之性,自视甚高,把别人视若粪土”,平时斗纸牌掷骰子,最喜啃油炸骨头下酒。一心辖制薛蟠,折挫香菱。她设下圈套,让香菱撞见薛蟠和丫鬟宝蟾偷情,薛蟠撵着打香菱。二人折磨之下,香菱气怒伤感,竟成干血之症。

判词说她:“自从两地生孤木,致使香魂返故乡”。按拆字法,是夏金桂来后,香菱被虐待致死。至于后40回高鹗所续:夏金桂下药暗算香菱不成,反把自己毒死,香菱后来被扶正,难产而死,给薛家遗下一子……这是拍案惊奇,是善恶有报的世情剧,与曹公初衷相差甚远。

当厄运来临之时,香菱依然那么天真。迎春出嫁,紫菱洲轩窗寂寞一片寥落,宝玉正黯然神伤,她笑嘻嘻地来了,拍着手兴奋地告诉宝玉:你二哥哥要娶桂花夏家的姑娘。这下可好了,咱们又多了一个作诗的人。

她以为夏金桂也该是大观园里的人。

倒是宝玉,为香菱担心不已。70回以后,大观园已经风雨飘摇,桃花社不能成,大观园被抄检了,宝钗搬走了,司棋入画被撵了,晴雯死了,芳官们出家了,迎春嫁给中山狼,探春也将要远嫁……“池塘一夜秋风冷,吹散芰荷红玉影”,大观园就要风流云散了。到“美香菱屈受贪夫棒”,已经是第80回,贾府也大厦将倾。

对夏金桂,宝玉充满了疑惑:也是鲜花嫩柳,与众姊妹一样,何以如此性情?女儿本是水做的骨肉,清净洁白。然而,夏金桂的出现超出了他的经验,撕裂了他的世界。他还向王道士求妒妇方,哪里有啊?人心和命运,岂是膏药能贴好的?

那个红着脸微笑着“情解石榴裙”的香菱,那个在书中第一回出现的女孩,跟晴雯一起,早早被抛弃被碾碎。她那么美,那么无辜。愈美好愈脆弱,曹公就这样,把美好写到极致,然后再亲手打破。

鲁迅说宝玉“爱博而心劳”,王国维说他想担荷所有苦难,日日忧心。是的,他时时刻刻想分担别人的痛苦,正如蔷薇花下,划蔷的龄官默默哭泣,一旁的他焦虑满怀。要命的是,他眼睁睁看她们受苦,却无能为力,从金钏到龄官到晴雯到香菱……身为情僧,却承受了最丰富的痛苦,这就是他的命运。

《红楼梦》是生命之书,也是命运之书,浩瀚无边。黛玉、宝钗、探春、王熙凤、迎春、晴雯……都有自己的爱与梦,痛与痴,也都被命运的洪流无情裹挟。

问题来了,如果人终其一生要服从命运,被无名力量决定,人存在的理由又是什么?

要有自由意志！看《伊利亚特》里的英雄，面临早被神灵决定的命运，他们还要举起投枪，死都要做“最勇敢最杰出的人”。是的，生而为人，依然可以在命运的阴影下，活出自由、尊严与美。

所以，在喑哑的时代里，有人敞开了去爱，有人要学诗，看见了美。

夏金桂找茬，嫌香菱这名字不通：哼，菱角又有什么香味？香菱说：菱角花有香味的。还有荷叶莲蓬，也有清香的。虽然不比花香，但静日静夜或清早半夜细细去领略，那香味比花儿都好闻呢。就连菱角、鸡头、苇叶、芦根得了风露，那一股子清香，就令人心神爽快。

这是怎样的诗意，怎样的情怀！这就是香菱的诗与远方。整个世界都充满恶意，她还能拥有如此丰富的审美与感受力，香菱真让人心碎。

有的人，顺风顺水，活得却无比粗糙，对美视而不见。

她是最不起眼的菱角、苇叶和芦根，低到尘埃里，从不曾进入恢弘的文学世界。但在曹公笔下，她是高贵洁白的女儿，连名字都极尊贵、极清净。

曹公在开篇说：我这书里，不过“几个异样的女子，或情或痴，或小才微善，并无班姑、蔡女之德能”。他念念不忘的女儿，没有伟大的事迹，也不是道德模范。她们就是她们，已足够美好。这个世界已有太多丰功伟绩，有太多腌臜气味，唯独没有美，没有灵魂。

刘姥姥讲“雪地抽柴”的故事，说小姐茗玉，18 岁就死了。后来成了精，梳着溜油光的头，穿着大红袄儿，白绫裙子，夜里在雪地抽柴……宝玉说：这样的人，是虽死而不死的。

是的，《红楼梦》告诉我们：所有美好的女儿都是不死的。

（《文汇报》2017 年 6 月 21 日）

作品简介：

每个中国人的心里都有一部《红楼梦》，要把它说好，难度不言而喻。作者以广博的学识、与时俱进的思考、精辟的观点和生动的文字，对这部经典作了别开生面的解读，言之有理，言之有趣。

推荐理由：

以非常当下的解读让人充分体会了经典巨作的力量和美，受到了包括中央宣传部领导在内的各界读者的好评。

增量、变量与常量：传统党报党代会报道的嬗变

——以解放日报十九大报道为例

作者：朱珉迕
编辑：武艳珍

根据一般理解，时政新闻报道总体来说是不怎么"新媒体"的，尤其是在移动互联网盛行时，一板一眼地阐述时政话题，总不如"咪蒙"们来得畅快，受众规模自然亦不可能等量齐观。党代会报道，更是"严肃中的严肃"，与新媒体的嫁接，不可谓不难。

但互联网的趋势已不可逆，传统媒体不能再置之度外、独善其身——即便是真的做到了"独善"。"将互联网作为舆论主阵地"，已是不可回避的要求。也正因此，时政报道的"互联网化"已成为大势所趋；党代会、两会这样的重大时政报道，亦被明确赋予探索新媒体传播之道的要求。与之相应，各种"新媒体产品"在党报全面铺开，从全国两会到各地党代会再到十九大，"互联网化"的量产已然可观。

同时，在党代会这样的特殊重大任务中，党报本身承担的使命——宣传党的主张、传递权威声音、进行深度解析等，不会有丝毫减少，只会不断增加。也就是说，在"互联网化"的同时，党报仍须坚守传统的核心任务。而将这种核心任务与互联网化尝试相融合，以此真正用"主流声音"进军"主流阵地"、影响"主流人群"，就是留给党报的最大考验。

在全国党报中，解放日报率先探索"深度融合、整体转型"，全员打造"上观新闻"平台，同时着力将解放日报办成精品党报，近两年来成为媒体改革的典型代表之一。作为上海市委机关报，探索新媒体环境下传统党报的时政报道路径，正是解放日报·上观新闻最核心的工作之一，而党的十九大这一重大战役，就是对

这种探索的一次检验。十九大报道是一年来报社工作重点，一个明显的感觉是，探索这条路径，有三个方面的问题需要细加把握。这三方面，亦是把握新媒体环境下报道“转型”的三个关键维度——增量、变量、常量。

形式增量与实质增量

在新媒体产品方面的增量，是近年尤其是今年全国媒体重大时政报道中的最大特点。据不完全统计，十九大期间，上海各大媒体推出的新媒体产品逾10款，解放日报？上观新闻也推出两款交互式的重点新媒体产品，另有H5、视频、手绘等产品多种；如果算上迎接十九大的内容，各类新媒体产品就更为量多面广。“在新媒体产品上有所创新”，是十九大报道启动伊始就确立的指导思想，并直接催生产品增量。

一是特别设计的融媒体产品，强调交互性。十九大开幕当天，上观新闻推出《H5|这一刻，还记得你的入党介绍人吗?》，闭幕之际又推出《为你定制入党纪念海报！还记得吗，入党那年发生了什么大事?》。两个产品均以“入党记忆”为核心创意，分别采取用户回忆入党介绍人、入党年份的方式，生成相关产品供用户在社交媒体分享，既具有良好的互动性，又契合党代会尤其是十九大“不忘初心，牢记使命”的主题，系对严肃政治题材的一次个人化、生活化的演绎。

二是传统产品附加融媒体产品，强调多样性。从迎接十九大报道开始，包括《习近平在上海》重头报道、解放日报迎十九大特刊，到十九大期间的报告解读、党章修正案解读，再到十九大后学习贯彻十九大精神，在传统报道之外附加H5等融媒体产品，已经成为一种标配，相关产品达20余个。这种以报道为核心的增量，对传统报道起到了数字化、视觉化的作用，系“新媒体化”的通行尝试。

三是传统报道本身的增量，即以“互联网时间”来重新定义报道的时效与节奏，完全打破报纸的周期。这是最基本的增量，也是最容易被忽视的增量。十九大报道相比于十八大以前的党代会报道，最大区别就在于党报新媒体的出现，这意味着党报原先以日计的生产周期，改变成了以秒计、24小时不间断的周期。时间的变化，意味着报道容量的变化。作为上海代表团的随团媒体，十九大期间，解放日报？上观新闻从代表团出发开始，就多次对上海代表团活动和代表言论进行实时直播发布，尤其是代表团开放讨论时市委、市政府主要领导接受中外媒体提问，在上观平台进行了实时直播。这在过去是不可想象的，而在今天恰恰成为越来越惯常的“标配”。

上述这些产品增量，均可以被概括为“形式增量”。对传统媒体而言，这充分佐证了疆域的延伸，亦是大势所趋。但另一方面，形式增量，并不只是媒体改革的全部目的。这些增量，是否真的是媒体需要投入的增量，更关键的，是否真的是新媒体受众需要的增量？这是在创造形式增量时，需要始终考虑甚至警惕的问题。就时政报道而言，受众——用户——最关注的，除了使用体验方面的增量，更是实质的内容增量，即通过使用媒体提供的产品，我能得到多少关键的时政信息，包括独家分析、解释、评论。

另外，用户的参与及在此过程中形成的身份认同，亦极为关键——在互联网思维下，用户在新闻生产过程中应当是一个相对平等的参与者，而不再是信息和意见的被动接受者，后者是媒体“互联网化”所特别需要突破的。就党代会报道而言，留下的第一条启示亦是如此。我们拿出了足够的形式增量，更需要足够的实质增量。新媒体产品需要给用户提供独一无二的体验，并提供具有特殊价值的信息，使党报品牌的影响力增值。

表达变量与思维变量

“新媒体”与“旧媒体”的直观区别，体现于表达——从一篇稿件的不同写法、标题的不同制法以及篇章布局、遣词造句的不同做法，就很容易判断其属于“新”还是“旧”。

这固然不错，但对于表达变量，亦需要全面理解，尤其是明确其根源。寻求“表达创新”，并不是“为创新而创新”，它的驱动力在于，一种传统老旧程式化的新闻语态，已经不适应互联网时代掌握了更多“信息民主权”的受众的使用习惯——当人们有更多的选择时，一定不会选择那些最陈腐、刻板且无甚意义的东西。但与其说这种改变是由互联网带来的，不如说是新闻业本身的变化带来的——当官方媒体不再具有传播垄断权的时候，寻求表达变化就成为内在的需要，而互联网的出现显然加速了这样的需求。而变化背后，是一种思维的变化——从单向的垄断信息提供者思维，转向复合的兼具专业立场和需求导向的思维，并要在专业立场和用户需求中找到契合点。这个契合点，正是新闻的本义所在。

对党代会报道而言，由于其政治性、专业性远强于日常报道，表达创新的空间和尺度相对其他领域来说要小得多，但这恰是记者编辑努力突破的方向。十九大期间，前方报道团队每天采写的深度报道产品，就在新媒体上着力谋求表达突破。最典型的，就是标题创新。

标题，是新媒体表达中最显要、最受关注的部分，新媒体时代一个好标题对作品传播力的影响和决定性意义，远超报纸时代。但党报新闻工作者必须深谙，出挑的标题不等于故弄玄虚的"标题党"。严肃报道要以标题制胜，不仅仅在于使用了新媒体标题党的通用模式，比如"前置感叹句"，比如颇具故弄玄虚色彩的"原来是""这些"等用词——这些当然是有用的策略，但更为重要的是，通过标题（以及内容）给用户传递了什么。

此次十九大报道，有多篇稿件在上观平台取得了"10 万 +"的阅读量，这颇出乎我们预料。特别值得一提的是两篇：《一位党的十一大代表给十九大写了一封信》《十九大特别报道（3）|走出人民大会堂，上海这位区委书记连夜写了一首歌》。前者是十九大会场内的现场特写，后者是对十九大相关主题的系列深度报道之一，均是传统党报会议新闻的标准题材。但这些很容易落入俗套、陷入套话的稿件，我们却并未以套路对之。相反，我们特别注意挖掘会场内的点滴细节，让细节说话，用故事来传递十九大的特殊意义，真实而深切地体现了党员对十九大的感情和信心，非常契合党报传统的报道需求，又具有大众喜闻乐见的戏剧性，用作标题，传播力十分可观。

显然，这种标题创新，并非"标题党"，其背后颇有深意。我们一再体会到，支撑一个"爆款标题"背后的，是有用的信息，有价值的新闻，即所谓"干货"。找出"干货"，其实是表达变量背后的思维变量——尽管对于新闻从业者来说，它是很基础的事情，却又是一个短板。而党报在新媒体环境下的改革突破，就是要突破这一方面的问题。同样的道理，还适用于看待新闻表达中的新语态，如"卖萌"——"党报卖萌"，是近年来的一个普遍现象，各地党代会的新媒体报道中，亦不时见到"卖萌"语态，比如动辄自称"小编"，比如在稿件中加入反问句，比如大量采用主观评价语（比如"萌萌哒""棒棒哒"），更比如对领导人进行人格化呈现（人格化的标志就是"萌"）。敢于尝试，当然是好事。但更重要的是，"卖萌"应当以思维方式的转变为前提，而不是为卖萌而卖萌。用户是否喜欢这样？是否需要这些？这是“卖萌”之前——也是作任何表达创新之前都需要深思的问题。

价值常量与专业常量

通过前面的讨论可以发现，决定增量和变量价值的，其实是某些常量。就党代会这样的时政报道而言，这种常量就是媒体所秉持的价值取向和专业水准——基于这些常量的增量和变量，往往是具有创新和突破价值的；反之，为增而增、为变而变的结果，则可能落入形式主义的窠臼。

寻求价值常量和专业常量，在今天并不容易，却更需努力。某种程度上，它是机构媒体谋求生存的救命稻草——互联网环境下，传播的垄断权已被取消，原先置于传播格局中心的地位亦不复存在，机构媒体要应对冲击，唯有提供稳定而有引导力的价值观，并以专业的生产方式提供系统的产品。而它们的前提，是机构媒体认识到自己的地位何在、优势何在、差异何在。

就党代会报道而言，党报最大的优势，就是“在场”。在现场，就需要拿出具有现场味的东西，同时体现出“能在现场”所蕴含的专业优势——拿党报来说，对于相关议题的分析，就应当比一般媒体更专业、更权威、更具洞见。这是需要深耕的领域所在，亦是党报不同于普通媒体和自媒体的地位所在。这种定位和地位，决定了哪怕在所有人都去“赶时髦”的时候，党报作为机构媒体依旧需要保持一份定力，来生产具有价值和水准的新闻产品。有了这种定力，我们提供的内容才可能带来真正的增量。

解放日报作为党报，核心竞争力一是权威，二是快捷，三是深度。这就是始终需要守护的常量——在党代会这样的场合，我们的声音必须比所有媒体权威；我们的传播必须力求最快；我们的思考必须比别人更深。而同时，亦需明确我们的传播是针对谁、指向谁，它不可能是全部大众，必定是具有影响力、思考力的关键人群，和这座城市的利益相关者、发展关注者。我们的报道，需要受他们的评价和“检阅”。就十九大报道而言，这种守护常量的努力伴随始终。综观解放日报的十九大报道，最为重头的有两个部分。

一是十九大前推出的系列长篇特稿《习近平在上海》。这是解放日报牵头，由解放、文汇、新民三家报纸骨干记者组成报道组，耗时1个多月采访写作，精心打磨而成的。这组平均每篇万字的报道，以高远的立意、深邃的视角、平实的笔触、丰满的细节,生动而深刻地回顾了习近平同志在上海工作期间的言行,展现出习近平同志的领导艺术和人格魅力,并对今天的工作提出诸多思考。无疑,这是最能体现党报权威性的题材,而如何做好这样的报道,考验的就是党报坚守常量的定力和能力——这组稿件的采访量之大、写作精细度之深,在近年可谓少有,而整个团队的辛苦投入,正是为了体现党报在新媒体环境下不变的价值追求。

二是围绕十九大精神展开的深度报道和系列评论。十九大期间,解放日报推出“上海代表学习讨论十九大报告”“来自上海代表团的特别报道”等两大系列报道,由前方报道组围绕十九大主题,深访数十位上海党代表,从不同侧面对十九大精神进行深度解读、阐释。十九大闭幕后,解放日报又策划推出系列评论言论文章,持续解读十九大精神。这些报道和言论,均秉持了一个党报传承多年的传统,即采访深入扎实,思考深邃而有见地,力求做到事实准确、观点清晰、逻辑严密、内涵丰富。在新媒体环境下,做这些报道和言论,需要不少“笨功夫”。但作为党报,无论外部环境变动多大,有些“笨功夫”是不能丢的,那些属于常量的精神和方法亦须很好传承。当然,这种定力不等于裹足不前。恰恰相反,它意味着在充分熟悉掌握新媒体环境、规则、传播方式的前提下,对传播行为进行专业而理性的判断,从而做到扬长避短。追求并保有这种常量,不是不要变,恰恰是要求“善变”,朝有价值的方向变。而这背后,就是媒体的核心竞争力。

(《新闻战线》2017 年 12 月上)

作品简介:

传统主流媒体如何适应互联网传播环境,通过媒体融合与改革创新,掌握新闻舆论工作主动权,是习近平总书记提出的重要命题,也是主流媒体遭遇的现实挑战。党的十九大报道是一次重要的实战平台。本文以解放日报十九大报道为案例,剖析传统党报在新媒体时代重大时政题材报道的形式、内容与思路嬗变,进而回应“主流媒体转型”这一时代性问题。作者在学界和业界首次提出“增量、变量与常量”的概念框架,结合实例和理论分析,深入阐释和辨析了“转型”过程中的经验、问题、困惑和启示,提出创造实质增量、谋求思维变量、坚守价值和专业常量的观点,为主流媒体时政报道转型提出方案,刊发后引起广泛关注。

推荐理由：

本文以习近平新闻舆论思想为指引，针对业界面临的现实问题，结合新闻传播学相关理论，创新理论框架，具有原创性和针对性。论文内容详实，观点鲜明，理论新颖，阐释深入，兼具实践和理论上的原创性，具有现实针对性和一定的学术深度。

把人才建设摆在优先位置

——文汇报社的采编专业职务序列改革探索

作者：叶志明

习近平总书记指出，“媒体竞争关键是人才竞争，媒体优势核心是人才优势”。采编专业职务序列，是基于新闻采编范畴，为新闻采编人员度身定制的，有别于采编专业管理序列、新闻专业职称序列的又一项专业职务的考评晋升体系。采编专业职务序列改革，始终坚持以出人才、出精品、出影响为目标，把人才建设摆在核心位置上，牢牢抓住采编队伍这一关键环节，激发创新创造活力，提高采编人员积极性，打造一支政治坚定、纪律严明、业务精湛、作风优良，适应新媒体时代传播需要的高素质新闻工作者队伍。

这项全新的改革探索，在文汇报社推行已有两年多的时间，目前在完成第一次聘期的考评晋级之后，顺利进入新一轮的两年聘期，取得了预定的成效。

一、问题的提出：要确立采编人员的主体地位

采编专业职务序列改革的提出，始于2014年5月上海市委书记韩正前往上海报业集团以及解放日报、文汇报、新民晚报的一次重要调研。此时，在整合了解放日报报业集团、文汇新民联合报业集团，组建成立新的上海报业集团刚刚过去了半年时间。报业发展面临移动互联网迅速崛起带来的严峻挑战，主流媒体如何在困境中深化改革、推进媒体融合中，强化采编队伍建设，提振信心、稳定人心、激发活力，已然成为报业发展的重要课题。在这次重要调研中，韩正同志明确指出，要坚持“导向为先、内容为王、受众为本、采编为宝”的

方针，要确立采编人员在媒体单位的主体地位，逐步建立起科学的采编专业职务序列，脱离行政管理序列，淡化行政管理色彩，收入分配要向专业职务序列倾斜。

问题的提出，主要缘于媒体中的采编人员在职业发展中遭遇“通道狭窄”和“过早碰到‘天花板’”的种种困惑。长期以来，新闻单位采编人员的晋升主要有两条基本路径：第一，走采编管理序列之路，“写而优则仕”，一些优秀记者编辑慢慢晋升为部门负责人；第二，走专业技术职称的道路，采编人员按一定年限资历和业绩可以去申请参评初级、中级、副高、正高等几个职称等级的职称。这两条晋升通道为采编人员提供了一定的发展空间，但是前者实际上存在的“能上不能下”的惯例，后者又有明显的“论资排辈”倾向，使得本来岗位不多的采编管理序列通道和员额有限的采编职称序列通道“出现梗阻”，采编人员的个人发展晋升遭遇瓶颈。优秀采编人员大多通过采编管理岗位获得晋升，又在一定程度上助推了传统媒体中普遍存在的行政化管理倾向；而提任一名干部，就同时“消灭”了一名优秀“写手”，导致了新闻媒体内容生产能力的逐年下降。在媒体单位，采编人员的主体地位受到削弱，一线采编人员为此感到地位不高，职业尊严没有得到应有的体现。

二、先行先试：为采编人员搭建一个“塔台式”晋升通道

这次重要调研还从“顶层设计”上解决了困扰文汇报社多年来的定位问题，明确了文汇报“文”的特色，强化“全国性人文大报”的定位，与作为上海市市委机关报的解放日报，和长期关注民生、定位“飞入寻常百姓家”的新民晚报，形成各具特色的差异化定位。在酝酿准备了半年时间后，文汇报社接受先行先试的改革重任，于 2014 年 10 月推进了对报纸版面、内容定位，对内设部门的管理结构的改革，并同步推行采编专业职务序列改革试点，即改版面、改机构、改序列的“三改联动”。

在上海报业集团强有力的领导指导下，文汇报先行试点的采编专业职务序列设计了一条“塔台式”的晋升通道（见图 1）。一是塔基，设置 1—10 级采编专业序列岗位，形成逐级晋升的发展阶梯。二是塔尖，设置首席岗位，分特聘首席和专业首席两个层级，为特别优秀的采编人员提供更大的发挥才能的

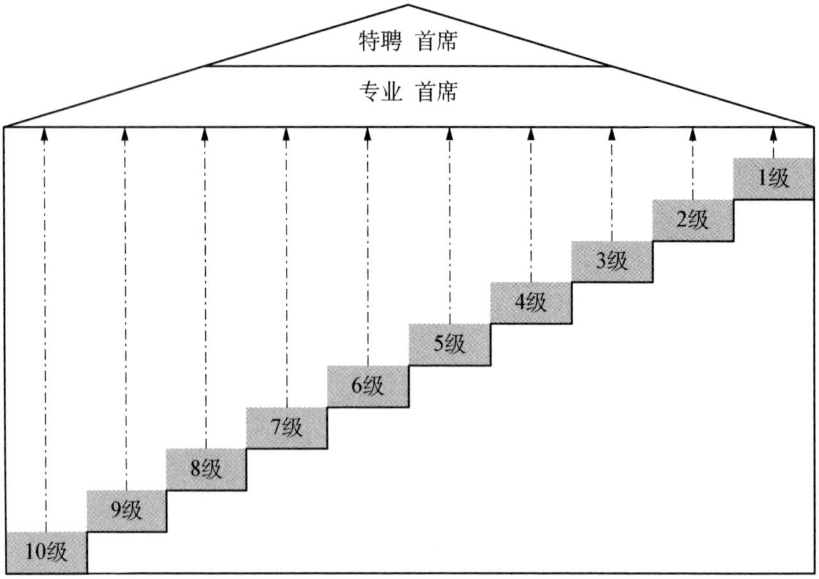

图 1　10 级岗位序列的结构，以及和首席岗位的关系

舞台。

1. 1—10 级采编专业序列岗位，打造一个逐级晋升的发展通道。1—10 级岗位在首次聘任阶段，所有采编人员根据自己的专业技术职称和聘任年资，聘入对应级别的岗位。正高职称的人员一般首聘为 4 级，副高、中级、初级首聘分别为 6、8、10 级；各档职称中聘任年限达到 10 年的首聘，在此基础上往上靠一级，即分别为 3、5、7、9 级。(见表 1)采编人员中，入职第一年的见习期，不纳入职务序列。1—10 级岗位每年考核，两年一聘；根据两年聘期内绩效考核排行榜的排名，按一定比例给予晋级。通过优秀业绩获得晋升的员工，在职称评审时拥有优先权；以后通过评审获得专业技术职称晋升的员工，可直接聘至对应级别的岗位，即正高的聘为 4 级，副高、中级、初级分别聘为 6、8、10 级。这一设计以专业技术职称为基准，以业务绩效考评为依据，与专业技术职称同向并进，旨在为广大一线采编人员建立一条长期、稳步、可预期的职业发展路径，既体现贡献积累，又突出绩效竞争；既与现有的专业技术职称评聘互为关联，又对职称评聘进行了补充和突破。

表 1　采编人员专业职务序列与职称年资对应表

专业职务序列	与职称对应关系	首次聘任对应年资
1 级	正高	
2 级		
3 级		聘正高≥10 年
4 级		聘正高<10 年
5 级	副高	聘副高≥10 年
6 级		聘副高<10 年
7 级	中级	聘中级≥10 年
8 级		聘中级<10 年
9 级	初级	聘初级≥10 年
10 级		聘初级<10 年

2. *首席岗位，为特别优秀的采编人员提供更大的工作平台。*首席岗位同样面向全体采编人员，但要通过严格的程序申报评审，额度仅为全体采编人员的6—8%。首席人员体现报社业务第一梯队的尖端性和引领性，特聘首席代表报社最高水平，专业首席代表部门最高水平。与以往不同的是，采编职务序列中的首席岗位，在申报时不设年龄、工龄、职称等门槛限制，体现了不拘一格选人才的原则。报社成立由集团、报社领导，中层干部、职工代表，学界、业界专家组成的评审委员会，综合评估申报人员的职业道德、工作业绩、业务能力、协调能力、发展潜力、作品的影响力知名度认可度等，分别以打分和票决形式进行初审、复审，最后由报社党委定审并报集团党委。整个申报评审的程序公开公平公正，体现以业务为主体，以绩效为导向，以票决为依据。

3. *首席岗位的人员有两个可以互通的通道。*一是与 1—10 级岗位的互通。首席人员同时参加 1—10 级岗位的聘任、考评和晋级。如其退出首席岗位，就受聘 1—10 级相应的序列岗位。二是与中层干部聘任的互通。鼓励已经在采编管理岗位上担任一定职务的部门负责人参与首席岗位竞聘，首席人员如退出首席岗位，也可以参加中层干部聘任。同时，为鼓励采编人员坚持一线采编业务工作，淡化采编管理工作的行政化，首席人员在收入待遇、工作资源、职称申报等方面享有一定的优先。

获聘1—10级岗位的采编人员每月获得各个级别相应的岗位津贴(见表2),岗位级别越高,津贴越多;首席人员除每月领取较高的首席津贴之外,每年根据工作业绩的考评,再给予一笔相应的年度奖励。特聘首席的收入待遇相当于或超过报社领导,专业首席的收入待遇相当于或超过部门负责人。

首次聘任,9人获聘首席岗位(2位特聘首席、7位专业首席),稍后又增设1位特聘首席策划。首席人员中,最年轻的不满30岁,其中1位中层干部退出采编管理岗位受聘特聘首席记者。受聘1—10级岗位的采编人员有133位。

表2　1—10级岗位的职务津贴

岗位职级	津贴
采编专业职务序列1级	2300.00
采编专业职务序列2级	2100.00
采编专业职务序列3级	1900.00
采编专业职务序列4级	1700.00
采编专业职务序列5级	1500.00
采编专业职务序列6级	1300.00
采编专业职务序列7级	1100.00
采编专业职务序列8级	900.00
采编专业职务序列9级	700.00
采编专业职务序列10级	500.00

三、成效显现:激发采编活力,发挥"球星"作用

采编专业职务序列改革自始至终受到上海市委领导、上海市委宣传部的高度重视,上海报业集团组成由集团主要领导挂帅的领导小组和工作小组。2015年4月底,上海市委全面深化改革领导小组第七次会议通过了《上海报业集团采编专业职务序列改革方案》,在文汇报社先行先试的基础上,在解放日报社和新民晚报社全面推开。两年多来,上海报业集团统筹协调,三大报社具体实施,采编人员的积极性得到极大的激发,采编专业职务序列改革工作正在有序推进并取得明显成效。

1. *采编人员对专业职务序列改革普遍表示认可，采编工作的积极性得到了极大的激发。*据2016年2月发布的《上海报业集团采编专业职务序列改革效果调研报告（初稿）》显示，有超过六成的受访采编人员对改革“确立采编人员主体地位”（60.9%）和“拓宽晋升渠道”（61.5%）表示认同，一半以上（51.5%）的受访者对“改革实施后三大报的传播效能和舆论影响力相较之前是否有明显提升”给予了肯定，认为“三大报的稿件质量有了显著提高”（53.7%），“三大报的版面质量有了显著提高”（55.0%）。这项由上海报业集团序列改革工作小组委托上海图书馆（上海科学技术情报研究所）开展的调研认为，整体来看，对于此次改革各项制度的设置、评价体系、所发挥的成效，受访者的认同度普遍还是比较高的，改革已取得较为明显的成效。

2. *首席岗位的优秀采编人员发挥了“球星”的“临门一脚”“进球得分”的作用。*改革的关键，就是要让首席人员发挥“球星”作用，生产有影响力、能为报纸打品牌、能体现主流报纸水平的好的内容产品。上述调研数据表明，六成受访者认为改革推进之后“首席人员好稿量增加”。以文汇报第一次首席人员的聘期为例，10位首席岗位人员在两年中兢兢业业，自我加压，努力发挥引领示范的标杆作用，在各自的岗位上取得了出色成绩，为打造全国性人文大报做出了贡献。仅仅从四五星稿件的比例来看，占采编人员6%的首席人员，四星稿月均占比18%，五星稿月均占比达到24%；24个月中，四五星稿月均占比平均达到19%，确实发挥了“球星”的进球作用；在采访、约稿名家、名人，拓展报社内容资源，打造报纸品牌方面，也都做出了重要贡献。

3. *不断完善优化绩效考核办法，坚持“以业绩为导向”，强调“采编”和“专业”。*改革试点开展以来，文汇报采编人员主体地位得到巩固提升，一部分优秀年轻采编人员走上重要采编岗位，采编人员积极性极大增强，精品力作不断涌现，文汇报“人文大报”的定位特色日益清晰，多次受到中宣部领导好评，新闻报道的传播力、引导力、影响力、公信力不断增强。在这两年中，报社首先推出了《文汇报编辑部绩效考评管理办法（试行）》，进一步明确了以星级考评为基本标准对新闻作品质量的量化考核办法；之后，《文汇报社专项奖励管理办法（试行）》在一般绩效考评的基础上，对特别有影响力、融合报道效果特别好、获得良好社会反响的重大新闻报道作品给予专项追加奖励，设“影响力专项奖”和“总编辑专项奖”。每个月张榜公布报社全体采编人员“月度业绩排行榜”，和“专项奖励名单”。采编人员的薪酬体系由基本保障部分、绩效考核部分、专项奖励部分三部分组成。绩效考核、专项奖励比重不断增大,使薪酬更多地与工作业绩挂钩,进一步调动采编人员积极性。

四、持续深化:完成首次考评,打开“双聘”通道,打破身份限制

2016年10月,文汇报社采编专业职务序列岗位的第一次两年聘期届满,启动聘期考评晋级工作。与此同时,报社中层干部三年聘任也已到期。这就为进一步实施采编管理序列聘任与采编专业职务序列聘任的“互通”,创造了条件。

1. 1—10级考评晋级:分区块排名、按比例晋级。报社先期做了大量调研测算、方案推演,多次专题研究;报业集团两次召开了采编专业职务序列改革工作领导小组会议,对报社拟定的考评晋级方案进行充分的讨论研究和修订完善,要求必须牢牢坚持“采编为宝”和“公平合理”原则,科学合理地确定业绩考评成绩和晋级规则。三大报可根据各自的采编队伍情况、绩效考核办法等研究制定各自的考评方案,但必须严格把握“晋级比例不超过50%”这条红线。《文汇报社采编专业职务序列考评晋级办法》确定“分区块排名、按比例晋级”的办法(表3),即根据两年聘期的绩效考评排行榜,10—8级岗位的排名在前50%的晋升一级,7—5级岗位的排名在前40%的晋升一级,4—2级岗位的排名在前30%的晋升一级。最终,报社137位采编人员中有63人得到相应的晋级,晋级比例为46%。其中1人聘期考评结果不在晋升比例,但聘期内生产了业内评价很高、社会影响力很大的作品给予破格晋升一级。未在晋级比例中的74人中,有8人因职称晋升而自然直接晋级。

表3　1—10级岗位考评晋级办法

考评 区快	人员 总数	晋级 比例	晋级 人数	破格 晋级	职称晋升 不做重复晋级的
10—8级	77人	前50%	前39名	—	6人
7—5级	50人	前40%	前20名	1人	2人
4—2级	10人	前30%	前3名	—	—
小计	137人		62人	1人	8人

2. 首席岗位新聘：统一聘期，打开“双聘”通道。首席岗位的第二次聘任，总体上还是按照第一次的办法实行，但是有几个比较大的改变。一是统一聘期。专业首席和特聘首席的聘期都统一为两年（特聘首席原先是三年），与采编专业职务序列晋升的年限同步，这也是为了更加全面、公平、高效地使全体采编人员有机会参与首席岗位的竞聘。二是扩大比例。参照解放日报、新民晚报的首席聘任情况，报经集团党委同意，决定把新聘首席岗位的比例由原来的6%，相应扩大到8%，这样，加上参加职务序列排名的人员扩容，新一期的首席岗位数就可以由原来的10人增加到现在的13人。三是“二取其一”。按照制度设计，受聘中层干部的人员，不再聘任首席；受聘首席的人员，也不再担任中层干部。今后，中层干部聘期与采编专业职务序列聘期同步（都统一为两年），真正从操作层面为全体采编人员打通采编管理职务序列和采编专业职务序列两项重要聘任工作的“双通道”，鼓励中层干部和首席人员之间形成良性互动。

最终，第二次首席岗位聘任了11位首席人员。数量没有达到上限的13人，给今后的聘任工作留下空间。其中，2位特聘首席，9位专业首席；首席续聘的5人，新聘的6人；原首席中有4位进入中层干部岗位，原中层干部中有2人进入首席岗位。

3. 企业人员参与：打破身份限制，体现以岗定薪。由于近些年报业发展的需求，出现了以企业编制身份招录的员工，他们同样参与了新闻采编的内容生产，而且这样的人员越来越多。在深化采编专业职务序列改革、推进媒体深度融合的新形势下，报社探索企业编制在内容生产岗位上的人员参与采编专业职务序列改革，打破身份限制，体现以岗定薪，为所有从事内容生产的采编人员打开职业晋升通道，提供专业发展舞台。这部分人员共有21人，其中签约满一年的9人（截至2016年10月31日）。报社制订了《企业人员参与采编专业职务序列的实施办法》，对这部分人员参加采编专业职务序列改革的聘期、首聘靠级、绩效考核、排名晋级、申报首席岗位等环节进行了明确界定。

这一突破性安排体现了坚持“采编为宝”，坚持“把人才建设摆在优先位置上”，按照不拘一格、打开通道、延伸平台的原则，进一步确立采编的主体地位，持续激发采编队伍的生产积极性，为打造新型主流媒体、提升新闻报道的传播水平和内容质量提供了人才保障。

（《青年记者》2017年4月上（总第558期））

作品简介:

文章以习近平总书记“2·19重要讲话”关于媒体人才的精辟论断开篇,将文汇报社采编专业职务序列改革先行先试的实践,两年多来取得的初步成效放在了“把人才建设摆在优先位置”的高度,比较系统完整地论述了文汇报社推进这项改革的缘由,实践中的大胆创新探索,引用权威统计数据论证改革取得的成效,描述了新一轮聘期持续推进深化改革的诸多亮点。

文章主题鲜明,四个部分“问题的提出”“先行先试”“成效显现”“持续深化”,论述层次清晰逐渐展开,围绕在新形势下媒体深化改革的关键核心因素,人才建设的主线,着力分析了采编专业职务序列改革推进中大胆探索、不断突破难点痛点,特别是在媒体融合、整体转型的大背景下,打开“双聘”通道,打破身份限制,为包括企业编制在内的所有从事内容生产的采编人员打开晋升通道提供专业发展舞台,这一突破性安排体现了进一步确立采编主体地位,体现了“采编为宝”的宗旨。

文章作为《青年记者》该期“传媒透视”的首篇,刊出后引发了学界业界的关注,被万方收录(中)、知网收录(中)、维普收录(中)以及“百度学术”“学术之家网”“笔耕文化传播网”等收录。

推荐理由:

采编专业职务序列改革,是根据市委、市委宣传部的总体部署,在上报集团党委的具体指导下,由文汇报社在三大报中先行先试探索推进的。

此文在首轮聘期考评结束,新一轮聘期持续深化改革之际,及时、全面、完整地论述了两年多改革实践进程,论证有力,论据清晰,主题准确鲜明,体现了报社上下在学习贯彻习近平总书记“8·19”“2·19”等系列重要讲话精神改革探索的成果。

作者在此期间,担任报社党政办主任、工会主席,全程参与了两年多采编专业职务序列改革的具体工作,熟悉情况,了解整个改革探索的脉络。报社主要领导审阅了此文,并提出了指导意见。

新闻论文

试论隐性采访目的原则与法律困境

——以福喜事件调查报道为例

作者：黄伊罕
编辑：刘　鹏

【本文提要】在调查报道中，隐性采访作为一种手段，使用的频率逐年上升。其在舆论监督中发挥的作用是明显的，是正常采访的必要补充，但是对于隐性采访的争议也从未停止，是非难辨。本文将结合本人参与福喜事件调查报道的亲身经历，对其目的、原则及相关法律问题进行探讨。

【关键词】隐性采访　舆论监督　新闻客观　法律困境

一、“隐性采访”法律问题的提出，争议的焦点是“隐性采访”的合法性与合理性之间的矛盾。

说起隐性采访，很多人第一反应便是偷拍偷录。这种看法是不恰当的，“偷”这字是贬义的，而隐性采访却是舆论监督的一种手段，用“偷拍偷录”称呼隐性采访本身就是对隐性采访的误解，模糊了隐性采访与偷拍偷录的性质界限。偷拍偷录的实施者可以是任何人，目的也大多五花八门，而隐性采访是新闻机构从业者的一种职务行为，是有明确目的的。

以下两位学者的论述较为清晰明确地阐释了什么是隐性采访。

中国人民大学教授蓝鸿文认为，隐性采访是指记者为完成某一特定采访任务而把自己的身份和意图隐藏起来的采访方式。这是一种特殊的采访方式。我国新闻界又把这种采访方式通俗称为秘密采访或暗访。[①]

暨南大学新闻系教授邝云妙认为，隐性采访是指记者采访时，不公开自己的身份，隐姓埋名，使对方不知道你是记者，也不知道你工作的意图。这就是说，记者以普通人身份去观察了解事物，从而得到公开采访不容易得到的新闻材料。隐性采访又叫微服采访。[②]

归纳以上论述，隐性采访首先带有较强的目的性与针对性，这与正常采访一样，其次对于采访对象而言具有一定欺骗性，记者并不公开自己的真实职业或暴露自己的真实采访意图。这是隐性采访的独特之处，也是争议之处。

二、隐性采访目的

为何记者要冒着危险去进行隐性采访，首先最重要的一点，就是实现舆论监督，揭露社会问题。李普曼曾说过，记者是公众利益的看门狗。这是记者的职责所在。对于调查记者而言，更是如此。他们对于真相有着更为执着的追求。他们的报道对象是干着罪恶勾当的大企业，若不采取隐藏身份，使用密拍设备进行拍摄采访，是很难挖掘出事实的真相的。

第二点就是为了获取完整证据链，使报道更为精确、真实。以福喜事件调查报道为例，爆料人向上海电视台提供了上海福喜食品有限公司生产记录的账本以及一些福喜生产线上过期原料使用的照片与视频。以爆料人提供资料，外加采访一些专家做一条五分钟左右的长消息片是完全可行的，但为了坐实福喜违法违规生产，使报道更具有公信力，调查记者必须自己亲自深入福喜生产线，将自己拍到的事实与所获得材料相印证，用自己所拍镜头去验证，去核实，而为达这一目的，必须进入工厂实施隐性采访。

第三点则是为了使节目更具观赏性。不得不承认，通过隐性采访做出来的节目收视率大都不错，福喜事件调查报道收视率同样不低。其在揭露企业罪恶勾当的同时，也满足了广大受众了解真相的需求，粗糙摇晃的暗访镜头在观众看来更为真实，更能激发起他们观看的欲望。

---

① 蓝鸿文.新闻采访学[M].北京：中国人民大学出版社，2000.第377页

② 邝云妙.当代新闻采访学[M].广州：暨南大学出版社，1998.第422页

当然，隐性采访的根本目的，还是在于挖掘事实真相，揭露社会阴暗面或企业罪恶勾当以捍卫广大人民群众的切身利益，弘扬媒体正能量，促进社会健康发展。

三、隐性采访原则

记者使用隐性采访这一手段的初衷大多是好的，但是隐性采访具有欺骗性这一先天缺陷也使其不能被滥用。在使用过程中亦须小心谨慎。下面将谈谈隐性采访的适用原则与使用原则。

1. 隐性采访适用原则

在什么情况下记者能够使用隐性采访，一直以来都没有一个明确的标准。此次福喜事件调查报道使用隐性采访是正确的，下文将通过对福喜事件的分析，得出适用原则。

上海福喜食品有限公司是快餐业巨头麦当劳、百胜餐饮集团等国际大企业的供货商。广大群众吃的巨无霸汉堡中牛肉饼、麦乐鸡块、必胜客披萨牛肉粒均出自福喜。上海福喜还向香港麦当劳、日本麦当劳与全家提供鸡块与鸡排。这不仅关系到中国人民的食品安全，更关系到邻国人民的食品安全。食品安全一直是关注热点、重中之重，其关系到人们的切身利益。上海福喜食品有限公司违法生产的行为严重侵害了人们的权益，涉及重大公共利益问题，必须将其生产黑幕公之于众。2015 年 1 月 5 日，福喜被封存的问题产品被全部无害化处理，共计 521.21 吨，如此巨量的问题产品若继续流入市场，公众的利益将继续被严重损害。

要对上海福喜进行调查报道，根据爆料人透露，正常的采访是很难进取得实质性进展的。如果事先对其发采访函，上海福喜食品有限公司的生产部员工会提前得到通知，他们会在记者前来采访的时候，将过期的原料和次品藏进冷库，根本察觉不出任何问题。若是突击采访，福喜会以安全卫生生产为由，让来访者经过重重关卡，穿上保暖衣、防护服、戴口罩、头套手套等，一遍程序走下来至少 40 分钟；或是要请示领导，将来访者堵在大门外，拖延时间遮藏问题原料，同样察觉不出任何问题。只有隐藏记者身份，进入福喜工厂生产流水线当工人，才有可能获得关键证据。

通过对福喜事件调查报道的前期条件分析，探讨得出隐性采访的适用原则有两条，一是涉及到社会重大公共利益，公众利益受到侵害；二是暴露记者身份便无法取得关键证据，不能揭露事件真相。

2. 隐性采访使用原则

记者在实施隐性采访的时候，也需要遵循一定的原则。

首先便是对于隐私权的保护。隐性采访是正常采访的必要补充手段，但同时它也存在侵害公民隐私权的可能。特别是电视新闻的隐性采访，如果不注意很容易把当事者的面貌直接公之于众，这不仅侵犯了他们的肖像权、隐私权，同时也会对其日后的正常生活造成影响。在福喜事件中，保护上海福喜食品有限公司工人的隐私权做的还是比较到位的。受到记者采访的工人，没戴口罩，露出本人全部面貌的，在后期制作中全部打上马赛克，声音也做了变声处理以保护他们的隐私权与肖像权，尽最大努力降低报道对那些工人今后生活的影响。

其次便是要遵守客观记录的原则，尽量不主动参与到新闻事件中，避免自身对新闻事件发展产生影响。在很多时候，暗访记者这点做的并不是很好。记者在实际操作过程中，已经不仅仅是新闻事件记录者，而成为了事件发展的参与者，甚至在一些极端的个别案例中，记者干脆成为导演，控制新闻事件走向。①

上海电视台暗访记者在福喜拍摄期间，并没有去引导那些工人说关于福喜过期变质原料的添加或更改保质期的相关信息。如守株待兔般耐心等候，当这些违法行为发生时，记者用镜头记录的同时，向正在干活的工人求证，做一个旁观者而非主导者。吃饭聊天的时候也是如此，并不主动发问，只有当工人谈起问题原料添加的时候，才追问记录，以避免诱导性采访，受人把柄。所拍摄到的违法违规生产行为，都是按照上海福喜食品有限公司原本的生产计划自然发生的，记者并没有去刻意推进事实加快发生，例如将肉类原料故意从生产线上拨落到地上，叫其他员工捡回生产线，趁机拍摄落地肉重新生产的镜头，或者自己刻意将麦乐鸡块次品加入乳化机，这些均没有发生。

第三点便是力保真实。隐性采访的目的就是为了获取真相，因此隐性采访所获得的材料并不能一股脑全部都播放出来，必须进行核实约束，只有拍摄到的事实得到佐证，才能向公众展示。在调查过程中记者也掌握了许多额外材料，但是在报道播出时并未全部播出。被曝光企业的名誉权也是要受到保护的。

第四点便是要严格管理密拍设备。不可随意向外界展示密拍设备，不可向

---

① 李云霞. 浅谈隐性采访中的侵权行为及规避[J]. 新闻传播 2010 年第 12 期第 125 页

外人炫耀密拍设备，更不能教授他人关于秘密拍摄的手法与技巧，记者购买密拍设备一定要慎重，需从指定途径购买，同时，记者在使用密拍设备时务必慎重，不可随意滥用。

四、隐性采访的法律困境

尽管前文提到种种关于隐性采访的使用条件、使用中需要注意事项，但这更多是从新闻职业道德出发，关于何时可以使用隐性采访、如何用好隐性采访的法律法规几乎没有。无论是我国的现行法律，还是多数外国的法律（包括新闻法及不是法律的新闻自律），都没有明确赋予记者可以假冒身份、偷拍偷录等行为权利，美国有些案例的判决甚至对此有所限制。① 如美国狮子食品公司诉美国广播公司案。

美国广播公司的报道与上海广播电视台福喜事件报道类似。在 1992 年，美国广播公司为调查北卡罗来纳州的食品连锁巨头公司狮子食品公司，派出记者以求职者身份进入该公司，记者使用了假身份证、假简历、假推荐信进入了该公司。在担任包装工人与售货员职务期间，拍到了狮子食品公司将过期牛肉与新鲜牛肉混在一起，将腐肉进行特殊处理以遮盖其腐败气味，用新的日期标签取代已经超过保质期的旧有标签。美国广播公司随后在“黄金时间直播”栏目播放了该调查报道，致使该公司股价暴跌，总计损失十三亿美元，濒临倒闭。事后，狮子食品公司以非法侵入、欺诈公司雇员与违法获取公司工作现场情况起诉美国广播公司。最终地区法院根据《北卡罗来纳州公平贸易惯例法案》认定被告犯有伪装、侵入、破坏诚信罪名，狮子食品公司最终胜诉，获得五百五十万美元赔偿。②

我国 2009 年 11 月 9 日修订的《中国新闻工作者职业道德准则》中提到，要通过合法途径和方式获取新闻素材，新闻采访要出示有效的新闻记者证。对于隐性采访能否使用，没有明确的合法性认可，也没有禁止性的规定。目前公认的是，隐性采访没有法律地位、也不受法律保护。隐性采访处于合法与非法的灰色地带。若一定要给隐性采访找寻法律依据，只能解释为采访对象由于实施了违

---

① 陈力丹. 试论隐性采访的法律意识和行为规则[J]. 现代传播-北京广播学院学报 1999 年第 5 期第 40 页

② 郭镇之. 舆论监督与暗访偷拍[J]. 新闻传播与评论，2005 年第 1 期第 198 页

背道德或违法犯罪的行为，其自主权利发生退缩，[①]给予了记者隐性采访的权利。

五、如何化解隐性采访的法律窘境

如今关于隐性采访的是非功过，更多是从媒体道德准则或媒体自律方面探讨的，法律层面如前文所提到的，一片空白。要化解这一窘境，还是得进行相关方面的新闻立法。

首先得明确隐性采访在何时能够被使用。隐性采访作为记者获取事实真相的最后一种手段，必须谨慎使用。在很多时候，隐性采访使用与否，更多是依赖记者自身的主观判断或媒体领导的决定拍板。在福喜事件调查报道中，深度报道组记者在卧底福喜之前，也只是事先在上海福喜食品有限公司嘉定厂区周边摸了摸情况，开了几次会与领导交流了看法。当然福喜事件调查报道使用隐性采访是正确的，但是不能否认在前期准备过程中人的主观判断在最终决策中仍然占据主导地位。通过立法，从法律层面明确隐性采访的适用条件，记者在进行隐性采访中心里将更有底，对于隐性采访的争议也将减少。隐性采访有法可依将在一定程度上使记者放下思想包袱，更有利于记者进行舆论监督。

其次，隐性采访立法也必须对记者在实施过程中的行为进行约束规范。重点在于杜绝隐性采访的侵权问题以及记者自身主导新闻事件发展。划定红线，明确隐性采访的限制范围，如不得涉及国家机密；不得涉及与公共利益无关的各种公民隐私；不得涉及商业秘密等。[②]

推动相关立法需要时间。在没有相关立法的现在。新闻从业者要化解隐性采访法律窘境，当务之急在于设立一套行业规范，尽可能不触犯现行法律。

这套行业规范，需要建立在以公共道德为基础、兼具职业特征。规范需要在采访权、隐私权与名誉权找到平衡点。对于隐性采访进行类型分类，对于具有诱惑性质的隐性采访需要加以限制。从而防止记者在暗访过程中，不知不觉也成为犯罪分子。

---

① 魏永征. 论采访权[A]. 展江. 中国社会转型的守望者——新世纪新闻舆论监督的语境与实践[M]，北京中国海关出版社 2002 第 34 页

② 陈力丹. 试论隐性采访的法律意识和行为规则[J]. 现代传播-北京广播学院学报 1999 年第 5 期第 40 页

结 语

隐性采访本身是具有欺骗性质的，这与记者的职业操守相违背。但同时也应清楚认识到，许多企业的违法违规生产行为如果按照正常采访的程序去进行，是根本不可能得到曝光的，正如上海福喜食品有限公司，一有风吹草动，他们便会将次品、过期原料隐藏起来，呈现出正常合规生产的虚假景象，根本无迹可寻。为了更重要的公共利益，记者进行暗访是可以接受的。以正义的违法行为对待一种非正义的犯罪行为，符合民间道德。①

实际上近两年，许多媒体在"隐性采访"方面有突破，如获得前年"中国广播电视新闻一等奖"的优秀电视新闻《30 万吨有毒污泥沿河偷排，记者跨省追踪》（浙江海宁台），记者先是"隐性采访"（偷拍），后记者作为"报案人"在公安部门、环保部门帮助下公开采访，最后将 18 个犯罪分子绳之以法，这就把"隐性采访"的负面影响都消除了，报道也产生了最大的正效应。

隐性采访虽然具有争议性，但不得不承认的是，它是实施舆论监督的一把利器，是新闻采访的必要手段，并不会因为社会上对它争议不断而消亡。对于记者而言，隐性采访是一把双刃剑，关键在于要用好。如何把握公众知情权与被报道对象的隐私权与名誉权之间的平衡，拿捏恰当尺度是隐性采访成功与否的关键。新闻工作者须正视隐性采访，万不可谈其色变，要勇于思考探讨隐性采访适用原则、使用原则规范及社会效果与社会容忍度，并且也要强化法律意识，回避法律的禁止领域，防止越界违法。政府也有必要对隐性采访进行立法，使其获得法律地位与法律保护。当然新闻工作者也必须牢记，只有在尝试一切正常合法手段仍无法取得真相后，才可考虑隐性采访的方式来进行报道，不然就是失职，是对新闻工作的亵渎。

注释

蓝鸿文. 新闻采访学[M]. 北京：中国人民大学出版社，2000.

① 钱克钧. 暗访的法律问题探讨[J]. 新闻世界，2014 年第 2 期第 44 页

邝云妙. 当代新闻采访学[M]. 广州：暨南大学出版社,1998.
李云霞. 浅谈隐性采访中的侵权行为及规避[J]. 新闻传播　2010 年第 12 期
陈力丹. 试论隐性采访的法律意识和行为规则[J]. 现代传播-北京广播学院学报 1999 年第 5 期
郭镇之. 舆论监督与暗访偷拍[J]. 新闻传播与评论,2005 年第 1 期
钱克钧. 暗访的法律问题探讨[J]. 新闻世界,2014 年第 2 期
展江. 新闻职业伦理四大争议问题评议[J]. 中国地质大学学报(社会科学版)2010 年第 2 期
魏永征. 论采访权[A]. 展江. 中国社会转型的守望者——新世纪新闻舆论监督的语境与实践[M],北京　中国海关出版社　2002

(《新闻记者》增刊 2017 年 10 月)

作品简介：

在调查报道中,隐性采访作为一种手段,使用的频率逐年上升。其在舆论监督中发挥的作用是明显的,是正常采访的必要补充,但是对于隐性采访的争议也从未停止,是非难辨。本文将结合本人参与福喜事件调查报道的亲身经历,对其目的、原则及相关法律问题进行探讨。

推荐理由：

记者通过 3 个月的暗访写下《食品工厂的"黑洞"》一篇新闻专题,揭露了福喜食品工厂内食品生产流水线、原料及成品储存仓库等地取得违法生产加工的一手证据,并用暗访摄像机真实记录下违法事实。

节目还对大型食品生产企业的食品安全监管,提出了深层次思考和建议,使舆论监督节目更有深度,充分体现了主流电视媒体的社会责任、公信力和影响力。节目播出后上海食药监、公安等部门成立联合专案组,在全国范围内彻查问题食品流向,福喜公司被强令整改,并依法对相关责任人追究刑事责任。

此片获得第二十五届中国新闻奖一等奖之后,记者思考暗访这一调查手段,并根据亲身经历提出自己的想法,为之后从事调查报道的记者提供理论和实际经验参考。

新型主流媒体是一个怎样的"人设"?

关于澎湃新闻的调研报告

作者:满江红(邱曙东)
编辑:武艳珍

习近平总书记在2013年"8·19"重要讲话中,部署占领互联网舆论主阵地。彼时,传统媒体纷纷响应,谋划进军互联网新媒体。上海报业集团也在这一改革大潮中应运而生,经过半年多深思熟虑,结合媒体融合发展的任务和使命,上报集团毅然决然在旗下的东方早报创办互联网新媒体。翌年7月22日,澎湃新闻正式上线,实行报纸和客户端"双品牌"运作。经过大约两年半的报网融合发展,随着2016年12月底东方早报休刊,实现了向互联网新媒体的彻底转型,成为全国第一个由传统媒体成建制整体转型的互联网新兴媒体,目前由上海报业集团控股的国有资本多元公司——上海东方报业有限公司运营。2017年12月,笔者从构成新型主流媒体的用户、内容、技术和商业四个核心要素等方面,对澎湃新闻进行调研分析。

基本情况

用户:APP下载过亿

据介绍,截至2017年底,澎湃新闻客户端下载量达10100万,移动端日活跃用户860万。用户主要集中在珠三角、京津冀、江浙沪等发达地区,牢牢掌握一批高质量互联网用户。

优化网站搜索。澎湃新闻以移动端为主打,并高度重视PC端和手机网页的导流作用。因为相当一部分用户会通过电脑和手机，使用浏览器和搜索引擎的形式来获取感兴趣的信息，所以，澎湃新闻也一直在通过除 APP 之外的网页内容承载，让更多用户认可澎湃新闻的内容和品牌，从而引导用户下载客户端。澎湃新闻对全网站进行 SEO 优化，并进一步优化网页上的引导下载入口，使得通过网页访问了解内容的用户方便下载 APP。

广开合作渠道。如何给用户推荐其最喜欢的内容？在成本有限时，澎湃新闻细化三方面工作：首先，从潜在目标用户出发，收集目前所有澎湃用户的热门手机品牌型号，根据活跃用户的机型划分，选择最适合澎湃新闻的手机品牌用户，然后有针对性地选择与这类渠道合作。其次，从内容兴趣出发，与流量入口开展合作，合作方新闻频道用户会点击新闻直接跳转至澎湃新闻的内容页面，然后澎湃新闻方面再引导用户完成下载。再次，对应用商店进行搜索关键词优化。经过若干次迭代，现在澎湃新闻的关键词覆盖度已达到了 1 万以上。

增加用户黏度。用户运营是互联网平台基础，有用户才有阵地和流量，才可做商业。澎湃新闻在用户黏度方面不断进行调整：增加签到功能，每天给用户带来访问乐趣，并可以获得海贝积分；优化 PUSH 功能，对于第一时间发生的新闻，能以最快速度推送给用户；优化积分系统和海贝商城，通过鼓励用户分享、评论来获取积分，并在海贝商城内完成积分消费；加大社交媒体和平台的关联度，增加互动，引导用户。

平台：功能不断拓展

2017 年 1 月，澎湃视频频道正式上线，新增 13 个视频栏目。5 月份又新增“澎湃评论”“科技湃”“World 湃”3 个栏目，视频栏目增加到 14 个。7 月份上线 3 周年之际，推出全新互动政务平台——澎湃问政频道。问政频道推出仅 4 个月，在频道公众号正式入驻的机构和部门近 500 家。平台的不断拓展，丰富了澎湃新闻的表达形式和产品线。

外宣：海外频频发力

澎湃新闻外宣新媒体第六声(Sixth Tone)自 2016 年 4 月测试上线以来，凭借专门讲述日常中国、讲述普通中国人故事的差异化定位，已然“雏声渐闻，音显于世”，多次获得全球新闻行业大奖，在海外尤其是北美受到政商学等领域用户的高度关注。

内容:“四力”打造高地

党的十九大报告指出,“高度重视传播手段建设和创新,提高新闻舆论传播力、引导力、影响力、公信力。”本调研以“四力”标准来考察澎湃新闻的内容建设。

排名连续居首

在中央网信办《网络传播》杂志每月发布的中国新闻网站移动端传播力总榜上,2017 年澎湃新闻有 6 个月位列第一。同时,在几乎所有第三方商业机构公布的排名上,澎湃新闻稳居第一阵营。

原创品牌领跑

因为澎湃新闻是由原东方早报团队成建制转型而来,所以,高质量的原创新闻是它的鲜明特色和优势。由于原创稿件质量较高比例大,通过版权售卖,澎湃新闻已成为国内门户网站和新闻客户端最重要的内容供应商,既实现了主流声音占领阵地,又获得可观的版权收入。

各方普遍认可

在一些重大事件引发的舆情敏感时刻,澎湃新闻以权威信源为主导,主动发声,发挥了舆论正面引导的作用,受到各方普遍认可。

2016 年 10 月,澎湃新闻制作新媒体产品《致敬|好人耀仔:一位宁德村支书的 45 岁人生》,阅读数超 2000 万。这个主旋律作品获得全球新闻设计学会优秀奖,得到中宣部肯定。

在 2017 年全国两会上,澎湃新闻获得 7 次提问机会,包括在总理记者会和外长记者会这两个重量级的活动中,得到李克强总理和外长的积极回应,创造了新媒体参与国家重大政治活动的历史。在党的十九大会议期间,澎湃新闻也获得多次提问机会。2017 年 11 月,中宣部在上海启动全国范围的“三新”报道,澎湃新闻为上海唯一参与自主报道的媒体。2017 年 11 月 15 日,澎湃新闻对国产廉价药“巯嘌呤片”在全国多地形成“药荒”进行报道,引起很大反响。李克强总理在有关情况报告上作出批示，指出要“切实加大国产廉价药生产供应保障力度，切实缓解患儿家庭的‘用药之痛’。”

引导力例证

自2016年10月底起，澎湃新闻推出《暖闻》栏目，聚焦身边温暖人心的故事，点击量和网民的互动率都很高，反映出互联网新媒体在积极进行正面报道、创造良好社会舆论环境方面大有可为。在主题和内容选择上，《暖闻》着力展示当今社会的真善美，采访扎实，语言朴实感人，有可读性和感染力。事实证明，互联网媒体并不是只靠博眼球博出位才能吸引读者。2016年12月18日，原创报道《贵州小伙贷款3万跋涉千里还医院：1年前医院垫钱治病》，展示了医院的善意和病人的诚信，堪称冬天里一缕阳光。该报道阅读量突破1500万，网友纷纷表示：“为这样的患者感动，为这样的医院感动”。从报道效果看，《暖闻》既有关注度又突出社会主义核心价值观，取得双赢。目前，《暖闻》正被打造为澎湃新闻重要品牌栏目之一。

影响力例证

澎湃问政频道全面覆盖移动客户端、PC端和WAP端，目标是打造国内最有影响力的政务新型互动平台。这一平台定位为政务机构或部门的传声筒和发布台，邀请中央和地方各级政务机构和部门入驻开通问政号；其性质是保持权威性和严肃性，完全区别于商业平台，虽然与商业公号形式略有相同，但实质完全不同；栏目设置为每个入驻的政务机构或部门提供了3个平台，即权威发布、官方辟谣、政在回答。澎湃问政上线后，影响力突显，打造不少典型的政务传播案例，如九寨沟地震、中央环保督查、上海高院严打“套路贷”视频直播等。

公信力例证

媒体公信力表现很多，在此仅从两方面考察。

*首先，澎湃新闻远离假新闻漩涡。*调研查阅2015—2018年《新闻记者》杂志每年首期权威刊发的《虚假新闻研究报告》，发现澎湃新闻在坚持新闻的真实性、坚决与虚假新闻做斗争方面颇有定力。例如，2015年3月18日，各类新闻客户端都在推送一条重大新闻——新加坡开国总理李光耀逝世，实际这是一条假新

闻，却被众多媒体、微博争相转发。而澎湃新闻经反复求证，没有草率转发这条新闻，维护了自身公信力。

其次，适当开展舆论监督。试举一例：2016 年 3 月，澎湃新闻刊发山东非法经营疫苗案系列报道，理出了人用二类疫苗流通领域存在的行业潜规则和监管盲区。此外，记者还探访了案件主犯庞某卫的老家，并通过采访其前同事、合作伙伴等，还原了庞某卫是如何走上违法犯罪之路，并将女儿也拉上这条不归路的过程。稿件报道了不具备疫苗经营资质的庞某卫母女，非法经营人用二类“临期疫苗”（临近有效期的疫苗），波及全国多个省份、涉案金额达 5.7 亿元的案件，而这些疫苗未经冷链存储、运输，存在失效、变质等风险。稿件在报道个案外，又深度揭示了二类疫苗领域存在的“体外循环”乱象和监管中存在的漏洞。该系列稿件刊发后获得广泛转载，反响巨大，主要央媒和诸多地方媒体都做了跟进报道。李克强等多位党和国家领导人予以批示和过问此事，报道也直接促成了《疫苗流通和预防接种管理条例》的紧急修改。稿件刊发后，国务院组织成立多部门联合调查组，最高检对该案进行挂牌督办，案件涉及的数十个省（市、区）也成立专案组进行调查，有 357 名公职人员被给予撤职、降级等处分。在报道的推动下，中国二类疫苗的流通及监管制度获得巨大改善，蠹虫被解决，漏洞被堵上。

澎湃新闻的新闻摄影也传达正义之声。2016 年 12 月 2 日，最高人民法院第二巡回法庭对原审被告人聂树斌故意杀人、强奸妇女再审案公开宣判，宣告撤销原审判决，改判聂树斌无罪。当日，在河北省石家庄鹿泉区下聂庄村，当得知聂树斌被改判无罪的结果后，聂树斌父亲与聂树斌姐姐相拥放声大哭。聂树斌父亲说，等了 20 多年终于迎来迟到的正义。澎湃新闻记者及时抓拍这一瞬间，将正义传播给世人。该摄影照片《无罪之后》荣获第二十四届中国新闻奖二等奖。

以上说明澎湃新闻对媒体公信力的执著追求。

技术：拥有自主知识产权

调研发现，澎湃新闻作为互联网媒体逐渐意识到，只有稳定的平台和优质的体验才能更好地留住用户，更好地为新闻宣传做好保障。

从自有技术力量看：澎湃新闻创办伊始，这方面力量比较薄弱，但经过不断积累，澎湃新闻的技术团队已逐步建立完善，尤其是涉及核心基础开发的关键岗位，都已做到独立自主，现有采编内容管理系统、App以及广告后台系统等产品也已具备自主知识产权。目前，澎湃新闻不仅能够满足自身的日常开发和安全运维，而且还为未来做整体的技术模式和系统输出打下坚实基础。

从产品层面看：3年多来，澎湃新闻步步为营，目前已实现包括对PC端、WAP端、iOS客户端、安卓客户端以及iPad端等各个平台的全覆盖，并能追随前沿技术，不断迭代更新，使整个产品具备更好的用户体验。仅2017年，澎湃新闻客户端累计迭代12次，平均每月迭代一次，不断完善和优化产品形态。

在运维方面：澎湃新闻也取得长足进步。自2014年7月22日正式上线以来，曾经有较长一段时间内，技术保障团队即运维团队都处于应急状态。自2015年底起，开发和运维团队主动拥抱互联网的技术大趋势，从程序架构优化、数据库架构优化、应用的拆分等方面不断保证平台的稳定性。

在安全性方面：安全性是业务稳定运营的关键。随着业务发展，Web架构越来越复杂，应用技术越来越多，对其安全防护的难度越来越大，运维、管理人员也面临着严峻挑战。澎湃新闻最终采用了业界比较先进和流行的工具和模式，从Web应用生命周期的角度出发，重点覆盖了系统开发、测试和运维等环节，从事前、事中、事后等风险管理角度出发，建立多层面的安全保障体系，有效保护Web应用的安全性。

商业：广告经营闯新路

建设互联网新型主流媒体，用户、技术、平台、内容、运营和广告经营缺一不可。澎湃新闻成立以来，与其品牌影响力、新闻传播力同步增长的是，3年来经营收入逐年递增，2016年总营收增长67%，2017年总营收再增长100%，2018年预计仍将保持较好增长。澎湃新闻总营收不仅领先同类型媒体，复合增长率也远超整个互联网广告行业平均水平。

在广告经营及活动收益方面，澎湃新闻也探索出一条新媒体经营稳健发展之路：紧跟国际先进水平，不断推出新型广告产品。

2017年澎湃新闻在广告形式方面进行大胆创新，结合互联网广告行业趋势，形成有自身特色的广告营销体系，在互动整合营销广告方面作出诸多深入尝试和拓展。

基础广告形式：开机屏、头条区轮播、首页横栏、频道页和栏目页横栏、文章页顶部横栏、文章页底部横栏等18种形式的广告位，覆盖了澎湃新闻App、Web以及M站，其中大部分广告位支持图片展示和视频播放功能，充分满足客户的品牌传播需求。

互动广告形式：弹窗广告、浮层广告、动态贴纸广告、文章皮肤广告等12种形式的广告位，主要覆盖澎湃新闻的移动端设备，通过新颖的广告呈现形式及互动效果，激发用户对广告的兴趣，引导用户对品牌活动进行了解，实现移动端时代广告主客户的投放需求。

原生广告形式：澎湃新闻推出一系列具有高度品牌影响力和知名度的整合营销方案，并初步形成平台现象级IP的线下线上结合的品牌活动。2017年，打造了“山河·寻路胡焕庸线上的中国”人文地理类多媒体项目、“中国实验室”系列科技专题纪录片、“筑天宫”年度重要航天事件等内容产品。在为广大互联网用户提供原创、深度、独特内容与视觉体验的同时，吸引一些高品质定位的商业合作客户。

调研发现，澎湃新闻的广告和经营收入在逐年跃增，这说明新媒体经营模式正在走出一条自我发展新路。

路径：打造平台级新媒体

本调研在概念上不做深入探讨说明互联网主流媒体的基本特征，但在此值得总结澎湃新闻的探索实践，其探索路径的想象力阈值，应该包括但不限于以下方面：

坚定媒体转型之路，坚定打造平台级新媒体。澎湃新闻从诞生伊始，仰仗于母体东方早报，继而在互联网上成长壮大，随着东方早报的休刊，澎湃新闻迅速替代了东方早报的新闻宣传功能，成为整体转型的一个范例。3年多来，其用户、技术、平台、内容、运营和广告经营多轮驱动，直至如今过亿的用户数，奠定了其向全国性平台级新媒体迈进的基础。

坚守媒体职责使命，坚守新闻宣传主业。媒体融合发展至今，其信息传播、舆论引导、文化引领、舆论监督等仍是主要功能。一直以来，澎湃新闻发挥媒体主要功能，坚守媒体职责使命，把最主要的人力、财力和精力都放在内容生产上，团队中80%为采编人员或与采编相关人员，每年总成本的80%也是花在采编或与内容相关部分。澎湃新闻在坚守新闻报道主业的前提下才考虑流量变现，实现多赢。

坚持原创内容为主，坚持社会效益为首。可以说，“算法推荐”是把“双刃剑”，当前尤其应正视“算法推荐”手段的负面效应。澎湃新闻从诞生时起，便没有采用“算法推荐”这一新闻抓取手段，没有落入“算法陷阱”，而是全体记者编辑坚持内容为王，坚持到第一线去采写新闻，这无疑是一条康庄大道。

高度重视传播手段，不断开拓报道创新。在新闻产品研发和迭代方面，澎湃新闻紧扣“互联网思维”和“移动产品思维”，高度重视传播手段的应用和创新，做到新闻内容优势与技术创新紧密结合，在360°全景、H5、3D动画、AR/VR呈现技术、短视频等手段上做到领先国内同行水平。以短视频为例，2017年澎湃新闻抓住这一风口，设立该栏目。短视频时长要求不超过3分钟，大多数视频控制在90秒内，视频开始第一秒就放出极具视觉冲击力和感染力的画面，片头7秒迅速切入全片最精髓内容，并优选节奏感明亮的配乐，字幕简洁明了。如今记者普遍养成视频新闻意识，每天生产各类原创视频30—40条。澎湃短视频正朝着相对标准化生产、包装和运营迈进，使其具有相当辨识度。

树立共享合作思维，切实做好版权保护。互联网知识产权保护相当重要，澎湃新闻在维护知识产权方面做出一些探索：一是建立完善知识产权保护架构，2014年9月成立投资和法务部，对公司知识产权工作实施集中管理，并联合多部门形成版权保护互动机制；二是对部分侵权行为采取维权行动，从2014年年底开始，对其他网站侵权转载情况进行集中梳理，并对部分侵权情节比较严重的情况进行公证，涉及作品近千件；三是加大知识产权宣传和培训力度，提高全员版权保护意识；四是发布版权声明，在澎湃新闻网站专门页面发布版权声明，并提供举报电话及版权洽谈方式，同时在每一篇文章后均作出权利申明；五是开展版权市场化合作，目前已与数家大型平台达成版权使用协议，年版权收入达数千万元。

始终加强党的领导，发挥堡垒模范作用。澎湃新闻党委积极探索基层党建和导向管理的深度融合，通过支部扩大会议的方式，从采编人员的思想源头入手，掌控导向管理的主观因素；另外还从组织生活源头、选题管理源头、采编思想源头，细化和完善各项工作制度。澎湃新闻党组织战斗堡垒作用和党员先锋模范作用逐步得到充分发挥。

资本输血开新局，自我造血求发展。 2016年底，澎湃新闻吸收6.1亿元国资战略入股，变得“血气方刚”。目前，其运营主体按照规范的现代企业制度要求，初步建立了产权明晰的法人治理结构，构筑了权责明确的经营管理平台，这是澎湃新闻网走向规范化、规模化发展的一个重要标志。随着澎湃平台建设及用户数据的增长，不断研发基于互联网广告和传播的新技术新形式，加之做好客户服务和沟通，澎湃新闻将赢得越来越多的行业认同，广告经营有望更进一步提升。下一步，澎湃新闻将引入完整的现代互联网企业管理模式和治理规范，探索一条新型主流媒体的规范治理和良性发展之道。

结语：评价与改进建议

如何评价澎湃新闻的改革与发展实践？调研从问题、责任、目标和效果4个维度，来判断其发展方向的正确与否。

问题导向。 澎湃新闻诞生于纸媒处于“四面楚歌”之时，彼时，所有问题指向“怎样建设新型主流媒体”“怎样发挥新兴媒体新闻舆论的主导和主帅作用”等等，澎湃新闻的“试水”就是直奔问题而来。尽管这个重大课题尚未被破解，但是围绕这个大问题的许多“小问题”，有的已破解，有的正在破解，有的正在探讨，澎湃新闻的探索积累了极其宝贵的经验。

责任导向。 建设新型主流媒体是中央确定的战略任务，是中央全面深化改革领导小组确定的“路线图”。曾经不负新闻舆论使命的上报集团勇挑媒体融合发展重责，将担子压在澎湃新闻肩上，意在杀出一条“血路”。而澎湃新闻咬定自己是“挑山”人，高举责任火把，在打造新型主流媒体之路上奋力攀登。

目标导向。 业内认为，新型主流媒体必备两大功能：一是价值观统领，二是技术上引领，二者完美结合。如果在价值观上统领得不错，但技术跟不上时代，那最终会导致价值观统领大打折扣；如果在技术上引领潮流，但在价值观上的统领没有亮色或偏离轨道，那么这种技术的选择值得怀疑。纵观澎湃新闻的蹒跚学步，是一种在价值观上统领和技术上引领的兼顾，始终朝着建设新型主流媒体的方向前行。

效果导向。让数据说话，就前述媒体的传播力、引导力、影响力和公信力而言，澎湃新闻对为主的社会效益追求取得显著效果，其为辅的经济效益也是可观，尽管二者离“峰值”尚有距离，但不可否认其不俗的表现和坚定的效果导向。

显而易见，澎湃新闻在上述四方面均做到始终坚持，这种发展态势值得肯定。

当然，澎湃新闻的发展更有待提升。主要建议如下：

进一步思考如何巩固互联网主流媒体地位。澎湃新闻一方面通过流程再造，迅速建立起符合互联网传播规律的24小时新闻刊发机制，且用扁平化的栏目小组形式提升内容生产的效率和专业性，同时又不折不扣地继承传统媒体严谨的三审责任制。在此基础上，要进一步思考如何更好地传播主流声音，树立和巩固互联网新型主流媒体形象，确保权威、主流、公信。

进一步思考如何继续提高用户互动传播。一方面，要将导向管理触角伸向互联网每个角落，加强“跟帖”管理，防止出现“歪楼”现象。另一方面，在价值观统领和技术引领上要做到更紧密结合。2015年澎湃新闻在客户端中率先推出“澎湃问吧”。这是区别于“跟帖”的一个UGC新尝试，也是第一个互动式的新闻专业问答社区。它改变了传统媒体以报人为中心的内容生产思维，各领域的专业人士或者达人在“问吧”开设话题，满足了用户对资讯的深层次需求和兴趣，同时又实现价值观正确统领功能。目前，问吧栏目承担了澎湃新闻80%的互动量，每周话题总点击量近200万。澎湃新闻要以此为基础，从全局考虑价值观统领和技术引领的更紧密融合。

进一步思考如何加大技术和研发投入力度。当下，媒体融合的技术创新，已不仅是单纯拓展技术边界的创新，而是需要在媒体内容生产、传播、销售等各环节都进行技术突破并应用，否则无法与各方面实力雄厚的商业网站相抗衡。下一步要加强塑造一支适应融媒体时代需求的平台级的技术团队，进一步完成技术知识结构升级，优化组织架构、人才队伍和考核激励机制。在此基础上，要将大数据、云计算等移动互联网新技术应用于新闻采编、应用推广、经营管理等各个方面。

澎湃新闻经过3年半的发展，稳居国内新媒体第一阵营，已然颠覆和替代传统纸媒功能，基本架构起互联网新型主流媒体的“四梁八柱”，其采编和经营路径模式具备一定互联网媒体基因，已在国内率先建成现象级的互联网新型主流媒体，成为中央要求的“形态多样”中的一种“人设”，有望建成大型平台级互联网新型主流媒体，有望走向内生增长的自我发展之路，从而打造成党在互联网上重要的舆论引导阵地。其发展模式具有一定标杆意义。

（《新闻战线》（下）2017 年第 11 期）

作品简介：

本调研基于一个大背景：2014 年 8 月，习近平总书记在中央全面深化改革领导小组第四次会议上强调打造新型主流媒体，经过 3 年多的辉煌实践，新型主流媒体究竟是一个怎样的“人设”，在改革开放 40 周年到来之际值得总结探讨。解剖澎湃新闻个案，或许可管中窥豹。调研发现，澎湃新闻经过 3 年半的发展，稳居国内新媒体第一阵营，已然颠覆和替代传统纸媒功能，基本架构起互联网新型主流媒体的“四梁八柱”，其采编和经营路径模式具备一定互联网媒体基因，已在国内率先建成现象级的互联网新型主流媒体，成为中央要求的“形态多样”中的一种“人设”，有望建成大型平台级互联网新型主流媒体，有望走向内生增长的自我发展之路，从而打造成党在互联网上重要的舆论引导阵地。其发展模式具有一定标杆意义。

推荐理由：

1. 针对性强。上海媒体融合发展在全国起步早，对澎湃新闻个案进行调研，总结其经验，探讨其下一步努力方向，于其本身或于其它，于上海于全国，意义重大。2. 影响力较强。该调研报告站位较高，尤其是对其发展路径评价、提出谋发展的重要举措，对于进一步建设具有广泛影响力的新型主流媒体，打造上海传媒品牌，对于当下上海宣传部门“担当新文化使命、打响上海文化品牌”大调研活动的深入开展，具有一定借鉴意义。求是网、中国社会科学院官微“思想火炬”等对该文进行转载和推送，在业界引发相当关注和好评。3. 反馈促进较好。该调研报告经向澎湃新闻反馈，受到好评与采纳。4. 有示范引领作用。调研报告类的新闻论文为首次推荐，且今年为上海的大调研年，推荐此文可促进“以发现和解决问题”为目标的相关调研活动的落实。

上海拆违的743天：晒黑累瘦被打，做这事图啥？

主创人员：朱珉迕　黄尖尖

见 http://www.shobserver.com/news/detail?id=66555

（上观新闻网站、上观新闻 APP　首发时间：2017年9月28日）

申报资料实录

作品简介：

持续两年多的“五违四必”环境综合整治，是上海“补短板”的重要课题，倾注全市之力。在整治取得阶段性胜利，正式转向创建“无违”城市之时，解放日报·上观新闻推出长篇深度报道，全景回顾两年多来在市委、市政府领导下，以“五违四必”为突破口着力补好短板的历程，深入剖析其中产生的经验和做法，阐述其中重要的超大城市治理方法论。记者精心谋划、深入采访，克服时间紧、任务重等困难，遍访合庆、许浦、九亭、南大等多个“五违四必”整治重点区域和多位亲历者，积攒大量鲜活的经验素材，并以生动详实的笔触娓娓道来。稿件刊发后，引发上海各界热烈反响，获得市委有关领导好评，获得全网转载、转发，本市各区、大口多位领导干部也都在第一时间转发点赞。

推荐理由：

作为典型的主题报道，此稿并未墨守成规，而是突破了传统党报大综述写法，叙事巧妙、立意高远、思想性强、读来隽永，充分体现了“走基层、转作风、改文风”精神，成为名副其实的“作品”。在互联网舆论场上，这样传递主流声音，更能让人接受。

全面落实上海文创50条

作者：刘　锟　邵　竞　张　煜　张　杨　李　晔

作品网址	http://www.shobserver.com/mapSpecTopic/getDetail? id=142	
代表作一	标题	重磅|上海文创产业发展放大招！50条干货给你一个超乎想象的未来
	网址	http://www.shobserver.com/news/detail? id=73712
代表作二	标题	上海文化创意界纷纷点赞“文创50条”，对未来发展充满期待……
	网址	http://www.shobserver.com/news/detail? id=73729
代表作三	标题	上海文创创意产业迎来政策大招——快测测你的发展潜力
	网址	http://liberation.herdsric.com/wenchuang/pages5/index.html? from=timeline&isappinstalled=0

（上观新闻网站首发时间：2017年12月14日）

申报资料实录

作品简介：

为打响“上海文化”品牌，针对《关于加快文化创意产业创新发展的若干意见》宣传，上观新闻提前进行精心策划和准备。政策发布前，为把握宣传重点，提前召集近30位涵盖影视、文艺、动漫、出版、网游、艺术品交易、工业设计等文创界人士举行座谈会，并邀请到实体制造企业、金融保险等与文创紧密相关的行业企业，共同为当前上海文创产业发展“把脉”，找准痛点、难点、堵点，结合座谈会为后期融媒体产品制作提供思路。

上海文创50条政策干货通过一图解读形式，以《重磅|上海文创产业发展放大招！50条干货给你一个超乎想象的未来》为题，配合政策发布在上观新闻第一时间刊出，该一图解读广为传播，文汇、新民、界面、看看新闻等APP新闻客户端，以及青春上海、市经信委等微信公号给予转载。

推出的视频产品《上海文化创意界纷纷点赞"文创50条"，对未来发展充满期待……》，通过行业大咖寄语上海文创产业发展的形式，进一步营造了良好的舆论氛围。

为将枯燥的政策内容让受众易于接受，精心策划制作的H5产品《上海文创产业迎来政策大招！快测测你的发展潜力》，通过与受众之间的互动，让政策在潜移默化中传播开来。该产品在上观新闻首页显要位置设计专门的banner，进行了连续一周的刊登，同时还在上观新闻、解放日报微信公众号刊出。

推荐理由：

该组新媒体产品极具创新特色，既有设计美观的一图解读，集合文创界人士对上海文创产业发展期许的视频产品，也有形式新颖的H5交互体验式产品，在同城媒体对上海文创50条的宣传上独树一帜。

同时，在产品推广上，该组新媒体产品还特别向沪上文创界人士，包括文创微信群、文创行业领袖等定向传播，提升了文创50条在文创界的知晓度。

【学思践悟十九大】H5 丨跟着总书记一起重温入党誓词

作者：王　蔚　蒋竹云　徐晓斌

见 H5 链接：http://d.eqxiu.com/s/29kjIvzX?

微信图文链接：http://mp.weixin.qq.com/s/ZF0sMVFlq19jxlhcldlUIg

微博链接：https://weibo.com/1914880192/FtlZApO76?from=page_1002061914880192_profile&wvr=6&mod=weibotime

H5 页面二维码

（文汇报官方微信、微博、文汇网、文汇客户端　首发时间：2017 年 11 月 3 日）

申报资料实录

作品简介：

党的十九大召开之后，文汇报新媒体策划推出十九大 H5 系列，用创新表达“学思践悟十九大”。《H5 丨跟着总书记一起重温入党誓词》是该系列中一篇创意之作、重头作品。多家网站在客户端首屏及微博、微信平台转发。

党的十九大闭幕仅一周，2017 年 10 月 31 日，习近平总书记同中央政治局常委在上海集体瞻仰了中共一大会址，并在一大会址纪念馆面对党旗一起重温入党誓词，宣示了新一届党中央领导集体的坚定政治信念。为深入学习贯彻习近平总书记在瞻仰中共一大会址时的重要讲话精神，在报社的精心策划组织下，11 月 3 日，文汇报新媒体在微信、微博、网站、文汇 App 全平台推出互动 H5《【学思践悟十九大】H5 丨跟着总书记一起重温入党誓词》，用生动新颖的样式，仔细回顾了中国共产党成立以来入党誓词的历次变化。

该 H5 中特别嵌入了习近平总书记在一大会址的宣誓原声，鼓励用户录下自己的入党誓词，跟着总书记一起重温入党誓词，用图文、音视频的生动体验，激励广大党员不忘初心、牢记使命、永远奋斗。H5 总点击量超过 18.8 万，在朋友圈转发刷屏，取得了良好的传播效果，提升了主流媒体的传播力、影响力。

网路新媒体

共享单车系列直播

主创人员：集　体

作品网址		
代表作一	标题	激情退却后的中国单车第一镇还好吗？
	网址	http://www.yicai.com/live/5381863.html
代表作二	标题	寻找没有共享单车的城市
	网址	http://www.yicai.com/live/5382266.html
代表作三	标题	你的押金退回来了吗？求解倒闭单车后遗症＃互动送现金＃
	网址	http://www.yicai.com/live/5382807.html

（第一财经-大直播　首发时间：2017 年 12 月 12 日）

申报资料实录

作品简介：

2017 年，最火的资本项目无疑是“共享单车”，从最初的一夜爆红到下半年的相继倒闭，共享单车的商业模式真的那么美吗？年末之际，第一财经大直播以“狂欢过后”为大主题分别从“共享单车激情退却，中国单车第一镇还好吗”“寻找没有共享单车的城市”“求解倒闭单车引发的谜团”等三集进行直播，从商业与产业、商业与用户、商业与社会的多维关系中去探索“共享单车”的商业反思。

内容简介：

1. 第一集《共享单车激情退却，中国单车第一镇还好吗》：从 2016 年至 2017 年，共享单车的出现复兴了上下游产业，尤其是传统自行车制造业。天津市作为中国自行车生产制造最发达的地区，这一年迎来了巨大的机遇。然后事实上并不如大家想象的那样，在所谓的"中国自行车第一镇"天津王庆坨，很多小厂由于共享单车的冲击纷纷面临倒闭，更有在资本最疯狂的时候接了巨额生产订单，最终由于共享单车企业倒闭，而面临压货破产。这集直播就是在天津王庆坨带大家观察被共享单车搞垮的企业，揭开盛宴下的凄凉，同时对比天津自行车生产厂大、中、小三种不同规模的厂，在共享单车浪潮中的生存现状，展示"折叠天津"的真实画面。

2. 第二集《寻找没有共享单车的城市》：这一年共享单车出现在许多城市的大街小巷，改变了人们的出行习惯，甚至还有不少品牌选择了出海。然而，共享单车这种模式也不是适用于所有城市，比如在苏州和重庆，比如出海伦敦水土不服。我们到这些城市去探访，了解他们没有共享单车的原因。并独家采访到第一家倒闭的共享单车悟空单车 CEO、第一家上市的共享单车概念公司永安行。

第三集《求解倒闭单车引发的谜团》：酷骑单车、小蓝单车、小鸣单车等被爆押金无法退回，虽然每个人只是一两百块钱，但是押金总额已经过亿，引发了社会广泛关注。另外，倒闭公司的共享单车们该如何处理，是否有机构回收那些无主的共享单车，这些由于企业倒闭引发的问题如何解决？我们将在小蓝北京总部、代运营小蓝的拜客成都总部、重庆已倒闭的悟空单车 CEO、上海废品回收站、中国再生资源回收中心一同寻找答案。还有 3 家投资共享单车的机构合伙人独家回应共享单车的后续发展问题。

采编过程：

1. 开创新闻纪实调查 + 直播的新表达手段。在所有的采访报道中，新闻纪实调查类的采访相对是较难的，需要编导收集大量的资料以及多方的采访，而将这一形式置于直播中，把整个调查一气呵成地在直播中真实展现出来，无疑对团队带来非常大的考验，如何在直播中找到接近调查核心的主体？如何在直播中挖掘抓拍到生动的现场？万一遇到被拒绝怎么办？这个直播路线该如何设计才是最佳看点路线？这些种种的问题取决于团队对内容敏锐度熟悉度把握以及出镜主持人随机应变能力。从直播的效果来看，这次尝试是成功的，尤其在天津单车小镇上的直播，非常生动鲜活又挖出了有价值的内容，带领观众展现了单车第一镇遇到共享单车后的悲与乐。

2. 产生了多个高质量采访和独家视频。为期3天的直播，团队成员在北京、天津、上海、重庆、苏州、成都和英国伦敦7个城市进行直播报道，前期准备中也采访到不少独家视频、也挖到了一些意外的角度。比如：几番联系终于采访到了第一家倒闭的共享单车悟空单车CEO、第一家上市的共享单车概念公司永安行，挖到的角度包括一个有桩单车的建设成本到底有多少、闲鱼上竟然能退倒闭单车押金等。

3. 充分调用网络直播的手段。本次直播评论互动非常大，留言上万条，这不仅与热点话题有关，团队也在每期直播中设置了与主题相关的奖品，一方面激励大家留言，另一方面希望引流到自己的平台第一财经上面。其次，与美编提早沟通设计动态海报，在每个可能到来的内容节点进行新一轮的社交媒体，所以网友的留言质量也非常高，他们的留言也丰富了直播的内容，拉近了用户关系。

4. 二次传播效果好。虽然直播结束了，不少直播平台主动把我们的直播继续回看推荐至重要位置，这也得益于直播中扎实生动的内容展现。另外，团队迅速剪辑了精彩的短视频用于二次传播，同样也取得了高流量。

独家性体现：

全国第一家运用直播方式进行共享单车悬念式话题调查。

唯一一家用无人机拍摄天津单车小镇进行报道的媒体。

独家视频采访第一家倒闭的共享单车创始人。

社会效果：

全网直播总流量达到300万，直播中的采访短视频经过二次传播达到400万次以上播放量，上万人参与互动，获得了很好的传播效果。

使用参与抽奖方式引流到第一财经平台，动态海报加新闻现场图集进行直播中的即时推广。

推荐理由：

共享单车系列主题紧扣年度热点，是整个主创团队跟踪关注了一整年的话题，筹备期非常长，对于报道主题有较深的挖掘。本次系列直播在紧密的3天时间内，需要呈现7个不同城市的直播画面，直播流程较复杂，各环节衔接要求高。同时，根据直播主题的不同分别邀请了不同的嘉宾和采访对象参与话题，体现了报道的严谨和专业性。

直播团队开创新闻纪实调查+直播的新表达手段。将新闻纪实调查类的采访置于直播中，把整个调查一气呵成地在直播中真实展现出来。为期3天的直播，团队成员在北京、天津、上海、重庆、苏州、成都和英国伦敦7个城市进行直播报道。该报道也创了很多第一：全国第一家运用直播方式进行共享单车悬念式话题调查、唯一一家用无人机拍摄天津单车小镇进行报道的媒体、独家视频采访第一家倒闭的共享单车创始人。

该报道充分运用新媒体传播推广手段，评论互动非常大，二次传播效果好，也给第一财经APP平台导入了大量的新增用户。

《忠诚与信仰》情景党课融媒体直播

主创人员：江小青　张明霞　陈逸洁　袁林辉　周仲洋　王佐宇

见 http://mp.weixin.qq.com/s/MSTKYNgSJt5gg3R-GEpheQ

见 http://m.ajmide.com/touch/pages/forum/audio/history.htm?phid=23447947

（阿基米德早新闻社区、上海新闻广播官方微信等　首发时间：2017年11月6日）

申报资料实录

作品简介：

为重温中国共产党的光荣历史，2017年11月，东方广播中心上广新闻频率联合解放日报和中共一大会址纪念馆，推出《忠诚与信仰》情景党课，以实景表演和朗诵的形式，精心演绎了李大钊、毛泽东等中国共产党主要创始人的作品。来自广播、报社的采编播人员从幕后走到台前，为听众讲述了中国共产党经百年长河中一个个生动的故事。

"忠诚与信仰"情景党课不仅重视声音的表现力，更强调现场的画面感、真实感，以创新的技术手段实现了情景党课中各个场景主持人声音传播的无缝衔接。保证了音频清晰、完美的传送，让现场参观者在进一步了解中国共产党创建历史的同时，更能真实感受百年岁月的风云激荡。

2017年11月，中宣部副部长蒋建国、上海市委宣传部部长董云虎等人分别观看了情景党课，并予以充分肯定，认为这是党史教育探索出的一条新思路。彰显了主流媒体创新传播形式的社会效应。情景党课通过音、视频直播、图文直播的方式在上海新闻广播官方微信、看看新闻网、阿基米德社区进行了立体式传播，同时上观新闻、澎湃新闻以及腾讯、新浪等多家门户也对情景党课进行了报道，取得了良好的社会效应。

推荐理由：

"忠诚与信仰"不仅是一场大型现场直播，同时，它也是一场联合多方力量的线下活动。项目整合了解放日报、中共一大会址纪念馆、东方广播中心多个频率的优质资源，共同传播红色因素。

"忠诚与信仰"更是一场内容丰富、形式多元的党史教育，它融合了历史解读、场景再现、戏剧表演等多种形式。情景党课播出后，包括人民日报、央视网、新华社、解放日报、新闻晨报、新民晚报、东方卫视、上视新闻综合、澎湃新闻、上观新闻、新浪视频、腾讯视频、优酷视频、网易新闻等30多家媒体进行了报道。中共上海市委常委、宣传部部长董云虎高度评价了这一堂情景党课，并专门要求上海电视台进行了完整的录制，与党员干部共同学习。"忠诚与信仰"情景党课也被纳入"党的诞生地发掘宣传工程"，为更多社会公众做好服务，让红色基因融入城市血脉，以凝聚起强大精神力量。

网络新媒体

造飞机四十年，他有一双这样的手！

成天加班，他却还没见过C919

主创人员：孟诚洁　杨黎萱　陈　霞

见 http://mp.weixin.qq.com/s?__biz=MzAxODE4NTAwOA==&mid=2650812238&idx=1&sn=810f9042aea2c271fed87891666ee98e&chksm=802ea111b7592807a7ffebcec608cf432f944be0e5047b7a2dafec12e1585d20f17184ad0e13&mpshare=1&scene=1&srcid=04089iJI3ZN9qULCH3QYGFgs#rd

（上海广播电视台微信公众号“话匣子”　首发日期：2017年2月16日）

申报资料实录

作品简介：

这篇报道源于记者的独家采访，展现了中国商飞生产一线一双饱经风霜的劳动者之手。这双手的主人——59岁的下料工周家有，由于工艺规范要求，他操作机器时不能戴手套，双手与切削液等物质“亲密接触”近20年，皮肤干枯龟裂，像“树皮”一样，“蚊子都叮不进”。回到家里，女儿不让他抱外孙女。一到冬天，双手更是钻心地疼。但老周却把这双手看作是老师傅的“军功章”，为了民机事业一丝不苟、矢志不渝。

记者在采访中国商飞C919大型客机首飞前的攻关情况时，从一位技术人员的微信朋友圈里看到这双粗糙斑驳，极具视觉冲击力的手，顿时引发了记者的好奇。这是谁的手？为何如此沧桑？几经寻找、联系，记者在生产一线采访了这双手的主人周家有，了解到他这双手是在二十年如一日的切削加工中变成这样的。采访中，周家有的爽朗豁达，以及他对于加工精度的一丝不苟，对产品质量的孜孜以求，对记者产生了很大的触动。虽然在高精尖的民机制造中，老周的工作谈不上有太高的技术含量，但爱岗敬业，精益求精的工匠精神却是完全相通的。记者在录音采访之余，还用视频记录下老周的工作，写成了这篇稿件。

这篇稿件在“话匣子”微信公众号、头条号、微博、网易号推出后，累积阅读量超20万，收获网友评论、留言近2000条。大量网友向周师傅致敬、点赞，并祝愿C919大型客机不负众望，一飞冲天。很多网友还由此就工匠精神的培育和传承展开了思考和讨论。

这篇报道还被市委网信办推荐全网推送，上观、澎湃、新民晚报、新闻晨报、观察者网等都在其客户端、网站、公众号的显要位置进行了转载。国务院国资委的官方微信号“国资小新”也联系“话匣子”进行了全文转载，全网累积阅读量应有上百万。

推荐理由：

这篇报道用融媒体的方式讲故事，从一双手到一个人，再从一个人到一个群体、一项事业，以小见大，以真动人，以情感人。图、文、视频元素齐备是一大亮点，着力突出细节，增强了报道的感染力。尤其是1分多钟的短视频，把老周的工作具象化，让读者一目了然。

记者在写作时，特别强调了这双手之所以如此，主要是长年累月的时光造就的。老周切割的材料，不仅用于C919和ARJ21这些国产民机，还用于转包生产的波音737平尾，以此着力避免让读者产生“C919生产工艺落后”的误判，充分而准确地展现了航空人爱岗敬业，精益求精的工匠精神。

上海四年级小学生骑小黄车被撞身亡！谁为他打开了这把“死亡之锁”？

主创人员：张海新 李宏洋 王佳妮 徐 程 蒋心予

见 https://mp.weixin.qq.com/s/VVgZjy2Qlrr00XtJljN7Ew

见 http://mini.eastday.com/a/170327201242193.html

（东方网、东方网官方微信公众号、翱翔客户端、东方头条、东方网微博

首发时间：2017 年 3 月 27 日）

申报资料实录

作品简介：

2017 年 3 月 26 日，上海天潼路，一位 11 岁男孩在使用共享单车过程中与客车相撞被碾压身亡。这是发生在上海的首例不满 12 岁未成年人使用共享单车致死案例。

按照道路交通条例规定，驾驶自行车必须年满 12 周岁。针对“共享单车锁具存多种安全隐患”“未成年人如何绕过身份验证骑行上路”等热点问题，东方网记者第一时间到共享单车集散点实地展开调查，实地查看了数十辆共享单车锁具情况，统计了这些锁具存在的“车辆未锁”“锁具秒开”“锁具损坏”等多种威胁未成年人的安全隐患的现状，以真实数据反映了部分共享单车“随骑随走”的不设防状态。3 月 27 日，东方网于悲剧发生第二日发布独家稿件《上海四年级小学生骑小黄车被撞身亡！谁为他打开了这把“死亡之锁”？》一文，率先对 ofo 小黄车锁具存在重大安全隐患问题提出质疑和反思，并向家长、社会与共享单车企

业等各方发出安全提醒。

稿件刊发后，3 月 28 日凌晨，涉案共享单车单位 ofo 接受采访时表示，将研究有效防范机制，屏蔽 12 岁以下新用户。针对东方网提出“锁具可轻易打开”等问题，企业回应将更新整改。

稿件刊发当日内，近万名网友在东方网本平台阅读，稿件获全网多家媒体转发，国内、上海市众多媒体对小黄车锁具问题等进行跟进报道。

推荐理由：

共享单车发展如火如荼，这篇报道通过血的教训对共享经济隐藏的安全隐患进行反思。2017 年初，儿童随意使用共享单车的现象比比皆是：脚还够不到地，未成年人却已经在骑着共享单车满大街转悠。稿件关注到共享单车在为用户解决“最后一公里”痛点的同时，也因各种各样的监管和使用问题而隐藏重大安全隐患。稿件深入浅出地分析了事故现象、事故原因，以血的教训引发舆论关注，推动了共享单车安全监管的深入和法律规范的健全。

上海城市基层党建

主创人员：集　体

作品网址		http://sh.xinhuanet.com/zhuanti2017/shdj/index.htm
代表作一	标题	上海虹梅庭党建三大妙招“圈粉”记
	网址	http://sh.xinhuanet.com/2017-07/07/c_136424835.htm
代表作二	标题	闵行样本：党建引领打通服务群众“最后一公里”
	网址	http://sh.xinhuanet.com/2017-07/13/c_136435007.htm
代表作三	标题	陆家嘴金领驿站：将党旗插在城市最高处
	网址	http://sh.xinhuanet.com/2017-07/18/c_136453490.htm

（新华网上海频道　首发时间：2017 年 7 月 1 日）

申报资料实录

作品简介：

2017 年 7 月 18 日，为期两天的全国城市基层党建工作经验交流座谈会在上海召开。作为党的诞生地，上海一直把党的建设贯穿于基层社会治理的各方面和全过程。10 万多基层党组织，逾 200 万党员，上海创新性地开展园区党建、楼宇党建，建立党建服务站点，在服务党员，服务员工中实现凝聚引领，使党的组织遍布城市的每一个角落。

新华网历来重视党建宣传报道，为反映上海城市基层党建工作先进经验，加强和创新上海基层党建新路的宣传报道,新华网上海频道在中组部和上海市委组织部等上级部门的指导下,以此次座谈会为契机,成立跨部门的专题报道小组,推出大型融媒报道专题,全方位、多角度聚合展示了上海城市基层党建相关报道,使其成为全国各地乃至全世界了解上海城市基层党建的窗口。

专题页面风格端庄大气,栏目设置多样合理,版面安排重点突出,既能满足网民的多元需求,又兼具中央媒体的权威公信。专题开设的权威发布、党建动态、基层观点、高清大图等栏目简洁明快又突出主题,开辟最新报道专区,及时传递上海城市基层党建的新进展、新典型、新做法。在专题设计制作中,特别对手机端进行了专项开发,充分考虑用户阅读习惯,优化页面交互模式,使手机端专题浏览效果更加自然、流畅。数据新闻、短视频等表现形式展示了融媒化、可视化、跨终端的特点,体现融媒报道特色。

此外,新华网上海频道还组织采编骨干力量深入一线,到街道、社区、楼宇等基层,采写与拍摄了一大批"沾泥土、带露珠、冒热气"的鲜活案例与素材,反映了上海基层党建的生动实践。不少原创稿件被东方网、上海热线,今日头条、搜狐、新浪等网络媒体与微信公号转载转发,影响力进一步扩大。

其中,《【创新】寻找超大城市新路上海推出基层党建"20 条"》《徐汇虹梅庭党建三大妙招》等稿件刚一推出,就被拥有 1600 万粉丝的中组部官方微信公号"共产党员"抓取转发,阅读量与点赞数在同类型稿件中排名前列,获得极大反响。上海市基层党建微信公号也在第一时间,以题为《【探索】共产党员微信号报道:徐汇虹梅庭党建三大妙招》的标题对新华网采写的稿件进行了二次推广传播,引发党员强烈共鸣。

专题获得社会各界与上级部门的一致好评。其中,黄浦区五里桥街道是李强书记到上海调研首站,作为上海基层党建的老典型和名片,新华网采写的稿件受到当地有关部门的肯定和赞扬。五里桥街道党工委书记认为稿件内容观点鲜明、总结到位,同时专题新颖,可读性强。

沪东新村街道党工委书记董建敏表示,沪东新村街道党工委党建项目"沪东微心愿"获全国城市基层党建创新最佳案例奖。新华网稿件作为报送材料组成部分,为奖项评审起到重要作用。

静安区白领驿家党总支书记、理事长史逸婵说,新华网采写的稿件观点犀利,抓到了"社会化平台亮出'红色'底牌,又'红'又'潮'用他们'语言'做党建"的新闻点；也总结了白领驿家成立八年的历程，该文也在白领及行业中广泛传播好评。

嘉定区委组织部表示，新华网城市基层党建专题作为党建报道的集中展示平台之一，集聚着全市党建报道的精髓，为党建学习提供了一个好的平台，为这个专题点赞。

“上海城市基层党建”专题一经推出，阅读量节节攀升。这一专题还参评新华网 2017 年精品报道，并在新华网首页重点展示，在新华网旗下各新媒体终端作重点推荐。截至目前，专题累计点开数超 100 万次，全渠道访问量总计近 500 万。

《我是工人》系列视频

主创人员：田　静　周　甸　张荣祥　王唯闻　张林峰

网站链接：

http://gov.eastday.com/ldb/node25/n52728/u1ai356395.html

App 链接：

http://ldb3.cms.palmtrends.com/sphtml/?id=32600

微博链接：

https://weibo.com/tv/v/FmopY2gjt?fid=1034:c3ef916ea059fc06276696da5f633edf

微信链接：

https://mp.weixin.qq.com/s?__biz=MjM5MDYyMTEwOQ==&mid=2650985630&idx=1&sn=abf0f778f3dd51f75a557c202d3cc6a2&chksm=bdb478448ac3f15216b599b73e9ace05a9d8165e090f4d7dee2165654051ecc5cc7c16385a82&mpshare=1&scene=1&srcid=0315uaM6CBHqaecjCQaAaIa0&pass_ticket=r6xq7TzKet1CmBYVxVDfDkOYo83fPq%2FOijmh6221dmA%3D#rd

（劳动报网站、手机报、APP、微博　首发时间：2017 年 9 月 15 日）

申报资料实录

作品简介：

根据中共中央、国务院印发《新时期产业工人队伍建设改革方案》，在此背景下，我们策划了该系列视频。从身份认同，使命传承，梦想渴望三个角度出发，提问环环相扣，先抑后扬，整个视频层次感明晰，层层递进，讲述了如何造就一支有理想守信念、懂技术会创新、敢担当讲奉献的产业工人队伍。

该视频从前期策划、撰写采访提纲、到中期搭棚、打光、录制，再到后期视觉包装、特效设计，都由劳动报新媒体完成。该视频使用纯黑的背景，辅以独特的布光方式，令读者感到整个片子的庄重氛围和深沉主题。在布光上，使用伦勃朗布光法突出了每一个工匠的人物风采，高光和阴影的对比更能凸显出该视频的思辨力度，配以有节奏起落的背景音乐，营造出深度访谈的氛围，进一步增加了感染力。

该视频发布后，腾讯视频阅读数逾 5 万，全国总工会微信头条推送。网友评论踊跃，纷纷表达了对产业工人的尊敬。为十九大胜利召开烘托了积极向上的舆论氛围，提前呼应了十九大报告中提出的“建设知识型、技能型、创新型劳动者大军，弘扬劳模精神和工匠精神，营造劳动光荣的社会风尚和精益求精的敬业风气。”

在视频结尾，上海市总工会党组书记、主席莫负春提出产业工人队伍建设要求：进一步增强产业工人的主人翁地位，进一步提高产业工人的能力和素质，进一步提高产业工人的政治和经济待遇。该视频紧扣时代主旋律，通过新媒体创新形式，弘扬劳动精神、工匠精神，营造劳动光荣的社会风尚和精益求精的敬业风气，引导广大职工立足岗位、精研技艺，大胆创新、敢于突破，在决胜全面建成小康社会，开启全面建设社会主义现代化国家新征程中发挥工人阶级主力军作用。

推荐理由：

该系列视频策划性强，选题意识敏锐，形式生动新颖，内容感人走心。深入贯彻落实中央要求，将时代精神融于新媒体风格中。促进产业工人在社会地位的进一步提升，加强和谐劳动关系的建设与发展，凸显“中国梦·劳动美·职工情”的时代精神。

看了“00后”画的黑板报，整个人都觉得老了

主创人员：陈晓颖　唐昱霄　黄　烨

见 http://mp.weixin.qq.com/s?__biz=MjM5MzY4ODcyMA==&mid=2657765529&idx=1&sn=d25385de21284c5d903ea8fc73968783&chksm=bd0dd5668a7a5c7012db57d77017653c189e249445669d3d76f59d14052f15ec07a5c7e9b540&mpshare=1&scene=23&srcid=0316LWTOeamf2wOnPDTmBxzL#rd

（青春上海微信　首发时间：2017年1月9日）

申报资料实录

作品简介：

《看了“00后”画的黑板报，整个人都觉得老了》是《青年报》与“青春上海”微信端融合报道的优秀作品。该篇文章一方面图文并茂地展现了当下青少年学生创新黑板报的形式，另一方面宣传了上海各级团委如何“优化途径”，让“00后”学生在趣味中深入接受新时代的价值观。

采写此篇文章的青年报·青春上海记者负责共青团条线。她通过松江团区委了解到，上海松江某高中的学生为获得每学期的校园黑板报评比奖项，把黑板报“画活了”。3D立体、动漫形象、经典油画与黑板报的宣传功能相结合，吸引了更多学生的关注。青年报·青春上海记者为展现新式黑板报，第一时间到松江四中了解情况。在现场，青年学生把黑板报“改良”，如同一幅幅色彩明艳的油画，展现出当代学生校园中的新风貌。记者在采访中也感受到了每个班级特色板报的视觉冲击。

观感较强的新闻应通过新媒体实现更深入的传播。记者与编辑团队在沟通后，决定以多图配以活泼的文字在“青春上海”微信平台宣传。为获得更多讯息，记者通过团市委联系到上海部分初、高中的团委书记，了解上海其他学校内还有哪些富有活力的黑板报形式。经过多日实地采访，记者锁定了七宝中学、上海戏剧学院附属高级中学等学校，了解更多创作“新式”黑板报背后的故事。在展现学生作品的同时，记者“揭秘”了制作的流程与技巧。文章通过展现学生们在黑板报上的创新想法，突出表现了当今学生的活力。

1 月 9 日，该篇文章以图文穿插的编辑形式在“青春上海”微信公众号推送。此篇报道在发布当天受到了广泛关注，发布 24 小时内获得了 10 万的阅读量。多家网络媒体进行转载。1 月 10 日，“创意黑板报”的深度报道《中学生诠释新一代“宣传委员”的满满创意——将校园黑板报变成“你的名字”》刊登于《青年报》A05 青年版面上。媒体融合报道产生了影响力。1 月 10 日，共青团中央微博、搜狐网、新浪网、凤凰网、观察者网等网络媒体纷纷转发。在留言中，不少网友表示，如今 00 后青少年有着十足的创造力。

截至提交申请材料时，《看了“00 后”画的黑板报，整个人都觉得老了》共有 19.29 万阅读量，813 次“点赞”，并获得了 2016—2017 学年度“上海教育新闻奖”最佳新媒体奖。

推荐理由：

《看了“00 后”画的黑板报，整个人都觉得老了》在内容选材上体现了媒体作品的青年属性。在表现形式上，该篇文章用“接地气”的文字拉近与读者的距离。在影响力上，该篇推送发布一天内获得 10 万点击量，得到多家网络转发，极大化展现了新时代青年学生的创新活力，起到了良好的宣传作用。

周到体验|跑遍上海10个区30座公厕，你猜女性上厕所的体验好了吗?

主创人员：毛奕云　杨婷婷　陈　申　慧　智　吴　琼　唐　玮

见 http://static.zhoudaosh.com/files/C9881A10C14DFB9449CB8B4A32C8BD988E3295A6C8C8BC8E86F53365825C1090/eb29d178a4390007c1c8e320949d16228a0bf846.html

（周到上海 2017 年 12 月 11 日）

申报资料实录

作品简介：

本系列作品，由新闻晨报周到客户端记者发挥“走转改”的精神，在“公厕革命”的主题下，实地探访了黄浦、徐汇、长宁、静安、普陀、宝山、虹口、杨浦、闵行、浦东新区 10 个区 30 座公厕，对于女性舒适度问题进行了详细的调查。与此同时，记者充分运用“大数据”，利用上海市绿化和市容管理局公布的政务大数据做了详尽的统计分析，对于男女厕所数量和不同区县的分布做了细致的分析，并提出了提升女性公厕设备的合理化建议。

推荐理由：

本报道从个案到全貌，从现场到大数据，从文字到制图，充分利用了新媒体的呈现手段，充分利用了定量分析，以全新的报道形式呈现了上海公厕的“女性友好度”，对于新媒体报道的方式做了探索。

动画 RAP 歌曲《砥砺奋进的中国精神》

主创人员：集　体

见 http://www.thepaper.cn/newsDetail_forward_1827335

（澎湃新闻网　首发时间：2017 年 10 月 17 日）

申报资料实录

作品简介：

党的十九大 10 月 18 日在北京召开。澎湃新闻联合求是网特别制作 RAP 歌曲《砥砺奋进的中国精神》，以习总书记提倡的近 30 种“中国精神”为核心歌词，致敬砥砺奋进的五年，致敬这个时代的伟大精神。

推荐理由：

澎湃新闻创立以来首次采用 MV 说唱形式报道严肃时政新闻，上线后一天内，流量累计近 1800 万，反响显著。

“区长一诺”专题报道

主创人员：集　体

传统媒体见：东方广播中心 AM990/FM93.4,990 早新闻 2017 年 7 月 11 日

新媒体见：微信公众号“话匣子”2017 年 7 月 11 日

作品网址		https：//mp. weixin. qq. com/s? __biz = MzAxODE4NTAwOA = = &mid = 2650817546&idx = 1&sn = d72a43a9317eeb46489f5648d69361e5&chksm = 802eca55b75943439323b43c3910ce3dfaeb2577b2eafb7074bd3e79c20694bca1ba90b3bd1a#rd
代表作一	标题	【区长一诺】何必飞去国外海滩扎堆？金山区长带你看美得不要不要的金山城市沙滩！
	网址	https：//mp. weixin. qq. com/s? __biz = MzAxODE4NTAwOA = = &mid = 2650817546&idx = 1&sn = d72a43a9317eeb46489f5648d69361e5&chksm = 802eca55b75943439323b43c3910ce3dfaeb2577b2eafb7074bd3e79c20694bca1ba90b3bd1a#rd
代表作二	标题	【区长一诺】浦东区长带你看浦江最美东岸！待今年底，再约浦东全部 23 公里滨江长廊！
	网址	https：//mp. weixin. qq. com/s? __biz = MzAxODE4NTAwOA = = &mid = 2650817156&idx = 1&sn = 64707bdd5faff029740a71d4019e9e89&chksm = 802eccdbb75945cdaf1708f2f97565c15930dc62b700adca25903b29cd5360cca77c3eef3d4b#rd
代表作三	标题	【区长一诺】徐家汇的工地围栏居然美成这样?! 城市管理“绣好花”，徐汇区长有 24 字秘籍
	网址	https：//mp. weixin. qq. com/s? __biz = MzAxODE4NTAwOA = = &mid = 2650817111&idx = 1&sn = cc3ab57101a11a8784f44bca945bf8cd&chksm = 802ecc08b759451e5eb0f99453736914c48

续　表

作品网址	https://mp.weixin.qq.com/s?__biz=MzAxODE4NTAwOA==&mid=2650817546&idx=1&sn=d72a43a9317eeb46489f5648d69361e5&chksm=802eca55b75943439323b43c3910ce3dfaeb2577b2eafb7074bd3e79c20694bca1ba9	
		8c768237a2a72733e919fde3c19f47c2d45f98995#rd

申报资料实录

作品简介：

夏令热线之区长热线是上海广播的老牌传统节目，区长可直接通过广播节目，了解、解决老百姓的急难愁问题。不过，受限于传统广播的形式，以往，通常区长只是在直播间里，接听老百姓的电话。融媒体时代，如何让新传播手段进一步助力传统广播？东方广播中心融媒体内容产品“话匣子”对2017年的“区长热线”进行了提前策划。通过邀请上海各区区长现场拍短视频的方式，让区长和老百姓能直接面对面。比如，浦东新区区长杭迎伟和话匣妹漫步在黄浦江边，展示滨江贯通成果；静安区区长陆晓栋面对话匣子的镜头，动情地讲述“悬空老人”下楼如何不便，区政府如何着手解决这一困局；金山区区长胡卫国带着话匣妹，探访了上海的美丽海洋、生态海岛和滨海花园城……16个区16位区长，主动展现各区民生工作重点，深入基层与老百姓互动。

“区长一诺”融媒体专题报道在微信、微博、阿基米德社区、新浪网、今日头条、网易号、企鹅号等多个平台上，进行了广泛地转载和传播，平均阅读量过万，多篇稿件及视频传播量超过10W+，各区政务微信也纷纷转发。在融媒体时代，网络“自媒体鱼龙混杂”的现状下，发出了主流媒体的声音，增加了上海广播的显示度，传递了正能量。

推荐理由：

“区长一诺”融媒体专题报道选择了一个“小切入口”，以“区长一诺”作为主题，将上海16个区近期的重点民生工作一一呈现。尤其是对夏令时节，容易产生的一些老百姓关心的急难愁问题，进行聚焦，以政府部门主动回应、主动作为的形式，做好政府和百姓间的沟通桥梁。该报道形式新颖，突破了传统广播的框架，进行了上海广播前所未有的尝试——即邀请上海各区的区长，带着记者，深入基层，现场与老百姓交流，体验、讲述本区近期的重点民生工作。该报道表现形式呈多样化，有图文、有短视频、有短音频等，适合互联网+时代的新闻传播，取得了良好的传播效果。

“营养午餐”的毕业答卷

主创人员：集　体

传统媒体见：上海广播电视台东方卫视《东方新闻》2017 年 7 月 8 日、9 日、10 日

新媒体见：看看新闻网、看看新闻客户端 2017 年 7 月 10 日～14 日

http://www.kankanews.com/a/2017-07-10/0038065124.shtml

http://www.kankanews.com/a/2017-07-12/0038068224.shtml

http://www.kankanews.com/a/2017-07-11/0038067217.shtml

http://www.kankanews.com/a/2017-07-14/0038071272.shtml

http://i.h5.kksmg.com/v3/idea/9nZaFLjf

申报资料实录

作品简介：

上海电视台融媒体中心自 2017 年 7 月 8 日起推出了反映“营养改善计划”实施六周年的《“营养午餐”的毕业答卷》系列报道，表达方式创新，采访扎实鲜活，生动呈现了六年来国家花费 1591 亿为偏远地区农村学生提供午餐这一极具深远意义的实事工程。当前，我国有 4000 万儿童生活在集中连片特困地区，保障儿童营养有利于阻断贫困代际传递；他们的健康成长，关系一个个贫困家庭的未来和希望。

记者通过走访贵州、宁夏、四川、湖南四个省区的基层学校和学生家庭，将“营养改善计划”给这些家庭所带来的真切变化呈现出来。在表达方式上积极创

新；在移动端，采取了“竖屏”短视频、H5、“语录体”短视频等多种不同风格；在电视端，制作了《东方新闻》系列报道和《1/7》专题，全产品链分发，呈现了营养午餐改变童年的暖心故事和这背后深刻的政经逻辑。

表达方式创新，竖屏视频亮眼，内容扎实发人深省

作为系列报道的第一弹，竖屏形式的短视频《这顿饭，花了国家1500亿，但是值！》聚焦山村孩子上学路上的不易，以极具冲击力的视角将细节呈现到极致，同时也为手机端受众带来了不一样的观感体验。此外，H5产品《四块钱改变的人生》运用卡通漫画的可爱形式拉近与受众的距离，生动地展现出这顿午餐对于3600万个家庭的改变。

全系列共在移动端推出4篇图文报道（配短视频）和一篇H5，内容包括“营养改善计划”溯源，民间行为撬动政策；“营养改善计划”背后严密的政经逻辑；“营养改善计划”在全国多省区实施的具体情况；“营养改善计划”中仍有48%的学校未做到“基本达标”的原因，这些连续报道形成了规模效应。精心制作的竖版视频和H5报道在微信微博等社交媒体上分发，形成了矩阵式传播的规模效应。

采访深入细节生动意义深远

（融媒体中心记者分赴贵州、宁夏、四川、湖南四地进行采访）

在贵州省黔西县，记者实地探访了第一所开展营养午餐的学校，校长方坤友告诉记者，现在学生的生活已经发生了巨大的变化，以前经常有孩子“生病”，在课堂上无精打采；但吃过一包方便面之后，立刻又生龙活虎了。原来，由于经济贫困，很多孩子都没有条件吃中饭，他们不是生病而是饿。2011 年，学校开始实施营养改善计划之后，每个孩子中午都能在学校领到足量的午餐。计划实施六年之后，学生们的体质已经获得了长足的进步，现在孩子不仅上课有精神，下午还有余力踢一场足球，甚至爱好舞蹈的孩子还可以在放学后去学校的“街舞班”学习跳舞，真正做到了德智体美全面发展。

在宁夏回族自治区，同心县王团镇中心学校校长李宗英告诉记者，除了中央财政拨付的四元之外，县财政还为每个学生每天额外补贴一元的经费，保证了每个学校都能实现顿顿有牛肉。除此以外，自治区教育厅还为每个学校拨付了专门修建食堂的经费。在王团镇的各个学校，形成了一套完整的记账记录，计划实施六年来，每天的菜谱都要求纪录入账。不仅如此，2015 年宁夏回族自治区开始推行营养改善计划信息网上公开，每一个学校的食材信息、菜谱管理都必须同步登记入网，接受区教育厅的实时监督，也整因为这一系列举措，同心县的多个学校在评比中名列前茅。在今年教育部委托评选出的全国 20 所优秀学校中，有 5 所都来自于同心县，3 所来自于同心县的王团镇，其中的经验，颇值得学习传播。

除了挖掘营养改善计划实施过程中的优秀经验，系列报道也注重观察各地在实施过程中遇到的困惑和出现的问题。在四川省南江县，就存在部分学校无法全面推行食堂供餐的问题，个别学校只能为孩子提供牛奶和面包，这样的午餐在营养价值上显然无法和有菜有肉的正规午餐相比。而在全国范围内，这样无法实现全面共餐的学校还不在少数。由于一些贫困县市财政困难，很难在财政上再对营养改善计划给予补贴。为了解决这一难题，湖南省新晃县引入了民间公益组织“免费午餐计划”，县教育局副局长吴海燕告诉记者，“免费午餐计划”为该县提供了食堂人员工资、食堂配套餐具、补贴餐费以及场地水电等费用，“免费午餐计划”工作人员莫剑透露，六年来该计划已经在该县累计投入了超过 1600 万元资金，是营养改善计划强有力的补充。

全平台分发，覆盖最多的受众

除了移动端的系列产品，7 月 8 日起，《东方新闻》连续 3 天推出了深度系列报道《“营养改善计划”调查报告》，从“学生生活的全方位改变”“执行的制度保障”“资金的多元化筹措”等多个角度着手，全方位展现了“营养改善计划”是如何在全国范围内的推行。这一系列深度报道，既呈现了各个地区因地制宜做出的探索，也发现了现阶段仍然存在的问题，为“营养改善计划”下一阶段的工作推进提供了参考。

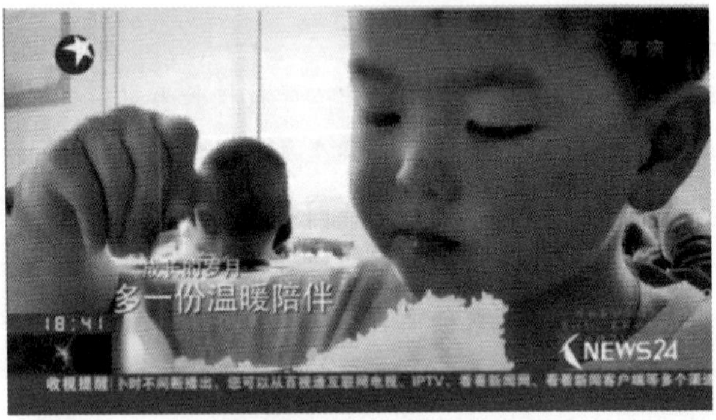

《“营养改善计划”调查报告》系列报道

除了在《东方新闻》推出系列报道之外，这些拍摄素材还剪辑播出了《1/7》专题《一顿午餐改变童年》。

纵观整个系列报道，角度丰富，调查深入，案例翔实，真实地展现出了“营养改善计划”的实施情况，总结出了经验，也提出了问题。在传播形式方面也推陈出新，把最感动人心的故事以最温暖的形式讲述出来。

营养改善计划关乎国计民生，意义十分重大，是扶贫工作中的重要一环。如何有效执行这一计划，让贫困地区的人民享受到切实的关怀，深度系列报道《“营养午餐”的毕业答卷》无疑提供了宝贵的资料和借鉴。

推荐理由：

整个系列报道，角度丰富，调查深入，案例翔实，真实地展现出了“营养改善计划”的实施情况，总结出了经验，也提出了问题。在传播形式方面也推陈出新，把最感动人心的故事以最温暖的形式讲述出来。

全系列共在移动端推出4篇图文报道（配短视频）和一篇H5，内容包括“营养改善计划”溯源，民间行为撬动政策；“营养改善计划”背后严密的政经逻辑；“营养改善计划”在全国多省区实施的具体情况；“营养改善计划”中仍有48%的学校未做到“基本达标”的原因，这些连续报道形成了规模效应。精心制作的竖版视频和H5报道在微信微博等社交媒体上分发，形成了矩阵式传播的规模效应，全网点击量共计5892362。

除了移动端的系列产品，7月8日起，《东方新闻》连续3天推出了深度系列报道《“营养改善计划”调查报告》，从“学生生活的全方位改变”“执行的制度保障”“资金的多元化筹措”等多个角度着手，全方位展现了“营养改善计划”是如何在全国范围内的推行。

营养改善计划关乎国计民生，意义十分重大，是扶贫工作中的重要一环。如何有效执行这一计划，让贫困地区的人民享受到切实的关怀，深度系列报道《“营养午餐”的毕业答卷》无疑提供了宝贵的资料和借鉴。

红色基因专题报道

主创人员：集　体

传统媒体见：《新闻晨报》红色基因特刊特1－特8版2017年8月1日

新媒体见：新闻晨报微博、新闻晨报微信、测测你的红色基因H5

微博链接：

https://m.weibo.cn/status/4135850671318630?wm=3333_2001&sourcetype=weixin&featurecode=newtitle&from=singlemessage&isappinstalled=0

微信链接：

https://mp.weixin.qq.com/s?__biz=Nzg1MzAxMTgx&mid=2654445764&idx=1&sn=1d115988480f7eccd0d39bd7a613edfe&chksm=1d3249162a45c000d5d2c31373c51b71e8cc9903d6166e1f94f9312285360d8d4d6abb4d085c&mpshare=1&scene=1&srcid=0305xVHDSED8JzUxOHNw1590&pass_ticket=iUCY4PCBG211HskVku%2FCVqQxBfAWmnQC0Nub9vH8Ci9QgK15Z%2Fe5sWoW66mftbHC#rd

申报资料实录

作品简介：

为纪念人民军队建军90周年，新闻晨报策划了一期《红色基因》专题报道，并且在策划一开始就将其定位为报纸与微博、微信等新媒体的融合报道。

晨报记者分别采访了罗援少将、刘明福大校、陈虎大校、徐勇凌大校、李杰大校等国内权威军事问题专家，从忠、仁、毅、烈、威、智等方面，回顾我军的光荣历史、展望人民军队的辉煌未来，弘扬解放军精神。

除了选用相同的logo和基本内容，报纸与新媒体根据各自的传播特点分别进行了编辑处理。特别值得一提的是，在“测测你的‘红色基因’”栏目，报纸采用的是文字选择题，两微则采用了专门制作的H5，用户通过听战斗影片的音频原声在手机上进行答题测试。

实践证明，这次融合报道取得了良好的传播效果，尤其是创新报道模式的“测测你的红色基因”H5，迅速获得超过60万的点击量。网友在晒自己通过测试取得的“军职”的同时，纷纷留言祝人民军队生日快乐，向最可爱的人致敬……

推荐理由：

这是一次真正的融合报道，策划之始就考虑到不同平台的传播特点。选取报纸、微博、微信、设计制作等多个部门的精兵强将，用精心的采访、精美的编辑、精巧的设计，在传统媒体和新媒体上都取得了良好的传播效果。同时也为今后的融合报道取得了宝贵的经验。

2017 年 8 月 29 日《青年报》焦点 A04—05 版

作者：马　鈜　施伟杰　胥柳曼

A04–05 焦点

8周，432个办班点，超1万名志愿者，覆盖小学生近5万人次　2017年爱心暑托班完美结业

让家长与学生“放心又开心”　让整个夏天“快乐不简单”

安全保障“不简单”

开设网络直播让家长放心

课程设置“不简单”

上食品安全课　学各类新技能

区委书记进课堂来讲航天课

与“千人计划”教授一起做实验

上海电信暑托班让“电信二代”了解电信

青联委员对接团区委　暑托班进养老社区

“巡视员”巡查质量与安全

（《青年报》2017 年 8 月 29 日）

申报资料实录

作品简介：

8 周，432 个办班点，超 1 万名志愿者，覆盖小学生近 5 万人次，“快乐不简单”了整个夏天的2017年上海市小学生爱心暑托班在上周完美结业。青年报在2017年8月29日A04—05的跨版报道了已连续第四年成为市政府实事项目的爱心暑托班。在暑托班里，“快乐”体现在孩子们的笑脸上，而“不简单”的内涵更为丰富。办班主体“朋友圈”不断扩大，企业单位、青联委员各方协力，加入办班队伍中。首次采取的网络直播，青年汇智团成员巡视，多方保障爱心暑托班的安全。

推荐理由：

编辑用对仗形式的标题，点出了爱心暑托班给家长和孩子带来的影响和对社会带来的变化。图片的选取则与标题产生联动，用孩子们的笑脸营造出了“开心又放心”“快乐不简单”的气氛。在版面的编排上，则按不同的侧重点把稿件分成了三个“不简单”，并利用成组图片、铺底、加栏题等手段对版面进行科学合理的分区。后期制作时又对所有标题仔细推敲，力避类似稿件易用的老话套话，争取精彩、准确。使整个版面内容与形式较好地获得了统一。

2017 年 12 月 29 日《劳动报》——劳动观察 P1 版

作者：陈 烺 傅 樑

劳动观察
劳动报
记者走一线
走基层|转作风|改文风
2017-12-29 星期五
V I E W P O I N T
伟大而光荣的上海工人
谢谢你们！
四十五公里滨江岸线将迎来全线贯通开放

（《劳动报》2017 年 12 月 29 日）

申报资料实录

作品简介：

内容上从杨浦大桥到徐浦大桥，45 公里滨江岸线即将迎来全线贯通！

这条全新的“天际线”，成为了上海这座国际性大都市一张新的风景名片。

编排上按照视觉规律、力学原理、心理特性、审美法则进行的创造性的组合。是使用视觉化的空间来展现内容之间关联性的设计技法使版式新颖大气。

推荐理由：

内容扎实，版式新颖大气。

2017 年 10 月 26 日《新闻晨报》A1 版

作者：李　明　吴志浩　李道权

十九届一中全会
产生中央领导机构

习近平任中共中央总书记、中央军委主席

新闻晨报

2018 年

2019 年

2020 年

2021 年

中共十九大举世瞩目

中国共产党是世界上最大的政党

大就要有大的样子

（《新闻晨报》2017 年 10 月 26 日）

申报资料实录

作品简介：

《大就要有大的样子》，采用头版与封底打通的做法，克服了小开张报纸的不利条件，内容编排上确保既遵守重大政治报道的规矩，又体现都市报特色。

推荐理由：

一张有气势的照片，一段有魄力的讲话，是促成该版面的根本因素。在全国纸媒中独树一帜的版面编排、标题制作，给人留下了深刻印象。

92岁曹鹏激情指挥“关爱自闭症”慈善音乐会

作者：郭新洋
编辑：张坚明

指挥自闭症学生演奏的曹鹏充满激情

（《新民晚报》2017年4月3日）

申报资料实录

作品简介：

2017 年 4 月 2 日下午，是联合国倡导的国际自闭症关注日 10 周年纪念日，第八届“爱在城市——关爱自闭症慈善音乐会”在上海大剧院举行。

在音乐会上，92 高龄的曹鹏充满激情登台指挥来自广州的两位自闭症孩子的钢琴独奏，赢得了上海观众热烈掌声……

推荐理由：

92 岁的曹鹏右手奋力挥舞着指挥棒，左手紧握着拳头，充满爱的双目紧紧盯着正在表演钢琴独奏的自闭症孩子，而此时从孩子指尖不断流淌出的优美旋律令全场观众为之动容，这就是爱的力量。

九十高龄的耄耋老人依然在为社会奉献一片爱心，关心慈善公益事业，这样的精神怎不让人感动，也同样激励着我们化感动为行动。整个画面更是充满着强烈的冲击力。

71路司机头疼"入侵者"闯道

作者：朱影影
编辑：王　杰

与传统的公交乘坐方式不同，乘坐延安路中运量公交71路，乘客须通过天桥、人行道行至马路中间的半封闭候车站，再从车辆左侧上下客。对于这种全新的乘车方式，不少市民不习惯，而公交线路沿途也缺少相应的标识指引系统。

（《新闻晨报》2017年2月6日）

申报资料实录

作品简介：

与传统的公交乘坐方式不同，乘坐延安路中运量公交71路，乘客须通过天桥、人行道行至马路中间的半封闭候车站，再从车辆左侧上下客。对于这种全新的乘车方式，不少市民不习惯，而公交线路沿途也缺少相应的标识指引系统，这样就造成了想乘坐中运量71公交车又想偷懒走捷径的市民“入侵”71路专用车道。照片拍摄于人民广场附近，在天气注视着每个行人，蹲守近3小时，占用71路专用车道的行人、自行车并不少见，最终手拿大饼，正在啃食的“入侵者”引起了记者的注意，他大摇大摆逆向行走在71路专用车道上，丝毫没有想要让道的举动和想法，这让正常行驶的71路司机无比头疼。

推荐理由：

手拿烧饼的行人边啃边大摇大摆、慢慢悠悠地行走在写着“71路专用”醒目字样的车道上，与正面行驶来的71路中运量公交车“狭路相逢”，而行人丝毫没有躲让的意思。照片将行人的“入侵”与71路车辆的无奈状态抓得到位，让人一目了然。

新闻摄影

“屏”了14年　上海“最牛钉子户”终于拆掉了

作者：曹　磊

编辑：华　迎

（《东方网》2017 年 9 月 18 日）

申报资料实录

作品简介：

在上海市松江区沪亭北路上，有一栋3层小楼一直备受关注，因滞留户始终不同意拆迁，这栋房屋"矗立"在马路中间多年，将原本宽敞的四车道缩水成两车道，屋主一家也被称为"最牛钉子户"。

经过九里亭街道动迁办工作人员，十多年的努力，今年8月，屋主徐先生终于签约同意协议动迁，9月18日凌晨0点08分，随着两台挖掘机南北两面同时启动，小楼正式拆除。

推荐理由：

记者连日蹲守新闻现场，通过前后照片拼接，非常直观地反映出沪亭北路"钉子户"拆前拆后对比，较有特色。且照片发稿及时，新闻性强。该新闻事件亦具有较强重要性和接近性，社会反响良好。

阅读一百胜　喜看百景图(组画)

作者：孙绍波
编辑：周　馨

崇明岛

茶

三毛
流浪记
家
春
秋

（《新民晚报》2017 年 10 月 17 日—23 日喜庆十九大特别报道）

申报资料实录

作品简介：

“阅读一百胜　喜看百景图”以组画的艺术形式集中地再现了上海100胜的风情，14组漫画用夸张的表现手法生动地描绘了上海的诸多地标。

推荐理由：

这组漫画手法夸张，情节有趣，生动地描绘了上海100胜地标，在喜庆十九大特别报道期间，晚报连续7天用7个整版进行连载，受到好评。

新闻图示

国产 C919 飞出新里程

作者：集　体

6 | 视觉

国产 C919 飞出新里程

国产C919大型客机发展之路

2007

2008

2009

2010

2011

2012

2013

2014

2015

2017

中国商飞 COMAC

“C919”的含义

B-001A

C919

A320

B737

C919

AIRBUS

BOEING

（《解放日报》2017 年 5 月 5 日）

申报资料实录

作品简介：

在国产 C919 大型客机首飞当天，以机型主图、科普分图、图示列表和机型对比图的方式，较全面地介绍了 C919 客机从立项、研发、总装到首飞的历史进程；还对该型客机的各项主要技术指标进行了图文阐释。与众不同的是，作品还创新绘制了 4 组大型客机研发过程中通行的若干重要技术节点。这是全世界大型客机研发都必须经历的过程，C919 也不例外。该组图的加入，使整个作品不是就事论事地报道机型首飞，而使叙事更丰满，内容更具延展性。

推荐理由：

作品整体性强，内容丰富，有实效性和创新性。主创团队还原创开发了模拟 C919 驾驶的手机游戏，通过版面二维码链接进入，起到了很好的传播效果。

作品在客观报道国产 C919 大型客机首飞这一新闻事件的基础上，还原创了 4 组国际上各类大型客机研发必须经历的若干重要技术节点的科普图示，不仅丰富了版面，还让读者对大型客机研发之困难有了进一步的了解。

新闻图示

1978 年到 2017 年政府工作报告关键词盘点

作者：吕　妍　张轩婷

近年政府工作报告新词

数字经济

2017

今年网络提速降费要迈开更大步伐，年内全部取消手机国内长途和漫游费，大幅降低中小企业互联网专线接入资费，降低国际长途电话费，推动“互联网+”深入发展、促进数字经济加快成长…

众创、众包、众扶、众筹

2016

打造众创、众包、众扶、众筹平台，创建大中小企业、高校、科研机构、创客多方协同的新型创业创新机制。

双引擎

2015

我们要把握总体要求，……打造大众创业、万众创新和增加公共产品、公共服务“双引擎”，……实现中国经济提质增效升级。

互联网金融

2014

促进互联网金融健康发展，完善金融监管协调机制……让金融成为一池活水，更好地浇灌小微企业、“三农”等实体经济之树。

自由迁徙

2013

加快推进户籍制度、社会管理体制和相关制度改革……为人们自由迁徙、安居乐业创造公平的制度环境。

带薪年休假

2008

增加城乡居民收入……五是落实职工带薪年休假制度。

资料来源：中国政府网《政府工作报告》

近四十年政府工作报告常青词汇

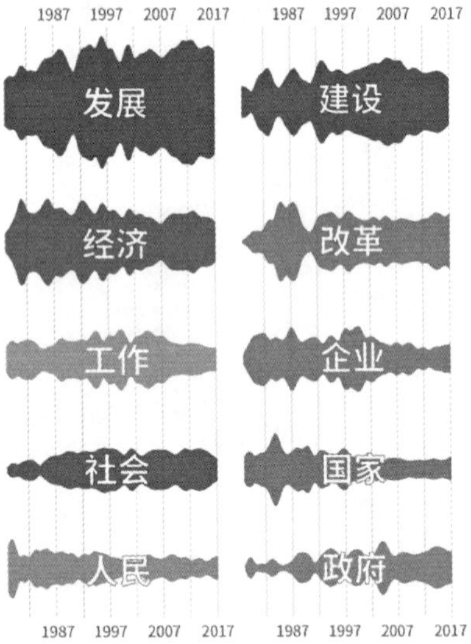

资料来源：中国政府网 1978年至2017年《政府工作报告》（在分词的基础上加权计算词语权重，每个词语面积大小变化代表权重变化）

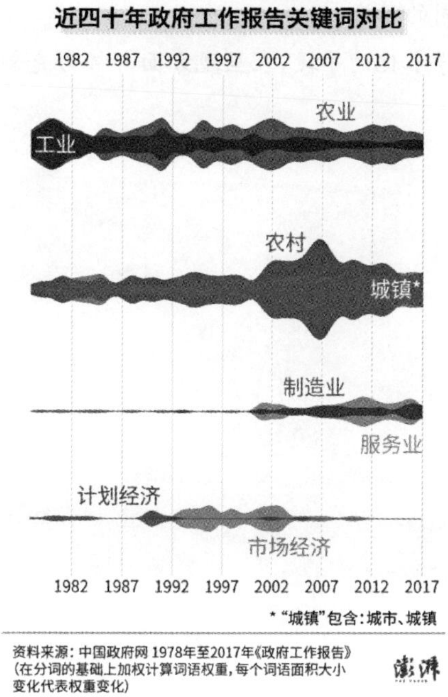

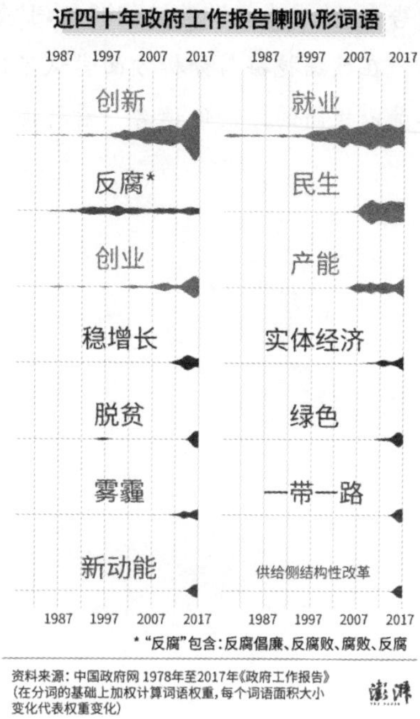

（《澎湃新闻网》2017 年 3 月 5 日）

申报资料实录

作品简介：

在这篇报道中，澎湃新闻整理了近五年来总理答中外记者问的主题变化。发现简政放权、中美关系、两岸关系以及对港政策是每年的必答题。

本文使用 1978 年至 2017 年政府工作报告作为语料库，以文本分析配合图解的方式展现近 40 年政府工作报告的变化。一方面体现了中央政府历年来工作报告的着重之处，另一方面使读者能清晰地看出重要词汇的波动变化。

与常见的词频统计不同，该作品还使用了加权技术呈现词语的权重变化，能够排除一些一贯常见却意义不清晰的虚词的干扰，比一般的词频统计更接近真实。

推荐理由：

这是国内主流新媒体在文本分析上的一次踊跃尝试，从中挖掘出政府工作报告中的“常青词”“关键词”“新词”等不同的维度。

在数据挖掘与分析方面尝试了比较学术化的手段，在呈现方面却努力克制，尽量以极简的方法使读者一看就懂。

图书在版编目(CIP)数据

第二十七届上海新闻奖获奖作品选/上海新闻奖评委会办公室编. —上海:上海三联书店,2020. 11
ISBN 978-7-5426-6942-1

Ⅰ. ①第…　Ⅱ. ①上…　Ⅲ. ①新闻—作品集—中国—当代
Ⅳ. ①I253

中国版本图书馆 CIP 数据核字(2020)第 118712 号

第二十七届上海新闻奖获奖作品选

编　　者 / 上海新闻奖评委会办公室

责任编辑 / 殷亚平
执行编辑 / 余玉辉　龙渊渊
装帧设计 / 一本好书
责任印制 / 姚　军
责任校对 / 张大伟

出版发行 / 上海三联书店
(200030)中国上海市漕溪北路 331 号 A 座 6 楼
邮购电话 / 021-22895540
印　　刷 / 上海惠敦印务科技有限公司

版　　次 / 2020 年 11 月第 1 版
印　　次 / 2020 年 11 月第 1 次印刷
开　　本 / 710×1000　1/16
字　　数 / 600 千字
印　　张 / 37.75
书　　号 / ISBN 978-7-5426-6942-1/I・1592
定　　价 / 108.00 元